경관의 피

사사키 조
장편소설

김선영 옮김

경관의
피

비채

일러두기

1 본서는 2009년 상·하(전2권)로 출간되었던 《경관의 피》의 개정 합본판입니다.
2 경찰관을 지칭하는 순사. 경관. 경찰관을 시대와 상황에 따라 혼용해서 사용했습니다.
   또한 순사는 일본 경찰 계급 중 하나를 뜻하기도 합니다.

화염은 이미 탑의 꼭대기 층까지 휘감고 있었다.

백육십 년 전에 지은 오층탑은 열기에 바들바들 떨기라도 하듯 몸을 움츠렸다.

불길은 점점 거세어졌다. 살수가 시작되었을 때 한순간 기세가 약해진 듯 보였던 것은 착각이었다. 화재는 살수된 물마저도 맹렬하게 타오르기 위한 재료로 삼으려는 것처럼 한층 격렬하게 타올랐다. 밤하늘에 불똥이 튀어 오른다. 불똥 속에 탑의 상륜이 붉게 떠올라 있었다.

목재가 열기에 쩍쩍 터져나가고, 무너지는 소리가 난다.

안조 다미오는 새삼 주위를 둘러보았다. 이미 이곳에는 넉 대의 소방차가 달려와 물을 뿌리고 있었다. 새벽인데도 구경꾼 역시 수백 명은 모여들었다. 사진을 찍는 사람도 있었다.

야나카 경찰서의 외근 순사들이 목이 터져라 소리치며 구경꾼들을 정리하기 시작했다.

탑에 인접해 있는 덴노지天王寺 주재소 앞에는 어머니와 남동생이 이미 배낭을 지고 나와 있었다. 불이 번질까 걱정되어 일단 가재도구만 들고 나온 것이리라. 어머니와 남동생은 저지선 밖에 서서 겁에 질린 눈빛으로 이 화재를 지켜보고 있다. 불길이 이대로 수그러들지 않으면 아마 소방서 대원들은 주재소 건물 파괴 작업에 들어가야 할 것이다.

누군가가 고래고래 다미오의 이름을 불렀다. 고개를 돌려보니 아버지의 상관인 경시청 소속 야나카 경찰서 서장이었다. 스기노라는 이름의, 비만인 경시警視다.

서장은 다미오에게 물었다.

"네 아비는 어디 있지? 어디 가 있는 게야!"

명백한 비난조였다.

"아빠는" 하고 다미오는 주위를 재빨리 둘러보고서 말했다. "지금, 방금 전까지 있었어요. 여기서, 다들 떨어져 있으라고."

"없잖아! 여기는 네 아비가 담당하는 구역이란 말이다. 주재소 바로 옆 아니냔 말이야!"

"있었어요!" 다미오는 말했다. "방금 전까지 여기에 있었어요!"

그때 뭔가가 부서지는 커다란 소리가 들렸다. 다미오가 탑으로 눈을 돌리자 탑의 2층단 처마가 무너져 내리는 참이었다. 불똥이 흩날렸다.

서장은 다미오를 잡아끌며 말했다.

"안 되겠다. 좀 더 떨어져!"

다미오는 순순히 그 말을 따랐다. 어머니와 남동생에게 달려가 보니 어머니는 이미 뭔가 좋지 않은 일을 예측한 듯 불안한 눈빛으로 다미오를 쳐다보았다.

다미오가 고개를 끄덕였을 때 또다시 탑의 일부가 무너졌다.

쇼와 32년(1957) 7월, 바야흐로 장마가 개려는 시기의, 새벽녘의 일이었다.

1부
—
세이지

1

안조 세이지가 자택에 돌아왔을 때, 아내 다즈는 부업인 양복 바느질을 하는 중이었다.

무릎 위에 군복이 펼쳐져 있다. 어느 전역 군인의 부탁을 받고 새로 손질해주는 모양이다.

"어서 와요."

다즈가 고개를 들더니 살짝 멋쩍은 미소를 보였다.

"무슨 일이라도 있었나?" 세이지는 물었다.

"아이가 들어선 모양이에요." 다즈가 말했다.

세이지는 눈을 껌벅이며 다즈의 얼굴을 바라보았다.

아이? 그거 참 굉장한 소식이다. 세이지에게 어엿한 집이 있고 직업이 있었다면 그야말로 최고였을 것이다.

"왜 그래요?" 다즈가 천진하게 묻는다.

"응." 세이지는 방 안을 둘러보고 말했다. "나도, 할 말이 있어."

세이지는 신발을 벗고 방에 깔아놓은 돗자리 위에 앉았다.

자택이라고는 하지만 이곳은 어머니의 친정집이다. 세이지가 태어난 집은 아사쿠사에 있었지만 삼 년 전 도쿄 대공습 때 불타버렸다. 부모님도 그

때 돌아가셨다. 제대 조치를 받은 세이지는 부득이하게 외조부모와 외삼촌 가족이 사는 이 다이토 구 미노와로 옮겨왔던 것이다.

다이토 구는 그날 공습으로 태반이 불타버렸지만, 미노와의 이 좁은 지역만은 기적적으로 불이 옮겨 붙는 것을 면했다. 세이지는 타다 남은 본채에 다다미 석 장짜리 방을 덧세워서 더부살이로 얹혀 있었다. 판자 위에 돗자리만 덜렁 깔아놓은 초라한 방이다.

세이지는 다즈의 얼굴을 바라보았다.

다즈는 고개를 갸웃거리며 세이지의 다음 말을 재촉했다.

신혼 초에 다즈의 얼굴은 지금보다 조금 더 토실했다. 하지만 요새는 다소 날카로워 보인다. 아니, 솔직히 말한다면 다즈는 틀림없이 야위었다. 전쟁이 끝나고 이 년 반이 지났다지만 세상은 아직 부흥했다고 할 만큼 안정되지는 않았다. 식량은 물론 주거도, 의복도, 모든 것이 종전 직후 그 여름의 상태에서 그리 나아진 게 없었다. 셀룰로이드 공장 직공의 둘째아들에게는 종전 후에 변변한 일거리조차 없다. 얼마 되지 않는 공사현장 날품팔이를 계속해왔지만, 그래서야 신혼인 아내가 야위어도 도리가 없었다.

다즈는 고향집 근처에 사는 다다미 직공의 딸이었다. 화재로 집을 잃고, 마찬가지로 친척이 사는 시모네기시로 옮겨왔다. 소꿉친구라 할 정도로 친하지는 않았지만, 세이지가 제대한 후에 미노와 차고 근처에서 우연히 만난 이래로 서로를 의식하게 되었다. 이를 알아차린 주위 사람들이 빨리 결혼하라고 권해서 세이지는 마음의 준비도 거의 없이 다즈의 남편이 되었다. 그것이 반 년 전의 일이었다.

세이지는 다즈를 바라보며 말했다.

"제대로 된 직장을 얻어야겠어."

다즈는 물었다.

"누구 밑으로 들어가려고요?"

"장사는 무리야. 밑천도 없어. 가진 재주도 없고."

"일자리도 조금씩 나오고 있다니까 너무 조급하게 굴지 말아요. 좋은 일을 찾으세요."

"고르고 있을 여유는 없잖아."

"그럼 뭔가 생각해놓은 거라도 있어요?"

"응." 세이지는 오늘 아침에 주운 신문을 펼쳤다. 사회면에는 도요시마 구 시이나마치의 데이코쿠 은행에서 터진 은행원 열두 명 독살, 거금 강탈 속보가 큼직하게 실려 있었다. 사건 당일로부터 나흘이 지났는데 범인의 단서는 아직도 전혀 파악하지 못하고 있는 모양이었다.

다즈가 말했다.

"아, 그 사건, 들었어요. 끔찍하죠."

"그쪽이 아니야."

그 사회면 밑에 경시청 경찰관 모집 광고가 실려 있었다.

"알고 있지?" 세이지는 그 광고를 가리키며 말했다. "작년 말부터 경시청이 대대적으로 순사를 모집하기 시작했어. 경찰 기구가 바뀐다더군. 순사가 만 명이나 부족하대."

다즈의 얼굴은 한층 불안해졌다.

"당신이 순사라니, 생각해본 적도 없었어요."

"당신은 제복 입은 남자를 싫어하니까."

"거드름 피우는 사람이 싫은 거예요."

"헌법도 바뀌었고 경찰도 민주 경찰이 되었어. 전쟁 전의 경찰하고는 달라. 내가 순사가 되는 게 싫어?"

"아뇨. 당신이라면 거드름이나 피우는 경찰관은 되지 않겠지만……."

"뭐가 걱정이야?"

"위험한 일이잖아요."

"무슨 일이나 어느 정도는 위험해. 학교 선생님이라면 또 몰라도."

"당신한테 잘 맞아요?"

"내 성격 알잖아." 세이지는 말했다.

철이 들 무렵 의식했다. 군대에 징집된 후에는 확신으로 변했다.

나는 융통성 없는 옹고집이다. 질서정연한 것이 좋다. 남이 나쁜 짓을 할 때 잠자코 지나칠 수가 없다.

성질이 이러니 순사라는 직업에는 잘 맞을 것이다. 적어도 포목점 점원이나 시계 직공 같은 일보다는.

"나한테는 순사 일이 맞을 거야. 상대가 그렇게 생각해줄지는 모르겠지만."

"경찰관이 되려면 어떻게 하면 되죠? 경찰훈련소에 가던가요?"

"요새는 가까운 경찰서로 간다더군. 거기서 먼저 시험을 본대."

"어려운 시험 아니에요?"

"자기 이름만 쓸 줄 알면 채용된다던데? 아무리 그래도 그건 경찰을 너무 우습게 보는 얘기 같지만……."

"당신이라면 걱정 없겠네요."

"다만 순사라고 하면 월급이 적은 게 현실이야. 인플레이션을 따라가지 못할지도 몰라."

"조만간 세상도 안정되겠죠. 세이지 씨가 순사가 되고 싶다면, 저는 상관없어요."

"일단 고정적인 급료를 받을 수 있어. 아이가 생길 입장에서는 그게 제일 중요하잖아?"

다즈는 고개를 끄덕였다.

이튿날 아침, 안조 세이지는 쇼와 길에 있는 사카모토 경찰서로 향했다. 전에는 순사 채용이라 하면 다즈의 말대로 시바에 있는 경찰훈련소로 가야했다. 지금은 경시청도 채용에 급급하다는 소리다. 일단 근처 경찰서까지 직접 오게 한 다음 그 자리에서 바로 채용하는 모양이다.

사카모토 경찰서는 철근콘크리트로 지은 삼 층짜리 건물이었다. 전쟁 피해로 벽만 남아 있던 것을 이력저력 수리해 작년에 다시 사카모토 경찰서가 들어왔다. 판잣집이 퍼져 있는 쇼와 길 주변에서는 제일 눈에 띄는 빌딩이었다.

벽보를 따라 채용 면접실로 향했지만 특별히 줄을 선 것은 아니었다. 대규모로 모집하고 있다 해도 일반적인 성인 남성이 기꺼이 종사하고 싶어 하는 직업은 아니리라. 지금은 군이 해체된 지 아직 이 년 반밖에 안 되었으니 군대를 연상케 하는 기구가 인기 없는 것은 당연했다.

사무실에 들어서자 마흔 안팎의 면접관이 책상 건너편에서 한숨 놓은 듯한 미소를 띠고 있었다. 서장인지도 모른다.

세이지는 면접관에게 이력서와 호적등본 사본을 내밀었다.

면접관은 이력서를 훑어보며 물었다.

"문신은 있나?"

"아니요." 세이지는 대답했다.

"근위 제2연대라는 말은, 전장에는 가지 않았다는 건가?"

"아니요. 인도차이나 북부에 갔었습니다. 재소집에 응했다가 도쿄에서 종전을 맞이했습니다."

"인도차이나라. 전쟁 초기에 가서 그나마 다행이었군."

꼭 그렇다고 할 수는 없었지만 세이지는 잠자코 있었다.

"특기는?"

"특별히 없습니다. 아, 야구를 조금. 중대 대항전 선수였습니다."

"피처인가?" 면접관은 영어 명칭으로 물었다.

"쇼트입니다."

"지금까지 뭐 중한 질병이나 상처를 입은 적은 없겠지?"

"특별히 없습니다. 건강합니다."

"부인은 있나?"

"예."

"부인의 학력은?"

"고등여학교를 졸업했습니다."

"부모님은 무슨 일을 하시나?"

"셀룰로이드 공장 직공이셨습니다. 두 분 다 전쟁으로 돌아가셨습니다."

"자네 키는?"

"170센티미터입니다."

"시험 문제를 내겠다. 여기서 풀도록."

"여기서 말입니까?"

그 대답이 면접관의 심기를 다소 거스른 모양이었다. 그는 불쾌한 기색으로 말했다.

"시험도 없이 그냥 채용될 줄 알았나? 그건 작년 말 제1차 모집 때뿐이다. 만 명을 모집할 예정이었는데 칠천 명밖에 모이지 않았기 때문이지. 서류심사도, 시험도 엄격해졌어. 자네, 이 이력서는 자필이겠지?"

"예, 직접 써왔습니다만."

"그렇다면 걱정할 것 없네. 여기서 풀도록. 나는 잠시 자리를 비우겠네."

"알겠습니다."

건네받은 시험 문제는 갱지로 석 장 분량이었다. 받아쓰기와 일반 사회 상식, 그리고 사칙연산능력을 묻는 질문이었다. 받아쓰기 시험에는 약간 어려운 한자를 요구하는 문제도 있었다. 순사 일에는 서류작업도 많다는 뜻이리라.

한 시간 정도 걸려 그 시험지를 다 풀자 면접관이 돌아와 그 자리에서 시험 문제를 채점했다. 세이지는 거북스런 기분으로 면접관의 손놀림을 지켜보고 있었다.

채점이 끝나자 면접관은 서류에서 고개를 들었다.

"좋다, 합격. 채용. 다음 주부터 경찰훈련소에서 훈련을 받는다."

세이지는 채용시험이 너무나 짧은 시간에 끝났다는 사실에 놀랐다. 이 면접관은 바로 조금 전에 채용기준이 엄격해졌다고 말하지 않았던가?

세이지는 놀라서 물었다.

"이걸로 채용된 겁니까?"

"훈련소에서 탈락하는 경우도 있다. 그러니 아직 마음을 놓지 말도록."

"예."

"다음 주 월요일, 아침 9시에 구단에 있는 훈련소 분교로 가도록. 기간은 두 달이다."

"두 달?"

훈련 기간이 육 개월쯤 되는 줄 알고 있었다.

면접관은 말했다.

"하여튼 일손이 부족하다. 두 달 사이에 제구실을 하게 만든다. 힘든 훈련이 될 테니 각오하게."

"기숙사에 들어가 있는 동안, 월급은 나옵니까?"

"월급은 1800엔이다. 단, 식비와 기숙사비는 제한다. 순사 근무가 시작되면 각종 수당이 붙는다."

월급이 1800엔.

세이지의 기대보다도 적었다. 분명 작년에 '남을 재판하는 자가 암거래되는 식량을 살 수는 없다'는 이유로 굶어 죽은 판사가 있었다. 그 판사에게는 아이가 둘 있었는데, 판사는 자기 음식도 아이들에게 나눠주었다고 한다. 그 판사의 월급이 3000엔이라고 보도되었으니 1800엔이라는 월급은 부모자식 네 명이면 굶어죽을 수준이라는 소리다. 하지만 어른 둘과 젖먹이 아이라면…….

할 수밖에 없다.

세이지가 일어서려 하자 면접관이 제지했다.

"자네, 친한 친구나 친척 중에 일자리를 찾는 사람은 없나?"

"다들 좋은 일자리를 노리고 있습니다. 왜 그러십니까?"

"순사가 되지 않겠냐고 말해보게. 이 사카모토 경찰서로 보내. 자네 친구가 여기서 여럿 채용되면 내 자네에게도 사례를 하지."

세이지는 미소를 지으며 대답했다.

"말해보겠습니다."

그날, 다즈를 위해 우에노의 암시장에서 콩으로 만든 빵을 두 덩어리 사서 돌아왔다. 일단 경찰훈련소에 들어가면 통제물품인 빵을 사는 정도의 위법행위도 불가능해질 것이다. 다소 묵인은 해줄지 몰라도, 순사 제복을 입은 세이지가 당당하게 암거래를 할 수는 없다. 그러니 적어도 통제가 해제되기까지, 빵은 이로써 마지막이라는 소리다.

집에 도착해 자루에서 신문지로 싼 콩빵을 꺼내어 다즈 앞에 내밀었다.

다즈는 콩빵을 보고 놀라더니 얼굴이 환해졌다.

"그럼, 합격이에요?"

"응." 세이지는 뿌듯한 기분으로 고개를 끄덕였다. "훈련생이 되었어. 다음 주 월요일부터 구단에 있는 경찰훈련소에서 훈련을 받는대."

"정식 채용은 아닌가 보네요."

"괜찮을 거야. 훈련소까지 들어갔으니, 쫓겨나지 않을 자신은 있어. 그보다 순사의 월급이 생각보다 낮더라. 얼마게?"

다즈는 흥겹게 고개를 갸웃거렸다. 빨리 알려달라는 얼굴이다.

"1800엔."

다즈는 세이지의 상상과는 완전히 다른 표정을 보였다.

"그렇게나! 그럼 아이가 태어나도 안심할 수 있겠어요."

"쥐꼬리야. 세상이 우습게 보는 액수라고."

"그렇지 않아요. 훌륭한 일을 하고 받는 돈인 걸요. 언제까지나 그 액수는 아닐 테고요."

"언젠가는 부업을 안 해도 먹고살 수 있을까?"

다즈는 고등여학교를 졸업한 후 양재학교를 다녔다. 지금도 양복 짓는 부업을 계속하고 있다. 그래봤자 군복 수선이 대부분이지만.

다즈는 고개를 가로저었다.

"할 수 있는 한 바느질품은 계속 할 거예요. 하지만……."

"왜 그래?"

"어디 지정해주는 경찰서에서 근무하게 되죠? 만약 멀리 있는 경찰서면 이사를 가고 싶어요. 눈치 보지 않고 살 수 있는 곳에서 살고 싶어요."

"그래." 세이지는 본채 식구들의 귀를 의식하면서 말했다. "근무처 근처로 이사하자. 어떻게든 방을 찾아내서 우리만의 보금자리를 갖자고."

다즈는 힘차게 고개를 두 번 끄덕였다.

다음 주 월요일 아침 9시, 세이지는 구단에 있는 경찰훈련소 분교의 문턱을 넘었다. 어려운 일은 아니었다. 이 경찰훈련소 분교는 예전에 근위연대의 병영으로 쓰였다. 세이지 입장에서는 무척 친숙한 시설이었다.

세이지는 과거에는 근위사단 사령부였던 붉은 벽돌 건물 안으로 들어가 표시를 따라 지정된 방으로 향했다.

방에는 백 명이 넘는 사내들이 모여 있었다. 다른 방에도 비슷하게 사람들이 있었으니, 오늘 이 분교에는 아마도 삼사백 명의 훈련생이 모여 있을 것이다. 세이지와 동년배로 보이는 사내들이 많았다.

연배는 달라도 척 보기에 실업자나 마찬가지라는 점에서는 대부분 비슷한 사람들이었다. 폭력배처럼 생긴 사람도 있었고, 상당히 도수가 센 근시 안경을 쓴 청년도 있다. 약간이나마 자세에 긍지가 보이는 사내들은 직업 군인이었던 사람들일 것이다.

그 방에서 제복 경관에게 서류를 건네자 일단 신체검사를 한다고 했다. 세이지는 난방도 들어오지 않는 방에서 속옷 차림이 되었다.

키와 몸무게를 재고, 이어서 시력검사였다. 또 커튼으로 칸막이를 해 놓은 구석으로 들어가 의무관에게 받는 진찰이 있었다. 징병검사 때와 마찬가지로 성병과 치질 검사도 있었다.

신체검사를 마치고 대기실로 돌아오자 이미 신체검사를 마친 훈련생 십여 명이 몇몇씩 모여서 잡담을 나누고 있었다.

그냥저냥 실내를 둘러보던 세이지는 한 사내와 눈이 마주쳤다. 세이지보다 어려 보인다. 전역 군모에 국민복*을 입고 있으니 처지도 세이지와 비슷할 것이다. 작은 눈이 애교스럽다. 그 사내는 마침 담뱃갑을 꺼내고 있었다. 사내는 자기가 먼저 한 대 물더니 세이지에게도 담뱃갑을 내밀었다.

"한 대 피워. 형씨는 어디서 왔나?"

세이지는 사양 않고 한 대 얻어 피우기로 했다.

"고맙군. 미노와야."

"도쿄 사람이야? 난 우쓰노미야에서 왔어."

사내는 담배에 불을 붙여주고서 말했다.

"민주 경찰로 바뀌었으니 순사 일에 뭔가 변화가 있을까?"

세이지는 대답했다.

"글쎄. 특별고등경찰**도 없어졌고 총칼도 다들 진주군에 반환했으니. 앞으로는 그리 거드름을 피울 수 없겠지."

"그리 미움을 사지 않아도 된다는 말이군."

사내는 실내를 둘러보더니 말했다.

"신참이 좀 더 많을 줄 알았는데. 의외로 적네."

"채용 기준이 엄격해졌다고 들었어."

---

* 1940년에 일본 국민의 상용 의복으로 제정되어 제2차세계대전 중에 남성들이 널리 착용했던 군복 스타일의 옷
** 정치, 사상범 단속을 위한 경찰로 1945년에 폐지되었음

"채용돼서 다행이야. 아버지가 빨리 월급이나 받아서 집에 돈 좀 가져오라고 하시거든. 이걸로 체면이 서겠어."

세이지와 그 사내가 담배를 피우기 시작하자 옆에 서 있던 남자가 슬쩍 그들을 쳐다보았다. 왜소하고 약간 등이 굽은 사내였다. 젊어 보였지만 분위기가 다소 차가웠다.

우쓰노미야에서 왔다는 사내가 그 남자에게도 담배를 내밀었다.

왜소한 사내는 고개를 저었다.

"아니, 됐어."

우쓰노미야에서 온 사내는 어깨를 으쓱했다.

이윽고 방 안쪽의 문이 열리더니 훈련소 사무관으로 보이는 사내가 얼굴을 내밀었다. 서류철을 손에 들고 있었다.

사무관이 말했다.

"지금부터 반을 나눈다. 먼저 1반부터. 호명된 자는 그대로 이 방에 남도록."

사무관은 감정이 담기지 않은 목소리로 이름을 부르기 시작했다. 세이지의 이름이 제일 처음이다.

"안조 세이지."

세이지는 작은 목소리로 말했다.

"나야."

"가토리 모이치."

우쓰노미야에서 왔다는 사내가 작은 소리로 말했다.

"나도 1반이네."

열 명쯤 이름을 부른 끝에 하야세 유조라는 이름이 호명되었다. 방금 담배를 거절했던 왜소한 사내가 등을 곧추세웠다.

2반, 3반으로 배정받은 훈련생들은 방에서 나갔다. 여기에 남은 서른 명쯤 되는 사람들이 1반 훈련생들이었다.

사무관은 방에 남은 훈련생들을 둘러보며 말했다.

"알겠나, 자네들은 오늘부터 기숙사 생활을 하게 된다. 예전에는 훈련 기간이 육 개월이었지만, 수도의 치안은 그것을 기다려줄 만큼 고분고분하지 않다. 이 개월뿐이다. 맹훈련이 될 것이다."

세이지 일행은 1반의 기숙사로 배정된 구 병영으로 향했다. 방 한구석에 솟아오른 단이 있고 그곳에 다다미를 깔아놓았다. 밤에는 여기에 이부자리를 깔고 자는 것이다. 다다미 바닥의 머리맡 위에는 선반이 있고, 이미 일정한 간격으로 이름표가 붙어 있었다. 세이지는 자기 이름표 위에 개인 물품이 든 자루를 내려놓았다.

기숙사를 확인하자 제복이 지급되었다. 옷을 갈아입고 당장 교정에 줄을 서라고 한다. 세이지는 동기가 될 1반 사람들과 함께 교정으로 나가 구 병영을 마주보고 정렬했다.

거기에 제복을 입은 경찰관이 나타났다. 연령은 쉰 안팎의, 근엄한 표정의 사나이였다. 교관 중 하나일 것이다.

교관처럼 보이는 그 경찰관은 세이지 일행을 마주보고 서더니 경찰모를 쓴 채로 간결하게 인사를 했다.

"자네들을 지도할 곤노다. 시대가 이러하다. 훈련은 엄격할 것이다. 자네들은 이미 어른이니 자세한 말은 않겠지만, 각오하도록."

곤노는 줄지어 선 훈련생들의 얼굴을 하나하나 뜯어보며 걸어가더니 다시 원위치까지 돌아와서 말했다.

"군대에서 하사관 이상의 계급이었던 사람은 앞으로 나오도록."

몇 명의 사내들이 주위의 눈치를 보면서 한 걸음 앞으로 나섰다. 전부 세 명이다.

곤노는 한 사람에게 물었다.

"계급은?"

그 남자는 대답했다.

"제국육군 오장*입니다."

"외지에는 가보았나?"

"북부 지부에 갔었습니다."

하사관이었다는 남자는 한 사람 더 있었다.

교관은 세 번째 남자 앞에 섰다.

하야세 유조였다.

교관이 물었다.

"자네, 계급은?"

하야세는 대답했다.

"제국육군보병 소위입니다."

세이지는 저도 모르게 하야세의 옆모습을 쳐다보았다. 사관학교를 졸업한 느낌은 없는 사내였는데.

곤노가 하야세에게 다시 확인했다.

"간부후보생 출신인가?"

"예."

사관학교 출신은 아니다.

"연대는?"

"사쿠라입니다. 보병 57연대."

"제1사단인가. 그렇다면 전지는?"

"필리핀이었습니다. 레이테Leyte에서 전역했습니다."

곤노는 조금 기가 눌린 기색이었다.

"그런가." 곤노는 다소 부드러운 말투로 말했다. "수고 많았네."

곤노는 세 사람을 원래의 대열로 돌려보내고 말했다.

"가장 먼저 말해두겠는데, 우리 조국은 민주국가가 되었다. 새로운 헌법

* 하사에 해당

아래에서 경찰도 변한 것이다. 경찰관도 지금까지처럼 천황의 관리가 아니라 국민에게 봉사하는 자라는 의미의 경찰관이 되었다. 경시청도 도쿄 도민의 공복이라는 의미의 자치경찰로 바뀌었다. 제군 중 대다수는 군대 경험이 있겠지만, 지금 이 순간부터 군대는 잊어라. 무슨 계급이었는지, 무엇을 했는지, 어디에서 전역했는지, 모조리 잊는 거다. 지금부터 제군은 평등한 경시청 순사의 일원이다. 상하 관계는 없다. 나이차도 없다. 알겠나?"

"예!" 전원이 입을 모아 대답했다.

그날 점심은 처음으로 기숙사에서 먹는 식사였다. 군대와 마찬가지로 알루미늄 식판이 식탁에 나란히 놓여 있고, 당번이 이 식판에 음식을 담는다. 감자국과 쌀밥이었다. 보리가 섞여 있다. 약간의 채소가 함께 나왔다.

세이지는 가토리 모이치와 나란히 점심식사를 했다. 맞은편 의자에는 하야세라고 하는 필리핀에서 돌아온 사내가 앉았다.

앳된 얼굴의 청년이 하야세 옆에 서서 물었다.

"여기 앉아도 되겠습니까?"

하야세는 청년의 얼굴을 보고 고개를 끄덕였다.

가토리 모이치가 하야세와 그 청년에게 자기소개를 했다.

"나는 가토리 모이치. 우쓰노미야에서 왔어. 촌뜨기라 여러 모로 폐를 끼칠지도 모르지만 잘 부탁해."

세이지도 가토리 모이치의 뒤를 이었다.

"나는 다이토 구 미노와. 원래는 아사쿠사에 살았는데 화재 때문에 쫓겨났어."

세이지가 청년에게 눈을 돌리자 그는 허둥거리며 말했다.

"구보타입니다. 구보타 가쓰토시. 우라야스 출신입니다. 스물입니다. 부끄럽지만 군대는 가지 않았습니다."

그 풋내 나는 말투에 세이지는 미소를 지었다.

하야세가 세이지와 나머지 사람들을 둘러보며 말했다.

"하야세 유조다. 잘 부탁해."

방금 전 교관 앞에서 계급을 말했을 때와는 달리 말을 웅얼거렸다. 원래 그다지 사교성이 좋은 남자는 아닌 모양이다. 가까이서 똑바로 보니 하야세 유조는 눈썹이 옅고 눈은 삼백안이었다. 그 눈으로 노려보면 꽤 무서울 것이다. 세이지는 이 사내는 언젠가 사복형사가 되지 않을까 하는 느낌을 받았다.

가토리 모이치가 물었다.

"하야세 씨는 대학을 나왔지?"

하야세는 고개를 가로저었다.

"아니. 못 나왔어. 중간에 군대에 끌려갔거든."

"그래도 굉장하네."

세이지 일행이 식사를 시작했을 때 교관인 곤노가 다가왔다.

반장을 정했다고 한다. 방금 전 교정에서 오장이라고 했던 사내다. 앞으로 교실 이외의 장소에서는 반장의 지시를 따르라고 했다.

곤노는 덧붙였다.

"전원, 오늘밤부터 취침 전에 일보를 작성하도록. 소등 전에 반장이 일보를 모은다. 알겠나?"

세이지 일행 네 명은 별 뜻도 없이 서로 얼굴을 쳐다보았다. 군대와 비슷한 조직이라고 생각했는데 역시 다른 부분도 있었다.

그날은 하루 종일 경시청 간부와 훈련소장의 훈육이었다. 세이지에게는 약간 따분했다.

소등 전, 세이지가 기숙사에서 그날의 일보를 쓰려는데 젊은 구보타가 하야세에게 말했다.

"하야세 씨, 한자 좀 가르쳐주십시오."

하야세도 일보를 쓰던 참이었다. 고개를 들고 구보타에게 말했다.

"어떤 글자야?"

"'질서'입니다만, 제가 공부를 제대로 안 해서요."

"보여줘 봐."

구보타가 하야세에게 자기의 일보를 내밀었다.

세이지도 손을 멈추고 하야세와 구보타를 쳐다보았다.

하야세는 구보타의 일보에서 얼굴을 들더니 고개를 저으며 말했다.

"일보로는 사상 경향을 보는 거야. 이런 서류에는 평범한 내용을 쓰면 돼. 민주 일본이니, 정의 사회니 하는 건 자네가 써서 좋을 것 없어."

구보타는 변명하듯 말했다.

"저는 정말로 민주 경찰로 민중을 위한 순사가 되고 싶습니다. 경찰도 바뀌었잖아요?"

"상부에는 아직 좌익을 싫어하는 사람들이 많이 버티고 있어. 훈련소를 졸업할 때까지 이런 내용은 쓰지 마. 순사가 못 된다고."

"그런가요?"

"좀 더 무난한 내용을 써. 순사의 마음가짐에 대한 강연이 인상적이었다든가."

"예."

세이지 옆에서 이 대화를 듣고 있던 가토리가 조심스럽게 하야세에게 말했다.

"하야세 씨, 내 일보도 좀 봐주지 않겠어?"

하야세는 가토리를 쳐다보더니 손을 뻗었다. 가토리가 하야세에게 자기 노트를 건넸다.

"이거면 됐어. 이대로 쓰면 돼." 하야세는 그렇게 말했다.

세이지도 자기 노트를 하야세에게 불쑥 내밀었다.

"내 건 어때? 꼭 순사가 되고 싶어."

하야세는 세이지의 노트를 훑어보고 말했다.

"'정의를 일임한다'라는 말을 바꿔 쓰는 게 좋겠어."

"뭘로?"

"이 경우에는 '시민 생활을 수호한다'가 낫겠네."

세이지는 순순히 자기 일보를 고쳐 썼다. 마침 그때 반장이 다가와서 일보를 걷어갔다.

반장이 방을 나간 후에 가토리가 하야세에게 말했다.

"덕분에 살았어. 내일도 부탁할게."

"어려운 일도 아닌데 뭐." 하야세는 말했다. "빨갱이로 보이지 않게 단어 사용에 주의하면 돼. 유치해 보이는 작문이라도 상관없어. 오늘도 유익한 말씀을 들었습니다, 훌륭한 경찰관이 되어야겠다는 마음이 한층 더 강해졌습니다, 이런 거. 갈고닦은 문장을 써봤자 빨갱이라는 의심만 사."

이튿날부터 드디어 본격적인 순사 교육이 시작되었다. 맹훈련이라고 했지만 세이지에게는 그리 가혹한 교육이라고 생각되지 않았다. 군대에 비하면 훨씬 여유 있는 훈련이었다. 훈육, 복무 수업은 따분했다. 교련, 예식, 체포술이나 장술杖術도 세이지는 어렵지 않게 따라갈 수 있었다. 경시청 입장에서도 두 달 만에 순사로 키워내야 하다보니 처음부터 교육 내용을 간략하게 구성한 것이리라. 경시청 입장에서는 무슨 수로든 시가지를 경비할 제복 경찰의 수를 갖추기만 하면 되는 거고, 질은 그다음 문제라는 소리다.

학과, 특히 형법이나 형사소송법 개론 수업이 끝나면 세이지와 동기들은 하야세를 둘러싸고 함께 복습을 하게 되었다. 호세이 대학*을 다녔다는 하야세는 역시 법률지식이 뛰어났다. 하야세는 수업에서 이해하기 힘들었

---

* 메이지 시대에 창립된 사립 법률학교 중 특히 교육수준이 높았던 5대 학교 중 하나

던 부분도 꼼꼼히 가르쳐주었다.

어느 날 가토리가 말했다.

"당신이 없었다면 난 분명 낙제해서 채용되지 못했을 거야. 우리는 운이 좋아."

훈련이 이 주제로 접어든 어느 날, 체포술 시간의 일이었다.

유도 유단자라는 교관을 따라 같은 반 훈련생끼리 대련을 했다. 하야세 차례가 되었을 때, 하야세가 의외로 격투기에 익숙하다는 사실을 알게 되었다. 상대의 오른팔을 낚아채 순식간에 다다미 위에 깔아 눕힌 것이다. 그 직후에 하야세는 상대의 목에 팔을 둘러 목을 조르기 시작했다. 상대는 고통스럽게 발버둥을 쳤다. 몇 초 동안 세이지와 동기들은 눈앞에서 무슨 일이 벌어지고 있는지 이해를 못 했다. 하야세의 얼굴도, 목을 졸리고 있는 상대의 얼굴도 새빨갰다.

진심인가?

교관이 간신히 알아차리고 하야세에게 엄하게 말했다.

"그만! 이제 됐다. 끝났다."

하야세는 그 목소리가 귀에 들어오지 않은 모양이다. 여전히 상대의 목을 팔로 조르고 있다. 교관이 하야세의 등을 무릎으로 찍어 하야세를 떼어 냈다. 하야세는 교관이 건드리자 비로소 제정신으로 돌아온 얼굴이었다.

하야세에게서 떨어져나온 상대는 바닥에 손발을 짚고 고통스럽게 콜록거렸다.

교관이 하야세에게 말했다.

"무슨 짓을 하는 건가! 너무 지나치지 않나."

하야세는 고개를 푹 숙이고 작은 소리로 말했다.

"죄송합니다. 조절한다는 걸 그만 깜빡했습니다."

하야세가 뒤로 물러나자 가토리가 하야세에게 물었다.

"당신, 유도 했었어?"

하야세는 거친 숨을 내쉬며 말했다.

"전장에서 배운 게 다야."

세이지에게는 유도 이상의 기술이다, 라는 말로 들렸다.

입소한 지 한 달째, 첫 월급이 나왔다.

봉투 속을 보니 기숙사비, 식비를 제하고 1200엔이 조금 넘었다. 세끼를 먹여준다고 생각하면 세이지 입장에서는 결코 나쁘지 않은 금액이었다. 물론 인플레이션 진행 상태를 보면 이 월급도 눈 깜짝할 사이에 쥐꼬리가 되고 말겠지만.

월급이 나온 지 사흘째. 그날은 이튿날이 일요일이었다. 일보를 제출한 후 가토리가 자기 이불 위에서 갑자기 안절부절못했다. 자루 속을 몇 번이고 확인한다.

세이지는 작은 소리로 물었다.

"뭐 잃어버렸어?"

가토리가 고개를 끄덕였다.

"월급봉투가 없어. 오늘 아침엔 분명히 있었는데."

"이불 밑까지 다 찾아봐."

가토리가 침대에서 담요와 요를 벗겨냈다. 하야세와 구보타가 무슨 일인가 싶어 세이지와 가토리 곁으로 다가왔다.

가토리가 하야세와 구보타에게도 작은 목소리로 털어놓았다.

"월급봉투를 잃어버렸어. 못 찾겠어."

하야세와 구보타가 서로의 얼굴을 쳐다보았다.

구보타가 말했다.

"도둑맞은 거 아닙니까? 만약에 떨어뜨렸다면 누가 찾아줄 텐데요."

가토리가 반대로 물었다.

"경찰훈련소에서 누가 훔쳐가겠어?"

하야세가 가토리에게 다시 물었다.

"없는 건 분명해?"

"응."

"반장에게 보고하자."

"기다려." 가토리는 고개를 저었다. "내 부주의야. 변소에 떨어뜨렸는지도 몰라. 동료를 의심할 수는 없어. 보고도 안 돼."

세이지는 물었다.

"왜 안 돼?"

가토리는 세이지에게 고개를 돌리고 말했다.

"여기서 반 전원이 조사당해 봐라. 우리 모두 순사가 되지 못할거야."

"도둑맞았다면 누군지는 몰라도 훔친 사람은 한 명이야. 연대책임이 되지는 않아."

"우리는 벌써 한 달이나 한솥밥을 먹었어. 조사를 받는다는 것만으로도 불쾌할 거 아냐. 내 입장이 뭐가 돼."

"걱정할 필요 없어. 보고하자."

"안 돼. 내 부주의야. 그만 됐어."

가토리는 얼굴을 돌려 하야세와 구보타에게도 단호하게 고개를 저었다. 두 사람은 잠자코 자기 이부자리로 돌아갔다.

세이지는 목소리를 더 낮추어 가토리에게 말했다.

"일요일에 우쓰노미야로 돌아가잖아. 돈 빌려줘?"

가토리는 힘겨운 표정으로 말했다.

"그래도 괜찮아?"

"조금씩 갚으면 돼."

"미안해. 500엔만 빌려주지 않겠나?"

세이지는 자루에서 월급봉투를 꺼내 500엔을 가토리에게 건넸다.

가토리는 공손하게 그 돈을 받았다.

세이지는 생각했다.

나는 담배만 참으면 앞으로 한 달은 먹고 살 수 있다. 남은 돈은 다즈에게 전부 주면 된다. 다즈가 조금 실망할지도 모르지만, 사정을 말하면 이해해줄 것이다.

3월의 마지막 날, 이날은 경찰훈련소 수료식이었다.

세이지 일행이 훈련을 받는 사이에 훈련소의 명칭이 경찰학교로 바뀌었다. 경찰훈련소에 입학했던 세이지 일행이 경찰학교를 졸업하는 것이다.

소장의 훈시가 이어지고 있다.

"새삼 제군에게 말하겠다. 영광스럽게 순사로 임관한 제군은 공무상의 비밀을 지켜야만 한다. 또한 경찰관의 신용을 더럽히거나, 혹은 경찰 전체의 불명예가 되는 행위를 해서는 안 된다……."

교정에는 쇼와 23년(1948) 2월에 입학한 사백 명 남짓한 순사 훈련생들이 바르게 줄을 서 있다. 오늘은 시바의 본교 외에 경찰대학교 교실이나 고다이라의 관할구역 경찰학교 교실에서도 동기 입학생들이 수료식을 치르고 있다고 한다. 전교에서 거의 이천오백 명이 졸업하는 모양이다.

소장은 유난히 크게 소리를 높였다.

"제군은, 알겠나? 직무상의 위험 혹은 책임을 회피해서는 안 된다. 결코 안 된다. 그것이 불가능한 자는 경찰관이 아니다. 반드시 명심하도록."

거의 이십 분에 걸친 기나긴 훈시 끝에 간신히 수료식이 끝났다.

기숙사로 돌아오자 교관인 곤노가 훈련생에게 일일이 임명장을 건넸다. 근무처를 알려주는 것이다.

세이지는 우에노 경찰서 외근계에 배속되었다.

가토리는 사카모토 경찰서다. 하야세는 오구 경찰서. 구보타는 아사쿠사 경찰서다.

훈련생들은 오전 중에 훈련소 분교를 떠나게 되었다.

가토리가 제안했다.

"아직 벚꽃이 피어 있어. 꽃놀이라도 가지 않겠나?"

세이지는 동의했다.

"그러네. 집에 돌아가기 전에 우리끼리 딱 한잔만 걸치고 갈까?"

구보타가 물었다.

"저도 끼어도 될까요?"

하야세가 웃으며 말했다.

"우리라는 말에는 자네도 들어 있는 거야."

하야세는 야스쿠니 신사나 지도리가후치 부근에서 꽃놀이를 하는 게 어떠냐고 했다.

가토리는 우에노가 좋다고 했다.

"우리는 대부분 그쪽 지역에 배속됐잖아. 미리 슬쩍 좀 봐두자고. 나는 벌써부터 두근거려."

하야세도 동의했기 때문에 네 사람은 도쿄 도에서 운영하는 전차를 타고 구단에서 우에노로 이동해 우에노온시 공원에 들어갔다.

줄지어선 벚나무 아래를 산책하는 사람들의 수는 생각보다 적었다.

그보다 눈에 띄는 것은 역시 이 공원에 살고 있는 공습 피해자들이었다. 공원 전체에 땅을 파고 기둥만 덜렁 세운 허술한 집과 텐트가 있고, 그 주위에 허름한 옷을 걸친 남녀가 있다. 전쟁이 끝난 지 거의 이 년 반, 도쿄 대공습 때부터 헤아린다면 꼬박 삼 년이 되는데, 아직도 도쿄는 전쟁으로 집을 잃은 사람들에게 새로운 주거지를 제공하지 못하고 있다는 소리다. 시가지 쪽에는 이미 판잣집이 상당히 늘어서서 인구밀도 하나는 전쟁 피해를 입기 전에 버금간다고 하지만, 전체적으로 보면 도쿄에는 아직 주택이 부족하다. 전쟁 피해를 입은 가족들이 전부 주택을 가질 만큼 산업과 경제가 되살아나지는 못했다.

특히 이 공원에는 어린아이의 모습이 많았다. 전쟁고아들이다. 한때는 수천 명 규모였다고 하나, 대부분은 시설에서 거둬들였다고 했다. 하지만 이 공원 주변에는 아직도 이삼백 명의 고아가 있다고 한다. 실제로 세이지 일행의 눈에도 고아로 보이는 아이들의 모습이 수십 명이나 눈에 들어왔다. 대부분이 몇 명씩 무리를 지어 흐릿한 눈길로 공원을 지나는 사람들을 바라보고 있었다.

가토리가 걸어가면서 말했다.

"아직도 이 공원에 있는 아이들은 시설에서도 손을 못 쓸 정도로 말썽꾸러기겠지? 집단으로 소매치기를 하는 패거리도 많다더군. 조심해야지."

세이지는 그보다도 가족이 살 집을 생각하고 있었다. 우에노 경찰서에 배속되었다. 우에노 경찰서는 지난 해 시타야 구가 아사쿠사 구와 합병되면서 생긴 다이토 구의 기타이나리초에 있다. 지금 사는 집과도 가깝다. 통근하기에도 편하다. 하지만 매달 고정적으로 월급을 받는 신분이 되었다. 어머니의 친정에는 그만 얹혀살고 싶다. 방을 빌리자. 다즈와 함께, 눈치 보지 않고도 살 수 있는 방을.

집은 우에노 주변에 빌리는 게 좋겠다. 하지만 우에노 경찰서의 동쪽, 기쿠야바시나 아사쿠사 일대는 예전의 도쿄 대공습으로 대부분이 불타버린 지역이다. 빈집도, 빈방도 바닥났을 게 틀림없다. 만약에 있다 하더라도 집세가 엄청나지 않을까?

벚꽃 사이를 거닐며 문득 생각했다. 이 공원 북쪽, 간에이지寬永寺 너머는 어떨까? 전쟁 피해를 입지 않았거나, 입었다고 해도 경미했을 터였다. 낡은 셋방이나 집들도 남아 있지 않을까? 우에노 경찰서까지 걸리는 거리는 미노와에서 걸리는 것과 별 차이 없을 것이다. 걸어서 삼십 분 남짓이면 도착할 수 있다.

가토리가 여전히 떠들고 있다.

"저 아이들 좀 봐. 여자들이 몸을 팔듯이 남자를 좋아하는 사내에게 몸을 파는 일도 있다나 봐. 저녁때가 되면 공원에는 그런 아이들을 찾아서 그쪽 취향을 가진 사내들도 많이 온다고 하더군."

세이지는 동료들을 돌아보았다. 마침 하야세가 가로수 안쪽에 있던 아이들에게서 시선을 돌리고 있었다.

동물원 입구 앞까지 와서 가토리가 말했다.

"아메야요코초* 쪽으로 가자. 그쪽에는 술을 파는 곳이 있을 거야."

구보타가 말했다.

"제복을 입고서요? 제복 차림으로는 먹고 마시지 말라고 하던데요."

"순사 견습은 졸업했어. 순사가 되는 건 내일이고. 오늘 반나절 동안은 아무도 우리를 속박하지 않아."

하야세가 짓궂게 웃었다.

"꽤나 억지스런 논리로군."

가토리는 말했다.

"이런 시간은 두 번 다시 없을지도 모른다고."

결국 아메야요코초의 술집에서 가까스로 합성주를 한 잔씩 마실 수 있었다. 고작 합성주 한 잔이라도 평소 마셔보지 않았던 세이지 일행에게는 충분했다. 그럭저럭 기분 좋게 취할 수 있었다.

다들 한 잔씩 술을 비웠을 즈음, 헤어지기로 했다.

가토리가 사람들에게 말했다.

"언젠가 출세해서 또 모이자. 동창회를 하자고."

나머지 세 사람도 고개를 끄덕였다.

쇼와 23년 3월 31일이었다.

후에 경시청에서 '23년 반'이라고 불리게 될 대규모로 채용된 순사들,

---

* 현재의 JR 오카치마치 역과 우에노 역 사이에 늘어선 상점가로 제2차세계대전 당시 암거래 시장으로 유명함

그 제3기생이 세이지와 동기들이었다.

집으로 돌아와서 세이지는 다즈에게 말했다.

"우에노 경찰서로 배속됐어. 통근할 수 없는 건 아니지만 여기보다 가까운 곳에 방을 얻자."

다즈는 예상이 빗나갔다는 듯이 웃었다.

"좀 더 멀리 있는 경찰서였으면 큰맘 먹고 이사할 수 있었을 텐데 말이에요."

"시험을 친 곳이 사카모토 경찰서였고 현 주소도 여기야. 경시청에서 되레 배려해준 거겠지."

"우에노 경찰서에서는 어떤 일을 하나요?"

"외근이야. 신규 채용 인원들은 다들 거리에 내보내려고 채용한 거야. 거리 경비하고 야간 순찰."

"파출소에서 근무하는 일은 없을까요?"

있을 것이다. 대부분의 경찰서에서 순사의 업무는 파출소 근무부터 시작된다고 들었다. 그렇지만 오늘 훈련소를 수료한 순사 훈련생은 이천오백 명. 지금 도쿄 도내에 그 숫자를 수용할 만한 파출소가 있을까? 가령 교대 근무라 하더라도 말이다.

세이지는 말했다.

"내일 가보면 알 거야. 어쩌면 파출소에서 근무하게 될지도 모르지."

"제가 요 두 달 동안 줄곧 생각해봤는데요."

"뭘?"

"세이지 씨가 버젓이 채용되면 어떤 순사가 되면 좋을까 하는 생각."

"거드름 피우지 않는 순사겠지?"

다즈는 천진한 웃음을 보이며 말했다.

"주재소에서 근무하면 좋겠어요. 저도 세이지 씨 일을 도울 수 있잖아요. 아이들도 세이지 씨가 일하는 모습을 보며 자랄 수 있고. 주재소 순사[*]가 되는 건 어때요?"

그건 생각해본 적이 없었다.

분명 동료들끼리 이런저런 희망을 이야기한 적은 있다. 가토리는 무조건 출세해서 가능하면 경찰서장이 되고 싶다고 했다. 젊은 구보타는 무조건 악이 판치거나 부정이 이루어지는 현장에 가장 먼저 뛰어들고 싶다는 꿈을 갖고 있었다. 언젠가 그런 돌격부대를 지휘하는 꿈도 꾸고 있을 것이다. 하야세는 단호하게 사복형사가 되고 싶다고 했다. 확실히 그 사나이의 두뇌와 성격을 고려하면 사복 수사원은 그의 적성에 맞는다.

세이지 본인의 희망은 막연했다. 우선 제때에 월급을 받고 싶었다. 제복 경관으로 거리에 서는 일은 그다음의 꿈이었다.

경찰학교에 있는 동안 약간이나마 구체적인 모습을 상상하게 되기는 했다. 담당 구역의 주민이나 장사치들이 따르는, 순찰을 돌면 지나가는 사람들이 다들 인사를 해주는, 그런 순사가 되고 싶다는 마음을 품게 되었다. 서장이 되는 일도, 헬멧을 쓰고 경찰봉을 휘두르는 자신도, 사복 수사원도, 상상이 되지 않았다. 마을의 경찰 아저씨. 군이 말하자면 그것이 세이지의 경찰관으로서의 꿈이다.

주재 경관이라.

세이지는 다즈를 바라보고 말했다.

"내가 원하는 걸 이룰 수 있도록 부지런히 일할게. 공을 세워 최대한 빨리 주재 경관이 되겠어."

"무리는 하지 마세요. 하지만 그걸 목표로 삼아요."

세이지는 고개를 끄덕이며 다즈를 품으로 끌어당겼다.

---

[*] 주재소는 파출소와 동등한 역할을 하지만 파출소가 교대제인 것에 비해 주재소는 관사의 역할을 겸하고 있어, 주재소 경찰관은 가족과 함께 상주하며 지역 경찰 업무를 담당함

2

오전 9시, 안조 세이지는 배속된 근무처인 우에노 경찰서의 서장 앞에서 착임 신고를 했다.

"경시청 순사 안조 세이지, 쇼와 23년 4월 1일부로 우에노 경찰서 근무를 배명하여 지금 착임하였습니다."

서장인 가리노 고타로 경시는 경찰관이라기보다 오히려 세무서 직원 같은 인상의 남자였다. 안경을 쓰고 있었으며, 머리 모양부터 표정까지 실로 앞뒤가 꽉 막혀 보였다. 아마도 부하 순사들을 질타하며 감독하는 방식의 간부는 아닐 것이다. 오히려 서류와 통보로 조직을 유지하기 좋아하는 사내로 보였다. 세이지의 착임 신고를 듣고도 귀찮다는 듯 고개만 까딱했을 뿐이었다.

서장에게 신고를 한 후 경무계*에서 경찰수첩과 업무 용지, 경찰봉, 호루라기, 포승줄, 순사 계급장을 받았다. 같은 날, 세이지는 우에노 경찰서 외근계 경비 제3반에 편입되어 공원 앞 파출소 근무를 배명했다. 내일부터는 근무일에 업무를 시작할 때 우에노 경찰서에서 서장에게 점호, 점검을 받은 후 근무에 임하는 것이다.

선배 순사의 도움을 받아가며 장비 한 벌을 몸에 갖추자 우에노 경찰서의 차석이 다가왔다. 이와부치 다다타카라는 경부였다. 수염을 길렀고 목이 없는 체격 좋은 남자로 나이는 쉰 정도일까. 목소리가 쩌렁쩌렁했다.

이와부치는 세이지에게 차렷 자세를 취하게 하더니 머리끝부터 발끝까지 쩨려보았다. 그 시선만으로도 위압감을 느꼈다. 소심한 범죄자라면 이 사내 앞에서는 반항적인 말은 일절 지껄이지 않겠다고 맹세할 것이다.

이와부치는 세이지의 몸 여기저기를 손가락으로 꾹꾹 누르며 말했다.

---

* 채용, 인사 등의 업무를 담당하는 경찰 부서

"턱 집어넣어. 옷깃을 구기지 마라. 복장에 단 한 부분도 흐트러짐이 없게 하라. 가죽 벨트 위치가 틀렸다."

세이지는 긴장해서 자세를 가다듬었다.

이와부치는 세이지를 이리저리 째려보며 말을 이었다.

"훈련소에서는 민주 경찰이 어쩌고저쩌고하는 쓸데없는 교육을 받았겠지만, 경찰은 경찰이다. 경찰에는 경찰의 규율이 있고, 일본 경찰의 전통이라는 것이 있다. 점령군이 하는 물렁한 소리도 일리는 있지만 현장에서는 임기응변으로 대처한다. 알겠나?"

"예." 세이지는 반사적으로 대답했다. "알고 있습니다."

"민주 경찰이 됐든 뭐가 됐든, 경찰관에게 필요한 것은 위엄이다. 범죄자를 위협하는 것이다. 시민을 위한 봉사는 바로 그 다음이다. 알겠나?"

이와부치는 계속해서 말했다.

"시민을 위한 봉사니, 사랑받는 공복이니 하는 헛소리는 잊어라. 수도의 치안 유지를 위해 몸을 던지는 것이 경찰이다. 시민에게 굽실거린다고 치안을 지킬 수 있는 것은 아니다. 두려워하게 만든다. 시민에게도 범죄자에게도 두려움을 준다고 나쁠 것은 없다. 알겠나?"

"예."

"정말 알겠나?"

"알고 있습니다."

"좋다."

"예."

이와부치는 일단 세이지에게 등을 돌렸다. 훈시가 끝났다고 생각했다. 세이지가 자세를 풀려는 순간, 이와부치는 갑자기 뒤로 돌아 세이지의 뺨을 갈겼다. 세이지는 깜짝 놀라 자세를 바로잡았다.

이와부치가 박치기라도 하려는 듯이 얼굴을 들이대고 물었다.

"지금 건 뭔가? 민주주의에 어긋나는 행위인가? 폭력인가? 경찰관의 횡

포인가? 뭐야? 대답해봐."

어떻게 대답하면 좋을지 몰라 입을 다물고 있으려니 옆에서 작은 목소리가 들렸다.

"교육. 지도."

아마도 그 큰 방에 있는 누군가가 도움의 손길을 보내준 듯했다.

세이지는 대답했다.

"교육입니다. 지도입니다."

"정답이다." 이와부치는 얼굴을 폈다. "바로 그런 것이다. 자네도 수긍했지? 그렇다면 앞으로는 순사로서 범죄자나 그 예비군에 대한 교육과 지도를 망설이지 마라. 단호하게 자신감을 갖고 관철하라. 알겠지?"

"예."

아직도 뺨이 얼얼했다. 이와부치는 이 교육과 지도에 철저했던 것이다.

근무 시작 후 두 번째로 돌아온 제2당번* 근무가 끝난 아침, 세이지는 다즈와 우에노 역에서 만났다. 함께 방을 알아보기 위해서였다.

공원 앞 파출소에서 근무한다면 전에도 생각했듯이 야나카나 우에노 사쿠라기초 부근이 통근하기에 좋다. 걸어서 다닐 수도 있고, 게이세이 선도 이용할 수 있다. 전쟁 피해를 입지 않은 지역이라 낡은 집도 많이 남아 있다. 물론 네즈 방면도 피해를 면한 지역이지만 그 부근은 집세가 비싸다고 들었다. 1800엔의 순사 초봉으로는 살기 어려울 것이다.

우선 간에이지 주변을 걸어다니며 빈집을 찾았지만, 벽보 한 장 눈에 띄지 않았다.

셋집으로 보이는 건물을 발견하면 바로 근처에 사는 사람에게 물어보았지만 역시 찾을 수 없었다.

* 야근조

한 시간 남짓 걸어 또 한 집에서 거절당하자 다즈가 말했다.

"무턱대고 찾아와서 안 되나 봐요. 이 지역 사람이 소개해주는 게 제일 좋을지도 몰라요."

세이지는 말했다.

"난 이 부근에 아는 사람이 없으니 말이지."

"그 제복이 있잖아요" 하고 다즈가 말했다.

순사는 자택에서 제복을 입고 근무처로 출근한다. 대여 받은 경찰봉이나 포승줄도 개인이 책임지고 가져가서 보관하는 것이다. 그래서 세이지는 아직 파출소에서 근무할 때와 같은 차림이었다.

다즈는 말을 이었다.

"근처에 야나카 경찰서가 있지 않았나요? 거기서 누구, 이 지역 사람을 알려달라고 하면 어때요?"

"그 경찰서 순사들도 살 집을 찾느라 고생하고 있지 않을까."

"방을 소개해달라는 게 아니에요. 이 지역 유력 인사를 알려달라는 것뿐이죠."

"과연."

세이지는 다즈와 함께 야나카 경찰서를 찾아가 창구의 순사에게 소속을 고한 뒤 말했다.

"이 부근에서 집이나 방을 빌리려고 합니다. 이 지역에서 발이 넓은 분을 소개해주실 수 없겠습니까?"

상대 순사는 세이지에게 뻔뻔스럽다는 표정을 보였지만, 그래도 알려주었다.

"저기에 목욕탕이 있네. 거기 주인이 마당발이야."

그 목욕탕은 경찰서에서 고작 100미터쯤 떨어진 곳이었다. 그곳 뒷문에서 주인에게 사정을 이야기하자 비쩍 마른 예순 전후의 목욕탕 주인이 말했다.

"산사키자카 너머라도 괜찮소?"

예상보다 조금 멀지만 허용 범위다.

"상관없습니다" 하고 세이지는 대답했다.

"술집 옆에서 하쓰네초 길로 들어가서 쭉 가. 거북껍질 세공을 하는 가게가 있고 그 건너편에 셋집들이 있네. 얼마 전 그 샛길에 강도가 들었어. 이웃 사람들이 위험하다고 무서워하더군. 순사가 살고 싶다고 하면 환영하지 않겠나?"

세이지는 물었다.

"강도는 어떻게 되었습니까?"

"잡혔지. 하지만 나쁜 놈이 어디 하나뿐이겠나."

가르쳐준 하쓰네초 길로 들어가서 그 셋집의 집주인을 찾아갔다.

나온 사람은 노인이었다. 아마도 일흔 안팎일 것이다. 하지만 몸놀림이 가벼웠고 말도 잘했다. 이름은 나카야마라고 했다.

사정을 이야기하자 나카야마 노인은 말했다.

"마침 좋을 때 왔네 그려. 우리 셋집에 여자들만 사는 집이 하나 있는데, 무섭다고 나가겠다지 뭔가. 모레부터 다다미 넉 장 반짜리 방이 빈다네. 순사님이 살면 이제 이 부근은 안심해도 되겠네."

세이지는 물었다.

"이 부근이 그렇게 위험합니까? 절도 많고 치안이 좋은 동네로 보입니다만."

"전쟁 탓이지." 나카야마는 턱을 치켜들었다. 우에노 공원 방향을 가리킨 듯하다. "처치 곤란한 사람들이 늘었어. 불쌍하게도 집이 불탄 거야. 하지만 전쟁 피해자가 저만큼이나 모여 있으면 개중에는 무법자도 있지. 여기는 공원하고 가깝고, 종전 후에는 세상도 험해져서 다들 벌벌 떨면서 생활하고 있다네."

집세를 물어보니 600엔이라고 했다. 예산을 크게 웃돌았다. 그러나 요즘 세상에 턱없이 높은 집세도 아니다.

다즈의 얼굴을 쳐다보자 그녀도 고개를 끄덕였다.

"빌리고 싶습니다." 세이지는 나카야마에게 말했다. "방을 잠깐 보여주시면 감사하겠습니다만."

그 방에는 마침 모친이 있다고 해서 세이지와 다즈는 방을 살펴볼 수 있었다. 동쪽을 바라보는 다다미 넉 장 반짜리 방으로, 벽장과 작은 봉당마루가 붙어 있다. 변소는 공용이다. 뜰 가장 안쪽에는 펌프가 있었다. 이것도 셋집 주민들이 공동으로 쓰는 펌프라고 했다.

세이지와 다즈는 사흘 후, 방이 비면 바로 이사하기로 했다. 어차피 가재도구는 거의 없는 것이나 마찬가지다. 이사는 간편했다.

제3반 가운데 세이지와 같은 공원 앞 파출소에서 근무하게 된 선배로 요코야마 고키치라는 순사가 있었다. 쉰 연배의 백발머리 사나이였다. 어디로 보나 저잣거리에 잘 어울리는, 장인 같은 분위기가 나는 순사였다. 세이지는 그 요코야마와 한 조가 되어 히로코지에서 아메야요코초에 걸친 지역을 순찰하는 일이 일과가 되었다.

처음 순찰하던 날, 요코야마가 걸으면서 물었다.

"자네, 낚시는 하는가?"

세이지는 대답했다.

"아뇨, 해본 적 없습니다만."

"난 좀 하는데 말이야. 처음 시작했을 때가 떠올라. 강의 흐름을 보고 있어도 어디에 물고기가 있는지는 보일 리가 없잖나. 그런데 내게 낚시를 가르쳐준 삼촌한테는 물고기가 보이는 거야. '봐, 저 웅덩이 쪽에 있어'라느니 '저 얕은 목 앞에 있어'라느니, 손가락질을 하면서 알려주는데, 나는 아무리 집중해서 봐도 보이질 않는 거야. 처음에 난 삼촌이 거짓말을 하는 게 아닐까 하는 생각을 했을 정도였지. 그런데 어느 날, 갑자기 강 속에 물고

기 모습이 보이는 거야. 삼촌이 가리킨 장소에 분명히 물고기가 보여. 이렇게 확실하게 보이는 게 그동안 보이지 않았다니, 내 눈이 어떻게 됐던 건가 하고 이상해 했지. 자네도 말일세……."

요코야마는 시선을 여전히 거리의 인파로 향한 채 말했다.

"언젠가 순사의 안목이 단련될 게야. 똑같이 이 히로코지나 아메야요코초를 걸어도 다른 것이 보이게 될 게야. 그것도 그런 순간은 뜻하지 않게 별안간 찾아오지. 차츰차츰 보이는 게 아니야. 갑자기 눈가리개를 벗겨낸 것처럼 눈에 보이지."

세이지에게 그 순간이 찾아온 것은 어쩌면 다른 순사들보다 더 늦었는지도 모른다.

거의 삼 주가 지난 후였던 것이다. 이날 역시 요코야마와 함께 아메야요코초를 순찰하고 있었다.

걸어가면서 요코야마가 말했다.

"봤나?"

같은 것이 세이지에게도 보였다. '무엇을?'이라고 되물을 필요는 없었다.

"예." 세이지는 대답했다.

"간다."

"예."

요코야마가 인파를 가르며 그 상점 앞으로 나갔다. 세이지는 그의 왼쪽으로 돌아가서, 다시 두 걸음쯤 요코야마에게서 떨어졌다.

잡화를 파는 가게 앞에서 말쑥한 중년 부인 하나가 물건을 고르고 있다. 오른손에는 신겐 주머니*를 들고 있다.

사내 둘이 그 부인 바로 뒤에 서 있었다. 나이가 많은 쪽은 양복 차림, 젊은 쪽은 국민복 차림이다. 국민복을 입은 사내는 인도 쪽으로 고개를 돌리

* 바닥이 평편하고 끈을 당겨 주둥이를 여미는 헝겊 주머니

고 있다.

그 국민복 사내가 세이지와 요코야마를 알아차렸다. 안색이 변했다. 세이지와 요코야마가 다가오고 있다는 사실을 그 순간까지 몰랐던 모양이다. 그 사내는 옆에서 뒤돌아 서 있는 사내를 쿡 찌르더니 별안간 내뺐다.

세이지도 순식간에 튀어 나가 몸으로 부딪쳤다. 두 사람은 격렬하게 충돌하고 엉키듯 길바닥에 뒹굴었다. 주위에서 통행인들이 비명을 질렀다.

사내는 곧바로 일어섰다. 세이지는 다시 내빼려는 사내의 발을 후려 찼다. 사내는 다시 바닥에 고꾸라져 얼굴을 처박았다.

세이지는 곧바로 사내에게 올라타서 손을 뒤로 꺾었다. 저항하는 사내의 머리를 바닥에 찍어 눌렀다. 사내는 힘을 풀었다.

올라탄 채로 요코야마 쪽으로 눈을 돌렸다. 요코야마는 나머지 한 사내의 오른손을 틀어 올려 포승을 두르고 있는 참이었다. 사내의 몸 아래에는 지갑 같은 물건이 뒹굴고 있다. 말쑥한 부인은 신겐 주머니를 가슴에 꼭 끌어안고 넋이 빠져 있었다.

세이지는 자기 몸 아래에 깔려 있던 사내를 묶어 잡아 일으켰다.

사내를 떠밀면서 요코야마 앞으로 가니 요코야마가 슬며시 웃었다.

"전부터 보였던 게지?"

세이지는 대답했다.

"아뇨, 방금 전에 처음으로 보였습니다."

두 사람은 아메야요코초에서 상습적으로 소매치기를 하던 사내들이었다. 세이지와 요코야마는 히로코지 입구에 있는 파출소 수사원에게 그 소매치기들을 인도했다. 후에 범인들은 스무 건 이상의 여죄를 자백했다고 한다.

세이지와 요코야마는 이 소매치기 현행범 체포로 경찰서장상 병丙을 받았다.

어느 날, 세이지는 게이세이 선 박물관·동물원 역 입구까지 왔을 때 무의식적으로 주위를 둘러보며 눈에 익은 소년이나 청년의 모습을 찾았다.

아침 8시 반, 우에노 경찰서 근무도 이 개월이 지났다.

처음에 이 공원에 사는 부랑자들은 아마 세이지를 상당히 경계했을 것이다. 제복 차림의 세이지가 걸어가면 시선을 피하든가 등을 돌리는 사람이 태반이었다. 경시청과 우에노 경찰서가 이 공원에서 몇 번이나 부랑자들을 소탕한 적이 있으니, 순사 제복을 보고 그들이 경계하는 것은 당연했다.

하지만 하쓰네초에서 통근한 지 한 달쯤 지난 무렵부터 분위기가 달라졌다. 세이지가 순찰 때문에 공원을 걸어 다니는 것이 아니라 통근하고 있다는 사실을 이해한 것이리라. 제1당번일 때와 제2당번일 때는 각각 지나가는 시간대도 다른데, 이 공원 안의 부랑자들이 세이지에게 목례를 하거나 인사를 하게 된 것이다.

세이지 쪽에서도 부랑자를 한 명 한 명 구분할 수 있게 되었다. 공원 안 어떤 구역에 사는 사람들이 어느 집단 소속인지, 고참인지 신참인지, 그런 것들을 알 수 있게 된 것이다. 핵심인물이나 개성 강한 인물 몇몇은 이름도 알았다.

그들은 넓은 공원 안에 저마다 살 곳을 정하고, 그 장소마다 큼직한 집단을 만들어 생활하고 있었다. 가족끼리 살면서 공원에서 날품팔이를 하러 가는 무리도 있었다. 경찰이나 신문은 그들을 부랑자라 불렀고 세이지도 그것을 따르고 있지만, 사실 세이지의 눈에 그들은 그저 집만 없는 근로자로 비쳤다.

한편으로는 분명 무법자 무리도 있었다. 그들은 집단으로 행인을 위협하거나, 도둑질을 하거나, 소매치기를 해서 공원 안에서 미움을 받고 있었다. 경찰이 가장 주시하는 집단은 이 패거리였다. 물론 이 무리는 경찰관의 모습을 보면 재빨리 모습을 감추거나 하고 있던 범죄행위를 멈춘다.

전쟁터에서 돌아온 거친 패거리도 있었다. 그들은 경찰도 법률도 아랑

곳하지 않았다. 그들 중 일부는 전쟁터에서 황폐해진 정신상태 그대로 범죄를 되풀이하고 있었다. 요란한 도적질이나 강도짓도 적지 않았다. 다만 공원에서는 그 수가 적었고, 단속이 강화되면서 공원에서 점차 사라져가고 있었다.

창부나 남창들도 몇 개의 작은 집단을 이루고 있었다. 그들은 평소에는 얌전하지만 외부에서 공격이라도 받을 성싶으면 격렬하게 적의를 드러냈다. 그 무리들은 분명 공원에서 가장 결속이 강한 집단이었을 것이다.

그리고 고아 집단이 있었다. 수용시설에서 몇 번이나 탈주했거나 지방에서 모여든 소년들이다. 이 소년들의 일부는 우에노의 상점가나 우구이스다니, 네기시 등지의 노점가에서 들치기를 되풀이하고 있었다.

그날 아침, 출근을 하려고 박물관 앞에서 우에노 역의 공원 입구 방향으로 가고 있을 때였다. 오른편 가로수 사이에서 마음에 걸렸던 청년의 모습을 발견했다.

다들 미도리라고 불렀지만 아마 본명은 아닐 것이다. 도쿄 대공습으로 집을 잃은 후, 줄곧 우에노 공원을 거처로 삼고 있는 청년이다. 나이는 열여덟이나 열아홉. 피부가 보얗고 긴 머리를 스카프로 감싸고 있다. 아침에는 그네들 남창 무리의 거주지 주변을 곧잘 청소하곤 했다.

세이지는 미도리하고도 이미 안면을 튼 사이여서, 시선이 마주치면 미도리는 말없이 고개를 꾸벅였다. 그런데 오늘, 미도리는 이쪽으로 고개를 돌리지 않았다. 세이지가 있는 줄 모르는 걸까?

미도리를 쳐다보며 걸어가는데 미도리가 슬쩍 뒤를 돌아보았다. 얼굴이 부어 있었다. 멍이 든 것처럼 보이기도 했다.

세이지는 멈춰 서서 미도리를 불렀다.

"미도리, 무슨 일이야?"

미도리는 가로수 너머에서 눈을 슬쩍 치뜨고 세이지를 돌아보았다.

틀림없었다. 얼굴이 부어 있다. 폭행을 당한 듯싶다. 미도리는 얌전한 성격이라 싸워서 그런 것 같지는 않았다. 일방적으로 얻어맞은 게 아닐까?

미도리에게 다가가자 그는 살짝 겁먹은 표정으로 세이지를 쳐다보았다. 부은 얼굴 때문에 세이지에게 타박 맞을 각오라도 한 모양이다.

"그 상처, 왜 그런 거야?"

미도리는 기운 없이 웃으며 말했다.

"별일 아니에요. 그냥 좀 넘어져서요."

"넘어진다고 그런 상처가 생기나? 왜 그래? 누구야?"

"정말 별일 아니에요. 신경 쓰지 마세요."

"치료는 했어? 다른 데는 다치지 않았고?"

"별일 아니라니까요."

"동료 사이에 그랬어도 폭행은 범죄야. 누구한테 당했어?"

그러나 미도리는 그 이상 아무 말도 하지 않았다. 그대로 동료들이 모여 있는 가로수 안쪽의 천막으로 걸음을 뗐다.

세이지는 미도리의 뒤를 쫓아가려 했다.

그때 뒤에서 누가 세이지를 불렀다.

"순사 양반, 안조 씨."

걸음을 멈추고 뒤를 돌아보니 이 공원에서는 연장자 무리에 드는 중년의 사내였다. 미술학교와 가까운 숲속에서 생활하는 사내다. 하라다 게이스케라는 이름이다. 학식이 있는지 편지를 대필하거나 서류를 읽거나 동료들의 고민거리를 들어주는 입장이라고 했다. 다들 '선생님'이라고 불렀다. 모자를 쓰고, 6월인데도 긴 방진 코트를 걸치고 있었다.

세이지는 말했다.

"선생님, 나중에 하시면 안 될까요?"

"기다려주게. 급히 의논할 게 있어."

"급히?"

"그래, 자네한테 하고 싶은 얘기가 있어."

세이지는 미도리가 떠나간 쪽을 쳐다보았다. 이미 미도리의 모습은 보이지 않는다. 가로수 안쪽, 남창 무리의 보금자리로 가버렸나 보다. 상처에 관한 이야기를 하기가 어지간히 싫었던 모양이다.

하는 수 없이 하라다 쪽을 돌아보자, 그가 말했다.

"또 단속이 있다고 들었네. 이번에는 대규모라던데, 뭐 좀 알고 있나?"

그 이야기인가. 경시청은 우에노 공원의 부랑자와 전쟁고아들이 치안을 위협한다는 이유로 또다시 대규모 단속 및 고아 수용 작전을 추진한다고 한다. 이제까지도 반복적으로 실시했던 일이지만, 이번에는 철저히 단속하겠다고 발표했다. 우에노 공원에서 부랑자를 쓸어버린 다음 공원 출입구를 폐쇄한다는 소문까지 돌고 있다.

세이지는 대답했다.

"경시청은 그렇게 발표했습니다. 틀림없이 그렇게 할 겁니다."

하라다가 물었다.

"출입구도 폐쇄한다면서?"

"글쎄요, 그건 사실인지 아닌지 모르겠습니다. 공원 전체를 포위하기는 어려우니 출입구에 경관을 배치해서 수상한 사람들의 출입만 제한하지 않을까 싶은데요."

"언제 할지 들었는가?"

"아뇨, 저희 순사들은 들은 내용이 없습니다. 하지만 머지않아 있을 겁니다."

"이 공원에 있는 사람들은 대부분 성실하게 일하고 있네. 못된 짓을 하는 녀석들은 일부 놈들이야."

"잘 알고 있습니다."

"그런데도 구별 않고 모조리 추방하는 겐가?"

"선생님처럼 선량한 분들과 나쁜 녀석들을 구별하기란 쉽지 않습니다. 다소 거칠어도 한쪽 잣대로 처리하겠지요."

세이지는 이 대화가 그다지 급한 용건이 아니라는 것을 눈치챘다. 추측컨대 하라다는 세이지와 미도리를 떼어놓고 싶었던 것이다.

"선생님."

세이지는 타박하듯 하라다에게 말했다.

"미도리가 왜 다쳤는지, 뭐 좀 알고 계십니까?"

하라다는 고개를 끄덕였다.

"약간은. 하지만 그건 자기네들 사이에서 일어난 일이야. 지금 자네가 나서는 건 좋지 않아."

"어째서 그렇습니까?"

"경찰이 미도리 편을 들어주고 있다고 쳐보게. 지금 한때는 좋을지 몰라도 미도리는 저 집단 속에서 살아갈 수 없게 돼."

"그렇게 거창한 문제가 아니지 않습니까. 상처를 입었으니 폭행한 녀석을 집어넣을 수도 있어요."

하라다가 물었다.

"그런다고 뭐가 되나? 사실 그리 좋은 소리는 듣지 못하는 짓거리만 하는 녀석들이지. 하지만 녀석들에게는 녀석들의 규범이 있어. 미도리도 녀석들 속에서 살아가려면 그 규범을 따라야만 하네. 주먹질을 두어 번 당한 것 같네만, 경찰이 나설 정도로 큰 사건은 아니야."

"못 본 척 할 수는 없습니다."

"미도리의 앞날을 책임질 수 있는가? 저 애가 저 녀석들하고 떨어져서도 살 수 있도록, 자네가 언제까지고 돌봐줄 수 있겠어?"

세이지가 입을 다물고 있자 하라다가 말했다.

"공원 안은 자네 담당 구역이 아니잖나? 오늘은 내버려두는 게 어떨까 싶네. 만약 저 녀석들이 정말 몹쓸 짓을 할 성 싶으면 내가 자네에게 신고함세. 피해자가 꼭 미도리가 아니더라도 말이야."

세이지는 아주 조금 망설인 끝에 말했다.

"오늘은 그렇게 하겠습니다."

　그날, 제1당번이 끝나고 우에노 경찰서로 돌아오니 회의실 안쪽에 임시 근무일정표가 적혀 있었다. 매주 월요일 밤부터 목요일 아침까지 나흘간, 외근 순사들의 근무가 상당히 변칙적인 일정으로 바뀌어 있다. 파출소에서 근무하는 세이지는 비번이었던 월요일이 주간 근무로 되어 있었다.

　자신의 근무일정표를 확인하고 돌아가려는 찰나, 다른 반의 선배 순사가 세이지 옆에 섰다.

　세이지는 그 선배에게 물었다.

　"월요일에 무슨 일이 있나 보지요?"

　선배 순사가 가르쳐주었다.

　"왜 그거 있잖아, 우에노 공원 단속. 다른 경찰서의 지원을 받아 삼백 명을 구성해서 부랑자와 고아들을 몰아낼 거야."

　"월요일 밤부터 말인가요?"

　"아니, 시작은 화요일 아침부터겠지. 일출과 동시에 하지 않을까."

　지금 계절은 하지를 앞두고 있다. 새벽 4시경에 시작한다는 소리다.

　그날, 세이지는 우에노 공원을 지나 집으로 돌아오면서 하라다를 찾았다. 하라다도 세이지를 알아보았다. 세이지의 표정을 보고 무슨 일이 있다는 눈치를 챈 모양이다. 세이지 곁으로 다가왔다.

　세이지는 하라다에게 말했다.

　"나란히 걸어주시겠습니까? 질문은 하지 마십시오."

　하라다는 잠자코 옆에 나란히 섰다.

　세이지는 하라다의 눈을 보지 않고 말했다.

　"다음 주 화요일 아침, 일출과 동시에 공원에 순사들이 물밀 듯 들이닥칠 겁니다. 그때부터 사흘 동안 순사들이 공원을 엄중히 단속할 것 같습니다. 소문 나지 않도록 부탁드리고 싶습니다만."

하라다는 혼잣말처럼 말했다.

"가까운 놈들한테만은 알려주지."

나흘 후 이른 아침, 순사 삼백 명이 일제히 우에노 공원 안으로 들이닥쳤다. 우에노 경찰서 외에 사카모토, 야나카, 아사쿠사, 오구, 아라카와 경찰서 등의 외근 순사가 동원된 것이다. 단속 전체를 총괄하는 것은 경시청이다.

경찰 부대는 공원 안의 부랑자나 고아, 그리고 공원을 근거지로 삼고 있던 소매치기단과 불량배들의 아지트를 급습했다. 범죄 용의자에게는 수갑을 채우고, 저항하는 자들도 체포했다. 수백 명이 공원에서 쫓겨났다. 수많은 부랑자들이 '고향으로 돌아가라. 도쿄에서 나가라'라는 단호한 선고를 받았다. 우에노 경찰서가 최우선 배제 대상으로 보고 있던 집단은 우에노 역까지 호송해서 그곳에서 도호쿠 본선 열차에 태웠다.

다만 공원 사정을 잘 알고 있는 우에노 경찰서는 정보 누출을 확신했다. 부랑자 집단 가운데 가장 얌전하고 질서 있는 생활을 영위하던 인물들이 단속일에는 한 명도 없었던 것이다. 단속 전날 밤에 어디론가 이동했다고 생각할 수밖에 없었다. 또한 남창 집단 가운데 한 무리도 쏙 사라졌다. 우에노 경찰서가 가장 거친 패거리로 주시하던 집단도 태반이 사라졌다. 전체로 보면 이날 아침 공원에 있던 사람들은 사전에 파악했던 숫자의 삼 분의 이 정도밖에 되지 않았다.

하라다나 미도리가 속한 집단이 다시 공원에 모습을 드러낸 것은 금요일 이후였다.

그날 저녁, 박물관 쪽을 향해 걸어 집으로 돌아가던 세이지에게 하라다가 소리 없이 다가왔다.

하라다는 나란히 걸음을 떼며 말했다.

"덕분에 살았네. 다른 곳으로 가라고 해도 우리는 갈 곳이 없어. 이곳을 터전 삼아 어떻게든 제 삶을 새로 꾸려갈 수밖에 없으니 말이야."

세이지는 말했다.

"공원 안에서는 위법행위를 삼가주십시오. 범죄도 눈감아주면 안 됩니다. 공원에서 범죄가 발생하면 경찰은 또다시 몇 번이고 단속할 겁니다."

"내 눈이 닿는 범위에서는 그리 함세."

"벅찬 경우에는 무리하지 마시고 경찰에 도움을 요청하세요. 동물원 앞 파출소나 공원 앞 파출소나 상관없으니까요."

"여차하면 달려가겠네."

하라다는 코트 자락을 펄럭이며 세이지에게서 떨어졌다.

그대로 걸어가다가 미도리를 보았다. 미도리는 세이지에게 자그맣게 고개를 꾸벅 숙였다. 이제 얼굴의 멍은 사라졌다. 여성으로 착각해도 이상하지 않을 법한 미모가 돌아왔다. 어쩌면 그때의 멍은, 누군가 이 생김새를 질투해서 때린 탓에 든 것이 아니었을까.

세이지는 미도리에게 고개를 숙여 답하고 집으로 가는 길을 서둘렀다.

대규모 단속으로부터 닷새째 되던 날이었다. 우에노 경찰서로 돌아온 세이지는 센다이에서 발행한 신문을 보았다. 우에노 역에 내린 철도 승객이 놓고 간 신문이라 한다.

이 신문에 의하면 며칠 전 우에노 공원에서 쫓겨난 부랑자 중 일부가 센다이 역에 도착한 후 서너 명씩 무리를 지어 센다이 주변으로 흩어진 모양이다. 그들이 닥치는 대로 농가를 찾아가 식료품이나 물건을 갈취한다는 것이었다. 만약 내놓지 않을 경우에는 집단 강도질을 하거나 불을 지르겠다고 위협하는 모양이다. 기사는 연이은 창고 도둑이나 식료품 도난 역시 우에노에서 쫓겨난 부랑자들의 소행일 것이라고 보도하고 있었다.

세이지는 생각했다. 만약 기사가 사실이라면? 경시청은 우에노 공원의 무법행위를 지방으로 퍼뜨렸을 뿐이다. 그날의 부랑자 소탕과 범죄자 검거는 대성공이라고들 하지만, 정말로 칭송받을 만한 일이었을까? 어찌됐든 일본이 완전히 부흥하기 전에는 우에노 공원 역시 완전히 청결해질 수는 없었다.

장마도 지나간 7월 하순의 토요일이었다.

제1당번 근무를 마치고 매미 울음소리 속에서 게이세이 선 박물관 동물원 역까지 왔을 때였다. 세이지는 보기 드문 얼굴을 만났다.

경찰훈련소 동기인 하야세 유조였다. 하얀 노타이셔츠에 담배를 물고 굵은 벚나무 밑에 서 있었다. 저녁 햇살을 피해 한숨 돌리고 있는 모양새였다.

먼저 알아차린 것은 세이지 쪽이었다.

"하야세 씨" 하고 부르니 하야세는 세이지의 얼굴을 보고 깜짝 놀란 표정을 지었다.

곁으로 다가가자 하야세가 말했다.

"안조 씨도 제복이 제법 어울리는군. 얼굴을 못 알아보겠어."

"하야세 씨는 별로 안 달라졌네."

"사복이니 그렇겠지."

"드디어 형사가 된 건가?"

"설마."

하야세는 쓴웃음을 지었다.

"순사가 된 지 이제 넉 달이잖아. 비번이야."

"오늘은 뭐라도 사러 나왔어?"

"음." 하야세는 짧게 끄덕이고 화제를 바꿨다. "이 공원은 넉 달 전하고 좀 달라졌나?"

"지난달에 대규모 단속을 했으니까. 어느 정도는 안전해졌어."

하야세는 세이지에게서 시선을 돌리고 주위를 둘러보았다.

"나무가 이만큼이나 뻗어 있으면 이런 날에는 고맙군 그래."

"정말 그래."

세이지는 동감하며 말했다.

"그럼 이만. 나, 집에 돌아가던 중이었거든. 또 가토리 씨나 구보타하고 함께 모이자."

"응. 서로 불만을 털어놓는 모임이나 해볼까?"

"만약에 마련되면 연락 부탁해."

손을 흔들며 세이지는 하야세와 헤어졌다.

뒤를 돌아보니 하야세는 히로코지 입구 쪽으로 천천히 걸어가고 있었다.

파출소에 아이가 태어났다는 전화가 걸려온 것은 새벽이 가까운 무렵이었다.

출산을 도와준 주인집 사모님이 야나카 경찰서까지 달려가 전화를 해준 것이다.

"고추예요. 축하해요. 순산이었어요."

그 짧은 전화를 끊자 요코야마가 말했다.

"첫째인가?"

"예." 세이지는 아직 현실감을 느끼지 못하고 대답했다. "고추랍니다."

"가보지 않아도 돼?"

"괜찮습니다. 산파도 있고, 주인집 사모님도 와주셨거든요. 이럴 땐 아버지가 돌아가봤자 방해만 될 테니까요."

"가까운 곳에 집을 빌리길 잘했네. 근무가 끝나면 쏜살같이 돌아갈 수 있으니."

"고생해서 비싼 집세를 내고 있는 게 다 그 때문인 걸요."

"이름은 생각해뒀나?"

"아직입니다."

"차석은 서장하고 달라서 그런 걸 좋아하는 사내야. 중매인이나 대부가 되는 것 말이야. 잘 보여서 출세하고 싶다면 대부가 되어달라고 부탁하면 효과가 있다던데."

세이지는 물었다.

"그걸 권하시겠습니까?"

요코야마는 웃었다.

"아니, 자네는 그러지 말았으면 좋겠네."

"직접 짓도록 하지요."

그날 아침, 하쓰네초의 자택으로 돌아가는 길에 세이지는 아이의 이름을 생각했다.

글자와 음을 다양하게 조합해보았다. 처음에는 아버지의 이름이나 친척 이름을 떠올리며 어딘가 일족의 유대가 느껴지는 이름이 좋지 않을까 싶기도 했다. 하지만 아무래도 마음에 쏙 드는 이름이 없었다. 이거다 싶은 이름이 떠오르지 않았다.

박물관 앞까지 왔을 때 하라다를 보았다. 하라다는 길바닥을 둘러보면서 걷고 있었다. 담배를 찾고 있는 건지도 모른다.

선생님이라면.

세이지는 발길을 멈추고 하라다를 불러 아이의 출생을 알렸다. 이름을 생각하고 있는데 어떤 이름이 좋을지 떠오르지가 않는다는 말도 덧붙였다.

하라다는 축하한다는 말과 함께 아이의 이름을 지어주는 것은 아버지가 가진 최대의 권리라고 말했다.

세이지는 말했다.

"고작 고등소학교밖에 못 나와서 글자도 제대로 모르고, 글자가 가진 심오한 뜻도 이해 못 합니다. 선생님께서 살짝, 어떻게 지어야할지 방법이라도 가르쳐주시면 크게 도움이 되겠습니다."

하라다는 조금 생각하는 듯하더니 말했다.

"성이 안조라고 했지? 사내놈이라면 이름은 세 음절이네."

"세 음절이요?"

"그래. '노보루'나 '가즈오'나. 이게 '노부가쓰'니 '데루아키'니 하는 네

경관의 피 **53**

음절짜리 이름이면 자네 성씨 밑에서는 조화를 못 이뤄."

"세 글자로 지으라는 말씀이군요."

"음이 세 개, 글자는 두 글자지. 읽기 쉬운 글자가 좋아. 아이 이름을 너무 복잡하게 지으면 안 돼. 아이가 고생해."

"세 음절, 두 글자. 읽기 쉬운 글자. 이거죠?"

"자기가 가장 소중히 여기는 마음을 나타내는 글자를 고르면 돼. 얼마 전까지 세상에는 충효니 승리니 하는 것들이 넘쳐났지. 지금은 세상도 변했어. 솔직한 마음으로 이름을 붙이면 되지 않겠나?"

"생각해보니 그러네요."

인사를 하고 떠나려 하자 하라다가 손을 내밀었다.

"담배 한 개비만 나눠주지 않겠나?"

주머니에서 담뱃갑을 꺼내 보니 세 개비가 남아 있었다. 세이지는 그걸 통째로 하라다에게 건넸다.

자택 앞 골목에 들어설 즈음에는 이름을 정했다.

다미오民雄다. 안조라는 성 밑에 붙여도 그럭저럭 괜찮은 조합 아닌가? 다즈는 뭐라고 할까. 어쩌면 다즈도 뭔가 복안을 갖고 있을지도 모른다.

방으로 들어가니 다즈는 이부자리 위에서 몸을 일으키고 있었다. 얼굴이 몹시 초췌했다. 하룻밤 사이에 지방분이 홀랑 빠져버린 것처럼 보이기도 했다. 순산이라고는 했지만 그래도 체력을 심하게 빼앗긴 것 같다.

다즈는 웃는 얼굴로 세이지를 쳐다보았다.

"사내아이예요. 한 관*에 조금 못 미치는 커다란 아이예요."

산파가 갓난아기를 들어 올려 안겨주었다. 갓난아기는 지금 막 젖을 먹었다고 한다. 자고 있었다. 쪼글쪼글한, 다들 그렇듯이 원숭이 같이 생긴

* 약 3.75kg

핏덩이였다. 자기하고 다즈, 누구를 많이 닮았는지도 알아볼 수 없었다.

산파가 말했다.

"어미를 닮았어. 몸은 바깥양반을 닮았고. 잘 크겠어."

다즈가 물었다.

"이름, 생각해봤어요?"

"응."

세이지는 갓난아이의 얼굴을 바라보며 대답했다.

"다미오야. 민주주의 할 때의 민民에, 영웅 웅雄."

"좋네요." 다즈가 찬성했다.

이튿날, 출근을 하다가 동물원 입구 앞에서 미도리를 만났다. 미도리는 마침 길바닥을 청소하는 중이었다. 밝은 색 여성용 상의를 걸치고 있다. 세이지가 다가가자 미도리는 웃으며 말했다.

"순사님, 축하드려요."

아이에 대한 말일 것이다. 하라다에게 들은 걸까?

"고마워." 세이지는 솔직하게 감사를 표했다. "하지만 어째서 너까지 좋아하는데?"

"글쎄요, 왜 그런지 모르겠는데요. 순사님도 사람이었구나 싶어서요."

"사람이지, 그럼 귀신인 줄 알았어?"

"순사님들은 다 귀신같은 사람들만 있는 줄 알았으니까요."

"그건 너무한데."

"농담이에요."

세이지는 뺨을 누그러뜨렸다. 아마도 미도리가 이런 식으로 말을 건 것도 세이지가 지금 한없이 행복해 보이기 때문이리라. 기꺼이 축복을 받겠다는 마음이 배어나왔기 때문일 것이다. 순찰할 때는 조금 마음을 가다듬어야 할지도 모르겠다. 당연히 범죄자들에게 겁을 줄 때는 너무 행복해 보이지 않는 편이 좋다.

세이지는 미도리에게 손을 흔들며 다시 걸음을 서둘렀다.

3

11월이 되자 파출소에도 통 난로가 들어왔다. 근무 때도 외투를 착용했다.

우에노 공원의 부랑자들도 아침저녁이면 모아온 버려진 목재들을 태워 무리별로 몸을 녹이고 있었다. 6월 단속 이후로 8월경에는 다시 이전과 다름없는 숫자로 돌아왔지만 최근에 약간 줄어들었다. 특히 아이들의 모습이 줄었다.

그날 아침 6시가 지난 시각, 세이지가 제2당번으로 파출소에서 보초 근무를 하고 있을 때였다. 중년의 부랑자 하나가 파출소에 들어왔다. 사내는 세이지가 모르는 얼굴이었다.

그 부랑자는 말했다.

"순사 나리, 사람이 죽었어. 미도리라는 녀석이네."

세이지는 재차 확인했다.

"미도리가?"

부랑자의 객사는 우에노 공원에서는 결코 드문 일이 아니다. 작년 겨울에는 한 달에 스무 명 가까이 죽었다고 한다. 사인은 대부분 영양실조에 의한 쇠약이다. 하지만 미도리는 지난달에 보았을 때도 건강해보였다. 객사가 아닌 걸까?

"어디지? 그 녀석 텐트 속에서 죽은 건가?"

"아니. 시노바즈노이케 연못가야."

시노바즈노이케 주변은 이 파출소의 관할 범위다.

"당신은 봤나?"

"그래, 좀 이상하게 죽었더라고."

대기실에 있던 요코야마가 외투를 들고 나왔다.

"안조, 우리가 가지."

세이지는 그 부랑자에게 말했다.

"안내해줘."

부랑자는 다키타라고 이름을 밝혔다. 시노바즈노이케 동쪽, 변재천을 모시는 사당 옆에 사는 사내였다. 같은 우에노 공원에서 살다 보니 전부터 미도리를 알고 있었다고 한다.

요코야마와 세이지는 동료 두 사람을 남겨두고 함께 미도리가 죽어 있다는 장소까지 달려갔다.

시노바즈노이케 남쪽, 가로수가 많은 한 모퉁이에 부랑자들이 열 명 남짓 모여 있었다.

도착해보니 미도리는 관목들 사이의 빈 공간에 드러누운 자세로 쓰러져 있었다. 입은 절규하다가 얼어붙은 것 같았고, 눈도 뜨고 있었다. 말마따나 자연사로 보이지는 않는다. 목 근처에 피멍이 있다. 교살로 보였다.

여성용 상의를 입고 있었지만 신발은 신고 있지 않았다.

요코야마가 다키타에게 물었다.

"자네가 봤을 때, 미도리는 신발을 안 신고 있었나?"

"아니, 맨발은 아니었어. 신고 있었던 것 같은데."

요코야마가 부아가 치민다는 듯이 말했다.

"누가 신발을 벗겨간 게로군, 젠장."

요코야마가 우에노 경찰서에 연락을 하겠다며 파출소로 돌아갔다. 세이지는 구경꾼들을 미도리의 시체에서 멀리 내치고 다키타에게 물었다.

"짐작 가는 바는?"

다키타는 고개를 저었다.

"있을 리가 있나. 난 발견했을 뿐이네. 이 이상 얽히는 건 사양하겠어."

"미도리는 이쪽에 자주 왔나?"

"자주 왔지. 평소에 이케노하타부터 스키야초 사이에서 손님을 기다렸으니까."

"발견한 시각은 지금으로부터 얼마쯤 전이지?"

다키타는 신고하기 바로 전이라고 대답했다. 하지만 이미 해가 떠 있었으니 누군가가 다키타보다 먼저 알아차렸을지도 모른다. 공원 주변의 부랑자들은 시체 발견 정도로는 경찰과 얽히기 싫어하니까.

세이지는 주위를 둘러보았다. 시노바즈노이케의 이쪽 물가에도 이삼십 명은 살고 있을 터이다. 미도리의 시체에서 가장 가까운 텐트까지 30미터는 떨어져 있는 듯하지만 그래도 한밤중이라면 무슨 소리라도 들었을 수 있다. 단서는 수사원들이 충분히 찾아낼 것이다.

세이지는 연못 맞은편, 우에노의 산 쪽을 바라보았다.

미도리의 동료에게도 알려주는 게 좋겠지.

십 분 후, 우에노 경찰서에서 수사원들이 달려와서 세이지는 현장을 인계했다.

제2당번 근무를 마치고 세이지가 파출소에서 경찰서로 돌아왔을 때, 일부 수사원들도 돌아왔다.

세이지는 수사원 하나에게 물었다.

"범인은 알아냈습니까?"

"아직이야."

그 수사원은 그렇게 대답했다. 수사원이 된 지 삼 년째라는 마흔 줄의 경찰관이다. 요시노라는 이름이었다.

"하지만 손님이 그랬겠지. 한밤중에 다투는 소리를 들었다는 사내들을 몇 명 찾아냈어. 그놈 단골이 아닐까?"

"그럼 체포도 빠르겠네요."

"이런 식으로 목격자까지 나타난다면 말이지."

귀갓길에 박물관 앞 숲속에서 화톳불을 쬐고 있는 하라다를 발견했다. 하라다는 세이지의 표정을 보고 무슨 용건이 있음을 알아챈 듯했다. 코트 옷깃을 여미더니 곧바로 세이지 앞으로 다가왔다. 하라다는 여전히 여름 내내 줄기차게 입고 있던 방진 코트 차림이었다. 슬슬 이 코트로는 추위를 막기 어려울 것이 틀림없었다.

하라다는 말했다.

"미도리 얘기라면 들었네. 형사가 탐문수사를 왔다 갔어."

세이지는 확인해보았다.

"동료 사이에 문제가 있었습니까?"

"글쎄. 형사는 미도리의 손님이 그랬다고 짐작하는 것 같던데."

"그렇게 생각하는 것이 자연스럽지만, 그래도 저는 미도리의 부어오른 얼굴을 한 번 보았으니까요."

"동료들이 버릇을 고쳐주려 했냐고 묻는 겐가? 들은 바가 없네. 오히려 그 녀석들은……."

하라다는 공원 남쪽 방향을 슬쩍 쳐다보고 말했다.

"공원의 거친 녀석들이 그런 게 아닌가 하던데."

"무슨 근거라도?"

"그 사람들은 자주 놀림을 당하지. 고약한 짓을 당하기도 하고. 특히나 미도리는 연약해 보인 탓인지 제일가는 피해자였어."

"놀리다가 선을 넘어 죽이고 말았다는 말씀입니까?"

"그 사람들은 그런 게 아닐까 한다는 거지. 미도리가 첫 번째 희생자. 앞으로 한 사람 한 사람 쫓겨나지 않을까 하고 말이야."

"그런 낌새가 정말로 있습니까?"

"여름 이래로 거친 녀석들이 다시 돌아왔으니까. 미도리네 동료들, 신경이 날카로우니까 자네도 지금은 생각 없이 다가가지 않는 게 좋을 걸세."

"그건 알고 있습니다만."

하라다는 화제를 바꿨다.

"담배 있나?"

세이지는 주머니 속에 있던 담뱃갑의 안을 확인해보지도 않고 하라다에게 건넸다.

사흘이 지나도 수사에 진전은 없었다.

우에노 경찰서의 수사원들은 공원 부랑자나 남창, 거리의 매춘부들에게도 탐문 수사를 벌이고 있다. 그러나 아직 손님의 정체는 알아내지 못했다. 미도리가 개인적으로 공원 거주자 가운데 누구와 특별히 문제가 있었다는 이야기도 나오지 않는 모양이었다.

많은 수사원이 공원 안과 주변을 탐문하며 돌아다니게 되자, 거친 패거리들은 오히려 남창 무리에게 심한 적의를 드러냈다. 공원이 이렇게 불편해진 이유가 남창들 때문이라는 소리다.

나흘째 아침, 하라다가 가르쳐주었다.

"고조텐진 주위를 근거지로 삼고 있는 패거리가 남창들을 쫓아내겠다더군. 경관들이 늘어서 장사판이 씨가 말랐대. 남창들도 맞서 싸울 기세야. 곤봉을 준비하기 시작했어."

세이지는 깜짝 놀라 물었다.

"다른 무리끼리 한 판 붙는다는 말씀인가요?"

"공격을 당하면 남창들도 가만있지 않겠다는 소리야. 자기들이 먼저 무슨 짓을 하지는 않겠지."

세이지는 그날, 경비 제3반 순사부장에게 이 정보를 전했다. 공원 내에서 부랑자 무리가 싸움을 벌일지도 모른다고.

순사부장은 메모를 들고 외근계 사무실에서 나갔다.

그 이튿날이었다. 세이지와 동료들이 제2당번 근무를 시작하기 직전, 차석이 지시를 내렸다.

제3반의 절반, 열여덟 명은 서에 대기. 다음 지시를 기다릴 것.

세이지도 파출소로 가지 않고 그대로 서에서 대기했다. 뭔가 특별한 단속이나 적발이 있는 모양이다.

오후 6시 반이 되어서야 무슨 일이 있는지를 알았다. 우에노 경찰서에 다나카 에이이치 경시총감 일행이 도착했던 것이다. 관내 시찰이리라.

경시총감은 다섯 명 정도 되는 부하를 거느리고 있었다. 부하라고는 하지만 경시총감 직속이니 다들 경시청 간부들이다. 형사부장, 보안소년부장, 또 그 밑의 과장들이었다. 총무부 비서계장도 왔다고 한다. 양복 차림의 사나이들도 다섯 명 있었고, 그 중 하나는 대형 카메라를 들고 있었다. 신문기자와 카메라맨일 것이다.

경시총감 일행은 경찰서 안에서 우에노 서장과 만나기로 했던 모양이다. 십 분쯤 지나 현관 입구로 나왔을 때는 우에노 서장이 일행을 선도하고 있었다.

차석이 외근계 경부보에게 말했다.

"지금부터 총감님께서는 우에노 공원을 긴급 특별 시찰하신다. 일전에도 살인 사건이 일어났고, 범죄가 증가하는 시기인 연말도 앞두고 있다. 우리 우에노 경찰서의 경계, 경비체제를 확인하기 위함이다. 예측하지 못한 사태가 일어나지 않도록 경비반은 정신 똑바로 차리고 총감님을 경호하도록. 출발."

이제 곧 오후 7시를 앞둔 시각이었다. 완전히 해가 떨어져 가로등도 얼마 없는 공원 안은 대부분 어두컴컴하다.

세이지는 이해할 수 없었다. 굳이 밤에 시찰하는 이유가 무엇일까? 치안 유지에는 야간 시찰이 도움이 될 거라 판단한 것일까? 아니면 밤의 공원을 보아야만 단속의 성과를 확실히 알 수 있다는 것일까?

도보로 기타이나리초의 우에노 경찰서를 출발한 일행은 우에노 역을 중심으로 돌아 사이고 동상 밑에서 우에노온시 공원으로 진입했다. 동상 밑에서는 신문기자들의 요구로 사진촬영이 있었다. 경시총감은 기자들의 주문대로 포즈를 취하고 사진을 찍었다. 아마 내일 신문에는 '경시총감, 연말 대비 우에노 공원 야간 시찰'이라는 설명문이 나붙을 것이다.

사진촬영이 끝나자 벚나무가 늘어선 야트막한 언덕길을 경비반의 순사들이 좌우로 갈라져 전진했다. 그 뒤를 우에노 서장과 경시총감이 나란히 따라온다. 또 그 뒤가 경시청 간부들이었다.

좌우 둘로 갈라진 순사 대열의 선두는 제3반의 주임인 순사부장이다. 그들이 회중전등을 켜고 일행을 선도했다.

경시총감은 우에노 서장의 설명을 들으며 때때로 자기가 들고 있는 회중전등으로 좌우의 가로수 안쪽을 비추었다. 텐트에서 고개를 내밀고 있는 부랑자들의 어안이 벙벙한 얼굴이 빛에 비쳤다.

언덕길을 끝까지 오르자 동물원 앞 공원이 나왔다. 그대로 정면으로 직진하면 구 황실박물관, 지금은 국립박물관으로 바뀐 건물이다. 여기까지 걸린 시간은 우에노 경찰서에서 나온 후로 대략 사십오 분 정도였다.

일행은 일단 이곳에서 멈췄다. 우에노 서장이 다시 좌우를 가리키며 경시총감에게 설명을 하고 있었다.

이윽고 주임이 말했다.

"박물관 방향으로 전진."

이 앞쪽에 있는 왼편의 숲속에는 미도리가 소속되어 있던 남창 무리의 텐트촌과 하라다 무리처럼 얌전한 부랑자들이 있는 모퉁이가 있다.

제발, 하고 세이지는 빌었다. 경시총감이 쓸데없는 호기심을 갖지 않게 해주십시오. 남창 무리는 폭력적인 패거리의 습격을 경계하느라 신경이 날카로우니까요.

박물관 방향으로 50미터나 걸었을까, 뒤에서 우에노 서장이 외쳤다.

"정지! 왼편의 화톳불을 조사한다."

세이지는 왼편으로 눈을 돌렸다. 숲 안쪽에 분명 화톳불이 보였다. 그 주변에 서 있는 사내들이 몇 명 있었다. 하필이면 남창이 모여 사는 부근이다.

경시총감은 몇 명의 부하를 이끌고 숲속으로 들어가려 했다. 총감이 들고 있는 회중전등이 숲 안쪽에 있는 사내들을 비췄다.

제3반 주임이 헐레벌떡 지시를 내렸다.

"총감님의 좌우로 붙어!"

세이지를 비롯한 순사들은 허둥지둥 총감의 좌우로 달렸다. 외투 밑에서 경찰봉이 흔들렸다.

숲 안쪽에서 외침이 일었다.

"왔다!"

"조심해!"

"놈들이다!"

강렬한 빛이 질주했다. 누가 사진을 찍은 모양이다. 그 빛에 사내들의 모습이 드러났다. 곤봉을 쳐들고 총감 일행을 향해 돌진하고 있었다.

다음 순간, 총감이 들고 있던 회중전등의 불빛이 하늘로 날아올랐다. 퍽 퍽, 둔탁한 충격음이 울려 퍼졌다.

"으악!" 비명소리가 일었다. "무슨 짓이냐!"

둔탁한 충격음은 그래도 이어졌다. 몇 사람이나 비명을 질렀다. 세이지는 어두운 숲 속에서 남창들이 곤봉을 휘두르는 모습을 보았다. 경시총감을 비롯한 경시청 간부들은 땅바닥에 웅크리고 있는 듯했다.

주임이 명령했다.

"경비 제3반, 경찰봉 준비. 돌진!"

세이지는 곤봉을 휘두르는 남창들 사이로 뛰어들었다.

어둠 속에서도 반딧불이처럼 가로지르는 회중전등 불빛 때문에 충돌 현장을 확인할 수 있었다. 남창 세 명 사이에서 흠씬 몰매를 맞고 있는 사람이 총감일 것이다. 세이지는 경찰봉을 눈앞으로 내밀며 전진했다. 퍽, 머리에 충격이 느껴졌다. 세이지는 경찰봉을 한 번 휘둘러 상대를 쓰러뜨렸다.

발치에 누군가가 있었다.

"살려줘! 날세!" 발치의 남자가 말했다.

이 말투는 분명 경시총감이다. 세이지는 경시총감 앞으로 돌아가 부축해 일으켰다. 뒤에서 누군가가 곤봉을 내리쳤다. 또다시 머리에 충격이 느껴졌다. 세이지는 머리를 감싸면서 뒤로 돌아 습격한 사내를 경찰봉으로 찔렀다.

세이지는 다시 앞으로 나아가며 외쳤다.

"경찰이다! 착각하지 마라! 경찰이다!"

남창들이 동작을 멈췄다.

수많은 회중전등의 불빛이 이윽고 평정을 되찾고 숲 속을 비추기 시작했다. 스무 명 남짓한 남창들이 놀란 얼굴로 이쪽을 바라보고 있었다. 순사들은 남창들과 마주 서서 뒤쪽의 경시총감 일행을 보호하듯이 횡대를 만들었다.

남창 가운데 한 명, 가장 나이 들어 보이는 사내가 눈이 부신 듯 실눈을 뜨고 말했다.

"정말 경찰이야?"

주임이 자기 회중전등을 순사들에게 비췄다. 불빛 속에 경시청 경찰관의 제복이 나타났다.

이번에는 남창들이 비명을 질렀다.

"잘못했어요! 경찰인 줄 몰랐어요. 다른 패거리가 습격해온다고 하기에."

우에노 서장이 소리쳤다.

"체포다! 전원 체포!"

차석인 이와부치가 굵직한 목소리로 이어 말했다.

"이놈들, 전원 검거다. 한 놈도 놓치지 마!"

남창들은 일제히 비명을 지르며 도망쳤다.

차석이 또다시 고함을 질렀다.

"체포다! 체포다! 체포다!"

세이지와 순사들은 다시 숲 속으로 뛰어들었다.

사흘 후, 우에노 경찰서는 6월 단속 때와 마찬가지로 가까운 각 경찰서의 지원을 얻어 우에노 공원 내에서 대대적인 부랑자 소탕과 불법행위 단속을 실시했다. 그날 이후로 또 잠시 동안 우에노 공원에서는 부랑자의 모습이 줄어들었다.

그해 연말, 세이지는 오랜만에 박물관 앞에서 하라다를 만났다.

하라다는 여전히 얇은 방진 코트에 모자를 쓰고 있었다.

세이지는 담배를 한 대 건네며 물었다.

"어디에 가 계셨습니까? 그 일이 있은 후로 돌아오지 않은 사람도 많은 것 같습니다만."

하라다는 사양 않고 담배를 받아들며 말했다.

"아사쿠사야. 나머지 패거리는 뿔뿔이 흩어지고 말았어. 뭐, 여기 돌아올 필요가 없다면 그것도 나름대로 좋은 일이네만."

하라다는 세이지에게 성냥을 빌려 직접 불을 붙이더니 후우, 하고 처음 연기 한 입을 토해냈다.

"아직 미도리를 죽인 범인은 못 잡았다면서?"

세이지는 대답했다.

"그렇습니다. 경찰서 형사들이 줄곧 수사를 계속하고 있는 것 같습니다만. 미도리의 본명은 알아냈습니다. 다카노 후미오라고 한답니다."

"그건 몰랐어. 하지만 공원으로 돌아온 후에 미도리에 관한 새로운 이야기를 들었네."

"뭡니까?"

"미도리는 경찰 스파이 노릇도 했나 보더군."

뜻을 이해할 수 없었다.

"스파이? 뭘 정탐했다는 겁니까?"

"글쎄. 하지만 미도리가 경찰하고 인연이 없지는 않았다는 소문을 들었네. 살해당한 것하고 직접 관계가 있는지는 모르겠네만."

"경찰하고 친했다면 형사들은 범인을 짐작하고 있을까요."

"그러면 다행인데 말일세. 그런 식으로 살해당해서야 그 애도 편히 잠들지 못할 게야. 꼭 좀 범인을 잡아주게나."

"수사원이 집념을 불태우고 있습니다."

하라다는 성냥을 세이지에게 돌려주며 말했다.

"그럼 이만. 메리 크리스마스."

"뭡니까?"

"점령군이 하는 인사야. 일본어로 하자면 '연말 잘 보내세요'지."

"선생님도요."

아직 부흥이 아득히 멀리 있는 것처럼 보였던 해의 연말이었다. 이날, 스가모 구치소에서는 도조 히데키*를 포함한 전범 일곱 명에 대한 교수형이 집행되었다. 쇼와 23년 12월 23일이었다.

세이지가 그 후에 미도리, 즉 다카노 후미오 살해 사건을 선명하게 떠올리게 되는 것은 그로부터 사 년 후의 일이다. 그때까지도 사건은 해결되지 않은 상태였다.

---

* 1884-1948, 일본의 군인이자 정치가. 현역 군인으로 제40대 내각총리 대신에 취임, 군국주의의 대표인물로 제2차세계대전 패전 후 A급 전범 관결을 받고 처형됨

4

세이지는 피해 신고서 작성을 막 끝낸 참이었다.

삼십 분쯤 전에 후쿠시마 고리야마에서 왔다는 중년 여성이 이 우에노 공원 앞 파출소에 조심스레 들어와 이렇게 말했다.

"순사 나리, 제가 아무래도 사기를 당한 것 같은데요."

그 아주머니는 뺨이 빨갛고 화장기도 전혀 없는 것이, 척 보기에도 한적한 농촌에서 올라온 행색이었다.

아주머니는 말했다.

처음에 그녀가 아메야요코초를 지날 때, 청년 하나가 길거리에 웅크리고 앉아 울고 있었다. 그 옆에 초로의 사내가 몸을 숙이고 청년을 위로하듯 때때로 어깨에 손을 얹으며 이야기를 들어주고 있었고, 지나가던 몇몇 사람들도 걸음을 멈추고 청년이 하는 이야기를 듣고 있었다. 고리야마에서 올라온 아주머니도 무슨 일인가 싶어 발길을 멈췄다.

이윽고 초로의 사내가 아주머니를 유심히 바라보며 이야기를 들었냐고 물었다. 아주머니가 못 들었다고 대답하자 사내가 가르쳐주었다.

이 청년은 기후에서 올라온 촌뜨기다. 소매치기에게 돈을 잃고 어쩔 줄 몰라 울고 있는 것이다. 지갑에는 글쎄, 고향 친척과 이웃들이 맡긴 돈까지 포함해 2만 엔 가까이 되는 돈이 들어 있었다고 한다. 청년은 그 돈으로 부탁받은 약이나 일용품을 사서 기후로 돌아갈 예정이었다고 한다.

초로의 사내는 말했다. 다행히 이놈이 양복 옷감을 갖고 있다. 싸게 판다고 하니 사람 하나 살리는 셈 치고 사주려고 한다.

사내는 청년이 가진 보따리를 펼치더니 옷감을 들고 말했다. 이거 상당히 고급스런 양모 아닌가. 얼마면 팔겠나?

청년은 양모 옷감치고는 파격적으로 싼 가격을 불렀다. 사내가 한 단을 사고 값을 치렀다. 청년은 몇 번이고 머리를 깊이 조아렸다. 지옥에서 부처를 만난 심정이다, 이걸로 얼마간 메워 넣을 수 있겠다, 라고.

고리야마에서 온 아주머니도 옷감을 만져보았다. 진짜 양모로 보였다. 자기보다 먼저 산 사람도 있다. 설마 인견을 섞은 싸구려는 아니겠지.

아주머니는 주머니에 조금 여유가 있어서 나머지 다섯 단을 전부 사겠다고 돈을 내밀었다. 청년은 5000엔을 받아들고 보따리를 통째로 아주머니에게 건네며 인사를 하고 떠났다. 아주머니는 기분이 좋았다. 사람도 도와줬고, 뜻밖에 좋은 물건도 샀다.

아메야요코초를 다시 걸어가고 있을 때였다. 두 명의 사내가 눈앞을 가로막고 섰다. 자기네는 형사라고 했다. 장물을 거래한 것 같으니 짐을 보여달라고 했다.

아주머니는 보여주면 묘한 혐의도 풀릴 거라 생각했다. 그러나 형사라고 밝힌 사내들은 이건 장물이 분명하니 증거품으로 몰수하겠다며 그 보따리를 들고 그대로 아메야요코초를 떠나버렸다.

잠시 얼이 빠져 있다가 이건 사기가 아닐까 하는 생각이 들었다. 그 형사들은 가짜가 아니었을까?

그래서 이 공원 앞 파출소에 뛰어 들어온 것이었다.

옆에서 듣고 있던 선배 순사 요코야마 고키치가 말했다.

"동정 강매야. 흔한 수법이야."

세이지는 요코야마를 보며 물었다.

"사기 수법입니까?"

"그래. 하지만 가짜 형사가 나온다는 건 처음 들어보는군. 보통은 싸구려 물건을 비싸게 팔고 튀지. 그걸로 끝이야. 형사가 나온다는 건 신종 수법인걸. 아마 한 패가 있을 게다."

아주머니는 별안간 눈물을 뚝뚝 흘렸다.

"형사라고 하면 의심할 수도 없잖아요. 너무해."

요코야마가 세이지에게 말했다.

"동정 강매로 물건을 파는 장사치 무리는 대충 짐작이 가. 숫자가 뻔해. 하지만 형사를 사칭한 그 패거리의 모습을 확실하게 알아내게. 형사를 사칭하고 다니는데 잠자코 있을 수는 없지."

"예."

세이지는 고리야마에서 왔다는 여성에게 사기꾼 패거리의 인상착의를 상세히 물었다. 이 사건은 우에노 경찰서로 돌아가 수사계 담당에게 보고하게 될 것이다.

아주머니를 파출소에서 보낸 후의 일이다.

세이지가 파출소 앞에 섰을 때, 문득 한 청년에게 시선이 멎었다.

사내는 유시마에서 우에노 히로코지 쪽으로 걸어오고 있었다. 파출소 앞을 지나 아메야요코초 쪽으로 건너가려 했다.

나이는 스물 안팎이리라. 앞머리를 늘어뜨렸고 머리가 약간 길었으며, 재킷 차림에 캔버스 천으로 만든 가방을 어깨에 걸치고 있다. 나쁜 차림은 아니다. 그는 파출소 앞을 지나가려고 하면서도 이 파출소에는 시선을 주지 않았다. 의식적으로 눈을 돌리고 있는 것처럼 보였다.

세이지는 공원 앞 파출소 안을 돌아보았다. 요코야마는 세이지의 표정을 금세 읽어낸 듯했다. 일어서서 파출소 밖에 선 세이지 옆에 나란히 섰다.

파출소에는 그 외에 두 명의 외근 순사가 있다. 파출소는 그들에게 맡겨 놓고 갈 수 있다.

요코야마가 물었다.

"어느 놈이야?"

세이지는 걸음을 떼며 대답했다.

"저기, 어깨에 가방을 걸친 남자입니다."

청년은 이미 파출소 앞을 가로질러 다른 수많은 통행인들에 섞여 히로코지 차도 근처까지 다다랐다.

요코야마가 다시 물었다.

"머리 긴 사내 말인가?"

"예."

"그렇군."

오늘 아침 점호 때 긴급 지명수배범의 성명, 복장 등을 전달받았다. 이름은 야마기와 히로유키. 십구 세. 일본 대학 운전사로 그저께인 9월 22일, 은행에서 막 찾아온 일본 대학 교직원의 급료를 강탈해 도주했다고 한다. 동료 운전사를 나이프로 찔렀다. 피해 금액은 190만 엔이라는 거금이다. 긴 머리, 갸름한 얼굴, 하얀 피부의 미남이라고 했다.

거리는 스무 발짝 정도다. 세이지는 걸음을 서둘렀다.

무의식중에 오른손은 허리춤의 권총을 붙잡고 있었다. 올 1월부터 경시청 경찰관 전원에게 권총이 지급되었다. 순사인 세이지가 허리에 차고 있는 것은 스미스앤드웨슨 45구경 회전식 권총이었다. 무게는 본체만 해도 1200그램. 경시청 순사들은 언젠가 전부 요통에 시달리게 될 거라고 쑥덕거릴 정도의 대형 총이다.

요코야마도 권총에 손을 대고 있었다. 총집을 은근히 들어 올리고 있다. 종종걸음이나 달음질을 칠 때 이 정도 되는 무게가 허리에서 덜렁덜렁 흔들리게 놔둘 수는 없다. 들어 올려서 허리의 부담을 줄여야만 한다.

추격하면서 요코야마가 세이지를 칭찬했다.

"안목이 좋군."

세이지는 잠자코 목표로 하는 사내를 쫓았다.

사실 세이지는 순사가 된 지난 이 년 반 사이, 검문으로는 범죄자 검거 실적을 전혀 올리지 못했다. 파출소에서 근무하는 외근 순사에게는 이 검문이야말로 공적을 올릴 거의 유일한 기회인데, 세이지는 원체 불심검문이 고역이었다. 지금까지 서장 표창을 네 번이나 받았지만 그것은 전부 소매치기나 절도범 현장 체포였다. 그건 그 나름대로 평가를 받았지만, 검문에 의한 검거 실적이 제로라는 사실은 이 범죄 다발 지역의 파출소에 근무하는 순사로서는 직무에 대한 노력이 의심스럽다 해도 별 수 없었다.

솔직히 말하자면 세이지는 검문이 싫었다. 처음 파출소에 근무하게 되었을 때, 선배인 요코야마의 지시로 매일 수많은 사람들을 검문했지만 범죄자를 지목한 경우는 한 번도 없었다. 원래가 우에노 공원을 배후에 두고 앞쪽의 아메야요코초를 관할하는 파출소다. 성실한 시민과 풍채나 모습이 다른 사람들을 검문하려면 통행인의 7할을 불러 세워야만 한다. 하지만 그렇다고 지금 도주 중이거나 금방 범죄를 저지르고 온 범죄자가 그 안에 섞여 있을 확률은 한없이 낮다. 검문은 대개 모조리 헛수고로 끝난다. 약간의 위협과 견제를 기대할 수 있을 따름이었다.

그 사실을 알고 난 후부터는 어지간히 수상한 사람이 지나가지 않는 한 세이지는 검문을 하지 않게 되었다. 자기에게는 아직 순사의 직감이 붙지 않았다는 이유를 핑계로 적극적인 검문을 피해왔다.

그러므로 지금, 수상한 사람을 발견하고 요코야마에게 신호를 보낸 일은 세이지로서는 예외적인 경우였다.

세이지와 요코야마는 청년을 따라잡았다. 이미 히로코지의 차도 복판이다. 요코야마가 조용히 사내의 왼쪽으로 이동했다. 세이지는 오른쪽이다.

요코야마가 사내와 나란히 섰을 때 그를 불러 세웠다.

"어이, 잠깐."

요코야마는 쉰을 넘긴 순사라서 지금도 검문을 할 때 '어이, 이봐' 하며 불러 세운다. 세이지는 일단 경찰훈련소에서 '어이, 이봐'라는 말은 사용해서는 안 된다고 교육을 받았다. 불러 세울 때는 '실례합니다만'이라고 말하도록 지도를 받은 세대다.

청년은 요코야마를 보고 낯빛이 변했다. 걸음이 멈췄다.

세이지는 사내의 진로를 막듯이 몸의 방향을 틀었다.

요코야마가 사내에게 물었다.

"어디 가나? 여행인가?"

사내는 세이지를 슬쩍 보았다.

요코야마가 몰아세웠다.

"잠깐 좀 물어보겠네. 저기 파출소까지 와주겠나?"

사내가 미간에 주름을 잡았다. 입가도 희미하게 올라갔다. 머리는 좋아 보였지만 동시에 매정하게 느껴지기도 하는 생김새였다.

사내는 말했다.

"기차를 타야하는데요."

"몇 시 기차?"

"4시. 아니, 3시 반."

"어디로 가지? 표는?"

"센다이. 표는 아직 못 샀어요."

"일 때문에 가나? 가방 속에 든 건 뭐지?"

"이상한 거 아닙니다."

"그럼 좀 보여줘도 되겠네."

사내는 한 번 더 세이지에게 고개를 돌렸다. 그것 말고 다른 방법은 없냐고 묻는 것 같기도 했다.

세이지는 고개를 끄덕이며 말했다.

"여기는 길 가는 사람들한테 방해가 돼. 파출소에서 얘기 좀 하지."

사내는 물었다.

"무슨 혐의라도 있는 겁니까?"

"아니. 그냥 물어보고 싶은 것뿐이야."

"수상한 사람 아니라니까요."

세이지는 조금 전보다 단호한 투로 말했다.

"올 텐가, 말 텐가?"

요코야마가 부드럽게 말했다.

"번거롭게 하진 않겠네. 금방 끝나. 함께 가주겠나?"

사내는 작게 한숨을 쉬더니 몸을 돌렸다. 세이지는 요코야마와 함께 양쪽에서 사내를 끼고 파출소까지 걸어갔다.

사내를 책상 앞 의자에 앉혔다. 사내는 가방을 자기 발치에 내려놓았다.

세이지는 사내 뒤쪽에 섰다.

요코야마가 일보를 책상에 펼치며 말했다.

"이름, 연령을 물어도 되겠나?"

사내는 대답했다.

"가토 다모쓰. 스물 하납니다."

"다모쓰는 어떻게 쓰지?"

"보호 할 때의 보保."

"몇 년생이지?"

"쇼와 4년(1929)."

"띠는?"

연령을 물은 다음 띠를 묻는 것은 검문의 기본이었다. 나이를 속이는 경우 대개 띠를 대답하지 못한다. 대답을 못 하거나 틀릴 경우 그 수상한 인물은 신원을 숨겨야 할 이유를 갖고 있다는 말이 된다.

그러나 사내는 대답했다.

"뱀띠."

일단 띠와 나이는 일치했다.

"현 주소는?"

"도요시마 구 시이나마치."

"직업은?"

"학생입니다."

"호오, 학생이라?"

"네."

"신분증명서나 배급수첩*은?"

"하숙집에 놓고 왔는데요."

"주머니 속에 든 물건 좀 꺼내줄 수 있을까?"

"전부 말입니까?"

"켕기는 일 없으면 보여줘."

사내는 마지못해 하며 주머니의 물건을 꺼냈다. 손수건과 동전지갑, 골 든 배트**담배. 그리고 지갑. 검정색 헝겊 재질이다.

사내는 지갑을 가리키며 변명조로 말했다.

"생활비를 받은 지 얼마 안 됐어요. 학비 잔금을 치러야 해서."

요코야마가 지갑 내용물을 확인했다. 세이지도 곁에서 들여다보았다.

3만 엔쯤 들어 있는 듯했다.

"상당히 부자시군." 요코야마가 말했다.

"학비라니까요. 하숙비도 밀려 있고."

"그 가방 속에 든 건?"

"갈아입을 옷가지나, 뭐."

"그리고 뭐?"

"세면도구 같은 거요. 고향에 잠깐 돌아갈 일이 생겨 여행 도구뿐입니다."

"보여줄 수 있을까?"

"보여드려야만 합니까?"

요코야마가 세이지에게 눈으로 신호를 보냈다. 약간 험악하게 나가봐.

외근 순사로서 그 역할은 숙지하고 있다.

세이지는 책상을 손바닥으로 탕 내리치며 말했다.

"거부한다면 이쪽도 나름대로 대응을 고려하겠어."

---

* 일본은 중일전쟁 이후 1938년 4월에 국가동원법을 공포하면서 생활필수품에 대하여 배급 제를 실시, 배급수첩이 있어야 각종 생필품을 구입할 수 있었음

** 1906년에 처음 발매된 일본에서 가장 오래된 담배 상표. 아쿠타가와 류노스케, 다자이 오사 무, 나카하라 주야 등 유명 작가들도 즐겨 피웠음

가토라고 이름을 밝힌 사내는 순간 겁을 집어먹은 듯했다. 하지만 입은 더욱 굳게 다물었다. 그저 눈만 침착하지 못하게 세이지와 요코야마 사이를 오갔다. 어디까지 버텨야 할지, 그냥 가방을 열어야 할지, 격렬하게 갈등하고 있는 듯했다.

세이지는 다시 한 번 책상을 내리치며 말했다.

"보여달라니까!"

사내는 눈을 꾹 감고 몸을 움츠렸다. 얻어맞기라도 할 줄 안 모양이다.

요코야마가 말했다.

"이봐, 가토 씨. 이 젊은 녀석이 폭발하기 전에 가방 속을 보여주는 게 어때? 나쁜 짓은 하지 않았을 거 아냐?"

사내는 눈을 뜨더니 팔짱을 끼고 고개를 돌렸다.

"어쩔 수 없군."

요코야마는 일어서서 벽에 걸린 전화로 다가가 수화기를 귀에 대고 관할서를 호출했다.

"공원 앞, 외근 제3반 요코야마입니다. 반장님 부탁합니다."

요코야마는 뒤로 돌아 가토를 노려보면서 말했다.

"요코야마입니다. 지금 수배중인 야마기와로 추정되는 남자를 파출소에 임의동행으로 데려왔습니다. 양복 상의 차림이고 장발, 어깨에 걸치는 가방을 휴대하고 있습니다. 혼자입니다. 그렇습니다. 이틀 전 일본 대학 급료 강도 사건입니다."

가토라는 사내는 눈을 뜨고 깜짝 놀란 기색을 보였다.

"예엣?" 요코야마의 목소리가 달라졌다. "아닙니다. 가토 다모쓰라는 이름이라고 합니다만."

세이지가 보고 있으려니 요코야마의 얼굴에 낙담한 기색이 나타났다.

"그렇습니까. 후우."

요코야마는 전화를 끊더니 세이지를 향해 고개를 가로저었다.

"야마기와 히로유키는 벌써 체포했다는군. 오이 경찰서가 여자하고 같이 있는 놈을 찾아내서 수갑을 채웠어."

세이지는 가토라는 사내를 쳐다보았다. 수배범의 인상착의는 이 사내와 일치했는데.

가토라는 사내는 팔짱을 풀었다. 자기에게 걸린 혐의가 풀렸다고 생각한 모양이다. 굳었던 뺨이 누그러졌다.

요코야마가 수화기를 돌려놓고 머리를 긁적이며 말했다.

"야마기와는 체포됐을 때 '오, 미스테이크'니 뭐라니 하면서 자기는 부모가 일본인인 미국인이라고 했다는군. '오, 미스테이크'가 대체 뭐야?"

세이지는 대답했다.

"실수했다고 말할 셈이었을까요."

요코야마가 다시 가토라는 사내 앞에 앉아 온화한 말투로 말했다.

"솔직히 털어놓으면 말이지, 자네가 지명수배범일 거라고 믿고 있었어. 그렇지 않다는 사실은 알았다. 자, 아무 걱정 없으니 가방 속을 보여줘."

가토라는 사내는 코웃음을 치며 말했다.

"하여간 경찰들이란."

"빨리 보여줘."

가토라는 사내는 발치에서 캔버스 천 가방을 들어 올려 책상에 놓았다.

사내는 가방을 열더니 내용물을 하나하나 꺼내놓았다. 지저분한 옷가지, 손수건으로 둘둘 만 세면도구. 책이 몇 권.

한 권은 이시카와 다쿠보쿠 시선*이었고, 또 한 권은 외국어로 된 책이었다. 시집인 듯하다.

요코야마가 그 외국 서적을 손에 들고 물었다.

---

* 1886-1912, 일본의 시인이자 평론가. 일본 정부가 사회주의자, 무정부주의자를 탄압한 '대역사건(1910)'을 계기로 사회주의를 지향하는 시를 남김

"무슨 책이지?"

"사상서 아닙니다."

"그러니까 뭔데?"

"하이네 시선이오."

"어느 나라 말이지?"

"독일어."

"독일어를 공부하고 있나?"

"그것만 하는 건 아니지만요."

그 외에 검은 뿔테 안경이 나왔다. 렌즈는 보아하니 거의 도수가 없는 유리 같았다.

가방 안쪽 주머니에 릿쿄 대학 학생수첩이 들어 있었다. 안에 학생증이 꽂혀 있다. 사진은 붙어 있지 않았다. 학생증에는 가토 다모쓰의 이름이 기입되어 있었다.

요코야마가 말했다.

"신분증명서는 가지고 있지 않다면서?"

가토 다모쓰는 말했다.

"무서웠단 말입니다. 경찰이 학생을 싫어한다는 걸 알고 있으니까요."

"싫어하지 않아. 경찰을 싫어하는 학생은 있지만."

"어떻게 대답해야 할지 고민했어요."

"아무 짓도 하지 않았으면 솔직하게 질문에 대답하는 게 상책이야."

"그럼 이제 가도 됩니까?"

"그래."

사내는 내용물을 가방에 쓸어 담더니 의자에서 일어섰다.

그러나 세이지는 아직 인정하기 어려웠다.

그렇다. 이 사내는 지명수배범인 야마기와 히로유키는 아니었다. 그것은 분명해졌지만 이 사내의 온몸에서 풍기는 수상한 기운은 뭘까. 똑같은 학생이라도 유들유들한 축에 들겠지만, 그렇다 해도 온몸에서 풍기는 냄새는 좀 더 퇴락한 어떠한 것에 가깝다. 예를 들어 방금 전에 왔던 여성에게 동정 강매 사기를 치는 패거리처럼 인간성이 썩어 있는 냄새마저 느껴지는 것이다. 그 근거를 물어도 대답할 수는 없지만……

세이지는 사내를 제지하고 다시 한 번 의자에 앉혔다.

"한 번만 더 생년월일을 말해주겠어?"

"쇼와 4년 5월 20일."

"이름은 가토 다모쓰랬지?"

"학생증 보셨잖습니까."

"대학에서 무슨 공부를 하고 있지?"

"문학이라니까요."

"어떤 선생님께 배우고 있나?"

"예?"

가토라는 사내는 희미하게 난처한 기색을 보였다. 예기치 못한 질문이었던 모양이다.

"선생님이나 교수님 성함을 알려주겠나?"

"그만 가 봐도 되는 거 아닙니까?"

"질문에 대답해줘도 상관없잖아. 선생님 성함은? 몇 분이나 계실 거 아닌가."

"있죠. 사토 교수님도 계시고 고바야시 교수님도 계시고, 많아요."

"릿쿄 대학은 이와부치 다다타카 선생님이 유명하지. 형법 전문가라나. 알고 있나?"

"이와부치 교수님이요? 네, 알고 있어요."

"유명한 사람이지? 책도 많이 썼다지 아마. 민주주의와 경찰 어쩌고 하는 책도 있다던데."

"그래요. 그런 책도 쓰셨죠."

"그 학생증, 잠깐 맡아둬도 될까?"

"어쩌려고요?"

"대학에 자네 신원을 조회해보고 싶어졌거든."

대답할 틈도 주지 않고 세이지는 학생증을 손에 들고 일어섰다. 가토라는 사내도 일어서려 했지만 요코야마가 제지했다.

"뭐 어때. 느긋하게 있다 가."

세이지는 수화기를 들고 우에노 경찰서에 전화를 했다.

"우에노 공원 앞 파출소의 안조 세이지입니다. 신원조회 부탁합니다. 릿쿄 대학 문학부, 가토 다모쓰. 가토는 가토 기요타다의 가토, 다모쓰는 보험 할 때의 보 자입니다. 예, 학생과에 전화해보는 게 빠를지도 모르겠습니다. 기다리고 있겠습니다."

수화기를 내려놓고 뒤를 돌아보았다. 가토는 시선을 피했다. 뺨이 굳어 있다.

세이지는 이미 확신하고 있었다. 이 사내가 어떠한 범죄에 관여하고 있다는 사실은 틀림없다. 하지만 그 범죄의 종류는 무엇일까? 장사치들과 짜고 사기 치는 동정 강매인가? 상해범이나 강도 같아 보이지는 않는다. 절도범? 혹은 사기꾼일까?

가토는 담배를 피우기 시작했다. 아까보다 더 긴장하고 있다. 하지만 이제 와서 달아날 수는 없다. 달아나면 피할 수 있는 가능성이 제로는 아니지만 최근의 경시청 순사는 권총을 소지하고 있다. 순사의 사격 실력에 따라서는 한 발에 죽는다. 그리고 가토라는 사내는 세이지와 요코야마의 권총 실력에 대해서는 어떠한 정보도 가지고 있지 않다. 쓰키시마의 훈련소에서 두 사람 다 가장 낮은 성적이었다는 사실을 모르는 것이다.

삼 분 후, 파출소 전화가 울렸다. 세이지가 바로 받자 상대는 말했다.

"가토 다모쓰라는 학생이 학생증이 든 가방을 도둑맞았다는 피해 신고가 이케부쿠로 경찰서로 접수되었다. 릿쿄 대학 학생과 말로는 요새 야마가타, 후쿠시마에서 가토 다모쓰의 학생증을 지닌 사내가 결혼사기를 벌이고 있다는 신고가 들어왔다고 한다. 후쿠시마 현경은 이 자칭 가토 다모쓰를 사기 용의로 수배중이다."

세이지는 말했다.

"수사계 담당을 보내주십시오. 아마 저희가 붙잡고 있는 사람이 그 용의자일 겁니다."

그 말을 들은 모양이다. 사내는 일어서서 파출소 출구로 돌진했다. 요코야마가 재빨리 움직여 사내의 앞을 가로막았다. 사내는 어깨로 요코야마를 들이받았다. 요코야마가 다리를 후리자 사내는 땅바닥에 쓰러졌다. 세이지도 달려가 사내 위에 올라탔다. 요코야마가 사내에게 수갑을 채웠다.

세이지는 요코야마에게 물었다.

"어, 저기, 체포 죄목은요?"

요코야마가 말했다.

"일단은 공무집행방해면 돼. 나를 몸으로 들이받고 도망치려 했으니까."

"제길!" 사내가 말했다. "내가 뭘 어쩼다고 그래?"

세이지는 말했다.

"이제부터 말씀해주셔야지. 릿쿄대 학생을 사칭해서 무슨 짓을 했지?"

"난 정말 릿쿄 학생이란 말이야."

"이와부치 다다타카 교수라는 사람은 없어. 그 사람은 우리 경찰서 차석이니까."

가토라고 했던 사내는 메마른 웃음소리를 내며 어깨를 늘어뜨렸다.

우에노 경찰서로 돌아가자 요코야마가 체포수속서를 작성했다.

요코야마는 사기범 체포는 처음이라고 했다.

"사실은 말이야." 요코야마는 말했다. "이 나이가 되어서도 아직 강도는 체포한 적이 없어. 슬슬 큰 사건의 범인을 잡아보고 싶긴 해."

세이지는 미소를 지으며 말했다.

"저 녀석이 야마기와 히로유키였으면 저희들은 총감상을 받았겠지요?"

취조계 순사부장에게 체포수속서를 제출했다. 순사부장은 사무실에서 나갔다가 곧바로 경찰서 차석인 이와부치 경부와 함께 돌아왔다.

이와부치는 심기가 좋았다. 세이지와 요코야마를 번갈아 보면서 말했다.

"여죄가 상당할 것 같더군. 감이 좋았네."

세이지는 요코야마와 함께 머리를 숙였다.

이와부치가 세이지에게 말했다.

"오늘 수훈은 인정하겠지만, 자네는 경제사범은 전혀 검거하지 못하고 있군. 뭔가 이유가 있어 눈감아주고 있는 건가?"

세이지는 단어를 골라가며 대답했다.

"옛, 아무래도 보다 더 악질적인 범죄 방지를 우선하다 보니 그랬습니다."

"악질에는 더도 덜도 없다. 범죄는 전부 동등하게 악질이다."

"옛."

"이 기세로 경제사범도 가차 없이 검거하도록."

"옛."

외근계 사무실에 들어가자 총무 직원이 메모용지를 가져왔다. 경찰훈련소에서 동기였던 가토리가 전화를 했다고 한다. 다음 주말, 유시마의 선술집에서 옛날 동료들과 모이자는 얘기였다. 만약 근무일에 걸리면 일정을 조정할 테니 연락해달라고 적혀 있었다.

전쟁 후 한때 요식업소 영업을 금지했지만 작년 5월부터 영업을 인정하게 되었다. 맥주집도 지금은 도쿄 도내에만 스무 점포 이상 된다. 주점에 서서 마시는 한 잔으로 참는 일은 사라졌다. 세이지는 지금도 술은 그리 좋아하지 않지만, 그 동기생들과 모여서 마신다면 즐거운 술자리가 될 것이다. 마지막으로 만난 것이 작년 12월이니 거의 아홉 달 만이다.

세이지가 전언이 적힌 메모를 경찰수첩 사이에 끼우자 그것을 본 요코야마가 말했다.

"경관들끼리 모이는 건가?"

세이지는 대답했다.

"네. 훈련소 동기입니다. 오랜만에 만나는 겁니다."

"조심해. 지금 상부는 좌익 순사를 찾아내려고 난리니까."

그 이야기는 세이지도 들었다. 바로 얼마 전에 일본공산당이 내린 경찰 예비대 당원 잠입 방침을 알게 된 것이다. 그렇게 되면 당연히 경시청에 잠입했으리라는 상상도 가능하다. 이미 잠입했고, 조직망을 갖추었을 것이라는 추측도 하고 있는 모양이다. 물론 언제 잠입했느냐 하면, 예의 대규모 채용이 있었던 쇼와 23년이다. 그때 채용된 사람들 중에 상당수의 공산당원 순사가 있는 듯하다는 얘기였다.

세이지가 순사가 되었던 쇼와 23년 이후로 일본의 내부 균열은 더욱 확장되었다. 힘을 키운 노동자들은 전쟁 전과는 비교가 되지 않을 정도로 전투적인 운동을 펼치게 되었고, 공산당도 세력을 확장해 일부는 진심으로 폭력 혁명을 지향하고 있었다. 노동자와 좌익학생들이 파출소나 주재소를 뒤덮었고, 경관이 권총을 빼앗기는 사건도 몇 건이나 발생했다.

석 달 전에는 북한군이 삼팔선을 돌파해 한국전쟁이 발발했다. 약 한 달후, 한국 정부가 부산으로 수도를 옮긴 시기에 일본 정부나 미국의 위기감은 정점에 달했을 것이다. 그 후 맥아더가 이끄는 유엔군이 인천에 상륙하여 북한군을 삼팔선 이북으로 몰아낸 다음에야 일본 내의 공기도 겨우 어느 정도 안정을 되찾았다.

하지만 향후 한국의 정세에 따라서 일본 내에서도 급진적인 좌익운동이 고조될 것이다. 일본의 공공기관 내에서는 좌익 운동에 대한 경계심이 높아졌다. 일단은 민주 경찰이 된 일본 경찰도 어느 틈엔가 예전과 같은 반공, 반 조합적인 체질로 변했다. 간부급은 특히 그랬다. 갈수록 노동운동이나 학생운동에 예민해졌다.

요코야마는 말했다.

"묘한 의심을 사면 면직 처분을 받게 돼. 동료들하고 만날 때는 조심하게. 행여나 공산당 비밀회합이라는 오해를 사지 않도록 해."

세이지는 다시 한 번 고개를 끄덕였다.

"알고 있습니다. 그냥 동기모임이니 괜찮습니다."

사무실에 다른 외근 순사들이 몇 명 들어왔다.

요코야마는 바로 화제를 바꿨다.

"이 권총을 갖고 돌아가지 않아도 된다면 참말이지 편히 잘 수 있을 텐데. 오늘처럼 좋은 날은 술도 좀 마시고 싶은데, 권총을 들고 있는 신분이라고 생각하면 과음도 못 해."

그것은 세이지의 고민거리이기도 했다. 순사로 채용된 해에 태어난 아들 녀석도 이제는 만으로 두 살. 벌써 걸어 다니는데다 장난이 심해지고 있다. 실수로 권총을 건드렸다간 엄청난 사고가 일어날 수도 있다. 아무리 800돈쭝*의 힘을 가해야만 방아쇠를 누를 수 있다는 사실을 알고 있어도 그렇다. 언젠가 권총만이라도 경찰서에 보관할 수 있게 되면 좋겠다. 그것이 바로 세이지를 포함한 대다수의 경시청 순사들이 절실하게 바라는 소원일 것이다.

약속한 날, 제1당번 근무 후에 세이지는 사복으로 갈아입고 유시마의 선술집으로 향했다.

가토리 모이치와 구보타 가쓰토시가 벌써 도착해 작은 연회석에서 테이블에 마주 앉아 있었다. 물론 두 사람 다 사복이었다.

구보타는 경찰훈련소 시절과 마찬가지로 보기에도 상큼한 인상의 청년이었다. 누구나 구보타에게는 긴장과 눈치를 풀고 대하려는 마음이 들 것

* 약 3kg

이다. 다만 어째선지 이날 구보타의 표정은 걱정거리라도 있는 것처럼 보였다.

가토리는 은근히 체격이 좋아졌다. 뺨에 약간 살이 오른 듯도 하다. 그 풍모는 불심검문을 할 때 크게 도움이 될 것 같았다.

합성주를 마시기 시작했을 때 하야세 유조가 도착했다. 그는 양복 차림이다. 아마 하야세는 지금도 제복은 그리 어울리지 않을 것이다.

잠시 세상 돌아가는 이야기를 나누었다.

우에노 공원의 전쟁 피해자들에 대해 묻기에 세이지는 대답했다. 지하도에서는 예전에 쫓겨났지만, 그 후로도 공원 전망대나 간에이지 사찰 경내, 통칭 아오이초 등지에 판잣집을 세우고 여전히 천 명도 더 되는 사람들이 살고 있었다. 그 피해자들을 공원에서 쫓아내도 효과는 한때뿐이다. 공원 주민들은 금세 원상태로 돌아온다. 그래서 도쿄 도와 경시청도 급기야 대응책을 개선했다. 도쿄 도는 이들 주민에게 공원을 대신할 토지를 제공하기로 했다. 집합 판잣집 한 채당 이삼백 평의 토지를 다른 지구에 확보하여 이 땅을 전쟁 피해자들에게 대여한다는 정책이다. 이 방법을 사용한 이전 정책은 작년 한 해에 일단 끝났다.

이어서 경시청과 도쿄 도는 공원 내에 거주할 판잣집조차 없는 부랑자 소탕에 나섰다. 아다치 구 호리노우치에 수용소를 세우고 이곳에 공원 주민들을 이전시키려 했다. 처음에 이 강제 이전에 반대했던 사람들은 공원 주민들 본인이었는데, 그러다가 호리노우치 주변의 주민들이 이전 반대를 외치기 시작했다. 이에 대해 공원 주민들 측은 그렇게 우리가 싫으냐며 오히려 적극적으로 이전하게 되었다. 그럴 바에는 이전 예정일보다 앞서서, 호리노우치 주민들이 저지 행동에 나서기 전에 이전을 마치는 편이 낫다면서.

공원 주민들은 평소에 선생님이라 부르는 대장격 인사의 지시에 따라 정연하게 호리노우치 수용소로의 이전을 끝마쳤던 것이다. 그것이 작년

11월의 일이었다.

세이지는 덧붙였다.

"덕분에 공원에서 텐트촌은 거의 사라졌어. 노숙하는 사람은 보이지만 오래 사는 사람들은 아니야."

가토리가 물었다.

"총감한테 곤봉 세례를 먹인 사람들도 없어?"

세이지는 그날 밤의 정경을 떠올리고 미소를 지으며 대답했다.

"없어. 몇 명씩 무리를 지어 흩어진 모양이야."

"하지만 아직 공원 주변에서 장사를 하고 있지?"

"유시마나 우구이스다니에는 여관도 많으니까."

"그러고 보니 살해당한 남창이 있었지. 시노바즈노이케 연못가에서. 그 사건은 해결됐나?"

구보타와 하야세가 세이지를 바라보았다.

"아니." 세이지는 대답했다. "이미 수사계도 담당에서 벗어났어. 이대로 미결 사건으로 남겠지."

"폭력배가 살해됐으면 수사도 좀 더 이어졌을 텐데."

세이지는 동의했다. 살해당한 미도리가 우에노 공원에 사는 남창이 아니었다면 아마 조금 더 철저하게 수사를 했을 것이다.

구보타가 말했다.

"그건 경찰 가운데 누군가 본보기로 그랬다는 소문을 들었습니다. 총감 시찰 전에 겁을 주려고 그랬다나요."

세이지는 눈을 희번덕이며 물었다.

"그럼 우에노 경찰서의 경관이 죽였다는 소리야? 그런 소문은 전혀 듣지 못했어."

"경시청 본청일지도 모르지만요."

"본청도 그렇게까지는 안 하겠지."

가토리가 말했다.

"뭐, 그 정도로 해두지. 오늘 모인 이유는 사실 구보타 때문이야. 지혜를
빌려줘."

세이지는 구보타를 바라보았다. 구보타는 송구스러운 듯 고개를 숙였다.

하야세가 단도직입적으로 물었다.

"뭔가 실수라도 저질렀나?"

가토리가 대신 대답했다.

"구보타가 결혼하고 싶대. 좋은 상대를 찾았거든."

세이지가 말했다.

"경사스런 이야기네. 그런데 구보타, 자네 표정은 왜 그래?"

가토리가 구보타를 턱짓하며 말했다.

"반한 상대가 여종업원이야. 술집에서 일해. 결혼은 허락되지 않아."

세이지는 엉겁결에 말했다.

"취처원娶妻願은 폐지됐잖아."

경시청에서는 바로 얼마 전까지 경찰관이 결혼하는 경우 소속 기관장에
게 취처원을 제출해서 허가를 받아야 했다. 취처원을 제출하면 담당 부서
는 여성의 신원을 조사한다. 만약 여성이 비천한 직업에 종사하고 있거나,
가족 중에 좌익 활동가가 있으면 결혼 허가를 받지 못했다. 그래도 결혼하
고 싶을 경우 해당 경관은 경시청을 그만둘 수밖에 없었다. 다만 이 취처원
제도는 올해 철폐되었다. 현재 표면상으로 경관의 결혼은 자유이다.

가토리가 말했다.

"그렇다고 자유 결혼을 장려하는 건 아니야. 우에노 경찰서에서 최근에
누구 결혼한 녀석 없어? 원하는 대로 했대?"

그 말을 듣고 보니 얼마 전에 결혼한 동료도 사전에 결혼 사실을 보고하
고 차석에게 구두 허가를 받았다고 들었다. 제도는 사실상 남아 있다. 만약
무시하고 결혼하면 언젠가 퇴직 권고를 받게 될 것이다.

세이지는 구보타에게 고개를 돌렸다.

"여종업원이라고 했는데, 직업여성은 아닐 거 아냐."

"아닙니다." 구보타는 단호하게 말했다. "그렇지 않아요. 단지 직장이 술집일 뿐입니다."

"그렇고 그런 가게야?"

"설마요."

가토리가 말했다.

"나도 가봤어. 특수음식점은 아니야. 롯쿠*에 있는 평범한 술집이야. 커피도 팔아. 이 녀석이 좋아하는 상대도 평범한 아가씨야. 볼을 붉히면서 구보타하고 결혼하고 싶다고 말하는 그런 아가씨야. 안조 씨가 여종업원이라는 말을 듣고 다른 상상을 하는 건 이해하지만서도."

세이지도 그 의혹이 자기의 편견임은 알고 있었다. 하지만 세간에서 여종업원이라는 단어가 주는 느낌은 결코 좋은 뜻이 아니었다. 실제로 직업여성이라는 의미로 사용하는 사내들도 있었다. 하물며 경찰에서는 말할 나위도 없다.

세이지는 말했다.

"그렇다면 저는 이런 여성하고 결혼했습니다, 하고 혼인신고를 한 후에 보고하기만 하면 되는 거 아냐?"

하야세가 짓궂게 웃었다.

"정론으로 나가는 건 위험해. 시대가 이렇잖아. 좌익이라고 볼 게 뻔해."

"하지만 취처원 제도는 폐지됐잖아."

"그걸 입에 담는 것 자체를 위험한 사상으로 취급한다니까."

가토리가 말했다.

"역시 예전과 똑같은 수순을 밟아야 하나."

---

* 아사쿠사의 환락가

"여자가 롯쿠에서 여종업원으로 일하고 있다고 신고하면 허가는 나오지 않을 거야. 여자의 신원을 조사할 것도 없이 안 된다고 하겠지."

세이지는 구보타에게 물었다.

"만약에 결혼 허가가 나지 않으면 넌 어쩔 셈이야?"

구보타의 대답은 이번에도 단호했다.

"경찰을 그만두겠습니다."

가토리가 고개를 저으며 말했다.

"다른 방법이 있을 거야. 섣부른 생각 하지 마."

하야세가 구보타에게 물었다.

"자네, 삼팔선은 넘었어?"

구보타는 한순간 어리둥절한 표정을 지었다가 대답했다.

"상대는 성실한 아가씨입니다."

"부모 직업은?"

"농가입니다. 이치카와에 있어요."

"롯쿠에서는 혼자 살고 있나?"

"친척 아주머니 댁에 얹혀살고 있습니다. 그 아주머니는 이치카와에서 아사쿠사의 목수에게 시집온 사람이라고 합니다."

가토리가 덧붙였다.

"그 두 사람도 성실한 사람들이야. 친척 중에도 경찰이 곤란해 할 인물은 없어. 확실한 사람들이야."

구보타는 깜짝 놀란 듯이 가토리를 쳐다보았다.

가토리가 구보타에게 고개를 끄덕여 보이며 말했다.

"미안. 자네가 의논하러 온 뒤에 조사해봤어. 오해하지 마. 자네 결혼을 응원해주려는 거야."

하야세가 입가를 약간 누그러뜨리고 말했다.

"현실적으로 생각해보자고. 우리는 구보타가 그만두는 걸 원하지 않아.

취처원 제도는 사라졌다고 정론을 내세워봤자 소용없어. 그렇다고 해서 그 아가씨하고 결혼하겠다고 곧이곧대로 상부에 신청해도 될지 알 수가 없어. 만약에 일하는 가게 쪽에 조금이라도 뭔가 이상한 소문이 있으면 틀림없이 허락이 떨어지지 않을 거야."

가토리가 말했다.

"아가씨의 신원을 속여볼까?"

"불가능해." 하야세는 말했다. "본청은 그런 조사에 대해서는 상당한 능력을 보여. 속일 수 있다는 생각은 않는 게 좋아."

"그래?"

"그래." 하야세는 단언했다. "그 아가씨, 롯쿠에서 일한 지 오래됐나?"

"아뇨, 아직 석 달밖에 안 됐습니다." 구보타가 대답했다.

"그렇다는 말은, 너하고 안 지 석 달도 채 안 된 거야?"

"그 아가씨가 일을 시작한 지 얼마 안 돼서 알게 됐습니다."

"말레이시아 침공 버금가는 속도네."

"죄송합니다."

"사과할 필요는 없는데 말이야."

하야세는 테이블 위로 상체를 숙였다. 머리를 모으라는 신호인 듯하다. 세이지와 다른 사람들은 하야세의 얼굴에 자기 얼굴을 가져갔다.

하야세는 작은 목소리로 말했다.

"그 아가씨를 일단 고향집으로 돌려보내. 돌려보내놓고 취처원을 내는 거야. 그렇게 하면 경시청은 그 지역 경찰을 통해서 그 아가씨의 신원이나 행실에 대한 평판을 조사해. 학교까지 찾아가지. 하지만 절대 나쁜 소리가 나올 리는 없어. 그렇지 않아?"

구보타가 걱정스럽게 말했다.

"롯쿠에서 일한다는 사실을 아는 사람이 있을지도 모릅니다."

"그 아가씨는 도쿄에 사는 아주머니 댁에 여름 한철만 일을 도와주러 갔

을 뿐이다. 그런 식으로 주위에 인사 좀 다니라고 하면 돼. 아주머니 평판
도 고향 쪽에서는 나쁘지 않겠지?"

"아마도요."

"아가씨가 롯쿠에서 일하는 여종업원이라고 정직하게 보고하는 것보다
이 방법이 나아. 아가씨가 부모 슬하에 있고, 근처에 나쁜 소문도 없다면
결혼 허가가 날 거야."

"저는 그 사람에 대해 정직하게 보고하는 게 어디가 나쁜지 모르겠어요."

"나도 그렇게 생각해. 하지만 결혼과 경관, 둘 다 손에 넣고 싶다면 자네
의 그 정론은 일단 접어놔. 어때, 이 방법?"

구보타는 입술을 깨물었다. 다소 불만스러운 모양이다.

가토리가 말했다.

"좋은 방법이야. 결혼 허가를 받은 후에 아사쿠사로 다시 불러들이면 돼."

하야세가 말했다.

"다만 한 가지, 각오해둬야 할 점이 있어."

구보타가 '뭡니까?' 하는 눈치로 고개를 갸웃거렸다.

하야세는 말했다.

"고향집 쪽에서 자네가 모르던 평판이 튀어나오는 일도 있을 수 있어.
그럴 경우, 각오는 되어 있나?"

구보타는 말했다.

"그 사람을 믿습니다. 인품만, 제가 알고 있는 그런 여성이 맞다면 저는
그 사람과 결혼할 겁니다. 경찰을 그만두게 되더라도."

하야세는 두 번, 크게 끄덕였다.

"그 아가씨는 좋은 남자를 잡았군. 이름은 뭐라고 하지?"

"기누코. 요시카와 기누코."

"건배를 하자."

하야세는 몸을 일으켰다. 세이지와 나머지 사람들도 한데 모았던 머리

를 원래대로 들어 올렸다.

하야세는 여주인을 불러 맥주 한 병을 시켰다.

"내가 한 턱 내지."

결국 맥주 두 병을 마셨다. 그 사이에 구보타는 기누코라는 아가씨와 처음 알게 된 계기부터 기누코의 인품과, 어떻게 교제했는지를 세이지와 다른 사람들이 묻는 대로 대답했다.

구보타는 말했다.

"그 사람, 요리를 꽤 잘해요. 가게 문을 열기 전에는 요리 밑준비를 돕기도 합니다. 가게에서도 요리를 잘하는 그 사람을 아끼고 있습니다. 요전에 가게에 갔더니 저를 위해 특별히 만들었다는 감자요리를 내주더라고요."

가토리가 고개를 돌리고 말했다.

"듣기만 해도 배불러 죽겠군, 정말."

가토리가 비아냥거리는데도 구보타는 눈치도 못 챈 듯이 말했다.

"결혼하면 꼭 놀러 오십시오. 온갖 음식으로 여러분을 대접할 테니까요."

하야세가 소변을 보러 갔다가 금세 돌아왔다.

얼굴이 뭔가 말하고 싶은 눈치였다. 세이지가 하야세를 쳐다보자 하야세는 작은 목소리로 말했다.

"가게에 본청 경무계가 와 있어. 아마 우리를 감시하고 있는 거겠지."

세이지는 저도 모르게 말했다.

"경무계가? 어째서?"

"다른 경찰서 순사들끼리 모여 있으니까 그렇지. 가토리 씨가 우리하고 연락을 취한 걸 알고 잠깐 조사해보자, 그렇게 된 거 아니겠어?"

"우리가 뭐 어쨌다고."

"좌익이 비밀 회합하는 것 아니냐는 거겠지. 관청 얘기는 이제 하지 마."

구보타가 물었다.

"본청 경무계를 알아볼 수 있어요?"

"알지. 척 보면 알아."

가토리가 흔쾌히 말했다.

"관청 이야기야 더 할 마음도 없어. 내버려둬."

하야세는 고개를 끄덕이고 다시 자리에 앉았다.

그로부터 나흘 후, 경시청은 민주 경찰관 집단에 속한 순사 서른한 명의 추방을 발표했다. 경시청에 잠입하여 활동하고 있던 일본공산당원 추방의 제1탄이었다.

그리고 한 달 후, 구보타 가쓰토시는 지바 현 이치카와 시의 요시카와 기누코와 결혼하여 가정을 꾸렸다.

한국에서는 중국군이 압록강을 건너 전쟁에 개입한 지 이 주일이 지났다. 유엔군이 밀리고 있는 시기다. 한국전쟁으로 인해 일본에서는 군수산업이 활기를 띠었다. 이러한 전쟁 수요에 의한 경기회복을 마침내 일반시민들도 실감하게 되었다.

최초의 구 군인 추방 해제*가 이루어진 것도 이 무렵이다.

같은 달, 다즈가 두 번째 사내아이를 낳았다. 세이지는 그 아이에게 마사키라는 이름을 붙였다.

5

동생 녀석은 곧 만 두 살.

형은 이제 네 살. 한창 말썽을 부릴 때다.

---

* 일본에서는 1946년에 전후 배상과 관련한 공직추방령에 따라 과거의 직업군인, 전범 등을 공직에서 추방하였으나 후에 국제사회에서 입지가 개선됨에 따라 추방 조치를 점진적으로 해제하였음

세이지는 올 4월에 공원 앞 파출소에서 우에노 공원 안에 있는 동물원 앞 파출소로 배속이 변경되었다. 우에노온시 공원 안 일대를 관할하는 파출소다. 쇼와 27년(1952). 경시청 순사가 된 지 오 년째에 접어들었다.

9월의 비번일 아침. 그날 세이지는 온 가족과 함께 우에노 동물원에 갈 예정이었다. 다즈가 둘째 마사키를 안고, 첫째 다미오는 세이지가 손을 잡고 간다. 아이들을 동물원에 데려가는 것은 이 날이 처음이었다. 다미오가 몇 번이나 졸랐지만, 마사키도 동물을 보고 어느 정도 감동할 나이가 된 후에 가려고 했다. 이제 슬슬 적당한 시기였다.

사실 지난 여름에는 데려갈 생각이었다. 그러나 사 개월 전, 강화조약 발효 직후인 5월 1일에 황거皇居 앞에서 대규모 소요 사건이 있었다. 이날은 세이지도 경비 지원 인력으로 나가서 그 소요를 현장에서 직접 체험했다. 더욱이 관계자들을 철저히 검거하라는 다나카 경시총감의 방침 때문에 쉴 새 없이 관련단체들을 검거했다. 우에노 경찰서에서 지원 출동한 대규모 검거만 해도 소요 전후의 후카가와 구 에다가와초 검거 두 번과 아라카와 구 미카와시마 검거가 있었다. 시기가 그렇다보니 선뜻 아이들을 데리고 동물원에 갈 마음이 들지 않았던 것이다.

하지만 메이데이 사건 이후로 사 개월이나 지났고, 마침내 마음도 그쪽으로 기울었다.

아침부터 다즈는 네 사람 분의 도시락을 싸고 있다. 조금 신경 쓰겠다고 하더니 어제 계란 네 알을 사왔다. 계란 같은 건 좀처럼 맛보기 어려웠지만, 이런 특별한 날이라면 괜찮다. 게다가 종전 후 꼬박 칠 년이 지났다. 강화조약도 발효되었고, 마침내 세상도 안정을 되찾고 있다. 순사 급료도 가까스로 인플레이션의 뒤를 따라잡았고 수당도 이것저것 늘었다. 가족이 처음으로 동물원에 가는 날에 계란 정도는 살 수 있게 된 것이다.

다미오는 며칠 전부터 계속 질리지도 않고 동물도감을 들여다보고 있었다. 근처에 미술학교 교수가 있어서 그 사람이 다미오를 위해 자기가 갖고 있는 도감을 빌려주었다. 전쟁 전에 간행된 아동용 도서였다. 글자도 아직 깨치지 못했으면서 다미오는 그 도감에 실려 있는 동물의 이름을 거의 외워버렸다. 이건 뭐야? 이 동물은 뭐야? 하고 틈만 나면 부모에게 물어본 덕택이다.

아침식사를 마치고 슬슬 나가려는 참이었다. 현관 앞에 집주인인 나카야마 노인이 들이닥쳤다.

"안조 씨, 빨리 좀 와주게."

나카야마는 안색이 변해 있었다. 세이지를 부르러 왔다는 말은 범죄가 터진 것일까?

"잠깐 다녀올게."

다즈에게 그런 말을 남기고 사복 차림 그대로 셋집을 뛰쳐나갔다.

나카야마는 종종걸음을 치며 말했다.

"또 우리 집에 세 들어 사는 아카시바 씨네 집일세. 아비가 날뛰고 있어."

아카시바는 세이지가 사는 셋집 뒤에 맞붙어 있는 집에 세 들어 사는 가족이었다. 모친이 아카시바 하루에라고 하는데, 전쟁미망인이었다. 아들이 있다. 다카시라는 이름의 열두 살짜리 소년이다. 작년부터 이 하루에의 집에 사내가 굴러들어왔다. 아다치인가 하는 이름의 목수인데, 난봉꾼이었다.

좁은 길을 돌아 그 셋집 앞의 골목길로 들어갔다. 일고여덟 명의 주민이 비명과 고함을 지르고 있었다. 그 너머에서 날뛰고 있는 사람의 형체가 보였다.

세이지는 주민들을 밀어젖히며 앞으로 나아갔다.

마흔 안팎의 사내가 식칼을 휘두르고 있었다. 목수인 아다치다. 술에 취한 듯 걸음이 위태롭다. 완전히 술에 절어 있는 사람의 눈빛이었다.

세이지는 생각했다. 필로폰 중독인가?

작년부터 필로폰, 즉 각성제는 마약과 동등하게 취급하게 되었다. 전쟁 중에 군대에서 눌함정이니, 돌격정이니, 묘목정이니 해서 예사로 사용하던

약품이었다[*]. 전후에는 앰풀로 변형되어 효과가 한층 향상되었다. 덕분에 거꾸로 중독환자로 인한 사건 사고가 빈번히 발생하게 되었다. 급기야 작년에는 필로폰 매매를 불법으로 규정했다. 이제 필로폰은 우연대[**]의 좋은 자금줄이 되어 있었다.

이 녀석이 필로폰 중독이라면 설득하기는 어렵다. 일단 제압이 먼저다.

사복 차림이어서 경찰봉도 권총도 없었다. 가지러 가야 하나?

그 생각은 바로 버렸다. 불가능하다. 지금 여기를 벗어날 수는 없다. 부상자가 나올 것이다.

슬쩍 좌우를 살펴보았다. 봉 같은 건 없나?

나카야마가 금세 알아차렸다. 나카야마는 세이지의 뒤에서 봉을 내밀었다. 문을 잠글 때 쓰는 빗장이었다. 세이지는 그 빗장을 받아들고 아다치에게는 보이지 않게 뒤로 감췄다.

"아다치." 세이지는 이름을 불렀다. "칼을 내려놔."

아다치는 세이지의 목소리에 반응했다. 비척비척 흔들리는 몸을 세이지 쪽으로 돌리더니 눈을 번쩍 뜬 것이다.

아다치는 찢어지는 목소리로 말했다.

"뭐야, 너?"

"경찰이다. 칼을 내놔."

"경찰?" 아다치는 코웃음을 쳤다. "어째서 경찰이 점령군의 복장을 하고 있지?"

무슨 소리인지 못 알아들었다. 환각인가? 아다치의 눈에는 지금 내가 점령군 병사처럼 보이나?

---

[*] 일본군은 제2차세계대전 당시 돌격부대나 파일럿, 야간 보초 등에게 죽음에 대한 공포를 없애기 위해 녹차가루에 각성제를 섞어 만든 알약을 지급했음

[**] 종전 직후 일본에서 폭력 행위를 일삼던 불량청소년 집단. 노름꾼, 장사치와 함께 현대 일본 폭력단의 삼대 원류 중 하나

세이지는 한 걸음 더 앞으로 나가서 왼손을 내밀며 말했다.

"자아, 식칼을 내놔."

"시끄러!"

아다치는 쓰러질 듯한 기세로 식칼을 내리쳤다.

세이지는 옆으로 펄쩍 뛰어 피하며 빗장으로 식칼을 후려쳤다. 아다치는 손을 움켜쥐고 또다시 비틀거렸다. 세이지는 재빨리 빗장 끝으로 아다치의 명치를 내질렀다. 아다치는 욱, 하고 신음하더니 그 자리에 무릎을 꿇고 쓰러졌다.

세이지는 식칼을 걷어차고 아다치의 뒤로 돌아가 오른손을 붙들었다. 아다치는 예상보다 강한 힘으로 저항했다. 세이지는 무릎으로 아다치의 등을 내리찍고 그의 상체를 바닥에 내리눌렀다.

"밧줄을!" 세이지는 외쳤다.

주민들 사이에서 밧줄이 날아왔다. 이미 준비해놓았던 모양이다.

세이지는 재빨리 아다치의 두 팔을 뒤로 돌려 묶었다.

아다치는 몸부림치며 외쳤다.

"죽여! 죽여! 기관총으로 죽여줘!"

세이지는 아다치의 등을 다시 한 번 세게 내질렀다. 아다치는 땅바닥에 턱을 쿵 찧었다. 저항이 뚝 끊어졌다.

세이지는 나카야마에게 말했다.

"집 안을 살펴보세요. 부상자가 있을지도 모릅니다."

나카야마는 현관 쪽을 쳐다보고 말했다.

"아니, 괜찮네."

세이지도 현관 쪽으로 눈을 돌렸다. 반만 열린 미닫이 사이로 아카시바 하루에가 아들 다카시와 함께 서 있었다. 불안한 눈빛으로 세이지를 바라봤다. 마치 세이지가 아카시바 모자에게 재앙이라도 되는 듯한 눈이었다.

나카야마가 골목에 모여 있던 주민들에게 말했다.

"이제 됐소이다. 걱정할 것 없소. 다들 집에 들어가."

주민들이 하나둘, 저마다 자기 집으로 들어갔다.

세이지는 아카시바 하루에에게 물었다.

"무슨 일입니까? 오늘 아침에 갑자기 난동을 부린 겁니까?"

하루에는 대답을 하지 않았다. 그저 입을 다물고 세이지를 쳐다봤다.

세이지는 말했다.

"이 남자는 필로폰 중독으로 보이는데, 짐작 가는 점 없습니까?"

하루에는 눈을 껌벅이더니 말했다.

"역시."

"왜 그러십니까?"

"어제부터 심기가 안 좋더니 집 안을 뒤집어놓고."

"난동을 부렸습니까?"

"네. 하지만 술을 조금 먹였더니 잠들어버렸어요. 오늘 날이 밝으니 이번에는 손에 닿는 대로 물건을 부수다가 급기야 식칼까지 꺼내들고서."

"정말로 다치지 않았습니까?"

"맞기는 했어요. 하지만 별일 아니에요."

"아드님도?"

하루에는 아이를 쳐다보고 말했다.

"네. 이 애가 중간에서 말려주었거든요."

"위험했네요."

"이 사람, 경찰에 끌고 가실 건가요?"

나카야마가 옆에서 말했다.

"필로폰 중독으로 내내 주위에 폐를 끼치고 있어. 오늘은 끌고 가달랄 수밖에 없겠어."

하루에는 고개를 저었다.

"우리는 어떻게 되죠? 먹고살 길이 없어요."

"이제 이 사람 벌이에는 기대하지 않는 게 좋네."

"배 속에 아이가 있어요."

세이지는 하루에의 복부를 쳐다보았다. 기모노 아래의 복부는 분명 조금 불룩해 보였다. 사 개월이나 오 개월쯤 됐을까.

집 앞의 길에서 구두소리가 들렸다. 몇 사람이 달려오고 있다.

나카야마가 말했다.

"다른 셋집 사람을 야나카 경찰서까지 보냈네. 이제야 왔나보이."

하루에가 아다치를 돌아보았다. 연민의 눈길로 보였다. 아니, 어쩌면 내연의 남편인 아다치가 아니라 이런 사내와 내연의 관계가 된 자기 자신에 대한 연민인지도 모른다. 초췌한 하루에의 얼굴은 똑바로 쳐다보기 힘들 정도로 어두웠다.

아들인 다카시와 눈길이 마주쳤다. 날뛰는 아다치와 하루에 사이에서 어머니를 지키려 했다는 소년. 세이지는 한순간 소년이 자기를 바라보고 있는 줄 알았다. 그러나 그 야윈 소년의 눈동자 초점은 어디에도 맞춰져 있지 않았다. 소년은 아무것도 보고 있지 않았다. 소년의 눈에는 아무것도 비치지 않았다.

나카야마는 하루에와 소년에게 말했다.

"자, 이제 안심하게. 아다치는 혼쭐을 내줘야지. 집에 들어가 있게나."

하루에는 소년을 보채서 집으로 들어갔다.

아다치가 또다시 외쳤다.

"죽여! 죽여!"

때마침 골목길에 순사 두 명이 달려 들어왔다. 두 사람은 뒹굴고 있는 아다치를 보고 발을 멈췄다.

세이지는 순사들에게 몸을 돌리고 말했다.

"우에노 경찰서의 안조 세이지 순사입니다. 이 사내가 식칼을 휘둘러서 제압했습니다."

중년의 순사가 물었다.

"상해 피해자는?"

"없습니다."

"사건인가?"

"아닙니다. 흔한 소동이라고 생각합니다만, 사내의 상태가 조금 이상합니다."

"무슨 뜻인가?"

"필로폰 중독일지도 모릅니다. 아마 집 안에는 주사기나 앰풀도 있을 겁니다."

아다치는 여전히 소리를 지르고 있다.

"죽여! 기관총이든 뭐든 가져와!"

혀가 잘 안 돌아간다. 제정신을 가진 사람의 목소리도 아니었다.

중년의 순사는 뒹굴며 신음하는 아다치를 쳐다본 후 말했다.

"연행하겠네. 그나저나 자네는 어째서 여기에 있었나?"

"집이 뒤쪽 맞은편 셋방입니다."

"혹시 매일 우리 경찰서 앞을 지나가는 사람 맞나?"

"예, 야나카 경찰서 앞을 지나 우에노 경찰서까지 통근하고 있습니다."

"차라리 우리 서에 배속되면 편하겠군."

"그렇게 생각합니다."

"자네도 서에 와주지 않겠나?"

세이지는 망설였다.

"오늘은 비번으로, 이 다음에 중요한 볼일이 있습니다."

"순사라면 도와야지. 시간을 많이 빼앗지는 않을 테니까."

어쩔 줄 몰라 하자 나카야마가 옆에서 말했다.

"사정은 제가 압니다. 저라도 괜찮으시다면."

순사는 나카야마와 세이지를 번갈아 보더니 말했다.

"나중에 다시 협력을 요청하게 될지도 모르네."

"예, 기꺼이."

세이지는 빗장을 나카야마에게 돌려주고 그 골목을 빠져나왔다. 사방을 둘러싼 현관과 창문에 주민들의 눈이 있음을 알 수 있었다.

이틀 후였다. 세이지는 야나카 경찰서의 호출을 받았다. 잠깐 사정을 설명해달라는 용건이었다. 그날 세이지는 근무가 끝나고 돌아오는 길에 야나카 경찰서에 들러 수사계를 찾아갔다.

수사계의 사복 경관은 단노라는 이름의 아직 젊은 청년이었다.

단노는 세이지를 위해 직접 차를 내준 후 말했다.

"그 아다치라는 사내, 예상대로 필로폰 중독이었습니다. 요새 환각이 심해졌다는 것 같더군요. 내버려뒀으면 그 녀석은 틀림없이 착란을 일으켜 근방에서 큰 사건을 일으켰을 겁니다."

세이지는 말했다.

"그때 신병을 구속할 수 있어 다행이었군요."

"그놈 집에서는 주사기와 빈 앰풀도 나왔습니다. 문제는 제대로 일도 하지 않던 목수가 어떻게 돈을 변통해서 어디서 약을 샀는가 하는 점입니다. 잘만 하면 판매상 조직을 검거할 수 있겠는데 말입니다."

단노는 아다치에 대해 아는 바가 없냐고 물었다. 어떤 패거리와 교류하고 있었는가. 돈은 어떻게 벌었나. 찾아오는 손님은 없었는가. 셋방 주민들 가운데 특별히 친하게 지내는 이는 누구인가.

유감스럽게도 세이지의 방에서 볼 때 뒤쪽에 해당하는 그 셋집의 주민에 대해서는 잘 몰랐다. 애당초 세이지는 바로 얼마 전까지 아다치라는 사내가 살고 있다는 사실조차 몰랐던 것이다.

"그러십니까. 같은 셋집이라 소문이라도 조금 더 들었을까 싶었는데 말입니다."

단노는 다소 낙담한 기색을 보이며 말했다.

"저는 거의 잠만 자러 돌아가는 형편이어서요. 어떤 사람들이 살고 있는지 몰랐습니다."

다소 계면쩍은 심정으로 말했다.

"그만 할까요." 단노는 일어서면서 말했다. "아, 맞다, 그날 일을 우리 서장님이 안조 씨네 서장님께 보고한다더군요. 준공무 취급으로 서장 표장을 받지 않을까 싶네요."

그건 고마운 일이었다.

가토리 모이치가 경찰서로 전화를 건 것은 월말의 일이었다.

근무를 마치고 돌아온 세이지는 메모를 보고 가토리가 제2당번 근무를 하고 있는 사카모토 경찰서 미노와 파출소로 직접 전화했다.

가토리가 말했다.

"10월 1일자로 하야세가 이동한다. 내시가 떨어졌대. 이번에는 아라카와 경찰서야. 게다가 외근이 아니야. 형사가 됐어. 수사계야."

세이지는 깜짝 놀라면서도 말했다.

"하야세는 언젠가 형사가 될 줄 알았어. 본청에 가는 것도 그리 먼 얘기가 아니겠네."

"승진 축하를 해줄까 하는데."

"그러자."

전화를 끊고 세이지는 생각했다. 하야세 유조는 대학에 갔던 사내인데다 군대에서도 간부후보생, 게다가 경찰훈련소 성적도 뛰어났다. 칠천 명에 가까운 남자들이 채용된 쇼와 23년 반 중에서도 특출한 존재임은 처음부터 확연했다. 주위의 모든 사람들이 하야세는 언젠가 형사가 되리라고 생각했다. 아마 하야세 본인도 그것을 바랐을 것이다. 필연적으로 그는 형사가 되었다. 하야세의 다음 목표가 무엇인지는 모르겠으나……

문득 자신에 관해 생각했다.

집 근처에서 일하는 외근 순사가 좋다. 주재소 근무라면 더욱 좋다. 하지만 주재소는 대부분이 군郡 단위 지역에 있었고 그 수도 적었다. 게다가 대개 아이가 있는 장년층의 순사가 배속된다. 세이지는 지금 서른. 주재소 근무를 하기엔 약간 젊다는 말을 들을 나이인지도 모른다. 주재소 근무는 지역 유지들과도 대등하게 관계를 엮어가야 하는, 이른바 부하 없는 서장 같은 존재이다. 서른이라는 나이로는 약간 부담스러운 근무이기도 했다.

하지만……. 세이지는 다즈의 얼굴을 떠올리며 결심했다. 마흔이 될 무렵에는 어떻게든 주재소에서 근무해야지. 그 희망을 관철할 수 있을 만큼의 실적을 쌓아두자. 계급은 순사라도 상관없으니 특별히 승진시험에 열을 올려야 할 필요도 없다.

그러나 이튿날, 또다시 가토리에게서 전화가 왔다.

"하야세가 그런 모임은 필요 없다는군. 지금까지처럼 망년회나 신년회라도 있을 때 축하해주면 그걸로 족하대."

"바쁘겠지." 세이지는 이해하며 말했다. "외근 순사처럼 정시에 근무가 끝나는 것도 아니니까."

"그러게."

10월 5일의 이른 아침이었다.

세이지가 간신히 눈을 떴을 때, 누가 현관문을 요란하게 두드렸다.

"안조 씨, 일어나! 큰일 났네!"

또 집주인인 나카야마의 목소리였다.

세이지는 다즈와 두 아이들을 쳐다본 후 현관으로 나갔다.

빗장을 풀고 문을 열자 잠옷 차림을 한 나카야마가 서 있었다. 하얗게 질린 얼굴이었다. 이 남자에게는 드문 일이다.

나카야마는 안채를 신경 쓰면서 작은 목소리로 말했다.

"목을 맸어. 하루에 씨가 뒤뜰 우물 옆에서 목을 매달았어."

세이지는 잠옷을 벗고 바지만 주워 입고 밖으로 나갔다.

이 두 채의 셋집은 하나의 펌프를 공유하고 있다. 막다른 골목에 펌프가 있고 지붕을 얹어 놓았다. 셋집 주민들은 취사 준비도 빨래도 대개 이곳에서 한다.

현장에 가보니 우물 옆 큰 벚나무 가지 밑에 사람이 매달려 있었다. 여자다. 여자의 발밑에는 절임을 넣는 나무통이 굴러다니고 있다. 매달려 있는 여자의 발끝은 거의 지면에 닿을락말락했다. 가지에 밧줄을 걸고 고리에 목을 집어넣은 후 통을 걷어찬 것이리라.

얼굴이 보이는 위치까지 돌아가 보았다. 아카시바 하루에였다. 눈은 까뒤집혔고 입에서 혀가 살짝 보였다. 이미 죽은 것 같다.

세이지는 액사 시체를 보기는 처음이었다. 일단 눈을 돌리고 목구멍에 치밀어 오른 씁쓸한 위액을 땅바닥에 뱉어낸 다음 시체에 다가가 손목을 만져보았다. 몸은 싸늘했고 사후경직이 시작된 듯했다. 당연히 맥은 없다.

마음을 단단히 먹고 팔을 꾹 쥐어보았다. 역시 생체반응은 없었다.

세이지는 나카야마를 돌아보며 말했다.

"야나카 경찰서에 연락 좀 해주시겠습니까? 잠시 동안 여기에 사람들이 접근하지 못하게 하십시오."

"알겠네."

나카야마가 몸을 돌려 뛰어가려 했다. 그 너머에 사람이 있었다. 소년이었다. 하루에의 아들인 다카시다.

다카시는 넋 나간 표정으로 하루에의 시체를 바라보고 있었다.

세이지는 그 시선을 가로막듯 다카시에게 다가갔다.

"저리 가 있어라. 다가오지 마."

다카시는 세이지의 말을 듣지 못한 모양이다. 눈을 휘둥그레 뜨고 시체에 다가가려 했다. 세이지는 다카시의 몸을 붙들어 시체가 보이지 않는 위치까지 밀어냈다. 다카시는 저항했지만 당연히 세이지 쪽이 훨씬 더 강했다.

세이지는 다카시에게 말했다.

"침착해. 집에 돌아가 있어라. 알았지? 넌 보지 않는 게 나아."

다카시는 이상하다는 얼굴로 세이지에게 물었다.

"엄마, 죽은 거야?"

"모르겠다. 지금 의사도 올 거야."

"죽은 거지?"

"모르겠다. 집에서 기다리고 있어."

"싫어!"

다카시는 몸부림쳤다. 세이지의 팔을 뿌리치고 시체로 달려갈 셈이다. 세이지는 다카시의 따귀를 후려쳤다. 다카시는 깜짝 놀라 말뚝처럼 꼿꼿이 섰다.

나카야마의 아내가 달려왔다.

세이지는 부인에게 말했다.

"다카시를 부탁합니다. 보지 않는 편이 낫습니다."

"알았어요."

나카야마의 아내는 고개를 끄덕이고 다카시의 어깨에 손을 얹었다. 다카시는 정신 나간 얼굴로 그대로 끌려갔다.

나카야마가 돌아왔다. 세이지는 시체 옆으로 돌아가 가지에 걸린 밧줄을 풀었다. 나카야마가 시체를 받쳐주었다. 시체의 다리가 바닥에 닿았다. 세이지와 나카야마는 밑에서 그 시체를 붙들고 밧줄을 완전히 풀어 바닥에 뉘였다.

세이지는 하루에의 눈꺼풀에 손을 얹어 눈을 감겨주었다.

나카야마는 주위를 둘러보며 한숨을 쉬고 말했다.

"죽기 전에 한마디 의논이라도 해줬으면 좋았을 것을."

세이지는 말했다.

"상당히 절박했겠지요."

"하필 여기서 목을 매달 게 뭐람. 야나카 묘지 쪽에는 가지가 굵은 나무도 잔뜩 있을 텐데."

세이지가 나카야마의 얼굴을 쳐다보자 그는 울상으로 말했다.

"앞으로 여기 우물은 쓰기 힘들어질까봐 그러네. 이상한 소문도 퍼질 것 아닌가."

세이지는 말했다.

"신경 쓰실 일 없습니다. 저기 산사키자카 고개는 괴담 모란 등롱*의 무대지만 한밤중에도 사람들이 다니지 않습니까."

그보다 걱정되는 것은 다카시다. 어머니가 죽었으니 그 아이는 어디로 가게 될까. 받아줄 친척은 있을까? 있다고 치자. 그 집은 한창 자랄 나이의 아이를 한 명 더 부양할 만한 여력이 있을까?

닷새 후였다.

우에노 경찰서 외근 순사들에게 또다시 변칙적인 근무 명령이 떨어졌다.

이제 우에노 공원에는 부랑자도 별로 남지 않았을 텐데.

의아하게 생각하고 있다가 당일 아침에야 무슨 일인지 알았다. 경시청 마약 단속 본부가 국세청, 전매공사 감시과 등과 협력하여 우에노 경찰서를 비롯한 인근 경찰서의 지원을 받아 우에노 오카치마치 3초메에 있는 국제우애빌딩 내 십여 개 점포와 세대에 대해 가택수색을 한다는 것이다. 마약단속법, 전매법, 외환관리법 및 기타 법률에 대한 위반 혐의.

이 지역에서는 그 전에도 필로폰이나 밀주, 불법 담배 등의 매매가 계속되어 우에노 경찰서도 몇 번인가 소규모로 검거를 실시했었다. 이번에는 경시청이 주도하여 도합 백이십 명의 제복, 사복 경관을 동원한 대규모 검

---

* 상사병으로 죽은 무사의 딸이 등불을 든 시녀와 함께 밤마다 사랑하는 이를 찾아간다는 괴담

거다. 세이지는 제3반의 동료들과 함께 수사원들의 가택수색을 지원하게 되었다.

그날 아침, 동원된 순사들은 일단 우에노 경찰서 뒷마당에 집합하여 경시청 마약 단속 본부장의 지휘에 따라 아메야요코초로 향했다.

통행인이나 손님들이 깜짝 놀라 멈춰서는 가운데 경찰 부대는 아메야요코초의 국제우애빌딩을 포위했다. 곧 점원과 주민들이 빌딩을 지키려는 듯 저지선을 만들었다. 여자들이 "돌아가!" "꺼져!" 하고 외쳐대기 시작했다.

단속본부의 사복 경관들이 수색영장을 제시하며 빌딩 안으로 들어가려 했다. 입구에서 엎치락뒤치락 얽혔다. 일단 사복 형사들은 뒤로 물러섰지만 이어서 우에노 경찰서의 무예에 능한 순사들이 경찰봉을 빼들고 입구로 향했다. 금세 옥신각신 다툼으로 번졌다.

우에노 경찰서의 외근계장이 저항하는 자들을 몰아내라고 명령했다. 마침내 점원과 주민들도 곤봉을 꺼내들고 와서 입구 앞에서 싸움이 벌어졌다.

세이지는 우애빌딩의 샛길 쪽에서 동료 순사들과 함께 주민들의 항의를 받고 있었다. 상대는 멱살을 잡을 수 있을 만한 위치에서 욕설을 하며 침을 내뱉었다. 어깨로 우격다짐하여 밀어내려는 자도 있다. 이곳에서는 경찰봉을 빼라는 지시는 없었고, 일단 수사원들이 가택수색을 마칠 때까지 소동을 확대시키지 말라는 명령이었다.

가택수색이 시작된 지 오 분쯤 지났을 때였다. 입구 부근에서 저항이 격렬해졌다. 안쪽에서 거세게 밀어내는 것이다. 누군가 안에서 나오려는 건가? 도주하려는 자가 있는 모양이다. 세이지와 동료들은 경비 라인이 무너지지 않도록 더욱 견고하게 그 자리를 지켰다.

그러나 끝내 라인이 뚫렸다. 라인의 한 점이 무너지자 주민들이 그곳에서 와락 튀어나왔던 것이다.

세이지는 튕겨나가는 와중에 중년 사내 하나가 팔로 얼굴을 가리고 뛰어나가는 모습을 보았다. 도망치려고 필사적이었던 사람은 그 사내였던 것이다.

세이지는 혼란 속에서 간신히 자세를 가다듬고 그 중년 사내에게서 시선을 떼지 않으며 추격했다. 픽, 픽, 뺨에 주먹이 날아든다. 세이지의 추격을 저지하려는 사내들이 있다. 북새통 속에서 누군가의 손이 허리춤의 권총을 붙잡는 것을 느꼈다. 이런 혼란한 장소일 경우 순사의 권총도 목표가 된다. 세이지는 그 팔을 뿌리치고 경찰봉을 뽑아 한차례 휘둘렀다. 우직, 하고 딱딱한 감촉이 느껴졌다. 허리춤의 권총에서 손이 떨어졌다.

다른 동료 순사들은 포위선을 되살리기 위해 안간힘을 쓰고 있었다. 도망치는 사내를 눈치챈 이는 아무도 없다. 아니, 딱 한 사람 있었다. 선배 순사인 요코야마였다. 그가 북새통 속에 끼어들었다.

몸이 자유로워졌다. 여전히 세이지의 시선은 도망치는 사내의 등에 꽂혀 있다. 사내는 지금 다른 샛길로 뛰어들려는 참이었다. 세이지는 앞을 가로막는 남자에게 한 번 더 경찰봉을 먹이고 도망치는 사내를 추격했다.

세이지가 샛길 안으로 뛰어들자 사내는 마침 골목 안쪽 건물의 문을 열고 있었다. 그러나 문은 잠겨 있었다. 열리지 않는다. 사내는 세이지에게 몸을 돌리더니 웃옷 밑에서 칼을 빼들었다. 세이지는 허리를 숙이고 걸음을 늦추었다. 사내가 칼을 내질렀다. 세이지는 그 칼을 뿌리치고는, 상대가 움찔한 틈을 놓치지 않고 경찰봉으로 가슴을 찔렀다. 사내는 짤막한 신음을 흘리며 상체를 숙였다. 경찰봉 끝으로 그 목덜미를 찍었다. 사내는 바닥에 철퍼덕 엎어졌다.

요코야마가 달려와서 칼을 주워들었다. 세이지는 사내에게 올라타 그의 오른손을 등 뒤로 돌려 수갑을 채웠다. 이어서 왼손에도.

그 샛길로 두 명의 순사가 달려왔다.

요코야마가 세이지에게 작게 말했다.

"담당 구역을 벗어났네. 좀 지나쳤어."

세이지는 코밑이 뜨뜻해서 왼쪽 손등으로 닦아냈다. 피가 묻었다. 방금 전 주먹질을 당했을 때 콧속이 찢어진 모양이다. 설마 코뼈는 부러지지 않았겠지?

요코야마가 바닥에 뒹굴고 있는 사내를 쳐다보며 말했다.

"이놈이 거물이면 좋을 텐데."

두 명의 순사들 뒤에서 사복 경관이 두 사람 더 달려왔다. 본청의 형사들이었다.

중년 형사가 사내의 머리채를 쥐고 얼굴을 확인했다.

"장이다." 그 형사가 말했다. "장경화. 오늘 목표 중 하나가 이놈이다."

그보다 젊은 형사가 세이지를 바라보며 물었다.

"자네가 수갑을 채웠나?"

"예. 우에노 경찰서, 안조입니다." 세이지는 허리춤의 손수건으로 코피를 닦으며 대답했다.

"이놈을 알고 있었나?"

"아닙니다. 다만 도망치는 모습이 이상해서 그랬습니다. 무슨 짓을 한 놈입니까?"

"필로폰 판매상이다. 체포장이 떨어졌어. 자네, 점수를 땄군."

"체포수속서에는 저하고……." 세이지는 옆에 선 요코야마를 가리키며 말했다. "요코야마 순사의 이름도 써주십시오. 둘이서 추격했습니다."

요코야마는 그래도 괜찮으냐는 듯이 눈썹을 희미하게 꿈틀거렸다.

샛길로 사복 경관 두 사람이 더 달려왔다.

중년 형사가 세이지의 허리춤을 쳐다보더니 말했다.

"당신, 치료를 받는 편이 좋겠어."

보니까 제복의 벨트 아래쪽이 찢겨 있었다. 피가 배었다. 옥신각신할 때 칼을 휘두른 이가 있었던 모양이다. 그렇지만 가벼운 부상이다. 전혀 느끼지 못했다. 통증도 없다. 베였다고 할 수도 없을 정도였다.

그날 검거한 사람은 열두 명이었다. 압수한 필로폰과 양담배의 양은 단속본부의 기대에는 못 미쳤다. 국제우애빌딩 전체를 통솔하는 최고 우두머리는 보이지 않아 체포하지 못했다. 실패였다는 견해가 관련된 순사들 사이에 퍼져나갔다. 아마도 사전에 정보가 누출되었으리라. 경시청은 또다시 국제우애빌딩을 노릴 것이다.

우에노 경찰서로 돌아와 허리 밑의 상처를 포함해 응급처치를 받고 있자니 차석인 이와부치 경부가 다가왔다.

"총감상을 신청하겠네. 상처가 완치될 때까지 휴식을 취하도록."

세이지는 감사히 머리를 조아렸다.

공무 중에 입은 상처 자체는 대단한 것이 아니니 휴식은 포상이라는 소리다. 사양 않고 다즈와 아이들과 함께 보내는 데 써야겠다고 생각했다.

6

가을의 청명한, 저도 모르게 깊이 숨을 들이마시고 싶어지는 기분 좋은 날이었다.

특별휴가 두 번째 날 오후였다. 세이지는 다즈와 두 아이들을 데리고 근처로 산책을 나섰다. 하쓰네초의 셋집에서 나와 덴노지초 방향으로 걸었다. 덴노지초의 이모사카 육교에서 아이들에게 기차를 보여줄 셈이었다. 아이들은 움직이는 물체 중에서도 특히나 기차를 좋아했고, 기차를 제대로 보려면 덴노지에 이웃한 길 앞에 있는 이 육교만한 장소가 없었다. 지금까지도 몇 번 온 적이 있었다. 아이들이 기차에 질릴 즈음이면 야나카 긴자의 상점가를 지나게 될 것이다. 다즈는 부업 때문에 천조각과 실이 필요하다고 했다. 육교를 동쪽으로 건너 네기시의 도매상가까지 사러가게 될지도 모른다.

덴노지와 덴노지초 일대도 전쟁의 피해를 면했다. 지금도 낡은 셋집이나 목조 아파트가 빼곡하다. 지역 특성상 직공들이나 장인들도 많이 사는 듯하다. 철도원들이 입는 작업복도 종종 눈에 띄는 지역이었다.

밝은 날이면 거리는 물론 담장 너머로 보이는 민가의 마당에도 사람이 많았다. 아이들이 뛰노는 소리도 들린다. 야나카 묘지나 덴노지 일대는 아이들의 놀이터로도 최고였다. 오르기 쉬운 벚나무가 많았고, 죽 늘어선 비석은 숨바꼭질에 안성맞춤이었다.

야나카 묘지로 들어가 덴노지 앞으로 통하는 벚나무 가로수 길을 걸었다. 덴노지의 오층탑이 보이기 시작했다. 백육십 년 전에 축성했다고 한다. 유서 깊은 탑이다. 그 옆에 있는 단층 건물은 야나카 경찰서의 덴노지 주재소였다. 야마노테 선 안쪽에서는 주재소가 줄어들고 있는데, 그 와중에 남아 있는 몇 안 되는 주재소 가운데 하나가 이곳이다. 번화가나 신흥주택지와는 달리 이렇게 예로부터 내려온 동네에서는 외근 경관을 교대로 파견하기보다 지역 사정에 밝은 주재 경관이 한 사람 있는 편이 범죄예방에 도움이 된다. 그래서 경시청과 야나카 경찰서는 지금도 이 덴노지 파출소에 주재소 역할을 맡기고 있었다. 현재의 주재 경관은 사쿠마라는 이름의 나이 많은 순사였다.

세이지는 덴노지 주재소 앞까지 와서 유리문 안쪽을 들여다보았다. 사무실은 텅 비어 있다. 사쿠마는 안쪽에 있거나, 아니면 순찰을 나갔을 것이다. 날씨를 고려하면 외근 순찰 중이라고 생각하는 편이 자연스러웠다.

다즈가 주재소를 보면서 말했다.

"사쿠마 씨는 벌써 십 년째 여기 계신다고 들었어요. 전쟁 때부터 줄곧."

세이지는 말했다.

"주재 경관은 파출소 근무하고 달라. 일단 배속 받으면 길거든."

"그분, 벌써 쉰을 바라보고 계실 텐데요."

"그렇다는 것 같더군."

다즈는 세이지에게 얼굴을 돌리고 천진하게 말했다.

"그래요, 세이지 씨가 주재 경관이 된다면 여기가 좋겠어요. 덴노지 주재소."

세이지는 다즈의 천진한 얼굴을 보며 미소지었다.

"왜?"

"전 서민 동네에서 자라서 여기가 체질에 맞아요. 서쪽 주재소는 살기 힘들 것 같아요."

"경시청은 그런 것까지 배려해주지는 않아."

"당신도 이쪽 동네는 잘 알잖아요. 벌써 사 년이나 하쓰네초에 있었고, 내내 우에노 경찰서에서 근무했어요. 그런 사람을 아무것도 모르는 동네에 보내는 건 경시청 입장에서도 손해 아닌가요?"

덴노지 주재소는 그대로 주재 경관 가족의 주택과 연결되어 있다. 아니, 가옥의 일부가 주재소다.

뒤쪽의 작은 마당에는 바지랑대가 있고, 빨래가 널려 있었다.

다즈가 그 집을 쳐다보면서 말했다.

"분명 방이 두 개일 거예요. 여섯 장짜리 두 칸일까?"

벌써 이 주재소에 배속되기라도 한 듯한 말투였다. 세이지는 쓴웃음을 지었다.

작업복을 입은 직공 같은 사내와 학생 같은 사내가 세이지의 가족을 스쳐 지나갔다.

지나갈 때 짧은 대화가 들렸다.

"회의에서?"

"그래. 반당反黨 활동이다."

"사문회가 열리는 거군."

세이지는 생각했다. 좌익일까? 그 피비린내 나는 메이데이로부터 아직 반년밖에 지나지 않았다. 경찰관들은 아무래도 좌익의 동향에 민감해질 수밖에 없었다. 특히 파출소에서 근무하는 순사의 경우 권총 강탈은 몹시 현실적인 문제이며 항상 의식해야만 하는 위험이었다. 지금 귀에 들어온 단어에서 싫어도 좌익 활동이나 노동운동을 상상하고 만다. 아마도 이 덴노지초의 셋집이나 목조 아파트에는 노동운동 활동가도 많을 것이다.

뒤를 돌아보지 않고 그대로 길을 걸어가는데 큰길 모퉁이에서 또 두 명의 사내가 얼굴을 드러냈다.

세이지는 깜짝 놀랐다. 한 명은 아는 얼굴이다. 사복 차림의 하야세 유조였다.

하야세도 세이지를 알아보고 눈을 휘둥그레 떴다. 하야세가 슬며시 손가락을 입에 갖다 댔다. 쉿, 아무 말 하지 마, 라는 신호 같다. 세이지는 그 신호를 바로 알아듣고 고개를 끄덕였다.

하야세와 함께 있던 사내도 세이지의 표정을 보았는지 이상하다는 얼굴로 하야세를 보았다.

스쳐지나갈 때 하야세는 세이지를 바라보며 작게 고개를 끄덕였다.

다즈가 물었다.

"왜 그래요? 아는 사람이에요?"

세이지는 걸어가면서 대답했다.

"경찰훈련소 동기야. 아라카와 경찰서 수사계로 이동했다고 들었어."

"왼쪽에 있던 사람 말이에요?"

"응. 젊은 쪽."

"왜 인사 안 했어요?"

"공무 중이었어. 누굴 미행하고 있었던 모양이야."

"도둑이요? 그렇게 보이는 사람이 있었어요?"

"공안하고 관계된 일이겠지. 좌익 활동가를 쫓는 게 아닐까 싶은데."

물론 세이지도 확신은 없다. 다만 누굴 미행만 하고 체포하지 않는다면 그것은 일부러 풀어놓았다고 생각하는 편이 자연스럽다. 거물급 지명수배범의 소재를 캐내거나, 혹은 요주의 조직의 전모를 파악하기 위해서 말이다.

다즈가 돌아보려고 하는 바람에 세이지는 허둥거리며 말했다.

"뒤돌아보지 마. 이대로 모르는 척하자고."

다즈가 말했다.

"제복을 벗으면 정체를 알 수 없는 경관이 많네요. 아무것도 모르고 만나면 전 분명 저 사람들이 위험한 일을 하는 줄 알았을 거예요."

"단속할 상대를 닮아가는 게 형사야. 강력범을 상대하다 보면 강력범처럼 돼. 사기꾼을 상대하면 사기꾼처럼 된다더군."

"성실한 지역 주민들을 상대하면 성실한 지역 주민으로 있을 수 있어요. 그렇죠? 주재 경관이 되어요. 출세하지 않아도 괜찮으니까."

세이지는 솔직한 심정으로 고개를 끄덕였다. 다즈는 '당신한테는 출세를 바랄 수가 없다'고 말하는 것이 아니다. 오히려 계급이 올라가서 너무 경찰관다워지는 것을 걱정하고 있다. 다즈의 걱정은 이해할 수 있다. 출세를 바라지 않는 대신 주재 경관을 목표로 하자. 어느 지역의 주재 경관이 좋을까? 확실히 다즈의 말처럼 이곳, 덴노지 주재소는 매력적이었다. 무엇보다 세이지는 도쿄 안에서도 이 부근의 지역에 익숙했고, 동네의 성격이나 주민들의 기질도 마음에 들었다. 정말 이런 동네에서 주재 경관이 될 수만 있다면.

하지만……. 세이지는 다시 한 번 생각했다. 문제는 본인의 나이다.

세이지는 말했다.

"서장상이나 총감상을 잔뜩 받아서 원하는 바를 이룰게. 그럴 수 있을 정도의 순사가 될게."

"무리는 하지 마세요." 다즈는 말했다. "다쳐가면서까지 그러길 바라는 건 아니니까요."

세이지는 첫째 다미오와 다즈가 안고 있는 둘째 마사키를 번갈아 보며 말했다.

"내겐 아이들이 있어. 당신하고 아이들이 무엇보다 우선이야."

이모사카 육교에 다다랐다. 증기기관차의 하얀 연기가 천천히 눈앞에 막을 드리웠다. 세이지는 다즈와 아이들을 막고 멈춰 섰다. 연기는 고작 이삼 초 만에 희미하게 사라졌고, 뒤에는 한동안 냄새만이 남았다.

국제우애빌딩 검거로부터 꼭 한 달이 지났을 무렵이었다.

우에노 경찰서에 경시청 공안과 사복 경관들의 출입이 눈에 띄기 시작했다. 특별히 경비 사건과 연관된 수사본부를 설치한 것도 아니었기 때문에 경찰서 안에서는 그 이유를 이러쿵저러쿵 추측했다.

요코야마가 들었다는 정보는 이러한 줄거리였다.

"그 국제우애빌딩 검거 때 공산당의 '영양분석표'가 나왔다는 거야. 위에서는 외국인들 사이에 제법 큰 조직이 생겨서 폭동을 꾀하고 있는 게 아닌가 하고 걱정하고 있어."

'영양분석표'라는 것은 공산당 중에서 무장혁명을 지향하는 일파가 제작한 무장봉기 지침서다. 시한폭탄 제조법 등이 기록되어 있다는 '구근재배법'*에 버금가는 위험한 기술 지침서였다. 이 영양분석표가 나왔다는 소리는 그곳에서 무장혁명을 꾀하는 단체가 조직 활동을 했다는 증거이기도 하다. 더군다나 그 단체가 재일조선인 과격단체와 결탁했을 경우, 경시청 입장에서는 민감해질 수밖에 없다.

피비린내 나는 메이데이 사건에서는 공산당 일부, 일용직 노동자들의 토건자유노조연맹, 도쿄 도 학생자치회연합(도학련), 재일조선인들에 의한 조국방위대 등이 소요에 앞장섰다. 경시청 심층부에서 또다시 메이데이 사건 관계자들의 적발과 조직 괴멸을 꾀하고 있다 한들 이상할 게 없었다. 아마도 조만간 또 관할지역 내에서 일제히 대규모 검거와 수색을 실시할 것이다.

---

* 화염병 투쟁 등 일본공산당의 무장방침에 대한 비밀 출판물의 위장 명칭

그 이야기를 들은 직후였다. 세이지는 동물원 앞 파출소에서 제2당번 근무를 하고 있다가 또 하야세를 발견했다. 이번에는 혼자였다. 오후 6시가 지난 시간이었다. 계절이 이렇다 보니 벌써 깜깜한 시간이었다.

하야세는 마침 우에노 역 공원 입구 쪽에서 박물관 방면으로 걸어가고 있었다. 역시나 사복이다. 자락이 긴 방진 코트를 입고 있었다.

세이지가 먼저 알아보았다. 말을 걸까 하다가 그만두었다. 하야세가 혼자이긴 하지만 또 미행을 하는지도 몰랐다. 며칠 전에 요코야마의 이야기를 들은 지 얼마 안 되기도 했다. 지금 하야세에게 말을 거는 행동은 그의 임무를 방해하는 것은 물론이고 그를 위험하게 만들 수도 있었다.

하야세도 파출소에 서 있는 사람이 세이지라는 것을 알아본 듯했다. 하야세는 걸음을 늦추지 않고 걸어가면서 세이지에게 작게 고개를 숙였다. 임무 중이라 이야기는 못한다고 말하는 얼굴이었다. 세이지도 고개를 끄덕여 답했다.

새해가 밝아 쇼와 28년(1953)이 되었다.

1월 20일, 경시청은 우에노 경찰서를 포함한 경관들을 동원하여 재차 오카치마치의 필로폰 밀매소를 일제히 수색했다. 이번 수색 대상은 오카치마치에서 국제 친선마켓이라 불리는 구역이었다. 동원된 경관은 지난 검거 때의 세 배 이상인 사백 명이었고, 일제 수색에 의한 검거자도 사십 명에 달했다. 우에노 필로폰 매매의 우두머리라는 가네모토 아무개 역시 이날 경시청에 신병을 구속당했다. 압수된 필로폰과 담배, 밀조주 등은 도합 트럭 세 대 분량이었다.

세이지는 유감스럽게도 이날은 공을 세울 기회가 없었다. 동원된 순사들의 수가 점포 관계자나 주민들을 압도했던 것이다.

수색이 끝나고 우에노 경찰서로 돌아와서 제2당번과 교대한 후 세이지는 집으로 향했다.

야나카 경찰서 앞을 지날 때였다. 수갑을 찬 청년이 순사와 사복 수사원들에게 둘러싸여 경찰서로 들어가는 모습을 보았다.

밖에 안면이 있는 외근 순사가 서 있었다. 사카이라는 마흔 전후의 순사다. 세이지는 물었다.

"이 근처에서 빈집털이라도 있었습니까?"

세이지가 아는 그 순사는 대답했다.

"아니. 아이치 대학 학생이야. 전국 지명수배가 내려진 놈인데 근처에서 체포했지."

아이치 대학의 지명수배범이라면 작년 메이데이 사건 직후 아이치 대학 학생들이 순찰 중인 순사를 구속하고 권총을 약탈한 사건일 것이다. 이 사건에서는 열세 명의 학생에게 체포장이 떨어졌는데, 일곱 명을 체포했지만 나머지는 도주했다고 했다.

그 지명수배범 중 한 명이 근처에 잠복하고 있었던 건가?

혹시나……. 세이지는 생각했다. 하야세가 며칠 전 미행했던 상대도 이 사건의 관계자들이었을지 모른다.

이튿날 아침, 제복으로 갈아입고 아침 식사를 하려는데 집주인인 나카야마가 현관 입구에서 세이지를 불렀다.

또 셋집에서 무슨 다툼이라도 있나? 아니면 자살인가?

현관 미닫이를 열자 나카야마가 말했다.

"뒤쪽 묘지에 사람이 죽어 있는 모양일세. 지금 야나카 경찰서 순사가 달려갔어. 일단 자네한테도 알리는 편이 나을 것 같아서."

셋집 뒤쪽에는 야나카 묘지가 펼쳐져 있다. 야나카 경찰서가 관할하는 지역이라 세이지와 직접적으로는 상관이 없었다. 그러나 하쓰네초에 사는 경관이라면 주거지역에서 일어난 사건이니 알아둬야 할지도 모른다. 시계를 보니 출근시간까지는 아직 여유가 있었다.

세이지는 아침 식사를 그쯤에서 마치기로 하고 다즈에게 말했다.

"가 볼게. 다 먹었어."

나카야마의 뒤를 따라 야나카 묘지에 들어갔다. 경관이 모여 있는 곳은 마침 구도쿠린지 사찰 옆에 해당하는 위치였다. 응회암 묘석이 두드러진 구역에서 십 여 명의 순사들이 한창 시체를 확인하고 있었다. 세이지는 소속을 밝히고 경관들 뒤에서 시체를 살펴보았다.

작업복을 입은 남자가 벌렁 쓰러져 있었다. 아니, 남자라기보다 소년이라 하는 편이 나을 정도의 연령일까. 열대여섯 살쯤 되는 철도원 같았다.

야나카 경찰서의 사카이가 가르쳐주었다.

"목을 졸렸어. 한밤중에 살해당했겠지. 아까 도둑고양이한테 먹이를 주러 온 할머니가 발견했어."

"한밤중에?"

세이지는 무심코 말했다. 여름과 달리, 이 계절에 밤늦게 이 묘지 안으로 들어오는 사람은 얼마 되지 않는다.

"살해 현장도 여기인가요?"

"옮겨온 것 같지는 않아."

"대체 왜 그런 시각에?"

"철도원이라면 그 시간에 이런 곳에 있어도 이상할 것 없지. 근처에 사는 사람인가보지, 뭐."

"신원은 아직 모르는 거군요?"

"지금 국철*에 조회하고 있어."

세이지는 한 걸음 앞으로 다가가 가까이에서 시체를 살펴보았다. 바로 누워 쓰러져 있는 피해자는 단순히 젊기만 한 것이 아니었다. 미소년이라 해도 될 법했다.

---

* 일본국유철도의 약칭. 1949년 일본 철도 및 관련 사업을 위해 설립한 공공기업

사카이가 말했다.

"조합 전단지를 잔뜩 갖고 있었어. 무슨 조합운동이 얽힌 분쟁일지도 모르지. 좌익단체의 속사정은 잘 모르겠지만."

하지만 세이지는 그 시체를 바라보면서 불가피하게 또 하나의 시체를 동시에 떠올리고 있었다. '미도리'라고 불렸던 우에노 공원의 젊은 남창이다. 본명은 다카노 후미오라고 했다. 죽은 모습도 미도리와 유사하다는 생각이 들었다. 오 년 전의 그 사건도 미결 사건이었다.

세이지는 시체에서 눈을 돌리고 하늘을 올려다보았다. 메마른 겨울 아침이었다.

그날 저녁, 우에노 경찰서에서 근무를 교대하고 있을 때 다른 반의 순사가 세이지에게 말을 걸었다. 삼 년 먼저 들어온 남자였다.

"자네 집 근처에서 살인 사건이 있었다면서?"

낮에 야나카 경찰서가 우에노 경찰서에도 정보를 전해줬다는 소리다. 인접해 있는 경찰서이니 뭔가 조회할 사항이라도 있었는지 모른다.

세이지는 대답했다.

"젊은 사내가 야나카 묘지 안에서 죽어 있었습니다. 현장을 보고 왔습니다. 그 상태로 보아 살인이 틀림없을 것 같습니다."

"국철 직원이었다면서?"

"역시 그랬습니까?"

동료가 가르쳐주었다. 피해자는 국철 기관차 관련 현행 업무에 종사하는 소년이었다. 열여섯이라고 한다. 다가와 가쓰조라는 이름이고, 같은 직장 동료들과 함께 덴노지초의 목조 아파트에 살고 있었다고 한다.

그 순사가 말했다.

"좌익들끼리 싸우는 거겠지."

"그런가요?"

"야나카 경찰서나 본청에서도 그렇게 보고 있는 모양이야. 좌익은 분열과 투쟁이 전매특허잖아."

그 순사는 그렇게 말하며 담뱃갑을 꺼내 한 대를 뺐다. 상자는 양담배다. 낙타 그림이 그려져 있다. 저렇게 비싼 담배를?

동료는 세이지의 시선을 알아채고 우습다는 듯이 말했다.

"총무계에 가봐. 한 갑씩 떨어져."

그가 그렇게 말했을 때 마침 총무계의 선배 순사가 나타났다. 박스를 끌어안고 있었다.

선배 순사가 말했다.

"3반도 한 사람당 하나씩이다."

이제 막 근무를 마친 제3반의 순사들이 순식간에 그 총무계 순사를 에워쌌다. 박스에 든 물건은 양담배였다. 순사들이 앞을 다투어 담뱃갑을 하나씩 집어갔다.

순사들이 그럭저럭 담배를 받아갔을 때 그 총무계 순사와 시선이 부딪쳤다. 총무계에 잘 어울리는 꼼꼼해 보이는 인상의 순사다. 그는 세이지에게 다가오더니 담배를 한 갑 내밀었다.

세이지는 순간 놀랐다가 곧바로 담뱃갑을 도로 밀어냈다.

그 순사는 다른 순사들의 시선을 살피면서 말했다.

"적발 대상 제외 물품이다. 상자가 찌그러져서 업자들도 받아주지 않는 반 푼짜리야."

세이지는 어찌할 바를 모르고 말했다.

"하지만."

"차석도 묵인하고 있어."

세이지는 사무실 안의 동료들을 둘러보았다. 다들 세이지를 바라보고 있다. 무슨 속셈이냐며 은근히 눈에 힘을 주는 사람도 있었다.

세이지는 선배 순사에게서 떨어지면서 말했다.

"양담배는 체질에 안 맞습니다."

사무실 안의 공기가 묘하게 싸늘해졌다. 선배 순사가 일단은 세이지에게 내밀었던 담뱃갑을 박스에 도로 넣었다. 다른 순사들의 시선이 세이지에게서 떨어졌다.

세이지는 동료 순사들의 시선을 의식하면서 사무실 구석으로 걸어가 주전자에 든 차를 찻잔에 따랐다.

이거 내가 해서는 안 될 짓을 저지른 걸까? 이건 동료들을 좀도둑 취급한 것이나 마찬가지일까?

경찰서에서 나왔을 때였다. 요코야마 고키치 순사가 말을 걸어왔다.

"아까 어째서 안 받았지?"

세이지는 요코야마도 다른 사람들과 마찬가지로 양담배를 받았을 거라 추측했다.

세이지는 말했다.

"압수품을 배당하다니, 동정 강매를 하는 가짜 형사가 하는 짓과 뭐가 다른 겁니까?"

요코야마는 걸어가면서 말했다.

"배당은 말이 좀 심하잖나. 찌그러진 담배는 업자들한테 입찰하라 해봤자 값도 안 나가. 그러니 위에서는 폐기할 바에야 순사들 격려하는 데 쓰는 게 낫다고 넘기는 거지."

하지만 그 물건은 바로 지난번에 경시청이 통제 물품, 암거래 품목이라고 적발한 양담배다. 그 매매가 위법이라는 이유로 경찰 부대가 다짜고짜 압수한 물자들이다. 나는 요코야마의 해석을 받아들일 수 있을 것인가?

세이지는 물었다.

"제가 받았어야 했을까요?"

"뇌물을 받으라는 소리가 아니잖나. 인디언의 의식 같은 거지."

"인디언의 뭐 말입니까?"

"녀석들은 손님하고 담배를 돌려 피우며 적이 아니라는 사실을 서로 확인한다더군."

요새는 미국에서 들어온 서부극이 인기다. 요코야마도 아마 서부극에서 배운 지식을 말한 것이리라.

요코야마는 말을 이었다.

"단물을 빨라고 권하는 게 아닐세. 그냥 순사들끼리 서로 돕고 살자는 말이었어."

"전 정말 양담배는 좋아하지 않습니다."

"아무도 자네의 그런 말을 믿지 않을 걸세. 고립되고 말았구먼."

"요코야마 씨는 캐멀을 받았나요?"

"그래. 이럴 때 나만 청렴하다는 소릴 할 생각은 없어. 고작 담배 한 갑이야. 난 다른 이들하고 고만고만한 수준으로 비열한 순사야."

"한 대 주시겠습니까?"

요코야마는 멈춰 서서 바지 주머니에서 캐멀 담배를 꺼냈다. 포장은 이미 뜯겨 있었다.

요코야마는 담뱃갑을 세이지 앞에 내밀면서 쓴웃음을 지었다.

"이런 작당은 할 수 있는 주제에."

세이지는 상자에서 담배를 딱 한 대만 꺼내며 말했다.

"고맙습니다. 아껴 피우겠습니다."

"한 대와 한 갑. 자네 머릿속에서는 어떻게 다르지?"

"요코야마 씨께 받은 한 대하고, 경찰서 안에서 배당해주는 한 갑은 어딘가 차이가 있는 것 같다는 생각이 듭니다. 제대로 설명은 못하겠지만요."

"내 담배도 부정하다고."

"요코야마 씨를 나쁘게 말할 생각은 없습니다."

요코야마는 자기도 캐멀을 한 대 물고 불을 붙이더니 느긋하게 연기를 토해내면서 말했다.

"이 나이가 되면 이제 와서 그깟 일로 꼬장꼬장하게 굴기도 좀 그래. 하지만 담배 한 갑이라면 허세를 부리며 참는 방법도 있긴 하겠군. 자네는 그 방법을 고수하게나."

세이지는 요코야마에게 불을 빌려 자기의 캐멀에 불을 붙였다.

"가령 고립된다 해도 말입니까?"

"언젠간 완고하다는 평판이 좋게 작용할 일도 있을지 모르지."

"그런 걸 바라는 건 아닌데 말입니다."

세이지는 연기를 깊숙이 들이마시고서 겨울의 밤하늘로 토해냈다. 그리 맛난 담배라는 생각은 들지 않았다. 국산 싸구려하고 다르기는 하니 담배 애호가라면 이 담배에 다소의 비용은 지불해도 좋다는 사람들도 많을 것이다. 하지만…… 세이지는 두 모금째를 빨아들이며 생각했다. 내겐 이 한 대면 충분해. 며칠 전에 피스라는 담배를 한 대 얻어 피운 적이 있는데, 그 향기가 더 마음에 들었다.

다가와 가쓰조라는 소년의 시체가 발견된 지 사흘째 되는 날 저녁, 야나카 경찰서의 단노를 우연히 만났다.

근무를 마치고 하쓰네초의 자택으로 돌아가는 길에 단노가 산사키자카 고개 맞은편에 나타났던 것이다.

세이지는 걸음을 멈추고 단노에게 수사 진척 상황을 물었다.

단노는 같은 경찰관 사이라고 편하게 생각했는지 특별히 목소리를 낮추지도 않고 대답했다.

"직장하고 주택 주변에서 탐문을 벌이고 있습니다. 어려운 사건은 아닐 겁니다. 조합운동하고 얽힌 사건이라는 게 상부의 견해입니다."

세이지는 물었다.

"조합 내부에서 사람을 죽일 정도의 대립이 있었다는 말인가?"

"그쪽 사정은 잘 모르겠지만 전쟁 전에 그런 말들이 있었잖습니까. 빨갱이 중에는 과격한 놈들이 있다고."

"하지만 그 피해자……."

"다가와 가쓰죠."

"그 다가와는 열여섯이었잖아? 조합에서도 그냥 조무래기였을 텐데."

"국철에서도 이제 막 견습 기간이 끝났다는 것 같더군요."

"그렇게 어린 녀석이 조합 내부의 대립이라는 이유로 살해당했을까?"

"상황을 생각해보십시오. 야나카 묘지 외딴곳에 죽어 있었습니다. 시체를 유기한 흔적은 없습니다. 심야에 그 장소에서 우연히 강도를 만난 게 아닙니다. 누구하고 함께 거기까지 왔거나, 누굴 만나려고 온 겁니다. 다가와는 조합 활동가이기도 했고요."

"덴노지초에 살고 있었나?"

"예. 육교 앞, 왼편에 민가가 모여 있는 구역이 있죠? 거기에 있는 이 층짜리 주택이었습니다. 방 하나에 국철에 다니는 남자들 셋이서 함께 살았던 모양입니다."

"역시 조합 활동가들인가?"

"요새 철도원이라는 말은 조합 활동가란 소립니다."

단노는 이상하다는 듯 머리를 긁적이며 물었다.

"꽤나 신경 쓰시는군요."

세이지는 쓴웃음을 흘리며 고개를 끄덕였다.

"현장이 우리 셋집 바로 뒤라 그래. 신경 쓰여."

"안조 씨 사는 곳에서는 전에도 누가 목을 매고 죽은 사건이 있었죠?"

"덕분에 시체는 자주 보지."

"묘지는 역시 그런 기운을 끌어당기는 모양이에요. 앞으로 더 나올 걸요."

"묘지는 죽은 다음에 오는 곳이지, 죽으러 오는 데가 아닌데 말이야."

단노는 웃으며 세이지 앞에서 떠나갔다.

그달 하순, 세이지는 권총 사격훈련을 위해 경시청 쓰키시마 사격장에 가라는 명령을 받았다.

권총을 노린 파출소 습격 사건은 아직도 빈번하게 벌어지고 있었다. 재작년에는 여든여덟 자루의 권총을 빼앗기고 네 명의 순사가 순직했다. 작년 메이데이 사건에서도 경찰 부대에 발포 명령을 내리는 사태에 이르렀고, 같은 달에는 약 삼백 명의 폭도가 이타바시 경찰서의 이와노사카우에 파출소를 습격하여 열두 명의 순사가 권총으로 응전했다. 순사 전원이 부상을 입었고, 상대편에서도 폭도 세 명이 죽은 대사건이었다.

다시 말해 파출소에 근무하는 외근 경관 입장에서는, 본인이 지니고 있는 권총을 노린 습격은 바야흐로 절실한 불안이자 공포였다. 경시청은 몇 번이나 발포 요건을 충족시키는 사태가 되면 발포를 망설이지 말라고 고지하고 있었다. 그러나 순사들 모두가 45구경 권총의 총탄 발포를 망설이는 것은 당연했다. 맞으면 거의 확실하게 상대에게 중상을 입히거나 죽이게 될 테고, 만약 총탄이 빗나갈 경우 시민이 말려들게 된다. 망설이지 말라는 지시를 받았다고는 해도 뛰어넘어야 할 심리적 장벽은 높았다.

세이지는 권총을 장비할 때면 언제나 동물원 앞 파출소가 습격당하는 장면을 상상하고는, 사태가 이 정도로 심각해지면 권총을 뽑겠다고 각오하고 시도해보았다. 그러나 실제로 그런 사태가 일어난다 해도 과연 아무런 거리낌 없이 권총을 뽑아들고 상대에게 발포할 수 있을지는 자신이 없었다.

아마도 그것은 대부분의 경시청 경찰관들이 끌어안고 있는 고민이기도 했던 모양이다. 그래서 경시청은 권총 사격훈련 빈도를 늘리고 심리적 장벽을 배제하여 경찰관들이 권총 사용에 익숙해지게 하려 했다.

쓰키시마의 경시청 훈련부지 한쪽에는 토담으로 둘러싼 야외 사격훈련장이 있었다.

지시된 날짜에 훈련장에 가 보니 그날 모인 백 명 이상의 외근 경관들 가운데 가토리 모이치와 구보타 가쓰토시의 모습이 있었다. 마침 같은

23년 반이라서 재훈련 일자가 맞아떨어졌던 모양이었다.

쉴 새 없이 총성이 울려대는 훈련장 구석에서 세이지와 동기들은 한데 모여 벤치에 앉았다.

가토리가 훈련 중인 순사들의 뒷모습을 쳐다보며 말했다.

"우리 피스톨도 조금 더 작으면 좋겠다는 생각을 할 때가 있어. 45구경은 몸집 큰 미국 폴리스한테는 좋을지 몰라도 우리한테는 과잉장비야."

세이지는 그 말에 동의하면서 말했다.

"하다못해 사복 경관들이 가지고 있는 38구경쯤이라면 쓸 만할지도 모르겠어. 지금 쓰는 스미스앤드웨슨은 자칫하면 시민의 얼굴을 날려버릴지도 몰라. 아무래도 그런 걱정이 떠나질 않아."

구보타가 말했다.

"젊었을 때부터 이런 무거운 권총을 허리춤에 달고 있으면, 우린 나중에 분명히 요통에 걸릴 겁니다."

세이지는 요코야마의 말을 떠올리며 말했다.

"이런 대포 같은 무기를 자기 집에서 엄중히 보관하라는 것도 답답한 노릇이지."

가토리 모이치가 화제를 바꿨다.

"그러고 보니 안조 씨네 집 근처에서 또 죽은 사람이 나오지 않았어?"

세이지는 대답했다.

"야나카 묘지 안이야. 근처라면 근처지."

"수사는 어느 정도 진척됐어?"

"글쎄. 조합 문제에 얽힌 살인이 아닌가 하는 소문은 들었어."

가토리는 말했다.

"우리 외근 경관들한테는 살인이나 강도 살인범을 잡을 기회가 좀체 돌아오질 않네. 불심검문으로 암거래상을 잡아내는 게 고작이야. 하야세처럼 수사 최전선에 서고 싶을 때가 있어."

가토리가 사복 수사원이 된 하야세의 입장을 부러워하다니 뜻밖이었다. 가토리는 오히려 제복 경관으로서의 계단을 최대한 힘차게 오르는 것이 인생 목표일 줄 알았다.

그 생각을 언뜻 비추자 가토리가 말했다.

"언젠가 서장이 되려고 해도 공을 세워야지. 뛰어난 머리로 겨룰 수 없는 우리 같은 경관들은 공적의 횟수와 크기로 서장 자리를 노리는 수밖에 없어. 강도 살인범을 체포해서 경시총감상을 노리는 게 출세의 첫걸음이야."

"자잘한 범죄 적발도 출세에는 도움이 될지 몰라."

"그럴까? 경제사범 열 명을 잡으면 강도범 한 명에 해당한다든가, 서장 상 갑甲을 세 개 받아야 총감상이라든가 하는 확실한 기준이 있으면 열심히 해볼 도리나 있지."

구보타가 말했다.

"기준은 다들 뻔히 알고 있잖습니까. 지명수배중인 거물 좌익 정치범 체포가 일등. 다음이 경관살해범. 연쇄살인범 같은 건 그 다음일걸요."

가토리가 말했다.

"확실히 그래. 공안사범은 점수가 높아. 현장 경관들과는 인연이 없다는 점이 아니꼽지만."

구보타가 세이지에게 말했다.

"근처에서 일어났다는 그 살인 사건, 외근 경관이라도 뭔가 횡재수를 얻을지도 몰라요. 우리 집 근처에서 살인 사건이 터지면 전 집사람한테 이것저것 소문 좀 캐오라고 할 텐데 말입니다."

세이지는 말했다.

"정보야 자네 안사람보다 수사원 귀에 먼저 들어가지."

"글쎄요, 그럴까요? 저, 이제는 여자들 소문을 얕잡아 볼 게 아니다 싶더라고요. 결혼한 뒤로."

가토리가 물었다.

"무슨 일이 있었어?"

"특별히 그런 건 아니고, 그냥 여자의 직감이 날카롭다는 생각을 하게 됐다는 소리였어요."

그때, 훈련장의 교관이 불렀다.

"다음, 안조 세이지."

세이지는 벤치에서 일어섰다.

구보타의 두 가지 말이 귀에 남았다.

외근 경관이 횡재수를 얻을 수도 있다. 아낙네들의 소문은 얕잡아 볼 것이 아니다.

그럴지도 모른다.

그날 밤이었다. 세이지는 집에 돌아와 식사를 마친 후 다즈에게 물었다.

"요전에 국철에 다니던 소년이 죽은 사건, 이 근방에서도 탐문수사를 했나?"

다즈는 두 살배기 차남 마사키를 어르며 대답했다.

"아뇨. 아마 아무도 안 온 것 같던데요. 왜요?"

"시체가 발견된 장소가 바로 뒤쪽이다 보니."

다즈는 언제 익혔는지 경관들이나 쓸 법한 말을 했다.

"그 사건, 비면식범이 죽인 게 아니지 않아요? 죽은 아이의 교우관계를 조사하고 있지 않나요?"

"조합이 얽힌 사건이라고 보고 있나봐. 하지만 범인을 목격한 사람을 찾는 거야 이쪽 범위까지 넓혀도 나쁠 것 없겠지."

다즈는 문득 떠올랐다는 듯이 아이를 어르던 손을 멈췄다.

"듣고 보니 요전에 덴노지초에 사는 사람이 양복 수선을 맡겼는데, 그 사람이 그 죽은 철도원을 알고 있었어요."

"덴노지초에 살던 철도원이었으니까."

"그 사람이 재미있는 얘길 했어요. 살해당한 남자 아이, 어딘지 모르게 무동처럼 곱상하게 생겨서 철도원으로 두기가 아까운 아이였다고요."

"무동?"

"춤이라도 출 법한 사내아이였나 봐요?"

세이지는 시체를 살펴보았을 때의 일을 떠올렸다. 눈을 부릅뜨고 고통스러운 표정을 짓고 있었지만 피부가 하얗고 아름다운 소년임은 알 수 있었다. 그때 세이지는 우에노 공원에 살던 젊은 남창 미도리를 얼핏 떠올렸던 것이다.

그래도 세이지는 그 연상을 머릿속에서 지워버리려는 듯이 말했다.

"나이가 열여섯이니 생김새가 무동 같은 철도원이라도 이상할 건 없지."

그러나 이튿날이 되자 피해자인 다가와 가쓰조라는 철도원에 대한 '무동처럼 곱상하다'는 평판이 마음에 걸렸다.

마침 비번일이어서 세이지는 다미오를 데리고, 마사키는 품에 안고 산책에 나섰다. 하쓰네초에서 야나카 묘지를 빠져나가 덴노지초 방면으로 걸었다. 도중에 다가와 가쓰조의 시체가 발견된 장소 옆을 지났다. 묘석 사이를 걸어가며 그 현장까지 가 보니 다가와 가쓰조가 쓰러져 있던 장소에 누군가 신선한 꽃다발 두 묶음을 바쳐놓은 것이 보였다.

덴노지 주재소 옆을 지나 육교로 향하는 비탈길로 접어들었다. 이 왼편의 주택가 가운데 다가와 가쓰조가 동료들과 공동생활을 했던 주택이 있는 것이다.

고갯길을 천천히 내려가자 다미오가 이상하다는 듯이 물었다.

"아빠, 어디 가?"

호기심이 왕성한 아이다. 요사이 특히나 그런 성격이 두드러진 것 같다.

세이지는 대답했다.

"기차를 보자꾸나. 바로 가까이서 볼 수 있단다."

다미오는 그 대답에 만족한 모양이었다.

걸어가면서 그 구역에 주의를 기울였다. 1월이라 길거리에서 한가롭게 모여 있는 사람들의 모습은 없다.

구석에 약간 눈에 띄는 주택이 한 채 있었다. 이 층 건물이고, 아마 쇼와 초기에 지은 건물이리라. 이 부근에서는 큰 축에 드는 건물이다. 이 층에는 유리창 여섯 개가 규칙적으로 늘어서 있다. 일 층 창문은 불규칙적으로 늘어서 있다.

다가와 가쓰조가 공동생활을 했다던 주택이 이걸까?

그때, 일 층 현관 입구에서 젊은 남자가 나왔다. 차림새가 노동자 같아 보이지는 않았다. 약간 짧은 오버코트를 입고 양모 머플러를 두르고 있다. 머플러와 같은 색 모자를 쓰고 있었다. 모자 사이즈는 조금 커 보였다. 머리가 긴 여성이 쓸 법한 모자였다.

그 남자와 시선이 부딪쳤다. 남자는 피부가 하얗고 속눈썹이 길었다. 남자는 두 아이도 동시에 본 모양이었다. 미소를 지으며 세이지에게 목례를 했다.

세이지는 그 남자에게 물었다.

"다가와 가쓰조 군이 살던 집이 이곳이 맞나?"

남자는 싹싹하게 대답했다.

"그래요. 살해당하고 말았지만요. 친척이세요?"

말투도 목소리도 어딘지 모르게 중성적이었다. 세이지는 역시나 또다시 미도리를 떠올렸다.

세이지는 대답했다.

"아니. 죽은 장소가 집 근처라 조금 신경이 쓰여서 말이야."

다미오와 마사키가 영문을 모르겠다는 얼굴로 세이지를 바라보았다.

세이지는 자신의 신분을 밝히지 않고 물었다.

"당신도 같은 주택에 사나?"

"옆집. 하지만 얼굴은 잘 알고 있었어요."

"이 주변에 다가와 군 같은 철도원이 많은가?"

남자는 어째서인지 희미하게 웃으며 말했다.

"노동자가 많아요. 이쪽에서도 저쪽에서도 학습회니 조합이니 얼마나 시끄러운지 몰라요. 저한테까지 말을 건다니까요."

"당신은 어떤 일을 하는데?"

남자는 갑자기 진지한 얼굴이 되었다. 말이 많았다는 생각을 했는지도 모른다.

"별 거 없어요. 그냥 이래저래 남들을 도와주고 있죠. 당신은 뭐하는 사람인데요?"

세이지는 두 아이들의 시선과 귀를 의식해서 말했다.

"순사. 근처에 살고 있어. 신경이 쓰여서 말이야."

"순사님이었어요?"

"순사도 사람이야."

"그야 알고는 있지만."

세이지는 싹싹하게 남자에게 고개를 숙였다.

남자가 떠나자 이번에는 그 주택 앞에 노파가 다가왔다. 육십 대쯤 될 것이다. 장바구니를 들고 있다.

세이지가 꾸벅 인사를 하자 노파는 다미오와 마사키, 두 아이를 쳐다보며 미소를 띠었다.

세이지는 그 할머니에게 말했다.

"이 근처에 사는 순사입니다만, 다가와 가쓰조 군이 살던 주택이 여기 맞지요?"

노파는 고개를 끄덕이며 대답했다.

"순사? 아이를 데리고 일을 하시오?"

"아닙니다, 비번인데 호기심 때문에 물어본 것뿐입니다."

"나도 이 층에 살고 있다오. 안면은 있었지."

"다가와 군의 친구는 여기에 종종 왔습니까?"

"친구? 아니. 그 아이들 집에는 손님은 별로 안 왔어."

"조합 집회 같은 게 있을 줄 알았는데요."

"그런 사람들이 보이는 건 2호실이라오. 시끄러워서 원. 순사 양반, 주의 좀 주면 안 되겠소?"

"아, 비번이 아닐 때 다시 와서 주의를 주겠습니다."

"그 애는 조합운동에는 그리 열성적이지 않았다오. 어리기도 했고, 애당초 국철 일이 체질에 안 맞았던 모양이더라고. 조합 사람들하고 부대끼는 것도 귀찮아서 그만두고 싶다고 흘리는 소릴 들었지."

"호오."

이런 정보는 여자이기 때문에 귀에 들어오는 건지도 모른다.

"어떤 일을 하고 싶었을까요?"

"이발소나 양복점이나, 그런 수공 일을 좋아했던가 보더구려. 그 아이, 바느질도 직접 했다오. 천을 사 와서 셔츠를 만들기도 했어."

"허어."

그 작업복 차림의 시체로는 상상할 수 없는 사생활이다.

노파는 말했다.

"형사 나리들이 몇 번이고 조합에 관한 걸 물었는데, 과연 그걸로 될까 몰러. 그 애는 2호실 젊은 것들하고는 달라. 아니, 2호실에 모이는 사람들은 오히려 그 애를 멀리 하는 낌새마저 있었다오. 얼굴도 쳐다보기 싫은 것 같더라고."

"얼굴도 쳐다보기 싫다? 무슨 이유로 그런 걸까요?"

"글쎄 말이오. 조합운동에 열성을 보이지 않는 남자는 신용할 수 없다는 소리 아닐까."

"신용을 얻지 못했습니까?"

"나야 모르지. 그런 게 아닐까 하고 상상해본 것뿐이오."

"신용을 얻지 못할 이유가 있었군요."

"아니, 별로." 노파는 우물거렸다. "그 아이는 같은 집 친구들보다 바깥 친구들하고 친했던 모양이더라고."

그것은 수사본부의 귀에는 들어오지 않은 소문일까?

"구체적으로 누군지 알고 계십니까?"

"아니. 전혀 모르지."

노파는 다미오와 마사키 두 아이들에게 살가운 웃음을 보이고서 그 주택의 현관으로 들어갔다.

다미오가 세이지의 팔을 잡아당겼다.

"아빠, 기차 보러 가자."

세이지는 정신을 차리고 고갯길 쪽으로 나와 이모사카 육교를 향해 걸어갔다.

마침 증기기관차가 다리 위를 통과하는 찰나였다.

아이들이 육교 난간에 얼굴을 찰싹 붙이고 열차가 통과하는 모습을 바라보았다. 세이지의 시선은 그 열차의 진행 방향, 선로 남쪽으로 쏠렸다.

이 육교의 바로 북서쪽에는 닛포리 역이 있다. 남동쪽에는 우구이스다니 역이 있었다. 우구이스다니 역 주변에는 전후에 매춘부가 모여들었고, 매음굴도 많았다. 우에노 경찰서 입장에서 볼 때 아메야요코초와 유시마 일부가 범죄다발지역인 것처럼, 사카모토 경찰서 입장에서는 우구이스다니 주변이 최대의 감시 지역이 되었을 것이다. 더 나아가 이 야나카 일대는 우구이스다니에서 이런저런 장사에 얽혀 있는 시민들의 배후지이기도 하다. 특히 덴노지초 주변은 덴노지가 에도 시대에 복권 장사로 유명했던 사찰이라는 이유도 있어, 주변의 다른 지역에 비해 미묘하게 퇴락한 분위기가 있다.

당연히 철도원이나 직공들 같은 노동자도 많을 것이다. 장인들도 있을 터이다. 그러나 그 밖에도, 예를 들자면……

또다시 증기기관차가 육교 밑을 통과했다. 우에노 역에서 출발한 열차인 듯하다. 하얀 연기가 육교를 감싸며 한순간 시야가 완전히 가려졌다. 아이들이 둘 다 세이지의 손을 힘껏 움켜쥐는 것이 느껴졌다. 세이지는 아이들의 손을 맞잡아주었다.

다가와 가쓰조 소년의 살인 사건으로부터 이 주일 후, 세이지는 또다시 통근길에 야나카 경찰서의 단노를 만났다.

그 후의 수사 진전에 대해 묻자 단노는 고개를 저으며 대답했다.

"야나카 경찰서에 경시청 합동수사본부가 설치되었습니다만 제자리걸음입니다. 다가와하고 함께 살던 국철 직원 두 사람을 조사했지만 둘 다 완벽한 알리바이가 있었습니다. 피해자가 소속되어 있던 조합 지부는 부당 탄압입네, 날조된 살인 사건입네 하면서 말도 안 되는 반응이고요."

세이지는 웃었다.

"당연한 반응일지도 몰라. 지금 조합 활동가를 연행하면 조합도 잠자코 있지 않겠지."

"경찰서 앞에 적기赤旗를 꽂았다니까요. 오십 명쯤 되는 조합원이 들이닥쳤어요."

"그건 몰랐어. 본청이 감시하고 있던 활동가들은 상관없나?"

"그런 정보는 수사본부에는 들어오지 않은 것 같습니다. 조합 내부의 폭행 살인 사건이라면 다들 팔짝팔짝 뛰며 좋아할 텐데 말입니다."

"그럼 비면식범이 저지른 강도 살인인가?"

"그렇게 단언할 수도 없어요. 다가와 일가는 형 하나가 요코하마의 조선공인데 조합 활동가입니다. 다른 한 명도 도쿄전력의 전기설비공인데 전력산업조합의 가메이도 사업소 분회 서기장입니다. 어떻게 생각하십니까?"

전기 산업 쟁의 때에는 분명히 가메이도 사업소에서 대규모 동맹 파업

이 있었다. 그런 형의 영향을 받아 다가와 가쓰조도 조합 활동가가 됐다는 말일까?

그래도 세이지는 말했다.

"요즘 시대 노동자들이야 태반이 조합 활동가잖아."

"좌익 운동에 얽힌 사건이라는 냄새가 풀풀 나지 않습니까?"

"선입관과 편견으로 보다 보면 오히려 보이지 않는 것도 있어."

"어쨌든 수사본부는 제자리걸음입니다. 우리도 같은 집에 두 번, 세 번 탐문을 돌고 있지만 말입니다."

"또 진전이 있으면 알려주게."

"예. 안조 씨도 뭔가 들으면 알려주십시오."

세이지는 고개를 끄덕이며 손을 흔들고 단노와 헤어졌다.

7

다가와 가쓰조 피살 사건 수사에는 별 진전이 없는 상태로 봄이 되었다.

전쟁이 끝난 지도 팔 년이나 되다 보니 우에노 공원에 벚꽃 구경을 오는 도민都民들의 수도 많아졌다. 한국전쟁 특수에 따른 경기 부양 효과가 서민의 생활에까지 제법 영향을 미치고 있다고 할 수 있을는지도 모른다.

전쟁이 끝난 후 공원에 심었던 소메이요시노*도 꽃을 즐길 수 있을 정도로 자랐다.

그 주에 세이지는 동물원 앞 파출소에서 꽃놀이를 온 손님들 상대에 치이고 있었다. 미아 보호, 상담부터 싸움 중재, 소매치기나 동정 강매 피해 신고 접수까지, 파출소에서 근무하는 순사는 밥을 먹을 틈도 없었다. 꽃이 흐드러지게 피는 시기인 주말 이틀 사이에만 우에노 경찰서는 여덟 명의

---

* 벚나무의 한 품종

소매치기를 체포했다.

피해 신고가 네 건이나 이어진 덕분에 동정 강매 일당에 대해서도 대강 그 윤곽을 잡았다. 오카치마치를 근거지로 삼고 있는 악질적인 장사치 패거리였다. 최근 이 일당의 수법은 더욱 흉악해져서 사기라기보다는 거의 협박에 가까웠다.

세이지에게 피해 보고를 들은 담당 수사원이 말했다.

"내사는 하고 있었는데 작년 말부터 감쪽같이 사라졌었어. 벚꽃 피는 계절이 되니 땅속에서 기어 나왔나 보군."

세이지는 자기 생각을 말했다.

"지방에서 벌고 있었던 게 아닐까요? 벚꽃에 맞춰 우에노로 돌아왔는지도 모릅니다."

수사원은 동의했다.

"그럴지도 모르겠군. 오카치마치에 돌아와 있다는 것만 알면 이제 할 일은 하나뿐이야. 형사를 사칭하는 놈들을 철저하게 잡아내야지."

4월 1일, 세이지가 제1당번을 마치고 우에노 경찰서로 돌아오니 외근 순사들이 다소 흥분한 표정으로 쑥덕거리고 있었다. 며칠 전, 에도가와 강을 가로지르는 게이세이 선 철교 밑에서 궤짝에 든 남성의 시체가 발견되었는데 그 살해범을 체포한 것이다. 고이와 경찰서가 담당한 사건이었다.

이 시기의 경시청 경찰관들이 '강에서 나온 궤짝에 든 시체'라는 말을 듣고 하나같이 연상한 것은 작년에 일어난 아라카와 강 토막살인 사건이었다. 피해자는 경시청 순사였고, 살인범은 교원이었던 아내였다. 나중에 알게 된 사실이지만, 그 순사는 성격파탄자여서 빚을 진데다 행실도 나쁘고 아내에게는 폭력을 되풀이하고 있었다. 아내가 이혼을 요구하자 권총을 들이대며 죽여버리겠다고 협박했다고 한다. 급기야 참다못한 아내가 그 순사를 죽였다.

그 사건으로부터 채 일 년도 지나지 않았는데 비슷한 상황에서 시체를 발견한 것이다. 고이와 경찰서를 비롯한 주변 경찰서는 긴장했다. 하지만 예상 외로, 어이없을 정도로 쉽게 살인범을 체포할 수 있었다.

살인범 H가 범행 후 전당포에 옷가지를 가져갔던 것이다. 이상하게 여긴 전당포 주인이 고이와 경찰서에 신고했고, 고이와 경찰서의 수사원이 H의 신병을 구속했다. H는 동거하던 S를 죽인 사실을 시인하고 그대로 체포당했다. 자백을 통해 H를 둘러싼 비정상적인 관계가 드러났다. H는 S 외에 K라는 청년을 포함해 남자 셋이서 생활하고 있었다. 그러나 K가 이 관계를 견디지 못하고 자고 있던 S를 습격했다. H도 결국 K에게 협력해 함께 S를 살해, 시체를 궤짝에 넣어 에도가와 강에 던진 것이었다.

H라는 놈이 말이야, 하고 한 순사가 말했다. 호세이 대학 학생인데 스물세 살. 손위인 S는 고등학생 때부터 H를 귀여워했대. S는 부인과 이혼하고 H하고 함께 살기 시작했어. 그런데 H가 여자하고 스키를 타러 갔다가 돌아오는 길에 우에노 공원에서 조리사인 K하고 만나게 된 거야. H하고 K는 첫눈에 서로 마음에 들어서 함께 살기로 했어. 그래서 S가 살고 있는 고이와의 집에 굴러들어온 거야.

이야기가 끝나지 않았지만, 세이지는 그 순사에게 물었다.

"우에노 공원에서 만났다니, 그게 어디 부근입니까?"

우에노 공원은 세이지가 담당하는 구역이다. 마음에 걸렸다. 설마 동물원 앞 파출소 앞이야 아니겠지만.

그 순사는 세이지의 걱정을 알아차렸는지 은근히 웃으며 말했다.

"히로코지 입구 쪽이라더군."

그렇다는 말은 남창들이 손님을 찾는 장소하고도 가깝다는 말이다. 남창과 그 손님뿐만 아니라 일반 시민들도 단순히 성적 취향이 일치하는 상대를 찾아서 그 부근에 오는 모양이다.

함께 듣고 있던 순사 한 명이 말했다.

"서로 이해하고 함께 살았을 텐데."

요코야마가 말했다.

"셋이라는 숫자가 분쟁의 근원이야. 남자들끼리든 남자하고 여자가 섞여 있든 똑같아."

순사들은 메마른 소리로 웃었다.

이십 일이 지났다. 비번인 그날, 세이지는 사복을 입고 아키하바라로 향했다. 이곳에는 폐품 수거를 업으로 삼는 사람들의 판잣집이 형성되어 있다. 과거 우에노 공원에 살고 있던 전쟁피해자들 가운데 일부는 이곳으로 옮겨왔다.

세이지는 그곳에 사는 사람을 불러 세워 하라다의 이름을 말했다. 우에노 공원에서는 부랑자들이 선생님이라 부르며 따르던 사내다. 하라다는 일단 부랑자 동료들을 통솔해 아다치 구 호리노우치에 있는 수용소로 이동했지만, 최근에 다시 아키하바라로 옮겼다고 들었다. 우에노 공원에서도 유명한 인물이었기에 우에노 경찰서에도 그런 정보가 들어오고 있었다.

그 사람은 금세 판잣집 안에서 하라다를 불러와주었다. 하라다는 이전과 마찬가지로 등산모 같은 모자를 뒤집어쓰고, 긴 방진 코트를 입고 있었다. 얼굴의 주름이 깊어진 탓인지 예전보다 더욱 사려 깊은 풍모였다. 하라다가 제대로 차려 입으면 아마 대학의 철학 교수라고 해도 믿을 것이다.

세이지는 하라다에게 인사를 한 뒤 말했다.

"오랜만입니다. 식사라도 함께 어떠십니까?"

하라다는 고개를 저었다.

"그 얼굴은 그냥 함께 밥을 먹고 싶은 게 다가 아니로군."

"맞습니다. 사실은 오래된 이야기를 떠올려주십사 해서요."

"밥은 벌써 먹었네. 술 한 잔만 사게."

"상관없습니다."

하라다가 안내한 술집에서 술을 사서는, 세이지와 하라다는 길거리의 벤치에 걸터앉았다. 소가 끄는, 폐품을 쌓은 짐수레가 눈앞을 지나갔다.

하라다는 술을 한 모금 목구멍에 털어 넣고 물었다.

"오래된 이야기라니?"

세이지는 말했다.

"미도리라는 아이가 있었지요? 시노바즈노이케 옆에서 살해당했던 청년 말입니다만."

"기억하네. 그 사건은 해결됐나?"

"아직입니다. 그 미도리 얘기로 선생님이 마음에 걸리는 말씀을 하셨던 게 기억나서요."

"어째서 이제 와서 그러나?"

"집 근처에서 또 청년이 살해당했습니다."

"아아. 국철 직원이라는 남자가 죽은 사건 말인가?"

"예. 선생님은 그때, 미도리가 경찰 스파이였지 않나 하는 소문이 있다고 말씀하셨습니다. 그건 뭔가 근거가 있는 말씀이셨습니까?"

하라다는 먼 곳으로 시선을 굴리다가 말했다.

"그 남창들 사이에서 좀 화제가 되었던 얘기인 모양이야. 내가 뭘 알고 있었던 건 아닐세."

"구체적으로 어떤 이야기였습니까?"

"미도리는 어디 경찰서 형사하고 가깝게 지냈던가 봐. 자네는 내게 대규모 검거 정보를 알려준 적이 있었지."

분명 세이지는 외근 순사의 근무 배정이 변경된 것을 보고 검거가 있음을 알아차리고 그 정보를 하라다에게 전했던 적이 있었다.

하라다는 말을 이었다.

"그 일을 남창들한테도 전했는데, 녀석들은 이미 알고 있었어. 미도리가 동료들한테 가르쳐주었다는 게야."

하라다의 이야기에 의하면 미도리가 죽은 후, 그의 동료들은 생전의 미도리의 행동 가운데 수상쩍었던 점을 몇 가지 떠올렸다고 한다. 그 검거 정보 건이 그중 하나였다. 미도리에게는 경관 손님이 있었던 게 아닐까? 다른 해석도 나왔다. 미도리는 경찰 스파이였던 게 아닐까 하는 추측이었다. 같은 우에노 공원 내에 사는 다른 부랑자들의 동향을 살피고 있었는지도 모른다. 우에노 공원에 지명수배범이 섞여 있기라도 할 때는 당연히 그 정보도 전했을 것이다.

때문에 남창들은 그 미도리가 살해당한 것이 우에노 공원에 사는 다른 집단의 보복이 아닌가 하는 생각도 했다고 한다. 미도리는 스파이라는 사실을 들킨 탓에 살해당한 게 아닐까?

거기까지 듣고서 세이지는 하라다에게 확인을 했다.

"미도리가 스파이였다면, 그 경관하고 얼마나 자주 만났을까요?"

하라다는 소리 없이 웃었다.

"거기까지야 모르지. 하지만 하루가 멀다 하고 만나지는 않았을 게야. 그렇게 눈에 띄게 접촉하지는 않았을 테니."

"밀회를 했다면 우에노 공원 어디선가 만났을까요?"

"남들 눈에 띄지 않는 곳이었겠지."

하라다는 문득 다른 생각이 났다는 듯이 말했다.

"스파이였다면 오래 만날 필요는 없겠지. 그렇다면 우에노 공원 어디서든, 언뜻 보면 그냥 몇 마디 나누는 정도의 접촉이라도 상관없어. 스파이였다는 소문이 나돈 것도 의외로 누가 그런 모습을 봤기 때문인지도 모르지."

세이지는 하라다가 지금 한 이야기를 정리하려 애썼다. 만약 미도리가 경찰 스파이였을 경우, 경찰 쪽에서도 좀 더 진지하게 수사를 하지 않았을까. 우에노 경찰서와 경시청의 합동수사본부는 삼 개월도 되지 않아 해산했다. 그 수사는 형식적인 수사였을 뿐이었다. 도저히 경찰 협력자가 살해당한 사건의 수사라고 생각할 수 없다. 그렇지 않으면 남창 사이에 스파이를 심어놨다는 사실을 들키고 싶지 않아 수사본부가 일부러 허술하게 처리한 걸까. 만약 살인범을 체포하면 공판에서는 미도리와 경찰의 관계가 언급된다. 수사본부는 그것을 피한 건가?

아니. 세이지는 자신의 상상을 지워버렸다. 이것이 공안 사건이라면 또 몰라도, 남창 피살 사건 정도에 경시청이 그렇게까지 비밀 유지를 위해 신경을 곤두세우지는 않을 것이다. 미도리가 스파이였다는 사실이 밝혀진다 해도 경시청에는 그리 불이익이 없다. 적어도 세이지가 상상하는 범위에서는.

문득 정신을 차리니 하라다가 세이지의 얼굴을 뚫어져라 보고 있었다.

세이지는 허둥거리며 자기 술을 한 모금 털어 넣고 하라다에게 물었다.

"선생님은 그 사건의 진상이 뭐라고 추측하십니까? 손님과의 불화였을까요?"

하라다는 말했다.

"미도리는 여장으로 손님을 속이는 남창이 아니었어. 불화가 생길 일이 있었을까?"

"금전을 둘러싸고 그랬다거나, 처음부터 돈이 없는 손님을 만나 버렸다거나요."

"모르겠어. 다만 미도리는 젊었네. 남창들 중에서는 순진한 아이였어."

"순진했으니까 그런 사건에 휘말렸다고 보십니까?"

"질 나쁜 손님을 능숙하게 떨쳐내지 못했을지도 모르지."

하라다는 잔에 든 술을 깨끗이 비워버렸다. 세이지는 하라다를 위해 한 잔을 더 주문해놓고는 그와 헤어졌다.

돌아온 제2당번 근무를 마친 날, 세이지는 다시 한 번 덴노지초를 걸었다. 아이들은 데려오지 않고 사복으로 갈아입고서였다.

목조 아파트와 셋집이 빼곡한 좁은 길을 걷다가 전에 보았던 노파를 만났다. 상대방도 세이지의 얼굴을 기억하고 있었는지 고개를 꾸벅 숙였다.

세이지는 걸음을 멈추고 새삼스럽게 노파에게 이름을 밝혔다. 우에노 경찰서의 외근 순사이고 하쓰네초에 살고 있다고.

노파 쪽도 이름을 알려주었다. 이와네 기미. 묘지기인 아들 내외와 함께 살고 있다고 한다.

세이지는 물었다.

"한 가지 더 여쭤어도 되겠습니까?"

"또 가쓰조 일이오?"

"그것도 있습니다. 그 주택 2호실에는 젊은 사람들이 자주 모인다고 하셨죠?"

"그랬지. 살고 있는 사람이 어디 조합 위원인가 뭐라나. 자주 모여서는 밤늦게까지 논쟁을 한다오."

"경찰이 찾아오는 일은 없습니까?"

"직접 찾아오는지 어떤지는 모르겠는데, 작년 메이데이 사건 이후로 형사 나리 같아 보이는 사람들이 종종 이 부근을 어슬렁대더구려."

"그 남자들이 형사라는 걸 알아보시겠던가요?"

"이상한 남자들이 있어서 나도 말을 걸어본 적이 있거든. 빈집털이인 줄 알았지 뭐요. 그랬더니 형사 나리들이었지, 암. 경찰수첩을 꺼내면서 이 부근에서 뭘 수사하고 있다더라고. 경찰이 이 부근에 있다는 건 비밀로 해달라고 했다오."

"그 후로도 왔습니까?"

"같은 형사 나리들을 본 적은 몇 번인가 있지. 한 번 형사 나리의 분위기를 알아버렸더니, 그런 남자들을 알아보게 되는 일도 있더라고."

"그 형사들은 2호실에 모이는 일당들을 감시하고 있었던 거군요."

"그게 전부가 아닐지도 몰라."

"2호실 외에도 형사들이 감시하던 남자들이 있었습니까?"

"그렇지 않겠소? 이 부근엔 직공이나 기술자들이 많아. 조합에 열을 올리는 젊은 패거리도 많을 테고."

"그 주택 외에도 형사가 감시하던 곳이라면 어디일까요?"

"글쎄, 내가 먼저 그런 걸 물어보지는 않았지. 그러고 보니······."

기미의 말이 부자연스럽게 끊어졌다. 세이지는 기미를 바라보았다.

기미는 좁은 길의 좌우를 두리번거렸다. 주위에 시선이 없는지 확인하고 싶은 것이리라.

잠자코 대답을 기다리고 있자 기미가 말했다.

"형사 나리가 가쓰조한테도 이것저것 묻지 않았을까 싶소."

세이지는 다짐을 받듯 물었다.

"가쓰조하고 형사가 만나는 모습을 보셨군요? 언제 적 일입니까?"

"가쓰조가 살해당한 게 언제였더라?"

"정월 스무날 밤이나 그다음 날 새벽이었을 겁니다."

20일 오전에는 경시청과 우에노 경찰서가 인근 각 경찰서에 지원을 청해 사백 명의 경관을 동원, 오카치마치의 국제 친선 마켓을 단속했었다. 다시 말해 다가와 가쓰조는 이 지역 주변의 모든 경찰서가 조금씩 느스러져, 당연히 순찰 태세도 다소 약화되었을 날 밤에 살해당한 것이다.

"아." 기미가 말했다. "그 얼마 전이었소, 내가 본 건."

"장소는 어딥니까?"

"간에이지 고개 쪽이었지. 멀리서 봐서 상대가 정말 형사 나리였는지는 잘 모르겠어. 어쩌면 그럴 거라 생각했을 뿐이라오."

"야나카 묘지 안은 아니군요?"

"묘지 밖 맞은편이지."

그렇다는 말은 우구이스다니 역이나 그 주변의 매음굴 지역에도 가깝다는 말이 된다.

다가와 가쓰조도 경찰의 스파이였나? 조합의 내부 사정이나 같은 주택에 사는 좌익 활동가의 동향 등을 형사에게 흘리고 있었던 걸까? 열여섯의 국철 직원이라면 열성적인 조합 활동가여도 이상할 게 없지만, 다가와 가쓰조는 그 일에 종사하는 것을 후회하는 그런 소년이었다고 한다. 천성적으로 단체 활동이 맞지 않는 부류의 소년이었을지도 모른다. 그렇다면 어떠한 계기가 있어 그대로 질질 스파이 노릇을 강요당했을 가능성도 없지는 않다.

기미의 말은 더 이어지지 않았다. 이제 그 이상은 말하고 싶지 않은 것인지도 모른다. 비번인 세이지가 근처의 소문을 묻는 것도 이 정도가 한계이리라.

세이지는 인사를 하고 기미의 곁을 떠났다.

덴노지 주재소 앞을 걸어가면서 세이지는 얼마 전 하라다가 했던 말과 방금 전 기미가 했던 말을 되새겨보았다.

미도리는 경찰의 스파이였을지도 모른다는 소문. 다가와 가쓰조라는 소년도 형사와 접촉하고 있었던 낌새가 있다고 한다. 피해자 중 한쪽은 남창이고 또 한쪽은 철도 조합원. 공통점 같은 게 없다면 없지만, 그 점만은 묘하게 마음에 걸리는 일치점이었다.

미도리의 모습을 떠올리고, 죽은 다가와 가쓰조 소년의 얼굴을 떠올렸다.

공통점이 또 한 가지 있었다. 둘 다 아름다웠다. 여장 배우를 해도 손색이 없을 법한 생김새의 청년이었고, 소년이었다.

그해 여름, 한국전쟁에서 휴전협정이 체결되었다. 전선은 진작부터 교착 상태였지만, 그 상태를 당사자 전원이 뒤늦게야 인정한 셈이었다. 한국전쟁을 배경으로 일본에서도 사회주의 혁명이 전개되길 기대하던 세력은 낙담했고, 반대로 일본의 혁명운동이 고양되는 사태를 우려하던 세력은 안도했다. 세이지의 귀에도 들어왔는데, 일본의 사회주의 세력 내부에서는 무력혁명노선에 의문을 갖는 흐름도 커졌다고 한다. 그렇다는 말은 좌익 과격파에 의한 파출소 습격 문제는 그 위험성이 다소 약화되었다고 보아도 무방할지 모른다.

다가와 가쓰조 소년에 대한 수사는 그 후 도무지 진전이 없는 듯했다.

장마가 지났을 즈음 야나카 경찰서의 단노를 만났을 때도 그는 이렇게 말했다.

"저는 담당에서 제외되었고 본부는 축소되었습니다. 이대로 미결 사건이 되지 않을까요."

세이지는 굳이 물어보았다.

"아직 반년밖에 안 됐잖아? 국철 노동조합원이 살해당했다는데 그렇게 선뜻 수사를 중단해도 되려나?"

"공안 쪽에서는 뭔가 뜻하는 바가 있어서 깊이 추궁하지 않는다는 것 같았습니다."

그런 경우도 가능할까? 세이지는 단노의 말을 곧이곧대로 받아들일 수가 없었다.

그해, 쇼와 28년도 저물어가던 무렵, 우에노 경찰서의 연말 경계도 절정에 이르렀을 시기였다.

우에노 경찰서는 아메야요코초에서 동정 강매와 공갈을 일삼던 장사치 일당 일곱 명을 체포했다. 우에노 경찰서는 이날 동정 사기 패거리를 현장에서 체포하기 위해 인근 경찰서에 지원을 요청하여 수사원 스무 명을 동원, 예의 장사치 일당이 장사를 시작하기를 기다리고 있었다. 그 일당은 한동안 잠잠했었는데, 경찰이 연말 경계에 들어간 직후에 피해 신고가 발생했다. 대목인 이때를 노려 아메야요코초에서 다시 장사를 시작했던 것이다.

하지만 얼굴이 팔린 수사원은 투입할 수 없으므로 현장에 나선 것은 다른 경찰서의 사복 경관들이었다. 그중에 아라카와 경찰서의 하야세 유조도 있었다.

동정 강매 일당에게는 확실한 역할 분담이 있었다. 먼저 우는 역할과 이를 동정하는 바람잡이가 두 명, 거기에 경찰의 접근을 감시하는 '크리켄'이라고 불리는 망꾼이 두 명이다. 또 가짜 형사가 두 사람 있어 최종적으로 피해자에게서 돈도 물건도 빼앗는 것이다.

우에노 경찰서는 내사를 통해 일당을 파악하고 있었으므로, 이날 놈들이 연말의 혼잡한 거리에서 장사를 시작했을 때에는 이미 스무 명의 사복 경관이 가짜 형사를 제외한 일당을 완전히 포위한 상태였다.

그러나 가짜 형사 역의 사내 둘은 낌새를 알아채고 일제검거가 시작되기 전에 아메야요코초에서 도망쳐버렸다.

세이지는 이날, 통상적인 동물원 앞 파출소 근무가 아니라 오카치마치 주변 순찰에 동원되었다. 파트너는 평소처럼 요코야마 고키치였다.

히로코지의 인도를 둘이서 살피고 있는데 근처에서 호루라기 소리가 울렸다.

세이지는 요코야마와 시선을 주고받고 곧장 경찰 호루라기 소리가 난 샛길로 뛰어들었다. 정면에서 비명이 들렸다. 요코초를 가득 메운 손님을 내치듯이 두 사내가 이쪽으로 달려오는 것이었다. 두 사람 다 사십 대 아니면 오십 대다. 세이지는 대번에 그 두 사람이 얼마 전 우에노 경찰서가 적발 목표에 올렸던 동정 강매 일당의 한패임을 알아차렸다. 오늘 큼직한 포획물이 있다면 그 동정 강매 일당이 가장 유력한 대상이다.

요코야마가 세이지의 왼쪽에서 경찰봉을 뽑아들고 우뚝 섰다.

세이지도 경찰봉을 뽑고 두 팔을 활짝 벌려 그 샛길을 막았다.

세이지와 요코야마의 태세를 본 통행인들은 한층 더 동요한 모습으로 거리 양쪽으로 흩어졌다. 세이지와 요코야마의 바로 정면에 도랑처럼 사람 없는 공간이 생겼다.

두 사내가 걸음을 멈췄다. 기껏해야 세이지와 요코야마의 열 걸음 앞이다. 과연 폭력단을 상대하는 형사라고 사칭해도 통할 정도의 용모와 분위기였다. 다만 흉기는 지니지 않은 듯했다. 적어도 그들의 손에 칼은 쥐어져 있지 않았다. 사내들의 뒤에서 달려오는 사람은 사복 수사원들 같았다.

요코야마가 한 걸음 앞으로 나서서 사내들에게 말했다.

"바닥에 엎드려. 손을 머리 위로 올리고."

약간 젊은 쪽이 포기했다는 얼굴로 머리 위에 손을 얹었다.

그러나 연상인 쪽은 슬쩍 뒤를 돌아보았다. 제복 경관 두 사람의 옆을 빠져나가 다시 다른 수사원들로부터도 도망칠 수 있는지 재빨리 확인하는 듯했다. 세이지는 경찰봉을 오른손에 쥔 채로 한 걸음 간격을 좁혔다.

연상의 사내가 다시 한 번 세이지에게 눈을 돌렸다. 그도 갈등하고 있다. 세이지가 정말로 그 경찰봉을 자기 몸에 내리칠 것인지. 그리고 그다음, 권총을 뽑을 것인지. 자신은 과연 총탄을 피해 달아날 수 있을 것인지.

세이지는 그 주저하는 시선을 받으며 다시 한 걸음 앞으로 나아갔다.

그때 수사원들이 그들을 따라잡았다. 두 명의 수사원이 거의 동시에 두 명의 가짜 형사들을 바닥에 자빠뜨렸다. 어이없을 정도로 간단히 두 사람은 바닥에 엎어졌다.

연상의 장사치를 자빠뜨린 것은 하야세 유조였다. 하야세는 재빨리 수갑을 꺼냈지만 세이지를 알아보고 손길을 멈췄다.

세이지는 경찰봉을 들고 하야세에게 다가갔다.

하야세는 장사치 한 명에게 올라탄 채로 물었다.

"내가 체포해도 되겠어?"

세이지는 고개를 끄덕였다.

"자네 공적이야."

"미안하군."

하야세는 그 사기꾼의 손을 뒤로 돌려 수갑을 채웠다. 다른 수사원들도 도착해서 엎드려 있는 사기꾼들을 에워쌌다.

사복 경관들이 두 사기꾼을 에워싸고 히로코지에서 연행했다. 하야세가 세이지의 앞을 지나칠 때 입모양만으로 말하는 것을 알아보았다.

"땡큐."

세이지는 작게 경례를 하며 하야세 일행을 전송했다.

보건대 하야세는 착실하게 경시청 수사원을 향한 길을 걷고 있는 모양이다. 나는 어떨까. 염원대로 주재소에서 근무하기 위해서는 원하는 근무지를 말할 수 있을 정도의 공적이 필요하다. 살인범이나 강도, 지명수배 중인 정치범 체포 정도의 공적. 그런 공적을 올릴 기회가 내게는 언제쯤에나 올까.

8

아사쿠사 경찰서의 구보타 가쓰토시 순사가 총에 맞았다.

세이지가 그 소식을 들은 것은 태양이 대지를 지글지글 태우는 찜통더위 속의 오후였다.

바로 며칠 전에 경제기획청이 발표한 경제백서에서 '더는 전후시대가 아니다'라고 목청껏 선언한 직후의 일이다. 쇼와 31년(1956) 여름이었다.

정부 발표를 기다릴 것도 없이, 시민들은 생활수준의 향상을 실감하고 있었다. 강화조약 전과 비교해봐도 소비생활은 확실히 활발해졌다. 아사쿠사에서는 음식점들이 줄줄이 새로 문을 열었고, 과거와 같은 먹고 마시는 거리 특유의 활기가 돌아왔다. 다른 번화가에도 카바레, 카페, 요릿집, 파친코 가게나 마작방이 늘었고, 심야 카페, 로맨스 카페라 불리는 카페도 탄생했다. 일본공산당이 무력혁명노선을 포기한 것도 지난해였다.

소비활동이 활발해지면서 우연대들이 돈을 버는 방법도 변했다. 악질적이고 교묘해졌으며, 한 건당 벌어들이는 금액도 훨씬 커졌다. 또한 그 수입의 분배를 둘러싸고 우연대 사이에서 일어나는 싸움의 질과 수준도 종전 직후의 시기와는 다르게 변했다.

구보타가 총을 맞은 것은 그런 세태 속에서 일어난 일이었다.

구보타는 이미 이다바시의 경찰병원으로 호송되었다고 한다. 몸 안에 총탄이 두 발 들어 있어 수술 성공 여부는 예측할 수 없다고 했다.

총을 쏜 범인도 밝혀졌다. 아사쿠사를 장악하고 있는 우연대 간부, 이가라시 도쿠이치였다.

최근 도쿄의 야쿠자나 우연대는 눈에 띄게 흉악해졌다. 조호쿠 지구에서는 우연대가 서로 권총을 난사하는 사건이 일어난 지 얼마 되지 않았고, 아사쿠사에서도 노름패 우두머리의 장례식에 스기나미 지역을 장악하고 있는 우연대가 난입해 세 명을 사살했다.

또한 환락가의 폭력 카페*가 도를 넘어선 무법행위를 자행하고 있었고, 부녀자 강간이나 인신매매도 끊이지 않았다. 필로폰 밀매도 여전히 우연대의 주된 자금원이었고 중독환자들이 유발하는 범죄나 가정파탄이 무시할 수 없을만한 규모로 사회문제화 되었다. 3월에 실시한 총포도검류 일제 단속에서는 총기만 무려 1만4000정 가까이 압수됐다. 이로 인해 경시청은 본래 경비를 위한 부대인 경시청 예비대까지 우연대 단속에 투입했다.

아사쿠사 경찰서도 바로 며칠 전에 관내의 주요 폭력단 사무소를 일제히 수색하여 권총이나 다이너마이트를 포함한 흉기, 대량의 필로폰을 비롯한 양주 등의 통제품을 압수했다. 그런 와중에 상해와 공갈 혐의로 지명수배되었던 이가라시 도쿠이치가 아지트에 들이닥친 아사쿠사 경찰서의 순사를 향해 총을 쏘고 달아난 것이었다.

이가라시 도쿠이치는 또다시 경시청 관내에 지명수배 되었다. 살인미수 혐의가 죄목에 새로이 추가되었다.

그 수배 전단을 읽었을 때, 아마도 세이지의 얼굴에서 핏기가 싹 가셨던 것이 틀림없다.

같은 동물원 앞 파출소에 근무하는 요코야마가 말했다.

* 손님을 폭행하여 바가지를 씌우는 카페

"왜 그러나? 아는 순사야?"

세이지는 요코야마에게 고개를 돌리고 냉정하려고 애쓰면서 대답했다.

"경찰훈련소 동기입니다. 같은 반이었습니다."

"그 얼굴은 뭔가? 죽었다고 발표가 난 건 아니야."

"하지만 두 발이나 맞았는데……. 그 녀석, 아내와 아직 어린 아이가 있습니다."

"걱정 마. 상부에서도 위독하거나 죽었다고 발표하는 편이 순사들을 불타오르게 한다는 정도는 알고 있으니까."

확실히 그렇긴 하다. 경찰관들이 어떤 범죄에 진심으로 분노하고 범인 체포에 열을 올리는가 하면, 그것은 경관 살해다. 경관이 살해당했을 때처럼 경찰 조직 전체가 뜨거워지는 때는 없다. 전후에 잇따른 파출소 습격으로 경관들이 몇이나 살해당했던 사건은 결정적으로 하급 순사들이 좌익을 혐오하게 만들었고, 범인 체포에 대한 사기를 극도로 드높였다. 그 아라카와 토막살인 사건만 해도 그랬다. 물론 살해당한 순사를 '상식에서 벗어난 불량 경관'이라고 보는 이도 많았다. 하지만 말단 순사들에 국한해서 말하자면, 그렇다고 해도 순사인 남편을 죽인 여교사를 동정하는 목소리는 나오지 않았던 것이다.

이번에도……. 세이지는 생각했다. 아사쿠사 경찰서의 모든 순사들이 불타오르고 있을 것이다. 이 지경이라면 허리춤의 스미스앤드웨슨을 뽑는 것을 주저하지 않겠다고 결의한 순사도 많을 터였다.

아사쿠사 경찰서만이 아니다. 구보타와 직접적인 면식이 없는 다른 경찰서의 순사들 또한 이가라시 도쿠이치는 내가 잡겠다, 아니, 검찰에 보내기 전에 내가 지옥에 보내주겠다고 남몰래 맹세하고 있을 터이다. 하물며 만일 구보타가 죽기라도 한다면.

세이지는 새삼스럽게 수배 전단의 문구를 머릿속에 새겨 넣었다.

이가라시 도쿠이치. 35세. 중키, 중간 체격. 왼쪽 뺨에 세로 4센티미터 정도 되는 자상 흉터. 왼쪽 눈썹에도 마찬가지로 중앙에 상처. 등에는 비사문천 문신.

직접적인 용의는 상해, 공갈, 살인미수. 38구경 반자동 권총 소지.

어제 아사쿠사 롯쿠의 자택에서 순사에게 발포한 후 도주. 정부인 스가노 미사키 역시 소재불명.

이가라시 도쿠이치의 이름은 전에도 들었다. 도쿄 도와 아사쿠사 경찰서가 아사쿠사 공원 내의 통칭 버스 셋집 주민들을 강제 퇴거조치했을 때, 그때까지 아사쿠사 상인들 편에 서서 버스 셋집 주민들을 괴롭히고 폭행을 가했던 것이 이가라시와 그 수하들이었다. 버스 셋집 주민들 역시 결국에는 그 괴롭힘을 견디다 못해 퇴거를 받아들였다는 것이 강제 퇴거의 진상이었다. 아마도 버스 셋집에도 하라다처럼 판단력이 뛰어난 인물이 있어서, 우연대와 한판 붙어서 피해자를 내는 것보다는 낫다는 생각에 퇴거를 받아들이기로 결심했으리라. 그렇기 때문에 어쩌면 아사쿠사 상인들 사이에서는 이가라시를 영웅으로 보는 풍조가 있었을지도 모른다. 이가라시가 지금까지 아사쿠사에서 악질적인 장사를 계속할 수 있었던 것도 그 암묵적인 지지가 있었던 때문일 것이다.

하지만 이가라시가 마침내 도를 넘고 말았다. 폭력 카페나 갈춰 바*에 대한 불평이 커지면 사람들이 아사쿠사 전체를 멀리하게 된다. 상인들은 경찰의 우연대 단속 강화 방침을 받아들이고 결국 이가라시에게 등을 돌렸다. 세이지가 보기에 아사쿠사 경찰서가 이가라시의 은신처를 급습할 수 있었던 것은 틀림없이 근처 주민들의 밀고가 있었기 때문이다.

---

* 폭력배들이 젊은 여성을 미끼로 호객하여 금품을 갈춰하는 바. 장악하고 있는 조직의 규모가 커서 경찰에 신고를 해도 섣불리 단속할 수 없는 경우가 많았음

세이지는 수배 전단을 보면서 생각했다.

이가라시, 네놈도 불쌍하다만 순사를 쏜 것은 돌이킬 수 없는 실수였다. 만약 이런 상황에서 구보타가 죽기라도 한다면 네놈에게는 재판을 받을 여유조차 주어지지 않을 테니까.

그날 저녁, 원래는 당번 교대 시각이었지만 세이지와 대다수의 제1당번 순사들은 그대로 당직근무를 하라는 명령을 받았다. 이가라시 도쿠이치가 잠복했다고 추측되는 장소는 대부분이 다이토 구 내여서, 요소요소의 감시와 순찰을 비롯한 검문을 위해 외근 경관들이 많이 필요했다. 경시청 예비대 2중대도 다이토 구 내에 배치되었다. 세이지는 일단 우에노 경찰서로 돌아가 점호를 받은 뒤 다시 동물원 앞 파출소에서 담당 업무에 임했다.

오후 일곱 시가 지나서 뜻밖의 인물이 파출소에 얼굴을 내밀었다.

아키하바라에 살고 있는 하라다였다. 하라다도 여름은 여름이라 하얀 반소매 셔츠 차림이었다.

하라다는 세이지의 앞까지 다가오더니 작은 목소리로 말했다.

"이가라시 도쿠이치라는 우연대를 쫓고 있다더군."

세이지는 물었다.

"알고 계십니까?"

"얼굴은 알고 있지. 동료들이 우에노 공원에서 쫓겨나 아사쿠사로 이동했을 때 거기서 우리를 괴롭힌 놈이야. 남의 고통 따위는 이해도 못 할 냉혹한 놈이었네."

"동료 순사를 총으로 쏘고 달아났습니다. 그런 소문도 들으셨습니까?"

"알고 있네. 우리는 리어카를 끌며 거리를 활보하니까 온갖 소문을 다 듣지."

세이지는 하라다를 바라보았다. 하라다는 어쩐 일인지 유쾌해 보이기까지 했다.

"어디에 있는지 들으셨군요?"

"이가라시가 맞는지는 분명치 않네. 왼뺨에 상처가 있는 남자라는 것 같더라만."

"그럼 십중팔구 틀림없을 겁니다."

하라다는 그 자리에서 몸을 돌려 광장 남쪽의 판잣집이 모여 있는 구획을 쳐다보았다. 그곳은 통칭 미나미아오이촌이라고 하는데, 폐품 수거를 업으로 삼는 주민 가족들이 이백 세대 가까이 살고 있다. 판잣집 안에는 간이 여관도 있었다. 바로 얼마 전에도 그 간이 여관 중 한 곳에서 스스로 여자라고 속인 남창이 손님에게 살해당하는 사건이 있었다.

이 동물원 앞 파출소 뒤쪽에도 최근까지는 판자촌이 있었다. 쇼와 20년의 도쿄 대공습 이후, 전쟁 피해자들이 이곳에 판잣집을 세우고 생활을 시작했다. 간에이지에서 도쿠가와 가문과의 관계를 연상해 아오이촌이라고들 불렀다.[*] 다만 지난해 봄, 이곳에 서양 미술관을 건립하기로 결정했기 때문에 판잣집은 철거되었고, 거의 이백 세대에 달하는 주민은 공원 안의 옛 수영장 터로 이전했다.

미나미아오이촌은 현재로서는 아직 이전 요청을 받지 않은 상태이다. 판잣집 자체도 조금씩 본격적인 건물로 변해가고 있었다.

세이지는 하라다의 시선이 가리키는 곳에 눈길을 주며 재차 확인했다.

"미나미아오이 어딘가에 있는 거로군요?"

하라다는 고개를 끄덕였다.

"기리야라는 간이 여관이 있네. 알고 있지?"

"물론입니다."

기리야는 판자촌에서는 보기 드문 이 층짜리 판잣집이었다. 썩 훌륭하

---

[*] 간에이지는 도쿠가와 가문의 삼대 장군인 이에미쓰가 설립한 사찰이며 '아오이', 즉 접시꽃은 도쿠가와 가문을 상징하는 문장

다고는 할 수 없는 손님이 묵는다. 매춘부나 남창들도 자주 이용하는 것으로 알고 있다. 아사쿠사나 우구이스다니 주변의 여관은 수사원들이 이미 하나하나 빠짐없이 조사하고 있겠지만, 우에노 공원 안의 간이 여관에까지는 생각이 미치지 못했을 것이다.

하라다는 말했다.

"여자하고 같이 있다더군. 권총을 가지고 있다나 뭐라나."

"순사를 쏜 녀석입니다. 아직 가지고 있겠지요."

"조심하게나. 영웅이 되려는 생각은 말고, 정보를 유용하게 사용하게."

하라다는 훌쩍 발걸음을 돌려 히로코지 입구를 향해 동물원 앞 광장을 걸어갔다.

세이지는 약간 떨어져서 서 있던 요코야마에게 다가가, 지금 하라다가 가져온 정보를 전했다.

요코야마의 눈에 대번 강렬한 빛이 깃들었다.

끝까지 듣고 나자 요코야마는 파출소 안을 둘러보았다. 당번인 순사가 두 명 더 있었다.

"우에노 경찰서에 연락해서 지시를 기다릴까?" 요코야마는 자기가 말해놓고 황급히 고개를 가로저었다. "엉뚱한 지시가 떨어지면 모처럼 공적을 세울 기회가 날아가버릴 거야."

"어떻게 할까요?"

요코야마는 파출소 안의 나머지 두 순사를 눈으로 가리키며 말했다.

"녀석들을 시켜서 요점만 연락하지. 우리는 지시를 기다리지 않고 기리야로 향한다."

요코야마는 파출소 안으로 들어가더니 나이 많은 쪽 순사에게 알렸다.

"이가라시 도쿠이치가 우에노 공원 내 미나미아오이촌의 기리야 여관에 잠복해 있다는 정보가 있었다. 우리는 기리야로 서두르겠으니 본청에 연락 부탁하네."

그 말을 들은 순사는 깜짝 놀란 얼굴이 되었다.

상대의 대답도 기다리지 않고 요코야마는 파출소를 뛰쳐나왔다. 오른손은 허리춤의 총집을 붙잡고 있다. 세이지도 요코야마와 나란히 뛰었다. 기리야 여관까지는 고작 200미터 남짓한 거리다.

도착하면 나는 어떻게 행동해야 하지?

세이지는 망설였다.

상대는 권총을 가진 상해범이다. 부주의하게 뛰어들면 총을 쏠 것이다. 자기도 구보타처럼 중상을 입게 될지도 모른다. 하지만 우에노 경찰서의 지원을 기다리면 순사 총격범을 체포했다는 공적을 얻을 가능성이 사라진다. 좋은 정보를 손에 넣었다는 사실 이상의 평가는 받지 못하는 것이다.

이번만은 반드시. 세이지는 결심했다. 내가, 아니 나하고 요코야마가 함께 이가라시 도쿠이치를 체포해야만 한다.

다행히 권총 사용을 주저하지 말라는 경시총감의 명령은 유효하다. 나중에라도 권총 사용이 권력의 과잉 행사라고 문제시 될 일은 없는 것이다. 중상을 입혀 저항할 힘을 빼앗고, 수갑을 채우면 된다.

날도 완전히 저물었다. 판잣집이 밀집해 있는 이 부근은 가로등도 없다보니 당연히 이 구획 전체가 거의 어둠에 가까웠다. 다만 몇 채의 간이 여관만은 현관 안쪽에서 새어나오는 불빛으로 그곳이 어떤 건물인지를 알수 있었다. 다다미 석 장짜리 방이 대여섯 개쯤 된다.

발소리를 내지 않도록 주의하면서 기리야에 접근해 입구를 확인했다. 이 층 방에는 불빛이 몇 개 켜져 있다. 창이 열려 있는 방도 있다.

세이지는 일단 건물에서 떨어져 작은 목소리로 요코야마에게 말했다.

"어떻게 할까요? 기습으로 쳐들어갈까요?"

요코야마는 말했다.

"자넨 뒷문을 맡아. 내가 현관에서 손님을 조사해야겠다며 주인한테 얘기를 꺼내지. 이가라시는 그 소리를 듣고 뒷문으로 도망칠 게야. 그걸 붙잡아."

"정면 돌파를 할지도 모릅니다. 요코야마 씨가 방문 앞에 서기를 기다려 총을 쏠지도 몰라요."

"그럴 리는 없어. 바깥에 있는 사람이 권총을 갖고 다니는 경관이라는 걸 아는데 정면으로 나올 리는 없지. 이미 순사한테 두 발이나 먹었어. 모습을 드러내면 자기도 총에 맞는다는 각오를 하고 있을 게야."

"그렇다면."

건물 뒤쪽으로 돌아가 보았다. 판잣집이지만 반대편에 뒷문이 있다. 이 층 창문을 통해서 이웃 판잣집 지붕으로 뛰어내릴 수도 있을 것이다. 문제는 이가라시가 건물 어느 쪽에 있느냐다. 하지만 뒷문과 현관을 둘 다 감시할 수 있는 모퉁이에 서 있으면 이가라시가 어떻게 도망치든 대처할 수 있다.

요코야마가 세이지를 쳐다보며 고개를 끄덕였다. 세이지도 고개를 숙여 답하고 허리춤의 총집에서 권총을 빼들고 공이치기를 올렸다.

요코야마가 현관문을 열고 우렁찬 소리로 말했다.

"안녕하시오! 우에노 경찰서에서 왔소만, 주인장 계시오?"

뒤쪽으로 난 창문 하나에서 그림자가 벌떡 솟았다. 방 안에서 누가 일어선 모양이다. 저기다.

요코야마는 현관 안으로 들어갔다. 요코야마의 목소리는 이제 들리지 않았다. 여관 주인에게 손님의 정체를 묻고 있을 것이다.

이 층 창문이 벌컥 열리더니 사내가 얼굴을 내밀었다. 세이지 자신은 어둠 속에 있어서 상대에게는 보이지 않는다. 사내는 좌우로 길거리를 둘러보더니 눈앞의 판잣집 지붕을 향해 뛰어내렸다. 반소매 셔츠에 바지 차림이었다. 맨발이다. 판자가 부러지는 커다란 소리가 울려 퍼졌다.

사내는 지붕 위에서 자세를 가다듬고 길 위로 뛰어내렸다. 발목을 삐었는지, 사내는 길바닥에서 옆으로 굴렀다.

세이지는 그 순간 뛰쳐나갔다. 사내는 세이지를 보고 몸을 굴려 피하려

했다. 손에 무언가를 쥐고 있다. 메마른 파열음이 났다. 세이지는 한순간 눈앞이 어찔했다.

세이지는 몸을 숙이고 사내에게 재빨리 다가가 그의 복부를 걷어찼다. 다시 얼굴에도 한 방. 사내는 짤막한 신음을 흘리며 길 위에서 몸을 움츠렸다. 세이지는 권총의 공이치기를 잽싸게 원위치로 돌리고 손잡이로 사내의 뒤통수를 내리찍었다. 사내는 힘이 빠져 길바닥에 쭉 뻗었다. 상대의 권총을 찾아 사내가 손에 쥐고 있던 것을 빼내서 뒤로 밀쳐냈다.

세이지는 사내의 등에 올라탔다. 사내가 저항했기 때문에 다시 한 번 손잡이로 사내의 뺨을 갈겼다. 희미하게 뼈가 부러지는 감촉이 느껴졌다.

누군가가 달려온다. 권총을 고쳐 쥐고 고개를 돌려보니 요코야마였다. 경찰봉을 빼들고 있었다.

둘이서 사내를 제압하고 손을 뒤로 둘러 수갑을 채웠다.

요코야마가 사내에게 말했다.

"공무집행방해 현행범, 총검류 단속령 위반으로 체포한다. 알겠나?"

사내는 입을 다물고 있었다. 세이지는 회중전등을 꺼내 사내의 얼굴을 확인했다. 증오로 일그러져 있다. 왼뺨에 자상 흉터. 왼쪽 눈썹도 중간에서 잘려나갔다. 틀림없다. 이가라시 도쿠이치다.

그래도 만일을 위해 확인했다.

"이가라시 도쿠이치 맞지?"

역시나 사내는 아무 말이 없다.

요코야마가 별안간 사내의 셔츠를 잡아 뜯더니 등을 살펴보았다. 세이지가 회중전등을 들이대자 비사문천 문신이 보였다.

근처에서 여러 사람의 구두소리가 들렸다. 소란스럽게 공원 안을 달리는 듯했다. 첫 지원부대가 도착한 건지도 모른다.

요코야마에게 눈짓을 보낸 후, 세이지는 일어서서 호루라기를 불었다.

그 절박하고 날카로운 소리는 긴 여운을 남기며 여름의 밤하늘로 흩어졌다. 다시 한 번 불었다. 이번 소리는 세이지에게 있어 승리를 알리는 나팔소리처럼 들렸다. 지원하러 온 순사들의 귀에도 들린 모양이다. 구두소리의 동향이 바뀌었다. 방향을 바꾼 듯하다.

세이지는 밤하늘을 우러러보며 일단 심호흡을 하고, 다시 한 번 호루라기를 불었다.

세 번째 호루라기 소리에 환희와 기대를 감지한 이가 있었을지 모른다. 호루라기를 분 세이지 스스로에게도 그 소리는 기분 좋은 것이었다. 지금까지의 순사 생활에서 들었던 것 중 제일가는 음색이었다.

보고를 위해 우에노 경찰서로 돌아오자 차석이 소식을 전해주었다. 구보타의 수술은 성공했고, 목숨은 건졌다고 한다. 아니, 순사로 복귀할 수 있는 날도 그리 멀지 않을 거라고 했다.

현재 우에노 경찰서의 차석은 소마 마스오라는 경부보였다. 전임이었던 이와부치 다다타카 경부와 마찬가지로 고루한 타입의 간부 경관이다.

소마에게 그 소식을 듣고 세이지는 그대로 가까이에 있는 의자에 풀썩 주저앉고 싶은 심정이었다.

그러지 않았던 이유는 차석이 아직 하고 싶은 말이 있는 것처럼 보였기 때문이다. 그것도 세이지에게 나쁘지 않은 이야기를.

소마는 벌건 얼굴에 땀을 흘리며 기쁜 태도로 말했다.

"경시총감상은 확실하다. 자네들에게는 서장님이 금일봉도 주실 것이네."

"감사합니다." 세이지는 말했다. "동료가 총에 맞았기 때문에 저도 요코야마 순사도 몸을 던져서라도 체포할 각오였습니다."

"요코야마도 그 나이에 잘해주었어. 안심하고 연금생활을 할 수 있겠군. 그나저나."

"예?"

"자네는 임관한 지 몇 년 됐나?"

"순사 채용이 쇼와 23년이었으니 팔 년입니다."

"줄곧 우에노 경찰서였나?"

"예."

"슬슬 이동해도 좋을 시기로군. 총감상을 받은 순사라면 이동에 대해서도 원하는 곳을 말해볼 수 있지. 인정해줄지는 차치하고라도 말이네. 어디, 가고 싶은 경찰서나 부서가 있는가?"

"예."

세이지는 소마를 바라보며 말했다.

"야나카 경찰서 이동을 희망합니다. 덴노지 주재소 배속을 원합니다."

"주재소로?"

"예."

소마의 표정을 보고, 그 요청은 확실하게 경시청 인사과에 전해지리라고 확신할 수 있었다. 아마도 이동은 올해 9월, 혹은 야나카 경찰서의 사정에 따라 내년 4월이 될 것이다.

이듬해인 쇼와 32년(1957) 4월 1일, 안조 세이지 순사는 우에노 경찰서에서 야나카 경찰서로 배속 변경, 동일부로 덴노지 주재소 근무를 배명하였다.

안조 세이지는 어느덧 서른다섯이었다. 아내와 두 아들을 가진 경시청 주재 경관의 탄생이었다.

9

세이지는 주재소 집무실에서 정리가 완전히 끝난 안쪽 방을 바라보았다.

다즈가 지금 부엌에서 저녁을 준비하고 있다. 부엌에는 상수도가 놓여 있어 꼭지를 비틀기만 해도 물이 나온다. 예전처럼 셋집의 공동 우물 펌프로 일일이 길어 올릴 필요가 없는 것이다. 어제 이사를 오자마자 다즈는 무엇보다도 그 사실을 기뻐했다.

물론 방이 두 개 있다는 점에서도 그저께까지 했던 셋방살이와는 비교가 되지 않았다. 다미오와 마사키, 두 아이들도 한창 자랄 때라 그 셋집의 단칸방 생활은 상당히 갑갑했다. 무엇보다 도쿄의 주택 사정은 여전히 심각했고, 우에노 공원의 미나미아오이촌도 여전히 남아 있었다. 하급 공무원 신분으로 다다미 여섯 장짜리 방이 두 개 딸린 주택에 살 수 있다는 것은 충분히 남들의 시샘을 살 만한 환경이라 할 수 있었다.

다즈 뒤에서 두 아이가 놀고 있다. 첫째 다미오는 아동용 셜록 홈스를 읽고, 둘째 마사키는 그 옆에서 정신없이 나무토막을 쌓고 있다. 다즈의 등은 가볍게 좌우로 흔들렸다. 콧노래라도 부르는 모양이다.

세이지는 미소를 지으며 주재소 밖으로 시선을 돌렸다.

야나카 경찰서 관내에 있는 이 덴노지 주재소에는 얼마 전까지 사쿠마라는 나이 많은 순사가 근무하고 있었다. 올 3월 말로 경시청을 떠난 사쿠마의 후임으로 우에노 경찰서에서 이동해온 세이지가 배속된 것이다.

전임이었던 사쿠마는 전쟁 중이던 쇼와 17년(1942)에 덴노지 주재소에 배속되어, 전후에 경시청 기구가 개혁되고 나서도 그대로 남아 도합 십오 년 동안 이 덴노지 주재소에서 근무를 계속했다. 퇴관 당시 쉰다섯이었다. 아들이 셋 있었는데, 세 명 모두 이 주재소에서 살다가 독립했다고 한다.

어제는 전임인 사쿠마에게 업무 인계를 받은 후 야나카 경찰서의 직속 상사인 순사부장 가미오카를 따라 관할 지역을 한 바퀴 둘러보았다.

지역 주민 가운데 유력자들에게 신임 주재 경관이 인사를 도는 것이다. 주재소에 인접한 덴노지의 주지부터 시작해 덴노지초 반상회 회장, 덴노지초 방범협회 회장, 고텐자카 진흥회 회장 등을 방문했다.

반상회장은 조만간 신임 주재 경관을 위한 환영회를 열어주겠다고 했다. 어떻게 대응해야할지 몰라 가미오카 순사부장의 얼굴을 쳐다보니, 가미오카는 고개를 끄덕였다. 사양 말고 받으라는 말인가 보다. 주재 경관과 외근 순사의 차이는 무엇보다 지역 주민으로 받아들여주는가 그렇지 않은가 하는 점일지도 몰랐다. 아마도 지역의 초등학교 입학식, 졸업식이나 축제에도 반드시 얼굴을 내밀게 되겠지.

인사를 도는데, 가미오카가 전임인 사쿠마에 대해 이런 말을 흘렸다.

"그 녀석한테는 아들이 셋 있었지. 다들 어른이 되었는데 그중 한 놈도 경찰관이 되질 않았어."

은근히 분노가 섞인 것처럼 들렸다.

순사부장은 말을 이었다.

"사쿠마의 아이들은 주재 경관인 아비를 두었으면서 아무도 경관이 되지 않았어. 이것도 섭섭한 이야기일세."

그 한탄은 세이지도 이해할 수 있을 것 같았다. 사복 경관이나 관할서의 외근 경관이라면 아들들이 반드시 일하는 아버지의 뒷모습을 바라보며 큰다고는 할 수 없다. 다른 공무원의 아이들과 같은 감각으로 아버지의 직업과 인생을 받아들이는 것이 고작이다. 하지만 주재 경관이라면 경우가 다르다. 아이들은 아버지의 모든 것을 보며 자란다. 가족으로서의 부분도, 직업인으로서의 부분도, 공무원으로서의 얼굴도, 아버지로서의 얼굴도. 인격 그 자체를 보며 자란다. 이십사 시간 내내 아버지의 강한 영향 아래서 자라게 되는 것이다.

그런데 주재 경관의 아이들이 단 한 명도 아버지와 같은 직업을 선택하지 않았다면, 그 경관은 아이들에게 보여주어야 할 모습을 그르쳤다는 소리다. 아니면 제대로 보여주지 못한 것이다. 그 경관은 아이들의 인생의 지침이 되지도, 그 이상이 되지도 못했다는 말이므로.

가미오카는 말했다.

"기억해두게. 주재 경관은 일반 외근 경관들과는 달라. 극단적으로 표현하자면 외근 경관은 근무할 때만 성실한 경관으로 있으면 되지. 하지만 주재 경관은 이십사 시간 내내 훌륭한 경관이 아니면 안 돼. 각오는 되었나?"

"예." 세이지는 대답했다.

가미오카는 문득 목소리를 바꾸었다.

"그러고 보니 자네가 덴노지초에서 무슨 탐문 비슷한 짓을 하고 있더라고 사쿠마가 보고했었는데, 무슨 사건인가?"

탐문? 분명 그 소년 철도원의 죽음에 대해 소재지 주변의 정보를 입수하려 했던 적은 있지만. 주재 경관인 사쿠마가 그런 일을 파악해서 야나카 경찰서에 보고했다는 말인가?

세이지는 말했다.

"집 바로 뒤쪽에서 젊은 철도원이 시체로 발견되었던 사건입니다. 근처에서 일어난 일이라 신경이 쓰였습니다. 다만, 특별히 탐문 같은 것은 아니었습니다. 비번일에 잠깐 이야기를 나누어보았을 뿐입니다."

"이곳 주재 경관이 되었다고 수사원 같은 흉내는 내지 말게. 수사는 자네 임무가 아니네. 분수를 지키도록."

주재 경관의 임무에 대해 못을 박은 것이다. 세이지는 대답했다.

"예."

그것이 부임 첫날, 어제의 일이었다.

주재소 유리문 너머로 지역 주민으로 보이는 남녀가 몇 사람 지나갔다. 유리문 안으로 눈길을 돌려 꾸벅 인사하고 가는 이도 있다. 세이지도 목례로 답했다.

세이지는 한 번 더 주재소 집무실을 둘러보았다. 세이지는 이제 주재 경관이 되었다. 외근 경관들은 파출소에 배속된 순사들의 책임자를 '방장'이라고 부른다. 세이지는 예컨대 그런 '1인 방장'이었다. 계급이야 말단 순사에 지나지 않지만, 부하도 없는 대신 본인 위에 서는 자도 없는 것이다. 달리 말하면 이 주재소는 자기가 책임지고 혼자서 지켜야만 하는 요새였고, 덴노지초는 세이지 혼자만의 책임 관할 범위였다.

책상 위에는 검은 전화기가 있다. 뒤쪽 벽에 지역 반상회에서 보내준 시계가 걸려 있었다. 오른쪽 벽에는 주재소 관할지역의 대축척지도가 붙어 있다. 가게 이름이나 주민 성씨까지 기입된 상세한 지도다. 그 옆에는 야나카 경찰서의 관할 지역을 나타내는 지도. 거기에 관련 연락처의 전화번호 일람. 또 그 옆의 일력 역시 지역 상점가에서 만든 것이었다.

나는 방장이다. 세이지는 새삼스럽게 스스로에게 그렇게 말하면서 어느 틈에 약간 헤벌쭉해진 뺨에 힘을 넣었다.

책상의 정면, 활짝 열린 입구에 사람 그림자가 나타났다. 오십 대 여성이다. 앞치마를 둘렀다. 아는 얼굴이었다. 이치하시라고 했던가? 아마 이웃 상점의 여주인이 맞을 것이다.

여주인은 세이지의 얼굴을 보고 깜짝 놀란 듯했다.

"안조 씨가 새로 온 주재 나리이신가?"

이 지역에 구 년이나 산 덕분인지 상대는 이름도 기억하고 있었다. 세이지 자신은 주민의 이름을 그리 많이는 알지 못하지만.

세이지는 말했다.

"어제부터 이곳에 배속되었습니다."

"젊은 나이에 벌써 주재 나리라니!"

세이지는 일어나면서 물었다.

"무슨 일이십니까?"

이 주재소에서 맡게 될 기념할 만한 첫 업무는 어떤 일일까?

"들치기야. 지금 붙잡아서 우리 바깥양반이 설교를 하고 있기는 한데."

"가게는 간논지 사찰 맞은편이었지요?"

"그래. 이치하시야라는 신발가게야."

"들치기를 한 사람은요?"

"꼬마 놈이야."

"몇 살짜리요?"

"열두어 살쯤 되려나? 어떻게 하면 좋을지, 참."

"일단 가봅시다." 세이지는 뒤를 돌아보며 다즈에게 말했다. "간논지 앞 이치하시 씨 가게에 좀 다녀올게."

다즈는 몸을 돌려 이치하시야의 여주인에게 인사를 했다.

야나카 묘지 안을 가로질러 가게로 향하는 길에 이치하시야의 여주인이 말했다.

"바깥에 늘어놓은 물건 속에서 무명신을 훔치려고 했어. 우리 양반이 알 아차리고 팔을 붙잡았는데 말이야."

들치기는 죄가 되지는 않는다. 종전 후 계속된 생활고로 인한 식료품 도 난은 일상다반사였다. 극히 성실한 일반시민도 때로 상점 물건에 손을 뻗 었다. 하물며 땡전 한 푼 없는 실업자나 부랑자가 별수 없이 식량을 훔치는 데는 막을 도리가 없었다. 너무나 당연한 일이었고 발생 건수도 많았기 때 문에, 통상적인 들치기의 경우 절도죄로 입건하지 않는 것이 경찰과 사법 당국의 방침이다. 피해 신고만은 접수한다. 체포한 들치기에 대해서 기록 을 작성한다. 그게 전부였다. 혹여 들치기를 잡아본들 기소도 할 수 없으니 유치장에 넣어봤자 발품만 파는 꼴이었다. 하물며 들치기가 어린애인 경 우야 두말하면 잔소리다.

그렇기 때문에 최근에는 들치기에 의한 도난이 많은 점포에서는 자력으 로 들치기를 붙잡은 경우, 사사건건 경찰에 신고하지 않는다. 상해죄에 걸 리지 않을 정도로 폭행을 가하고 풀어주는 곳도 있는 모양이다. 심지어 우 에노 경찰서 관내의 상점가에서는 우연대에 처리를 맡기는 가게도 있었다.

이 여주인이 굳이 주재소까지 신고하러 온 것으로 보아, 이치하시야는 들치기 피해가 그리 많은 가게가 아닌지도 모른다.

야나카 묘지를 가로질러 고텐자카와 산사키자카를 잇는 하쓰네 길로 나 왔다. 이 길은 또한 덴노지초와 하쓰네초를 구분 짓는 길이기도 했다. 왼쪽 으로 꺾으면 그저께까지 세이지의 가족이 살았던 셋집 앞이 나온다. 오른쪽으로 꺾으면 고텐자카다.

고텐자카 쪽으로 향하는 길에 코딱지만 한 상점이 몇 개 늘어서 있다. 그 중에 신발 간판을 내건 가게가 있었다. 가게 앞에는 즈크화나 고무신이, 안쪽 선반에는 조리나 셋타*가 진열되어 있었다.

여주인의 안내로 가게 안에 들어가니 계산대 옆 나무상자 위에 소년이 앉아 있었다. 열두세 살쯤 될까? 두꺼운 셔츠를 입고 구멍 뚫린 학생모를 썼다.

세이지는 다가가면서 소년의 발치를 내려다보았다. 만약에 맨발이라면 소년이 어째서 신발을 훔치려 했는지 짐작해볼 수도 있다. 하지만 소년은 고무신을 신고 있었다.

소년 옆에는 역시나 얼굴만 알고 있는 가게 주인이 서 있었다. 쉰 줄의 안색 나쁜 사내였다.

세이지가 소년의 앞에 서자 주인이 말했다.

"새로 온 주재 나리가 자넨가?"

"그렇습니다. 잘 부탁드립니다. 그런데 피해는?"

"물건은 되찾았지만 어떻게 해야 좋을지 몰라서 말이네."

세이지는 확인을 받았다.

"피해는 없었다는 말씀이군요?"

"그래. 하지만 이번이 두 번째야. 전에도 한 번 당했는데 그땐 놓쳤더랬어."

"전에도?"

"그래. 두 번씩이나 그러니 역시 주재 나리한테 제대로 신고해야겠다 싶었지."

첫 번째는 열흘쯤 전의 일이었다고 한다. 그때도 피해는 남성용 즈크화 한 켤레였다.

---

* 조리는 일본식 샌들, 셋타는 일본식 샌들 바닥에 가죽을 댄 신발

세이지는 새삼 소년을 바라보았다. 소년은 입을 비죽 내밀고 세이지의 시선을 피하고 있다. 약간 거친 분위기가 있는 아이였다. 순사가 눈앞에 서 있는데도 움츠러든 것 같지 않다. 자기가 한 짓을 반성하는 것 같지도 않았다. 어쩌면 불량 집단 소속인지도 모른다. 적어도 충동적으로 물건에 손을 뻗고 만 가난한 아이는 아닌 듯했다.

"이름은?"

세이지는 소년에게 물었다.

소년은 세이지를 슬쩍 쳐다보더니 또다시 시선을 돌렸다.

가게 주인이 말했다.

"이름도 말을 안 해. 하지만 그 신발 밑창에 구도 유키오라고 이름이 적혀 있었어. 야나카 소학교 6학년."

주인도 세이지가 올 때까지 소년의 이름 정도는 확인했던 것이다.

세이지는 소년에게 물었다.

"구도 유키오라고 하니?"

소년은 조그맣게 끄덕였다.

"여기서 물건을 훔치려고 했니?"

또 조그맣게 끄덕였다.

"몇 살이지?"

"열둘."

"소학생이니?"

"올해부터 중학생."

"좋다. 주재소로 오너라."

소년은 이윽고 세이지의 얼굴을 보고 말했다.

"어쩌려고?"

"사정을 들을 거다. 그 후에 아버님께 데려가시라고 해야지."

"아버지를 부르는 거야?"

"당연하지. 집은 어디냐? 아버님은 댁에 계시니?"

유키오라는 소년은 대답하지 않았다.

세이지는 말했다.

"경찰서로 바로 갈까? 거기서 호되게 조사를 받아도 상관없다면."

이것은 위협이다.

소년은 말했다.

"집은 고마고메 사카시타. 아버지는 즈이린지 절 앞 석재가게에서 일해."

즈이린지 앞이라면 야나카 경찰서 관할 범위다.

"따라오너라."

세이지는 유키오라는 소년에게 말했다.

소년은 좌우를 살펴보았다. 누구 자기편이 되어줄 이가 없나 찾는 표정이었다. 혹은 도주로를 찾았던 건지도 모른다.

결국 소년은 포기한 듯 일어섰다. 작게 한숨을 내쉬는 소리가 들렸다.

주재소로 돌아온 세이지는 야나카 경찰서에 전화했다. 소속장인 가미오카 순사부장이 바로 전화를 받았다. 세이지는 가미오카에게 사정을 설명하고 즈이린지 앞 석재가게에 가서 구도라는 석공에게 덴노지 주재소로 오라는 말을 전해달라고 부탁했다.

가미오카는 당장 사람을 보내겠다고 대답했다.

전화를 끊고서 의자에 앉힌 소년에게 물었다.

"신발이 필요했니? 사주시지 않는 거야?"

소년은 신음하듯 짤막하게 어, 하고 대답했을 뿐이다.

"전에도 훔쳤지? 대체 몇 켤레가 필요한 거냐?"

"별로."

"네가 신으려는 게 아니니?"

"내가 신을 거야."

"지금 고무신을 신고 있잖아?"

"어."

소년은 오로지 퉁명스럽게 대답하려 했다. 버젓한 악당 흉내를 내려는 투이기도 했다. 우에노 경찰서의 파출소에 있을 때는 공원을 근거지로 삼고 있는 열대여섯 살짜리 불량소년들도 많이 상대했는데, 이 유키오라는 소년의 모습도 그에 가까운 면이 있었다. 고분고분하지 않고, 순사의 권위도 우습게 여기는 것처럼 보였다.

십오 분쯤 지나 왜소한 중년 남성이 쭈뼛쭈뼛 주재소로 들어왔다. 구도 유키오의 아버지였다. 세이지보다 대여섯 살 연상일까. 장인답게 머리를 짧게 밀었다. 안경이 짤막한 콧대 끝에서 떨어질락말락하고 있었다.

구도는 세이지가 사정을 설명하기도 전에 "죄송합니다"를 연발했다. 사과하는 일에 익숙하다는 느낌마저 풍기는 사내였다.

세이지는 말했다.

"들치기가 두 번째입니다. 아버님께서 처음에 훔친 물건 값을 변상하시면 데려가셔도 좋습니다. 피해신고를 접수하기 전에 끝내도록 하겠습니다. 어쩌시렵니까?"

"정말 죄송합니다." 구도는 눈동자를 들어 세이지를 쳐다보며 빠르게 말했다. "예, 물론 제가 아비니까, 얘가 한 짓은 제가 변상하겠습니다. 죄송합니다. 가게에 지불하러 가면 되는 겁니까?"

한시라도 빨리 주재소에서 나가고 싶다는 투였다.

세이지는 말했다.

"아드님을 잘 타이르십시오. 두 번 다시 하지 말라고요. 들치기는 범죄입니다. 절도죄입니다. 가벼운 죄가 아닙니다. 아직 중학교 1학년인데다, 이번만은 아버님께서 앞으로 엄하게 가르치신다는 조건으로 피해자에게도 양해를 부탁할 테니까요. 아시겠지요?"

"예. 참말로 죄송합니다. 다시는 못 하게 하겠습니다. 죄송합니다."

"여기서 약속을 받으십시오."

구도는 또다시 "죄송합니다"를 세 번 되풀이하고서 유키오에게 고개를 돌렸다.

"다시는 하지 않을 거지? 이제 하지 않을 거지?"

세이지는 유키오라는 소년을 쳐다보았다.

소년의 눈에는 분명히 모멸로 보이는 빛이 떠 있었다. 주재 경관을 상대로 한껏 비굴해진 아버지를 보고 냉소마저 띠고 있는 것이다.

구도는 세이지를 돌아보며 말했다.

"타일렀습니다. 약속했습니다."

세이지는 말했다.

"아무 약속도 하지 않았습니다. 자기 입으로 똑바로, 반성과 다시는 그러지 않겠다는 말을 하게 하셔야지요."

구도는 다시 유키오에게 고개를 돌리고 말했다.

"반성했지? 이제 안 그럴 거지?"

소년은 입을 비죽이며 불만스럽게 말했다.

"어."

구도는 다시 세이지 쪽으로 몸을 돌려 머리를 깊이 조아렸다.

"지금 바로 가게로 가서 물건 값을 치르고 오겠습니다. 데려가도 괜찮을까요?"

세이지는 약간 불만이 남았다. 소년은 전혀 반성한 것 같지 않았다. 소년이 지금 입에 담은 말은 어떤 식으로든 해석할 수 있는 '어'라고 중얼거린 소리뿐이다.

세이지는 한숨을 숨기고 말했다.

"이번만큼은 사건으로 삼지 않겠습니다. 성함하고 주소를 기록하겠습니다."

구도는 다시 한 번 이름을 밝히고 주소를 덧붙였다. 그리고 세이지가 기입을 끝마치기도 전에 아들을 채근했다. 소년은 재빨리 일어섰다.

주재소를 나가는 두 사람을 바라보며 세이지는 자신의 대응이 틀리지는 않았나 하는 생각을 떨쳐버릴 수가 없었다. 이번 들치기 사건을 이렇게 처리해도 정말 괜찮았나?

뒤를 돌아보니 집무실과 주택을 구분하는 장지문이 살짝 열려 있었다. 두 아들의 얼굴이 있다. 막내인 마사키는 지금 주재소 집무실에서 무슨 일이 있었는지 모르는 것 같았다. 뭘 보채는 듯한 눈빛으로 바라보고 있다. 그러나 장남인 다미오의 얼굴은 거기서 일어난 일의 자초지종을 전부 이해하는 눈빛이었다. 이해를 한 상태에서 흥미를 보이는 얼굴이었다.

세이지는 두 아들에게 말했다.

"이제 슬슬 저녁 시간이잖니. 방을 치워야지."

두 아이는 얼굴을 쏙 집어넣었다.

덴노지 주재소의 근무는 그리 바쁜 업무는 아니었다. 경시청이 파출소가 아닌 주재소를 두는 이유도 알 것 같았다. 구역도 좁고, 큰 상점가가 있는 것도 아니다. 구역 면적의 절반은 묘지이고, 관내에는 철도역도 없다. 가장 가까운 역은 사카모토 경찰서가 관할하는 닛포리 역이고, 이용객 중 일부는 덴노지초 안을 지나가지만 그 왕래를 주시해야 할 만한 머릿수도 아니었다. 지역 상황을 바지런히 경계하는 것만으로도 충분히 범죄예방이 되는 구역이었다.

또한 터가 그런 탓인지 주재소에는, 이러이러한 집안의 묘소 위치를 알려달라고 찾아오는 시민의 수가 많았다. 다행히 전임인 사쿠마가 특별한 묘소에 대해서는 지도를 만들어 놓았다. 부임한 지 이 주가 지났을 무렵에는 거의 삼 분의 일 정도의 묘소 위치가 머리에 들어왔다.

다만 야나카 묘지는, 방심했다간 불량소년들이 진을 치게 될 가능성이 있다. 또한 밤이 되면 사람들의 눈도 사라진다. 그 소년 철도원 살해처럼 또다시 흉악한 범죄 현장이 되는 경우도 가정해볼 수 있다. 세이지는 제복을 입은 자신의 모습을 줄기차게 관내 사람들에게 보여주어 잠재적인 범죄자들을 견제해야겠다고 생각했다.

세이지는 관내를 매일 세 번씩 순찰하라는 지시를 받았다. 낮에 한 번, 저녁에 한 번, 그리고 밤에 한 번이다. 한 번 순찰을 도는 데 약 사십오 분의 시간이 걸렸다. 일주일에 하루는 야나카 경찰서의 외근 경관이 주재소에 와서 근무를 교대해주었다. 그날이 비번이었다.

5월을 코앞에 둔 어느 날, 세이지가 순찰에서 돌아오니 주재소 옆 광장에서 다미오가 이웃 아이들과 놀고 있었다.

다미오가 말하고 있다.

"예, 알겠습니다. 안조 순사, 당장 출동하겠습니다!"

주재 경관 놀이를 하는 모양이다. 다미오가 세이지의 존재를 눈치채고 뒤를 돌아보았다. 다미오는 민망한 듯 고개를 숙였다.

세이지는 다미오에게 경례를 하며 말했다.

"그럼, 안조 순사, 잘 부탁합니다."

함께 놀고 있던 남자아이 둘이 은근히 부러운 눈길로 다미오를 바라보았다.

10

구도 유키오의 아버지가 손수건으로 목덜미의 땀을 닦으며 주재소로 다가왔다.

안조 세이지는 벽시계를 흘깃 쳐다보았다. 오후 5시 15분. 세이지가 야나카 경찰서에 연락한 지 아직 십 분도 채 지나지 않았다.

7월의 장마철에 하늘이 잠시 고개를 내민 흐린 날씨였다. 무더위 때문에 사람에 따라서는 잠자코 있어도 화가 치밀 듯한 날이었다. 세이지는 제복 등 부분이 땀으로 흠뻑 젖은 것을 의식했다.

구도는 주재소에 들어와 세이지와 얼굴을 맞대자마자 입을 열었다.

"죄송합니다. 드릴 말씀이 없습니다. 참말로 매번."

지난번과 마찬가지로 사과하는 일에 익숙한 말투다. 무조건 사과해서 힐문도 질책도 봉해버리겠다는 속셈마저 느껴진다. 좀 더 말하자면, 구도가 연발하는 이 사과의 말에는 진심이 전혀 보이지 않았다. 일단 이 자리를 때우려는 의지밖에 느껴지지 않는다.

주재소 안에는 구도의 아들인 유키오가 있다. 구석에 놓인 의자에 앉아 벽에 등을 기대고 있었다. 아버지가 들어오자 유키오는 코웃음 치는 표정을 보이며 눈을 돌렸다.

유키오가 또다시 들치기로 끌려온 것이다. 이번에는 벚꽃 길 동쪽으로 나가면 있는 상점에서 파는 가죽지갑을 훔쳤다. 친구 둘과 함께였다고 한다. 상점 주인이 유키오를 붙잡아 팔을 비틀어 올려 이 주재소로 끌고 온 것이다.

구도는 책상 앞에 서서 가슴 앞에 손수건을 움켜쥐고 또다시 한차례 머리를 조아렸다.

"참말로 드릴 말씀이 없습니다. 두 번 다시 못 하게 하겠습니다. 절대로 못 하게 하겠습니다. 훔친 물건 값은 내겠습니다. 그걸로 용서해주시면 안 될까요?"

세이지는 자신의 분노가 한계점에 이르러가는 것을 느꼈다.

"두 번쨉니다." 세이지는 말했다. 스스로도 뜻밖일 정도로 낮은 목소리가 나왔다. "첫 번째가 겨우 석 달 전의 일입니다."

"알고 있습니다. 드릴 말씀이 없습니다. 이렇게 사과드립니다."

구도는 직각이 되도록 깊숙이 머리를 숙였다.

"이제 두 번 다시 못 하게 하겠습니다. 이 애도 알고 있습니다. 나쁜 친구들이 있어서 그런 겁니다요."

"친구 탓이 아닙니다. 정말로 엄하게 혼내고 계신 겁니까?"

"물론입지요. 저번에 약속도 받아냈습니다. 하지만 친구 놈이. 물건 값이 얼마지요?"

말하면서도 구도는 유키오 쪽으로는 고개를 돌리려고도 하지 않는다. 똑바로 마주보기를 피하는 것처럼 보였다.

세이지는 유키오를 가리키며 말했다.

"먼저 혼내시는 게 어떻습니까? 아버지니까요."

"아, 예." 구도는 유키오에게 고개를 돌렸다. "몇 번을 말해야 알아듣겠냐? 몇 번이나 순사 나리께 혼나야 알겠냐고."

목소리는 약간 커졌지만, 담겨 있는 심정은 여전히 약하게 들렸다.

세이지는 유키오의 반응을 보았지만, 유키오는 아버지에게 슬쩍 시선을 던졌을 뿐이었다.

구도는 말했다.

"보시는 대로 사과하고 있습니다. 이번만은 이걸로 봐주시면 안 될까요? 나쁜 친구들하고 교제만 끊으면 이제 안 그럴 겁니다."

세이지는 거친 목소리로 말했다.

"이보쇼, 아버님! 당신이 그러니까 아이가 기어오르는 거요. 제대로 혼을 내시오! 엄하게 혼내지 않으면 안 된단 말이오. 이 애는 당신이 하는 말 따위는 듣고 있지 않잖소! 대답도 하지 않잖소!"

구도는 세이지의 노기에 깜짝 놀란 듯 뒷걸음질을 쳤다.

"아니, 혼내고 있습니다. 지금 사과했습니다, 정말로요."

말을 하면서 또다시 두세 번 작게 머리를 숙였다.

세이지는 일어섰다. 약간은 연기도 필요한 장면인 것 같다.

"아버님, 이건 당신 탓이오. 아들이 이런 식으로 몹쓸 인간이 된 건 당신 탓이란 말이오. 당신이 그런 식으로 칠칠치 못하니까, 넙죽넙죽 머리만 숙이니까, 애가 이런 식으로 자라는 거요. 당신, 자기가 얼마나 얼간이인지 아시오? 그렇게 애들 응석을 받아줄 거면 당신한테 수갑을 채워야겠소!"

그렇게 말하며 곁눈질로 유키오를 보았다. 유키오의 얼굴에 분한 기색이 떠올랐다. 분노가 깃든 눈으로 세이지를 노려보고 있었다.

먹힌다.

세이지는 계속 말했다.

"애가 문제가 아니오. 아비인 당신이 문제요. 당신이 칠칠치 못하니 애가 이 꼴로 자라는 거요. 부끄럽지도 않소!"

유키오가 의자에서 일어섰다.

"아냐! 아빠 탓이 아냐!"

그렇게 말하며 유키오는 세이지에게 달려들었다.

"아빠를 그런 식으로 말하지 마!"

세이지는 유키오의 몸을 피하며 다리를 후려서 바닥에 쓰러뜨렸다.

유키오는 금세 발딱 일어났다. 눈을 꿈적였다. 자기가 훌렁 넘어가버린 사실에 깜짝 놀란 듯했다. 눈이 새빨갰다.

세이지는 유키오를 바라보며 말했다.

"좋다, 덤벼. 근성을 고쳐주마!"

한 걸음 앞으로 나가자 구도가 사이에 끼어들었다.

"기다려. 유키오는 잘못이 없어. 기다려."

"아버님, 비키쇼. 아비가 그렇게 칠칠치 못하니 애가 이렇게 되는 거요."

"유키오는 잘못이 없어. 잘못이 없단 말이오."

구도는 왜소한 몸으로 필사적으로 세이지에게 매달려 어떻게든 유키오와의 거리를 벌려놓으려고 했다. 구도에게 그만한 힘이 있을 줄은 세이지도 예상치 못했다.

유키오가 눈을 휘둥그레 뜨고 있다. 자기 아버지가 끼어들었다는 사실에 경악한 듯했다. 믿을 수 없는 것을 보고 있다는 얼굴이었다.

세이지는 말했다.

"이것 보시오, 아버님. 얘는 경찰이 책임지고……."

"기다려! 날 잡아가. 이 애가 아니야. 이 앤 잘못이 없어."

세이지는 힘을 빼고 구도의 어깨를 누른 채 한 발짝 물러섰다.

구도는 어깨로 숨을 헐떡였다. 그 어깨너머로 유키오의 표정이 보였다. 지금 아버지의 등을 보는 소년의 눈에는 아련하게 찬탄의 빛이 어렸다.

세이지는 말했다.

"아들을 여기서 때려. 몸으로 가르치는 거야. 도둑질을 하지 말라고. 도둑이 되지 말라고."

"알았소."

구도는 뒤를 돌아보더니 조용히 두 걸음 앞으로 나가 조금도 망설이지 않고 아들의 뺨을 갈겼다. 아들은 그 자리에서 전기충격이라도 받은 듯 등을 곧추세웠다.

구도가 아들의 눈을 들여다보며 말했다.

"도둑질을 하지 마라. 도둑이 되지 말거라. 알겠니? 유키오, 알겠니?"

그 말에는 방금 전까지의 자포자기한 듯 불성실한 태도는 없었다. 혼신의 힘을 다한, 진지한 마음이 담긴 말처럼 들렸다.

유키오가 새빨간 눈으로 고분고분하게 말했다.

"알았어요. 아버지, 잘못했어요."

구도는 세이지를 돌아보았다.

"이렇게 말했습니다. 이번만 용서해주지 않으시렵니까? 만일 다음번에 또 그러면 잡아넣어주십시오. 부자의 연을 끊겠습니다. 그러니 이번만은."

세이지는 유키오의 얼굴을 보았다. 유키오도 세이지를 바라보고 있다. 유키오의 얼굴에서 방금 전까지 있었던 경직이 사라졌다. 허세도 없다. 불만도 품고 있지 않다. 액이 떨어져나간 것처럼 보인다. 눈에 눈물이 넘쳤다.

세이지는 유키오에게서 구도에게로 얼굴을 돌리고 말했다.

"알겠소, 아버님. 이번만은 아버님께 맡기겠소. 이번에는 반드시 버릇을 바짝 들이겠다고 한다면 아버님이 데리고 가시오."

"미안합니다."

구도는 유키오에게 말했다.

"오너라. 가자꾸나."

유키오는 세이지를 바라보다가 아주 잠깐 망설이더니 재빨리 고개를 까딱 숙였다.

구도가 유키오의 어깨를 도닥이며 재촉했다. 두 사람은 어깨를 맞대고 주재소를 나섰다.

이 방법이 먹혔을까? 세이지는 자신이 없었다. 먹혀들었다 해도 언제까지 효과가 지속될까. 만일 유키오가 불량한 친구들과 손을 끊지 않고 다음번에 끌려올 때에는, 세이지로서는 더 이상 손쓸 방법이 없었다. 기계적으로 처리할 수밖에 없다. 들치기 상습범으로 아동상담소에 서류를 송치하게 된다.

후우. 깊은 한숨을 쉬었다. 문득 뒤를 돌아보니 등 뒤의 장지문이 아주 조금 열려 있었다. 다미오가 그 틈새 너머에 서 있었다. 이번에도 자초지종을 목격한 모양이다.

보여주지 않는 편이 나았을까. 아이의 발을 걸어 바닥에 내동댕이치는 장면은 무슨 일이 있어도 보이지 말았어야 했을까.

세이지가 답을 찾지 못하는 사이에 다미오는 조용히 장지문을 닫았다.

그날 밤, 세이지가 잠자리에 든 것은 오후 11시가 넘어서였다. 9시부터 이날의 마지막 순찰을 돌고, 주재소로 돌아와 일보를 쓰고서 사복으로 갈아입었다. 아이들은 벌써 잠들었다. 다즈도 이날 받아온 수선 일을 마무리한 참이었다. 세이지는 게다를 신고 하쓰네 길에 있는 목욕탕으로 달려갔다. 마지막 손님이었다. 얼른 땀을 씻어내고 주재소로 돌아온 것이 10시 반이 넘어서였다. 목욕탕에 가 있는 사이에는 특별히 아무 일도 없었다고 다즈가 말했다. 세이지는 유카타로 갈아입고 잠자리에 들었다.

깊은 밤, 세이지는 잠에서 깼다. 절박한 소리를 들은 것만 같았다. 여자 목소리도 섞여 있었다. 머리맡의 시계를 보니 오전 2시 35분이었다. 세이지는 잠시 귀를 기울였지만 목소리는 이어지지 않았다. 세이지는 다시 눈을 감았다.

다음으로 눈을 뜬 것은 오전 3시 30분이었다. 머리맡의 알람시계로 그 시각을 확인했다.

한동안 이불 속에서 귀를 기울였다. 무언가 바작바작 터지는 소리가 난다. 그것도 그리 먼 곳이 아니었다. 소리는 조금씩 커졌다.

몸을 일으키고 다시 한 번 귀를 기울였다. 옆에서 다즈도 몸을 일으켰다.

세이지는 아이들을 깨우지 않도록 작은 목소리로 다즈에게 물었다.

"들려?"

"네." 다즈는 속삭이듯 대답했다. "뭘 부수고 있는 건가요?"

"뭘까?"

"앗!"

다즈가 작게 소리를 질렀다.

"왜 그래?"

"냄새가 나요. 뭐가 타고 있어요."

그 말을 들은 직후 세이지도 냄새를 감지했다. 근처에서 무언가 불타고 있다.

밖에서 이번에는 분명히, 무언가 부서지는 소리가 났다.

세이지는 일어서서 창가로 다가갔다. 커튼을 걷고 서쪽을 보니 바로 눈앞에서 하얀 연기가 피어오르고 있었다. 저쪽은 덴노지의 오층탑이 있는 장소다.

"화재다."

세이지는 평소의 목소리로 말했다.

"일어나."

다즈는 아이들의 어깨를 흔들었다.

"일어나렴. 빨리. 불이 났어."

두 아이가 눈을 슴벅거리며 몸을 일으켰다.

세이지는 경찰관 제복으로 갈아입고 장비를 갖추었다. 그 사이에 다즈
도 재빨리 옷을 갈아입었다.

세이지는 경찰모를 손에 들고 주재소 집무실로 나가 구두를 신었다. 소
리는 점점 커졌다. 불이야, 하는 소리가 들렸다. 벌써 이 화재를 알아차렸
는지 구경꾼이 모여들고 있었다.

주재소에서 뛰쳐나가 오층탑을 확인했다. 오층탑이 있는 부지와 주재소
는 서로 맞붙어 있다. 어른 가슴께만한 높이로 콘크리트 담장을 둘러놓았
다. 탑 내부로 통하는 대문은 보통 잠겨 있어서 일반인은 안에 들어갈 수
없었다. 다시 말하자면 이곳에 자리를 틀고 사는 이도 없다. 그것은 어제
오후에도 확인했다. 그렇지만.

문득 한밤중에 들은 목소리가 떠올랐다. 그건 어쩌면.

탑의 1층단은 둘레에 옥개석이 있다. 그 1층단 앞쪽의 덧창에 틈새가 있
었고, 그 속에서 하얀 연기가 뿜어 나오고 있었다. 연기 속에서 빨간 불꽃
이 혀를 날름거린다.

대문 안쪽에 소화기가 있을 터였다. 세이지는 콘크리트 담장으로 다가
갔다. 그 순간이었다. 덧창 한 짝이 바깥쪽으로 무너졌다. 안에서 불꽃이
거세게 솟아올랐다. 덧창이 무너져 산소가 유입된 탓인지 내부의 불길이
격렬해졌다.

세이지는 주재소로 돌아가 야나카 경찰서에 전화를 했다.

"덴노지 주재소, 안조입니다. 덴노지 오층탑이 불타고 있습니다."

전화를 받은 순사가 되물었다.

"오층탑? 그건 현재 사람이 사는 건물인가?"

"아니요. 하지만 문화재입니다. 지원 요청합니다."

"실화인가, 방화인가?"

"모르겠습니다. 아직 예측할 수 없습니다."

"화재 정도는?"

"거세게 타오르고 있습니다. 소방서 연락도 부탁드릴 수 있겠습니까?"

"알겠다. 덴노지 주재소를 도표로 찾아가면 되겠는가?"

"예. 바로 옆에서 불타고 있습니다."

다즈가 두 아이를 데리고 집무실로 내려왔다.

세이지는 말했다.

"귀중품만 가져가. 불이 번질지도 몰라."

"벌써 배낭을 멨어요."

다즈도 쇼와 20년(1945)의 도쿄 대공습을 경험한 몸이다. 이런 때를 대비한 각오는 되어 있다. 세이지는 고개를 끄덕이고 말했다.

"아이들을 멀리 데려다 줘."

"알았어요. 달리 할 일은?"

"멀찍이 떨어져 있어."

세이지는 지역 소방단원의 자택에 전화를 걸었다. 덴노지초는 전화를 설치한 개인 주택이 얼마 되지 않는다. 소방단장은 덴노지의 단가* 대표를 맡고 있는 여관집 사내였다. 계산대에 전화가 있다.

전화를 받은 소방단장에게 말했다.

"오층탑에 화재입니다. 소방단 출동을 부탁합니다."

"당장 가겠습니다." 단장은 대답했다.

주재소 밖으로 나가자 벚나무 가로수 양쪽에서, 그리고 육교 쪽에서도 구경꾼이 몰려왔다. 덴노지 본당 쪽에서는 주지와 동자승이 잠옷 차림 그대로 달려왔다.

---

* 절에 시주를 하는 집

구경꾼들이 외치고 있다.

"불이야!"

"오층탑에 불이 났다!"

그 외침은 이윽고 절박한 목소리가 되었다.

불꽃은 점점 커져 1층단과 2층단 사이의 천정을 뚫고 2층단까지 뻗어가고 있었다.

세이지는 주재소에서 로프를 꺼내 화재 현장 주변을 넓게 봉쇄했다. 하지만 구경꾼 수는 계속 늘어갔다. 로프를 뛰어넘어 접근하려는 이도 끊이질 않는다. 세이지는 미친 듯이 고함을 질러댔다.

지원을 요청한 순사보다 소방차가 더 빨랐다. 고토토이 길에 있는 야나카 소방서에서 소형 트럭 펌프차와 탱크차가 달려온 것이다.

소방대 대장은 화재 현장에 내려서자마자 세이지에게 말했다.

"전화 좀 쓰겠습니다. 제2출동, 중고층 건축 화재다."

세이지는 덧붙였다.

"중요한 문화재다."

그때 지역 소방단도 손수레 펌프차를 밀며 달려왔다. 똑같이 맞춘 하피[*]를 입은 사나이 열두세 명이었다.

소방단장이 넋 나간 표정으로 말했다.

"아니 어쩌다가 오층탑이……."

살수를 시작한 직후, 네 명의 외근 경관이 야나카 경찰서에서 황급히 달려왔다. 그때는 이미 불꽃이 3층단에 그 혀를 휘감고 있었다. 구경꾼 수는 이제 오백 명은 족히 되어 보였다. 덴노지초 주민의 거의 절반가량은 이 자리에 모여 있는 게 아닌가 싶었다.

---

* 소매가 넓고 편한 일본식 상의. 장인이나 상점 하인들이 즐겨 입으며, 축제 등 단체 활동을 할 때도 맞추어 입음

또 오 분 후에 두 대의 소방차가 새로 도착했다.

그때는 이미 불꽃이 오층탑의 3층단에서 4층단까지 도달했다. 탑을 휘감듯 하얀 연기가 피어올랐고, 그 하얀 연기는 금세 상공에서 식어서 검은 연기로 바뀌었다. 그래도 주재소에 옮겨 붙는 일만은 간신히 면한 듯했다.

구경꾼 수는 이제 천 명 가까이 되리라. 덴노지초와 하쓰네초의 주민뿐만 아니라 사쿠라기초, 산사키초, 네기시 쪽에서도 모여드는 것 같다. 고텐자카의 사진관 주인이 소형 카메라로 쉴 새 없이 플래시를 터뜨리며 사진을 찍고 있었다.

이제는 아마 지원 출동한 순사도 열 명이 넘을 것이다. 다들 구경꾼을 규제하느라 쫓기고 있었다. 세이지도 역시 목이 터져라 구경꾼을 쫓아내는 일에 매달렸다.

호루라기를 입에 문 채로 규제를 하고 있는데 누가 말을 걸었다.

"순사 나리, 순사 나리."

걸음을 멈추고 목소리가 나는 방향을 보니 로프로 친 봉쇄선 너머에서 손을 흔드는 노파가 있었다. 아는 얼굴이다. 이와네 기미였다. 예전에 소년 철도원 살해에 관해 두 번인가 이야기를 나눈 적이 있었다. 주재소에 근무하게 된 후로는 만나면 가볍게 인사나 하는 사이가 되었다.

세이지가 다가가자 이와네 기미는 눈을 휘둥그레 뜨고 말했다.

"내 봤다오. 그 남자가 있어."

세이지는 물었다.

"그 남자? 누구 말씀이십니까?"

"왜 있잖소, 가쓰조하고 몇 번 이야기했던 남자. 내가 형사 나리일지도 모른다고 생각했던 남자 말이오."

"어딥니까?"

노파는 살짝 고개를 두리번거렸다. 시선이 그녀가 사는 목조 아파트 쪽으로 향했다.

"삼거리 앞, 묘지 옆에서. 지금 막 뭐라뭐라 난동을 부리는 사람들이 있었다오."

"난동이라뇨?"

"싸움 같아 보였어. 신경이 쓰여서 돌아봤더니 깜깜한 데서 나온 사람이 바로 그 남자였지 뭐요."

세이지는 주위를 둘러보았다. 이미 야나카 경찰서에서 온 지원은 열 명을 넘었고, 앞으로 계속 늘어날 것이다. 지금 내가 오 분쯤 이 자리를 이탈해도 별다른 문제는 일어나지 않겠지. 아니, 삼 분이면 끝날 일일지도 몰라.

세이지는 오른편에서 구경꾼을 규제하고 있던 젊은 순사에게 말을 걸었다. 야나기야라는 이름의 신출내기 순사다.

야나기야가 이쪽으로 고개를 돌리자 세이지는 말했다.

"잠시만 자리를 비우겠네. 금방 돌아올 테니까."

야나기야는 고개를 끄덕였다.

제대로 들렸을까? 하지만 다시 말할 여유는 없을 것 같았다. 세이지는 로프를 빠져나가 봉쇄선 밖으로 나갔다.

이와네 기미가 또다시 말했다.

"형사가 아니었던 모양이오. 이런 때 여기서 싸움질이나 하다니."

"고맙습니다."

세이지는 허리춤의 총집을 붙잡고 걸음을 서둘렀다. 삼거리는 50미터쯤 떨어진 전방에 있었고, 왼쪽으로 꺾으면 이모사카 육교다. 가로등은 이쪽에 있는 하나가 전부라 삼거리 부근은 거의 캄캄했다. 타오르는 불꽃이 길 앞쪽을 비추고 있었다. 떠나가는 사람 그림자를 찾았지만 보이지 않았다. 반대로 이쪽으로 다가오는 사람 그림자는 보였다. 화재 현장으로 향하는 구경꾼들이리라.

묘지가 끝나는 부근까지 와서 묘석 사이로 회중전등을 비추었다. 싸움이 있었고 한 명만 나왔다면, 싸움 상대는 다쳐서 쓰러져 있을지도 모른다.

회중전등의 빛 속을 그림자가 가로질렀다. 묘석 사이를 누비며 달려가고 있다.

"기다려! 어이!"

세이지는 뒤쫓으려 했지만 묘지 안은 달리기 힘들었다. 발밑이 장애물천지다. 발소리도 순식간에 멀어졌다. 벚나무 가로수 쪽으로 향하는 듯했다. 벚나무 가로수 길에는 구경꾼이 몰려들어 있다. 따라잡을 수 있을 리가 없다.

세이지는 포기하고 묘지에서 나와 화재현장으로 돌아가려 했다. 그때, 시선 한구석에서 움직이는 자가 있었다. 구경꾼들과는 반대쪽으로 이동하는 그림자 하나. 지금 이 화재현장에 있다가 허겁지겁 떠나는 이가 있다면 그야말로 수상한 인물이다.

그 수상한 그림자는 삼거리에서 이모사카 방향으로 향했다. 그 앞에는 목조 아파트와 셋집이 밀집해 있고, 또한 국철 철로에 걸친 육교로도 통한다.

네 명의 젊은 사내들과 엇갈렸다. 어디지? 덴노지 쪽인가? 그렇게 말하는 소리가 들렸다. 뒤를 돌아보았지만 이 위치에서 화재는 보이지 않는다. 불꽃은 물론이요, 연기도 볼 수 없었다. 하늘이 약간 밝아 보일 따름이다. 화재현장은 비탈 너머라는 소리다. 그래도 화재 현장의 소리만은 들렸다. 소방차 사이렌 소리와 고함소리가 여름의 눅눅한 공기를 타고 흘러왔다.

이모사카 육교까지 왔다. 이 육교는 주재소 관할권 밖이다. 국철 철도용지이자 사카모토 경찰서의 관할지역이다.

육교 앞과 반대편 끝에는 가로등이 켜져 있다. 다만 다리 중심부는 역시나 칠흑이다. 사람이 있는지 없는지도 알 수 없었다.

세이지는 육교 앞까지 와서 귀를 기울였다. 구두소리가 들렸다. 다리를 건너고 있다. 멀어져간다. 노파의 정보가 확실한지의 여부는 차치하더라도 불심검문을 하기에는 충분한 수상쩍은 행동이다.

세이지는 육교 위로 걸음을 내딛었다. 동트기 전의 이 시각, 다리 밑에 몇 십 줄기나 뻗은 철로 위를 달리는 열차는 한 대도 없었다. 다리 위는 고요했다. 그런 만큼 구두소리는 선명하게 들렸다.

회중전등으로 앞쪽을 비추었지만 빛이 닿지 않는다. 세이지가 육교를 삼 분의 일쯤 건넜을 때, 앞쪽 가로등 불빛 속에 사람 그림자가 나타났다. 그 그림자는 걸음을 멈추었다. 누가 따라온다는 사실을 알아차린 것이다. 그 사람에게도 세이지의 발소리는 들렸을 테니까.

세이지는 그대로 나아갔다.

앞쪽에서 그림자가 뒤를 돌아보는 것을 알 수 있었다.

얼굴은 알아볼 수 없다. 하지만 나이는 세이지와 비슷해 보였다. 희끄무레한 반소매 셔츠를 입고 있는 것 같다.

세이지는 외쳤다.

"경찰이다! 멈춰!"

잰걸음으로 달려가면서 다시 회중전등으로 앞을 비췄다. 이윽고 빛 속에 사내의 얼굴이 드러났다.

화재현장이 있는 방향에서 격렬한 파열음이 울려 퍼졌다. 건물 일부가 무너진 것인지도 모른다.

쇼와 32년 7월 6일, 오전 4시가 조금 지난 시각이었다.

2부
—
다미오

○
警
官
の
血

1

안조 다미오는 어머니와 함께 덴노지의 주지를 배웅했다.

세이지의 여섯 번째 기제사가 조촐하게 끝났다. 특별히 친척도 없고 이웃들도 오지 않은, 가족만의 제사였다. 다만 아버지의 동료였던 세 명의 경시청 경찰관이 사복 차림으로 참석해주었다.

하쓰네초의 달랑 두 칸짜리 주택이었다. 불단이 있는 안쪽 방에서는 아버지의 동료 경관들이 막 편한 자세로 고쳐 앉은 참이었다.

어머니인 다즈가 안쪽 방에 상을 내고 미리 준비해둔 음식을 차렸다.

어머니는 맥주병 뚜껑을 따고 세 경관에게 말했다.

"자, 좀 드세요."

세 사람 가운데 가장 나이가 어린 구보타 가쓰토시라는 경관이 말했다.

"신경 쓰지 마십시오. 오늘은 조금 진지한 이야기 때문에 왔으니까요."

구보타는 오사키 경찰서의 교통과에서 근무한다고 한다.

다즈가 맥주병을 들며 말했다.

"그래도 한 잔만이라도."

가토리 모이치가 말했다.

"잘 마시겠소. 이 더위에 맥주는 감사하지."

아버지가 돌아가시고서 육 년 후의 기일은 장마철에 하늘이 잠시 고개를 내민 무더운 날씨였다. 아마 기온은 30도가 넘을 것이다. 다미오의 기억에 있는 그날과, 그리고 그 전날과 몹시 흡사했다. 그때도 무더운 날이었다.

세 어른은 각자 잔을 들고 맥주를 한 모금씩 목구멍으로 흘려 넣었다. 어머니는 보리차 잔에 입을 댔다.

다미오는 동생 마사키와 함께 옆방에서 어른들의 모습을 바라보고 있었다.

세 경관과는 이미 친한 사이다. 경찰훈련소에서 동기였다는 세 경관은 장례식 날 이래로 아버지의 제사 때는 물론이고 다미오와 마사키의 입학식이나 졸업식 때마다 다른 사람들과 근무를 바꾸어서 아버지 대신 와주었다. 적어도 누구 하나는 확실하게 와주었다. 세 사람 다 피가 이어지지 않은 삼촌으로 생각하라고 말했다. 어려워하지 마라, 무슨 곤란한 일이 있으면 의논해라. 같은 말을 어머니에게도 몇 번이고 했을 것이다. 아버지가 돌아가신 그날 이후로 무슨 일이 있을 때마다.

맥주를 비운 가토리가 다즈에게 말했다.

"오늘은 다미오의 진학 문제로 부인과 의논을 하러 왔다오."

가토리는 아타고 경찰서 방범과에 근무하는 순사부장이었다.

다미오는 가토리의 옆얼굴을 바라보았다. 살집이 있는 이 내근 경관은 세 어른 중에서는 가장 태도가 살가운 사람이었다.

가토리는 말을 이었다.

"다미오의 성적이 좋다는 건 잘 알고 있다오. 도립 고등학교 합격은 확실하겠지? 진학시켜요."

다즈는 얼굴에 당혹감을 드러내며 말했다.

"예, 도립이라면 어떻게 해서든 진학시켜주고 싶습니다. 사립은 저희 집안 형편으로는 무리지만요."

하야세 유조가 말했다.

"저희 셋이 어떻게든 다미오의 뒷바라지를 하려고 합니다. 입학비와 수업료, 저희에게 맡겨주지 않으시겠습니까?"

하야세는 경시청에 근무하는 수사원이다. 형사과라고 하던데 업무 내용을 그다지 자세하게 말한 적은 없다. 세 사람 중에서는 가장 양복이 잘 어울리는 남자였다.

돈 얘기가 나오자 다즈는 한층 당혹스러워 하는 것 같았다.

"그런……."

구보타가 말했다.

"저희는 훈련소 시절부터 안조 씨에게 신세를 많이 졌습니다. 그렇게 훌륭한 경관이었는데 그 아들이 고등학교에도 못 간다는 건 이해할 수 없습니다. 관청 규정이 어떻든 간에 우리는 안조 씨의 동료로서 할 수 있는 일은 하고 싶습니다. 그렇게 하게 해주십시오."

아버지인 세이지는 덴노지 오층탑이 불타올랐던 그날 밤, 현장에서 연기처럼 사라졌다가 이른 아침 국철 선로 위에서 시체로 발견되었다. 육교에서 선로 위로 추락했는데, 때마침 달려온 열차에 치였다고 경찰은 판단했다. 추락 이유에 대해서는 당연히 수사가 있어야 했다고 다미오는 생각했다. 사건 의혹이 있는 '추락'이었지 않나?

하지만 다미오를 비롯한 가족과 아버지의 친구들은 놀랄 수밖에 없었다. 야나카 경찰서에서는 사건 의혹을 인정하지 않았다. '사고사'로 처리한 것이다.

그것은 순직으로 인정하지 않겠다는 말이기도 했다. 주재 경관으로서의 직무와 담당 구역을 내던졌을 때 일어난 사고였지, 순직이 아니다. 오히려 화재 시에 현장을 벗어났던 일은 처분 사유가 될 수도 있다는 것이었다.

순직으로 취급하지 않는 이상 당연히 장례식은 경찰장이 아니었다. 순직이라면 얻을 수 있는 명예도, 위로금 지급도 없었다.

여기 있는 세 명의 경관들이 사고사가 아닌 순직이라고 야나카 경찰서나 경시청 인사 담당에게 몇 번이나 호소했지만 판단은 번복되지 않았다.

경찰은 자살이라고 판단한 것 같았다. 세이지가 주재소에 인접한 문화재의 화재에 책임을 느끼고 육교에서 몸을 던진 것으로 추측한다고 했다. 다만 이런 추측을 다미오의 가족이나 관계자들이 직접 들은 일은 없었다. 소문으로 퍼졌을 뿐이었다. 덴노지에서 치른 고별식 때, 야나카 경찰서의 동료 경관들이 작은 소리로 수군대고 있었다.

칠일제를 마친 후 어머니와 다미오, 마사키 형제는 주재소에 딸린 주택에서 나와 하쓰네 길의 셋집으로 옮겼다. 아버지가 주재소에 근무하기 전까지 살던 셋집이었다. 그 후로 육 년. 다미오의 가족은 도중에 같은 집주인이 소유한 다른 주택으로 옮겨서 지금껏 생활해왔다. 다즈가 시노바즈 길의 양장점에서 일하며 두 아들을 길러냈다.

다즈가 말했다.

"여러분께는 지금까지도 신세를 많이 졌어요. 거기에 다미오의 고등학교 진학까지 도와달랄 수는 없습니다. 힘들어도 제 손으로 이 아이를 진학시키려고 합니다."

가토리가 말했다.

"중학교까지는 의무교육이니 어떻게든 할 수 있었을지 모르지. 하지만 고등학교 진학은 문제가 달라요. 우리가 돕게 해주시게. 부인이 부담스럽게 여기는 마음은 알겠지만, 나도 첫 월급을 잃어버렸을 때 안조 씨한테 도움을 받았다오."

구보타도 거들었다.

"우리 중에 누구 혼자서 그러겠다는 게 아닙니다. 셋이서 하는 일입니다. 그렇게 부담스럽게 여기실 일이 아닙니다."

하야세가 덧붙였다.

"이건 우리 세 사람의 사적인 장학기금이라고 생각해주십시오. 장학기금을 받을 만한 아이를 돕는 것뿐입니다."

다즈는 한층 더 곤혹스러운 표정이 되었다.

가토리가 반쯤 애원하다시피 말했다.

"만약 도저히 도움을 받을 수 없다고 한다면 돈을 빌린다는 형태는 어떻겠소? 언젠가 돌려받도록 하지. 그러니 지금은 진학 비용을 받아주시게."

거절당하는 일만은 피하고 싶다는 말투였다.

가토리가 덧붙였다.

"다미오가 출세하면 갚는 걸로 하고."

다즈가 다미오에게 고개를 돌리며 말했다.

"그런 약속은……. 얘가 커서 돈을 갚을 수 있을지 없을지도 모르는데……."

다미오는 잠자코 있었다. 아마도 여기는 어머니에게 맡겨두어야 하는 장면이리라. 아이가 건방지게 나설 때가 아니다.

하야세가 말했다.

"법적인 차용금이 아닙니다. 도의적인 겁니다. 돌려받을 수 없다고 고소하거나 하지도 않을 겁니다. 하지만 빌리는 형태라면 부인 마음도 편해지겠지요."

다즈는 다시 한 번 다미오를 바라보고, 손가락으로 눈꺼풀을 문지르며 말했다.

"여러분께서 그리 말씀해주시는 건 정말 고맙습니다. 다미오도 얼마나 기뻐할지. 고등학교에 정말 가고 싶어 한답니다. 중학생이 되었을 때부터 도립 고교에 들어가겠다고 열심히 공부했어요."

"이쯤까지만 하지." 가토리가 대화를 매듭지었다. "다미오는 안심하고 진학하는 거요. 두 번 다시 이 문제로 옥신각신하는 일이 없도록 하자고."

"고맙습니다." 다즈는 고개를 숙이고 다미오에게 말했다. "너도 삼촌들한테 고맙다고 해야지."

다미오는 어머니 말대로 다다미에 손을 짚고 인사를 했다.

나는 다행히 어머니에게 큰 부담을 끼치지 않고 고등학교에 진학할 수 있을 것 같다. 하지만…….

다미오는 두 살 어린 남동생 마사키를 생각했다. 저 녀석은 어떻게 될까. 아무리 그래도 이 삼촌들 역시 사내 녀석 둘을 돌봐줄 정도의 여유는 없을 것이다.

고등학교를 졸업하면……. 다미오는 생각했다. 난 취직을 해야겠다. 마사키가 고등학교를 졸업할 수 있도록 내가 노력해야지.

아홉 달 후, 다미오는 도쿄 도립 우에노 고등학교에 입학했다. '피가 이어지지 않은 세 명의 삼촌'이 입학식에 사복 차림으로 와주었다.

아버지의 구 주기 날, 다미오는 고등학교의 진로상담 교사에게 불려갔다.

교무실 옆에 붙어 있는 회의실에서 진로상담 담당인 수학선생이 테이블 위에 서류를 펼치며 말했다.

"진로는 결정했지?"

수학선생은 쉰 살 안팎의 현실적인 사고를 하는 타입의 남자였다. 이상론은 그다지 논하지 않는다. 쓴소리도 하지만, 학생들 사이에서는 그 조언이나 지도 내용이 합리적이라는 평판이 돌고 있었다.

다미오는 선생에게 대답했다.

"예, 결정했습니다."

"어느 수준을 노리고 있지?"

"취직하겠습니다."

다미오는 그렇게 대답했다. 선생은 뜻밖이라는 듯 손에 들고 있던 서류를 다시 들여다보았다.

"취직? 국립대 후기라면 식은 죽 먹기야. 전기도 대학에 따라서는 사정권이고."

"취직하겠습니다. 저희 집은 모자가정이라 가난합니다."

"자택에서 통학하면 다닐 수 있다."

"결정했습니다. 취직하겠습니다. 공무원이 되겠습니다."

"아까운 소리를 하는구나. 네 성적으로 진학을 않겠다니."

"공무원 시험에 확실하게 붙고 싶으니까요."

"그러니?" 교사는 고개를 절레절레 흔들며 말했다. "좋은 대학을 노리라고 자신 있게 말해줄 수 있는 학생은 몇 안 된다. 그런데 너는 취직이라……."

"예."

"펜글씨를 공부하면 좋을지도 모르겠구나."

"예."

상담은 고작 오 분 만에 끝났다.

그날도 다미오는 여느 때의 평일과 마찬가지로 도서실에서 저녁 5시까지 숙제와 예습을 하며 시간을 보냈다. 하쓰네초의 집에 돌아오니 5시 20분이 넘었다. 어머니는 아직 양장점에서 돌아오지 않았다. 구라마에 공업 고등학교에 다니는 동생은 아마 6시가 지나야 집에 돌아올 것이다.

얼마 있으려니 손님이 왔다. 현관에 나가보니 가토리 모이치와 구보타 가쓰토시였다.

가토리가 말했다.

"기일이지? 그냥 선향만 올리게 해주련?"

다미오는 두 사람을 안쪽 방으로 들였다. 삼 년 전에 육 주기도 마쳤고, 올해는 특별히 아무 손님도 없을 줄 알고 제사 준비를 하지 않았던 것이다.

다미오도 은인인 두 어른과 나란히 불단에 선향을 꽂았다. 두 손을 모으고 고개를 드니 정면에서 아버지의 사진이 자신을 바라본다. 액자 속에 있는 아버지의 사진은 경시청 경찰관의 갑甲종 제복을 입고 경찰모를 쓰고 있다. 시선은 똑바로 앞을 향하고, 입가는 희미하게 미소를 짓고 있었다.

경찰관으로서 자랑스러워 보이기도 하고, 또 한 사람의 남자로서 행복해 보이기도 하는 사진이다. 올곧고 성실한 인품도 엿볼 수 있는 사진이었다. 사진은 주재소 근무가 확정된 직후에 근처 사진관에서 찍은 것이라 한다.

다미오는 요새 부쩍 아버지를 쏙 빼닮았다는 말을 자주 듣는다. 완고해 보이는 얼굴의 골격은 아버지로부터 물려받은 것이리라. 쌍꺼풀 진 눈매는 어머니를 닮았다.

"자, 그러면……."

합장이 끝나자 가토리가 말했다. 뒤에 뭔가 중대한 용건이 이어질 듯한 말투였다.

다미오는 재빨리 몸을 틀고 말했다.

"가토리 삼촌, 구보타 삼촌, 드리고 싶은 말씀이 있습니다."

가토리와 구보타는 고개를 갸웃했다.

다미오는 두 사람을 번갈아 보며 말했다.

"고등학교를 졸업하면 저는 경찰학교에 들어가려고 합니다. 경시청에 들어가고 싶습니다."

두 사람은 눈을 씀벅이면서 서로를 바라보았다. 예상치 못한 말을 들었다는 표정이다. 바로 지금 이 순간까지 상상도 못 한 말이었을지도 모른다.

가토리가 말했다.

"경관이 되겠다? 대학에는 안 가고? 국립대학에 갈 수 있는 성적이잖니?"

다미오는 대답했다.

"아뇨. 게다가 동생도 고등학교 1학년입니다. 내년부터는 형인 제가 돌봐야 합니다."

"결심한 게냐?"

"예."

구보타가 말했다.

"실은 말이다, 오늘은 대학에 갈 마음이 있는지 물어볼 심산이었다. 다미오, 네가 원하면 삼촌들이 좀 더 힘내보자고, 그럴 작정이었단다. 하야세하고도 이야기를 끝내고 왔다만."

"지금까지도 충분히 신세를 졌습니다. 이제 자립할 수 있는 나이입니다. 더는 삼촌들께 폐를 끼치고 싶지 않습니다."

"폐라니 당치도 않다. 잘 알고 있잖니."

"아닙니다. 후의는 정말로 고맙습니다. 하지만 저는 빨리 경찰관이 되고 싶습니다."

가토리가 불단의 사진에 눈길을 주고서 감격에 겨운 목소리로 말했다.

"그러냐. 경관이 될 거구나. 아버지의 뒤를 이을 거구나."

"찬성해주시겠습니까? 졸업해서 경관이 되면 어머니도 조금이나마 편히 모실 수 있습니다."

"박봉이다." 구보타는 말했다. "하지만 좋은 생각이야."

또다시 가토리가 말했다.

"안조 씨는 좋은 아이를 두었어. 정말 잘 키웠어. 아들이 경관이 되겠다고 하니 말이야."

가토리는 두 아이가 다 딸이라고 들었다. 구보타는 아들이 둘이지만 중학생하고 초등학생인 듯했다. 오늘 이 자리에 없는 하야세도 아들이 하나 있다.

가토리는 눈물 섞인 목소리로 말했다.

"아버지도 기뻐하실 게다. 그 녀석은 인생을 착하게 살았어. 좋은 아버지였지."

다미오는 말했다.

"아버지가 돌아가셨을 때, 저는 초등학교 3학년이었습니다. 아버지에 대한 추억은 그리 많지 않습니다. 그래도 삼촌들이나 어머니가 말씀해주신 아버지의 추억이 제가 가진 진짜 기억과 하나가 되었습니다. 삼촌들이 항상 아버지 이야기를 들려주셔서, 제가 아버지처럼 되고 싶다는 생각을 하게 되었겠지요."

그렇게 말하는데 떠오르는 정경이 있었다. 덴노지 주재소에 부임한 후의 일. 딱 그 오층탑 화재가 있기 전날의 일이다. 들치기 상습범인 소년의 아버지에게 다미오의 아버지가 취했던 행동. 무너졌던 그 아버지와 아들의 관계를 다미오의 아버지가 무서울 정도로 험악하게 혼쭐을 내서 싹 바꿔버렸을 때의 일. 그때 아버지의 등은 아들인 다미오마저도 벌벌 떨 정도로 무서웠고, 그러면서도 푸근했다. 격렬한 분노를 보임으로써 아버지는 그 부자 사이의 골을 없애고, 굳게 이어주었던 것이다. 그 몇 분 사이에 소년의 비굴한 아버지에게 위엄을 되찾아주었고, 불량한 아들을 되돌려놓았다. 주재 경관으로서 훌륭하게 관내의 작은 범죄에 대처했고, 이상적인 형태로 해결했다. 그 후로 소년은 불량 친구들에게서 벗어나 성실해졌다고 들었다. 이제 스물을 넘었을 것이다.

물론 그때는 눈앞에서 일어난 일의 의미를 이해하지는 못했다. 후에 몇 번이나 되새기는 사이에 그 정경과 그날 아버지가 했던 행동의 의미를 이해할 수 있게 된 것이었다.

가토리는 손수건으로 눈언저리를 훔치며 물었다.

"다미오, 어머니도 알고 계시니?"

"아뇨, 오늘 말씀드릴 생각이었습니다. 학교에서도 오늘 진로상담이 있었는데, 선생님도 허락해주셨습니다."

"어머니도 찬성해주시면 좋겠구나. 아버지처럼 위험한 직업은 안 된다고 말씀하실지도 모른다."

다미오는 고개를 저으며 말했다.

"아버지가 돌아가신 후에도 어머니는 몇 번이고 몇 번이고 아버지의 추억을 들려주셨습니다. 아버지는 훌륭한 경관이었다고 몇 번이나 가르쳐주셨습니다. 이제 와서 경관은 위험하니 그만두라는 말씀은 하지 않으실 겁니다."

가토리와 구보타는 고개를 끄덕이며 미소를 지었다.

두 사람을 배웅한 후 다미오는 새삼스럽게 불단에 놓인 아버지의 영정을 바라보았다. 다미오에게 있어 유일한 성인 남성의 규범. 어머니와 지금의 삼촌들이 실제보다 더 미화해서 이야기했더라도, 그들이 이야기해준 진짜 경찰관. 그 피를 자신이 이어받았다는 사실을 다미오는 남몰래 긍지로 삼아왔다. 특히 고등학교에 입학한 후에는 더욱 강렬하게.

영정을 바라보면서 다미오는 가슴속으로 스스로에게 다짐했다.

내가 경시청 경관이 되고 싶은 이유는 한 가지가 또 있다. 누구에게 말할 생각도 없고, 말해봤자 이해해주지도 않겠지만, 어쨌든 그 또 하나의 이유를 위해 나는 내년에 경시청 경찰관 채용시험에 응시한다……

이듬해 4월, 다미오는 그 결의를 이루었다. 경시청 경찰학교 쇼와 42년(1967) 4월 입학생으로 도쿄 나카노의 경시청 경찰학교에 입학한 것이다.

2

노크를 하고 문을 열자 회의용 책상 맞은편에 두 명의 남자가 있었다.

한 명은 경찰학교 지도교관이다. 제복 차림이었다.

또 한 사람은 다미오가 모르는 인물이었다. 나이는 마흔 전후로 보이는 양복 차림의 남자다.

대졸 채용반의 졸업식이 이튿날로 다가온 날의 오후였다. 기숙사생 일부는 이미 풀어진 분위기다. 다미오 같은 고졸 채용반에도 그 기분이 어느 정도 전염되고 있었다.

그때 호출을 받은 것이다. 다미오는 의아해하면서 회의실 앞에 섰다.

지도교관인 후카보리가 다미오에게 말했다.

"착석해도 좋다. 여기 계신 분은 가사이 경시님. 본청 공안부 1과장님이시다."

공안부? 다미오는 별다른 이유도 없이 긴장했다. 공안부가 어째서 지금 여기에?

"가사이다."

후카보리가 소개한 남자는 그렇게 말했다. 그 말 한 마디만 들어도 그가 엘리트임을 알 수 있는 종류의 음성이었다.

"졸업 배치 건으로 자네와 이야기를 나누고 싶어서 왔네."

다미오는 점점 더 당혹스러웠다. 본청 공안부가 나하고 무슨 이야기를 나누겠다는 거지? 졸업을 넉 달이나 앞두고 배치에 대해 이야기를 나누는 시스템이 원래 경찰기구 안에 있는 걸까?

다미오는 의자에 살짝 걸터앉아 책상 위로 두 손을 깍지 끼었다.

가사이 1과장도 후카보리와 나란히 앉아, 두터운 서류철을 바싹 끌어당겼다.

눈썹과 입술이 얄팍하고 눈도 가늘었다. 척 보기에도 유능해 보인다. 어쩌면 경찰청에서 파견한 건지도 모른다.

가사이는 포스트잇을 붙인 페이지를 펼치고 다미오를 바라보며 말했다.

"언젠가 다시 정식으로 전하게 되겠지만, 자네는 졸업 후 일단 쓰키시마 경찰서 지역과에 배속된다."

신출내기 경관은 누구나 일단 관할 경찰서 경비계에 배속되어 파출소에서 근무하게 된다. 일 년 후에 적성과 본인의 희망을 고려하여 다음 배속부서를 정한다. 교통과 오토바이 순찰대를 희망하는 이들이 적지 않지만 최근에는 처음부터 기동대를 희망하는 신입도 많다고 한다. 동기 중에도 기동대를 동경해서 경찰에 들어온 생도가 이 퍼센트 정도는 있을 것이다.

그렇다 쳐도, 일단 쓰키시마 경찰서 배속이라는 건 무슨 뜻일까?

가사이 1과장은 말을 이었다.

"자네 의향을 꼭 좀 듣고 싶네만, 경시청 소속 신분으로 대학에 갈 마음은 없나?"

의미를 알 수 없었다. 다미오는 눈을 끔적였다.

가사이는 다미오의 반응을 예측했던 모양이다. 그는 입술 끝을 추어올려 미소를 짓더니 말했다.

"자네의 우에노 고등학교 내신기록도 보았네. 경찰학교 성적도 최우수더군. 자네는 후기 국립대학이라면 충분히 합격했을 정도의 학생이네. 대학에 가고 싶지 않았을까?"

내게 질문하는 것일까? 다미오는 후카보리를 쳐다보았다. 후카보리는 고개를 끄덕였다. 대답하라고 말하는 듯하다.

다미오는 가사이에게 말했다.

"저희 집은 모자가정입니다. 대학에 갈 여유는 없습니다."

"하지만 사정만 허락한다면 진학하고 싶었겠지?"

확실히 그것을 꿈꾸었던 적도 없지는 않았다. 그러나 어머니의 벌이만으로 생활하는 집안의 아이다. 두 살 어린 남동생도 있다. 아무리 생각해도 진학을 할 수 있을 턱이 없었다. 문과계 학과에 진학한다면 얼마간 아르바이트를 할 수 있다 해도 말이다.

다미오는 대답했다.

"저는 처음부터 경찰학교에 가려고 결심했습니다. 살림이 어렵고, 남동생 뒷바라지도 해야만 합니다."

"대학에 가기가 싫은가? 소속은 경시청에 둔 채로, 다시 말해 월급을 받아가면서 대학에 가는 것은?"

"예?"

"경시청은 자네를 대학에 보내고 싶은 걸세. 자네 정도 되는 우수한 경관은 대학 교육을 받을 가치가 있어."

"업무로 대학에 다니라는 말씀이십니까?"

"대학 진학을 자네에게 명하고 싶다는 말이야. 자네가 싫다면 억지로 강요하지는 않겠네."

"그건 청강생으로 공부하고 오라는 말씀이십니까?"

"아니. 정식으로 학생이 되어 배우라는 말이다."

"대학에서, 그러니까, 뭘 공부하면 됩니까?"

"외국어다. 영어 성적도 좋았더군. 어학 좋아하나?"

"예. 영어도 좋아하는 과목이었습니다."

"어디 국립대학에 진학해서 러시아어를 배우는 건 어떤가?"

"러시아어 말씀이십니까?"

그렇다는 얘기는 경시청 공안부는 소련 부문 담당 요원으로 나를 점찍었다는 말인가? 겨우 이해가 되었다.

가사이는 계속했다.

"학비는 전부 경시청이 부담한다. 생활은 경찰관으로서 받는 급료 범위에서 꾸려나갈 수 있을 것이다. 사치만 부리지 않으면 다소는 살림을 도울 수도 있지 않겠나?"

후카보리가 옆에서 말했다.

"자네 성적이라면 지금부터 다섯 달만 열심히 공부하면 국립대학에 합격할 수 있어. 외부 전문가에게 부탁해 자네 채용시험 성적과 고등학교 내신서를 검토했는데, 그 전문가도 합격할 수 있다고 보증했네."

가사이가 그 말을 받았다.

"졸업을 기다리지 말고 당장 입시학원에 다니도록. 필요하다면 가정교사도 준비하지. 부담은 전부 경시청이 진다."

다미오는 물어보았다.

"제가 경시님이나 경관님의 기대만큼 우수하지 않다면 어떻게 되는 겁니까? 다시 말해서, 그러니까, 입시에 합격하지 못하면."

"그럴 경우에는 그냥 고졸 순사로 경시청의 기나긴 계단을 오를 뿐이다. 하지만 대학에 합격해 졸업을 한다면 자네는 대졸반이 되어 계단의 아랫단을 뛰어넘을 수 있지."

그러니 필사적으로 수험공부를 하라는 얘기다. 하지만 국립대학에서 러시아어 공부?

가사이는 벌써 대학을 정해놓은 걸까? 아무리 그래도 설마 나보고 도쿄대나 교토대에 가라는 말은 아니겠지.

가사이가 말했다.

"싫다면 전과 다름없이 초임 학과생으로 연수를 받고, 내년에 졸업한 후 쓰키시마 경찰서로 배치를 받지. 똑같은 제안이 다시 오는 일은 없다. 또한 오늘 이 이야기는 누구에게도 일절 발설하지 않겠다고 맹세하도록."

후카보리가 말했다.

"나쁜 제안이 아닐세. 자네에게는 어려운 일도 아닐 게야. 생각해보게."

다미오는 말했다.

"질문이 몇 가지 있습니다."

"뭔가?" 가사이가 말했다.

"이 제안, 제가 후보가 된 데에는 다른 이유가 있습니까?"

"자네 아버님은 경시청 경찰관이었지."

"십 년 전에 돌아가셨습니다."

"알고 있어. 자네가 우에노 고등학교에 진학하게 된 배경에 대해서도 잘 알고 있네."

피가 이어지지 않은 세 삼촌의 도움을 말하는 것이리라. 세 사람 가운데 누군가 그 사실을 털어놓았는지도 모른다. 어찌됐든 경시청 공안부는 이번 건에 대해서 이미 후보자의 가정환경과 사상 조사를 끝마쳤다는 소리다.

가사이는 말을 이었다.

"핏줄이라고 해야 할까, 혈통이라고 해야 할까. 우리는 경시청의 기대에 부합하는 신인이라고 보고 있네."

쑥스러운 말이었다. 다미오는 뺨에 힘을 주고 한 가지를 더 물었다.

"어느 대학을 목표로 하면 될지 알려주시겠습니까?"

"대학에 따라서는 사퇴할 생각인가?"

"예."

지나치게 솔직한 대답이라고 생각했을까? 가사이는 또다시 짓궂게 웃으며 말했다.

"홋카이도 대학이다. 무리다 싶으면 지금 여기서 사퇴하도록. 반년이라는 시간과 비용을 낭비하고 싶지는 않으니."

홋카이도 대학. 전기 국립대학이다. 상당히 벅찬 대학이었다.

동시에 아직 가본 적 없는 삿포로의 경치를 상상했다. 그리고 홋카이도 대학 구내의 정경. 탁 트이고 녹음이 우거진 캠퍼스라는 소문을 들었다. 부속 농장의 포플러 가로수는 삿포로의 관광명소라는 말도. 클라크 교수 동상의 사진도 어느 잡지에서 봤던 것 같다.

그런 장소에서 사 년 동안 대학 교육을 받는 자신. 러시아어를 배우고 싶다는 생각은 해본 적이 없지만, 체질에 맞지 않는 전공도 아니었다. 경시청 경찰관으로서 월급을 받으며 공부하는 나날. 그런 유혹을 거절할 수 있을 리가 없다.

다미오는 대답했다.

"부디 시켜주십시오."

고개를 끄덕이는 가사이의 눈 속에 작고 날카로운 불빛이 켜진 듯했다.

"결정됐다." 후카보리가 말했다. "내일부터 기숙사를 떠나 우리가 준비한 하숙집에서 살도록. 자네가 홋카이도 대학에 합격하는 시점에 자네는 경찰학교를 졸업한 셈이 된다. 졸업 축하연에도 참석하지 말도록. 향후 지시가 해제될 때까지 경찰학교 동기와도 절대 접촉금지다."

"접촉금지?"

가사이가 말했다.

"자네가 경찰학교에 있었다는 사실을 동기생의 기억에서 지우려 하네. 자네의 인상을 약하게 만들려는 거지. 적어도 자네가 대학을 졸업해서 새로 배속이 결정되기까지는 말이야. 알겠나?"

어렴풋이 짐작했다. 이 제안은 단순히 러시아어를 공부해서 공안부의 소련 부문 요원이 되라는 뜻만은 아닌 모양이다.

그래도 다미오는 예, 하고 대답했다.

쇼와 42년 9월 말이었다.

3

봉쇄된 대학의 본부 사무동 건물 앞에서 안조 다미오는 걸음을 멈췄다.

암갈색 타일을 바른 고풍스러운 건물은 올 여름, 교내의 신좌익 그룹에 의해 봉쇄당했다. 지금 입구 안쪽은 책상이나 사물함으로 막혀 있고, 일 층의 창문 안쪽에도 모조리 판자를 박아놓았다. 안에서는 신좌익 그룹의 활동가들이 기거하면서 대학 관계자나 봉쇄 반대파 학생들이 봉쇄를 풀까봐 경계하고 있었다. 그렇지만 안에 있는 사람은 기껏해야 서른 명이라는 소문도 있다. 자세한 사정은 다미오도 모른다. 다미오는 봉쇄된 후로 그 본부 건물 안에 들어가 본 적이 없었다.

입구 옆에는 삿포로 농업학교 창립 당시의 교사였던 클라크 박사의 동상이 있고, 그 등 뒤에는 언제나 홋카이도 대학 전공투*의 입간판이 걸려 있다. 다다미 대여섯 장 크기나 되는 거대한 간판이다. 중국 간체자와 비슷한 서체로 때마다 슬로건을 써놓는다.

검은 헬멧을 쓴 학생이 둘, 본부 앞에서 선전물을 돌리고 있다. 홋카이도 대학 전공투 소속 학생들이다. 아마 1학년 아니면 2학년이리라.

다미오는 간판의 글자를 재빨리 읽고 머릿속에 집어넣었다.

---

* 전학공투회의全学共闘會議의 준말, 1968년 무렵의 대학 투쟁 시기에 일본 각지의 대학에서 만들어진 학생운동 조직 또는 운동 주체

사토* 방미 실력 저지!

베트남 인민과 연계하여

미국 제국주의와 일제의

반인민적 야합을 분쇄하라!

사토 방미 실력 저지 투쟁에 궐기하라!

홋카이도 대학 전공투

미처 다 읽기도 전에 선전물을 뿌리고 있던 학생이 다가왔다.

표정을 봤더니 경계도 적의도 없어 보였다. 그 학생이 보세요, 하고 선전물을 한 장 내밀기에 다미오는 받아 들고 바로 그 자리를 떠났다.

본부 사무동 옆에는 도서관이 있다. 도서관도 봉쇄 중이다. 이곳을 봉쇄한 것은 전공투와는 주장과 방침이 다른 신좌익 일파다. 입간판 내용은 어제와 다름없었고 선전물도 뿌리지 않았다.

본부 사무동 앞길을 따라가면 중앙 잔디라고 부르는 너른 잔디밭이 있다. 이곳은 여름에는 학생과 교수들의 좋은 휴식처지만 지금은 계절이 이렇다 보니 잔디 위에 아무도 없다. 켄터키 블루 글래스**는 아직 초록빛이지만 그 잔디 위에는 온통 느릅나무 낙엽이 흩어져 있다.

쇼와 44년(1969) 10월 31일이었다. 다미오가 이 대학에 입학한 지 이 년째 되는 해였다.

다미오는 걸어가면서 받아 든 선전물을 조심스럽게 반으로 접어 숄더백의 루스리프 노트 사이에 끼워 넣었다.

손목시계를 보니 오전 10시 정각이었다. 교양학부는 파업 중이고 학교 건물은 전공투 계열 학생들의 손에 의해 봉쇄되었다. 다만 일부 교수들은

---

* 1901-1975. 사토 에이사쿠. 일본 제61, 62, 63대 내각 총리대신
** 서양 잔디의 일종

단위로 인정하지는 않겠다는 조건 하에 강의를 이어나갔다. 다른 학부의 빈 교실을 찾아다니는, 이른바 게릴라전 같은 강의였다. 2학년인 다미오도 오늘은 10시 반부터 기초 러시아어 과목의 비공식 강의를 들을 예정이었다.

다미오는 중앙 잔디 옆을 가로질러 학생회관으로 향했다. 이곳은 클라크 회관이라는 이름이 붙은 건물로, 생활협동조합이 운영하는 매점이나 식당 외에 강당도 있었다. 이 클라크 회관 앞도 신좌익 그룹이 치열하게 입간판을 설치하는 장소였다.

다미오는 간판 앞에서 또다시 문구를 하나하나 읽어 머릿속에 집어넣고, 그 간판을 내놓은 주체의 이름을 확인했다. 홋카이도 대학 자치회는 전체적으로는 무기한 파업에 반대했으며, 더군다나 건물 봉쇄에는 절대 반대라는 입장을 취하고 있다. 그러므로 농학부를 비롯한 이학부, 의학부 등에서는 금년도 초부터 정상적으로 강의를 지속해왔고, 법문과 학부도 얼마 전 파업 반대파 학생들의 손에 의해 봉쇄가 풀렸다. 현재는 교양학부만 파업 중이며, 봉쇄중인 건물은 교양학부와 본부 사무동, 그리고 도서관이다.

하지만 히로시마 대학에서도 교토 대학에서도, 바로 얼마 전에 기동대가 출동해서 봉쇄를 해제했다. 홋카이도 대학에 기동대가 투입되는 것도 이제 시간문제라고들 했다. 신좌익 그룹은 최근 운동에 전망이 보이지 않아 사기가 떨어지고 있다는 소문이었다. 특히 며칠 전 자치회 계열 학생들의 손에 의해 법문과 건물 봉쇄가 풀린 이후로는. 신좌익이 이 캠퍼스 안에서 지지를 잃고 고립되어 가고 있음은 명백했다. 그렇지만 그 때문에 다들 신좌익이 무슨 돌발행동을 저지르지 않을까 걱정하고 있었다.

입간판을 바라보고 있는데 문득 시선이 느껴졌다. 눈길을 돌리니 학생처럼 보이는 남자가 다미오를 바라보고 있었다. 모르는 얼굴이다. 장발에 하프 재킷, 큼직한 숄더백. 분위기는 전공투 활동가처럼 보이기도 했다.

청년은 바로 시선을 돌렸지만, 그때까지 모종의 호기심을 품고 다미오를 주시하고 있던 게 분명했다. 방금, 우연히 시선이 맞은 것만은 아니었다. 내가 경찰관이라는 사실을 아는 홋카이도 대학교 학생? 도쿄 어디선가 만났던가?

젊은 여자가 그 사내 곁으로 달려왔다. 역시 학생으로 보이는 차림새의 여자였다. 짧은 머리에 코듀로이 바지 차림. 활발해 보이는 인상의 여자다. 다미오를 바라보고 있던 청년과는 친한 듯했다. 두 사람은 서로 웃어보이고는 어깨를 나란히 하고 정문 쪽으로 걸어갔다.

다미오는 지금 본 청년의 얼굴을 뇌리에 단단히 새겨 넣었다. 특별한 근거는 없었지만 기억해두어야 할 얼굴이라는 생각이 들었다.

클라크 회관 앞의 입간판을 전부 둘러보고 나서 계단을 올라 클라크 회관 안으로 들어갔다. 커피를 마시며 할 일이 있었다.

식당으로 들어가 커피 식권을 사서 안을 둘러보았다. 어느 테이블에나 선전물이 몇 종류씩 놓여 있다. 각 파의 활동가들이 뿌리고 간 것들이다.

다미오는 빈 자리 중에서도 놓여 있는 선전물 수가 가장 많아 보이는 테이블을 골라 그 의자에 앉았다.

선전물의 문구를 확인했다. 본부 앞에서 전공투 학생이 뿌렸던 선전물도 있었다. 다미오는 그것을 밀어놓고 다른 선전물을 읽었다. 자치회와 반스탈린주의 그룹, 신좌익 각 파가 뿌린 선전물이었다. 다미오는 중복되지 않도록 선전물을 한 종류씩 뽑아 정리하고 그 위에 노트를 얹었다.

커피를 마시려 했을 때, 눈앞에 그늘이 졌다.

세 명의 학생이 서 있었다. 세 사람 다 아는 얼굴이다. 신좌익 공산주의자 동맹에 소속된 활동가들이었다. 공산주의자 동맹은 분트*라고도 하며, 과거에 이 대학이 가로우지 겐타로라는 전학련 위원장을 배출한 이래로 활발하게 활동하는 그룹이었다. 현재의 조직은, 정확히 말하자면 아마도

---

* BUND, 동맹을 뜻하는 독일어

제2차 분트라고 불리는 조직일 것이다.

세 사람 가운데 한 명이 맞은편 의자에 손을 걸치며 말했다.

"여기 좀 앉아도 될까, 안조?"

다미오가 고개를 끄덕이자 그 학생은 의자에 걸터앉았다. 그는 분트의 지도자급 중 한 명이며 경제학부 학생이다. 이 년을 유급했다던가? 나이는 아마 스물넷 아니면 다섯일 것이다. 앞머리를 길게 늘어뜨리고 있다. 생김새는 턱이 뾰족하고 콧날이 매끈한, 수재 티가 나는 청년이다. 요시모토 신야라는 이름이었다.

다른 두 명의 학생은 옆 테이블에 앉아 다미오와 요시모토에게서 거리를 두었다.

요시모토가 말했다.

"어이, 저번에도 말했지만 시간 좀 내줘. 나하고 한번 진득하게 얘기 좀 하지 않겠어? 시간 낭비는 아니라고 생각하는데."

다미오는 말했다.

"체질이 아닙니다. 좀 봐주세요. 전 그렇게 의식 있는 학생이 아니라니까요."

"그렇지 않아. 의식이 없다면 데모에 나오지도 않았겠지. 그렇게 꼬박꼬박 집회에 나오는 학생은 달리 없다고."

"학생으로서 해야 할 일을 하고 있을 뿐입니다."

"러시아 문학을 전공하니 세계관은 비슷할 것 같은데 말이야."

"제가 하고 싶은 건 문학입니다. 어떤 실천 활동이 아니라요."

"실천 활동이 싫은가? 도스토옙스키는 그저 읽기만 하고 말아도 돼? 문학을 지지하는 건 역사관과 인간관이잖아? 그런 얘기를 진득하게 해보지 않겠어?"

"체질에 안 맞는다니까요."

"그래?"

요시모토는 쓴웃음을 지었다.

"그렇게 언제까지고 무사상가로 내버려두고 싶지 않은데 말이지."

비정치적인 삶을 모멸하는 투였다. 그런 풍조가 다른 무엇보다도 이 시대의 대학생들을 뒤덮고 있는 게 사실이었다. 홋카이도 대학에서도 약 일년 전, 신주쿠의 반전 데모가 심화되어 소란죄가 적용된 시점부터 그런 경향이 두드러졌다. 다미오 주위에서도 많은 학생이 정치적인 의견이나 견해를 분명하게 입에 담게 되었다. 정치적인 집회나 데모 참가도 성실한 학생들에게는 생활의 일부가 되었다. 지난 일 년 사이에 학생들은 강의에 나가는 틈틈이 정치적 데모에 참가했고, 술자리에 가기 전에도 데모에 나가는 일이 보통이었다.

하지만 나는…….

다미오는 말했다.

"전 무사상가입니다."

"숨겨도 다 알아."

다미오는 등줄기에 희미하게 서늘한 기운을 느꼈다. 뭘 안다는 거지?

다미오는 요시모토의 눈을 똑바로 쳐다보며 물었다.

"안다니, 뭘요?"

"너한테는 굳은 심지가 있다는 걸."

"그런 말씀이셨어요?"

요시모토가 화제를 바꿨다.

"빌려준 책 어땠어? 재미있지 않았어?"

다미오는 가방을 끌어당겨 한 권의 사상서를 꺼냈다. 요시모토가 속한 그룹에서 최고로 인기 있다는, 나고야 대학의 철학교수가 쓴 책이다.

"무슨 말을 써놨는지 모르겠더라고요. 돌려드리겠습니다."

"내가 아는 범위에서 설명해줄 수도 있어."

"억지로 끌어넣지 마세요."

"네 모습을 보면 흥미를 품고 있다는 게 뻔히 보이는데 말이야. 토론해 보고 싶다고 온몸으로 말하고 있다고."

"그럴 생각은 없습니다."

"그런 얘기는 됐다 치고, 도쿄에 가지 않겠어? 사토 방미 저지."

내달 중순, 사토 에이사쿠 총리대신이 미국을 방문해서 닉슨 대통령과 회담을 한다. 주제는 기정방침인 미일안보조약의 자동 연장 확인과 미국의 대 베트남 정책 지지 표명이 될 거라 한다. 신좌익뿐만 아니라 사회당이나 공산당, 총평*등의 혁신 세력은 모조리 이 미국 방문에 반대를 표명했다. 출발하는 날에는 도쿄를 중심으로 항의 행동이 있다는 것 같다. 신좌익의 각 그룹은 '사토 방미 실력 저지'라는 방침을 내걸고 있었다. 상당히 과격한 행동을 취할 듯싶다.

다미오는 물었다.

"도쿄에서 무슨 일이 있는데요?"

"실력 저지야. 사토가 하네다에서 출발 못 하게 만드는 거지. 10·8의 재현, 아니, 그 이상의 일을 터뜨릴 거야. 찬성하지?"

10·8이라는 것은 이 년 전, 쇼와 42년 10월 8일에 3파계 전학련 학생들과 경시청 기동대가 격렬하게 충돌한 사건을 가리킨다. 학생들이 사토 에이사쿠 총리대신의 남베트남 방문을 저지하기 위해 하네다 공항에 돌입을 시도했던 것이다. 충돌 와중에 야마자키 히로아키라는 교토 대학 학생이 사망했다. 제1차 하네다 투쟁이라고도 한다. 내달에 있을 사토 총리의 방미 저지를 외치는 충돌은 제2차 하네다 투쟁이라 부르고 있다.

"미국에는 가지 말았으면 하긴 하는데요."

"미야노도 갈 거야."

"미야노 도시키 말입니까?"

---

* 일본노동조합총평의회의 약칭, 구 일본사회당

"그래, 그 녀석도."

미야노 도시키는 다미오와 같은 교양 과정을 듣는 2학년생이다. 고교 졸업 후 바로 합격해서 나이는 다미오보다 한 살 어리다. 밝고 사교적인 청년이었다. 한때는 가입했던 서클 수가 열 군데를 넘었다고 했다. 기타도 치고 테니스도 한다. 스키는 일류. 사진을 좋아하고 교외 극단에도 소속되어 있다. 어쩐된 영문인지 다미오를 따르는 구석이 있다.

미야노가 도쿄의 사토 방미 실력 저지 투쟁에 참가한다고?

다미오는 다시 물었다.

"그 녀석, 언제부터 분트였어요?"

"특별히 동맹원인 건 아니야. 우리 방침에 찬성해서 함께 가게 된 거지."

그때 식당 입구 쪽에서 누구를 찾는 소리가 들렸다. 학생 한 명이 요시모토를 부르고 있다.

요시모토는 일단 돌아본 후에 자리에서 일어섰다.

"네가 평범한 무사상가가 아니라는 건 알고 있어."

요시모토는 그렇게 말했다. 다미오는 애매한 미소로 답했다. 부정도 하지 않고, 그렇다고 긍정이라고 해석할 수도 없는 미소. 요시모토는 손을 저으며 그 자리에서 떠나갔다. 옆 테이블에 있던 학생 둘도 요시모토를 따라 식당에서 나갔다.

그들과 엇갈려서 다미오 옆으로 다가온 사람이 있었다. 같은 학년의 모리야 구미코다. 술자리나 등산모임에서 자주 만났기 때문에 여학생들 중에서는 친한 편이다. 구미코가 말했다.

"안조 씨, 잠깐 괜찮아요? 누구 올 사람 있나요?"

"아니."

다미오는 허둥지둥 노트와 선전물을 함께 집어 들어 숄더백에 넣었다.

"하지만 조금 있다가 가봐야 하는데."

"잠깐이면 돼요."

구미코는 자리에 앉으며 말했다.

구미코는 데님 재킷에 면바지 차림이었다. 평범한 생김새 탓인지 평소에는 그다지 눈에 띄지 않는 여학생이지만, 그녀를 아는 사람이라면 누구나 성격 좋은 아이라고 했다.

구미코는 다미오를 바라보며 묘하게 골똘한 표정으로 말했다.

"안조 씨, 오늘이나 내일, 잠깐 시간 있어요?"

"무슨 일 있어?"

다미오는 구미코를 바라보았다.

"의논하고 싶은 일이 있어서요. 안조 씨라면 힘이 되어줄 것만 같아서."

다미오는 쓴웃음을 지었다. 어째선지 동급생들은 다미오를 어른으로 보는 일이 많았다. 나이는 거의 비슷한데도 조금 더 성숙하다는 평가를 받는 것이다. 아마 다미오가 과묵하고 감정을 별로 드러내지 않는 탓이리라.

어떤 의미에서는……. 다미오도 때때로 그런 생각을 한다. 자신은 이미 취직을 했고, 업무 명령에 따라 학창생활을 보내고 있는 것이다. 다시 말해 자신은 사회인이자, 현실사회의 시스템 속에서 살아가고 있는 남자였다. 똑같이 학창시절을 보내고 있어도 몸에서 발산하는 공기가 어른스러워지는 것은 어쩔 수 없는 부분이었다. 물론 주위 학생들은 다미오가 이미 직업인이라는 사실, 공무원이라는 사실을 모르지만.

"시간은 낼 수 있어."

다미오는 말했다. 말하면서 생각했다. 단둘이 이야기하고 싶다는 말일까? 그렇다면 의논할 내용은 어떤 것일까.

"다행이다."

구미코는 미소를 지었다.

단아하고 아양 없는 미소. 처음 봤을 때부터 다미오는 그녀의 이 미소가 좋았다. 총명함과 순진함이 드러나는 미소였다.

구미코는 이어서 말했다.

"오늘 저녁에 어디선가 만날 수 있어요?"

목소리에도 그 미소와 마찬가지로 한 치의 아양도 없었다.

3시 반에 누군가와 만날 예정이 있다. 자신의 임무와 관계된 일이라 이를 취소할 수는 없다. 만난다면 그 후다.

"5시 이후라면."

"아, 좋네요. 그럼 5시."

구미코는 대학 정문 옆에 있는 카페, 돌핀의 이름을 말했다.

"거기서 봐요."

구미코가 일어서려 하기에 다미오는 물었다.

"어떤 의논인지 지금 미리 물어도 괜찮을까?"

구미코는 순간 얼굴에 긴장감을 띠더니 말했다.

"네. 미야노 씨 일이에요."

또 미야노 도시키의 이름이 나왔다. 다미오는 갓 배운 싱크로니서티 synchronicity라는 단어를 떠올렸다.

"미야노가 어쨌는데?"

구미코는 살짝 수줍은 표정을 보였다.

"아니, 제가 미야노 씨하고 사귀는 거, 어쩌면 벌써 알고 있겠지만……."

모르는 얘기였다.

사귄다는 말은 당연히 성관계가 있다는 의미겠지만 그건 언제부터 그런 거지? 친구들은 벌써 다들 아는 일인가?

"아아."

다미오는 이미 특기가 된 포커페이스로 말했다.

"눈치채고 있었어."

"그때 얘기할게요. 저기, 미야노 씨하고 함께 갈 거예요."

구미코는 긴 머리를 찰랑이며 작게 고개를 꾸벅이고 식당에서 나갔다.

다미오는 한동안 충격을 참고 견뎠다.

구미코가 미야노하고 사귀었어? 언제부터였을까. 이곳에서 학창생활을 보내면서 학부가 같은 친구들과는 몇 번이나 술자리도 벌였고, 합숙도 있었다. 샤코탄 해안에서 캠핑을 한 적도 있었고, 소라누마다케에 있는 대학 산장에 묵으러 갔던 일도 있다. 하지만 그런 자리에서도 미야노와 구미코가 특별히 친해 보인다는 낌새는 없었다. 적어도 다미오는 몰랐다. 미야노도 구미코도 특정한 이성 친구는 없는 줄 알았는데.

다미오는 인간을 관찰하는 자신의 안목을 의심했다. 어쩌면 이것은, 자신의 직업에는 치명적인 결함일지도 모른다.

다미오는 컵에 남아 있던 커피를 단숨에 비우고 일어섰다. 테이블 다리에 무릎을 부딪는 바람에 커피 잔이 바닥에 떨어져 요란한 소리를 냈다. 식당 안에 있던 학생들이 일제히 다미오를 쳐다보았다.

다미오는 손목시계를 확인하고 니시 5초메 육교 옆 골목으로 들어섰다. 이곳은 대학 정문으로부터 걸어서 칠팔 분 거리에 있는 장소로, 국철 하코다테 본선을 가로지르는 육교 바로 옆이었다. 길을 오가는 사람들 눈에 띄지 않는 장소다.

오후 3시 반이었다. 다미오는 다시 한 번 뒤를 돌아보았다. 뒤에는 길을 가는 몇몇 사람의 모습이 보일 뿐이다.

하얀 승용차 옆을 지나 5미터쯤 걸어가다가 다시 뒤를 돌아보았다. 역시나 신경 쓰이는 사람의 모습은 없었다.

다미오는 5미터의 거리를 되돌아가, 아까 그 승용차의 조수석 쪽으로 돌아가 문을 열었다.

"수고했어."

운전석의 상대가 말했다. 쉰이 다 되어가는 홋카이도 경찰본부의 경찰관이었다. 경비부 소속이지만 경시청 공안부의 요청으로 삿포로 공안 담당이 되었다. 올봄에 인수인계가 있었기 때문에 다미오와의 접촉은 이제 반년째다. 이오카 시게하루라는 경부보였다.

다미오는 조수석에 몸을 집어넣고 눈앞의 글러브박스에서 선글라스를 꺼내어 썼다.

다미오는 이오카에게 시선을 돌리고 물었다.

"무슨 일이 있었습니까? 긴급 접촉이라니."

이오카는 말했다.

"경시청 연락이야. 가사이 반장님에게서 긴급 연락이다."

가사이 경시라는 인물은 다미오가 경시청 경찰학교에 재학하고 있을 때 다미오를 발탁한 공안부 간부였다. 지금도 중요한 용건은 가사이가 직접 지시를 내린다. 가사이가 삿포로까지 다미오를 만나러 온 적도 있는가 하면, 다미오가 황급히 도쿄로 찾아간 적도 있었다.

"그전에 먼저."

다미오는 오늘 수집한 신좌익이나 자치회의 선전물을 모아 이오카에게 건넸다. 이오카는 뒷좌석에서 가방을 끌어당겨 제대로 읽지도 않고 그 가방에 선전물을 집어넣었다.

이오카는 정면을 향한 채로 말했다.

"자네 보고로는 홋카이도 대학 분트는 분열되지 않았다고 했지. 적군파는 결성되지 않았다고."

그것은 한 달도 더 전에 가사이의 조사 지시를 받고 다미오가 이오카에게 보고한 건이었다.

금년 9월, 교토 대학의 시오미 다카야를 중심으로 한 그룹은 공산주의자 동맹 주류파의 노선이 나약하다며 분트에서 갈라져 나왔다. 오사카 시립대, 도시샤, 리쓰메이칸을 중심으로 한 그룹도 이 움직임에 따라 공산주의자동맹 적군파의 이름을 내걸었다. 적군파는 순식간에 군대를 조직하여 총이나 폭탄에 의한 무장봉기를 조직의 최대 목표로 삼았다. 무장봉기를 명확하게 방침으로 내건 조직은 신좌익 중에서는 그들이 최초였다.

그들이 공적인 자리에 모습을 드러낸 것은 9월 5일 도쿄 히비야 공원에서 열린 전국 전공투 연합 결성 대회의 자리였다. 사백 명이 붉은 헬멧을 뒤집어쓰고 부대를 이루어 등장하여, 적군파의 입장을 거부한 분트 주류파의 활동가들을 일축했다.

9월 21, 22일에는 적군파가 오사카에서 무장탈취를 꾀하여 파출소 세 군데를 화염병으로 습격했다. 9월 30일에는 간다와 혼고 일대에서 동시다발 게릴라 공격을 감행했다. 그들이 '오사카 전쟁' '도쿄 전쟁'이라 명명한 실력 행동이다. 피해는 그리 대단하지 않았지만, 경시청 공안부는 그들의 슬로건이 단순한 이름뿐만이 아니었다는 사실에 충격을 받았다. 지금껏 신좌익의 어떠한 그룹도 뛰어넘지 않았던 선을 그들은 넘어버린 것이다. 경시청 공안부는 새로이 전담 대책반을 설치하고 정보수집과 철저한 마크에 들어갔다. 가사이는 신좌익 일반 담당에서 적군파 대책반의 책임자가 되었다.

10월 초, 다미오는 가사이의 긴급 호출을 받고 홋카이도 대학 분트와 신좌익 각 파의 동향을 보고했다.

다미오가 수집한 선전물 중에는 적군파라는 이름을 건 그룹의 선전물은 없었다. 실제로 대학에서도 분트에서 적군파가 갈라져 나왔다, 혹은 분트가 그대로 적군파가 되었다는 정보는 없었다. 그 시점에서는 적군파가 홋카이도에는 활동가나 거점을 가지고 있지 않다는 것이 다미오의 견해였고, 경시청 공안부의 판단이었다.

그러나 경시청 공안부가 우려했던 대로, 약 열흘 전에 있었던 10·21 국제 반전의 날 투쟁에서 적군파는 마침내 살상능력이 있는 철제 파이프 폭탄과 피스 캔 폭탄*을 사용했던 것이다. 이로 인해 전담반에는 당초의 세 배에 이르는 수사원이 배정되었다. 적군파의 중견 간부 클래스까지 철저

* 피스라는 담배의 오십 개들이 원통 캔을 용기로 사용한 수제 폭탄

하게 감시하기에 이르렀던 것이다.

"홋카이도 대학에는 적군파가 없다……."

이오카는 그렇게 말하며 가방 속에서 두 장의 사진을 꺼냈다. 8절 사이즈 흑백사진 두 장이었다.

이오카는 말했다.

"이걸 확인해달라는 요청이다. 아는 얼굴 아닌가?"

그중 한 장은 어디 도회지의 길거리에서 찍은 사진으로 세 명의 청년이 찍혀 있었다. 한 사람은 뒤를 돌아보고 있지만 두 사람은 얼굴을 렌즈 앞에 드러내고 있었다. 두 사람 가운데 한 명, 앞머리가 긴 청년은 요시모토 신야였다. 오전에도 만났다.

다미오는 말했다.

"한 사람은 홋카이도 대학의 요시모토 신야입니다. 분트 간부입니다. 또 한 사람은 모르겠습니다."

"다른 한 장은?" 이오카가 물었다.

그것은 카페인지 레스토랑 안에서 몰래 촬영한 사진 같아 보였다. 여섯 명의 남자가 테이블을 둘러싸고 있다. 화소는 거칠었지만 아는 얼굴이라면 간신히 알아볼 수 있는 사진이었다. 역시 요시모토 신야가 찍혀 있었다.

그렇게 말하자 이오카는 고개를 끄덕이며 사진을 가방에 집어넣었다.

다미오는 물었다.

"그게 적군파와 무슨 관계가 있습니까?"

이오카가 대답했다.

"거기 찍혀 있던 또 한 사람은 교토 대학의 시오미 다카야라는 사내라고 한다. 적군파 수장이다. 바로 일주일쯤 전의 일이라는 것 같더군."

다미오는 깜짝 놀라 말했다.

"그럼 요시모토도?"

"그렇게 만나고 있다면 이미 적군파에 흡수되었다고 생각해야 하지 않겠나? 놈들의 최근 선전물은?"

"방금 전에 수집한 것을 드렸습니다만. 분트의 선전물도 들어 있을 겁니다. 사토 방미 실력 저지를 주창하고 있었습니다만, 적군파를 칭하지는 않았습니다."

"가사이 반장님은 적군파로 확인된 자가 있으면 감시하라고 지시하셨다. 경범죄를 핑계로 다른 건이어도 좋으니 신병을 구속해서 관계를 전부 조사하라신다."

"요시모토는 적군파라고 확인된 게 아니로군요."

"자네, 밀착해서 조사할 수 없겠나?"

다미오는 고개를 저으며 말했다.

"홋카이도 대학에 들어올 때 어떠한 조직과도 거리를 두라고 가사이 반장님이 지시하셨습니다. 어느 한 곳의 동조자로 보이면 다른 곳의 정보가 들어오지 않게 된다, 잠입을 할 경우는 그것이 마지막 한 번일 때뿐이라는 말씀도 하셨습니다."

"마지막 한 번이 될지도 몰라."

다미오는 오전에 요시모토가 했던 말을 떠올렸다.

"그러고 보니 요시모토는 사토 방미에 맞춰 상경하는 것 같습니다. 도쿄에서 실력 행동이나 집회에 참가하는 것 아닐까요."

이오카는 다미오에게 고개를 돌렸다.

"언제 가지?"

"정확한 날짜는 듣지 못했습니다. 저를 회유하더군요."

"자네에게 같이 가겠냐고?"

"예."

"동조자라고 생각하고 있나?"

"착각하고 있는 듯하지만, 끌어들일 수 있다고 생각하는 모양입니다."

"좋은 정보다. 녀석들이 진심으로 무장투쟁에 나선다면 사토 총리가 미국을 방문하는 날일 테니."

"그냥 데모 행진에 참가할 셈인지도 모릅니다."

"적군파가 아니라도 분트라면 조금 더 난동을 부리겠지."

"무사상가인 저를 회유할 정도니, 폭동 예정은 없다고 볼 수 있지 않을까요."

"테스트인지도 모르겠군. 일단 대중 데모에 참가시켜서 모습을 관찰한다. 다음으로 군대가 되지 않겠냐고 권유한다. 자네, 요시모토에게 찰싹 붙어서 가면 좋지 않겠나?"

"그것은 지시입니까?"

"그냥 떠오른 생각이다."

"가사이 반장님의 지시라면 따를 수밖에 없습니다만."

이오카는 코웃음을 쳤다.

"알겠다. 의논해보지. 오늘 한 번 더 만나자."

다미오는 선글라스를 글러브박스 안에 돌려놓고 자동차의 앞뒤를 살핀 후 차에서 내렸다.

문을 닫으려 할 때, 이오카가 불러 세웠다.

"안조, 오늘이나 내일, 스스키노에 데려가 줄까?"

스스키노라는 것은 삿포로의 음식점 거리다. 문맥에 따라서는 매음을 뜻하는 경우도 있다.

"왜 그러십니까?"

다미오는 물었다.

"자네 얼굴, 뭔가 필사적으로 참고 있는 얼굴이야. 시원하게 풀어주는 것도 내 일이니까."

"참고 있는 것은 확실합니다. 술에 취해 어리석은 행동을 할 수도 없으니까요."

"오늘 가겠나?"

"아니요."

다미오는 고개를 가로젓고 문을 닫았다.

눈앞에는 미야노 도시키와 모리야 구미코가 나란히 앉아 있다.

두 사람 앞에는 커피 잔이 하나씩. 테이블 가운데에는 재떨이가 있고, 다미오가 피우던 신세이*의 꽁초가 처박혀 있다. 카페 돌핀의 안쪽 자리다.

미야노는 불편한 듯 눈을 들고 다미오를 쳐다보고 있다. 구미코 쪽은 매달리는 듯한 눈빛으로 다미오를 보고 있었다.

다미오는 한 번 크게 숨을 들이쉬고 미야노에게 물었다.

"요시모토가 언제부터 접근했어?"

미야노는 사과하는 모양새로 머리를 조그맣게 꾸벅 숙이고는 말했다.

"최근이에요. 9월 중순쯤이었나, 도쿄에서 전국 전공투 연합 집회가 있은 후예요. 요시모토 씨가 잠깐 얘기나 하자고 불러서."

"그래서 입대해버린 거야?"

"네. 전부터 신좌익 중에서는 분트의 정세 분석이 제게 딱 맞다고 생각하던 참이었으니까요."

"요시모토가 자기가 적군파라고 밝힌 건 언제지?"

"그런 말은 하지 않았어요. 자기는 공감하고 있다고 했을 뿐입니다. 팸플릿도 보여주었어요. 다만 홋카이도 대학에서 이름을 내걸 수준까지는 이르지 않았다더군요."

"상투 수단이야. 공감한다는 말은 자기가 그렇다는 말이야."

"그런가요?"

"처음부터 그렇게 소속을 밝히고 다가올 리가 없잖아. 게다가 '정세 분석이 딱 맞는다'에서 '적군파가 된다'까지 너무 맥락이 없지 않아?"

---

* 골든 배트를 대신하여 1950년대에 대중적인 인기를 끌었던 필터 없는 담배

"전 아직 적군파가 아니에요."

"아직, 이지? 도상에 있다는 사실을 시인했다는 소리야."

"그거야 어쨌든 분석이 옳으니 거기서 나오는 방침도 옳을 거 아닙니까."

"무장봉기 방침?"

"네."

"어디가 옳은지 모르겠군."

"하지만 사토 방미 실력 저지라는 방침에는 안조 씨도 찬성하잖아요."

"그야 뭐."

구미코가 옆에서 끼어들었다.

"그렇다고 지금 미야노 씨가 실력 투쟁에 참가할 건 없잖아요. 역사관이 같아도 실제로 오늘내일 어떻게 살아갈지는 별개니까요."

미야노는 말했다.

"논리가 옳다고 인정했으면 행동은 저절로 결정돼. 두 가지를 분리할 수는 없어."

다미오는 고개를 저었다.

베트남 전쟁을 둘러싼 이런 종류의 토론은 주위에서 이미 골백번도 더 들었다. 베트남의 전쟁터 속 마을 같은 극한 상황 하에서는 그런 발상도 채택할 수 있을지 모른다. 그러나 이곳은 전쟁터에서 멀리 떨어진 홋카이도의 삿포로다. 아무리 냉정하게 생각해보아도 이곳은 극한 상황에 처해 있지 않다. 역사 인식이 어떠하든, 내일 무기를 들 것인가 말 것인가 하는 양자택일을 해야 할 정도로 인간의 삶이 제한되어 있지는 않다.

다미오는 경찰학교에서 공산주의 세력의 이념과 논리에 대해 배우고 왔다. 문화대혁명 한복판에 있는 중국이나 북한 사회에서 이상을 찾는 구좌익의 감수성을 다미오는 분명 이해할 수 없었다. 일본을 그러한 사회에 가깝게 만든다는 운동은 절도범이나 강도보다 더한 사회의 적이라는 교육도 이해가 갔다.

다만 다미오가 정보를 수집하라는 명령을 받은 신좌익 활동가에 대해서는 꼭 거부감이 드는 것만은 아니었다. 홋카이도 대학의 경우, 그들 대부분은 성실했고 존경할 만한 윤리관을 가지고 있었다.

완전한 무사상가 학생들 중에는 사회를 시니컬하게 바라보는 이가 적지 않았다. 삿포로 역 주변에 있는 노숙자들을 노골적으로 경멸하고 비웃는 이도 있었다. 경찰학교에 들어간 고등학교 동창을 '머리 나쁜 놈들'이라며 절교한 동급생도 있었다.

그런 패거리에 비하면 신좌익 활동가들은 사회를 대하는 태도가 성실했다. 가난한 이나 약자에게 쏟는 시선이 상냥했고, 따스했다.

그렇기에 경찰학교의 지도는 그렇다 쳐도, 빈곤과 불평등에 대해 예민하고 전쟁을 거부하는 심정을 단순히 좌익이라 판단하고 배제할 수는 없었다.

통틀어 말하면 신좌익은 다미오의 감시 대상이기는 하지만 결코 말살하고 싶은 적은 아니었다.

다미오는 미야노에게 물었다.

"너, 동참하겠다고 요시모토한테 약속해버렸어?"

미야노는 대답했다.

"약속이고 뭐고, 그 사람이 하는 말에 공감해서 동참하기로 했어요."

"어째서 내게 의논하지 않았지? 그게 절대로 옳다면 먼저 내게 말하지 않은 이유는 어째서이지? 우리 사이에 너무하잖아."

"그야 사람은 저마다 스스로 진리에 도달해야하니까요."

"진리에 도달하지 못한 나나 구미코 씨에게는 말해봤자 소용없다고 생각했어? 네가 옳다고 믿는 일이라면 나나 구미코 씨를 일단 설득해서 함께 일어서자고 했어야지."

미야노는 괴로운 표정을 지었다.

"지금, 그게, 그러고 있을 시간이 없어요. 사토 방미는 내달입니다."

"그럼 이런 소리인가? 올바른 너는 뒤처진 나나 구미코 씨를 쏙 빼놓고 혼자만 역사를 만들기 위해 가겠다는 말이야? 네게는 그럴 자격이 있다, 선택받은 전위자라는 소리로군."

"아니, 그런 건 아닌데요."

구미코가 말했다.

"자기가 역사를 앞당기거나 늦출 수 있다고 믿는 건 자만이에요. 사카모 토 료마가 백 명이 있었다 해도 메이지유신은 그 타이밍이 아니면 일어나 지 않았어요. 당신 역사관으로는 역사란 그런 거 아니었어요?"

끝끝내 미야노는 머리를 싸쥐었다. 더 이상 이야기해봤자 소용없다고 생각한 모양이다.

다미오는 구미코를 바라보았다. 구미코는 당장이라도 울음을 터뜨릴 기 세였다. 다미오의 시선을 알아차린 구미코는 코를 훌쩍이며 눈을 들어 다 미오를 바라보았다.

다미오는 심호흡을 한 번 했다. 아무래도 스스로 각오를 다져야할 순간 인 모양이다.

"미야노, 나도 함께 도쿄에 간다. 어쨌든 집회가 있잖아? 그 자리에서 정 하지 않겠어? 요시모토 그룹이 하는 말은 의외로 도쿄 사정에 맞는 소리일 지도 모르지. 조금만 더 실력 행동을 하면 사토는 미국행을 포기할지도 몰 라. 삿포로에 있어서 모를 뿐이고, 세상의 분위기는 의외로 거기까지 가 있 는지도 몰라. 그걸 알 수 있다면 다소 거친 데모가 되어도 어쩔 수 없겠지."

미야노가 다미오를 똑바로 바라보았다. 함께 간다는 제안이 뜻밖이었던 모양이다.

"반대의 경우도 있어요?"

"가 보면 도쿄의 시민도 노동자도 무장봉기를 할 정세는 아니라는 분위 기일지도 모르지. 함께 가서 도쿄의 분위기를 읽는다. 어디까지 할지는 그 걸 본 다음에 결정해도 좋지 않을까?"

"벌써 정해진 일이에요."

"올바른 정세 판단 없이는 혁명이고 나발이고 없잖아."

미야노의 눈동자 속에서 무언가가 희미하게 빛났다. 다미오의 제안을 받아들이면 지금 이 자리를 모면할 수 있다고 생각했으리라.

미야노는 고개를 끄덕이며 말했다.

"좋아요. 함께 가서 도쿄에서 결정합시다."

구미코가 다미오에게 말했다.

"안조 씨의 냉정한 판단을 믿어요. 미야노 씨는 덜렁대서 분위기를 전혀 못 읽는다니까요."

다미오는 손목시계를 보았다. 오늘은 말이 많았다. 마무리할 때다.

"요시모토에게도 전해줘. 함께 간다. 출발은 언제지?"

미야노는 대답했다.

"모레 밤. 그때까지 집 안을 정리해놓으라고 했어요."

"모레."

꽤나 급작스러운 얘기였다.

미야노는 말을 이었다.

"움직이기 편한 옷에 등산화 같은 걸 신고 오라고 했어요. 갈아입을 옷하고 돈은 넉넉히 가져오라고."

"산을 탈 장비로 오라는 소린가?"

"실력 투쟁을 위한 훈련이 있어요. 그래서 사토 방미 열흘 전까지는 도쿄에 들어가야만 하죠."

훈련. 그 실력 투쟁이라는 것이 곤봉을 휘두르는 정도의 일이라면 훈련은 필요 없다. 어차피 상징적인 폭력이다. 거기에 봉술이나 용병술은 필요치 않다. 하지만 실력 투쟁 당일보다 열흘이나 더 전부터 훈련이 필요하다는 말은……

다미오는 일어서서 다시 한 번 구미코를 바라보았다. 구미코는 애원하는 눈으로 다미오를 올려다보았다. 어떠한 경우라도 미야노를 무사히 데려와 달라고 애원하는 듯했다.

구미코가 손을 뻗어 다미오의 왼손을 감쌌다. 그 손에 힘이 들어갔다. 절박한 간청이었다. 다미오는 오른손을 구미코의 손에 얹었다.

손을 떼고서 다미오는 두 사람에게 말했다.

"내일 밤, 다시 만나자. 너희도 그때까지……."

미야노가 고개를 갸웃했다.

그때까지.

나는 무슨 말을 하려 했지?

다미오는 말을 도중에 끊은 채 그 자리를 떠났다. 10월 말의 오후 6시다. 카페 유리창 너머로 보이는 하늘은 칠흑 같았다.

이오카가 수화기를 다미오에게 건넸다.

다미오가 받아들고 이름을 밝히자 곧바로 귀에 익은 목소리가 돌아왔다.

"가사이다. 요시모토가 적군파라고?"

다미오는 말했다.

"예. 아직 조직에서 갈라져 나온 사실을 표면에 드러내진 않았지만, 틀림없습니다. 사토 방미 저지를 위해 활발하게 조직을 확장하고 있습니다. 도쿄에서 뭔가 커다란 사건을 일으키려는 것은 확실합니다."

그곳은 스스키노 외곽에 있는 낡은 복합 빌딩의 어느 방이었다. 도경道警 본부와 삿포로 중앙 경찰서가 합동으로 유지하는 아지트로, 표면상으로는 흥신소를 가장하고 있다. 신분을 숨겨야만 하는 수사원들을 위한 가공의 직장이자 수사의 최전선에 있는 감시 초소였다. 복합 빌딩 안에 있으니 수사원들은 술집이나 매춘업소에 드나드는 손님들에 섞여 이 방을 사용할 수 있었다. 물론 전화도 설치되어 있다.

지금 다미오는 이오카의 자동차로 이 방에 도착했다. 가사이와 직접 전화로 이야기하기 위해서다. 신좌익도 감시에 예민해졌으리라 예상되는 현재, 하숙집 전화는 사용할 수 없었고 공중전화에도 남의 눈과 귀가 있다. 그렇다고 전화 연락을 위해 도경 본부나 중앙 경찰서에 갈 수는 없었다. 특히 중앙 경찰서에서는 얼마 전 국제 반전의 날에 체포된 사람들이 아직 취조를 받고 있다. 위장 수사관이 갈 수 있는 장소는 아니다.

다미오는 오늘 요시모토와의 접촉 내용, 그리고 미야노와의 대화를 간결하게 전달했다. 요시모토를 포함한 삿포로 적군파의 출발은 모레 밤이며, 삿포로 역에서 국철 특급열차를 이용해 도쿄로 향한다는 사실, 등산에 가까운 복장을 요구했다는 사실, 하숙집 짐 정리를 명령했다는 사실도 전했다.

가사이는 물었다.

"삿포로에서는 도합 몇 명인가?"

"확실하게는 모릅니다. 모레 출발도 전원인지 아닌지 모르겠습니다. 몇 팀으로 나뉘어 상경할 경우도 있다고 봅니다."

"자네는, 할 수 있겠지?"

"예."

다미오는 대답했다.

이미 망설임도 불안도 떨쳐냈다. 아마도 이것이 홋카이도 대학의 학생으로 위장하여 신좌익의 동향을 감시해온 자신에게 있어 최후의, 그리고 결정적인 임무가 된다. 그들이 하는 일을 사전에 저지할 수 있다면 다미오의 지난 이년은 헛되지 않을 것이다. 가사이가 지휘한 이 장기 잠입 수사도 성공한 셈이 된다.

가사이는 물었다.

"무슨 일이 있나? 이오카 말로는 그다지 적극적이지 않았다고 하던데."

"놈들이 적군파가 맞는지 어떤지를 몰랐습니다. 하려는 짓도요. 이제는 분명해졌으니까요. 다만……."

"다만, 뭔가?"

"예……."

다미오는 오늘 오전에 요시모토와 나눈 대화를 떠올렸다. 숨겨도 다 알아, 라는 말. 그것은 어떤 의미였을까. 설마 '네가 경시청 경찰관이라는 걸 알고 있다'는 의미는 아니었겠지만.

"어쩌면 이번 회유는 제가 경관이라는 걸 알고 친 덫일지도 모른다는 기분도 듭니다. 수사를 오도하기 위해 군이 조직에도 들지 않은 저를 부른 게 아닌가 하고."

전화 너머에서 가사이가 가볍게 웃었다.

"그럴 걱정은 없네. 녀석들은 지금 사람 모으는 데 안달이 났어. 오사카에서도 도쿄에서도 고등학생에게까지 투망을 던지고 있지. 놈들은 지금 사상이나 다른 무엇보다도 팔팔한 육체가 필요하다는 소리다. 자네의 경우도 놈들이 그 체격을 높이 산 거야."

"고등학생에게까지?"

"그래. 그러니 자네도 들키는 게 아닌가 하는 걱정으로 실수하지 말게. 당당하게 굴면 돼."

"못 해요. 반장님." 다미오는 자기 목소리에서 문득 힘이 빠진 것을 의식했다. "당당하게라니."

"왜 그래. 어째서지?"

"이 년 동안 가면을 뒤집어쓰고 살아왔습니다. 어느 쪽이 진정한 나인지, 어느 쪽이 가면인지, 점점 모르겠습니다. 이거, 상당히 힘듭니다."

"이제 얼마 남지 않았다. 조금만 더 참으면 보답을 받는다. 주의하도록."

"보답을 받을까요……."

"보증하마. 그러니 출발 예정, 열차 이름, 도쿄에서의 집합 장소, 연락 장소, 목적지, 간부 이름, 전체 인원 수. 순차적으로 보고하게."

"전화할 여유가 과연 있을지 모르겠습니다."

"오늘부터 자네를 미행한다. 도쿄까지 오는 기차 안에도 누군가를 배치하지. 직접 보고할 수 없는 경우에는 변소를 사용하도록. 어디든 좋다. 장소를 지정하지 않아도 가까운 변소를 사용하면 된다. 자네를 놓쳐도 변소는 전부 뒤지겠다. 크레용이나 사인펜, 기록하기 편한 필기도구를 준비하도록."

"크레용이나 사인펜. 알겠습니다."

"그렇다. 이오카를 다시 바꿔주게."

다미오는 옆에서 듣고 있던 이오카에게 수화기를 건넸다. 받아든 이오카는 두세 마디 짧게 대답한 후 수화기를 전화기 걸이 위에 내려놓았다.

이오카는 다미오를 바라보며 말했다.

"반장님은 자네에게 기대하고 있어. 성공해주게."

다미오는 이오카의 말에 직접 반응하지 않고 말했다.

"미야노라는 학생은 조직 활동가가 아닙니다. 체포 전에 어떻게든 그 녀석을 빼내주고 싶습니다만."

"참가에는 의욕적이잖나? 그렇다면 활동가든 뭐든 상관없어."

"사상 같은 건 하나도 없습니다. 단순히 유행을 좋아하는 경박한 남자입니다. 내버려둬도 그러다가 평범하고 성실한 시민이 될 겁니다. 지금 체포하지 않아도 될 남자라고 생각합니다만."

"동정적이로군."

"동급생입니다. 체포하면 반대로 끈질긴 활동가가 되고 말 겁니다."

"다른 경범죄 사건으로 체포해서 격리할까." 이오카는 곧바로 고개를 저었다. "안 돼. 다른 놈들이 경계한다. 모처럼 세운 적발 계획이 실패할 거야."

"어떻게 좀……."

"어렵다니까. 사람들은 다들 어리석거나 경솔했던 자신에 대해 책임을 져야만 해. 그녀석도 체포당해봐야 비로소 반성할 거다."

"안 되겠습니까?"

"포기해. 대상에 너무 깊게 관계했어."

다미오는 침묵했다. 그렇다면 이제 내가 미야노에게 해줄 수 있는 일은 실력 행동 현장에서 그녀석이 튀어나가지 않도록 붙잡는 일 정도인가. 그런 것, 미야노는 기뻐하지 않겠지만.

다미오는 입술을 한 번 깨물고서 이오카에게 말했다.

"경부보님, 오늘 어디 좀 데려가주시지 않겠습니까?"

이오카의 주름 많은 얼굴에 한순간 희미한 망설임이 스쳤다. 그러나 바로 다미오가 하는 말의 진의를 깨달은 모양이다.

이오카는 얼굴에 확연하게 연민의 빛을 비치며 말했다.

"안내해주마. 내가 돌봐주지."

다미오는 후우, 하고 숨을 내뱉었다. 자신이 몹시 긴장하고 있다는 것을 깨달았다.

4

삿포로 역 대합실에 집합한 사람은 네 명의 학생이었다. 다미오와 미야노, 요시모토, 거기에 역시 2학년인 오노데라라는 학생이다. 오노데라도 홋카이도 대학의 분트 활동가다.

미야노와 오노데라, 그리고 요시모토는 이제부터 가벼운 등산이라도 가는 차림이었다. 방풍 재킷 차림에 스포츠 백, 그리고 배낭을 메고 있다. 다미오는 두터운 점퍼를 입고 갈아입을 옷을 넣은 더플백 하나를 들고 왔다.

미야노는 새 등산화를 신고 있었다. 미야노는 다미오의 시선을 알아차리고는 약간 자랑스럽게 말했다.

"그냥 샀어요. 없으니까 이번 기회에 마련하자 싶어서."

요시모토가 말했다.

"와줄 거라 생각했어."

다미오는 말했다.

"전면적인 공감이 아닙니다. 미야노가 간다고 하는 데다, 요시모토 씨가 하는 말도 모르는 건 아니니까요. 요시모토 씨가 어느 당파의 사람이든, 그런 쪽은 상관없습니다."

"홋카이도 대학 분트다."

"뭐든지 간에 이번 딱 한 번뿐입니다."

"충분해. 다카쿠라 겐을 아군으로 삼은 기분이다. 함께하는 동지들도 기뻐할 거야."

네 사람이 모이자 요시모토는 대합실 안을 둘러보며 말했다.

"돈을 모은다. 네 사람 표를 같이 사 올 거야."

오노데라가 표를 사러 갔다. 돌아와서 건네준 표는 도쿄 구내까지 가는 표였다. 특급권은 우에노까지였다.

요시모토는 주위를 살피며 작은 목소리로 말했다.

"이제부터 목적지에 도착할 때까지는 운동도, 정치적인 문제도 일절 입에 담지 마. 해도 되는 대화는 하찮은 이야기뿐이다. 사람들 눈은 많다. 학생운동을 하는 눈치는 한 치도 보이지 마라. 미행을 눈치채면 알려."

미야노가 물었다.

"목적지는 어디예요? 도쿄라는 뜻 아닌가요?"

요시모토는 대답했다.

"도쿄의 어딘가다."

"도쿄에서는 당일까지 시간이 있을까요? 〈붉은 텐트〉라는 연극을 보고 싶은데요."

요시모토는 눈을 약간 치켜뜨고 말했다.

"놀러 가는 게 아니야. 알고 있는 거야?"

미야노는 목을 움츠렸다.

오후 7시 전, 아사히카와에서 출발하는 첫 특급열차의 개찰을 알리는 안내방송이 있었다. 다미오 일행은 대합실에서 나와 개표구로 향했다.

다미오는 미행이 있는지 없는지 확인하려 했다. 하지만 이렇다 할 사내들은 눈에 띄지 않았다. 삿포로 역에서 만나는 시각은 이오카에게 전했기 때문에 어느 열차를 타게 될 지는 짐작했을 것이다. 감시 요원을 직접 열차에 태울 작정인지도 모른다.

플랫폼에서 십 분쯤 기다리고 있자니 미야노가 앗, 하고 작게 소리를 흘렸다.

모리야 구미코가 플랫폼 중앙의 육교 계단을 뛰어 내려오는 참이었다.

짙은 감색 스웨터에 청바지. 한순간 다미오는 구미코도 동행할 셈인가 싶었다. 그러나 커다란 짐은 없다. 때마침 플랫폼을 빠져나가는 바람결에 구미코의 긴 머리가 찰랑였다.

미야노가 계단을 향해 걸어갔다.

다미오가 쳐다보고 있으려니 두 사람은 정면으로 마주보고 무슨 이야기를 나누기 시작했다. 두 사람은 서로의 두 손을 맞잡고 있었다. 구미코의 표정은 절박해 보였다.

요시모토가 무슨 일이냐는 얼굴로 다미오를 쳐다보았다.

"연인입니다." 다미오는 대답했다.

요시모토는 미야노를 쳐다보고 불쾌하다는 듯이 말했다.

"털어놓은 건가. 가족에게도 적당히 둘러대라고 했는데."

그때 열차가 도착했다.

구미코가 다미오에게 시선을 돌렸다. 며칠 전과 마찬가지로 애원하는 표정이었다. 이 사람을 무사히 데리고 돌아와요, 하고 말하고 있다. 다미오는 고개를 끄덕이며 승객 줄에 서서 하코다테행 특급열차에 올라탔다.

19시 10분, 네 사람을 태운 열차가 움직이기 시작했다. 구미코가 플랫폼에서 미친 듯이 미야노에게 손을 흔들고 있었다. 미야노는 미소를 지으며 손을 흔들어 답했다.

다미오는 그런 구미코의 뒤로 0번 플랫폼에 있는 이오카의 모습을 보았다. 그가 있다는 말은, 아마 감시반이 이미 열차에 올라탔다는 뜻일 것이다.

네 사람 다 변변히 이야기도 나누지 않고 네 시간 반 후에 심야의 하코다테 역에 도착했다. 승객은 이곳에서 짐을 들고 플랫폼에 내려서 육교를 건너 야간 운행하는 세이칸 연락선을 탄다. 연락선은 출항 후 네 시간 정도면 아오모리 항에 도착한다.

연락선을 타고 나서야 이윽고 네 사람의 긴장도 풀렸다. 거대한 배이다 보니 돌아다닐 만한 공간도 있다. 네 사람은 좌석 객실 한구석에 모여 있었는데, 교대로 갑판에 나가 신선한 공기를 쐬기로 했다.

다미오는 갑판에 나가 밤의 쓰가루 해협을 바라보았다. 하코다테 시가지의 불빛이 서서히 멀어지고 있었다.

난간에 기대 있으려니 옆으로 다가온 사내가 말을 걸었다.

"이오카의 친구다. 안조 맞지?"

다미오는 사내를 보았다. 그는 다미오의 오른쪽으로 1미터쯤 떨어진 장소에 있었고, 다미오와 마찬가지로 하코다테 방향을 바라보고 있었다. 삼십 대에, 재킷을 입고 야구모자를 쓰고 있었다.

"그렇습니다."

다미오 역시 사내를 보지 않으며 대답했다.

"목적지는 아직 모릅니다. 무슨 짓을 할지도. 다만 미행이나 감시를 경계하고 있습니다."

사내는 말했다.

"짐은 어떻지? 위험한 물건을 가지고 있는 것 같나?"

"아니요. 선전물 하나 가지고 있지 않은 듯합니다."

"나는 우에노 역까지 자네들의 뒤를 미행한다. 뭔가 알게 되면 변소로 가라."

"혼자이십니까?"

"설마."

"그 차림, 어디로 보나 사복 형사입니다."

"그래?" 사내는 동요한 듯했다. "어쩌면 좋지?"

"모자를 벗고 조금 더 느긋한 얼굴을 하는 편이 나아요."

"들켰을까?"

"아직은 아닐 것 같은데요."

갑판에 승객이 한 사람 나왔다. 판자를 바른 통로를 통해 이쪽으로 걸어 온다. 사복 형사는 모자를 벗고 다미오의 곁에서 떨어졌다.

이른 아침, 배는 아직 어둑한 시각에 아오모리에 닿았다. 하코다테에서 오는 반대로, 배에서 내려 긴 플랫폼을 걸어가 이미 정차해 있던 특급 열차를 탔다. 좌석 방향을 바꾸어 사 인석으로 만들었다.

요시모토는 팔짱을 끼고 다리를 앞으로 뻗으며 말했다.

"난 잘 거야. 짐 조심해."

열차 안 조명도 낮춰놓았다. 해가 뜨기까지는 잠이나 자라는 말인가 보다. 실제로 어느 자리에서나 떠드는 손님은 거의 없다.

다미오도 날이 밝기까지 남은 몇 시간 동안 잠을 청할 작정이었다. 고양되고 긴장한 탓인지 연락선 안에서도 제대로 잠들지 못했다.

후쿠시마를 지났을 무렵, 다미오는 그날 세 번째로 화장실에 갔다. 소변을 보고 갑판을 빠져나가려 할 때 그 수사원이 다미오에게 다가왔다.

"어떤가?"

다미오도 입을 거의 움직이지 않고 대답했다.

"아무 일도."

열차가 아카바네 역을 통과하여 승객들이 내릴 준비를 시작했을 때였다. 마침내 요시모토가 다음 행동 예정을 털어놓았다.

"우에노에 도착하면 신주쿠 역으로 향한다. 사람이 많으니 떨어지지 말도록."

네 사람 가운데 도쿄에서 자란 사람은 다미오 뿐이었다. 나머지 셋은 다들 지방 출신이다. 인파와 전철에 익숙지 않다.

이윽고 열차는 한낮의 우에노 역 17번 홈에 들어가 정차했다. 다미오 일행은 요시모토의 신호에 따라 말없이 열차에서 내렸다.

요시모토가 플랫폼에서 말했다.

"다들 안조 뒤를 따라가. 만약 일행과 떨어졌을 경우에는……."

요시모토는 도쿄 도내의 전화번호를 말하며 그 번호를 외우도록 지시했다. 메모로는 남기지 말라고. 다미오 일행이 그 번호를 중얼거리며 그럭저럭 외우자 요시모토는 말했다.

"거기로 전화해. 처음에 이렇게 밝혀라. 야마모토 씨가 소개해주셨습니다, 라고."

다른 세 사람이 작은 목소리로 따라했다.

"야마모토 씨가 소개해주셨습니다."

미야노가 물었다.

"신주쿠 다음은 어딥니까?"

요시모토는 고개를 저었다.

"그때그때 알려준다." 요시모토는 우에노 역 구내를 둘러보며 말했다. "잠깐 전화 좀 할게."

다미오 일행은 줄지어 있는 붉은 전화기 앞까지 걸어가 요시모토가 전화를 마칠 때까지 기다렸다.

다미오는 짐을 발치에 놓고 신중하게 구내를 둘러보았다. 연락선과 특급열차를 탔던 사복 형사의 모습은 보이지 않았다. 미행은 아마도 이곳에서 교대할 터였다. 삿포로를 출발한 시점에 경시청의 가사이는 그 준비를 마쳤을 것이다.

그러나 신주쿠 역으로 향한다는 사실은 미행하는 수사원이 모른다. 이렇게 사람이 많은 터미널 역이다. 감시반이 우리를 놓칠 가능성은 컸다. 알려야 하나.

다미오는 미야노에게 말했다.

"잠깐 화장실에 다녀올게. 짐을 봐줘."

구석에 화장실 표시가 있었다. 다미오는 큰 걸음으로 천천히 그 화장실로 향했다.

화장실의 대변용 칸에 들어가려 했지만 전부 닫혀 있었다. 다미오는 생각을 바꿔 우선 소변기 앞에 섰다.

바로 옆에 사내가 섰다.

"안조 군 맞나?"

다미오는 소변을 보며 대답했다.

"그렇습니다. 안조 순사."

"다음은?"

"신주쿠. 그다음은 모릅니다. 전화번호를 들었으니 저 안에 적겠습니다."

다미오는 소변기를 떠나 때마침 빈 칸으로 들어가 크레용으로 벽에 전화번호를 적었다. 이것으로 아지트가 있는 장소는 캐낼 수 있을 것이다. 동료 중 누군가가 다음으로 이 칸에 들어올 수도 있으니 숫자는 알파벳으로 바꿔놓았다.

칸에서 나오니 밖에 오노데라가 서 있었다. 벌써 벨트를 풀고 있다.

"교대." 오노데라가 말했다.

다미오는 조심하길 잘했다며 안도했다.

모두 모이자 요시모토가 다미오에게 말했다.

"안조, 네가 앞장 서. 신주쿠까지 몇 번씩 갈아타면서 갈 거다."

다미오는 말했다.

"간다에서 갈아타면 바로 가는데요."

"주의하는 거야. 미행이 있을지도 몰라."

"알았어요."

우선 야마노테 선을 타고 아키하바라 역에서 소부 선으로 갈아탔다. 바로 다음 역인 오차노미즈 역에서 이번에는 주오 선 쾌속 전철로 갈아탔다. 세 사람 다 말없이 다미오를 따라왔다.

쾌속 전철을 탄 후에 미야노가 말했다.

"여기서 안조 씨하고 떨어지면 미아가 되겠네. 집에 못 돌아가겠어요."

다미오는 말했다.

"아무 생각 없이 따라오지 말고 역 하나하나, 전철, 전부 머리에 담아둬. 혼자가 될지도 모르니까."

"네."

미야노는 건성으로 대답했다. 창밖의 도쿄 풍경에 빠져 있다.

미야노의 눈에는……. 다미오는 생각했다. 이 도쿄의 현상이 어떻게 비치고 있을까. 역시 혁명이 불가피한 참상으로 보일까? 황폐, 타락, 계급 간 투쟁이 진행되는 수도로 보일까? 착실하게 중산층이 성장하고 있는 도시, 총체적으로는 건전하고, 공정함을 향한 희구를 지지하는 도시로 보이지는 않는 것일까?

신주쿠 역의 쾌속선 플랫폼에 내려섰을 때 요시모토가 말했다.

"안조, 주오 본선 급행 플랫폼으로 가."

"급행 말입니까? 어디까지 가는데요?"

"고후까지."

"고후?"

의외로 먼 곳까지 간다. 도쿄에서 완전히 떠나버리는 건가?

"이쪽입니다."

계단을 내려와 한 번 멈춰 섰다. 과거에 나카노에 있는 경찰학교를 다녔으니 신주쿠 역을 전혀 모르는 것은 아니다. 하지만 미행하는 수사원들을 위해 시간 여유를 만들어주어야만 했다.

다미오는 주위를 둘러보며 말했다.

"어, 이쪽인가?"

걸어가면서 생각했다. 다음 목적지가 고후라는 사실을 경시청 공안부에 어떻게 전해야 할까. 만약 우에노에서 새 미행반이 따라붙었다면 이곳에서 새로 접촉해올 터인데.

일단 한 번 더 화장실로 갈까?

신주쿠 역 곳곳에 기동대원의 모습이 있었다. 신주쿠 역은 작년 국제 반전의 날에 신좌익 그룹이 점거해서 하루 동안 기능이 마비되었다. 분명 일주년이 되는 얼마 전에도 소규모 소요가 있었다. 이 시기에 경찰이 엄중경계태세에 돌입하는 것은 당연했다. 요시모토와 오노데라의 표정이 굳어 있다. 긴장이 뻔히 보였다.

지하 통로 중간에서 요시모토가 다미오를 불러 세웠다. 또 전원의 표를 산다고 한다. 머리 위 안내 표시에 의하면 고후 방면으로 가는 다음 급행열차의 출발은 오십 분 후였다.

"잠깐 다시 화장실 좀." 다미오는 급행 플랫폼 개찰구 앞에서 말했다.

다미오가 화장실로 향하자 미야노와 오노데라도 따라왔다. 이래서야 칸에 들어갈 수밖에 없을 듯하다.

모든 칸에 사람이 있었다. 하는 수 없이 다미오는 소변만 보고 화장실 밖으로 나오려 했다. 달리 무슨 방법이 있으려나. 나중에 다시 한 번 화장실에 올까. 슬슬 화장실에 가는 횟수를 의심하지 않을까 걱정은 되지만…….

입구에서 나왔을 때 누군가와 부딪혔다. 어두운 빛깔의 재킷을 입은 사내였다.

"실례." 상대가 말했다.

다미오는 저도 모르게 소리를 낼 뻔했다.

부딪힌 중년의 사내는 하야세 유조였다. 아버지와 경찰훈련소에서 동기였다는 본청의 경찰관. 다른 동기생들과 함께 다미오의 고등학교 진학을 지원해준 남자다. 다미오에게는 삼촌 같은 존재인 경찰관이었다. 그가 지금 이곳에 있다는 말은.

하야세의 눈을 보았다. 내게 말해, 라고 그 눈이 말하고 있었다.

"야마나시, 고후."

다미오는 말했다. 하야세는 고개를 끄덕이곤 다시 한 번 실례, 라고 말하고는 떨어져서 화장실로 들어갔다. 그와 엇갈려서 오노데라와 미야노가 나왔다.

다미오 일행은 기다리고 있는 요시모토의 곁으로 돌아갔다.

열차는 미나미오타리 행 급행이었다. 신주쿠를 떠나자마자 요시모토는 열차 안의 판매원을 불러 세워 도시락과 차를 샀다.

다미오는 도시락을 먹으며 하야세를 생각했다. 다른 삼촌들 말에 의하면 그는 일찍이 유능함을 인정받아 형사 분야의 사복 수사원이 되었다고 했다. 지금은 경시청 공안부에 있는가 보다. 하야세의 성격이나 대학 중퇴라는 학력을 생각하면, 본청 공안부는 다른 어느 부서보다도 훨씬 그에게 맞는 직장일지 모른다.

하야세의 모습은 같은 차량 안에는 없었다. 그러나 하야세를 포함한 미행반은 분명 이 열차에 타고 있을 것이다. 한 칸 앞 아니면 한 칸 뒤다. 앞뒤에 한 사람씩 배치했을지도 모른다. 그리고 아마 고후 역에는 경시청의 협력 요청을 받고 야마나시 현경의 수사원들이 잠복해 있을 것이다.

급행열차 '알프스'는 오쓰키에서 정차한 후 사사고 터널을 빠져나가 고후 분지로 들어섰다. 이미 날이 저물 무렵이다. 손목시계를 보니 4시 반이 넘었다. 신주쿠에서 나온 지 한 시간 반이 지났다.

이윽고 열차 안의 안내 방송이 다음 정차 역은 엔잔이라고 알렸다.

요시모토가 말했다.

"준비해. 내린다."

엔잔에서?

다미오는 요시모토를 쳐다보았다.

미야노가 요시모토에게 물었다.

"고후 아니에요?"

"여기다."

하야세는 우리가 내리는 기척을 눈치챌까? 다미오는 차량 앞뒤를 보면서 생각했다. 하야세에게 목적지가 변경되었다는 사실을 알릴 수단은 없다. 이 갑작스런 하차에 적절히 대응해주길 바랄 뿐이다.

국철 엔잔 역의 도식 플랫폼*에 내린 승객은 오륙십 명이었다. 다미오는 육교를 향해 플랫폼 위를 서둘러 지나가는 승객들 사이에서 하야세의 모습을 보았다. 갑작스런 목적지 변경을 알아차린 것이다.

육교를 건너 북쪽 출구의 광장으로 나갔다. 촌스러운 역 앞 광장이었다. 로터리를 둘러싼 상점이 몇 채 있고 불이 켜져 있다. 손님을 기다리는 택시는 네 대. 파출소는 없었다. 안내 간판을 보니 남쪽 출구 광장이 번화하고, 파출소는 그 남쪽 출구에 있는 모양이다.

요시모토가 다미오 일행을 그 자리에 남겨두고 공중전화 부스로 향했다. 아마 여기서부터는 요시모토도 아직 모르나보다.

요시모토는 삼 분 후에 돌아왔다.

"택시를 탄다."

관광 안내를 보고 있던 미야노가 물었다.

---

* 두 개의 선로 사이에 만든 승강장

"엔잔 온천으로 가나요?"

요시모토는 똑바로 대답하지 않았다.

"아니, 산속이다."

요시모토는 광장에 주차해 있던 택시로 다가갔다. 다미오도 요시모토를 쫓아갔다.

요시모토는 창을 연 운전사에게 말했다.

"가미니쓰카와 고개, 젠베이 로지라는 곳까지요."

운전사가 물었다.

"젠베이 씨네에서 묵는 건가?"

"아뇨, 하나 산장이라는 오두막에 갑니다만."

"젠베이 씨 숙소에서 내리게나. 낮이라면 차도 못 갈 것 없는데, 밤에는 무리야. 걸어가도 산길 이십 분 정도면 돼."

"네 명인데, 가주실 수 있습니까?"

"물론이지."

다미오는 짐을 트렁크에 넣으며 광장 주변을 둘러보았다. 하야세의 모습은 보이지 않는다. 그러나 우리를 바라보고 있는 것은 분명하다. 아마 야마나시 교통 회사의 택시를 타는 모습을 확인하고 있으리라.

지금 행선지를 하야세에게 전하지 못해도 하야세는 택시 회사를 통해 다미오 일행이 향한 곳을 알아낼 수 있다. 여기까지 오면 이제 목적지를 크게 위장할 수도 없다. 연락을 못해도 안심해도 될 것이다.

그러나 오두막에 묵다니, 제법 산속으로 들어간다는 소리다. 다시 말해, 실시하는 훈련이라는 것이 도시의 대학 캠퍼스 같은 장소에서는 불가능한 훈련이라는 말이다. 커다란 소리가 나거나 넓은 장소가 필요한 훈련일 것이다.

다미오는 희미하게 오한을 느꼈다.

어쩌면 오두막에 이미 폭탄이나 총을 준비해놓은 게 아닐까. 실력 행동이라는 말은 정말로 총기와 폭탄을 사용한 군사 행동이 된다는 말일까?

미야노의 얼굴을 살폈다. 역시나 미야노의 얼굴에도 이제는 어쩐지 불안한 기색이 감돌고 있다. 사태가 상상 이상으로 진행되고 있다고 느끼기라도 한 것일까.

나는. 다미오는 생각했다. 이곳에 있는 것은 임무다. 피할 수는 없다. 하지만 미야노는 다르다. 변변한 설명도 없이 그를 강제로 군사 훈련에 참가시키려 하고 있다. 그에게는 이 자리에서 이 이상의 동행을 거부할 권리가 있을 터였다.

만약 미야노가 그 말을 입에 담는다면.

다미오는 얼굴을 찌푸렸다. 안 된다. 비밀이 누설되는 것을 우려해서 요시모토는 미야노를 어딘가에 감금할 것이다. 적어도 사토 방미 저지 실력 행동이 끝날 때까지, 미야노는 자유를 빼앗긴다. 홀가분하게 삿포로로, 다시 말해 모리야 구미코의 곁으로 돌아갈 수는 없다.

택시는 다미오 일행을 태우고 역 앞을 출발했다. 다미오는 노을이 지는 역 앞 광장에 주의를 기울였다. 역시나 하야세의 모습은 찾을 수 없었다.

마을에서 국도 411호로 나와 북동쪽으로 달려 사케이시 온천 안내 표지가 있는 곳에서 현도県道로 들어섰다. 구불구불한 산길이었다. 경사가 상당히 급한 모양이다. 헤드라이트를 켠 택시는 점점 표고를 높여간다. 다미오는 이 부근에 대한 지리감각이 전혀 없지만, 거대한 산괴로 들어가려 한다는 사실은 알 수 있었다.

부자연스러울 정도로 다들 말이 없는 상태로 택시는 산길을 달렸다. 역 앞을 출발한 지 삼십 분쯤 지나서, 이윽고 운전사가 말했다.

"저게 젠베이 로지일세. 옆에 산길이 있어."

길 앞쪽에 외등이 켜져 있다. 덩그렇게 하나뿐이다.

요시모토가 되물었다.

"하나 산장까지 걸어서 이십 분이라고 하셨죠?"

"그래. 이십 분. 자네들 걸음이면 더 빨리 도착할지도 모르겠네. 회중전등은 들고 왔는가?"

오노데라가 옆에서 말했다.

"네."

택시는 멈춰 섰다.

길을 따라서 외등이 하나 있어 옆의 목조 민가를 비추고 있다. 젠베이 로지라는 산장이 이것일 것이다. 식당과 기념품 가게도 겸하고 있는 듯하다. 우편물 취급 간판도 걸려 있었다. 하지만 영업은 끝난 모양이다.

다미오가 시계를 보니 오후 5시 반이 안 되었다. 하지만 완전히 어두워진 데다 소리도 없는 탓인지 마치 한밤중 같은 분위기다.

다미오는 내려서 귀를 기울였다. 거리를 두고 쫓아오는 차가 없는지 확인한 것이다. 그러나 엔진소리는 전혀 들리지 않았다. 미행은 엔잔 역에서 끝난 것이다.

젠베이 로지 옆에 임도*로 들어서는 입구가 있었다. 옆에 안내판이 걸려 있다.

택시가 현도를 따라 돌아가자, 다미오 일행은 각기 짐을 들고 그 안내판 밑에 모였다.

오노데라가 회중전등으로 안내판을 비추었다.

이렇게 읽혔다.

"대보살 고개 육십 분, 대보살 봉우리 구십 분, 하나 산장 이십 분."

미야노가 작은 목소리로 말했다.

"대보살 고개라고?"

요시모토가 다미오를 비롯한 그 자리의 세 사람을 둘러보더니 미소를

---

* 임산물 운반을 위한 도로

지으며 말했다.

"우리의 훈련지다. 우리의 시에라 마에스트라다."

마지막 말이 무엇을 뜻하는 단어인지 다미오는 몰랐다. 들은 적이 있는 말이기는 하지만.

미야노가 다미오의 의문을 알아차렸는지 작은 목소리로 가르쳐주었다.

"쿠바 혁명 당시 카스트로 군단의 근거지예요."

요시모토가 다시 한 번 말했다.

"우리의 무장봉기가 시작되는 땅이다."

다미오는 확인하려고 물었다.

"우리라니?"

요시모토는 이제야 밝힐 수 있다는 듯 미소를 지었다.

"공산주의자동맹 적군파다."

쇼와 44년 11월 3일 밤이었다.

5

그 산장은 임도 안쪽의 완만한 비탈에 납작 붙어 있었다.

다미오 일행은 십오 분 동안 밤길을 걸어왔다. 덕분에 눈이 어둠에 다소 적응됐다. 하늘과 건물의 윤곽은 확실히 구별할 수 있다. 이 층짜리 건물이었다.

창문에서 새어나오는 불빛은 하나같이 미덥지 못했다. 임도를 오르는 도중에 전봇대를 보지 못했으니 아마도 자가발전이리라. 조명은 최소한으로 제한하고 있는 모양이다.

현관의 미닫이문을 열었다. 현관 역시 조명을 낮춰놓았다. 정면에 직선 계단이 있다. 그 왼쪽에 큰 방이 있는지 그곳에서 빛이 새어나오고 있다. 거실 아니면 식당일 것이다. 많은 사람의 기척이 났다.

희미한 불빛으로 보니 현관 신발장에는 수십 켤레의 신발이 처박혀 있다. 운동화가 절반 이상이다. 등산화나 작업화는 손으로 꼽을 정도밖에 없었다.

다미오 일행 네 명이 짐을 내려놓자 안쪽 방에서 청년 둘이 나왔다. 앞머리를 길렀고, 학생처럼 보이는 청년들이었다. 두 사람 다 니트 스웨터를 입고 있다.

요시모토가 말했다.

"홋카이도 대학, 네 명 도착입니다."

방에서 나온 두 사람 가운데 검은색 라운드 넥 스웨터를 입은 청년이 말했다.

"요시모토 씨?"

"예." 요시모토가 대답했다.

그 청년은 아무 말 하지 말라는 듯 손가락을 입에 댔다. 시선으로 현관 옆쪽의 문을 가리켰다. 산장 관리인들이 그곳에 있다는 의미인 듯했다.

"안쪽 방으로 가. 저녁은 먹었나?"

"아니, 아직입니다."

"준비해뒀어."

다미오는 신발을 벗어 비어 있는 신발장에 넣고, 더플백을 어깨에 걸치고 안쪽 방으로 갔다. 미닫이를 여니 안에 사오십 명의 청년이 있었다. 일제히 다미오 일행에게 시선을 돌렸다. 이 모습으로 다미오는 청년들의 긴장감을 감지했다.

그곳이 식당인 모양이었다. 청년들은 열 개 남짓한 테이블에 앉아 있었다. 이제 막 식사를 마친 듯했다. 아직 그릇을 치우지 않은 테이블도 있었다.

검은 스웨터를 입은 청년의 지시로 다미오 일행은 입구에서 가장 멀리 떨어진 테이블로 향했다. 청년들이 다미오 일행의 이동을 눈으로 좇았다. 그러나 누구 하나, 한마디도 하지 않는다. 다미오는 청년들의 눈빛을 살폈다. 경계하고 있는 걸까, 아니면 환영일까? 전에도 이런 정경을 본 적이 있다는 생각을 하다가 깨달았다. 나카노의 경찰학교에 들어갔던 날의 분위기가 이에 가까웠다. 다들 아직 서로에게 속내를 털어놓을 정도의 사이는 아니고, 교관들의 시선도 신경 쓰였다. 그날부터 시작되는 경찰관으로서의 생활에 대한 불안도 있고, 긴장도 있었다. 그때 교실에 모여 있던 동기들도 다들 이런 얼굴과 눈빛이었다.

테이블에 앉자 검은 스웨터의 청년이 말했다.

"집행위원 마시코라고 한다. 오사카 시립대."

다미오는 그 신분과 이름을 머리에 담았다. 집행위원 마시코. 오사카 시립대.

요시모토가 다시 한 번 이름을 밝혔다.

"요시모토입니다. 홋카이도 대학 지부 위원장. 우리가 끝입니까?"

마시코라고 이름을 밝힌 학생이 말했다.

"아니, 아직 몇 사람 더 올 예정이다. 미행은 없었겠지?"

"우에노 역까지는 있었습니다." 요시모토는 대답했다.

역시 눈치채고 있었나. 다미오는 그런 생각을 얼굴에 드러내지 않도록 애썼다.

요시모토가 계속 말했다.

"삿포로에서 나오려니, 감시당하는 신분이라 아무래도."

"알고 있다. 주오 본선에서는?"

"괜찮을 거라고 생각합니다. 엔잔 역에서도 그런 사람은 보지 못했어요."

방 반대편에서 한 명이 큰 소리로 말했다.

"주의사항은 이상입니다. 방금 전의 숙소 배정에 따라 각자 방으로 들어가십시오. 기상은 6시. 산장은 통째로 빌렸지만 모쪼록 이번 합숙의 의의를 잊지 말고 경솔한 행동은 하지 않도록."

방에 모여 있던 청년들은 의자를 밀고 일어섰다.

개중에는 꽤나 어린 얼굴도 있다. 고작해야 열예닐곱으로 보이는 소년들이다. 그들도 이 당파의 이념과 활동 방침에 공감해서 이번 실력 행동 훈련에 참가했다는 말일까?

마시코가 슬쩍 뒤를 돌아보고 말했다.

"전국 대학 반더포겔* 동호회 합동 합숙이라고 해뒀어."

방금 지시를 내리고 있던 청년이 다가왔다. 짧은 머리에 무슨 스포츠라도 하는 것처럼 보이는 체격 좋은 청년이다. 나이는 스물네다섯쯤 됐을지도 모른다. 요시모토나 마시코보다 성숙한 인상이었다.

그 청년은 다미오 일행이 앉아 있는 테이블의 빈 의자에 앉더니 요시모토에게 얼굴을 돌리고 말했다.

"멀리서 고생 많았어. 네 사람?"

요시모토와는 이미 아는 사이인 듯하다. 다미오는 삿포로에서 봤던 사진을 떠올렸다. 혼슈의 어느 도시에서 몰래 촬영한 적군파 간부의 회합 사진. 그 사진을 찍었을 때 분명 이 청년도 그 자리에 있었으리라.

그 체격 좋은 청년은 다미오 일행을 하나하나 똑바로 바라보며, 이름을 밝혔다.

"군사부 야마쿠라다. 도시샤 지부."

그렇게 말하며 다미오에게 손을 내밀었다.

다미오는 그 손을 가볍게 쥐며 말했다.

"홋카이도 대학, 안조입니다."

야마쿠라는 오노데라에게 손을 내밀었다.

오노데라도 야마쿠라와 악수를 하며 말했다.

"홋카이도 대학, 오노데라입니다."

---

* 제1차세계대전 이후 독일에서 시작된 운동으로 심신단련을 위해 도보로 각지를 돌아다니는 활동

미야노 도시키도 마찬가지로 인사를 했다.

"홋카이도 대학, 미야노입니다."

"든든하군." 야마쿠라는 그렇게 말했다. "네 사람이나 와주다니."

요시모토가 말했다.

"전부는 아닙니다. 제2군은 당일에 맞춰 상경할 겁니다."

"홋카이도 대학은 의식이 높군."

"여기 모인 사람은 현재 몇 명 정도입니까?"

"오십 명."

"전국 전공투 결성대회에는 사오백 명쯤 있었죠. 그 정도 숫자가 있으면 더 굉장할 텐데."

야마쿠라는 웃었다.

"군사조직에서 다 받아갈 수는 없지. 게다가 쿠바 혁명 역시 역으로 쿠바에 상륙해서 살아남은 열여섯 명이 시작한 거야."

"멕시코에서 배를 탄 게릴라 숫자는 더 많지 않았던가요?"

"팔십 명 정도였지? 여기 있는 인원하고 별 차이 없어."

다미오는 등에 약간의 한기를 느꼈다. 야마쿠라 일당은 이 산장에 모인 오십 명이 열여섯 명으로 줄어들 정도의 실력 행동을 계획하고 있다는 말인가?

곁눈으로 미야노를 보았다.

미야노의 얼굴은 오늘 오후 이래로 줄곧 얼어붙어 있었다. 몹시 신경질적인 상태. 이곳에 온 사실을 후회하기 시작한 건 아니겠지만, 자기가 떠들어댔던 말이 갖는 의미의 무게를 마침내 의식하기 시작한 것일까?

다미오의 시선을 깨달았는지, 미야노는 얼굴을 일그러뜨리며 고개를 돌려버렸다.

그런 미야노의 옆얼굴에 모리야 구미코의 얼굴이 겹쳐서 떠올랐다.

밋밋하기는 하지만 단아한 생김새의 수재 여학생. 그러나 그녀가 때때로 보이는 거리낌 없는 표정은 어디로 보나 중산층 출신으로 보이는 얼굴이었다. 우에노 고등학교에도 그녀와 같은 타입의 동급생이 적지 않았다. 다미오가 신문 배달을 위해 서클 활동을 일찌감치 정리하고 학교를 나설 때도 그녀들은 악기 연습이나 석고 데생, 다도 연습을 계속하고 있었다.

한 고등학교에 다니는데…… 다미오는 언제나 그런 생각을 하곤 했다. 그녀들과 그는 인연이 없다. 다미오의 인생이 그녀들의 인생과 얽힐 일은 앞으로 절대 없을 것이다. 그녀들은 자기 동급생 중에서 경찰학교를 다닐 사람이 나올 줄은 상상도 하지 못하리라. 다미오 또한 그녀들이 너무나 당연한 것으로 여기고 있을 중산층 생활의 세부를 상상할 수 없듯이.

모리야 구미코는 그런 동급생들의 몇 년 후의 구체적인 모습이었다. 그녀에게는 모리오카의 치과의사 자제라는 미야노 같은 연인이 어울렸다. 가족환경, 성장과정, 친척들, 그리고 물려받아온 문화적 자산. 어느 모로 보나 참으로 미야노 같은 청년이 잘 어울린다. 다다미 여섯 장, 두 칸짜리 목조 주택에서 자란 모자가정의 경찰관이 대신할 수 있는 자리가 아니었다.

그런 미야노 같은 청년이 이대로 훈련에 참가하고 그다음 단계인 실력 행동에 나가면, 그 결과 본인은 어찌 되는 걸까. 미야노는 앞으로 그를 희롱할 시련을 견딜 수 있을까? 그 정도의 담력, 진정한 정의감, 피가 되고 살이 되는 지성을 지니고 있는가? 그는 앞으로 몰라보게 성장할 만큼 윤택한 종자인가?

야마쿠라가 말했다.

"그럼 저녁식사를 하고 오늘은 휴식을 취하도록. 긴 여행에 지쳤지? 목욕탕도 있어."

요시모토가 물었다.

"훈련은 며칠 동안입니까? 언제까지?"

"훈련 진행 상황에 따라서다. 일단 이곳은 삼박 예정으로 빌렸어. 일찍 끝맺을지도 모르고, 연장할지도 몰라."

다미오는 물었다.

"고등학생 같은 사람들이 있더군요."

"그래, 팔팔한 녀석들이야."

"무엇을 하는지 제대로 알고 온 겁니까? 걱정되는데요."

"열여섯이면 충분히 전사다. 나는 2학년 때 고등학교에 지부를 만들었어."

"앞서가는 아이들이 있군요."

다미오는 식사를 하기 위해 일어섰다. 생각해보니 어젯밤 삿포로를 나온 이후로 제대로 된 식사를 하지 못했다. 배가 고팠다.

미야노가 함께 일어서서 따라오기에 다미오는 물었다.

"너, 상태가 안 좋은 거 아냐? 안색이 나빠."

미야노는 한심한 얼굴로 고개를 저었다.

"아니, 아무것도 아니에요. 그냥 저도 드디어 시작이구나 싶어서요."

식사를 마치고 이 층으로 올라갔다. 이 층에는 다다미를 깐 방이 열 개 정도 있어서, 한 방에 다섯 명부터 일고여덟 명씩 잔다고 한다. 배정된 방으로 들어가니 이미 네 명의 청년이 얄팍한 이불을 덮고 누워 있었다.

다미오 일행은 자기소개를 하고 잠자리를 정했다.

그 네 사람 가운데 리더 격으로 보이는 청년이 말했다.

"소등은 9시래. 자가발전이라 늦게까지 사용할 수가 없어."

요시모토가 말했다.

"잡담도 금지라고 들었습니다."

"그래. 좌익 내용의 이야기는 일절 하지 말라는 지시야."

"지금 이런 시대에 달리 어떤 화제가 있을까요."

그 청년이 말했다.

"스포츠, 연예, 만화. 다카쿠라 겐의 영화."

요시모토는 얼굴을 찌푸렸다.

"저속하군요."

다미오는 자기 짐을 이불 머리맡에 두고 미야노를 불렀다.

"빨리 목욕하러 가자."

미야노가 말했다.

"소등까지 십 분밖에 안 남았어요."

"그래도 씻어야지."

요시모토와 오노데라도 함께 목욕탕으로 향했다. 노송으로 만든 욕조였다. 땀을 대충 씻어내고 탈의장에서 옷을 입고 있는데 조명이 꺼졌다. 불빛은 이제 복도의 알전구뿐이었다.

느릿느릿 방으로 돌아가 싸늘한 이불과 요 사이로 파고들어 눈을 감았다.

경찰학교에서 받았던 연수가 생각났다. 경찰학교에서는 교실에서 받는 수업과 비등하게 중시했던 수업은 실기 훈련이었다. 격투술, 봉술, 체포술, 그리고 기초 체력을 쌓기 위한 프로그램을 공들여 짜놓았다. 일반 청년을 경찰관으로 키워내기 위해서는 그만한 체계적 훈련과 시간이 필요했다. 또 경찰학교를 졸업해도 그것은 경찰관으로서의 최저 기준 통과에 지나지 않는다. 기동대원이 된다 치면, 또다시 그보다 더한 고도의 훈련을 소화해야만 했다. 이런 오두막에서, 게다가 관리인의 눈과 귀를 주의하면서 받는 훈련인데 어느 정도나 가능할까.

요시모토는 아까 쿠바 혁명을 화제로 삼았지만 그 카스트로가 이끈 게릴라들 역시 이삼일간의 훈련으로 쿠바에 역상륙했을 리는 없다. 아니, 애당초 며칠 만에 끝낼 수 있는 훈련이 군사훈련이라는 이름에 합당할까? 마시코라는 청년이 했던 말대로 그것은 반더포겔 서클 합숙에 한없이 가까운 것이 아닐까? 간부들은 정말로 이 오두막에서 하는 훈련으로 카스트로의 게릴라 같은 전사들이 탄생한다고 믿고 있는 걸까?

잠이 모자란 탓도 있어서 순식간에 잠에 빠져들 것 같았다. 다미오는 그날, 완전히 잠들기 전에 한 가지 사실을 깨달았다. 게릴라전의 전사들이라기보다, 단순히 자폭할 폭탄공격 요원을 양성하는 것이라면 반더포겔 서클 합숙 정도의 훈련으로 어떻게든 될지도 모른다. 하지만 그들은 과연 그럴 작정일까? 그저 몹시 비현실적인 몽상을 하고 있는 것은 아닐까?

그 해답을 찾지 못하고 다미오는 잠이 들었다.

이튿날 아침, 다미오는 오두막 내부의 희미한 술렁임에 눈을 떴다. 손목시계를 보니 오전 6시가 되기 십오 분 전이었다. 잠이 깬 사람들이 있는 모양이다.

다른 사람들이 깨기 전에.

다미오는 재빨리 이불에서 빠져나와 세면도구를 들고 세면장으로 향했다. 이러한 집단생활에서 아침에 일어나 가장 먼저 할 일은 용변이다. 이것을 기분 좋게 끝내지 못하면 그날 하루는 은근히 스트레스가 쌓이게 된다.

다미오는 용변을 마치고 나서 칫솔을 들고 오두막 밖으로 나왔다. 이른 아침의 찬 공기가 대번에 다미오를 감쌌다. 다미오는 저도 모르게 몸을 움츠리고 부르르 떨었다.

하늘은 이미 제법 밝았지만, 지금이 6시 전이니 아마 해는 아직 뜨지 않았을 것이다. 어쨌든 산이 주위를 감싸고 있으니 태양은 일출이 조금 지난 후에 보일 것이다.

어제는 밤이라 주위 상황을 몰랐지만, 오두막은 널찍하고 완만한 사면에 세워져 있었다. 덧지붕을 씌운 이 층집이었다. 모든 창에는 비를 막기 위한 덧창이 붙어 있다. 오두막 오른편의 삼각지붕 쪽에 양철 굴뚝이 세워져 있었다. 하얀 연기가 굴뚝에서 피어오르고 있다. 식당 난로에서 나오는 연기일 것이다.

이 주변의 표고는 그리 높지 않다. 삼림한계선 이하다. 잎이 떨어지기 시작한 활엽수가 일대를 둘러싸고 있다. 시야는 좋지 않았다.

오두막 옆에 오솔길이 하나 뻗어 있다. 어젯밤 젠베이 로지 옆에서 본 안내판을 떠올려보면 이 등산로는 도중에 갈라져 한쪽은 대보살 고개로, 또 한쪽은 대보살 봉우리로 이어져 있을 것이다.

이 주변에 군사훈련이 가능한 공터나 평지가 있을까? 조직 쪽에서도 일단 익숙한 장소를 선택했거나 답사를 한 후에 이곳을 훈련지로 정했을 터이다. 분명 어딘가에 있다.

하지만……. 다미오는 주위를 유심히 둘러보며 생각했다. 이렇게 깊은 산이다. 실제로 총이나 폭탄을 사용하면 소리가 울린다. 총성이나 폭발음이 온 산에 메아리쳐서 상당히 멀리까지 전해지지 않을까?

시선을 오두막으로 되돌렸다.

전화선은 설치되어 있지 않다. 그 임도 입구의 젠베이 로지에서 이곳까지는 전봇대가 없다. 아마도 젠베이 로지가 우편물을 받아주거나 긴급 전화를 연결해주고 있을 것이다. 외부와의 연락은 인편에만 의존한다는 말이다. 다시 말해 이 오두막에서 외부로 연락하기도, 외부에서 이곳으로 연락하기도 어렵다는 말이다. 뭔가 연락을 하려면 사람을 보내는 방법밖에 없다.

그러나 젠베이 로지에서 이 오두막까지는 임도다. 영림서*가 작업용 차량을 투입하기 위해 개척한 길이다. 사륜구동차라면 쉽게 오를 수 있지 않을까? 실제로 이 오두막에는 오십 명 이상의 인원이 숙박할 수 있다. 그 투숙객을 위한 식재를 전부 짐꾼에게만 의존하고 있을 리가 없다. 오제 고원에서는 아직도 짐꾼이 오두막에 짐을 나른다지만, 이곳은 다행히 자동차가 다닐 수 있는 길이 나 있다.

오두막 옆, 목욕탕이 있던 쪽을 들여다보니 그곳에 소형 사륜구동차가 서 있었다. 오두막 관리인들은 역시 차로 왕래하고 있는 것이다.

---

* 국유림의 보호, 관리 사업을 실행하는 관청

그나저나 지금 이 오두막에는 관리인과 가족, 종업원이 몇 명이나 있을까. 물론 경시청은 하나 산장에 적군파가 집결해 있다는 정보를 얻은 시점에서 그것을 확인했을 테지만.

다미오는 오두막과 그 주위의 지형을 보면서 경시청 공안부의 대응을 상상했다.

다미오는 신주쿠 역에서 '피가 이어지지 않은 삼촌'인 하야세 유조와 접촉했으며, 하야세가 엔잔 역에서 하차한 것도 확인했다. 그렇다는 말은, 미행은 분명 엔잔까지 붙어 있었다. 미행반은 다미오 일행이 엔잔 역에서 택시를 타는 모습도 목격했을 것이다. 혹은 국도 411호 선에서 갈라지는 분기점까지는 자동차로 따라왔을지도 모른다.

어찌 되었든 택시가 엔잔 역에 돌아왔을 때 다미오 일행이 젠베이 로지에서 내렸다는 사실은 알았을 터이다. 운전사에게 물으면 다미오 일행의 목적지가 하나 산장이라는 것을 알아내기도 어렵지 않을 것이다.

게다가 오두막에는 이미 오십 명에 가까운 적군파 활동가들이 모여 있었다. 간사이 적군파의 간부급은 9월 이후로 철저히 감시당하고 있을 테니, 홋카이도 경찰과는 전혀 다른 루트로도 미행이 붙지 않았을까. 감시당하고 있는 간부 전원이 미행을 뿌리쳤다고 생각하기는 어렵다. 적어도 한두 개의 그룹은 다미오 일행과 마찬가지로 공안부 수사원들을 이 오두막에 끌어들이고 말았을 것이다.

또한 경시청 공안부는 정보를 종합하여 야마나시 현 안에서 상당한 규모의 '무언가'가 있음을 예측했을 것이다.

다시 말하면 어제 안에 경시청 공안부는, 아니, 개인의 이름을 밝혀 말하자면 가사이 반장은 적군파의 실력 행동 부대가 비밀리에 야마나시 현 대보살 산괴에 모여 있다는 사실을 파악하고 대책을 마련하고 있을 터였다.

문제는 지금 이 오두막에 있는 그룹이 어느 정도의 무기를 이곳에 운반해 놓았는가 하는 것이다. 점거 중인 대학 캠퍼스를 사용하지 않고 굳이 마을에서 벗어난 산속에서 훈련을 한다. 이곳에 있는 물건은 단순한 각목이나 쇠파이프가 아니다. 엽총 아니면 외국에서 밀수입한 소총이 몇 자루 있는 게 아닐까? 적군파에게 그만한 자금력이나 실제적인 조달능력이 없다고 해도 수제 폭탄이 있다. 그들은 실제로 그것을 9월의 '오사카 전쟁'과 '도쿄 전쟁'에서 사용했다.

이곳에 총이나 폭탄이 있다…….

다미오는 치약과 섞인 입안의 침을 땅바닥에 뱉은 다음 다시 한 번 오두막 주위를 꼼꼼히 둘러보았다. 벌써 운반해놓았을까? 총은 무겁고 부피가 있다. 케이스에 넣어 운반해도 눈에 띈다. 분해해서 운반하는 방법을 쓸 경우 적군파 안에 진짜 군사훈련을 받은 인물이 있다는 조건이 전제가 될 것이다. 전직 자위대원이라든가, 쿠바에 도항했던 활동가라든가……. 과연 있을까? 공산주의자동맹 적군파의 결성은 9월이었다. 그 후에 요원을 쿠바에 파견한다는 건 비현실적이다. 가능하다고 한다면 전직 자위대원 선인가. 그렇게 보이는 남자가 있었나?

폭탄이라면 부피가 크지 않다. 각자 배낭에 넣어 이삼십 개쯤 운반할 수 있을 것이다. 지금 이곳에 있는 무기는 폭탄뿐일까? 바꿔 말한다면, 그들이 준비한 무기는 사용하기에 그다지 숙련이 필요치 않은 폭탄뿐이라는 말인가? 그렇다면 산속에서 며칠 하는 훈련만으로도 사용할 수 있는 레벨에 이를 것이다.

다미오는 오두막 뒤쪽으로 돌아갔다. 지형 전체를 파악하고 싶었다. 그러나 뒤쪽의 비탈로 올라가도 시야는 그다지 트이지 않았다.

이곳에 폭탄이 있다고 경시청 공안부가 판단했을 경우, 공안부가 이곳의 활동가들을 다시 도시에 풀어놓는 일은 없을 것이다. 특히나 도쿄로 가게 하지는 않을 터이다. 도시에서 그들에게 폭탄을 들려주면 검거는 지극히 어려워진다. 시민들 중에도, 검거에 임하는 경찰관 중에도 막대한 피해가 나올 것이다.

그렇다면.

다미오는 침을 꿀꺽 삼켰다.

경시청 공안부는 이곳에 모인 활동가들을 이 산속에서 검거한다. 혹은 산에서 내려왔을 때 일제 검거한다. 적용되는 법률은 흉기준비집합죄일까.

경시청 공안부와 야마나시 현경은 일제 검거를 위한 준비에 어느 정도의 시간을 들일까.

이 훈련 일정은 훈련 성과에 따라 변한다고 군사부의 야마쿠라가 말했다. 그렇다는 소리는 내일 산을 내려갈지도 모르고, 사흘 후에 내려갈지도 모른다는 말이다. 삼박 일정으로 빌렸다고 했으니 모레로 훈련을 종료할 가능성이 농후하지만.

시간을 들이면 이곳에 있는 사람들의 무기 취급 숙련도도 상승된다. 단결심도 양성되고, 일치단결하여 사태에 임하는 강력한 무장조직으로 변모할 가능성도 있었다.

경시청 공안부가 시간을 끌 리는 없다. 내일쯤이면 기동대 몇 개 중대를 동원하여 단숨에 검거하려 들지 않을까?

그것이 오두막을 급습하는 작전일 경우, 문제는 야마쿠라 일당이 오두막의 관리인 가족을 인질로 삼는 경우다. 그렇게 되면 인원수와 무력만으로는 일제 검거가 어려워진다.

다미오는 비탈길에서 내려와 다시 한 번 오두막 정면으로 돌아갔다.

경시청 공안부는 늦어도 오늘 낮에는 젠베이 로지에 감시 요원을 배치할 것이다. 통신설비도 들여오겠지. 걸어서 십오 분 거리. 만약 삼십 분 동안 남의 눈을 피할 수 있다면 직접 젠베이 로지까지 정보를 전하러 갈 수 있다.

그 경우 반드시 전해야 할 사항은 무엇인가.

우선 모여 있는 활동가의 수다. 그리고 간부 성명. 집합한 목적. 무기 종류와 수. 향후 예정. 오두막 주변의 지형, 지세. 그리고 감시, 경계의 유무.

있다면 그 위치와 인원수.

중요한 것은 무기의 종류와 수다. 그에 따라 검거 작전이 완전히 바뀌고 마는 것이다.

다미오는 다시 한 번 오두막과 그 주변 지형을 관찰했다.

그때 누가 불렀다.

"안조 씨."

미야노였다. 그도 손에 칫솔을 들고 있다.

"일찍 일어났네요." 그렇게 말하며 다가왔다.

미야노의 발밑에서 땅이 울렸다. 등산화의 딱딱한 고무 밑창이 자갈이 섞인 지면을 짓밟고 있는 것이다. 그렇다면 기동대가 이곳에 접근하면 상당히 큰 소리가 날 것이다. 더군다나 그것이 새벽녘 같은 시각이라면.

"눈이 떠지더라고."

"여긴 춥네요. 홋카이도보다 더 추워요."

거기에 또 목소리.

"안조, 뭘 하고 있어?"

오두막 이 층 창문의 덧창이 하나 열려 있었다. 요시모토가 얼굴을 내밀고 있다.

다미오는 대답했다.

"양치질."

"이불 개면 식사야."

"지금 돌아가요."

다미오는 잡담을 가장하여 미야노에게 말했다.

"이 오두막, 몇 명이서 꾸리고 있는 걸까? 오십 명이나 되는 사람들한테 밥을 내놓을 정도니까 부부 둘이서 하는 건 아니겠지."

미야노는 오두막 쪽을 돌아보며 말했다.

"조리실에는 중년의 남녀하고 조금 젊어 보이는 여자가 있었어요. 젊은 사람은 아르바이트 아닐까요?"

"세 사람인가."

"더 있을지도 모르지만, 본 건 그 사람들뿐이에요. 가족끼리 운영하고 있나 보죠."

미야노의 얼굴은 어제에 비하면 상당한 여유가 보였다. 하룻밤 자서 안정을 되찾았나. 아니면 앞으로의 각오를 다진 건가?

그렇긴 하지만……. 다미오는 미야노의 옆모습을 바라보며 생각했다. 이 정도의 활동가가 폭탄을 손에 드는 실력 행동에 참가하다니, 말도 안 되는 얘기다. 미야노에게는 혁명도 무장봉기도 전부 문학이나 시의 모티프, 꿈의 대상이기에 매력적인 것이다. 그는 현실의 파괴나 유혈, 살육을 받아들일 만한 사상적 근거 따위는 지니고 있지 않다. 막상 직접 폭탄을 들고 눈앞에 기동대의 벽을 보았을 때, 과연 정치적 확신을 갖고 폭탄을 투척하는 범인이 될 수 있을는지? 갈기갈기 찢어진 육체와 튀어나온 창자를 두 눈으로 보고도 여전히 자기는 정의를 위해 그런 행동을 했다고 단언할 수 있을 것인가? 그는 그 정도로 단련된 혁명가인가?

아니다.

삿포로에는 그의 신변을 걱정하는 연인도 있다. 그녀 역시 미야노가 설마 폭탄을 들고 기동대의 벽에 맞서리라는 상상은 하지 않을 것이다. 기껏해야 각목을 들고 두랄루민 방패를 두드리는 미야노의 모습을 그리고 있을 뿐이다.

이 남자를 일제 검거 전에, 다시 말해 이곳에서 폭탄이 터지기 전에 이 장소에서 떼어낼 수는 없을까? 이탈이 자연스럽게 느껴지는, 뭔가 그럴듯한 이유를 찾을 수는 없을까?

떠오르지 않았다. 다미오는 세면장에서 입을 헹구고 방으로 돌아왔다. 이미 누가 이불을 개어 구석에 쌓아놓았다.

7시가 되기 이십 분 전에 전원 오두막 앞으로 나오라는 명령을 받았다.

체조를 한다고 했다.

오십 명 남짓한 청년들은 저마다 어깨를 움츠리며 등을 굽히고 연신 춥다고 떠들어대며 밖으로 나갔다.

사람들 앞에 서서 NHK 제1체조를 지도하는 사람은 어제 본 야마쿠라였다. 야마쿠라 혼자 옷이 얇다. 그는 큰 소리로 박자를 맞추며 본보기가 되어 그 체조를 마쳤다.

식당에 들어서자 검은 스웨터 차림의 마시코가 말했다.

"식사 준비는 다함께 분담해서 해줘. 관리인 분들께 너무 신세를 지지 않도록 해. 우선 오늘 아침은 1호실부터. 식사도 방 순서대로 2호실부터 받으러 가도록."

식사 당번이 된 1호실의 여덟 명이 일어섰다. 다미오 일행의 방은 4호실이니 내일 저녁에 당번이 돌아올 것이다.

전원에게 식사가 돌아갔을 때 또다시 마시코가 일어서서 말했다.

"식사하면서 들어주기 바란다. 아침식사를 마치면 대보살 봉우리로 향한다. 추우니 방한 대책에 신경 쓰도록. 점심은 이 산장에서 만들어준 주먹밥을 산 정상에서 먹게 될 것이다. 개인 장비는 물, 그리고 장갑. 잊지 말도록 해. 공동 장비도 교대로 진다."

공동 장비.

그것이 무기로군. 다미오는 그렇게 생각했다. 교대로 짊어져야 한다면 수가 많거나 무게가 있거나 둘 중 하나다. 폭탄이라면 수가 많아서 무겁다는 말이 되겠지만.

식사 후에 다시 한 번 용변과 옷을 갈아입기 위한 시간이 있었다. 오전 8시 출발이라고 한다.

다미오는 재빨리 준비를 마치고 식당 카운터 너머로 조리실을 살펴보았다. 관리인 가족이 이 반더포겔 동호회 합숙을 가장한 청년 단체에 다소나마 의문을 품고 있지 않은지, 그것을 확인하고 싶었다. 주인으로 보이는 남성은 눈에 띄지 않았다.

중년의 부인과 젊은 여성이 개수대 앞에서 일하고 있다. 두 사람의 모습으로 보건대 이 단체 손님에게 의심을 품은 것 같지는 않았다. 농담을 나누며 그릇을 씻고 있다. 그 목소리는 들뜬 것 같기도 하다. 이 계절에 오십 명이나 되는 손님을 받았으니 매상도 나쁘지 않을 터였다. 의심을 품기는커녕 무조건 환영하고 있는지도 모른다.

밖으로 나가보니 오두막 옆에 있는 사륜구동차의 엔진이 걸려 있다. 누가 하산하나? 마을에 가나?

손목시계를 보았다. 오전 7시 20분이다. 이 시각이면 아직 경시청 공안부가 젠베이 로지에 수사원을 파견했을 리 없다. 엔잔 경찰서에도 도착하지 않았을 것이다.

오두막 옆에서 땅, 땅, 하고 맑은 소리가 울려 퍼졌다. 돌아가 보니 오두막 주인으로 보이는 중년의 사내가 땔감을 쪼개고 있는 참이었다. 1척 정도의 길이로 자른 참나무를 난로에서 태우기 쉽도록 도끼로 길게 서너 조각으로 쪼개고 있다.

떨어진 위치에서 관찰했지만 이 주인도 특별히 이들 투숙객을 의심하는 것 같지 않았다. 의심도 없는 듯하고, 혐오나 공포와 같은 심정을 억지로 억누르고 있는 것 같지도 않았다.

이런 단체 손님이 그리 드물지 않은 걸까? 몇 년 전, 도쿄의 사립대학 반더포겔 서클이 오쿠지치부 산속에서 신입생들을 폭력으로 호되게 괴롭힌 사건이 있었다. 그 사건에서는 사망자가 한 명 나오지 않았던가? 그런 클럽의 합숙이라면 확실히 지금 이 단체 이상으로 분위기가 살벌하고, 전체적으로 어둡고 갑갑한 공기에 덮여 있었을 것이다. 그에 비하면 이 단체가 지닌 분위기는 오히려 목가적이라고 할 수 있을지도 몰랐다.

땔감을 쪼개고 있던 주인이 다미오의 시선을 알아차렸는지 손길을 멈추고 고개를 들었다. 눈이 마주치자 주인은 미소를 지으며 안녕하십니까, 라는 뜻처럼 작게 고개를 숙였다. 다미오도 말없이 고개를 숙여 답했다.

주인에게 다가가 넌지시 물어볼까. 오늘 산을 내려갈 예정이 있는가, 찾아올 손님은 있는가, 식료품 배달은 없는가 하는 질문을 말이다.

메모를 건네 젠베이 로지에서 전화를 걸어달라고 하면 어떨까. 우리가 훈련을 나선 후에 관리인 가족 중 누가 연락을 위해 산을 내려가도 들킬 리는 없다. 가능하다면 지금 당장 가족들을 전부 산에서 내려 보내도 좋을 정도다. 다만 그럴 경우 야마쿠라나 마시코 일당이 이상하다고 눈치 채고 당장 이 오두막에서 철수하게 될지도 모르지만.

그때 오두막 뒤쪽 입구가 열리더니 어린 소녀가 두 명 뛰어나왔다.

다미오는 놀랐다. 아이가 있나?

하나는 여덟아홉 살로 보였다. 책가방을 메고 있다. 또 하나는 네댓 살일까. 책가방을 메고 있는 언니 쪽이 조수석에 탔다.

오두막의 주인은 장작패기를 멈추고 사륜구동차의 운전석에 탔다. 어린 소녀는 언니에게 손을 흔들었다. 사륜구동차는 벌써 오두막 앞의 임도로 나갔다.

행선지는 젠베이 로지일까? 그곳을 지나는 스쿨버스가 있는지 어떤지는 알 수 없다. 아니면 등산로 입구 아래의 마을 학교까지 태워다주는 걸까?

어차피. 다미오는 생각했다. 어쨌든 경시청에는 정확한 정보를 전하고 대응에 관한 선택의 폭을 늘려주어야만 한다. 최종적으로 어떠한 수단을 쓸지는 공안부가 결정하면 된다. 산 밑자락에서 잠복하다가 검거하든가, 교통기관 자체를 통제하고 포위해버리든가. 이곳에 아이가 있다는 사실을 알면 이 오두막을 포위하고 일제 검거하는 방법은 취하지 않을 것 같았다. 너무 위험하다.

현관에 들어서자 화장실에서 나온 미야노를 만났다.

미야노가 말했다.

"어젯밤에도 목욕을 하는 둥 마는 둥 했는데, 아침에 샤워를 할 수 없다니 너무하네요. 오늘도 땀을 흘릴 텐데."

"놀러 온 게 아니니까."

"훈련이 끝나면 온천에 가고 싶어요. 갈 수 있을까요?"

"내가 알아? 야마쿠라 씨한테 물어봐."

미야노는 깜짝 놀란 표정을 지었다.

"화났어요? 제가 뭐 거슬리는 말을 했나요?"

"화 안 났어."

다미오는 계단을 올라갔다.

오두막에서 출발한 지 한 시간 반이 지나 대보살 봉우리에 도착했다. 수풀 사이의 산등성이 길을 따라 올라오다가 도중에 바위터로 나왔다. 그 부분만은 오르기가 힘겨웠다. 단풍이 대단했다.

삼림한계선을 벗어나니 금세 대보살 봉우리의 능선이어서, 여기서부터는 길이 편해졌다. 뒤를 돌아보니 남쪽으로 가미히카와 댐의 수면이 보이고, 그 너머에 후지 산이 있었다.

표고 2057미터인 대보살 봉우리 정상에서 털썩 주저앉아 휴식을 취했다. 가파르지 않고 말 엉덩이처럼 둥그런 정상이었다. 아직 오전 9시 30분이다.

모두가 이 산 정상까지 올라온 것은 아니었다. 네 사람이 무슨 일이 있을 경우의 연락 요원으로 오두막에 남았다. 경찰이 급습하거나 자신들의 정체가 탄로났을 경우를 상정하고 있는 것이리라.

간부들 곁에 있는 멤버 중 두 사람이 자그마한 키슬링 배낭을 메고 있었다. 다른 사람들은 다들 작고 평범한 배낭이어서, 그 두 사람의 짐은 눈길을 끌었다.

폭탄이 들어 있다면 저 배낭이리라. 다미오는 짐작했다. 하지만 척 보기에도 역시 총을 담아 놓은 듯한 짐은 없었다.

쉬고 있는 사이에 군사부의 야마쿠라가 부대 편성을 발표했다. 오두막에서 숙소를 기준으로 나누었던 단위는 지금 이곳에서만 사용한다. 향후 실력 행동을 할 때는 전부 새로 편성한 부대 단위로 실시한다고 했다.

편성의 최소 단위는 학교였다. 대학, 고등학교 별로 그룹을 나누었다. 그때까지 지부라 부르던 단위를 군사적으로 분대라 부르게 된 것이다. 구좌익 식으로 말하자면 세포에 해당하는 단위가 이것이다. 다수의 멤버를 거느린 학교는 분대가 두세 개 만들어졌다.

분대는 몇 개가 모여 소대가 되었다. 이는 대체로 지역 단위였다. 네 개의 소대가 만들어졌다. 홋카이도 분대는 도호쿠 지방 분대와 함께 제4소대를 형성하게 되었다.

소대 위에 군사부 위원회가 있었다. 이것이 아마도 사실상의 사령부이다. 그 일부는 적군파 간부회와 일체를 이루고 있을 것이다.

야마쿠라가 발표하는 조직과 편성을 듣고 있다가 다미오는 은근한 쓴웃음을 참느라 고생했다. 이 정도의 운동에 붙이는 이름이 너무 거창하다. 분대도 그렇고, 소대도 그렇고, 위원회도 그렇고, 경찰 조직을 아는 입장에서 본다면 그것은 군대놀이였다. 외부를 상대로, 특히 경찰을 상대로 실제 운동체보다 더 크게 보이고 싶은 건지도 모른다. 그러나 그것은 당사자에게도 우스꽝스럽게 느껴질 따름이다. 만약 야마쿠라나 마시코가 이를 우스꽝스럽다고 느끼지 못한다면, 그 감각은 비현실적이다. 그것은 싸워야할 상대의 힘조차 냉정하게 판단하지 못한다는 말이 된다.

다미오는 편성 배분된 멤버의 수를 헤아렸다. 자신을 포함해 총 쉰세 명이었다. 그중 네 명이 오두막에 남아 있으니 산 정상까지 온 사람은 마흔아홉 명인 셈이다.

편성 발표 후에 분대장을 지명했다. 곧바로 집합하라고 했다. 홋카이도 대학에서는 요시모토가 일어서서 분대장 회의에 참가했다.

다미오 옆에 있는 바위에 걸터앉은 미야노가 말했다.

"분대니 소대니, 너무 산문적이지 않아요?"

다미오는 무슨 뜻인지 몰라 미야노를 바라보았다.

미야노는 말했다.

"제가 꿈꾸는 혁명조직은 사계협회예요. 블랑키의 조직. 알고 있나요?"

블랑키라는 프랑스 혁명가의 이름만은 알고 있었다. 대학 입학 전에 좌익 사상에 대한 특훈을 받을 때 교관이 가르쳐준 적이 있다. 이미 시대에 뒤처진 사회주의 사상가가 아니었던가?

미야노는 말했다.

"우리들의 운동은 적의 조직론과 똑같아서는 안 된다 이겁니다. 그러면 숫자 싸움밖에 안 돼요. 경찰하고 자위대에는 절대 이기지 못하죠."

"냉정하구나."

"네. 그러니 제국주의 군사조직에 대항해서 혁명 군사조직을 설치해야만 한다고 생각해요."

"예를 들면?"

"최소 단위는 일곱 명으로 편성해서 일주일이라고 불러요. 일요일이 분대장. 사 주가 모여서 한 달을 만들죠. 이게 소대겠죠? 한 달이 세 개 모여서 계절이 되어요. 이게 중대. 계절 네 개가 모여 일 년. 이게 대대."

"똑같잖아. 이름만 다르고."

"이름을 붙인 사물은 실체화하죠. 군대가 아니라 혁명을 위한 공동성. 그것이 사계협회예요. 전 분대의 병사라고 불리기보다는 5월의 첫 주 토요일이라고 불리고 싶어요."

"그럼 그 사계협회에서는 제4기동대하고 충돌하는 부대는 68년의 봄, 어쩌고 하게 되는 거야?"

"너무 아름답지 않나요?"

다미오는 한숨을 참았다.

요시모토가 회의를 마치고 돌아왔다.

"조금 더 걷는다. 훈련에 적합한 장소를 찾을 거야."

미야노가 물었다.

"평지인가요?"

"아니. 분지 같은 장소. 사람 눈에 띄지 않고 소리가 주위에 새지 않는 장소."

"사람 눈 같은 건 없잖아요."

"그렇지 않아. 봐라."

요시모토가 남쪽의 대보살 고개 방향으로 뻗은 산등성이 길 끝을 가리켰다. 1킬로미터쯤 떨어진 위치에 두 사람의 그림자가 있었다. 이쪽으로 향하고 있는 듯했다.

경관일까?

생각을 고쳤다. 이쪽이 수십 명의 무장 단체라고 짐작되는 때에 경관이 고작 둘이서 올 리가 없다. 사람 수는 당해낼 수 없다고, 한 명도 체포하지 못하는 것은 물론이고 본인들의 신변도 위험하다. 저건 등산객일 것이다. 하나 산장 앞을 지나 대보살 고개로 향하는 산길에서 이쪽 능선으로 나온 게 아닐까?

즉, 이 산에는 앞으로 일반 등산객도 더 찾아올 가능성이 있다.

그런 등산객에게 경찰에 신고해달라고 부탁해도 된다. 정보를 맡겨도 된다. 다만, 과연 그런 등산객과 접촉할 수 있을지 없을지. 야마쿠라는 이 그룹의 누군가가 등산객과 이야기하는 것을 허락할 것인가?

출발 신호가 있었다. 등산로를 따라 북쪽으로 더 간다고 한다. 그리 사용하지 않는 등산 루트라고 했다. 그쪽이라면 사람 눈이 없고 적합한 훈련지가 있을지도 모른다.

한 시간쯤 능선 위의 길을 걸었지만 적당한 면적의 평지는 없었다. 도중에 몇 번 짧은 휴식을 취했고, 그때마다 야마쿠라는 주위를 둘러보러 사람을 보냈지만 역시 좋은 장소는 찾지 못한 듯했다.

이윽고 오전 11시가 되어 점심식사를 하게 되었다.

산길을 걸어 다소 지치기도 한 탓에 간부들의 준비 부족에 대해 불평하는 사람이 나왔다.

무장봉기 훈련을 이런 산속에서 하는 것이 과연 적합한지, 답사는 했는지, 무기는 준비해 놓았는지, 그런 의문을 솔직하게 야마쿠라 그룹에게 던지게 되었다.

그런 분위기를 감지한 마시코와 야마쿠라 그룹이 해명을 했다.

이 훈련의 목적은 무기 사용 숙련이 아니라 단결심 양성과 정신력 단련이다, 라고. 이 초겨울의 산속을 행군하는 일은 혁명 전사의 담력을 키우고 스스로의 정신력에 대한 자신감을 배양한다. 무기를 사용하지 않아도 훈련 목적은 달성할 수 있다고.

고등학생으로 보이는 청년이 사심 없이 야마쿠라에게 물었다.

"정신력에는 자신이 있는데, 저희들이 뭔가 무기는 가질 수 있나요? 여전히 쇠파이프인가요?"

키가 크고 홀쭉한 생김새의 소년이다.

야마쿠라가 물었다.

"자네는 어디 분대였지?"

소년은 교토에 있는 사립대학 부속 고등학교의 학생이었다. 가마타라고 이름을 밝혔다.

"가마타, 앞으로 나오도록."

소년이 야마쿠라 앞에 서자 야마쿠라는 뒤로 돌아 키슬링을 운반하고 있던 청년들에게 신호를 보냈다. 청년 한 사람이 키슬링에서 관처럼 생긴 물건을 두 개 꺼냈다. 하나는 피스 담배 캔 정도 되는 크기다. 은색으로 빛나고 있다. 또 하나는 납빛의 쇠파이프 같은 물건이었다. 굵기는 3센티미터, 길이는 15센티미터쯤이려나. 캔도 쇠파이프도 한쪽 끝에 검은 공업용 점착테이프를 두껍게 발라놓았다.

야마쿠라는 하나를 받아들고 가마타에게 내보였다.

"폭탄이다. 보다시피 폭약은 피스 캔과 쇠파이프에 넣어놓았다. 자동차 한 대를 파괴할 수 있다."

그 자리에 있던 청년들은 입을 다물었다.

다미오는 그 피스 캔 폭탄을 뚫어져라 쳐다보았다. 진짜일까? 폭약 외에 뭐가 들어 있지? 파친코 구슬인가? 뭔가 다른 쇳조각일까?

"들어봐."

야마쿠라가 피스 캔을 내밀자 가마타는 순간 머뭇거리다가 신중하게 두 손으로 받아들었다.

"무거워." 가마타가 웅얼거렸다.

야마쿠라는 그 피스 캔을 받아들고 가마타에게 쇠파이프를 내밀었다.

받아든 가마타는 또다시 웅얼거렸다.

"이것도 무거워."

야마쿠라가 말했다.

"둘 다 자동차 한 대를 파괴할 수 있다. 무기 준비는 진척되고 있다. 걱정 마라."

"이거, 어떻게 쓰는 겁니까?"

"천천히 알려주마."

그때 산길에서 벗어나 비탈길 아래를 보러 갔던 사람이 돌아왔다.

"여기 계곡이라면 가능할 것 같습니다."

일행은 비탈길 아래의 물이 마른 계곡으로 내려갔다. 그 마른 계곡까지의 표고 차는 70~80미터로 보였다.

마른 계곡 중간에 작은 대지가 형성된 곳이 있었다.

야마쿠라는 계곡에 내려선 멤버들을 둘러보며 말했다.

"딱 하나만 위력을 보여주겠다."

은테 안경을 쓴 청년이 자신의 배낭 속에서 공구 상자를 꺼냈다. 이 청년이 폭탄 제작 담당일 것이다. 다미오는 그렇게 짐작했다. 안경을 쓴 청년은 대지의 암반 사이에 쇠파이프를 놓고 공구를 사용해 그것을 조작했다. 다미오는 그 위치에서 10미터 쯤 떨어져 있었기 때문에 어떤 조작을 했는지 알 수가 없었다. 기폭 장치를 장착한 건지도 모른다.

안경을 쓴 청년은 이어서 다른 멤버들의 도움을 받아 쇠파이프 주위에 돌을 놓고, 그 위에 마른 가지를 듬뿍 얹었다.

야마쿠라가 전원 물러나도록 명령했다. 최소한 계곡 위로 50미터는 떨어지라고. 야마쿠라와 그 청년 사이에서 두어 마디 대화가 오갔고, 이윽고 그 청년도 계곡에서 올라와 그늘에 숨었다.

"앞으로 이 분." 야마쿠라가 말했다.

청년은 시한기폭장치를 붙였던 모양이다.

"이제 곧이다. 머리를 숙여."

다미오는 머리를 집어넣었다. 곧바로 쾅 하고 배를 울리는 묵직한 소리가 났고, 땅이 울렸다. 이어서 주위 지면에 딱딱한 물체가 푸슬푸슬 쏟아져 내리는 소리.

"됐다." 야마쿠라가 말했다.

다미오는 고개를 내밀어 폭탄을 설치했던 위치를 보았다. 마른 가지는 남김없이 날아갔다. 화약 냄새가 코를 찔렀다.

다시 계곡으로 내려가 폭발이 있었던 장소를 바라보았다. 대지의 강바닥에 작은 구멍이 나 있다. 주위에 둘러놓았던 돌은 날아갔고, 마른 가지는 반경 10여 미터 범위로 흩어졌다. 상상 이상으로 큰 위력이다.

다미오는 미야노의 얼굴을 살폈다. 미야노는 다미오의 약간 뒤쪽에 서 있었다. 위력에 깜짝 놀랐다는 얼굴이었다.

야마쿠라는 말했다.

"한 번 봤으니 소리에도 위력에도 겁먹지 마."

다미오는 새삼스럽게 결의를 다졌다. 이 일당이 폭탄을 들고 산을 내려가게 해서는 안 된다. 이 산속에서 검거해야만 한다.

산등성이 길까지 돌아왔을 때 야마쿠라가 말했다.

"오두막까지 돌아간다. 오늘은 다리와 허리 단련. 그것으로 족하다."

손목시계를 보니 오후 1시였다. 오후 4시 전에는 하나 산장에 도착할 것이다.

같은 능선 위의 길을 되돌아가서, 가는 도중에도 이용했던 낙엽송 지대쪽 길로 갈라지는 분기점에 다다랐다. 남쪽의 대보살 고개 방향으로 눈을 돌리니 또 한 명의 등산객 모습이 보였다. 그 사람도 아마 하나 산장 앞을 지나 젠베이 로지로 나오는 코스를 지날 것이다. 우리가 그 사람보다 먼저 하나 산장에 도착하면 그에게 메시지를 맡길 수 있을지도 모른다.

다미오는 짧은 휴식 시간에 소변을 보고 싶다고 하면서 일행에게서 떨어져, 바위 그늘로 들어가 재빨리 지갑을 꺼냈다. 돈은 빼서 주머니에 넣고, 홋카이도 대학 학생증 뒤에 연필로 이렇게 적었다.

'긴급 110 11/4 적53, Bs 소지'

그리고 학생증을 지갑 안에 다시 넣고 바위 그늘에서 일어섰다.

다미오 일행은 예상보다 빠른 오후 3시 반에 오두막에 도착했다.

앞마당에서 장작을 패고 있던 관리인이 구김 없는 표정으로 어서들 오라고 인사를 한다. 연락요원으로 남아있던 사람들도 미소를 지으며 앞마당까지 마중을 나왔다. 그렇다는 말은, 낮에 수사원들이 이 오두막의 모습을 보러 오지는 않았나보다.

경시청 공안부는 적군파가 이 하나 산장에 집결해 있다는 사실을 파악하지 못한 건가? 아직 젠베이 로지까지도 수사원을 보내지 않은 걸까?

몸을 움직여 땀을 흘린 덕분에 청년들의 표정이 오늘 아침보다 훨씬 누그러졌다. 지장 없는 범위에서 농담을 주고받을 정도다. 야마쿠라나 마시코를 비롯한 간부 그룹의 표정도 개운해졌다.

앞으로 있을 시간에는 눈을 피할 수 있을지도 모른다.

마시코가 지시를 내렸다.

"저녁식사는 5시. 식사 당번은 제2반. 오늘 정한 책임자 그룹은 제2반 숙소에 모이도록. 나머지 사람들은 1반부터 순서대로 목욕을 한다. 이십 분 교대다."

다미오는 방에는 들어가지 않고 마당에 서서 등산로에 주의를 기울였다. 아까 봤던 등산객이 지나가면 그 사람에게 메시지를 맡길 작정이었다.

마당에는 아직 몇 명의 청년들이 있어서 담배를 피우며 담소를 나누고 있다. 그들의 주의를 끌면 위험하다. 다미오는 주위의 자연이나 오두막 생활에 몹시 관심이 있다는 듯이 마당을 어슬렁거리며 주위의 사물에 주의를 기울였다. 방금 보았던 등산객이 어두워지기 전에 젠베이 로지로 돌아가려 한다면 슬슬 이 하나 산장 앞을 지나가야 할 터였다.

시계를 보았다. 오후 4시가 되기 십 분 전이었다.

벌써 지나갔나?

포기하려는 찰나 사람 그림자가 눈에 들어왔다. 등산로가 합류되는 지점 쪽에서 걸어오고 있다. 다미오는 마당에 나와 있는 청년들을 보았다. 간부 그룹은 아니다. 하지만 다미오가 이곳에서 그 등산객에게 다가가면 눈에 띈다. 큰 소리로 메시지를 전할 수는 없다.

다미오는 천천히 길 쪽으로 걸어가 좌우에 늘어선 나무들의 가지를 바라보았다. 거기에서 진귀한 새라도 찾으려는 것처럼.

이윽고 그 등산객이 얼굴을 알아볼 수 있는 거리까지 다가왔다. 마흔 전후의, 척 보기에도 등산에 익숙해 보이는 풍채의 남자였다. 붉은 티롤 모자를 쓰고 있다.

어떻게 말을 걸까. 말을 고르고 타이밍을 찾느라 망설이고 있자니 그쪽에서 먼저 안녕하시오, 하고 인사를 했다. 다미오도 답인사를 했다.

남자는 서슴없는 투로 말했다.

"아까 능선에서 봤던 분들이신가?"

고맙다. 그가 먼저 말을 걸어주다니. 다미오는 담배를 피우고 있는 청년들의 시선을 의식하면서 등산객 쪽으로 다가갔다.

"네. 혼자십니까?"

"그래. 이 계절에는 같이 산을 탈 사람도 없어서 말이네."

"젠베이 로지로 가십니까?"

"거기에 차를 세워뒀거든." 남자는 걸음을 멈췄다. "십오 분이면 도착하겠지."

"그렇더군요."

다미오는 마당의 청년들에게는 보이지 않도록 지갑을 꺼내어 남자에게 내밀며 말했다.

"길에서 주웠는데, 이걸 젠베이 로지에 있는 사람에게 전해주시겠습니까?"

"지갑? 돈을 맡기는 싫은데. 여기 오두막에 맡기면 되지 않나?"

"속은 비었습니다. 신분증명서만 들어 있어요. 분명 주인이 난처해하고 있을 겁니다."

사정을 빨리 설명하고 경찰에 가달라고 말할까 싶기도 했다.

하지만 이야기가 길어질 경우 저 청년들에게 의심을 산다. 간부 그룹이 나올 것이다.

"부탁합니다." 다미오는 빈 지갑을 상대방의 손에 얹었다. "부탁합니다. 뭔가 사정이 있는 것 같더라고요."

남자는 의아한 표정을 지었다. 눈을 껌벅이며 오두막 마당과 다미오를 번갈아 바라보았다.

다미오의 표정에서 무언가 기묘한 기색을 느꼈는지도 모른다.

"어디 모임인가? 꽤 인원이 많던데."

다미오는 반사적으로 말했다.

"베트남 전쟁 반대 모임."

"뭐?"

"호치민 모임입니다."

뒤에서 부르는 소리가 들렸다.

"안조, 무슨 일이라도 있어?"

요시모토의 목소리다. 다미오는 뒤를 돌아보았다. 현관 입구에 요시모토가 나와 있었다. 미심쩍은 눈으로 바라보고 있다.

다미오는 짤막하게 부탁합니다, 라고 말하고 그 남자 곁에서 떠났다.

"무슨 일이야?" 요시모토가 다시 물었다.

"그냥요. 저쪽에서 말을 걸어서요."

"아는 사람은 아닌 거지?"

"산에서는 아무한테나 인사를 하나 봅니다."

"쓸데없는 소리는 하지 않았겠지?"

"쓸데없는 소리요?"

"여기 있는 목적이나, 우리 정체나."

"말할 리가 없잖습니까."

다미오는 고개를 돌려 등산로를 쳐다보았다. 그 등산객은 다시 걸음을 뗐다. 곁눈질로 다미오와 요시모토를 쳐다보고 있다. 하지만 더 이상 인사는 하지 않았다.

식사를 마치고 목욕도 끝냈을 때 지시가 있었다. 이 층 안쪽 방에 집합하라는 명령이었다.

다미오 일행이 가보니 장지문을 열어 두 방을 하나의 넓은 거실로 이어두었다. 다다미 스무 장은 되어 보이는 면적이다.

이 방이면 다소 위험한 화제를 입에 올려도 관리인들이 들을 우려는 없을 것이다. 곧바로 이 거실에 전원 집합했다.

마시코가 방 한가운데에 서서 말했다.

"동지 여러분, 이 훈련에 참가해주어서 우리는 정말로 든든하게 생각하고 있다. 우리가 지향하는 사회주의 혁명을 위하여 목숨을 버릴 동지가 이만큼이나 있다는 사실을, 우리는 자랑스럽게 생각한다. 오늘 편성한 군사행동부대는 우리 분트 적군파 군사조직의 중핵이 될 조직이자, 선봉대다. 마땅히 찾아올 혁명전쟁의 최강, 최정예 추진력이다."

모여 있던 청년들이 환호성을 질렀다. 박수를 치기 시작한 이도 있다. 마시코는 당황해서 그것을 제지했다.

"잠깐. 함성을 지르기는 아직 이르다. 지금은 아직 목소리를 낮추고 그날을 기다리자. 그렇게 먼 이야기가 아니다. 산을 내려가면 곧 그날이 온다."

고등학생인 가마타가 말했다.

"조직만 먼저 만들어봤자 총이 없으면……."

웃음이 새어나왔다. 태반이 찬동한다는 뜻의 웃음으로 들렸다.

마시코는 고개를 끄덕이며 말했다.

"알고 있다. 본격적인 무장봉기를 위해 무기 조달도 계획하고 있다. 각국 혁명 세력과의 연대와 실제적인 지원도 추구하고 있다. 구체적인 시기와 방법은 말할 수 없지만, 그리 멀지 않은 장래에 우리는 더욱 본격적인 군사훈련을 받을 기회를 손에 넣을 것이다. 그것은 이 부대가 진짜 혁명군으로 성장한다는 소리다."

"이의 없습니다." 누군가가 말했다.

많은 이가 조심스러운 목소리로 이를 따라했다.

다미오는 생각했다. 혁명에 무장봉기에 혁명군. 대부분의 그룹이 이러한 화제에 대해 이미 논의를 끝마쳤을까. 지금 갑자기 밝힌 사실이 아니라, 입에는 담지 않지만 다들 수긍하고 있던 목표이자, 방침이자, 전망인 걸까? 다미오는 홋카이도 대학 분트 모임에 참가하지 않았으니 아무것도 모르지만.

옆에 앉은 미야노의 얼굴을 슬쩍 보았다. 미야노는 들떠 보였다. 가령 지금 처음 듣는 이야기였다 해도 받아들였을 것이다. 한솥밥을 먹고 함께 땀을 흘린 체험은, 야마쿠라도 말했듯이 일체감, 연대감 양성에는 효과적이다. 사람을 고양시키고, 감격하게 만들고, 충동적으로 만든다. 그 자리의 누군가가 내리는 지시나 명령에 반사적으로 따르게 된다. 경찰관 훈련에서도 같은 수법을 사용한다.

이 적군파의 경우, 격리된 환경에 사람들이 모였다는 사실과 하려는 일이 위험한 비합법적 활동이라는 사실 때문에 참가자들은 너무나 쉽사리 간부들이 기대했던 바로 그런 기질을 공유하게 되고 말았다. 이것이 앞으로 며칠간 이어지고, 도중에 뭔가 심각한 트러블을 공동으로 해결하는 체험이라도 덧붙일 수 있다면 일체감, 연대감은 완벽해진다. 만일 이 공기에 위화감을 느끼는 이가 있다면 다미오처럼 면역이 생긴, 사회에 물든 청년뿐일 것이다.

실내가 잠잠해지자 마시코는 서류철을 가리키며 말을 이었다.

"그리하여 전원, 이 결의 표명서에 사인해주길 바라는 바이다. 사토 방미저지를 위해 생명을 걸고 무장봉기에 궐기하겠다고. 자기 사인과, 스스로 덧붙일 결의도 한마디씩."

잠시 동안 방에서 말소리가 사라졌다.

비교적 나이가 있어 보이는 청년이 간사이 사투리로 물었다.

"그거, 유서라는 말인가?"

마시코는 대답했다.

"아니. 하지만 만약 죽을 경우, 그렇게 해석될지도 모른다."

"유서를 쓴다고 하니 뭔가 현실감이 드네."

방 안에 있는 대부분의 청년들이 웃었다.

다미오는 옆자리의 미야노에게 작게 물었다.

"너, 유서를 쓸 각오는 되어 있어?"

미야노는 대답했다.

"그냥 결의 표명을 쓰는 거예요."

"나는……." 다미오는 시선을 미야노 옆의 요시모토에게 돌리며 말했다. "무장봉기라는 말은 못 들었어. 사토 방미 저지를 위한 실력 행동이라고 해서 따라온 거야."

요시모토가 그게 어떠냐는 식으로 말했다.

"알고 있을 줄 알았지. 뜻 깊은 실력 행동이라는 건 무장봉기하고 똑같은 뜻이야. 그럼 분트가 무슨 합창 서클 같은 건 줄 알았어?"

오노데라가 끼어들었다.

"안조도 서명 뒤에 자기가 믿는 바를 덧붙이면 좋잖아. 테스트하고는 달라. 정답은 없으니까."

서류철과 볼펜이 돌아왔다.

별 수 없이 다미오는 진의를 의심하지 않도록 서명 뒤에 기입했다.

'전사가 무엇인지, 전사의 가슴속에 있는 것은 무엇인지, 아무도 그것을 모른다.'

미야노가 들여다보고 말했다.

"꽤나 시적이네요."

"이래봬도 러시아 문학 전공이야."

다미오는 미야노의 결의 표명문을 들여다보았다. 폭력 학대에 처한 세계의 모든 인민과 연대하여 투쟁한다, 라고 적혀 있었다. 이 자리에 있는 사람이면 누구나 쓸 만한 문장이었다. 다미오는 감상을 말하지 않았다.

자기가 보낸 통신이 경시청 공안부에 닿았다면, 이제 곧 공안부는 이 오두막 아래쪽의 젠베이 로지 주변에 기동대를 배치할 것이다. 여기 모인 사람들이 도시로 흩어지기 전에 일제 검거에 돌입한다. 보아하니 이곳에는 총은 없는 듯하고, 폭탄도 바로 사용할 수 있는 상태가 아니다. 그다지 유혈을 보지 않고 일제 검거를 종료할 수 있을 터이다. 그렇다면 반대로 미야노의 신변은 안전하다. 공안 사건으로 체포당한 이력이 있다는 기록은 남지만, 앞으로의 사회적 생명이 완전히 끊어지는 것도 아니다. 이제 사전에 이 녀석을 빼내자는 생각은 말아야겠다.

모리야 구미코의 얼굴이 한순간 떠올랐다. 이곳에서 검거를 하게 되면, 나는 그녀의 기대에 부응한 셈이 될까?

전원이 결의 표명문을 기입하자 마시코가 이것을 모으고는 말했다.

"좋다. 그러면 오늘은 여기서 해산. 내일 하루도 산에서 기초훈련을 실시한다. 내일은 오늘보다 더 실제적이고 구체적인 훈련이 될 것이다. 아침 6시 기상, 7시 조식, 8시 출발. 말했듯이 이 오두막 안에서는 좌익 관련 대화는 금지."

간사이 사투리를 쓰는 청년이 말했다.

"방에서 노래하는 것도 안 돼?"

"어떤 노래지?" 마시코가 물었다.

"오카바야시나, 포클이나."

간사이 지방의 포크송 가수와 그룹 이름이 나왔다.

"그런 노래는 괜찮을 거다. 인터내셔널*하고 바르샤바 노동가는 안 돼."

그 자리의 많은 청년이 웃었다.

그날 밤은 다들 소등시각이 되어도 서로의 방을 오가며 이야기를 계속했다. 다미오도 요시모토에게 찰싹 들러붙어 방을 옮겨 다녔다. 어디서나 전지를 넣어 쓰는 거치식 회중전등이 안내등을 대신했다.

좌익 관련 화제는 피하라고 했지만, 결국 이곳에서 공통의 화제는 그것 말고는 없다. 현재 당파나 운동 자체에 대한 직접적인 이야기는 화제가 되지 않았지만 현대사나 베트남 전쟁, 쿠바 혁명 이야기가 주를 이루었다.

다미오는 직접 화제에 끼어들지는 않았다. 다만 이야기하는 인물의 얼

---

* 사회주의 혁명가, 노동가의 대명사. 소비에트연방의 국가國歌이기도 함

굴, 이름, 입장과 발언 내용을 기억하려 애썼다.

오후 11시쯤 되자 당연히 잠드는 사람이 나왔다. 왕복 일곱 시간에 이르는 등산은 체력이 상당히 소모되는 일정이었다. 다미오는 요시모토가 자려고 일어설 때까지 기다렸다가 함께 방으로 돌아왔다.

6

눈을 떴을 때, 바깥은 아직 어두워보였다. 덧창의 희미한 틈새로 바깥의 어렴풋한 빛을 알 수 있다. 일출 삼사십 분쯤 전일까. 손목시계를 보니 오전 5시 20분이었다.

어째서 잠이 깼는지, 금세 이유를 깨달았다. 뭔가 금속끼리 맞닿는 소리를 들은 듯했다. 바닥을 긁는 구두소리도 함께.

혹시나.

다미오는 상체를 약간 일으키고 귀를 기울였다. 방에서는 코를 골고 있는 사람도 있다. 눈을 뜬 이는 없는 듯하다. 오두막 전체는 쥐죽은 듯 고요했다. 관리인들도 깨지 않았다.

그렇게 생각했을 때, 복도에서 소리가 났다. 문이 열리는 소리. 발소리. 탁하고 나직한 목소리도 들린다. 그 소리에 잠깐 아이 목소리가 섞였다.

관리인들이 오두막을 나가려 하나? 소리에 더욱 의식을 집중했다. 마당에서 발소리가 들린다. 몇 사람이 달려가는 듯한 소리.

옆방에서 누군가가 외쳤다.

"경찰이다!"

오두막 안이 발칵 뒤집혔다.

"경찰?"

"어디?"

"불은?"

다미오의 방에 있던 사람들이 다들 이불을 걷어찼다.

누군가가 라이터를 켰다. 요시모토가 엎드린 자세로 창에 다가가 덧창을 살짝 열고 밖을 훔쳐보았다. 이 방의 창문은 오두막 앞마당을 바라보고 있다.

요시모토가 말했다.

"기동대다. 방패가 보여."

미야노가 다미오를 바라보았다. 정말일까? 하고 묻는 얼굴이다.

몇 사람이 복도를 달려간다.

야마쿠라의 목소리가 들렸다.

"내려와! 바리케이드를 만든다!"

그때 밖에서 큰 음량의 목소리가 들렸다.

"적군파 제군, 너희들은 포위당했다. 두 손을 머리 위에 얹고 한 명씩 나와라."

스피커로 키운 목소리였다.

정면에서 투광기가 켜졌다. 몇 개의 라이트가 오두막 현관과 이 층 창문을 비췄다. 다미오가 있는 방의 덧창 틈새로도 강력한 빛이 파고들었다. 요시모토는 얼굴을 숨기고 허리를 낮춘 자세로 방에서 나갔다.

다미오는 기어서 창으로 다가가 바깥을 살펴보았다. 하늘이 조금 더 밝아졌다. 푸른 빛 속에 길게 줄지어 선 검은 그림자가 보였다. 두랄루민 방패가 어렴풋이 하늘의 빛을 반사하고 있었다. 정면에 보이는 범위만 헤아려 봐도 이백 명은 넘는 듯했다.

복도 반대쪽 방에서 요시모토가 말했다.

"뒤쪽으로 도망칠 수 있어."

몇 명은 창문을 통해 이 층 지붕으로 나간 모양이다. 양철 지붕을 밟는 소리가 들렸다.

하지만 오두막 뒤쪽에서도 누군가가 말했다.

"뒤쪽도 포위하고 있어! 소용없다. 정면 현관으로 한 사람씩 나가!"

다미오는 복도 너머로 뒤쪽 방의 창문을 보았다. 확실히 뒤쪽에서도 라이트를 비추고 있다.

다미오는 경시청 공안부와 야마나시 현경이 어떤 작전을 취했을지 상상해보았다. 그들은 틀림없이 다미오의 통신을 받았을 것이다. 하나 산장에 적군파가 집결했다는 정보는 파악했다고 쳐도, 정확한 인원수와 다수의 폭탄을 준비했다는 사실은 다미오의 통신으로 간신히 확인할 수 있었을 것이다.

출발이 언제인지는 파악하지 못했다. 그래서 공안부와 야마나시 현경은 여유를 두지 않고 일제 검거를 결정했다. 장소도 젠베이 로지 앞이 아니라 하나 산장으로 잡았다. 잠복할 경우 후미가 산속으로 도망칠 우려가 있다고 판단한 것이리라. 폭탄을 든 활동가가 도주했을 경우, 그 후에 일어날 사태가 심각해진다. 그러나 하나 산장을 새벽에 포위한다면 전원 검거가 가능하다.

출동한 것은 야마나시 현경의 기동대일 것이다. 그들은 젠베이 로지 옆의 임도를 도보로 올라와서 오두막을 포위한 후 관리인 가족을 먼저 밖으로 내보냈다. 다미오가 들었던 소리들은 그때 났던 소리다.

문제는 과연 폭탄을 사용하는가이다. 촉발성 신관을 붙인 폭탄이 있다면 갑작스런 기동대 투입은 위험부담이 너무 크다. 거리를 두고 설득으로 항복하게 만드는 것이 좋다. 그러한 작전이 아닐까?

아래층에서 야마쿠라와 마시코로 추정되는 목소리가 넘나들고 있다.

"뒤쪽은 어때?"

"기동대 수는?"

"바리케이드는 의미가 없어."

"정면 돌파다!"

뒤쪽이 소란스러워졌다.

"잡혔어!" 비명소리. "뒤에도 잔뜩 있어!"

뒤쪽 비탈길로 도망치려다가 붙잡힌 사람이 나온 모양이다.

미야노가 이불 위에 납작 엎드린 모습으로 물었다.

"어쩌지? 어쩌면 좋아?"

다미오는 미야노의 어깨를 두드리며 말했다.

"도망칠 수 없어. 다치지나 않게 포기하자."

"아직 아무것도 못했는데."

다행이잖아, 라고 말하려다가 그 말을 집어삼켰다. 자신은 아직 이곳에서는 적군과 군사조직의 일원이다. 그럴듯한 대사가 필요했다.

"또 할 수 있어." 다미오는 말했다.

옆에 있던 오노데라가 물었다.

"항복할 거야?"

다미오는 대답했다.

"마시코 씨랑 간부들이 판단하겠지."

"끝까지 항전할 수밖에 없잖아."

또다시 스피커를 통해 목소리가 들렸다.

"삼 분의 유예를 주겠다. 삼 분 안에 두 손을 머리에 얹고 한 사람씩 나와라. 너희는 완전히 포위되었다. 저항은 소용없다."

다미오는 일어서서 작은 상야등의 불빛에 의지해서 복도를 걸어갔다. 어느 방에나 몇 사람씩은 망연자실한 모습이다. 이불을 둘러쓰고 벌벌 떨고 있는 사람이 있었다. 무의미하게 창을 열었다 닫는 사람도 있다. 바지도 안 입고 방풍 재킷을 입고 있는 사람도 있었다.

다소 평정을 되찾은 사람들은 이미 아래층으로 내려간 모양이다. 식당 쪽에서 뭔가 부수는 소리가 들렸는데, 무기라도 만들려는 것일까?

복도 막다른 곳까지 걸어가서 안쪽 방을 들여다보았다. 그곳에는 이불이 깔려 있지 않았다. 간부들이 회의에 사용하던 방이다. 중요한 짐을 보관하는 장소이기도 한 것 같았다.

방 한구석에서 어제 폭탄을 담당했던 은테 안경을 쓴 청년을 보았다. 키슬링을 가슴에 끌어안고 덧창 틈새로 바깥을 살피고 있었다.

다미오는 그 청년에게 다가가 말했다.

"아래로 내려오래."

안경 쓴 청년은 다미오에게 고개를 돌렸다.

"나한테?"

"그래. 그 짐, 그거야?"

"그래."

"내가 들게."

손을 내밀자 청년은 순진하게 그 배낭을 건넸다. 제법 무게가 나갔다. 10킬로그램 이상 될까? 완충재로 감싼 폭탄이 몇 개 들어있을 것이다.

"촉발성인가?"

"아니. 괜찮아."

"또 없어?"

"거기 배낭."

방구석에 또 하나의 키슬링이 놓여 있었다. 다미오는 그 배낭까지 들고 청년에게 말했다.

"이것도 가져갈 테니 넌 빨리 아래로 가."

청년은 일어서서 복도로 나갔다.

또다시 밖에서 스피커 소리.

"앞으로 이 분."

다미오는 계단까지 와서 뒤를 돌아보며 외쳤다.

"미야노, 어디 있어?"

"여기야"라는 대답이 있었다. 아직 자기 방에 있다.

은테 안경을 쓴 청년은 흘깃 뒤를 돌아 다미오를 올려다보았지만, 그대로 계단을 내려갔다.

다미오는 짐을 든 채로 복도를 되돌아갔다. 방금 청년이 있었던 방의 맞은편도 이미 텅 비었다. 뒤쪽으로 나 있는 방이다. 다미오는 그 방으로 들어가 벽장을 열고 그 안에 키슬링을 쑤셔 넣었다. 그리고 그 위에 이불을 몇 채 얹었다.

"안조 씨." 미야노의 목소리가 들렸다.

"왜 그래?"

다미오가 복도로 나오자 미야노가 달려들었다.

"절 두고 가지 마요. 불안하단 말이에요."

"기세등등한 소리를 썼던 주제에."

"그건 결의죠. 이념이라고요."

또다시 스피커 목소리.

"앞으로 일 분. 빨리 나와라. 투항하라. 이제 할 수 있는 일은 없다."

미야노가 물었다.

"어떻게 될까?"

"때가 되면 최루가스탄을 쓰겠지."

살수도 할지 모르겠다는 생각을 했지만 바로 그 발상을 부정했다. 살수차가 저 임도를 올라오기란 어렵다.

"최루가스라니, 실명하는 거야?"

"눈이 미치도록 매울 뿐이야."

다미오는 미야노를 원래의 방에 다시 밀어넣고 말했다.

"포위당했어. 뭘 해도 소용없어. 저항하지 말고 체포된 후의 일을 생각하자. 공판투쟁도 의미가 없어. 하루라도 빨리 나올 길을 찾자."

"당의 방침이 그렇지 않더라도?"

"그 정도 자주성은 허락해주겠지."

스피커 목소리는 시한이 왔음을 알렸다.

"시간이 됐다."

몇 명의 청년들이 달려서 계단을 올라왔다.

방에 들어온 사람은 야마쿠라와 그 은테 안경의 청년이었다. 이미 방 안은 얼굴을 알아볼 수 있을 정도로 밝았다.

"이 사람이야." 안경을 쓴 청년이 다미오를 가리켰다.

야마쿠라가 물었다.

"짐은 어쨌어? 지금 필요해."

다미오는 고개를 갸우뚱하며 말했다.

"누가 나한테서 채어갔어요."

"누구지?"

"이름은 모릅니다."

"어디 놈이야?"

"간사이 사투리를 썼어요."

그때 밖에서 가벼운 파열음이 줄줄이 터졌다. 펑, 펑, 하는 소리다.

다미오는 미야노의 등을 누르고 다다미 위에 엎드려 숨을 멈췄다. 창밖 덧창에 무언가가 부딪혔다. 충격으로 덧창이 벗겨졌다. 하늘은 조금 더 밝아져 있었다.

오두막의 덧창을 향해 최루가스탄을 쏘아대고 있는 것이다. 최초의 사격은 덧창을 파괴하기 위한 것이리라. 또다시 파열음이 이어졌다. 이번에는 유리가 깨지는 소리. 다미오 일행이 있는 방의 유리창도 깨졌다. 하얀 연기를 토해내는 가스탄이 방 안으로 굴러들었다.

눈에 극심한 자극을 느꼈다. 눈을 뜰 수가 없다. 이제 오두막 안에서 무슨 일이 벌어지고 있는지 확인할 수도 없다. 다미오는 이를 악물고 눈의 통증을 견뎠다. 눈물이 쏟아졌지만, 눈물 정도로 눈에 들러붙은 최루제를 씻어내기는 역부족이었다.

이제는 일어설 수 없다. 걸을 수 없다. 움직일 수 없다. 이 통증이 가시기까지 가만히 참고 있을 수밖에 없었다. 이 층 현관문 주변에 있던 사람들은 괴로움을 참지 못하고 밖으로 뛰쳐나간 듯했다.

경관들이 외치고 있다.

"체포하라!"

"끌어내!"

십 초나 이십 초쯤 지났을 때, 밖에서 일제히 신발소리가 들렸다. 아마 방독면을 쓴 기동대원이 오두막을 향해 돌입한 것 같다. 이제 곧 다미오는 현행범 체포 고지를 듣게 될 것이다. 흉기준비집합죄로.

다미오는 수갑을 풀고 취조실로 들어갔다.

고후 시내의 야마나시 현경, 고후 경찰서 이 층이었다. 이날 다미오는 다른 쉰두 명의 청년, 학생들과 함께 하나 산장에서 체포되었다. 맨발로 마당에 끌려 나와 물로 눈을 씻긴 후, 오두막의 슬리퍼를 신으라는 지시를 받았다. 그다음, 기동대 네 명에게 둘러싸여 임도를 걸었다. 임도 입구의 젠베이 로지 앞에는 기동대 수송차와 호송차, 지휘차, 순찰차와 위장 순찰차가 도합 스무 대 가량이나 늘어서 있었다. 놀랍게도 지역 방송국의 사륜구동차도 있었다.

다미오는 열 명의 청년들과 함께 호송차를 타게 되었다. 미야노하고는 다른 차량이 되었다. 호송차는 산을 내려와 국도 411호선으로 진입해 엔잔을 넘어 고후로 들어섰다. 고후 경찰서에서 내려 이렇게 취조실로 끌려온 것이었다. 체포한 사람들은 야마나시 현경의 몇몇 관할서에 나누어서 구류하는 모양이었다.

자그마한 책상 너머에 중년의 사복 수사원이 앉았다. 다미오의 오른편에 젊은 수사원이 벽에 기대고 섰다. 두 수사원의 얼굴에 나타난 감정은 적의나 증오라기보다는 호기심이었다. 뭔가 정체를 알 수 없는 생물이라도 보는 눈으로 다미오를 바라보았다.

중년의 수사원이 다미오를 바라보며 말했다.

"이름."

다미오는 수사원을 쳐다보며 물었다.

"야마나시 현경 수사원이십니까?"

상대는 미간에 주름을 잡았다.

"왜 묻나?"

"드릴 말씀이 있습니다."

다미오는 오른편의 젊은 수사원에게도 눈길을 돌렸다. 그 수사원도 고개를 갸웃거리며 다미오를 바라보았다.

중년의 수사원이 말했다.

"야마나시 현경 경비과 아라이다. 무슨 얘기를 하고 싶다고?"

"경시청 공안부가 와 있지요? 연락을 취해주시지 않겠습니까."

"공안부에? 어째서?"

"저는 경시청 쓰키시마 경찰서 순사 안조 다미오입니다."

그것이 정규 소속이었다.

"경시청 공안부 명령으로 잠입해 있었습니다. 공안부의 가사이 반장님께 연락해주십시오."

두 수사원은 얼굴을 마주보았다.

중년의 수사원은 다시 한 번 다미오에게 눈을 돌리더니 다소 조심스럽게 말했다.

"뭔가 증명할 만한 것은?"

"가사이 반장님이 설명해주실 겁니다."

젊은 수사원이 말했다.

"불러오겠습니다."

오 분 후에 양복을 차려입은 가사이가 들어왔다. 야마나시 현경의 수사원들은 목례를 하고 취조실에서 나갔다.

"고생이 많았네."

가사이가 말했다. 드물게 만족스런 미소를 띠고 있다.

"젠베이 로지 앞에서 알아봤지만, 말을 걸 수 없는 상황이어서 말이야."

"제 연락은 받으셨습니까?"

"그래, 받았네. 인원수와 무기 파악을 못 하고 있었는데, 그 정보는 유용했어."

"폭탄은 놈들에게서 빼앗아 이 층 안쪽 방에 숨겨놓았습니다. 찾으셨을 거라 생각합니다만."

"있었지. 조사를 해봐야 단정할 수 있겠지만 피스 캔 폭탄과 쇠파이프 폭탄이야. 도합 여덟 개가 있었어."

별안간 피로감이 몰려들었다. 삿포로를 떠난 이래로 길었던 긴장이 겨우 풀린 것이다. 다미오는 길게 숨을 내뱉고서 말했다.

"해방이군요. 임무는 끝났네요."

가사이는 미소를 지으며 말했다.

"훌륭한 수훈이다. 오늘은 특별대우로 몰래 밖으로 데려가 맛있는 걸 먹게 해주마."

"무슨 뜻입니까?"

"조금 더 연극을 계속해주기 바란다. 자네는 그 자리에서 다른 일당들의 눈앞에서 체포당했으니 주가가 더 올라간 거야. 자네 신분에 절대적인 보증서가 붙은 셈이 되지."

뜻은 알겠다. 하지만 이해하고 싶지는 않았다. 다미오는 물었다.

"그렇다는 말씀은?"

"검거자 가운데 주요 간부는 둘밖에 없었다. 마시코와 야마쿠라다. 놈들에게는 뭔가 음모가 더 있을 거야. 공안부는 아직 자네의 능력이 필요해."

다미오는 항의했다.

"전 이 이상 견딜 수 없습니다. 신경이 한계에 달했어요. 가면을 쓰고, 주위를 속이고, 계속 거짓말을 하고. 이제 그만두게 해주십시오."

"이제 금방이다. 경시총감상을 받을 수 있어. 아니, 장관 표창도 가능하지. 내가 추천하겠네. 자네는 공안경찰관으로서 최고의 배지를 손에 넣는 거야."

"저는 공안경찰관이 되고 싶은 게 아닙니다. 아버지처럼 주재 경관이 되는 것이 꿈입니다."

"인사에서 희망을 관철하고 싶다면 공적이 필요하다. 게다가 경시청에서 자네 아니면 누가 이런 임무를 할 수 있겠나?"

"있습니다. 많습니다."

가사이는 이 이야기는 끝이라는 듯이 단호하게 말했다.

"없다. 자네뿐이야."

다미오는 포기하고 다시 물었다.

"제게는 체포 이력이 붙겠지요."

"훈장이 붙는 거네."

"저는 주재 경관이 될 수 있는 거지요?"

"그때가 되면 내가 강력하게 추천하지."

가사이는 다미오의 눈을 들여다보았다. 이 매력적인 제안을 거절하겠느냐고 묻는 얼굴이었다.

"알겠습니다."

목소리에서 힘이 빠졌다.

"임무를 속행하겠습니다."

쇼와 44년 11월 5일 아침이었다.

7

식당 창문의 일부가 활짝 열려 있어서 그곳으로 고원지대의 6월 바람이 불어 들어오고 있다. 슬슬 장마가 시작될 시기지만, 오늘 고원의 하늘은 맑았다. 바람은 적당한 습기와 시원한 온도로 안조 다미오의 뺨을 어루만지고 있다.

창밖에는 잘 손질된 정원수들이 푸르른 잎을 펼치고 있다. 잔디 정원 앞은 낙엽송 숲이었다. 바람은 그 숲 너머에서 불어오고 있었다.

다미오는 어느덧 젓가락질을 멈추고 정원의 모습에 빠져들었다. 어제까지 이 정원의 모습이 내 눈에 들어왔던가? 이렇게 기분 좋게 느껴졌던가?

어쩌면 혹시. 다미오는 혼자 중얼거렸다. 곤두섰던 내 신경도 안정을 되찾은 모양이다.

여기는 가루이자와에 있는 경시청 요양소다. 다미오는 꼭 이 주일 전에 이 요양소에 도착한 후로 오늘까지, 그대로 혼자 머무르고 있었다. 큰 임무 하나를 이제 막 끝냈다. 요 반년 남짓한 시간 동안 줄곧 접촉해왔던 그룹이 일제히 검거된 것이 이십 일 전인 5월 19일이다. 그 후로 사흘 동안, 상사인 가사이 참사관*을 비롯한 공안부에 이번 임무 수행 중에 보고 들은 정보를 남김없이 보고했다. 그때 다미오의 정신상태를 우려한 가사이가 이다바시의 경찰병원에서 진찰을 받으라고 지시했던 것이다. 정신과 전문의에게 진찰을 받은 결과, 다미오는 불안신경증이라는 진단을 받았다. 한동안 임무에서 벗어나 느긋하게 요양할 필요가 있었다.

다미오는 가사이에게서 새로운 지시를 받았다. 경시청이 가루이자와에 소유하고 있는 요양소에서 다음 진찰일까지 휴양하도록, 이라고.

---

* 각 경찰기구에서 정책기획 및 수사지휘를 담당하는 인물. 경찰서장과 같은 경시정 계급이지만 직급 및 권한이 훨씬 강함

다미오 본인도 스스로의 신경이 넝마가 다 되었다는 자각은 있었다. 감사히 그 지시를 따르기로 했다.

이 주 후에는 요양소에서 나가 도쿄로 돌아가서 불안신경증이 완치되었는지 다시 한 번 진찰을 받는다. 임무를 견딜 수 있을 만큼 회복되면 아마 새로운 임무를 받게 될 것이다. 아니면 새로운 이동 명령을 받을지도 모른다. 어찌 됐든 반년에 걸친 특수임무는 일단 끝을 고했다. 일제 검거한 일당들의 공판이 시작되면 증인으로 도쿄지방재판소에 가게 될지도 모르지만, 지금은 우선 이 임무를 잊을 수 있다. 아니, 당연히 잊을 수 있다. 요양지에서 취한 이 주간의 요양과, 처방된 약물 복용 덕분에.

이 주간의 요양은 성공적인 것 같다. 다미오는 평온한 기분으로 생각했다. 나는 내일의 체크아웃을 기대하고 있다. 도쿄에 가기 싫다는 생각은 들지 않는다. 나는 회복된 것이다.

다미오가 정원에 푹 빠져 있는데 옆에서 누가 말을 걸었다.

"안조 씨, 오늘까지죠?"

벌써 귀에 익은 목소리다. 호리고메 준코다. 이 요양소에서 일하는 스물두 살의 아가씨. 그릇을 담은 쟁반을 두 손으로 들고 있었다.

다미오는 소리가 들려온 쪽으로 고개를 돌렸다.

준코는 머리에 삼각 두건을 두르고, 파란 앞치마를 걸치고 있었다. 몸집은 작아도 민첩하고 야무진 아가씨였다. 눈이 크고, 발간 뺨에는 언제나 미소가 떠올라 있다. 원래 남을 돌보길 좋아하는 성격이리라. 이곳에 묵은 첫날부터 준코는 다미오의 식욕이나 좋아하는 음식을 신경 써주었다. 빨랫감이 있으면 달라고 한 적도 있었다. 다미오는 그 호의를 사양하고 세탁기 사용법만 알려달라고 해서 직접 빨래를 했지만.

다미오는 대답했다.

"응. 내일이야."

준코가 또 물었다.

"그다음에는 어떻게 되나요? 바로 업무에 복귀하나요?"

"모르겠어. 진찰 결과에 따라 다르겠지."

"그럼 또 여기로 돌아올 수도 있겠네요?"

"글쎄. 다음에는 고쿠분지의 경찰병원에 입원할지도 모르지."

"전……." 준코는 일단 창밖으로 눈을 돌리고서 말했다. "내일 휴가라서 오래간만에 도쿄에 가요. 도쿄로 가는 열차가 같으면 곤란하신가요?"

그녀의 고향은 가루이자와 역 근처였을 것이다. 매일 여기까지 요양소의 소형 버스로 출퇴근한다고 들었다.

다미오는 망설이면서도 대답했다.

"11시에 이다바시야." 이다바시의 경찰병원에서 그 시각에 진찰을 받을 예정이다. "이른 아침에 기차를 탈 거야."

"저도 8시 기차를 탈 생각이에요. 역에서 기다려도 괜찮을까요?"

"응."

준코는 안도한 듯 미소를 지으며 다미오의 곁을 떠났다.

다미오는 조리실로 향하는 준코의 모습을 배웅했다.

이 요양소는 경시청 부속 시설이니 이용객은 경시청 경찰관이거나 그 가족들뿐이다. 종업원도 처음부터 그런 생각으로 환자를 대한다. 오랫동안 자신의 진짜 직업과 소속을 숨길 의무에 절어 있었던 다미오에게 자신을 당연하다는 듯이 경찰관으로 대우해주는 이 시설은 고마운 장소였다. 정체를 속이지 않아도 된다는 사실이 얼마나 해방감을 주고 마음을 편하게 해주는지, 그것을 찬찬히 곱씹을 수 있었다. 다미오가 그럭저럭 불안신경증을 극복해냈다는 생각이 드는 것도 그 덕분이었다. 가사이의 지시는 고맙게도 정확했다는 소리다.

무엇보다……. 다미오는 시선을 다시 창밖의 정원으로 돌리며 생각했다. 자기가 누구인지 숨길 필요 없이 저 준코 같은 여성과 이야기를 나눌 수 있다는 사실이 기뻤다. 홋카이도 대학 입학 이래로 오늘까지, 다미오는 자기가 누구인지를 거의 모든 사람에게 정직하게 말한 적이 없었다. 특히 여성에게는.

어머니에게조차 자기의 임무와 입장에 대해 거짓말을 해왔다. 홋카이도 대학에 다니는 것은 소련 대책 요원으로서 전문 교육을 받기 위함이고, 그 외의 이유는 없다고 말해왔다. 만약 어머니에게 경시청 쓰키시마 경찰서에 배속된 채 과격파를 대상으로 하는 잠입 수사관이 되었다고 털어놓았더라면 어머니는 걱정으로 잠을 못 이루셨을 것이다.

그런데 준코는 처음부터 다미오를 경찰관으로 받아들였다. 그뿐 아니라 뭔가 힘겹고 비밀유지를 요하는 임무를 담당하고 있었다는 사실도 알아주는 듯했다. 그런 의미에서 다미오는 준코 앞에서는 거짓 없는 모습이었고, 어떤 의미에서는 벌거숭이였다. 벌거벗고 있어도 아무런 위험도 없는 상대였고, 그러한 관계였다.

매일 세 번 식사 때마다 말을 걸어주는 준코가 어쩌면 이번 회복을 위한 최고의 약이었는지도 모른다는 생각까지 했다. 이 요양소에서 일하는 열여덟 명 남짓한 여성들 가운데서도 특별히 준코가.

다미오는 시선을 쟁반으로 옮기고 식사를 재개했다.

약속한 월요일, 대합실에 나타난 준코는 여느 때보다 조금 더 꾸민 것처럼 보였다. 언제나 뒤로 묶었던 머리를 풀었다. 어깨보다 조금 더 내려온 머리였다. 화장도 한 것 같다.

복장은 티셔츠에 면 스커트였다. 스커트는 경시청 직원이라면 아마 직장에서 용인해주지 않을 정도의 길이. 그렇다고는 해도 지나치게 짧은 것은 아니다. 고작해야 무릎 위 10센티미터 정도일까? 하지만 다미오는 지금까지 준코가 바지를 입은 모습밖에 보지 못했다. 그 하얀 무릎이 눈부셨다.

준코는 살짝 달뜬 표정으로 다가왔다.

"아침식사는 벌써 하셨어요?"

다미오는 벤치에 앉아서 대답했다.

"응. 일찌감치 먹었어."

"기차로 오래 가니까 저도 도시락을 좀 싸왔어요. 기차 안에서 드시지 않을래요?"

"응. 좋아."

"마실 차만 살까요?"

"응."

"'응'뿐이네요."

어떻게 대답해야 좋을지 몰라 다미오는 한 번 더 말했다.

"응."

"처음에는 '응'이라고 말하는 것도 괴로워 보였어요. 그 무렵에 비하면 입이 꽤 가벼워진 것 같아요."

"응. 내 생각에도 그래."

그다지 대화에 흥이 붙지 않고 있는데 개표 시각이 되었다. 다미오는 보스턴백을 들고 일어섰다. 개표구 쪽으로 걸음을 뗐을 때, 무의식적으로 뒤를 보았다. 대합실에 있는 다른 손님들의 얼굴. 입구 밖에 보이는 통행인의 얼굴. 준코가 종종걸음으로 따라왔다.

열차는 예상보다 붐볐다. 다미오와 준코는 통로를 끼고 이웃해서 앉았다. 다미오는 자리에 앉은 후에도 몇 번이나 뒤를 돌아보며 다른 승객의 얼굴을 확인했다.

중간에 통로가 있어서 이야기를 별로 나눌 수가 없었다. 다미오로서는 다행이었다. 요코카와를 지났을 때 준코는 숄더백에서 도시락 꾸러미를 꺼냈다. 자그마한 주먹밥과 달착지근하게 구운 계란부침, 그리고 절임이었다. 준코는 젓가락도 준비해왔다. 다미오는 사양 않고 주먹밥을 들었다. 전부 직접 만들었다고 준코가 말했다.

말없이 식사를 마치고 나서야 다미오는 깨달았다. 준코가 직접 만들었다고 했을 때 감탄했어야 했다. 맛있다고 극찬해야 하는 장면이었다. 하지만 지금 알아차렸다고 허둥지둥 말하는 것도 속이 빤히 들여다보인다. 그대로 잠자코 있었다. 곁눈질로 보니 준코의 표정에 희미하게 낙담한 기색이 보였다.

이윽고 열차 안내방송이 종점인 우에노 역에 곧 도착한다고 알렸다.

준코가 통로 쪽으로 상체를 기울였다. 뭔가 하고 싶은 말이 있는 모양이다. 다미오는 준코를 바라보았다.

준코가 물었다.

"안조 씨, 병원 다녀온 다음에 시간 있어요?"

"있을 것 같은데, 왜?"

"만약 시간 있으면 잠깐 같이 가주실 수 없나 해서요." 준코는 덧붙였다. "도쿄를 잘 몰라서요. 안조 씨는 도쿄 사람이죠?"

"상관은 없는데." 다미오는 대답했다. "어딜 가는데?"

"긴자나 신주쿠 같은 델 안내해주면 고마운데."

"내가 잘 아는 곳은 우에노 주변뿐이야."

"아, 동물원도 좋아요."

"병원이 몇 시에 끝날지 몰라."

"11시 진찰이면 오후까지 이어지지는 않겠죠."

"아마."

"제가 12시에 병원으로 갈게요. 대합실에서 기다리고 있을게요. 만약에 안 끝나면 계속 대합실에 있죠, 뭐."

"준코 씨는 몇 시 기차로 돌아가는데?"

"휴가를 붙여달라고 했어요. 오늘은 고등학교 때 친구네 집에서 자니까 저녁때까지 시간이 있어요. 쇼핑이나, 영화관을 안내해주시면…….'

"정말 잘 몰라."

"제가 폐가 되는 소릴 하고 있나요?"

"아니."

"안조 씨가 어렵지만 않다면 괜찮은데."

"그럼 저녁까지 같이 다니지."

"동물원도 좋아요. 판다를 아직 못 봤어요."

"나도 마찬가지야."

열차가 선로 교체 지점을 통과했다. 차량이 좌우로 흔들려 두 사람의 몸이 휘청했다.

준코는 또 살짝 웃었다.

"그럼 저, 쇼핑 좀 하고 12시에 이다바시로 갈게요."

"더 천천히 해도 돼. 아니면 내가 오후에 쇼핑을 같이 가줄까?"

"그럼 이다바시까지 따라갈래요."

다미오는 경찰병원까지 준코와 함께 가게 되었다.

진찰실은 다다미 넉 장 반 정도 되는 넓이의 작은 방이었다. 벽은 순백색이 아니라 은은하게 난색계의 색이 들어가 있는 직물 벽지다. 의사의 책상도 금속제가 아니었다. 목제다. 신경계 환자를 괜히 긴장하게 만들지 않으려는 특별 인테리어인지도 모른다. 적어도 다미오가 몇 번 들어가 보았던 이 병원 이외의 외래 진찰실은 조금 더 무기질적이고 쌀쌀맞은 느낌이었다.

의사는 약간 살집이 있는 체형의 오십 대 남자였다. 머리숱은 적지만 안색은 좋았다. 거북껍질로 테를 만든 안경을 쓰고 있다.

다미오가 의자에 걸터앉자 의사는 붙임성 있게 물었다.

"어떠신가요. 이 주 동안 편히 쉬셨습니까?"

다미오는 대답했다.

"덕분에 식욕도 되살아났습니다. 지금은 남하고 이야기하는 것도 그리 괴롭지 않습니다."

"잠은 어떻습니까? 잘 자고 있어요?"

"예. 요사이 며칠 동안은 한밤중에 잠이 깨는 일도 없었습니다."

"독서는 하셨나요? 읽을 수 있게 되었습니까?"

"예. 지난 일주일 사이에 읽을 수 있게 되었습니다."

"몇 권이나?"

"예. 러시아 희극이나 과학소설입니다만."

"원어로요?"

"아뇨. 번역입니다. 네 권 읽었습니다."

의사는 고개를 주억거렸다.

"상당히 좋아졌군요. 원래 정신력도 강했겠지요. 딱 봐도 이 주 전과는 표정이 전혀 다릅니다. 감정의 위축은 상당히 사라졌군요. 하지만 조금 더 상황을 지켜봅시다."

다미오는 물었다.

"업무에 복귀할 수 있습니까?"

"종류에 따라 다릅니다. 당분간은 너무 스트레스를 받지 않는 일터에 있는 게 좋겠지요."

"예를 들어, 좋지 않은 일터는 어떤 겁니까?"

"잠입 수사." 의사는 대답했다. "폭력단 상대도 무리예요. 이 질환의 경우, 격심한 스트레스에 노출되면 분노의 폭발이나 혼란을 야기할 가능성도 있습니다. 당신한테 그런 요소가 확실하게 있다고 할 수는 없지만, 그럴 가능성은 상정해두는 편이 좋습니다."

"잠입 수사와 폭력단 상대는 안 된다는 말씀이군요."

"권총을 쥐어야만 하는 분야의 경우, 분노나 혼란은 대단히 큰 위험을 초래합니다."

다미오는 후우, 하고 숨을 내뱉고 말했다.

"제 희망은 주재 경관이 되는 것입니다. 이거라면 괜찮겠지요?"

"미묘합니다." 의사는 말했다. "한 가지 더. 당신의 경우, 이 불안신경증이 재발했을 때엔 분노나 혼란과는 정반대되는 증세도 우려됩니다."

"무슨 말씀이신지……."

"감정의 마비, 사물에 대한 관심의 감퇴, 행복감 상실. 이러한 증세입니다. 지금까지 당신에게 나타났던 증상은 이런 쪽이었습니다."

그에 대한 자각은 있다. 요새 스스로 바싹 마른 고목이라도 된 듯한 기분이 들었던 것이다. 어떤 일에도 흥미를 느끼지 못하고, 무언가에 감동을 받는 일도 없다. 물론 처음에는 그것이 잠입 수사의 공포를 견디기 위해 의식적으로 감각을 마비시켜온 탓이라고 생각했다. 무서운 임무만 끝나면 언제든지 다시 의식적으로 예민한 감각을 되찾을 수 있다고. 그러나 그렇지 않다는 것이 이 의사의 진단이었다. 당신은 이미 불안신경증이 만성화되었습니다, 하고 의사는 다미오에게 명료하게 고지한 것이다.

의사는 말을 이었다.

"경찰관에게 가장 두려운 일은 폭력이나 위험에 대한 일상적인 공포심마저 사라지는 것입니다. 경찰관이 공포심을 잃으면 이는 분노나 혼란이 나타나는 것 이상으로 위험할지도 모릅니다. 본인의 생명을 아끼지 않게 되니까요."

그것은 어떤 경우일까. 어떤 임무를 할 때 그것이 문제가 될까. 기동대원으로서 화염병을 든 데모 부대와 대치할 때인가? 라이플을 소지하고 산장에서 농성하는 범인들을 체포하러 갈 때인가? 그런 현장에 출동하고 싶다는 생각은 털끝만큼도 없다.

다미오가 의사를 바라보고 있으려니 의사는 당황하며 말했다.

"물론 치유됩니다. 느긋하게, 조급하게 굴지 말고 치료를 계속하면요. 비관적으로 생각하실 것 없습니다."

다미오의 뒤에서 문을 노크하는 소리가 났다. 의사가 들어오세요, 하고 대답했다.

진찰실에 들어온 사람은 공안부의 가사이 참사관이었다. 다미오는 깜짝 놀라 의자에서 일어섰다.

가사이는 경례를 하려는 다미오를 제지하고 말했다.

"됐네. 편히 있게. 진찰은 끝났나?"

가사이는 오늘도 고급스러운 짙은 감색 양복을 두르고 있었다. 심기가 좋아보였다. 다미오의 노력도 한몫 거들어, 작년 8월의 미쓰비시중공업 빌딩 폭파 사건 이래로 도내 각처에서 폭탄을 터뜨려왔던 그룹을 일제 검거한 것이다. 그 수사의 지휘를 맡았던 사람이니 심기가 좋기도 할 것이다.

가사이가 다미오의 얼굴을 보며 말했다.

"많이 좋아진 모양이군, 자네. 얼굴에 표정이 돌아왔어."

의사가 말했다.

"아슬아슬했습니다. 완전한 만성이 되지 않길 다행이에요. 나머지는 심리치료면 충분할 겁니다."

"심리치료?"

"카운슬링입니다. 일주일에 한 번, 이곳에서 전문 카운슬러와 상담을 해야 합니다."

"그게 끝나기 전에는 업무가 어렵습니까?"

의사는 비어 있는 또 하나의 의자를 가사이에게 권하며 말했다.

"지금 진단서를 쓰려는 참이었습니다만, 직접 설명을 드리겠습니다."

가사이도 다미오와 나란히 의자에 앉았다.

의사는 지금 다미오에게 설명했던 내용을 거의 그대로 가사이에게 되풀이했다.

끝까지 듣고 나서 가사이가 의사에게 다시 물었다.

"직장 복귀는 어떻습니까?"

"무리입니다." 의사는 명쾌하게 단언했다. "비록 일 년 후라도 더 이상 같은 일터로는 돌려보내지 않는 게 좋습니다."

"외사과라면 어떻습니까?"

"뭐가 다릅니까?"

"경비과라면?"

"카운슬링을 계속한다는 조건으로."

"아깝군요. 재판도 계속됩니다."

"우수한 경관 하나가 폐인이 될 겁니다."

가사이는 의사를 쏘아보듯이 쳐다보다가 다미오에게 말했다.

"수고했다는 말을 할 때인가 보군."

다미오는 말했다.

"약속, 기억하고 계십니까?"

"물론이다."

의사가 진단서를 쓰는 동안 내부 대합실에서 기다리라고 했다. 다미오는 의자에서 일어서서 가사이와 함께 진찰실을 나왔다.

가사이가 손을 뒤로 돌려 문을 닫았다. 동시에 진찰실에서 커다란 금속음이 들렸다. 실수로 서류꽂이나 연필꽂이를 바닥에 떨어뜨린 모양이다.

다미오의 심장이 격렬하게 수축했다. 동시에 상체가 반응했다. 뒤를 돌아보듯이 몸이 휜 것이다. 몸이 복도 반대편 벽에 쿵, 하고 부딪혔다. 스스로 제어할 수 없는 반응이었다. 약간 우스꽝스러운 움직임이었다.

자세를 가다듬은 다미오는 겨드랑이 밑에 땀이 배어나오는 것을 느꼈다. 불안신경증은 아직 낫지 않았다. 이 주 전에 의사가 들려준 설명에 의하면 이것은 경악반응이라는 증상이 아니었던가? 그 증상이, 이 정도의 예기치 못한 소리에 튀어나온 것이다.

다미오는 송구스러운 마음으로 가사이를 쳐다보았다.

가사이는 다미오를 안쓰럽게 바라보며 말했다.

"역시 조금 더 휴식이 필요한 걸까."

내부 대합실 벤치에서 기다리고 있으니 잠시 후 진찰실에서 간호사가 나와서 가사이에게 진단서를 건넸다.

가사이가 그 진단서를 읽고 나서 다미오에게 말했다.

"나도 자네를 폐인으로 만들 생각은 없네. 의사가 권하는 대로 우선 쓰키시마 경찰서로 돌려보내지."

"감사합니다."

마침내, 마침내 그 말을 들을 수 있었다.

다미오는 안도의 한숨을 내쉬었다. 그것이 원래 자기가 나아갈 길이었다.

경시청 경찰관은 경찰학교를 졸업하면 먼저 무조건 관내의 관할서 지역과에 배속된다. 그리고 일 년간 파출소에서 근무하게 되는 것이 일반적이다. 이를 졸업 배치라 한다. 이 졸업 배치를 마친 시점에서 이번에는 적성과 본인의 희망을 고려하여 새로운 부서, 또는 관할서에 배속되는 것이다.

다미오의 경우 변칙적으로 졸업을 인정 받고 명목상 쓰키시마 경찰서에 배속되었지만, 조직상으로는 경시청 공안부에 파견 나가는 입장이었다. 실제로는 대학 입시를 위한 개인 지도를 받고, 또 입시학원도 다녔다. 홋카이도 대학에 입학한 후에도 쓰키시마 경찰서에는 발도 들여놓은 적이 없었다.

홋카이도 대학을 졸업했을 때, 다미오는 파견을 해제해달라고 가사이에게 요청했다. 그냥 평범한 제복 경관으로서의 근무로 돌아가고 싶다고. 하지만 홋카이도 대학을 졸업한 쇼와 47년(1972) 당시에는 적군파의 활동이 활발하여, 경시청 공안부로서는 적군파가 신원을 의심하지 않을 수사원이 절실하게 필요했다. 홋카이도 대학 졸업생이고 대보살 고개 사건에서 체포당했던 다미오의 경력은 둘도 없이 귀중한 것이었다. 다미오의 요청은 수락되지 않았고, 가사이의 지시로 도쿄로 돌아와 좌익 운동을 지원하는 구원대책조직에 참가했다. 이 조직의 자원봉사자 중 한 사람으로서 적군 지원 그룹 또는 유명 활동가들과 접촉을 이어왔던 것이다. 표면상의 직업은 시나가와 구 가쓰시마의 창고회사 임시직이었다. 이곳은 제6기동대 기숙사 부근이어서 감시 대상이 다미오의 신원을 조사할 경우 어느 정도 보호막이 있었다. 거주하게 된 아파트는 오타 구 가마타였다.

그 후로 삼 년 동안, 다미오는 잠복해 있는 적군파 활동가나 지원 그룹에 대한 정보를 수집했다. 가사이는 그 사이에 공안부 참사관으로 승진했다.

해마다 다미오는 일반 제복 경관으로 돌려보내달라며 가사이에게 이동 신청을 상신했다. 그러나 적군파의 활동은 그치지 않았다. 1972년 2월에는 적군파의 일부가 다른 조직과 합류하여 일으킨 아사마 산장 사건이 있었다. 같은 해 5월에는 팔레스타인으로 건너간 적군파가 텔아비브 공항 난사 사건을 일으켰다. 1973년 7월이 되자 같은 그룹이 두바이 일본항공기 공중 납치 사건을 일으켰다. 이들 그룹의 조직명도 어느 틈에 일본적군으로 바뀌었다.

이러한 상황이었으니 가사이도 언제 다미오의 임무를 해제해야할지 그 타이밍을 잡기가 어려웠을 것이다. 1974년에 접어들어서야 비로소 다미오를 통해 들어오는 정보의 양이 줄어들고, 확연히 질이 떨어졌다. 짐작할 수 있는 상황은 두 가지였다. 다미오의 신원을 의심하기 시작했거나, 다미오 같은 일본 국내 지원자 레벨의 인물에게는 정보가 전혀 흘러들지 않을 정도로 일본적군의 활동이 완전히 비非국내화 되었다는 말이었다.

이 시기에 가사이가 다미오에게 말했다. 내년에는 자네를 경찰대학교에 추천하겠네. 모처럼 러시아어도 공부했으니 외사과는 어떤가?

다미오는 딱 부러지게 거절했다. 이제 스파이는 불가능합니다. 제복 경찰로 돌려보내주십시오.

1974년 8월, 도쿄 마루노우치의 미쓰비시중공업 빌딩 현관 앞에서 누군가 설치한 시한폭탄이 폭발했다. 사망이 여덟 명, 중경상이 삼백 수십 명에 이르는 대참사였다. 공안부는 긴장했다. 한 달 후, 동아시아 반일 무장 전선이라는 이름을 내건 조직이 범행성명을 발표했다. 그때까지 겉으로 드러난 적이 없는 조직명이었다. 가사이는 긴급히 이 동아시아 반일 무장 전선을 적발할 팀을 직접 지휘하게 되었다. 다미오는 가사이의 팀에 편입되었다.

다미오는 지금까지 적군파, 일본적군 지원자 그룹의 활동 속에서 접촉했던 이들을 전부 재검토했다. 그러자 미쓰비시중공업을 비롯한 일본의 민간 기업을 공격 대상으로 꼽았던 활동가와 딱 한 번 접촉했었다는 사실을 알아냈다. 다미오와의 접점은 삿포로였다. 다미오가 대보살 고개 사건으로 체포된 후 기소되지 않고 삿포로로 돌아왔을 때, 일제 검거에 대한 항의 집회에서 먼저 말을 걸어왔던 입시학원생이 있었다. 1970년 1월이었다. 이 입시학원생은 1969년 가을, 홋카이도 대학 구내에서 몇 번인가 다미오를 봤다고 했다. 다미오도 기억하고 있었다.

카페에서 이야기를 해보니 이 입시학원생은 군 조직과 무장봉기가 최우선 과제라고 하는 적군파의 방침을 비웃으며 말했다. 무장봉기는 있다고 해도 한참 후의 이야기다, 지금은 일본 제국주의와 그 앞잡이들에 대한 공격에 에너지를 집중해야만 한다, 라고. 그리고 그 앞잡이로서 미쓰비시중공업을 비롯한 민간 기업의 이름을 예로 들었던 것이다. 다미오는 흥미 깊게 그 이야기를 들은 후 도경 본부의 이오카 시게하루에게 이 입시학원생의 이름과 연락처를 전했다. 이오카는 일단 그의 신원을 조사하여 그 내용을 파일로 남겨놓았을 것이다.

가사이는 다미오에게 이 청년과 다시 접촉할 것을 명령했다. 도경 기록으로 이 청년의 그 후 행적을 추적해 소재를 찾아냈다. 그는 도쿄의 사립대학을 졸업한 후 도내의 민간 기업에 근무하는, 눈에 띄지 않는 회사원이 되어 있었다.

다미오는 우연을 가장해 이 청년과 다시 접촉하는 데 성공했다. 상대는 대학에 입학한 후에는 어느 정치당파에도 가입하지 않았다. 취직한 후에도 이른바 좌익 활동과는 인연이 없었던 듯했다. 처음에는 다미오도 이 사람은 전혀 상관이 없었나 하고 낙담했다.

그러나 그와 두 번째로 나눈 대화 속에서 재차 미쓰이물산, 다이세이건설, 가지마건설, 데이진 등의 이름이 나왔다. 10월, 미쓰이물산이 폭파당했고 익월에는 데이진 중앙연구소, 12월에는 다이세이건설과 가지마건설의 빌딩에서 폭발이 있었다. 그런 이유로 가사이 팀은 이 청년을 이십사 시간 감시하게 되었다. 또한 1969년 이후의 그의 행적도 하루 단위로 빠짐없이 조사했다. 얼마 지나지 않아 이 청년이 동아시아 반일 무장 전선이라는 과격 그룹의 멤버 중 하나라는 사실이 확실해졌다.

3월, 가사이는 다미오에게 말했다. 약속한 시기가 됐지만, 이 그룹을 적발할 때까지는 나를 도와주게. 앞으로 한두 달이네.

그리하여 삼 주 전, 가사이는 증거를 확보하여 마침내 그룹을 일제히 체포하였다. 그때까지 경시청 공안부가 축적해온 정보와 네트워크는 이 그룹의 전모를 해명하는 데는 아무런 도움도 되지 않았다. 다미오의 정보를 기초로 하여 적발로 이끈 가사이에 대한 평가는 이로써 한 단계 더 상승했으리라.

그러나 다미오로서는 경찰학교를 졸업한 지도 어언 칠 년이 지났다. 졸업 배치도 마치지 못한 다미오가 경시청 경찰관으로서 본래의 코스로 돌아가려면 더는 시간이 없었다. 새로 일 년간의 파출소 근무를 소화해내고 정규 근무 체계 하로 복귀해야만 했다. 가사이가 제안했던 대졸반 자격으로 외사과 수사원이 되는 코스는 절대로 사양하고 싶었다.

물론 지난 칠 년 사이에 정규 경시청 조직과 전혀 인연이 없었던 것은 아니다. 잠입 수사원은 자칫하면 수사 대상이 되는 조직의 세계관이나 공동성에 사로잡혀 충성의 대상을 바꾸는 경우가 있다. 임무 성격상 그렇게 되는 일은 불가피했고, 또한 그 정도로 빠져들지 않는 한 상대의 신뢰를 얻을 수도 없었다.

다만 그것을 방치해두면 반대로 수사원 본인이 이중 스파이가 되어 경찰 정보를 상대 조직에 유출하게 된다. 그 때문에 다미오의 경우는 그 사이에 네 번, 단기적으로 제6기동대의 정원 외 대원이 되어 기동대원들과 같은 시간, 같은 공간, 같은 감각을 공유했다. 한 기숙사에서 숙식을 함께 하고, 같은 훈련을 받고, 동료들과 어깨를 나란히 하고 같은 경비 임무 수행에 나섰다. 충성의 대상이 흔들리는 것을 수복하기 위한 수순이었다.

그렇지만 그런 방법으로 경찰관으로서의 자각을 회복하고 잠입 수사에 대한 정신적 내성을 회복하는 것도 지난번까지였다. 다미오는 고작 이 주 동안 정원 외 기동대원이 되는 정도로는 더 이상 경찰관으로서의 자아 확인이 불가능하다는 생각이 들었다. 자아 인식이 갈기갈기 찢겨져, 의사가 했던 말처럼 폐인이 되고 마는 것이 아닐까 걱정했다.

어쨌든 결론은 간단했다.

이제 한계다. 임무에서 손을 떼야만 한다.

가사이가 심호흡을 한 번 하고 말했다.

"내일 안으로 수속을 마치겠네."

다미오는 다짐을 받았다.

"저는 쓰키시마 경찰서에서 파출소 근무를 하게 되는 거지요?"

"새삼스럽게 파출소에서 졸업 배치를 할 게 뭐 있나. 그건 끝난 셈으로 치지. 가능할 거다."

"파출소 경험 없이 제복 경관은 할 수 없잖습니까."

"하지 않아도 배울 수 있어."

"실수만 연발할 겁니다."

"그렇지 않네." 가사이는 말투를 바꿨다. "한 번만 더 묻겠네만, 경찰대학교라는 것도 나쁜 코스가 아니야. 치료는 치료대로 계속하면 돼."

"의사 선생님은 무리라고 말씀하셨잖습니까."

"질병은 언젠가 낫는다. 기질은 바꿀 수 없어."

"외사과나 공안 수사원은 제게 맞지 않습니다."

"지금까지 공을 세웠잖나."

"덕분에 이제 너덜너덜합니다."

가사이는 작게 숨을 내쉬고 말했다.

"쓰키시마의 독신자 기숙사에는 자네 방이 확실히 준비되어 있을 거다. 언제든지 복귀할 수 있네."

"제복을 입고 근무하게 되는 거지요?"

"아마도. 인사과와 서장의 판단에 따르겠지만. 어쨌든 이번 주를 끝으로 자네의 파견을 해제하겠네."

"감사합니다."

"끝나고 점심이나 같이 하겠나?"

다미오는 대답을 망설였다.

"그게, 약속을 해버렸습니다."

가사이는 그다지 실망한 기색도 보이지 않았다. 진심으로 한 말이 아니었으리라. 동아시아 반일 무장 전선의 조사는 아직도 계속되고 있다. 사실은 한시라도 빨리 본청으로 돌아가고 싶을 것이다.

가사이는 진단서를 가슴 주머니에 넣고 일어서서 말했다.

"그러고 보니 인터폴에서 연락이 있었다."

다미오는 가사이를 올려다보며 이어질 말을 기다렸다.

"3월에 스웨덴에서 일본적군 멤버 두 명이 체포되었지. 기억하나?"

"예."

"그때 도망친 한 명의 신원을 알아냈다. 미야노 도시키다."

미야노 도시키. 홋카이도 대학 동급생이다. 특별히 정치의식이 강한 사내도 아니었는데 적군파의 군사 합숙에 참가하여 다미오와 함께 대보살 고개에서 체포되었다. 체포된 쉰세 명 가운데 고등학생들을 포함한 다수의 비주류 그룹 중 하나였다. 불기소 처분. 그 후로는 다미오가 직접 미야노를 감시했다. 그러나 그는 다미오에게도 아무 말 없이 1972년 1월에 삿포로에서 사라졌다.

역시 미야노는 국외로 나갔던 것이다. 팔레스타인으로 건너간 그룹과 합류했다는 말이 된다.

미야노의 연인이었던 모리야 구미코가 떠올랐다. 졸업식을 앞둔 겨울밤, 구미코는 엉엉 울면서 다미오의 하숙집을 찾아왔다. 미야노가 실종됐다고. 행선지도 밝히지 않고 자기 앞에서 사라졌다고.

말없이 있으려니 가사이가 말했다.

"정말로 고생 많았네."

가사이는 다미오에게 훌쩍 등을 돌리더니 내부 대합실의 문을 열고 밖으로 나갔다.

시계가 신경 쓰였다. 벽시계를 보니 이미 정오에서 십 분이 지나 있었다.

호리고메 준코는 일 층 주 대합실 구석 벤치에 앉아 있었다.

다미오가 다가가자 숄더백을 어깨에 걸치며 일어서더니 물었다.

"어땠어요?"

다미오는 그대로 현관을 가리키며 걸었다.

"꽤 좋아졌어. 일주일에 한 번, 통원하게 됐어."

"일주일에 한 번? 요양소에서?"

"아니. 쓰키시마 경찰서로 복귀. 제복 경관이 될 거야."

"언제부터?"

"다음 주부터."

"이번 주는 아직 쉴 수 있겠네요."

"오늘은 아무 일정도 없어."

"그럼 오늘은 하루 종일 저랑 같이 다녀요."

"응."

현관을 빠져나가 정면의 큰길로 나왔다. 다미오는 또다시 무의식적으로 좌우를 살폈다. 아는 얼굴은 없는가. 나를 주시하는 시선은 없는가.

그것을 확인하면서 준코에게 물었다.

"어디로 가지?"

"신주쿠는 멀어요?"

"전철로 한 번에 갈 수 있어. 신주쿠에서 뭘 하려고?"

"영화요. 쇼핑도 같이 다닐래요?"

"어떤 영화?"

"〈아메리칸 그라피티〉라는 영화를 어디선가 상영하고 있으면 좋겠어요. 작년에 못 봤거든요."

"그것 말고는?"

"〈오리엔탈 특급 살인 사건〉은? 애거사 크리스티 원작이에요."

"그거라도 상관없어."

준코는 갑자기 다미오의 앞을 가로막더니 그의 얼굴을 들여다보았다.

"이보세요, 안조 씨. 왜 그래요? 누구 신경 쓰이는 사람이라도 있어요?"

다미오는 제정신으로 돌아왔다.

"아니." 다미오는 준코의 얼굴을 바라보며 허둥지둥 고개를 가로저었다. "그렇지 않아. 버릇이야."

세 명의 간호사가 시야 한구석을 지나가고 있었다. 이 간호사들에게 한눈을 팔았다고 오해하는 건가?

준코는 분한 표정이었다.

"그럼 됐어요."

신주쿠의 영화관 거리로 나가 상영하고 있는 영화와 상영 시간을 확인했다. 동시 상영하는 영화관에서 〈아메리칸 그라피티〉를 상영하고 있었다. 준코는 로드쇼 영화관이 의자가 좋다는 이유로 〈오리엔탈 특급 살인 사건〉을 제안했다. 다미오는 그 말을 따르기로 했다.

다음 상영 시간까지 아직 여유가 있었다. 점심을 먹자는 얘기가 나와 영화관 거리에 가까운 패스트푸드 가게에서 간단하게 식사를 했다. 그 가게는 최근에 급격히 점포를 확장하고 있는 간단한 미국식 식당이라고 했다. 다미오는 그런 가게에 들어가는 것이 처음이었다. 식사를 마치자 다음 회 상영 시간이 되었다.

광장에 접해 있는 영화관으로 들어가 그 추리 드라마를 보았다. 다미오는 영화의 수수께끼 부분을 금세 알 수 있었다. 알고 나니 탐정 역할을 하는 배우의 취조 기술과 범인들이 범행을 저지른 이유에만 관심이 갔다.

영화가 끝나고 영화관 밖으로 나왔지만 아직 날은 밝았다. 생각해보니 벌써 하지였다. 일 년 중 가장 낮이 긴 시기다.

다미오는 영화관 밖에서 좌우를 살핀 다음 준코에게 물었다.

"친구 집에 가지 않아도 돼?"

준코는 웃으며 말했다.

"아직 낮인 걸요. 조금 더 있어도 돼요?"

다미오는 준코가 원하는 대로 쇼핑에 따라나섰다. 준코가 할부 판매를 하는 백화점에서 쇼핑을 마치니 이윽고 해도 서쪽으로 기울고 있었다.

다미오는 물었다.

"덥지 않아?"

"좀 후덥지근하네요." 백화점 종이봉투를 든 준코가 말했다.

"맥주 마시고 싶지 않아?"

"거의 못 마시는데…… . 안조 씨, 술을 드시는군요. 요양소에서는 안 마셨잖아요."

그건 의사가 금했기 때문이다. 술은 불안신경증의 증상을 유발한다. 완치될 때까지는 술을 자제하라고 했다. 실제로 다미오는 자신이 임무에서 벗어나 술을 마실 때 태도가 사나워진다는 사실을 잘 알고 있었다. 다미오는 결코 얌전한 술꾼은 아니었다.

그렇지만 그것도 불안신경증의 증상 가운데 하나였다면, 오늘은 술을 마셔도 기분이 좋을 것 같았다. 그렇게 폭음을 할 이유는 이제 거의 없다.

다미오는 말했다.

"육교 옆 골목이 싸. 그쪽으로 가지."

가게는 골목에 접한 유리문을 전부 활짝 열어놓은 상태였다. 밖에서 내부의 모습을 죄다 볼 수 있었다. 몇 개의 실내 벽을 강제로 뜯어내 만든 것 같은 복잡한 형태를 띠고 있다. 가게 한복판에 기둥이 몇 개나 서 있고, 기둥을 피해 열두어 개의 테이블이 놓여 있다. 테이블 모양은 통일되어 있지 않아, 고물상에서 따로따로 사다 놓은 듯한 분위기가 났다. 하나의 테이블을 둘러싸고 있는 의자의 모양 역시 제각각이었다.

7시가 지난 시각이어서 가게에는 회사원으로 보이는 손님이 열 명쯤 들어와 있었다. 작업 인부로 보이는 사내들도 비슷한 만큼 있다. 또 사냥 모자를 뒤집어 쓴 노인들이 앉은 테이블도 있고, 이제부터 출근하는 호스티스처럼 보이는 여자 둘이 앉은 자리도 있었다.

다미오와 준코는 그 가게 안쪽의 이 인용 테이블로 안내되었다. 다미오는 안쪽 의자에 앉고, 준코가 다미오와 마주 보고 앉았다. 다미오는 맥주를 한 병 주문한 다음 벽의 차림표에서 다섯 가지 안주를 골랐다. 요양소 식사에는 나온 적 없는 술안주가 중심이었다.

맥주가 나오자 준코가 잔에 따라주었다. 다미오는 그대로 자기 잔에 따르려는 준코의 손을 막고 맥주병을 빼앗았다.

"여염집 여자는 자작 같은 거 하는 게 아냐."

준코가 피식 웃었다.

"안조 씨, 은근히 영감님 같은 소릴 하네요."

"그래?"

그럴지도 모른다. 선술집에서 술을 마시는 예절 같은 것은 '피가 이어지지 않은 삼촌'들에게서 배웠다. 대학 졸업 후 도쿄로 돌아왔을 때, 필요할 때를 제외하고는 경찰관과 접촉하지 말라고 했지만 일 년에 몇 번은 삼촌들 중 누군가와 만나게 되었다. 다미오가 고등학생이었을 때와 달리 만나면 술을 마시게 된다. 지금 했던 말은 분명 그 삼촌들과 함께 술을 마셨을 때 가토리 모이치가 누군가에게 했던 말 아니었나? 거기에 있었던 사람은 가토리가 우연히 데려왔던 가토리의 부하라는 여경이었던 것 같다.

영화 이야기를 화제로 좋아하는 배우들에 대해 떠들고, 그리고 취미 이야기가 되었다가 가족 이야기가 되었다. 두 병째 맥주가 슬슬 바닥을 보일 무렵이었다.

준코는 가루이자와 역에 가까운 연탄 가게 딸이었다. 장녀이고, 남동생과 여동생이 하나씩 있었다.

남동생은 열여덟 살. 고등학교를 졸업하면 경찰에 들어가고 싶어 한다고 했다.

"이유가 단순해요." 준코는 맥주 탓에 발갛게 물든 뺨으로 수줍어하면서 말했다. "그 아사마 산장 사건 때, 경관이 멋져 보였기에 자기도 경관이 되고 싶대요. 어떻게 생각해요?"

다미오는 물었다.

"나가노 현경이 되고 싶다는 말이야?"

그때 준코의 어깨 너머로 새로운 손님이 들어오는 모습이 보였다. 학생으로 보이는 장발의 젊은 청년과 학교 교사로 보이는 서른쯤 되는 남자였다. 좌익 활동가의 냄새가 농후했다.

교사로 보이는 남자와 순간 시선이 마주쳤다. 통증과 비슷한 찌릿한 감각이 다미오의 등줄기를 치달았다.

누구였지? 분명 아는 얼굴이다. 그는 나를 알고 있었다. 그런 표정이었다. 누구지?

그 두 손님은 다미오와 준코의 자리에서 훨씬 떨어진 테이블로 안내를 받아 걸어갔다. 두 사람이 테이블에 앉을 때, 이번에는 학생으로 보이는 젊은 청년 쪽과 시선이 맞았다.

방금 전보다 더 강하게 전율을 느꼈다.

나를 아는 사내들이다. 나는 기억 못 하지만, 녀석들은 알고 있다. 내가 누구인지 알고 있다. 누구지?

준코가 재잘거리고 있다.

"그래서 제가 말했어요. 그런 허황된 심보로 경찰을 지망해도 절대로 따라갈 수 없다고요. 직업을 선택할 때 멋지다는 이유 같은 걸로 정하면 안 된다고요."

두 사람은 아무래도 다미오를 화제로 삼고 있는 듯했다. 학생으로 보이는 청년은 다미오에게서 시선을 돌리지 않는다. 지금, 교사로 보이는 사내도 뒤를 돌아보았다. 벽의 차림표를 보는 시늉을 했지만 다미오의 얼굴을 확인한 것이리라.

"안조 씨." 준코가 말했다.

"어?" 하고 당황해서 준코에게로 시선을 돌렸다.

"왜 그래요? 안색이 창백해요."

"그래?"

잠시 주저하다가 다미오는 준코에게 말했다.

"나가자. 다른 가게로 가자."

"벌써요?"

"응. 불편해."

대답을 기다리지도 않고, 다미오는 지나가던 여점원에게 계산서를 달라고 했다.

두 손님은 아직도 번갈아가며 이쪽을 쳐다보고 있다. 적의까지는 느껴지지 않지만, 두 사람이 무언가 의심을 품고 있다는 사실은 확실했다. 즉, 저놈들은 나라는 사람이 세상을 상대로 어떤 이름으로 살아왔는지를 알고 있다.

점원이 그 자리에서 계산한 숫자를 알려주었다. 다미오는 의자에 앉아 그 금액을 지불했다. 점원은 일단 카운터로 갔다가 바로 돌아와서 거스름돈을 건네주었다.

다미오는 두 손님의 시선을 피하듯이 일어서서 출구로 향했다. 준코가 허겁지겁 자기 짐을 챙겨 쫓아왔다.

골목을 빠져나와서 뒤를 돌아보았다. 골목은 인파가 많다. 그렇게 멀리까지 내다볼 수 없었다. 그 두 사람이 가게에서 나오는 건 아닌가 걱정했지만 눈에 띄지는 않았다. 실제로 나오지 않았는지, 아니면 보이지 않을 뿐인지 판단하기 어려웠다. 어쨌든 두 사람을 따돌리도록 이곳에서 벗어나야 한다.

눈앞의 교차점 신호가 파랑으로 바뀌었다.

"이쪽."

다미오는 준코에게 그렇게 말하며 횡단보도로 걸음을 뗐다.

교차점을 끝까지 건너가 다시 한 번 확인했다. 수많은 통행인이 아직 횡단보도를 건너고 있었다. 그 두 사람으로 보이는 사내들은 눈에 띄지 않았다. 그러나 조심해서 나쁠 것은 없다.

다미오는 불안하게 자기를 지켜보는 준코에게 눈짓으로 신호를 하고 서둘러 인도를 걸어갔다.

50미터쯤 길을 따라 걷다가 옆쪽의 신호가 파란 불로 바뀌자 그 길을 건넜다. 준코는 말없이 따라왔다.

길을 건너 뒤를 확인했다. 이젠 모르겠다. 모든 남자가 아까 봤던 두 사람과 비슷해 보인다.

준코가 말했다.

"안조 씨, 왜 그래요?"

다미오는 고개를 저으며 인도를 왼쪽으로 나아갔다. 방향으로 따지면 다시 한 번 그 골목 쪽으로 돌아가는 셈이 된다.

오른편의 술집 간판을 재빨리 살폈다. 방금 전의 가게처럼 개방적인 구조가 아니라 큰길에서는 손님의 모습이 보이지 않는 가게가 좋다.

골목집 가게들보다는 다소 격이 있어 보이는 선술집 간판이 있었다. 마침 와이셔츠에 넥타이 차림의 중년 사내 세 명이 웃으며 나오는 참이었다. 다미오는 그 가게 입구로 뛰어들었다. 어서 오세요, 하는 젊은 아가씨의 목소리가 들렸다.

그 골목집 가게보다는 인테리어가 훨씬 세련됐다. 아마도 비싼 가게일 것이다. 하지만 참을 수밖에 없다. 어쨌든 지난 이 주간 돈은 별로 쓰지 않았다. 지갑에는 여유가 있다.

안쪽에 카운터가 있고 앞쪽에는 좌우로 테이블이 다섯 개씩 놓여 있는 가게였다. 다미오는 손님들의 얼굴을 확인했다. 대충 테이블 절반 정도가 차 있었다. 다미오는 입구에서 가장 가까운 테이블로 다가가 의자에 앉았다. 젊은 여점원이 다가오기에 맥주를 한 병 주문했다. 하지만 취급하는 술이 병맥주가 아니라 생맥주라고 한다. 다미오는 다시 생맥주를 두 잔 주문했다.

준코가 맞은편에 앉으며 말했다.

"안조 씨, 괜찮아요? 정말로 안색이……."

"걱정할 거 없어. 이런 임무였으니까." 다미오는 말했다.

"신경 쓰던 사람들은 뭐 하는 사람들이에요?"

"모르겠어. 하지만 쫓아왔지?"

"쫓아왔다고요?" 준코는 고개를 가로저었다. "안 보이던데요?"

"뭐, 됐어. 마음을 가라앉혀야지. 뭐 좀 들어."

맥주잔이 두 개 나왔다. 다미오는 곧장 집어 들고 단숨에 삼 분의 일을 들이켰다.

맥주잔을 테이블에 내려놓았을 때, 안쪽 카운터에 있는 손님이 문득 시선을 돌리는 것을 느꼈다. 하얀 셔츠 소매를 걷어붙인 사십 대의 남자다.

머리카락은 짧은 편이고 팔뚝이 굵직했다.

누구지? 아는 얼굴이었나?

준코가 억지스럽게 밝은 태도로 말했다.

"분명 빈속에 마셔서 그럴 거예요. 우리, 좀 더 먹어요."

"더 주문해. 내가 살게."

"아니에요!"

"설마 따로 계산할 생각으로 함께 온 건 아니겠지?"

"그럴 생각이었어요. 저도 일을 하니까요."

준코의 어깨 너머로 또 그 남자가 이쪽을 보았다. 비아냥거리듯이 입을 꾹 다물고 있다.

누구지?

다미오는 맥주를 한 모금 더 털어 넣으며 생각했다. 저 남자는 우리보다 먼저 이 가게에 와 있었다. 미행한 것이 아니다. 우연의 확률이라는 건 의외로 크다는 사실을 경험상으로 알고 있다. 하지만 이 경우는 우연을 생각할 필요가 없었다. 저놈은 나를 아는 남자가 아니고, 나와 어떠한 관계가 있는 남자도 아니다. 그럴 리가 없다. 논리적으로 생각한다면.

준코도 맥주잔을 입에 대고 다미오를 바라보았다. 다른 생각은 하지 말고 나를 바라봐요. 마치 그렇게 말하는 표정이었다.

준코의 얼굴 전체가 은근히 붉게 물들어 있었다.

예쁘다. 그런 말을 벌써 했던가?

다미오는 준코의 시선을 받으며 말했다.

"예쁘네."

준코는 웃음을 터뜨렸다.

"뭐예요, 안조 씨. 갑자기."

"그렇게 생각했어."

"술이 들어가면 눈이 이상해지는 게 아니고요?"

"그런 것 같아."

"너무해."

"아니, 그게 아니라."

"벌써 늦었어요."

또다시 카운터 좌석에서 사내가 이쪽을 보았다. 분명하다. 놈은 바로 나를 의식하고 있다. 놈은 놈대로 내가 누구였는지 필사적으로 기억을 더듬고 있는 게 아닐까?

여점원이 다가왔다. 이번에는 준코가 메뉴를 보면서 주문했다. 첫 번째 가게에서 조금 집어먹었으니 이번에는 찬거리 같은 소소한 요리들만 골랐다. 잠시 후 주문한 요리들이 차례대로 나왔고, 다미오는 한동안 카운터의 사내를 잊었다.

그 가게에서 두 잔째의 맥주를 비웠을 즈음, 기억해냈다.

놈은 공안 수사원이 아닌가?

저 풍채, 저 체격, 저 시선. 어디로 보나 공안 수사원이다. 틀림없다. 내 직감이 그렇게 말하고 있다. 놈이 공안의 형사라고.

자기를 부르는 소리에 정신을 차리자, 준코가 테이블 위로 몸을 내밀고 걱정스럽게 다미오를 바라보고 있었다.

"안조 씨, 정말 왜 그래요? 좀 이상해요."

다미오는 눈을 껌벅였다가 작은 목소리로 준코에게 말했다.

"저쪽에 공안이 있어. 공안 형사야."

준코가 고개를 갸웃거리며 말했다.

"공안이 왜요? 아니, 그렇다고 쳐도 공안 형사님이 여기 있으면 안 돼요?"

"그야……."

대답하려다가 말문이 막혔다. 내가 공안 수사원을 두려워하는 데에는 뭔가 이유가 있을 터였다. 하지만 그 이유가 기억나지 않는다.

저 녀석이 공안 형사라는 사실은 이미 확신했다. 이 판단에는 설명이 필요 없을 것이다. 놈은 공안 형사다. 그러니까 공안 형사란 말이다.

준코는 내가 공안 형사를 두려워하는 이유를 모르는 건가? 간단하지 않은가. 그건 결국, 내가……

또다시 이어질 말이 떠오르질 않았다. 결국 나는, 뭐였지?

여점원이 옆을 지나갔다.

다미오는 말했다.

"카운터에 있는 남자, 공안 맞지?"

여점원은 눈을 휘둥그레 떴다.

"예에?"

"공안 형사잖아, 저놈."

"글쎄요?"

여점원은 불쾌한 표정으로 자리를 피했다.

준코가 말했다.

"안조 씨, 너무 마셨나봐요. 그만 나가요."

"아니, 저놈하고 이야기해야 해."

"무슨 얘기요?"

"어째서 나를 미행하느냐고."

"미행 같은 건 안 했잖아요."

"미행했어. 그러니까 여기 있는 거야."

목소리가 커졌다. 여점원이 다시 다가왔다.

준코가 점원에게 재빨리 말했다.

"계산서 부탁해요."

"아직 이야기가 안 끝났어."

"안조 씨, 취했어요. 바래다 드릴게요. 어느 쪽으로 가죠?"

"안 취했다니까."

카운터의 사내는 이제 몸까지 이쪽으로 돌리고 다미오를 바라봤다.

나를 체포할 생각이라면 도망칠 수밖에 없다. 그리 간단히 잡히지는 않겠다.

다미오는 일어섰다. 그때, 손이 테이블의 접시에 걸리는 바람에 접시를 바닥에 떨어뜨리고 말았다. 작은 접시가 깨지는 소리에 다른 손님들도 일제히 이쪽을 쳐다보았다.

지금 깨달았다. 이 가게에 있는 손님은 죄다 공안 수사원 아닌가?

준코가 다미오의 팔을 잡아끌어 입구로 나왔다.

"안조 씨, 잠깐 기다려요. 지금 계산하고 나올 테니까요."

쓸데없는 짓 하지 말라고 팔을 떨쳐내려 했다. 하지만 다리가 꼬였다. 다미오는 준코에게 기대는 모양새가 되었다. 준코가 가녀린 몸으로 다미오의 옆구리에 팔을 둘러 붙들어주었다. 간신히 넘어지지 않았다.

다음 순간, 의식이 하얗게 혼탁해졌다.

눈을 뜨니 침대 속에 있었다. 엎드린 자세로 베개에 얼굴을 처박고 있었던가 보다.

어디지?

눈을 씀벅거리며 의식이 맑아지기를 기다렸다. 어렴풋한 오렌지색 불빛 속에 여자의 모습이 보인다. 침대 끝에 걸터앉아 이쪽을 바라보고 있었다. 준코다.

여기는 어디지?

다미오는 천천히 몸을 틀어 고개를 들고 주위를 둘러보았다. 호텔의 트윈룸인 듯하다. 다미오는 언더셔츠 차림으로 침대 속에 있다. 이불이 뒤집혀 있었다. 잠버릇이 험했던 모양이다.

준코가 작은 소리로 말했다.

"더 주무세요. 억지로 일어나지 말고."

다미오는 물었다.

"여긴 어디지?"

"기억 못 하세요?"

"신주쿠야?"

"한조몬. 경시청 공제회관이에요. 안조 씨가 직접 전화했어요."

그렇다면 내가 준코를 호텔로 끌고 왔다는 말인가? 준코는 오늘 아침 만났을 때와 똑같은 복장이다. 하얀 티셔츠에 심플한 면 미니스커트. 심지어 잠옷 차림도 아니다.

"몇 시?" 다미오는 물었다.

준코는 사이드테이블의 시계를 흘깃 쳐다보고 대답했다.

"1시. 세 시간 쯤 잤어요. 하지만 몹시 가위에 눌리던데요."

"가위에 눌렸어?"

"네. 굉장히 무서운 꿈을 꾸는 것 같았어요."

아마도 악몽을 꾸고 있었을 것이다. 괴로웠다. 뭔가 몸부림쳤던 것 같기도 하다. 결코 기분 좋은 수면은 아니었다.

다미오는 방 안을 둘러보고 나서 다시 준코에게 물었다.

"내가 어떻게 됐던 거지?"

"기억하세요? 빈혈로 쓰러졌어요. 가게에 공안 형사가 있다는 말만 반복했어요."

"있었지?"

"그 사람, 공안이 아니었던 모양이에요."

"그래? 가게 손님 전부 공안이지 않았어?"

준코는 다미오를 안쓰럽게 바라보며 말했다.

"취해서 그래요. 그런 식으로 취하는 사람은 처음 봤어요. 요양소에는 온갖 경찰관들이 다 오지만, 그렇게 취하는 모습은 처음 봐요."

"여기가 공제회관이라고?"

"그래요. 삼 층 방이에요."

다미오는 침대에서 벌떡 일어났다. 준코는 속옷만 입은 다미오에게서 슬며시 눈을 돌렸다.

상관 않고 창문까지 걸어가 커튼을 살짝 열고 밖을 살폈다. 이곳이 어디인지 모르겠다. 밖으로 보이는 거리는 어둡다. 자동차가 다니고 있지만 사람 모습은 보이지 않았다. 준코의 말대로 경시청 공제회관이라면 이곳은 한조몬이라는 말인데.

창문에서 떨어져 문 쪽으로 갔다. 문에는 안쪽에서 체인을 걸게 되어 있지만 걸려 있지 않았다. 이래서야 언제든지 마스터키로 문을 열 수 있다. 다미오는 체인을 걸고서 문손잡이를 열어보았다. 체인 덕분에 문은 5센티미터 정도밖에 열리지 않았다.

셔츠가 흠뻑 젖어 있다는 것을 깨달았다. 자고 있는 사이에 몹시 땀을 흘렸나 보다.

침대 옆 테이블 위에 유카타가 놓여 있었다. 다미오는 재빨리 셔츠를 벗고 그 유카타를 걸쳤다. 그 사이에 준코는 줄곧 사이드테이블을 바라보고 있었다.

유카타의 끈을 조이고 침대로 올라가 시트 사이로 발을 집어넣었다.

준코가 다미오를 바라보았다. 곤혹스러운 얼굴이었다. 이대로 자기는 이 방에서 뭘 하면 좋은지 묻는 것 같기도 했다. 당신이 지시를 내려주지 않겠냐고.

다미오는 준코를 바라보며 말했다.

"이쪽으로 와주지 않겠어? 곁에 있어줘."

준코는 눈을 살짝 내리깔고서 작게 끄덕였다.

다시 눈을 떴을 때는 이미 밤이 지나갔다. 커튼 틈새로 보이는 창밖의 하늘이 밝다. 시계를 보니 오전 4시 20분이었다. 아침이 일 년 중 가장 빠른 계절. 이 시각에 이렇게 밝은 것은 당연했다.

다미오의 오른팔을 베개 삼아 준코가 곤한 숨소리를 냈다. 준코의 다리
는 다미오의 허벅지에 바싹 붙어 있었다. 실오라기 하나 걸치지 않은 어깨
가 이불 밑으로 보였다. 다미오는 왼손으로 가만히 그 시트를 들추었다.

준코가 눈을 떴다.

다미오의 시선에 준코는 수줍게 웃으며 말했다.

"계속 보고 있었어요?"

다미오는 고개를 저었다.

"나도 지금 막 깼어."

"술 깼어요?"

"안 깼어. 그렇게 마셨던가?"

"맥주 두 병, 잔으로 두 잔."

"많이 마셨네. 폐를 끼쳤어."

"상관은 없는데……."

"없는데?"

"아뇨."

준코는 다미오에게 몸을 더 찰싹 붙였다. 준코의 봉긋한 젖가슴이 다미
오의 가슴팍을 눌렀다. "됐어요."

다미오는 두 팔로 준코를 끌어안았다. 별안간 그런 상념이 치밀었다. 그
것은 충동처럼 갑작스러웠다.

다미오는 준코의 얼굴에 입술을 가져가 그 눈꺼풀에 차례로 입 맞추며
말했다.

"있지, 준코 씨."

"네?"

"곁에 있어주지 않겠어? 언제까지나, 이렇게."

애원하는 목소리가 되었다.

준코의 눈에 강렬한 빛이 깃들더니 뺨이 발그레 물들었다.

"좋아요. 괜찮아요?"

"응."

"취해서 그런 거면 취소해도 괜찮아요."

"취했어. 하지만 진심이야."

"진짜로 언제까지나 곁에 있을 거예요."

"있어줘."

준코는 미소를 지었다.

이 미소가 도와준다면……. 다미오는 생각했다. 나는 만성이 된 그 공포로부터, 그 불안과 불면, 악몽으로부터 도망칠 수 있으리라. 불안신경증을 극복하고 일상적인 정신을 가진 경찰관으로 돌아갈 수 있으리라. 사회로 복귀할 수 있으리라. 이 미소가 도와준다면.

다미오는 다시 한 번 준코의 몸을 힘껏 끌어안았다.

8

안조 다미오는 스가모 경찰서 경무계 책상에 앉아 서류에서 고개를 들었다.

여직원이 부서장副署長의 호출을 전했기 때문이다.

벽시계를 보니 오후 3시가 되기 십 분 전이었다. 오후부터 쉬지도 않고 유치장 보수에 관한 서류를 정리하고 있었다. 일단 손을 멈추기에는 좋은 타이밍이었다.

제복 상의를 걸치고 넥타이를 가다듬은 후 부서장의 책상으로 향했다. 부서장의 책상은 같은 일 층 복도 안쪽 서장실 옆이다. 경무계가 있는 위치에서는 사각지대에 있는 장소였다.

부서장인 히가시노는 책상에서 서류철을 손에 들고 있었다. 무슨 통보 문서라도 도착한 모양이다.

다미오가 책상 앞에 서자 히가시노는 고개를 들어 옆쪽의 응접용 의자를 가리켰다.

"거기 앉게."

　다미오가 자리에 앉자 히가시노는 담뱃갑을 들고 다미오의 맞은편에 앉았다. 표정을 보고 썩 좋은 이야기는 아니라고 짐작했다.

　히가시노는 백발이 희끗한 머리를 짧게 깎아냈다. 얼굴은 광대뼈가 두드러졌고, 눈은 장기나 바둑 세계의 승부사를 연상케 했다. 경시청 기구 안에서도 수도 없이 피 터지는 상황을 헤쳐 나왔을 것이다. 현재의 스가모 서장처럼 척 보기에도 귀하게 자란 간부 밑에서 활약하는 타입이다.

　히가시노는 다미오를 똑바로 보며 말했다.

"그 건이다."

　이동 신청 건이라는 소리다. 두 달 전에 다미오는 부서장과 면담하여 다음 이동처에 관한 희망을 전했다.

"결론부터 말하면, 자네는 올해 이동 대상이 아니네. 조토의 관할서 경비과로 보내달라는 희망에는 응할 수 없네."

　그런 결론이 나왔나.

　이 스가모 경찰서 경무계에 배속된 지 꼬박 삼 년. 슬슬 희망을 들어줄까 싶어 기대하고 있었는데, 역시나 무리였다.

　다미오는 물었다.

"이유를 여쭈어도 괜찮겠습니까?"

　히가시노는 고개를 끄덕이며 말했다.

"문제는 예의 불안신경증이네. 작년 진단서에서도 아직 정신적으로 부담이 되는 일터는 피해야한다는 진단이었네."

"경비과가 어렵다는 진단서는 아니었을 줄로 압니다만."

"경비과 역시 스트레스가 많은 일터지. 이곳에서 하는 서류 업무와는 근본적으로 다르다네."

"본청 인사과가 그렇게 판단했다는 말씀이시군요."

"드물게 인사과에서 문의가 있었네. 경비 업무가 과연 가능하냐고 말이지. 과연 두 번이나 총감상을 탄 유명한 경관이야. 인사과는 이례적으로 자네를 신경 써주고 있는 거라네."

그것은 아마도 현재 공안부장인 가사이의 협조가 있었기 때문이리라. 가사이는 오래 전의 약속대로 어떻게든 다미오의 희망을 이루어주기 위해 경시청 기구 안에서 노력을 다하고 있는 것이다.

다미오는 물었다.

"괜찮다고 대답해주셨겠지요?"

"아니." 히가시노는 단호하게 말했다. "무리라고 대답했네."

"무리, 입니까?"

"그렇네. 보고 있으면 자네의 인내심은 상당히 희박해. 쉽게 흥분하고 술에도 약하네. 게다가 주위와 원만하게 지내는 게 서툴러. 그런 자각은 있겠지? 경무계 서류 업무만으로도 스트레스를 받고 있네."

"경무계에서 서류 업무만 하고 있기 때문입니다."

"남들이 부러워하는 일터야. 야근도 없지 않나. 외근도 없지. 일요일에는 아이들과 놀 수도 있어."

"저는 경비과 경관이 되고 싶습니다."

"희망을 말하는 건 좋네. 하지만 이건 조직이야. 적격자인지 아닌지, 조직이 자네를 판단하네. 판단에 따르게."

이 이야기는 이제 끝났다는 말처럼 들렸다.

히가시노는 담배를 한 대 빼서 라이터로 불을 붙인 후 말했다.

"인사과 담당하고 잡담으로 이야기를 했네. 외사과의 러시아어 번역 담당이나 경찰대학교의 자료실 배속을 원한다면 자네 희망을 어렵지 않게 들어줄 거라고 하더군. 일단 그런 교육을 받았잖나. 그걸 살리는 일터가 좋지 않겠나?"

결국 그쪽으로 귀결되는 이야기인가.

다미오는 히가시노가 모르게 조용히 한숨을 쉬었다. 다미오는 그런 쪽에서 직장생활을 보낼 생각은 결코 없었다.

히가시노는 담배 연기를 정면으로 뿜어냈다. 다미오는 얼굴에 정통으로 연기를 뒤집어썼다. 그만 가보라는 뜻이다.

"감사합니다."

다미오는 고개를 숙인 후 일어섰다.

조직이 결론을 낸 이상 물러설 수밖에 없다. 버티는 것은 허무하다. 부서장에게 나쁜 인상만 심어준다. 그랬다간 다음 이동 시기에는 거꾸로 귀찮아서 쫓아낼지도 모른다. 그것도 자신이 가장 원하지 않는 부서로. 반항한 벌로.

그런 사태는 피해야만 했다.

책상으로 돌아가기 전에 화장실에 들어갔다. 손을 씻을 때 고개를 드니 모든 것이 불만스러운 듯한 얼굴을 한 남자가 자기를 노려보고 있었다. 서른여섯이 된 나 자신이다.

다미오가 경찰학교에 입학한 지 십팔 년이 흘렀다. 쓰키시마 경찰서에 배속된 채로 공안부에 파견되어 칠 년, 파견 해제로 제복 경관이 된 지 십 년이다. 제복 경관으로서 보낸 지난 십 년 사이에, 다미오는 너무 늦은 졸업 배치였지만 우선 쓰키시마 경찰서에서 육 개월 동안 파출소 근무를 했다. 이어서 고마고메 경찰서에 배속되어 교통과에서 근무했다. 운전면허증 취급이나 차고증명을 발행하는 업무였다. 이것이 육 년. 그리고 삼 년 전에 스가모 경찰서로 이동했다. 이곳에서는 경무계였다. 경찰서 직원들의 복리후생 서무와 사무 업무를 담당했다.

파출소 근무 시기와 이동 직후 경비과에서 대기한 시기를 제외하면 나머지 배속은 다미오가 원한 적도 없던 일터뿐이었다. 다미오는 아버지를 목표로 경찰관이 되려 했는데, 그때 상상했던 것은 어디까지나 지역 동네에 사는 주재 경관이었다. 공안의 잠입 수사원이나 차고증명 담당, 보수 담당이 아니었다. 공안 수사원은 그렇다 치고, 나머지 두 업무는 조직에서 빼놓을 수 없는 직종이라는 사실도 안다. 누군가가 해야만 하는 업무다. 그렇다고 해도 그것은 경시청 경찰관이, 말하자면 자원봉사처럼 윤번제로 맡아야할 직종이었다. 자원하여 경찰관이 된 사람이라면 이런 업무를 맡고서 기뻐할 리가 없었다.

서른여섯.

다미오는 거울 속의 자신을 바라보며 생각했다.

아버지인 세이지가 덴노지 주재소의 주재 경관이 된 것은 분명 지금의 다미오보다 한두 살 젊었을 때였다. 아버지를 따라 경시청 경찰관이 된 입장이라면 아버지를 따라잡았어야 할 나이였다.

거울 속에 다른 제복 경관의 모습이 들어왔다. 다미오는 황급히 수도꼭지를 잠그고 손수건을 꺼내면서 세면대에서 떨어졌다.

그날, 도영 지하철 미타 선 차량 안에서 한 남자와 눈이 마주쳤다. 순간 움츠러들었다. 예전만큼은 아니지만 누군가와 시선이 마주칠 때 심장이 가볍게 오그라드는 증상은 변하지 않았다.

누구일까, 생각하자마자 바로 이해했다. 경관이다. 냄새가 같다.

미타 선을 탔으니 다카시마다이라에 있는 경시청 직원 주택에 사는지도 모른다. 그렇다면 동료인데다 이웃이라는 말이 된다. 그 남자는 혈색 좋고 위엄 있는 생김새에, 머리가 짧았다. 나이는 다미오보다 두세 살 위일까? 다미오와 마찬가지로 초봄에 어울리는 얇은 방진 코트를 입고 있었다.

이제는 경시청 경찰관들도 다들 사복으로 통근하게 되었다. 아버지가 근무했던 시절처럼 제복 차림으로 통근하거나 권총을 집에 가지고 돌아가지 않는다. 근무처의 라커룸에서 옷을 갈아입는다. 그렇긴 해도 경관은 경관의 냄새를 알아본다. 비록 사복 차림이어도.

다카시마다이라의 플랫폼에 내려섰을 때, 그 남자가 다가왔다.

"실례지만, 안조 씨 아니십니까?"

다미오는 걸음을 멈추고 상대의 얼굴을 보았다. 동기생인가?

다미오는 대답했다.

"그렇습니다. 저……."

함께 전철에서 내린 승객들이 말없이 같은 박자로 계단을 향해 걸어간다. 다미오는 방해가 되지 않도록 한 발짝 정도 위치를 바꾸었다.

"구도라고 합니다." 상대도 멈춰 서서 이름을 밝혔다. "오지 경찰서 교통과입니다. 지난달에 직원 주택에 입주했습니다."

"안조입니다. 스가모 경찰서 경무계. 어디선가 뵈었던가요?"

"모르실지도 모르겠습니다. 어릴 적에 야나카 근처에 살아서 그 주변은 잘 알고 있습니다. 직원 주택 명부에서 안조 씨의 성함을 보고, 이거 아마도 덴노지 주재소의 안조 세이지 씨 가족이겠구나 싶었습니다."

"이름하고 제 얼굴을 용케 알아보셨네요."

"이웃 분이 안조 씨라고 부르는 걸 보았습니다. 덴노지 주재소의 안조 씨하고는 관계가 없으십니까?"

"아버지가 덴노지 주재소에서 근무하셨습니다. 짧은 기간이었지만요."

"돌아가셨지요. 오층탑이 불타던 날에."

"예." 구도라는 경관이 거기까지 알고 있다니 놀라웠다. "국철 선로 위에 추락해서 돌아가셨습니다."

"순직으로 인정받지 못하셨죠."

"잘 알고 계시는군요."

"아버님께는 몇 번이나 호되게 야단을 맞았더랬습니다. 악동들하고 어울려서 탈선할 뻔했는데, 야단맞은 덕분에 정신을 차렸습니다."

"구도 씨라고 하셨나요?"

"예. 아버님 일은 그 후로도 줄곧 마음에 걸렸습니다. 사실은 돌아가시기 전날에도 아버님께 혼났거든요."

순간 그날의 기억이 되살아났다. 주재소와 인접한 덴노지 오층탑에 불이 나서, 그 혼란 속에서 아버지가 사라졌을 때의 기억. 새벽녘이 다 되어 오층탑도 전소됐을 무렵 아버지의 시체를 발견했다는 소식을 들었던 것이다.

그 전날, 아버지는 주재소에서 분명 들치기를 되풀이하던 중학생과 그 부친에게, 다미오가 한 번도 보지 못했던 화난 모습을 보였다. 아버지인 세이지가 그 중학생의 부친에게 고함을 지르자, 그때 중학생이 아버지에게 달려들었다. 아버지는 가볍게 그 중학생을 바닥에 쓰러뜨렸다. 그랬더니 그때까지 남의 일처럼 아버지를 보고 있던 중학생의 부친이 처음으로 진지한 표정으로 아들을 감쌌다. 이게 다 자기 책임이라면서 용서를 구했던 것이다.

다미오는 주재소 안에서 장지문을 살짝 열고 그 격렬한 응수를 지켜보고 있었다. 아버지와 눈이 마주쳤다. 다미오의 시선을 알아차린 아버지는 아주 조금, 부끄러운 기색을 비쳤다. 지금은 그때 아버지가 보였던 분노가 연기였음을 안다. 어쩌면 아버지는 그 연기가 부끄러웠는지도 모른다. 어린 아들에게 보일 만한 연기가 아니었다고 생각했는지도 모른다.

그때의 중학생이 경찰관이 되었던가.

플랫폼에서 인파가 빠져나갔다. 다미오는 개표구를 향해 걸음을 뗐다. 구도라는 경관이 옆에 나란히 섰다.

구도가 걸어가면서 말했다.

"경관이 되겠다고 생각한 이유는 안조 씨가 계셨기 때문입니다. 아버지의 뒤를 이어 석공이 되기는 시시했고, 될 거면 멋진 일을 하고 싶었어요."

"경찰이 멋집니까?"

"아버님은 멋져 보였습니다. 다미오 씨도 아버님의 모습을 동경한 거지요?"

"뭐, 그렇죠."

"지금 저는 교통과지만, 언젠가는 아버님처럼 주재소에서 근무하는 꿈을 꾸고 있습니다. 그것도 시골 동네나 오가사와라 섬이 아니라, 도쿄 23구 내 주재소요."

"수가 많이 줄었습니다."

"제1지망은 덴노지 주재소예요."

다카시마다이라 역의 개표구를 빠져나왔을 때 구도가 구김살 없는 태도로 말했다.

"한 잔 어떻습니까? 전입 인사 겸."

다미오는 정기권 케이스를 코트 주머니에 넣으며 말했다.

"아뇨, 부탁받은 물건을 좀 사러 가야해서요."

"그러십니까. 그럼 조만간 꼭."

"예."

구도는 손을 흔들며 직원 주택 쪽으로 걸어갔다.

다미오는 그 자리에서 고개를 두리번거리며 이제부터 자기가 가야할 장소를 찾았다. 지금 갑자기, 미치도록 술을 마시고 싶었다. 그것도 혼자서. 구도라는 사람과 함께가 아니라.

다카시마다이라 역 주변에서 경찰관인 다미오가 편하게 들어갈 수 있는 가게는 뻔하다. 다미오는 눈앞의 신호가 파란불로 바뀌기를 기다려 그 선술집 쪽으로 걸음을 뗐다.

아버지가 돌아가시기 전날, 들치기 때문에 아버지에게 설교를 들었던 소년이 지금 경찰관이 되었다. 그 구도와의 만남으로 기억의 밑바닥에 가라앉아 있었던 일들이 몇 가지 떠올랐다.

그날, 처음 보는 아버지의 격정과 때로는 대단한 연기도 해내는 아버지의 처세술에 여덟 살이었던 다미오는 몹시 놀랐다. 그날 밤 이유 없이 마음이 들떠서 다미오는 좀처럼 잠이 들지 못했다.

이튿날 새벽, 눈을 떴을 때 아버지는 벌써 제복 차림으로 주재소 바로 옆에 있는 덴노지 오층탑의 소화 작업을 필사적으로 독려하고 있었다. 그러는 사이에 구경꾼들이 점점 몰려들었다. 소방대도, 지원하러 온 경찰관도 달려왔다. 아버지는 그 사이를 누비며 소리 치고, 지시를 내렸다. 그리고 문득 정신을 차리니 아버지의 모습은 그 화재 현장에서 사라지고 없었다. 어머니가 의아해했고, 달려온 아버지의 상관이 화를 내는 사이에 마침내 오층탑은 불타 무너져내렸고, 그와 거의 동시에 아버지의 시체 발견 소식을 들었다.

아버지는 자살한 거라고 둘러말하는 소문을 들었다. 주재소 옆에서 불을 냈다는 사실에 책임을 느끼고 이모사카 육교에서 몸을 던졌다고. 직무 방임, 현장 방임. 아버지는 경찰관으로서 가장 수치스럽게 여겨야할 행동을 저지르고 자살한 셈이 되었다. 때문에 제복을 입고 숨을 거두었음에도 불구하고 아버지의 죽음은 순직으로 취급되지 않았다. 장례식도 경찰장이 아니었다. 고작 그 '피가 이어지지 않은 삼촌'들만이 경시청 제복을 차려 입고 소박한 장례식에 참석해주었다.

어느 정도 익숙해진 싸구려 선술집에 들어서서 다미오는 손님들의 모습을 확인했다. 직원 주택에 사는 경관처럼 보이는 남자들은 없었다. 수상쩍은 손님도 없다. 다미오는 카운터의 비어 있는 자리에 멋대로 앉아 뜨거운 물로 희석한 소주를 주문했다.

두 번째 잔을 비웠을 즈음, 봉인했던 상념의 규제도 풀렸다.

지금껏 아무에게도 말한 적 없지만, 다미오가 경찰관을 지원한 가장 큰 이유는 경찰관이 되면 아버지 죽음의 진상을 직접 파헤칠 수 있다는 생각에서였다. 물론 그것은 벌써 이십팔 년이나 지난 과거의 일이 되었다. 만약 자살이 아니고, 사고도 아니고, 예를 들어 타살이었다 해도 이미 시효가 지났다. 범인을 찾아봤자 법적으로 어떠한 의미가 있는 처벌은 불가능했다.

하지만 진실만은 알고 싶었다. 아버지는 정말 자살을 할 만한 남자였던가? 그런 식으로 주재 경관으로서의 책임을 저버리는 부류의 남자였던가?

아버지는 아들인 내가 여덟 살 때 돌아가셨다. 아버지의 성격, 아버지의 신념, 아버지의 규범에 대해 많이 알지도 못한 채로 나는 아버지를 잃었다. 아버지가 어떤 남자였고 어떤 경찰관이었는지, 그것을 좀 더 구체적으로 알고 싶었다.

그리고 죽음의 진상. 아버지는 자살이 아니라 뭔가 다른 이유로 이모사카 육교 아래로 추락했던 게 아닐까. 사고라면 사고여도 상관없다. 아니, 그것이 역시 자살이었다고 해도 상관없다. 그것이 증류수처럼 명백한 진실임을 제시해준다면, 나는 그것을 받아들일 수 있다.

그 답을 찾고 싶어서 나는 경찰관을 지원하지 않았던가?

다미오는 무의식중에 소리 내어 말했다.

"뭘⋯⋯." 코웃음을 치고, 말을 이었다. "둘러가고 있는 거야?"

카운터 오른쪽 옆에 있던 중년 사내가 불쾌하다는 듯이 다미오를 쳐다보았다. 회색 작업복을 입은 사내다. 나한테 뭐 불만 있어? 라는 표정으로 보였다.

다미오는 고개를 저었다.

"혼잣말이야."

사내는 말했다.

"시비 거는 줄 알았지."

카운터 안에 있는 여직원의 얼굴이 눈에 들어왔다. 불안해 보였다. 싸움이 터지는 건 아닌가 걱정하고 있다.

다미오는 일어서면서 말했다.

"계산해줘."

자기 성격을 생각하면 여기서 물러나는 것이 현명했다.

여점원이 다미오에게서 지폐를 받아들며 말했다.

"휘청거리면 위험해요. 날치기가 유행하고 있으니까."

난 경관이야, 하고 대답하려다가 간신히 참았다. 이런 가게에서 지금 옆에 있던 손님에게 들리도록 신분을 밝히는 것은 어리석은 짓이다.

대신 다미오는 이렇게 말했다.

"난 남자고, 가방도 없어."

여점원은 애교도 없이 말했다.

"뒤에서 퍽, 하고 당할 걸요."

그거 신나겠군.

다미오는 거스름돈을 받아들고 가게를 나섰다.

정신을 차렸을 때, 다미오의 눈에 비친 것은 아들 가즈야의 시선이었다.

아내 준코는 주방 벽 쪽에서 다미오를 피하려는 자세로 몸을 웅크리고 두 손으로 얼굴을 가리고 있다. 아들 가즈야가 그 옆에 서서 다미오를 바라보고 있었다. 증오 같기도, 연민 같기도 한 눈빛이었다.

또 저지르고 말았다.

다미오는 격심한 수치심을 느끼며 생각했다. 하필이면 아들 앞에서 아내에게 손찌검을 하고 말았다······.

취기가 단숨에 가시는 것을 느꼈다. 제정신이 돌아왔다. 두 번 다시 그러지 않겠노라 맹세한 후로 근 일 년. 이번 약속도 허사가 되고 말았다.

집으로 돌아와 다시 맥주를 마시기 시작했다. 과하게 마셨다는 느낌은 없었다. 그 선술집에서도 사고를 일으키지 않고 얌전히 물러설 수 있었다. 물론 오늘밤 기분이 저조하다는 사실은 잘 알고 있었다. 이럴 때 다미오는 신경이 날카로워진다. 아니, 신경이 날카롭다기보다도, 의사가 진단한 용어를 쓰자면 과도한 경계심 또는 경악반응이 나온다. 분노가 폭발한다.

그런 사실에는 충분히 주의하면서 마셨는데······.

아내 준코는 등을 말고 꼼짝도 않는다. 다미오는 손등에 둔한 통증을 느꼈다. 이번 구타는 가볍지 않았을 것이다. 경시청 경찰관으로서 유도와 체포술이 몸에 배어 있다. 더군다나 자신은 경찰관 중에서도 체격이 큰 편이었다. 준코의 뺨에 가해진 충격은 보통이 아니었을 것이다.

미안해. 가슴속으로 용서를 구하며 준코의 곁으로 다가가려 했다. 한 걸음 움직인 순간, 가즈야가 뛰쳐나와서 다미오의 허리에 매달렸다.

"때리지 마! 엄마를 때리지 마!"

필사적인 목소리였다.

다미오는 올해 여덟 살이 되는 아들을 떼어내려 했다. 아들은 허리에 매달려 다미오의 잠옷을 붙들고 떨어지지 않았다.

다미오는 가즈야에게 말했다.

"안 때려. 이제는 엄마를 때리거나 하지 않을 거야."

"거짓말이야."

"안 때려."

"또 때렸어."

다미오는 할 말을 잃었다. 가즈야는 요전에도 목격했다. 그 전에도 아마 보았을 것이다. 다미오는 가정폭력 상습범이다. 화가 나면 너무나 쉽게 아내를 폭행하는 남편이다. 다미오의 약속은 신용이 없다. 비록 지금 이렇게나 자기가 한 짓을 부끄럽게 여긴다 해도.

오른쪽에서 무슨 소리가 났다. 고개를 돌리니 아이들 방의 장지문이 10센티미터쯤 열려 있었다. 장지문 너머로 이불이 움직이는 소리가 났다.

딸아이도 보고 있었나? 딸 나오코는 지금 두 눈으로 본 사실에 충격을 받아 정신없이 이불 속으로 파고 든 건가? 딸아이는 다섯 살. 아버지가 어머니를 폭행하는 장면을 목격하면 한동안은 공포에 시달리게 된다. 야뇨증이나 말더듬증상까지도 걱정해야만 한다. 지금까지는 만약 목격한 적이 있었어도 그 의미까지는 이해하지 못했을 줄 알았는데.

다미오는 다시 아내를 바라보며 애써 부드러운 목소리로 말했다.

"미안해. 너무 취했어."

준코는 대답하지 않았다.

곁으로 다가가 뺨을 살펴보려 했다. 그러나 또다시 가즈야가 힘껏 매달렸다. 움직일 수가 없었다.

포기하고 다미오는 다시 한 번 말했다.

"얼굴을 보여줘. 다쳤잖아."

준코는 천천히 뺨에서 두 손을 떼고 등을 폈다. 눈은 여전히 정면을 바라보고 있다. 왼쪽 코에서 붉은 액체가 흐르고 있다.

다미오는 가즈야에게 말했다.

"가즈야, 아빠가 잘못했다. 이제 안 그럴게. 엄마를 때리지 않을게. 그러니까 손을 놔주렴. 엄마 상처를 봐야해."

준코가 간신히 입을 열었다.

"괜찮아요. 별 거 아니에요."

"코피가 나잖아."

"금세 멎을 거예요." 준코는 그렇게 말하며 옆에 있던 수건에 손을 뻗었다. "이제 기분은 풀렸어요?"

최대한의 항의요, 비난으로 들렸다.

다미오는 말했다.

"미안해. 사과할게."

"가즈야." 준코가 아들을 불렀다. "냉장고에서 얼음 좀 꺼내줄래? 그리고 새 수건도."

가즈야가 준코를 돌아보더니 겁먹은 태도로 다미오에게서 떨어졌다.

다미오는 직접 냉장고로 걸어가 얼음을 꺼낸 다음 욕실 서랍에서 새 수건을 꺼냈다. 준코에게 몸을 돌리자 가즈야가 겁에 질린 듯 가만히 다가와서 손을 내밀었다. 다미오는 얼음을 싼 수건을 가즈야에게 건넸다.

준코가 가즈야에게서 수건을 받아 뺨에 갖다 댔다.

다미오는 말했다.

"힘이 어느 정도였는지 내가 알아. 병원에 가자."

준코가 다미오하고는 시선을 맞추지 않고 대답했다.

"또 경찰병원에요? 이번에야말로 기록에 남을 거예요."

"치료를 해야지. 뢴트겐을 찍어야 할지도 몰라."

"괜찮아요. 부러지진 않았어요. 병원에 가봤자 어차피 습포나 받고 끝이니까요."

"그 얼음보다는 낫잖아."

준코는 얼굴을 찌푸렸다. 마비 단계가 끝나고 통증이 시작된 건지도 모른다.

준코는 고통스럽게 말했다.

"그러네요. 진통제도 받는 게 낫겠어요."

다미오는 잠옷을 사복으로 갈아입으려고 침실의 장지문을 잡았다.

준코가 제지하듯이 말했다.

"혼자 갈 수 있어요. 당신은 집에 있어요."

"하지만."

"같이 가면 이것저것 사정을 물을 거예요."

"사실대로 이야기할 거야."

"됐어요. 당신은 취했어요. 혼자서 갈 수 있어요."

준코는 수건을 뺨에 댄 채 일어섰다. 가즈야가 불안한 눈빛으로 엄마를 올려다보았다.

준코는 현관으로 걸어가면서 말했다.

"세키구치 정형외과는 이 시간이라도 봐줄 거예요. 거기로 가겠어요."

다미오는 찬장 위의 시계를 보았다. 오후 8시 45분. 분명 이 시간이라면 그 개인병원에서도 진료해줄 것이다.

그나저나 오늘은 꽤나 이른 시간에 정신을 잃은 셈이다.

서둘러 옷을 갈아입은 가즈야가 벌써 신발을 신은 엄마에게 달라붙어 말했다.

"나도 갈 거야."

준코는 고개를 저었다.

"너는 오지 않아도 돼. 집에 있으렴. 그만 자야지."

가즈야는 다미오를 쳐다보고는 딱 부러지게 말했다.

"싫어."

가즈야는 재빨리 신발을 신더니 준코에게 매달리듯 현관에 섰다.

준코는 말했다.

"늦어질지도 몰라."

그것은 가즈야에게 한 말인지 다미오를 향한 말인지 잘 알 수 없었다. 아이를 상대로 하는 말투처럼 들렸다. 다미오를 달랠 생각으로 말했는지도 모른다. 난 늦어지겠지만 넌 얌전히 있어, 라고.

두 사람이 현관을 나가고 문이 닫혔다. 경시청 다카시마다이라 직원 주택의 외부 복도에서 두 쌍의 발소리가 멀어져갔다.

다미오는 몸을 돌려 안쪽 아이들 방의 장지문을 가만히 열었다. 딸아이는 이불 속에서 이쪽을 향해 등을 돌리고 있다. 숨소리가 들리지 않았다. 깨어 있다. 긴장해서 귀를 쫑긋 세우고 있는 것이다.

미안해.

다미오는 가슴속으로 딸에게 사과하고 장지문을 닫았다.

주방의 앉은뱅이 탁자 위에 컵과 맥주병이 나뒹굴고 있다. 맥주가 쏟아져 앉은뱅이 탁자에서 카펫 위로 흐르고 있었다.

다미오는 개수대에서 행주를 가져와 앉은뱅이 탁자 앞에 무릎을 꿇고 흘러넘친 맥주를 닦았다.

오늘 내가 아내를 때린 이유는 뭐였을까. 상사로부터 이동이 성사되지 않았다는 소식을 들었다. 구도라는 경관을 만났다. 그 사람의 말을 듣고 아버지가 돌아가셨을 때의 기억이 떠올랐다. 다카시마다이라 역 옆의 선술집에서 소주를 들이켜고 돌아와서, 준코에게 맥주를 꺼내오라고 했다. 때

마침 아들 가즈야와 딸 나오코는 막 이불 속에 들어간 참이었다. 나도 잠옷으로 갈아입고 앉은뱅이 탁자 앞에 주저앉아 저녁 식사로 나온 반찬만 집어먹으며 맥주를 마셨다.

맥주가 바닥나서 한 병 더 꺼내오라고 했다. 평소에는 한 병이다. 두 번째 맥주병을 꺼내면서 준코가 말하지 않았던가?

오늘은 심기가 안 좋네요, 였던가? 오늘은 왜 그래요, 였던가? 맥주는 이게 끝이에요, 라는 말을 덧붙였다.

그게 거슬렸다. 내 삶을, 직업을, 싸잡아 말하면 내 인격을 우습게 여기는 것 같았다. 뭐라고! 그렇게 손이 나갔다.

주먹이 준코의 뺨에 제대로 꽂혔다. 준코는 윽, 하고 신음하며 반대쪽 벽까지 물러났다. 아니, 내동댕이쳐진 건지도 모른다. 곧바로 아이들 방의 장지문이 열리더니 가즈야가 뛰쳐나왔다.

다미오는 거기서 깜짝 놀라 일어섰다.

지금까지도 몇 번인가 준코를 때렸다. 그것은 반드시 좋지 못한 이유로 술을 마셨을 때였다. 화가 나서 돌아와 준코와 말다툼을 하게 되고, 그 말다툼이 심해져서 끝내 손찌검을 했다.

달리 말하면 손찌검을 할 때는 반드시 절차가 있었다. 불쾌하게 마신 술, 만취, 말다툼, 그리고 주먹이다.

그런데 오늘은 곤드레만드레 취했다고도 할 수 없는 상태에서 특별히 말다툼도 하지 않고 손이 나갔다. 폭력 충동을 억제하려는 의지조차 발동시키기 전에 주먹이 튀어나가고 말았던 것이다.

지난번, 거의 일 년 전의 그때는 준코가 현관에서 뛰쳐나가 이웃집에 도움을 청했다. 이웃집은 관할서는 다르지만 같은 연배의 순사부장이 사는 집이었다. 그 순사부장이 바로 달려와서 다미오를 말렸다.

같은 경관에게 가정 폭력을 들키고 말았다. 만취한 상태에서 다미오는 사태의 심각성을 깨달았다. 가정 내의 일이라고는 해도 자칫하면 버젓한 상해죄로 체포된다. 그렇게 되면 면직이다. 다미오는 그 이웃이 시키는 대로 찬물을 한바가지 마시고 이불 위에 드러누웠다.

그 이후로 다미오는 어떻게든 자신의 좋지 못한 술버릇을 내비치지 않도록 애써왔다. 기분이 사나울 때는 술을 피했다. 술을 마실 때도 양과 시간에 주의를 기울였다. 준코에게 폭력은 두 번 다시 휘두르지 않겠다고 맹세했다. 맹세할 때 한마디를 덧붙였다. 아이들 앞에서 그런 짓은 않겠다고.

그런데 오늘은 그리 취하지도 않았고 특별히 사나운 기분도 아니었는데 지금까지 있었던 단계들을 뛰어넘어 주먹이 나가고 말았다.

나는 혹시……. 다미오는 희미한 전율을 느끼며 생각했다. 불안신경증에서 완치만 안 된 게 아니라, 반대로 인격붕괴의 길로 굴러 떨어진 게 아닐까? 가장으로서, 사회인으로서, 경찰관으로서 실격 선고 직전까지 와 있는 건가?

다미오는 개수대로 가서 수도꼭지를 비틀어 물을 틀었다. 온도를 확인한 후에 그 옆에 머리를 들이대고 얼굴에 냉수를 뿌렸다. 얼굴에 온통 냉수를 뒤집어써서 씻어낸 후, 가까이에 있던 컵으로 냉수를 들이켰다. 맥주를 한 병 마신 탓에 위장은 불룩했다. 두 컵을 마시는 것이 고작이었다.

다미오는 컵을 개수대에 내려놓고, 생각했다.

진찰을 받아야할 때다.

의사는 푸근한 얼굴로 다미오를 바라보며 말했다.

"오랜만이군요. 요전에는, 그러니까……."

다미오가 대답했다.

"한 이 년 전입니다. 마침 나고야 연속살인범을 체포했을 무렵입니다."

이다바시에 있는 경찰병원의 진찰실이었다. 완전히 친숙해진 신경내과 의사는 고개를 끄덕이며 말했다.

"아아, 가쓰타 사건 말이죠. 경시청 경관이 가시와 지역에서 대부금 강도

짓을 했다는 사건도 그 시기였죠?"

역시나 경찰병원 의사다. 경관이 일으킨 사건을 잘 기억하고 있다.

"그렇습니다."

"카운슬링 쪽은 어떻습니까?"

"마찬가지로 이 년 정도 다니지 않았습니다."

"오늘은 또 뭔가 증상이 나온 건가요?"

다미오는 망설이다가 대답했다.

"아내에게 손찌검을 하고 말았습니다."

"심하게요?"

"아뇨. 상처를 입히지는 않았습니다만."

거짓말이었다. 적어도 타박상을 입혔다. 준코는 며칠 동안 얼굴에 습포제를 붙이고 있어야만 한다.

의사가 다시 물었다.

"그동안 같은 행동을 반복했습니까?"

"아니요." 다미오는 거의 일 년 전, 준코의 뺨을 후렸을 때의 기억을 떠올리며 대답했다. "일 년만입니다."

"그 사이에 술도 마셨지요?"

"과음은 아닙니다만."

"어제는 과음하셨습니까?" 의사는 문진 용지에 시선을 떨어뜨리며 물었다. "소주 두 잔, 맥주 한 병. 특별히 과음한 것 같지는 않은데 말입니다."

"저 스스로 과음했다는 의식은 없었습니다."

"뭔가 평소와 달리 스트레스를 느끼는 일이 있었습니까?"

"예. 상사와 인사 문제로 이야기를 했습니다. 희망을 들어줄 수 없다는 말을 들었는데, 그게 원인일지도 모르겠습니다."

의사는 미소를 지었다.

"공무원도, 민간 샐러리맨도, 스트레스의 최대 원인은 대개 인사 문제랍니다. 이래저래 증세를 일으키는 방아쇠가 되지요."

"선생님도 아시다시피 저는 쭉 경비과 배속을 희망했습니다만, 선생님 진단으로는 어떻습니까? 저는 아직도 견디지 못할까요?"

의사의 대답이 한순간이지만 늦었다.

"괜찮을 겁니다. 당신한테는 지금 하는 업무 자체가 스트레스일지도 모릅니다."

"만약 또다시 문의가 들어온다면 그렇게 대답해주시면 감사하겠습니다."

"진단대로 말씀드릴 겁니다."

의사는 만년필에 뚜껑을 씌우고 말을 이었다.

"오늘도 약을 드릴 텐데, 계속 복용하십시오. 얇은 껍질을 한 장 한 장 벗겨내듯이 치료할 수밖에 없습니다. 멋대로 복용을 그만두지 마세요. 그래본들 심각한 스트레스를 느끼면 재발합니다. 가능한 한 스트레스가 없는 생활을 하시라는 말씀밖에 못 드리겠군요."

"노력해보겠습니다."

다미오는 인사를 하고 의자에서 일어나 진찰실을 나왔다.

계단을 내려와 일 층 약국 창구로 향할 때, 복도에 아는 얼굴이 보였다.

구보타 가쓰토시였다. 아버지하고는 경찰훈련소 동기, '피가 이어지지 않은 삼촌' 가운데 한 명이다. 양복 차림이었다. 구보타는 현재 신주쿠 경찰서의 방범과 소속이다. 경부보로서 계장 직위에 있다. 신주쿠 가부키초의 안전 유지를 위해, 이른바 선두에서 몸을 바치는 경찰관이었다.

구보타도 다미오를 알아보고 멈춰 섰다.

"어쩐 일이냐, 다미오?"

다미오는 되물었다.

"구보타 삼촌이야말로."

"검사야. 배가 아파서."

어쩐지 구보타의 낯빛이 어두웠다. 간이라도 나빠 보이는 안색이었다. 술 때문일까?

"저기에 앉자꾸나." 구보타가 대합실의 비어 있는 벤치를 가리켰다. "너는 혹시 아직 그 신경증이라는 병이니?"

"예, 좀처럼 깨끗이 낫질 않네요."

"무리도 아닐 게다." 구보타는 걸어가면서 말했다. "공안 사건이 그렇게나 계속되던 시기에 잠입 수사를 했어. 잔업을 계속 하다가 우울증에 걸리는 민간 회사원하고 마찬가지지. 좀 쉬어라. 무리하지 말고 느긋하게 치료하면 된다. 경시청에는 네 회복을 느긋하게 기다려줄 만한 여유가 있어. 지금 스가모였나?"

"예, 경무계입니다."

구보타가 벤치에 앉았다.

다미오는 그 옆에 앉으며 말했다.

"이 병이 나으려면 주재 경관이 되는 게 가장 좋을 것 같아요."

"네 아버지도 주재 경관을 지망했었지. 너 정도 나이였을 때 덴노지 주재소에서 근무하게 되지 않았던가?"

"지금 제 나이보다 한 살 젊으셨을 때요."

"지금 순사부장이지?"

"예. 삼 년 전부터요."

"본청은 어째서 너를 대졸 코스에 올려주지 않았을까. 지금쯤은 경부보라 해도 이상할 것 없는데 말이다."

"기대했던 공안 형사가 되지 않았으니까요."

"그래도 자격은 자격이지."

"저는 고졸 자격으로 경관이 되었습니다. 업무 명령으로 대학은 다녔지만, 학업에 전념했던 것도 아니었으니……."

"그래도 그렇지."

"제게는 그쪽 코스로 승진하는 것보다 주재 경관이 될 수 있는가 없는가 하는 문제가 더 중요합니다."

"아버지의 뒤를 계승하는 게로구나. 부럽다."

"계승한다는 의식은 없습니다. 어렸을 때부터 그냥 아버지 같은 경관이 되고 싶다고 생각했을 뿐이니까요."

"그런 사건만 없었다면……. 아버지는 훌륭한 경관 인생을 누릴 수 있었을 텐데."

다미오는 구보타의 말을 듣고 다시 물었다.

"그건 역시 사건이었나요?"

구보타는 고개를 끄덕였다.

"지금은 그리 생각한다. 자살 같은 게 아니야. 게다가……."

"게다가?"

구보타의 시선이 대합실 양 옆으로 움직였다. 뭔가 비밀이라도 입에 담으려는 표정이었다.

"네 아버지는 자기 주변에서 일어난 두 가지 사건을 신경 쓰고 있었다. 좀 더 말하자면 진지하게 조사하고 있었어."

그건 처음 듣는 소리다. 구보타를 포함해 삼촌들 어느 누구도 그런 이야기는 해준 적이 없었다.

"어떤 사건이지요?"

"옛날이야기야."

"그렇긴 하겠지만……."

"하나는 네 아버지가 우에노 경찰서 공원 앞 파출소에서 근무할 때 일어났다. 젊은 남창 하나가 시노바즈노이케라는 연못 옆에서 살해당했어. 쇼와 23년에 있었던 일이었지 아마."

"아버지는 어째서 그 사건을 신경 쓰셨던 겁니까?"

"관할 지역 안에서 일어난 일인 데다, 피해자하고 아는 사이였거든."

"미결 사건인가요?"

"그래. 수사본부는 설치됐지만 범인은 찾아내지 못했어."

"또 하나라는 건요?"

"야나카 묘지 안에서 일어났지. 네 아버지가 동물원 앞 파출소에 있었을 때야."

"살인?"

"그래. 젊은 철도원이 죽었어. 그것도 미결 사건이 되었지."

"언제 일인가요?"

"쇼와 28년이었던가? 네 아버지가 덴노지 주재소에 근무하기 몇 년 전이다."

"아버지는 그 피해자하고도 아는 사이였나요?"

"그건 아닌 것 같더구나. 하지만 피해자의 시체가 발견된 장소가 당시에 너희가 살던 셋집 바로 뒤였다. 네 아버지 입장에서는 그건 자기 사건이었겠지."

다미오는 그 무렵 자기 가족이 살았던 집을 떠올렸다. 가까스로 기억에 남아 있었다. 셋집 골목 안쪽, 모퉁이의 담장을 넘으면 바로 야나카 묘지였다.

아버지가 돌아가신 후에도 한동안 야나카를 벗어나지 않았다. 주재소에서 야나카의 목조 주택으로 옮겨가 그대로 계속 살았다. 그러므로 다미오에게 야나카는 요람이자, 유년시절의 풍경이 어린 땅이었다. 시골이 있는 사람들이 말하는 '고향'이라고 할 수도 있었다.

서류철을 든 간호사가 다가와 대합실 환자들을 향해 큰 소리로 말했다.

"구보타 씨. 구보타 씨."

구보타가 일어나면서 말했다.

"그러고 보니 가토리가 이번 이동으로 어디 관할서 과장이 되는 것 같더구나. 하야세한테 들었다. 내시가 내려왔다더라."

간호부가 구보타 앞에 섰다.

"구보타 씨 맞으시죠?"

"날세."

"검사를 하겠습니다. 이리로 오세요."

구보타는 고개를 끄덕이고 다미오에게 말했다.

"지금 한 이야기, 몸이 좋아지면 다시 말해주마."

"부탁드리겠습니다."

구보타는 복도 안쪽을 향해 걸어갔다.

사 개월 후.

병동의 긴 복도를 걸어가면서 구보타의 부인 기누코는 작은 목소리로 말했다.

"남편은 간암이라는 걸 눈치채고 있지만, 나도 의사 선생님도 그런 말은 하지 않았어. 간 기능 저하라고만 했으니, 제발 다미오도 암에 대해서는 모르는 척하려무나."

다미오도 작은 목소리로 대답했다.

"알겠습니다. 이야기는 얼마나 나눌 수 있나요?"

"길어도 오 분 정도로 해주렴. 말하는 것도 힘들어 보여."

"예."

병실 앞까지 와서 기누코가 걸음을 멈추었다. 다미오도 문 앞에 멈춰 서서 호흡을 가다듬었다. 기누코 부인이 작게 문을 두드렸다.

대답을 기다리지 않고 부인은 그 문을 오른쪽으로 밀었다. 부인은 다른 표정을 짓고 있었다. 조금 억지스러워 보이는 미소를 짓고 있었다.

다미오도 허둥지둥 자기 얼굴에서 동정과 불안한 빛을 떨쳐냈다.

"다미오가 왔어요." 부인은 방으로 들어가면서 그렇게 말했다.

다미오는 꽃다발과 전통 과자 꾸러미를 들고 부인의 뒤를 따랐다.

구보타가 침대에 누워 있었다. 침대 머리맡이 올라가 있어 약간 경사를 이루고 있었다. 그 덕분에 구보타는 약간이나마 상체를 일으키고 있는 것처럼 보였다.

구보타가 다미오에게 눈길을 돌렸다. 다미오는 순간 깜짝 놀라 소리를 낼 뻔했다. 구보타의 얼굴에는 살집이 하나도 없었다. 눈은 푹 꺼지고 뺨은 홀쭉했다. 안색은 전에 봤을 때보다도 더 검다. 피부에는 윤기가 하나도 없었다.

구보타의 표정이 아주 조금 누그러진 듯이 보였다.

"안녕하세요." 다미오는 충격을 감추며 말했다. "걱정했잖습니까. 안색, 나쁘지 않으신데요?"

구보타는 해쓱한 얼굴로 쓴웃음을 지었다.

"무슨 소리."

다미오는 부인에게 과자와 꽃다발을 건네고 침대 옆의 의자에 걸터앉았다. 부인은 꽃다발을 들고 병실에서 나갔다.

구보타가 다미오를 잠시 뚫어져라 바라보았다. 그 눈은 어딘지 모르게 무언가를 그리워하는 듯했다.

"천천히 치료하세요." 다미오는 그렇게 말했다. "무엇보다 완치가 우선이니까요."

구보타가 말했다.

"아버지를 쏙 빼닮았구나."

갈라지고 힘없는 목소리였지만, 알아들을 수 있었다.

"종종 듣습니다."

"오늘 부른 이유는 네 아버지가 신경 쓰던 사건 때문이다."

아마도 그 이야기일 것이라는 상상은 하고 있었다. 어제 기누코 부인의 전화를 받았을 때 부인이 말했던 것이다. 다미오, 네 아버님 일로 하고 싶은 얘기가 있다는구나, 라고. 구보타가 간암이라는 소식을 들은 것은 그다음이었다.

"아버지가 두 건의 살인 사건에 대해서 진상을 조사했다고 하셨죠."

"남창 살인, 소년 철도원 살인."

"아버지는 범인을 찾아내셨던 겁니까?"

구보타는 고개를 저었다. 말을 하기가 힘들어서 고개를 젓다 만 것처럼 보였다.

다미오는 다시 물었다.

"하지만 뭔가를 알아내신 거죠?"

"그래." 구보타는 대답했다. "동일범이라는 사실. 열쇠는 그 지역이다."

"그 지역이라뇨?"

"우에노, 야나카."

"서로 붙어 있죠. 시간차는 있지만 두 사건은 좁은 범위에서 일어났습니다."

"범인도 거기 있었다."

다미오는 깜짝 놀랐다. 아버지는 거기까지 좁혔던 것일까?

"그 지역 주민이라는 말씀인가요? 당시에도 상당히 조사했을 텐데요."

"아니다. 주민이 아니야. 하지만 그 지역에 있던 남자다. 아버지는 그렇게 말했어."

"남자라는 건 확실한 거군요?"

"살해 수법이 남자의 수법이었던 모양이다."

"거기에 있었다는 건 무슨 뜻일까요. 주민이 아니라, 있었다는 건 대체?"

"거기까지는 자세히 말하지 않았다. 일을 하고 있었는지도 모르지."

"직장이 우에노나 야나카에 있었던 남자란 말씀이군요. 당시에는 동일범이라는 견해가 있었나요?"

"없었을 게다. 하지만 네 아버지는 거기까지 밝혀냈어."

"밝혀낸 건 언제쯤이었습니까?"

"주재 경관이 된 후인 것 같다."

다미오는 문득 생각이 미쳤다. 그 사실과 아버지가 돌아가신 이유에 뭔가 관련이?

더운 날인데 등이 부르르 떨렸다. 얼음이 등줄기를 굴러다니는 듯한 기분이었다.

다미오는 얼굴을 구보타의 얼굴에 가까이 가져갔다.

"아버지가 돌아가신 이유하고 연결되어 있군요?"

"모른다." 구보타는 그렇게 또 고개를 저었다. "나중에야 그렇지 않을까 하는 생각을 하게 됐다. 솔직히 말하면 그런 생각이 든 건 최근이란다."

"뭔가 짐작 가는 일이라도?"

"아아." 구보타의 호흡이 거칠어졌다. 다소 흥분했는지도 모른다. "아아."

그것은 이미 말인지 숨소리인지 확실치 않았다.

부인이 꽃을 꽃병에 담아 병실로 돌아왔다.

그 표정에서 이제 대화는 그만하라고 말하고 있음을 알았다.

다미오는 다시 한 번 구보타를 보았다. 구보타는 입을 다물고 천장을 쳐다보고 있다. 알고 있는 사실은 전부 얘기했다는 표정 같기도 했다.

다미오는 일어섰다.

"구보타 삼촌, 정말 푹 쉬세요. 단풍을 보러 온천에 가는 것도 좋겠네요. 제가 짐을 들게요."

구보타는 흐뭇한 듯 실눈을 떴다.

다미오는 고개를 숙이고 병실을 나섰다. 그것이 생전의 구보타와 이야기를 나눈 마지막 기회가 되리라고는 상상하지 못했다.

구보타가 간암으로 숨을 거둔 것은 문병을 갔던 그날로부터 두 달 후였다. 발견에서 사망까지 고작 반년간의 생명이었다.

애당초 발견했을 때 이미 말기였다고 했다. 구보타는 그대로 입원해서 결국 퇴원하지 못하고 임종을 맞았다. 정년을 삼 년 앞둔 죽음이었다.

장례식은 신주쿠 구 오치아이에 있는 장례식장에서 치러졌다.

쇼와 60년(1985) 9월 말의, 늦여름이라고 부르기에도 너무 더운 날이었다. 이날 사복 차림으로 밤샘 초상을 위해 달려가니 세 삼촌 가운데 남은 두 사람을 만났다. 가토리 모이치와 하야세 유조다.

다미오는 이 두 삼촌하고 벌써 오 년 이상 만나지 않았다. 연하장만 주고받았을 뿐이었다.

가토리는 그 연령에도 불구하고 새까만 머리를 기름으로 전부 뒤로 넘겼다. 체격이 좋고 턱은 두 겹으로 보였다. 인사를 하자 가토리는 지금 시타야 경찰서의 경비과에 있다고 했다.

하야세 쪽은 제법 머리가 벗어졌고, 남은 머리도 백발이었다. 젊었을 때부터 그랬듯이 얼굴 전체에 어딘지 짓궂은 분위기가 있었다. 정년이 가까운 지금도 경시청 공안부에 있는 탓인지도 모른다. 그 부서는 좋든 싫든, 사람에게서 정직함과 순박함을 앗아간다.

향을 올린 후 다미오는 가토리와 하야세에게 이끌려 도자이 선 오치아이 역 근처의 술집에 들어갔다.

하야세가 물었다.

"어떻게 지내느냐? 지금은 어디였지?"

다미오는 대답했다.

"스가모 경찰서입니다. 경무계요."

가토리가 이상하다는 듯이 말했다.

"네가 경무라고?"

"예. 좀처럼 밖에 내보내주질 않습니다."

"다 나았잖니?" 가토리도 다미오의 신경증은 알고 있다. "아직 안 되는 게냐?"

"그리 심한 스트레스만 없으면 괜찮을 겁니다. 폭력단 상대나 잠입 수사만 아니면요. 경비로 옮기고 싶다고 계속 신청을 했지만……."

하야세가 물었다.

"지금 경부보니?"

다미오는 하야세 쪽으로 고개를 돌리고 대답했다.

"아뇨, 순사부장입니다."

"모처럼 대학을 나왔는데. 시험은 보고 있느냐?"

"아뇨. 경비 업무도 하지 않고 편한 일터에서 시험공부나 했다는 오해는 사고 싶지 않아서요."

"누가 그런 걸 신경 쓴다는 말이냐?"

"승진하지 못한 동료는 신경 쓸 걸요."

"승진도 하지 않고 이 일자리에서 뭘 하고 싶은 거지?"

"순사입니다. 주재소 근무요."

가토리가 맥주잔에서 입을 떼고 입가를 훔치며 말했다.

"네 아버지도 줄곧 주재 경관을 꿈꿨지. 모처럼 됐다 싶었는데 그렇게 되고 말았어."

"아버지가 제 목표입니다."

하야세가 말했다.

"아버지가 돌아가신 지 몇 년이지? 벌써 한 삼십 년 되나?"

"이십팔 년."

가토리가 말했다.

"모처럼 이대 경관이 나왔어. 경시청도 같은 주재소에 배속해주면 좋을 텐데 말이야. 경시청의 모든 경관들에게 기쁜 이야기야."

하야세가 말했다.

"그럼 꼭 주재소 근무가 세습 이권처럼 들리잖나."

가토리는 고개를 갸웃거렸다.

"그런가? 하야세도 아들이 경관이 되겠다고 했을 때 기뻤지?"

하야세의 아들도 경시청에 들어갔다는 소문을 들었다. 분명 대졸 채용이었다.

그러나 하야세는 약간 씁쓸한 투로 말했다.

"이렇게 힘든 일을 선택하지 않아도 좋을 텐데, 하고 생각했지."

가토리가 문득 생각났다는 듯이 말했다.

"다미오. 나는 지금 시타야 경찰서 경비과에 있다. 덴노지 주재소 순사는 앞으로 일 년이면 정년이야. 다미오가 그때 우리 경비과에 있으면, 그게 가장 빠른 길이다."

다미오는 가토리를 바라보았다.

시타야 경찰서는 예전의 사카모토 경찰서와 야나카 경찰서를 통합한 관할서이다. 덴노지초도 관할 지역에 속해 있다. 그 시타야 경찰서가 관할하는 덴노지 주재소의 주재 경관이 정년이 된다……. 그것은 다미오가 후임 자리에 앉을, 바라마지 않던 기회다. 이 기회를 놓치면 앞으로 최소한 오륙 년 동안은 다미오의 희망이 이루어질 일은 없을 것이다.

하야세가 가토리에게 물었다.

"과장인 네 뜻대로 할 수 있다고?"

"그래." 가토리는 하야세에게 대답했다. "부서장하고 예전에 계장 주임 관계였어. 시타야 경찰서에도 부서장이 끌고 와서 이동했던 거야. 나도 시타야 경찰서가 마지막 근무일 테니 억지도 부려볼 만하지. 경비 인사에 한마디 부탁하면 틀림없이 들어줄 거야."

하야세가 다시 확인했다.

"우선 다미오를 시타야 경찰서로 발탁해서, 지금 있는 주재 경관이 정년이 되면 거기에 찔러 넣는다는 말이지?"

"그래. 부서장은 수락하겠지. 부서장 제안에는 서장도 그냥 오케이야."

"덴노지 주재소를 희망하는 경관은 경시청에 몇 명이나 될 것 같은데."

"관할서 의향이 제일 강력해. 무엇보다 주재 경관으로 삼으려면 그전부터 그 구역에 정통해야 해. 십중팔구 시타야 경찰서 경비과에서 발탁하게 될 거야."

하야세는 다미오를 바라보았다.

"나쁘지 않은 작전이로군. 어때?"

다미오는 고개를 끄덕였다. 전면적으로 동의한다.

가토리가 말했다.

"네 아버지의 경관 인생은 너하고 비슷했던 나이에 그 주재소에서 끝났다. 네가 뒤를 이어라. 아버지가 되고자 했던 주재 경관이 되려무나."

"예. 배속되면 전력을 다해⋯⋯."

하야세가 고개를 가로저었다.

"경관이 하는 일에 지나친 의무감은 필요 없다. 주재 경관이 당연히 해야 할 일을 만족스러울 만큼만 하면 되잖느냐?"

가토리가 그 말에는 동의할 수 없다는 듯 입술을 오므리고 말했다.

"어쨌든 우리 쪽으로 와서 신경증을 완치시키는 거다."

어쩐지 이건, 내 꿈이 현실이 된다는 말인가? 경찰학교 시험을 봤을 때부터 꾸어왔던 꿈이 마침내 이루어지는 걸까? 그렇다면 내 신경증은 극적으로 좋아지지 않을까? 적어도 아내에게 손찌검을 하는 일은 사라질 것 같다. 만약 신경에 거슬리는 일이 있어도 여유롭게 넘길 수 있을 테니까.

다미오는 테이블에 두 손을 짚고 눈앞의 삼촌들에게 깊이 머리를 조아렸다.

9

안조 다미오는 쇼와 61년(1986) 4월 1일자로 시타야 경찰서 경비과로 이동했다. 때마침 경시청이 내달 개최 예정인 도쿄 정상회담에 맞추어 경비부를 증강하기 위해 대규모 이동을 실시한 시점이었다.

덴노지 주재소의 전임 순사는 같은 해 9월 말에 정년퇴직했다. 그 순사도 다미오의 아버지인 세이지와 마찬가지로 쇼와 23년에 들어온 순사 중 하나였다. 십이 년 동안 덴노지 주재소에서 근무했다고 했다.

다미오는 10월 1일자로 덴노지 주재소에 배속되었다. 배속 첫날에는 선임 순사와 함께 마을의 유력자들을 찾아다니며 인사를 했다.

'안조'라는 이름을 듣고 아버지에 관한 이야기를 입에 담는 주민들이 몇몇 있었다. 아버지가 덴노지 주재소에서 근무한 기간은 고작 석 달 남짓이었지만, 그래도 기억하는 주민들이 적지 않았다. 마을의 최대 사건들 중 하나인 덴노지 오층탑 화재와 아버지의 이름, 얼굴을 일종의 세트로 기억하고 있었던 것이다.

"그래, 그때 그 순사님의 아드님이신가?" 하며 거듭 다미오의 얼굴을 뜯어보는 노인도 있었다.

다미오는 어디서나 싹싹하게 고개를 숙이면서 마음속으로 결심했다. 아마 나는 주재 근무가 익숙해지면 아버지의 뒤를 이어, 아버지가 신경을 썼던 두 미해결 살인 사건의 진상에 대해 조사하게 되겠지. 아버지를 기억해주는 사람들이야말로 바로 이야기를 물어볼 첫 번째 대상이다.

전임 순사 가족이 주재소에서 떠나는 날은 그 이튿날이었다.

다미오는 이삿짐 정리가 끝난 주택에 들어가 보았다. 아버지가 계셨던 당시에 이 주재소는 단층 건물이었다. 안쪽에 방이 두 칸밖에 없었다. 그러나 언제 새로 지었는지, 현재의 건물은 이 층 건물이다. 일 층에 주재소 집무실이 있고 안쪽에 대기실을 겸한 거실, 그 안쪽에 주방과 욕실, 그리고 화장실이 있었다. 이 층에는 방이 세 개 있었다.

다미오는 이 층의 재래식 방을 하나하나 살펴보며 생각했다. 하나는 부부 방, 그리고 아이들 방. 나머지 제일 작은 방을 예비실로 해야 할까. 훗날 딸 나오코가 자라면 딸아이에게도 방을 하나 내줘야만 할 것이다.

아니면 다미오가 쓸 침실 하나에 아내의 방, 아이들 방으로 나눌까. 지금의 부부관계로는 아내 준코가 자신한테는 푹 잠들 수 있는 방이 필요하다면서 침실을 나누자고 할 것 같았다. 준코 입장에서도 언제 손찌검을 할지 모르는 남편과 한방에서 자면 마음을 놓을 수 없을 것이다. 다미오도 그것은 충분히 알고 있었다.

주방의 개수대는 스테인리스 재질이다. 이런 새로운 주방 양식은 다카시마다이라의 직원 주택에서 이미 경험했지만, 다미오가 기억하기로는 원래 주재소의 개수대는 반질반질한 석재였다.

화장실은 당연히 수세식으로 바뀌었다. 변기도 좌변기였다. 욕조도 딸려 있다. 그래도 일주일에 한 번쯤은 공중목욕탕에 가서 안면이 있는 사람들과 세상 돌아가는 이야기를 하는 일도 주재소 업무에서는 절대 빼놓을 수 없지만.

주택 안을 둘러보고 나서 주재소 집무실로 돌아왔다. 이 공간의 구조는 어렸을 때의 기억과 그리 다른 게 없다. 차이라고 한다면 목제 책상이 금속제로 바뀌었다는 것 정도이려나.

주재소 옆은 공터였다. 예전에 있었던 오층탑의 주춧돌 부분을 철책으로 둘러놓았다. 오층탑은 그날 소실된 채 지금까지 재건되지 않은 것이다.

다미오는 그 주춧돌 앞에 서서 과거에 존재했던 당시의 오층탑의 모습을 떠올리려 했다. 높은 탑이라고 올려다보며 감탄했던 기억이 어렴풋이 떠올랐다. 하지만 나중에 이식된 기억일 가능성도 없지 않다. 이곳으로 이사 왔을 때 다미오는 여덟 살이었다. 물론 그 전에도 이 근처에 살았으니 오층탑을 보기는 했을 것이다. 하지만 과연 올려다보며 그 높이에 감탄한 적이 있었는지는 확신이 없었다. 묘지 바깥쪽 멀리서 그 탑을 당연한 경치처럼 바라보았을 뿐인지도 모른다.

다미오는 주재소로 돌아와서 책상 앞 의자에 앉아 수첩을 한 권 꺼냈다. 개인용으로 어제 구입한 물건이다.

거기에 구보타가 지금까지 말한 정보를 적어보았다.

'시노바즈노이케에서 시체가 발견된 젊은 남창 살인 사건과
야나카 묘지에서 시체가 발견된 젊은 철도원 살인 사건은
둘 다 미해결.'

'아버지는 두 사건이 동일범의 소행임을 밝혀냈다.'

'살인범은 우에노, 야나카에 있었던 인물.'

구보타는 그 두 사건이 언제 일어났는지는 자세히 말하지 않았다. 이것
은 시타야 경찰서를 통해 알아볼 수 있을 것이다. 어쩌면 그 이상의 기록도
볼 수 있을지 모른다.

그리고 중요한 점.

'두 사건이 아버지의 의문사와 연결되어 있을 가능성이 있다.'

그렇다면 그것은 다미오가 이 사건을 조사할 이유가 된다. 아니, 아버지
와 마찬가지로 경시청 경찰관이 된 사람으로서 그 진상을 조사하는 일은
다미오의 신성한 책무인지도 모른다. 진상을 알게 된다고 다미오나 가족
의 인생이 어떻게 변하지는 않겠지만, 적어도 응어리는 사라질 것이다.

아버지는 화재가 났던 그날 밤, 어디로 사라졌는가? 어째서 현장을 벗어
났는가? 어째서 죽었는가? 가족을 남겨두고, 그런 식으로.

다미오가 소년기, 청년기를 지나는 동안 되풀이하여 가슴속에서 끓어올
랐던 그 묵직한 안개 같은 응어리. 그것이 사라질 것이다.

구보타는 한 가지 더 말했다.

'밝혀낸 것은 덴노지 주재소 근무 이후.'

다시 말해 이 근처에 그 단서가 있다는 말이다. 그것이 사람인지 사물인
지는 모르겠지만, 어찌 되었든 그것은 이 근처에 있었다. 지금도 있을지 모
른다.

시간은 있다. 다미오는 수첩을 덮고 생각했다. 조금씩 조사해가지, 뭐.

다미오의 가족은 주말에 이사할 예정이었다. 그날 밤은 다미오도 다카시마다이라의 직원 주택으로 돌아가 이삿짐을 싸야 했다. 가족이 전부 옮겨오기 전까지는 사실상 주재 근무가 불가능했다. 그때까지 야간에는 시타야 경찰서 경비과의 젊은 경관이 주재소에서 근무하기로 했다.

그날 밤, 다미오는 센다기의 목조 아파트에서 홀로 사는 어머니를 찾아갔다.

어머니 다즈는 아들 둘을 독립시킨 후 야나카에서 센다기로 거처를 옮겨 혼자서 삯바느질을 하며 생활하고 있었다. 양복을 짓던 시기도 있었지만 지금은 오로지 기모노 전문이다. 이 야나카나 센다기 주변에는 기모노를 입는 사람이 여전히 많아서 일거리는 충분한 모양이었다. 다미오와 동생 마사키가 서로 생활비를 조금씩 냈지만, 기본적으로 어머니는 환갑이 넘은 지금도 혼자 힘으로 생활하고 있었다.

방에 들어가자 어머니는 돋보기를 끌어내리며 일손을 멈추었다.

"벌써 이사했느냐?"

"아뇨." 다미오는 신발을 벗으면서 대답했다. "이번 주 일요일이에요."

"도우러 가마. 여자 손이 필요하잖니."

"고마워요."

"네가 그 주재소에 부임하다니, 경시청도 눈치가 있구나."

"삼촌들이 여러모로 힘써주셨어요."

다미오는 방에 들어가 탁상 앞에 앉았다. 어머니가 금방 차를 내주었다. 다미오는 찻잔을 받아들고 물었다.

"아버지가 조사하셨던 사건을 알고 계세요?"

어머니는 고개를 갸웃거리며 말했다.

"야나카 묘지에서 젊은 철도원이 살해당했던 사건을 말하는 게냐?"

"역시 조사를 하고 계셨군요."

"그냥 신경을 썼을 뿐이야. 형사하고는 달라. 탐문을 했던 건 아니란다."

"또 한 가지, 더 오래된 사건도 조사하셨던 모양이던데요."

"그래. 막 경관이 되었을 무렵이었지. 들은 적이 있구나."

"남창이 죽었다고 했죠?"

"그 당시 우에노 공원에는 많았단다. 아버지하고 안면이 있는 남창이었지." 거기까지 말하고서 어머니는 웃었다. "남창하고 안면이 있었다니, 이상하게 들리는구나."

"조사한 내용은 어머니께 말씀하셨어요? 아니면 공책이나 뭐에 기록하셨나요?"

"내게는 그리 자세히 이야기해주지 않았단다. 하지만 수첩에 쓰지 않았을까 싶구나. 네 아버지는 성실한 성격이라 주재 경관 시절에는 그날의 일보를 쓴 후에 자기 수첩에 메모를 했을 거야."

"수첩, 아직 있어요?"

"어디 처박아 뒀을 게다. 어쩌려고 그러니?"

"읽어보고 싶어요. 아버지가 어떤 사건을 조사했는지, 어디까지 알아냈는지 알고 싶어요."

"알아서 무엇 하려고. 오래된 이야기인걸."

"아버지가 돌아가신 이유하고 관계가 있을지도 모르니까요."

"그래도 그렇지. 안다고 어떻게 되는 것도 아니잖니."

"꼭 그렇지는 않겠죠. 모처럼 덴노지 주재소에서 근무하게 됐으니, 그 시절에 아버지가 근무하는 짬짬이 어떤 일을 했는지 알고 싶어요."

어머니는 일어나더니 벽장 앞에 섰다.

"아버지의 물건은 한데 모아놨단다."

어머니는 금세 벽장 안쪽 선반에서 카스텔라 상자를 하나 꺼내더니 다다미 위에서 뚜껑을 열었다.

"그 일이 있은 후로 쳐다보지도 않았던 물건들뿐이란다."

표창장이나 사진, 수첩 같은 물건들이 아무렇게나 포개져 있었다. 수첩은 당연히 경찰수첩이 아니다. 시판 제품이다. 열 권이 넘는 듯했다. 수첩의 검은 표지 위에 녹슨 양철 호루라기가 오도카니 놓여 있었다.

다미오는 수첩 한 권을 손에 들고 팔락팔락 넘기며 내용을 확인했다. 인명이나 시설명이 적혀 있다. 아버지는 이 수첩을 사적인 비망록으로도 사용했던 모양이다. 어쨌든 자세히 살펴보려면 시간이 걸릴 것 같았다.

"이거, 가져가도 괜찮아요?"

"상관없다."

다미오는 카스텔라 상자의 뚜껑을 덮고 어머니가 건네준 보자기로 상자를 쌌다.

방에서 나가려는데 어머니가 뒤에서 말했다.

"무슨 좋은 일이라도 있었니? 얼굴이 예전하고 다르구나."

다미오는 뒤를 돌아보았다. 어머니는 다미오를 똑바로 바라보고 있었다. 아들의 성장을 뿌듯하게 여기는 표정이었다.

다미오는 대답했다.

"좋은 일이라고 하면, 덴노지 주재 경관이 된 일이지요."

"네게는 역시 경비 업무가 맞나보구나. 공안 형사보다."

다미오는 깜짝 놀라 물었다.

"공안에 나가 있었다는 걸 알고 계셨어요?"

어머니는 미소를 지었다.

"이래봬도 경관의 아내였다. 러시아어를 공부한다고 했을 때 벌써 알았지."

다미오도 미소를 지으며 말했다.

"의외로 다른 사람들도 다 눈치채고 있었을까."

"다 그런 법이란다."

"그럼 마사키도?"

동생 마사키는 도립 구라마에 공업 고등학교를 졸업한 후에 근무처인 전기 설비 회사에서 열성적인 조합 활동가가 되었다. 몸담고 있는 노동단체의 활동에도 관여했을 것이다. 그런 탓도 있어서 서로 은근히 거리를 두게 되었다.

어머니는 대답했다.

"마사키도 알고 있었단다. 네가 홋카이도 대학에 입학했을 때부터 숨은 사정을 눈치챘지."

"그런 줄은 몰랐어요."

다미오는 어머니에게 일요일에 보자는 말을 하고 집을 나왔다.

거리 정면에서 걸어오던 아주머니가 다미오에게 말을 걸었다.

"주재 나리, 수고가 많으시네요."

다미오는 상대를 보고 고개를 숙였다.

하쓰네 길의 대중식당 안주인이었던가? 아이가 둘. 중학생 딸과 초등학교 3학년생 아들.

그 아주머니는 고개를 숙이고 스쳐 지나갔다. 다미오는 그대로 고텐자카 길의 순찰을 계속했다.

덴노지 주재소에 근무하게 된지 대충 두 달째, 마을에 사는 주민들의 얼굴은 제법 외웠다. 시간대와 거리에 따라 다르지만, 이 고텐자카 길에서 저녁 시간대라면 보통 오 분의 일은 얼굴을 알아볼 수 있다. 그중에서도 또 이름이나 신원을 아는 사람은 삼 분의 일 정도일까. 상점주, 지역 반상회 유력자, 방범협회, 소방단 등에 속한 남자들의 얼굴은 거의 외웠다.

초등학생 한 무리가 지나갔다. 남녀 합해서 다섯 명이다. 3, 4학년쯤일까. 다들 책가방을 등에 메고 있었다.

"안녕하세요!" 그중 한 남자아이가 인사를 했다.

"안녕?" 다미오도 고개를 끄덕이며 말했다.

야나카 초등학교 아이들이다. 덴노지초에서 주재소 앞을 지나 산사키자카에 있는 야나카 초등학교에 다닌다. 지금 인사를 한 소년의 얼굴과 이름은 그래도 일단 머리에 들어 있었다.

그 초등학생 무리 뒤에 또 한 명, 초등학생이 있었다. 역시 3학년 아니면 4학년일 것이다. 살집이 없고 차림새가 썩 좋지 않았다. 조금 때가 탄 재킷에 눈에 띄게 해진 체육복 바지 차림이었다. 그 소년은 가만히 시선을 피하더니 다미오 옆을 지나쳤다.

다미오는 멈춰 서서 뒤로 돌아 소년의 뒷모습을 바라보았다. 지금 저 소년이 시선을 피한 것은 뭔가 이유가 있어서일까? 내성적이어서 남하고 시선을 마주치기 싫을 뿐일까? 우연히 정면에 있는 사물 이외의 것에 의식이 향했을 뿐일까?

특별히 의심할만한 일도 아니다.

다미오는 다시 길을 걸었다.

정면에서 두 명의 젊은 남자가 걸어왔다. 복장과 머리가 약간이기는 해도 같은 세대의 일본인 같지가 않았다. 약간 촌스러워 보인다. 최근에 늘었다는 동남아시아에서 일자리를 찾아온 노동자일까? 혹은 밀입국자일까?

한 명이 다미오에게 시선을 돌렸다. 하지만 상대의 표정은 변함없었다. 발걸음에도 전혀 변화가 없다.

나머지 한쪽의 시선도 다미오를 향했다. 미소까지는 없지만 침착한 태도다.

복장은 두 사람 다 청바지에 나일론 점퍼다. 점퍼 주머니에 손을 찔러 넣고 있다. 커다란 짐은 없다. 신발은 운동화.

외견상 부자연스러운 점은 없었다. 무기 같은 것도 들고 있지 않고, 눈에 보이는 범위에서 어울리지 않는 물건을 소지하고 있지도 않다. 일단 수상한 인물의 조건에 부합하지는 않는다.

밀입국자일 가능성이 없지는 않지만, 지금 다미오가 반드시 불심검문을 해야 할 정도로 급박하지는 않다. 다미오는 두 사람에게 시선을 고정한 채로 그들을 보냈다.

관할 지역의 외곽 주변을 순찰하고 덴노지 주재소로 돌아왔다. 오늘 순찰을 하면서 인사를 나눈 주민의 수는 서른 명 이상이었다. 그 숫자는 매일 착실하게 늘어나고 있다.

주재소 집무실로 들어와 대기실 쪽으로 난 미닫이문을 열었다. 안쪽 주방에서 아내 준코가 음식을 만들고 있었다.

"나 왔어." 다미오는 준코에게 말을 걸었다.

준코는 다미오에게 고개를 돌리며 말했다.

"어서 와요. 전화가 한 통 왔었어요."

준코는 최근, 이야기를 할 때도 다미오의 눈을 똑바로 쳐다본다. 한때는 전혀 시선을 맞추려 들지 않았지만, 다미오가 주재소에 근무하게 된 후로 변했다. 이런 환경에 오게 되어 다미오 본인이 조금 변한 탓도 있으리라. 적어도 준코에게 지금의 다미오는 외면하고 싶은 남편은 아닐 것이다. 예전과 똑같지는 않지만, 어쨌든 눈을 맞대고 대화가 성립할 정도까지는 부부관계가 회복되었다.

책상 위의 메모철을 보았다. 전언 용지에 연필로 용건이 적혀 있었다.

'덴노지, 이와네 님.

은행 채집으로 피해. 급히 와주실 수 있겠습니까.

오후 4시 40분.'

주재소로 걸려오는 전화를 받거나 그 외의 잡무를 해준다는 명목으로 주재 경관의 아내에게는 수당이 나온다. 지금 준코의 심기가 나쁘지 않은 이유는 아마 자기도 일해서 살림을 돕고 있다는 의식과 그 수당 때문인지도 모른다. 수고를 돈으로 평가해준다는 것은 아이든 경관의 아내든, 스스로 떳떳하게 느끼게 하는 일이다.

다미오는 준코에게 말했다.

"덴노지에 다녀올게."

준코는 앞치마로 손을 닦으며 거실로 나왔다.

"차라도 좀 드릴게요."

"아니, 급한 용건이라니까 다녀올게." 다미오는 물었다. "가즈야는?"

"돌아오더니 바로 뛰어 나갔어요."

"또 과학박물관인가?"

"그럴지도 모르죠."

"나오코는?"

"이 층에 있어요."

"다녀올게."

메모에 적혀 있던 이와네라는 사람은 덴노지의 묘지기다. 예순쯤 되었을 것이다. 사십 년 동안 덴노지의 묘지를 유지, 관리해왔다고 한다. 덴노지 안에서 젊은 수행승들과 함께 살고 있다. 아내가 죽고 홀몸이라고 한다. 아들은 요리사로 독립했다고 들었다. 며칠 전에 주지가 소개해주었다.

덴노지의 산문을 지나 경내로 들어가 보니 이와네가 바로 달려왔다. 회색 작업복을 입은 자그마한 노인으로, 손에 죽비를 들고 있었다.

다미오는 이와네에게 노숙자가 와 있느냐고 물었다.

이와네는 불쾌한 투로 말했다.

"그래. 경내 청소는 내가 할 일인데 말이야."

"어디 있습니까?"

"사라졌네. 하지만 또 올 게야."

다미오는 경내의 아름드리 은행나무를 바라보았다. 노랗게 물들기 시작한 잎 사이로 은행이 열려 있다. 은행은 땅바닥에도 흩어져 있었다.

"은행이 아까운 건 아니네만, 경내에서 주우면 곤란해." 이와네는 말했다.

다미오도 은행을 둘러싼 사정은 알고 있었다. 이전부터 우에노 공원에 사는 노숙자들이 이 부근의 은행을 채집하러 왔다. 은행은 아키하바라 부근의 시장에 내다 팔면 약간의 돈이 된다. 바로 며칠 전에도 근처 보육원에서 처음 보는 남자가 은행을 주우러 부지 안에 들어왔다는 신고가 있었다. 다미오는 그때도 달려가서 은행을 줍고 있던 노숙자에게 보육원 부지 안에는 들어가지 않도록 주의를 주었다. 물론 공공도로에 널브러진 은행에 대해서는 노숙자들이 청소를 겸해 주워주니 지역 주민들도 기꺼워했다.

다미오는 물었다.

"이와네 씨가 주의를 줘도 듣지 않습니까?"

"오늘 온 남자는 그래. 보통은 다들 고분고분 들어주는데."

"만약 말을 듣지 않으면 다시 저를 부르십시오. 순찰할 때도 신경을 쓰겠습니다."

"부탁 좀 함세."

다미오는 방금 전 떠올랐던 생각을 확인해보았다.

"이와네 씨는 쇼와 28년(1953)경에도 이쪽에 계셨습니까?"

"28년?"

"삼십삼 년 전입니다만."

"그때라면 있었지."

"그 당시에도 절 안에 살고 계셨습니까?"

"아니, 그때는 밖에서 다녔다네."

"야나카 묘지 안에서 젊은 철도원이 살해당했던 사건을 기억하십니까?"

이와네는 잠깐 생각하는 표정을 보이더니 말했다.

"시체가 나온 사건 말인가? 오래된 이야기지. 왜 그러나?"

"아뇨, 그 사건은 결국 어떻게 된 일인가 마음에 걸려서요."

"왜 또 그러나?"

"아버지도 마음에 두고 계셨습니다. 시체가 발견되었던 곳이 그때 살던 셋집 바로 뒤편이었거든요."

"그거, 범인은 못 찾았지?"

"그런 것 같습니다. 뭔가 알고 계십니까?"

"별게 뭐 있겠나."

"그러십니까." 다미오는 낙담하면서 한 가지 더 물어보았다. "이 근처에는 당시의 일을 기억하는 사람이 많을까요?"

"있지. 사십 년 넘게 알고 지낸 사람들은 아직 몇이나 있다네. 이 근처에서 장사를 하는 사람들은 대개 전쟁 전부터 있던 사람들이고."

"다음에 말씀 좀 여쭙겠습니다."

"옛날이야기를?"

"예."

"사람들을 모아줄까? 추억담을 털어놓고 싶은 노인네들은 많다네. 내가 예전에 살았던 아파트에도 한 사람 있어."

"아파트는 어느 쪽인가요?"

이와네는 절의 뒤쪽 방향을 가리키며 말했다.

"바로 뒤일세. 덴노지초. 죽은 소년은 나랑 같은 아파트에 살았지."

다미오는 깜짝 놀랐다.

"같은 곳이었습니까? 피해자를 기억하고 계십니까?"

"어렴풋이. 친했던 건 아니네만."

알고 있는 사실만이라도 가르쳐주십시오, 라고 말하려는 참에 누군가 다미오를 불렀다.

"주재 나리, 순사 나리."

산문 밖에 한 남자가 서 있었다.

얼굴은 알지만 이름은 아직 외우지 못했다. 근처 주민임은 분명하다. 수수한 옷차림의 육십 대 남자였다. 스웨터 조끼를 걸치고 있다.

다미오는 이와네에게 고개를 숙이고 산문으로 향했다.

"무슨 일이십니까?"

조끼를 입은 남자가 말했다.

"우리 아파트에서 소동이 났네 그려. 말려주지 않겠나?"

"어딥니까?"

"저기 뒤쪽."

다미오는 남자와 함께 걸어가면서 물었다.

"무슨 소동입니까?"

"남편이 마누라한테 손찌검을 했다지 뭔가. 우리 집에서 셋방살이하는 사람인데."

셋방살이라는 말을 듣고 기억해냈다. 이 남자는 텐노지초에 아파트 두 채를 가진 지주다. 가사하라라고 했던가?

"가사하라 씨 맞으시죠?"

"그래. 우리 아파트 하나에 작년부터 살고 있는 부부일세. 남편 술버릇이 안 좋아서 몇 번 소동을 피웠어."

"세입자 이름은?"

"미야케. 미야케 유키오."

기억나는 이름은 아니었다. 그런 사건에 대한 인수인계도 없었다. 지금 까지는 주재소에 특별한 신고가 없었는지도 모른다.

텐노지 옆의 골목길을 빠져나가 이모사카로 이어지는 길로 들어섰다. 가사하라는 걸음이 빨라졌다. 다미오도 보폭을 키워 가사하라와 나란히 걸었다.

다미오는 걸어가면서 물었다.

"그 미야케라는 남편은 어떤 남자입니까?"

"입주할 때는 조리사라고 들었네. 아사쿠사에 있는 식당에서 일한다지, 아마."

조리사가 평일 저녁에 집에 있다는 것도 묘하다. 뭔가 사정이 있어서 쉬 는 걸까. 직업을 잃은 걸까.

"몇 살쯤 되는 남자입니까?"

"서른 중반일까."

"소동에 대해서 지금까지 경찰에는……?"

"신고하지 않았을걸. 이웃 사람들이 끼어들어서 말렸고, 부인도 별일 아니라고 주장했으니까 말이야."

가사하라는 이모사카 육교로 향하는 길에서 왼쪽 골목으로 꺾었다.

그곳에는 철제 계단과 외부 복도가 있는 아파트 두 채가 나란히 있었다. 안쪽 건물 앞에 대여섯 명의 남녀가 서 있다. 다들 불안해 보였다.

가사하라가 말했다.

"일 층. 안쪽에서 두 번째 문이야."

"저분들은 이웃입니까?"

"옆집 주민들도 있네. 다들 걱정하고 있어."

다미오는 가사하라가 말한 입구 앞에 섰다. 화장판을 바른 현관문 옆에는 미야케 유키오라는 문패가 걸려 있다. 귀를 기울여보았지만 특별히 요란한 소리는 들리지 않았다.

가사하라가 말했다.

"방금 전까지는 난리법석이었어."

다미오는 뒤를 돌아보고 구경꾼들을 둘러보면서 말했다.

"뒷일은 제게 맡기십시오. 돌아가시는 편이 낫겠습니다."

가사하라가 구경꾼들을 다그쳐서 그 자리에서 물리쳤다. 구경꾼들은 얼굴에 불안을 남긴 채로 시야에서 사라졌다.

다미오는 현관문을 두드리고 큰 소리로 말했다.

"미야케 씨, 미야케 씨, 주재 경관입니다. 잠깐 문 좀 열어주시겠습니까?"

한 호흡 기다렸지만, 안에서는 아무 반응도 없었다.

다미오는 다시 한 번 문을 두드리고 목소리를 조금 더 높여 말했다.

"미야케 씨, 주재 경관입니다. 문을 여십시오."

실내에서 남자 목소리가 대답했다.

"주재 경관이 무슨 볼일이야?"

분노를 품은 목소리다. 하지만 정신은 있는 모양이다. 마약류 사용은 의심하지 않아도 될 것 같다.

"이웃에서 신고가 들어왔습니다. 미야케 씨가 집 안에서 넘어지신 게 아닌가 하고요."

"오지랖도 넓군. 돌아가."

"그럴 수도 없습니다. 신고가 들어온 이상 미야케 씨의 안전을 확인하지 않으면 안 됩니다."

"난 팔팔하단 말이야. 시끄러워!"

"얼굴만이라도 보여주십시오. 잠시 문을 열어주시겠습니까?"

"돌아가라니까!"

"부인은 어떠십니까? 넘어지지는 않으셨습니까?"

"멀쩡해."

"신고가 들어온 이상, 도저히 열어주시지 못하시겠다면 법률을 적용하게 됩니다만."

실제로 범죄가 일어났다고 판단 가능한 경우에 경찰관은 시민의 거주지 혹은 시설 내에 소유자의 허가를 받지 않고 출입할 수 있다. 이번 같은 경우 인근 주민이 주재 경관에게 신고를 했으니 일단은 가옥 안에 들어갈 요건을 충족시키고 있었다. 그렇지만 상대가 완강하게 출입을 거부하는 경우, 실제 출입 가능 여부는 미묘했다.

미야케는 말했다.

"어떤 법률 말이야? 요즘 경찰은 남의 집안일에 일일이 참견하나?"

"집 안이든 바깥이든, 무슨 일이 있어났을 우려가 있는 경우에는 개입합니다."

"잠깐 기다려."

현관 안쪽에서 금속이 긁히는 소리가 났다. 체인을 벗기고 있는 걸까.

반대였다.

문이 아주 조금 열렸는데 체인이 걸려 있었다. 10센티미터 정도밖에 열리지 않는다. 미야케는 지금 체인을 걸고 나서 문을 연 것이다.

얼굴을 내민 사람은 뺨이 홀쭉하고 빈약한 사내였다. 묘하게 윤기가 흐르는 머리를 뒤로 넘겼다. 가느스름한 얼굴 생김 탓인지 눈의 크기가 두드러졌다. 희번덕거리는 눈으로 다미오를 노려보았다.

"보다시피 별일 없어."

다미오는 말했다.

"이웃 분들이 걱정하고 계십니다. 문을 열어주시지 않겠습니까?"

"별일 없다니까! 마누라가 좀 휘청거린 것뿐이야."

"부인께서?"

"그래. 휘청거리다가 벽에 쓰러졌어."

"어쩌다 휘청거리셨습니까?"

미야케가 도끼눈을 떴다.

"남의 집안 사정이야."

"부인을 구타했습니까? 걷어차셨습니까?"

"그랬다면 어쩔 건데? 당신도 마누라가 말을 안 들으면 혼쭐을 낼 거 아냐. 부부라는 게 다 그런 거 아니겠어?"

아니야. 그렇게 부정하려다가 말문이 막혔다. 아무리 부부 사이라도 폭력이 허락될 리 없다. 주먹질을 하거나, 때리거나, 차거나, 머리채를 붙잡고 휘두르는 폭행이 허락될 리가 없다. 비록 이 세상에는 그것을 당연하게 여기는 남편이 존재한다 하더라도 말이다.

그렇지만 너도 아내를 혼쭐낼 것 아니냐고 물었을 때, 나는 그렇지 않다고 대답할 수가 없다. 나는 분명 이 남자가 말하는 그런 짓을 해왔다. 할 때마다 격심하게 수치스러웠고, 그럴 때마다 마음 깊이 아내에게 사과도 했다. 그러나 지금의 질문에 예스 아니면 노로 대답한다면, 예스다. 나도 그래왔다.

다미오는 혀로 입술을 축이고, 미야케를 다시 쳐다보며 대답했다.

"부부 사이라도 상해죄는 성립한다. 당신에겐 부인을 폭행할 권리가 없어."

"상해는 무슨. 내 마누라한테 설교를 좀 단단히 했을 뿐이야. 어쩌다가 손도 나간 것뿐이고. 학교 선생님도 학생들 상대로 그러잖아."

다미오는 거칠게 말했다.

"그렇다는 말은 폭행을 인정하는 거로군. 문 열어!"

하지만 그 목소리에는 스스로 기대한 만큼의 위력은 없었다.

그때 미야케의 뒤쪽에서 목소리가 들렸다.

"순사 나리, 별일 아니에요."

미야케의 아내인 듯하다. 침울한 목소리였다.

다미오는 방 안쪽을 향해 큰 소리로 말했다.

"얼마나 다치셨는지 보여주십시오."

"다치지 않았어요. 괜찮아요. 그만 돌아가세요."

"폭행이 있었다는 사실은 알고 있습니다. 현관까지 와주십시오."

"정말 별일 아닙니다. 이웃 분들이 과장해서 말한 것뿐이에요."

미야케의 뒤쪽에 그의 아내가 모습을 드러냈다. 창백한 얼굴의 왜소한 여성이었다. 하나로 질끈 묶은 머리카락이 흐트러져 있다. 이마에는 땀이 맺혀 있지만 얼굴에 상처는 보이지 않았다. 부어 있지도 않은 듯하다. 얼굴은 피해서 때렸나. 그렇다면 미야케라는 사내는 제법 교활하다.

미야케가 이겼다는 듯이 말했다.

"봤지? 별일 아니야. 부부 문제야. 그만 돌아가."

다미오는 미야케의 아내를 바라보았다.

여자의 눈도 돌아가 달라고 애원하는 빛이었다. 적어도 경찰에 구원을 바라고 있지는 않다. 일이 커지면 더욱 지독한 처사를 당할까 봐 겁을 먹고 있는 것인지도 모른다.

미야케가 망설이고 있는 다미오를 다그쳤다.

"경찰이라면 달리 할 일이 있을 거 아냐. 돌아가."

"소동을 일으킨 사정만이라도 털어놔."

"필요 없어."

문이 닫혔다.

기 싸움에서 졌다.

다미오는 불쾌한 마음을 집어삼켰다. 너도 그러지 않느냐는 질문을 받았을 때 단호하게 부정할 수 없었다. 그러지 않는 게 상식이라고 반박할 수가 없었다. 그 순간에 다미오는 패배했다.

뒤를 돌아보자 방금 전까지 이 현관 근처에 모여 있던 주민들이 또다시 건물 그늘에서 얼굴을 내밀고 있었다. 다들 불만스러운 얼굴이다.

집주인인 가사하라도 곁으로 다가왔다.

"안 도와주는 겐가?"

그 목소리에는 분명하게 비난이 서려 있었다.

다미오는 골목길을 되돌아가면서 말했다.

"위협은 해 놓았으니 당분간은 얌전할 겁니다."

"상습범일세."

"또 그러면 유치장에 간다는 건 이미 알았을 겁니다."

가사하라는 발길을 멈췄다. 다미오는 가사하라를 남겨둔 채 골목을 빠져나갔다. 등 뒤로 이웃 주민들의 따끔한 시선을 느꼈다. 쓸모없는 주재 경관이라고 생각했을 게 분명하다. 다음에 미야케가 아내를 폭행할 때, 주재소에는 신고가 들어오지 않을 것이다. 직접 110번*으로 신고하게 될 것이다.

골목을 빠져나왔을 때 초등학생 소년과 맞닥뜨렸다. 마침 골목으로 들어오는 참이었다. 아까 지나쳤던 야윈 소년이었다.

---

*　일본의 범죄 신고 전화

얼굴을 보고 금방 짐작이 갔다. 이 아이는 그 미야케 부부의 아이다. 눈매가 어머니를 쏙 빼닮았다. 오른쪽 눈 옆에 희미하게 멍이 있었다.

다미오는 그 소년의 앞에 몸을 숙이고 눈을 들여다보았다. 소년은 희미하게 두려운 기색을 보이더니 뒷걸음질을 쳤다.

다미오는 물었다.

"미야케 군 맞지? 이 골목 안쪽에 사는 미야케 군이지?"

소년은 당혹스러워하면서 고개를 끄덕였다.

"약속해주지 않겠니? 네 어머니가 걱정돼서 그래."

소년의 안색이 변했다.

"아버지가 또 무슨 짓을 했어요?"

"아니. 심하지는 않아. 들어보렴. 어머니가 걱정되는구나. 약속해주지 않으련?"

"뭘요?"

"다음에 만약 아버지가 뭔가 어머니를 괴롭히면 바로 알려주렴. 주재소로 달려와. 아저씨가 바로 말릴 테니까."

"오늘은 아무 일도 없었어요?"

"어머니는 별일 아니라고 하시더구나. 하지만 걱정이 돼. 아저씨가 걱정하고 있다는 걸 알겠지?"

소년은 다미오를 바라보았다. 소년의 시선이 다미오의 얼굴 위에서 수평으로 몇 번 움직였다. 이 사람이 신뢰할만한 어른인지 아닌지 판단하려는 것이다.

다미오는 다시 한 번 말했다.

"다음번에 무슨 일이 있으면 아저씨가 말릴게. 그러니 아저씨를 부르러 와주렴. 언제든 괜찮으니까."

이윽고 소년은 자그맣게 고개를 끄덕였다.

"응."

"좋아." 다미오는 확인을 했다. "네 이름은 뭐니?"

"미야케 요시카즈."

"어머니 이름은?"

"미야케 가즈코."

"아저씨는 안조라고 해. 안조 순사부장. 주재소에 있을 거야."

미야케 요시카즈라고 이름을 밝힌 소년은 책가방을 메고 아파트 쪽으로 걸어갔다. 주저하는 발걸음이었다. 집에 돌아가서 보게 될 광경을 다미오가 예고해버린 것이다. 발걸음이 가벼울 리가 없다.

다미오는 미야케 요시카즈가 아파트 문 너머로 사라질 때까지 그 모습을 지켜보았다.

다음 주 월요일 밤, 다미오는 하쓰네초의 공중목욕탕에 갔다. 다들 저녁 식사를 마쳤을 시각이다.

다미오가 공중목욕탕에 가는 날은 시타야 경찰서에서 지원이 나오는 비번일 밤뿐이다. 이사 온 직후에 딱 두 번, 아들 가즈야와 함께 갔었지만, 세 번째로 가즈야에게 말을 걸었을 때는 가즈야가 함께 가기를 싫어했다. 함께 가지 않는 이유로 숙제를 들었지만, 아버지와 단둘이 되는 상황이 가즈야에게 상당한 스트레스가 된다는 사실은 알고 있었다. 다미오는 강요하지 않고 혼자서 갔다. 이후로 혼자 가는 것이 습관이 되었다.

목욕탕에는 언제나 자주 만나는 마을 사람들이 있었다. 덴노지의 묘지기 이와네가 있었고, 아파트 소유자인 가사하라도 손님이었다. 다미오는 그 사람들에게 목례를 하며 몸에 따뜻한 물을 끼얹고 욕탕에 들어갔다.

머리를 감고 있을 때 이와네가 뒤에서 말을 걸었다.

"안조 씨, 나 먼저 나가네. 괜찮으면 저기서 한잔 어떤가?"

얼굴을 보니 뭔가 할 말이 있는 기색이다. 다미오는 얼마 전 이와네가 마을의 터줏대감들을 모아 옛날이야기를 들려주겠다고 했던 말을 떠올렸다.

오늘밤이 그 기회인지도 모른다.

"아, 술은 안 마셔서요. 함께 차만 들겠습니다."

"술은 안 마시는가?"

"의사가 금지했거든요. 대신 차로 어울리겠습니다."

탈의실에서 사복을 입고 공중목욕탕 입구로 나오자 신발장 앞에 이와네가 서 있었다.

이와네가 물었다.

"요전에는 가사하라 씨네 아파트에서 소동이 있었다며?"

다미오는 고개를 끄덕였다.

"그렇습니다. 주민 가운데 조금 난폭한 사람이 있었어요."

이와네는 웃었다.

"고상한 표현이로군. 내가 살던 곳도 그 아파트라네."

"그러십니까?"

그 아파트는 비교적 최근에 지은 건물처럼 보였다. 건물 바깥에 철제 외부 복도와 계단이 있는 구조는 쇼와 30년대 말 이후의 양식이 아니었던가?

다미오와 이와네는 하쓰네 길을 향해 걸었다.

걸어가면서 이와네가 말했다.

"그 자리에는 전쟁 전부터 이 층짜리 아파트가 있었어. 난 거기에 살고 있었지. 죽은 철도원도 살고 있었고. 지금 건물은 새로 지은 거지만."

다미오는 문득 생각이 났다. 아버지의 수첩 속에 이와네라는 이름이 있었다. 아버지는 분명 그 철도원 살해 사건에 대해 수사원이 아님에도 이 부근에서 넌지시 정보를 수집하고 있었다. 그 메모로 추정되는 기록 속에 분명 이와네라는 이름이 있었는데, 같은 아파트에 사는 연로한 여성의 이름이 아니었던가? 그렇다는 말은, 그 이와네라는 사람은 이 묘지기의 부모아니면 친척일까?

이와네는 하쓰네 길에서 어느 골목으로 꺾어 들었다. 자그마한 술집이 처마를 맞대고 있는 골목이었다. 아케이드가 걸려 있고, 그 앞쪽에는 하쓰네 골목라는 표지가 있다. 아련한 옛날 분위기가 있는 골목이었다. 다미오는 이 골목의 술집에 들어가기는 처음이었다.

이와네는 익숙한 태도로 골목을 지나 왼편에 있는 미닫이를 열었다. 미닫이 옆에 '꼬치안주와 술 – 엣 짱'이라고 적힌 자그마한 전기 장식 간판이 놓여 있다.

어서 오세요, 소리가 나더니 안에 있던 손님들이 일제히 돌아보았다.

갈고리 모양의 카운터가 전부인 작은 가게였다. 면적은 다다미 넉 장 반쯤이나 될까. 먼저 온 세 명의 손님이 카운터에 앉아 있었는데, 그것만으로도 이미 갑갑해 보였다.

카운터 안에 있는 사람은 여주인이 아니라 남자였다. 나이는 예순 전으로 보인다. 은발에 온화해 보이는 생김새의 남자였다.

다미오는 이와네와 함께 세 명의 손님 사이로 파고들었다.

손님들을 확인하니 아는 얼굴이 한 명 있었다. 며칠 전 미야케 유키오의 아파트 앞에 있었던 사람들 가운데 하나다. 백발을 장인처럼 바싹 자른 노인이었다. 눈이 마주치자 그 장인 같아 보이는 남자도 목례를 했다.

이와네가 다미오의 시선을 알아차리고 말했다.

"그 아파트에 살아. 온다 씨라고 하네. 다다미 장인이지."

이와네는 목소리를 바꾸어 카운터 안의 남자에게 말했다.

"새로 오신 주재 나리라네. 안조 씨라고 해."

카운터 안의 마스터가 말했다.

"안조 씨? 어떤 한자를 쓰나요?"

그 목소리의 분위기로 알았다. 이 노인은 게이일 것이다. 남창이다. 적어도 젊었을 때는 그러했을 남자다.

이와네는 안조라는 글자를 마스터에게 가르쳐준 후 거꾸로 다미오에게 마스터를 소개해주었다.

히라오카 에쓰오라는 이름이라고 했다. 손님들은 다들 엣 짱이라고 부른다고 한다.

"엣 짱도 야나카 토박이야. 응, 그렇지?"

"종전 직후부터." 히라오카는 말했다. "이 가게는 이십 년 됐고."

특별히 의식하지도 않았는데 질문이 튀어나왔다.

"그전에는?"

히라오카는 대답했다.

"근처 다른 가게에 있었죠."

이와네가 말했다.

"이이도 가사하라 씨네 아파트에 살았어."

히라오카가 말했다.

"옛날에는 그랬지. 온다 씨도 거기 살았잖아요. 지금은 이사했어요."

"주재 나리가 이 지역 옛날이야기를 듣고 싶다는군. 얘기 좀 해줘."

"가게에 오세요." 히라오카는 말했다. "술을 마시면 들려드리죠."

이와네는 또 다른 손님을 소개했다.

"이쪽은 히쓰네 사진관의 나가타 씨."

나가타라는 사람은 머리카락을 빈틈없이 칠 대 삼으로 나눈 멋쟁이 중년 남성이었다. 파란 스웨터를 입고 있다. 손님 중에서는 제일 젊어 보인다. 오십 대 초반이리라.

나가타는 잘 부탁한다며 고개를 숙이고서 말했다.

"아버지가 종전 직후부터 사진관을 했습니다. 저도 고향의 옛날이야기를 찾아다니는 걸 좋아합니다. 오늘은 이와네 씨가 부르시기에."

히라오카가 말했다.

"안조 씨, 뭘 마실래요?"

다미오는 의사가 술을 금했다고 말하고는 우롱차를 주문했다.

첫 만남을 축하하는 건배를 마치자 다미오는 온다에게 물었다.

"그 미야케라는 남자는 소동을 자주 일으킵니까?"

온다는 그 화제는 지긋지긋하다는 표정으로 말했다.

"작은 소동은 몇 번이나 일으켰지. 요전에는 정말 집주인이 주재소로 달려가고 싶을 만큼 난리였어."

"조리사라고 들었습니다만."

"그런 것 같더라고. 한 번은 독립해서 자기 가게를 차렸던 남자라더군. 부인하고는 그 가게를 할 때 만났다나."

"사내아이도 친자식이 맞군요."

"그렇다고 들었네."

"그 아파트에는 언제부터 살았습니까?"

"일 년쯤 전이야. 빚을 지고 야반도주하듯 이사 왔다나."

"지금은 어떤 일을 하고 있습니까?"

온다는 정말로 지긋지긋하다는 표정이었다.

곧바로 히라오카가 말했다.

"그런 건 주재 나리가 본인한테 직접 물어봐야지요."

지적을 받은 다미오는 동의했다.

"확실히 그러네요. 지난번은 사건 의혹이 없어서 물러났지만, 일단 머릿속에 담아두고 싶었습니다."

온다가 말했다.

"그 정도인데 사건 의혹이 없어? 그 부인은 가끔 눈언저리가 부어 있다고. 남자애도 그래."

"부부 사이의 문제는 아무래도 신중해지다보니 그렇습니다."

"옆집에서 듣고 있노라면 어엿한 상해 사건이야."

"부인의 모습도 확인했습니다. 눈에 보이는 상처는 없었고, 부인도 별일 아니라고 했습니다."

"그 부인의 말을 믿나?"

"예. 부인도 자기 남편을 범죄자로 만들고 싶지는 않을 겁니다. 만약 감싸고 있는 거라 해도, 일단 그 의사는 존중합니다."

"일단이라."

"부인이 폭력을 부정할 경우, 경찰이 남편을 체포해도 검찰 쪽이 기소를 망설입니다. 확실히 유죄라고 말할 수 없게 되니까요."

"그러다가 그 부인, 살해당할 거야."

"그렇게 내버려두지는 않을 겁니다."

사진관의 나가타가 말했다.

"온다 씨는 꽤나 그 부인을 신경 쓰네."

온다는 약간 눈을 치켜뜨더니 나가타에게 말했다.

"우리 옆집이란 말이야."

히라오카가 카운터 안에서 말했다.

"박복해 보이죠, 그이. 의지할 곳 없어 보이지, 존재감도 희미하지. 나까지 어떻게 힘이 되어주고 싶다는 생각이 든다니까요."

나가타가 웃었다.

"인기 많은 유부녀로군."

이와네가 말했다.

"근처 채소가게 주인 이야기를 들어보면 눈물이 나. 좀 문드러졌어도 좋으니 싼 게 좋다고, 항상 문 닫기 직전에 사러 온다지 뭔가."

온다가 말했다.

"요전에도 며칠 전기가 끊겼었지. 인기척은 나는데 깜깜하더라고."

나가타가 말했다.

"전기까지 끊기다니 비상사태로군."

"남편이 일을 제대로 안 해. 오래가지 않는 모양이야."

이와네가 말했다.

"조리사라면 일이 없을 리가 없잖아. 경기가 나쁘지 않으니."

히라오카가 다미오와 이와네 앞에 안주 접시를 내놓으며 말했다.

"가즈코 씨도 아이까지 낳아버렸으니 어쩌겠어요. 남편이 실패해서 사나워졌다고 정이 식어버리는 것도 아닐 테고."

나가타가 말했다.

"갓 결혼했을 때는 나름대로 좋은 남자였겠죠."

온다가 말했다.

"글쎄. 처음부터 지금처럼 폭력배 같은 사내 아니었을까? 그런 남자는 잘나갈 땐 멋져 보이지. 순진한 여자들은 걸려들어. 하지만 일단 운이 꺾이면 그냥 망나니야."

히라오카가 말했다.

"여자한테 밥벌이를 시키지 않는 것만으로도 다행일지 모르죠."

"부인은 부업을 하고 있어. 바지 수선이나, 근근이 삯바느질을 해."

그 말을 듣고 다미오는 어머니를 떠올렸다. 아버지가 뜻하지 않게 돌아가신 후로 어머니는 재봉일로 생활을 꾸려나갔다. 사내아이 둘을 키우고 고등학교를 졸업시켰다. 물론 진학할 때는 삼촌들의 원조가 있었지만, 가정의 생활은 사실상 어머니의 재봉일에 달려 있었다.

미야케 가즈코라는 여성도 재봉일로 아이를 키우고 있다. 일도 거의 하지 않는 데다가 폭력적인 남편을 먹여 살리고 있다.

다미오는 다른 손님들이 눈치채지 못하도록 자그맣게 한숨을 쉬었다.

온다가 혼잣말처럼 말했다.

"이다음에 소동이 나면 부인은 틀림없이 크게 다칠 거야. 그때는 남편을 떼어놓아도 늦을 텐데."

주재 경관의 안일한 대응을 탓하는 것 같았다.

그때 미닫이가 벌컥 열렸다.

다미오를 제외한 손님들이 뒤를 돌아 새로 온 손님을 보았다. 점퍼 차림의 중년 사내였다. 다른 손님들과는 그리 친해 보이지 않았다. 이와네 일행은 다들 말없이 각자의 잔에 손을 뻗었다.

히라오카가 인사를 하고 그 손님에게 카운터 끝자리를 권했다.

지금의 화제는 일단 이것으로 끝내는 편이 낫겠다.

다미오는 시계를 보았다. 오후 9시 20분이었다. 이 우롱차를 다 마시면 일어나야겠다. 옛날이야기는 다음 기회라도 상관없다.

또다시 어머니의 얼굴과 미야케 가즈코의 모습이 하나가 되어 뇌리에 떠올랐다.

10

어디선가 흐르는 크리스마스 캐럴이 주재소에도 들려오던 어느 날 밤, 다미오는 이 주 만에 낡은 카스텔라 상자를 꺼냈다. 아버지의 수첩에 적힌 나머지 메모를 읽기 위해서였다.

다미오는 제복을 입은 채로 주재소 집무실 책상에 앉았다.

주재소 앞의 벚나무 가로수 길은 고텐자카 길과 산사키자카를 연결하는 지름길이다. 심야 한 시가 넘도록 통행인 수가 제법 된다. 그 시민들을 위해서도 가능한 한 주재소 안에 경찰관의 모습을 비추는 게 좋다. 이제 그만 잠옷 차림으로 편히 쉰다한들 누구도 탓하지 않을 시각이라 할지라도 말이다.

다미오는 책상 위에 수첩 한 권을 꺼냈다. 쇼와 28년 4월의 수첩이다.

이제까지도 몇 번, 카스텔라 상자에서 수첩을 꺼내 아버지가 손으로 쓴 메모를 읽었다. 처음에는 아버지의 필적을 읽는 것 자체가 고역이었다. 보고서나 일보라면 아버지도 좀 더 읽기 편한 글씨를 썼을지 모른다. 하지만 이 수첩에 적힌 글씨는 본인을 위한 메모다. 남이 읽기 편한 글씨일 필요가 없다. 신속한 필기가 가장 중요한 메모다. 읽기 힘든 것은 당연했다.

하지만 그럭저럭 아버지의 특색 있는 글씨에도 익숙해진 모양이다. 처음 읽었을 때만큼 해독이 힘들지는 않았다.

이날, 읽다가 이런 메모를 발견했다.

　미도리 살해 사건, 하라다 선생님, 아키하바라,
　선생님, 미도리는 경찰과 밀통하고 있었다는 소문.
　대립하는 무리?

이건 뭐지?

다미오는 사건 그 자체에 대해서는 아직 개요밖에 몰랐다. 시체검안서나 수사보고서와 같은 공식 서류는 보지 못했다. 관할서인 우에노 경찰서의 형사과에 확인해보았지만, 삼십팔 년 전의 사건이다 보니 응대해준 형사과 총무계 담당자도 당연히 그 사건을 알지 못했다. 보고서 종류는 자료실 안쪽 깊은 곳에 있을지도 모르지만 찾기가 쉽지 않을 것이다. 이미 시효가 지난 사건이다. 자료를 이미 파기했다 해도 이상할 게 없다.

그렇지만 우에노 경찰서의 연혁을 간단히 정리하여 출간한 소책자가 있었다. 다미오는 이 소책자 덕분에 사건의 기본적인 정보를 알 수 있었다. 그 책자에는 쇼와 23년이라는 세태에 어울리는 사건이 몇 건이나 기록되어 있었고, 그중 하나가 이 남창 살해 사건이었던 것이다. 고작 여덟 줄짜리 기술이었다.

요약하면, 당시 스무 살이었던 남창이 시노바즈노이케 연못가에서 시체로 발견되었다는 사실. 피해자의 이름은 다카노 후미오. 사인은 교살. 피해자는 우에노 공원의 남창 무리에 끼어 공원 안에서 기거했다는 사실. 우에노 경찰서에 수사본부가 설치되었지만 삼 개월 후에 해산, 미결 사건이 되었다는 사실. 그것이 전부다.

공원 안에서 기거하던 남창이 피해자라는 이유로 그다지 진지하게 수사하지 않았다는 추측도 가능했다. 쇼와 23년이라고 하면 아직 전후 혼란기의 한복판이었다. 특히나 우에노 경찰서는 전후에 터질 법한 전형적인 사건들을 연일 다루느라 몹시 바쁜 시기였을 것이다. 연쇄살인이라면 또 몰라도 공원 안의 노숙자 살해 수사에 수사원을 대거 투입하기는 어려웠을 것이다.

사람 목숨에 경중은 없다지만, 검찰과 사법은 보통 성실한 시민과 폭력배 사이에 구별을 둔다. 폭력배가 세력 다툼으로 상대편 폭력배를 하나 죽였다고 해도 피고가 최고형을 구형받는 일은 거의 없다. 그러나 살해당한 사람이 일반 시민이라면 분명히 가장 중한 죄라고 판단한다. 이 사건의 경우 피해자가 폭력배는 아니지만, 해결하지 못하더라도 시민 생활에 미치는 영향은 적을 거라고 판단했을지도 모른다.

어찌 되었든 이 남창 살인 사건이 아버지가 기록한 메모에 있는 '미도리'라는 젊은 남자가 살해당한 사건이리라.

하라다 선생님이라는 인물은 누구일까. 아버지는 이 인물과 아키하바라에서 만났다고 해독할 수 있다. 그것도 미도리 살해 사건 이후로 오 년이 지나서다. 쇼와 28년 4월이라는 날짜는 철도원 살해 사건으로부터 삼 개월 후라고 해독할 수도 있다. 아버지는 두 사건이 서로 연관되어 있다고 생각했나? 그렇다면 그 근거는 무엇이었을까?

또 이 하라다 선생님이라는 사람은 누구일까? 선생님, 즉 교사라는 말일까? 아니면 단순한 존칭일까?

또 한 가지. 아키하바라라는 지명으로 짐작할 수 있는 직업은 뭘까? 전기기사?

그 당시 아키하바라라고 하면 폐품 수집업자들이 가장 많이 모이는 지역이었다고 한다. 주변의 슬럼가에 자리를 틀고 사는 사람도 많았던 모양이다. 들은 바에 따르면 아키하바라 주변의 슬럼은 전후에도 제법 오래 남아 있었다고 한다.

이 하라다 선생님은 그러한 폐품 수집업자였는지도 모른다. 아버지는 우에노에서 근무할 때 처음에는 공원 앞 파출소, 이어서 동물원 앞 파출소에 배속되었다고 했다. 훗날 아키하바라로 이동한 폐품 수집업자와 우에노 공원에서 어떤 계기를 통해 알게 되었다 해도 이상할 게 없다.

아버지의 메모에 따르면 그 인물이 아무래도 아버지에게 두 가지 정보를 알려준 듯했다.

피해자 미도리가 경찰과 밀통한다는 소문이 있었다는 정보.

대립하는 부랑자 그룹이 사건에 관여하지 않았나 하는 의혹이 있다는 정보.

수사본부는 이 정보를 입수했을까? 여기에 기초한 수사도 실시했을까?

어느 쪽이든 아버지는 여기서 막다른 길에 부딪혔던 모양이다. 무언가 짐작 가는 점이 있어 보이는 메모가 아니다. 이후의 수첩을 상세히 조사하면 이 기술에 관한 어떠한 다른 정보나 추측을 찾을 수 있을지도 모르지만, 그러려면 시간도 더 걸린다.

"다미오 씨" 하고 부르는 소리가 났다.

뒤를 돌아보니 집무실과 안쪽 대기실을 구분하는 유리문이 열렸다. 준코가 쟁반에 찻잔을 받쳐 들고 있었다.

"차를 내왔어요." 준코가 말했다.

짧은 시간이지만 또 눈이 마주쳤다. 주재소에서 근무하게 된 이후로 아내와 눈이 마주치는 횟수가 늘고 있다.

"고마워."

다미오는 그렇게 대답하고 찻잔에 손을 뻗었다.

"아직 더 하실 거예요?" 준코가 말했다.

"조금만 더."

"이제 곧 12시예요. 목욕물 새로 받아놓았어요."

"당신은 벌써 씻었어?"

"네. 먼저 했어요."

다미오는 눈가를 문지르며 등을 폈다.

"그래, 오늘밤은 이쯤에서 그만할까."

남창 살해 사건에 대해서는 언젠가 수사보고서를 찾아달라고 해야겠다. 시효가 지난 사건이기도 하고, 과연 일개 주재 경관이 요청할 수 있는 일인지도 알 수 없다. 하지만 손을 잘 쓰면 절대 불가능하지는 않을 것이다.

그다음에는 철도원 살해 사건 기록이다. 이 사건의 수사 자료가 남아 있다면 아마도 관할이 통합된 시타야 경찰서에 있을 것이다. 다미오가 배속된 관할서다. 자료실에 들어가기는 쉬울 것이다.

서두를 필요는 없다. 아버지가 돌아가신 지 이십구 년이나 지났다. 앞으로 한두 해, 진실에 도달하는 것이 늦어진들 문제는 없다.

해가 바뀌어 쇼와 62년(1987)이 되었다.

누구나 경기가 좋다고들 했다. 자동차산업을 중심으로 수출이 호조를 띠고 있다던가. 도쿄 도내에서는 부동산 상승세가 이어지고 있었다. 다이토 구에서도 장소에 따라서는 한 평에 2천만, 3천만이라는 값이 붙어서 주민들이 들뜨거나, 혹은 반대로 겁을 먹고 있다고 했다. 주변 폭력단들의 대다수가 자릿세 벌이나 사기 같은 전통적인 장사를 버리고 부동산 투기를 주업으로 삼은 모양이었다.

지난 연말, 도쿄 도내의 번화가는 아침나절까지 흥청거리는 사람들이 많아 택시가 완전히 동났다고 했다. 근처 소문에 의하면 아메야요코초의 연말 매상도 유례없이 높은 수치였던 모양이다. 우에노 경찰서는 연말의 경계 경비 때문에 몹시 분주했다고 한다.

다만 이 덴노지 주재소 주변은 부동산 가치 상승에 관한 소문도 없다. 원래 사찰과 묘지가 많은 지역이어서 사무실 수요 같은 것이 발생할 터가 아니었다. 재개발이 필요한 거리도 확실히 남아 있기는 하지만, 대다수의 주민들은 오히려 땅값 이야기와는 무관한 생활을 원하는 것처럼 보였다. 들뜬 풍조는 이 야나카의 외곽에서, 거기에 마치 돌담이라도 있는 것처럼 안으로 들어오지 못하고 있다. 정월에 종전 후와 그다지 다르지 않은 한가로운 새해 풍경을 바라보며 다미오는 그렇게 생각했다.

1월의 추운 밤, 다미오는 아버지의 수첩을 되읽다가 이와네 기미라는 이름이 나오는 부분을 머릿속에 넣었다.

이와네 기미, 다가와 가쓰조와 같은 아파트 주민, 육십 대?

피해자는 전부터 형사와 접촉.

간에이지 언덕에서 목격.

아파트 주변에는 그밖에도 형사의 그림자.

여기서도 피해자는 경찰관과 접촉이 있었던 것으로 보인다. 미도리의 경우와 똑같다.

피해자 다가와 가쓰조는 국철 직원이고 국철 노동조합원. 당시에 국철 노동조합원이었다는 말은 상당히 활동적인 좌익이었다는 소리다. 경찰이 어느 정도 동향을 주시했어도 이상하지 않다. 더군다나 같은 조합원과 셋이서 공동생활을 했다고 한다. 국철 노동조합 내 일본공산당 조직의 일원이었을지도 모른다. 그렇게 되면 공안 혹은 공안의 지시를 받은 관할 형사과의 수사원이 정보 수집을 위해 다가와라는 젊은 조합원과 접촉했다고 생각해볼 수도 있다. 다시 말해 피해자는 경찰의 S(스파이)였다.

그렇게 되면 사건에는 공안이 연루되어 있다는 말이 된다. 이 사건이 공안 사건일 가능성도 염두에 두고 수사했을까?

그 메모의 두 페이지 뒤에 이런 메모도 있었다.

피해자 집의 이웃. 남창.

피해자들은 조합 활동가? No.

조합 활동가들의 집은 별개. 조직 확장에 열심.

이 증언에 의미가 있다면 이 사건은 공안 사건이 아니게 된다. 그렇다면 이와네 기미가 목격한 형사라는 인물은 정말 형사가 맞을까? 피해자가 경찰 스파이가 아니었다면, 피해자의 주위에 어른거렸던 경찰의 그림자는 대체 무엇인가?

싸구려 술집 '엣 짱'의 히라오카를 떠올렸다. 히라오카도 피해자와 같은 아파트에 살았다고 하지 않았던가?

히라오카의 나이와 풍모를 생각하는 순간, 다미오는 어떤 생각이 떠올랐다. 아버지가 비공식 탐문으로 접촉한 남창이라는 사람이 바로 히라오카 에쓰오였나? 히라오카의 연령을 생각하면 결코 부자연스럽지 않다.

만약 메모의 '남창'이라는 인물이 히라오카였다면, 히라오카의 눈에는 등장인물들의 모습이 경찰의 시각과 다르게 보였다는 말이 되지 않는가?

다미오는 아버지의 수첩을 덮고 생각했다.

히라오카에게 그 사실을 확인한다고 해도 너무 직설적인 질문은 피하는 편이 나을 것이다. 히라오카는 자기가 남창이었다는 사실을 다미오가 알아차린 줄 모를 수도 있다. 시치미를 뚝 뗄 수도 있다. 물론 다미오가 아닌 다른 친한 사람들에게는 이미 털어놓았을지도 모르지만.

구보타 가쓰토시의 말이 새삼 떠올랐다.

두 사건의 범인은 동일하다고, 아버지는 확신했다. 남창 살해 사건과 철도원 살해 사건, 그 두 사건의 범인은 우에노와 야나카에 '있었던' 인물이라는 사실도.

그때 다미오는 '있었다'는 말이 '살았다'는 의미냐고 물어보았다. 그러자 구보타는 고개를 저으며 묘하게 애매한 표현을 했다. 그래서 다미오는 일 때문에 우에노와 야나카에 다녔다는 말인가 보다 하고 다시 생각했지만……

벽시계를 보았다. 오후 11시 40분이다.

슬슬 잠자리에 들기 위해 일어섰다. 최근 집안은 평화로웠다. 다미오 자신도 숙면을 취할 수 있게 되었다. 이제 다미오에게 그 괴로운 불안신경증이 돌아오는 일은 없을 것이다. 후유증이 재발할 걱정도 사라졌다고 생각해도 된다. 잠에서 깰 때도 힘들지 않았다. 단 하나, 마음에 걸리는 일이 있다면 철저히 다미오를 멀리하는 아들 가즈야가 걱정이었지만, 이는 시간이 해결해주리라. 언제까지고 아버지를 증오할 수도 없을 테고, 계속 반항기에 머물 수도 없다.

다미오는 아버지의 수첩을 카스텔라 상자에 도로 담고, 그 상자를 라커 안에 넣었다.

겨울이 끝나고 벚꽃 철이 다가오자 텐노지 주재소 앞의 벚나무 가로수 길에는 과거에 유례가 없을 정도로 많은 인파가 돗자리를 펴고 꽃놀이에 열을 올리게 되었다. 물론 우에노 공원 안에서 자리싸움에 밀렸거나 혹은 처음부터 우에노 공원에서 경쟁하기를 포기한 사람들이, 이른바 떨려 나온 식으로 이 야나카 묘지에 흘러든 것이다.

만개까지는 아직 며칠 남았지만, 그날 일요일은 아침부터 야나카 묘지 전체에서 꽃놀이가 시작되었다. 주재소에는 시타야 경찰서 경비과에서 네 명이 지원을 나왔고, 또 방범과에서도 두 명이 지원을 나왔다. 방범과의 지원 인력 중 한 사람은 미아 대책 요원인 여경이었다.

다미오는 그날 아침, 지원 나온 경관들과 업무 분담을 정했다. 해마다 이 야나카 묘지에서는 자리를 둘러싸고 일어나는 싸움 외에도 취객들이 벚나무 가지를 꺾거나, 꽃놀이 나온 다른 손님들과 다투거나, 여성을 집요하게 놀리는 등의 경범죄가 발생한다. 취한 나머지 하반신을 노출하거나 남들 앞에서 방뇨를 하는 사람도 나온다. 우에노 공원에서 꽃놀이를 하는 손님들보다는 고상하다는 평판도 있다지만, 다미오에게는 그 진위가 의심스러워 보였다. 비교할 수 있을 정도로 경험이 있는 것은 아니지만, 이번 주에 꽃을 구경하러 야나카를 찾은 손님들의 일부는 충분히 술버릇이 나빴다. 실제로 이 꽃놀이 시기에 도쿄의 택시 운전사들은 우에노와 야나카 주변에 오기를 꺼린다고 한다. 만취한 손님이나 시비를 거는 손님이 많다는 이유다.

바꾸어 말하면, 꽃놀이 인파는 일 년 중에 우에노 경찰서와 시타야 경찰서의 경비과 경찰관을 가장 바쁘게 만드는 사람들이었다.

그날 아침, 두 번째 소동이 있어서 지원 경관들이 취객 하나를 주재소로 끌고 왔다. 삼십 대의 키 큰 사내였다. 혼자서 컵에 든 술과 안주를 가져와서 마시다가 주변의 구경꾼들에게 시비를 걸더니 급기야 신고를 당한 것이었다. 그 취객은 주재소에 끌려오기 전까지는 경관들에게 실컷 욕을 퍼부어대더니, 경관들이 주재소 책상 앞의 의자에 앉히자 별안간 기가 죽어 조용해졌다.

다미오는 사내의 숨에서 느껴지는 술 냄새가 너무 지독해서 얼굴을 찌푸리며 물었다.

"얼마나 마셨어? 형씨."

사내를 끌고 온 경관들은 주재소 입구 옆에 서서 은근히 쓴웃음을 지으며 다미오를 바라보고 있었다. 주재 경관이 이런 취객을 어떻게 다루는지 보고 싶은 표정이었다.

취객은 불안하게 좌우를 살피며 말했다.

"난 아무 짓도 안 했어."

다미오는 말했다.

"꽃놀이 온 다른 손님들한테 시비를 걸었잖아. 기억 안 나?"

"시비를 걸었다고? 아니, 아니야. 대화에 끼어든 것뿐이야."

"여자한테 술을 따르라고 강요했잖아?"

"그야 따라주면 좋겠다고 생각은 했지."

"그런 건 모르는 여자한테 강요할 수 있는 일이 아니야."

"친해졌다니까."

"상대는 그렇게 생각하지 않아."

"내 술을 받았단 말이야."

"매정하게 굴 수 없어서 그랬겠지. 그렇다고 친해진 건 아니야."

"사람 헷갈리게."

"어쨌든 피해를 입었다고 신고가 들어왔어."

"그거 갖고 피해라고?"

"돗자리 위에 쓰러져서 술이니 음식이니 다 뒤엎었다면서."

"그건 누가 잡아당겨서 그런 거야."

그때 야윈 소년이 들어왔다. 미야케 요시카즈였다. 입구에서 한 걸음 들어온 곳에 서서 말없이 다미오를 바라보고 있다. 어찌할 바를 모르는 눈빛이었다.

다미오는 곧바로 일어서서 경관들에게 말했다.

"이곳을 부탁하네."

두 경관 가운데 나이 많은 쪽이 물었다.

"무슨 일입니까?"

"근처에서 소동이다."

소년은 홀쩍 발을 돌려 주재소를 뛰쳐나갔다. 다미오도 쫓아갔다.

아이가 주재소에 달려왔다. 이번에는 지난 번 정도의 폭행이 아니다. 미야케는 아이가 긴급 사태라고 느낄 만한 폭행을 아내인 가즈코에게 가했을 것이다.

덴노지 뒤편에 있는 가사하라의 아파트 앞까지 달려갔다. 미야케의 집 현관 앞에는 또 몇 사람의 모습이 있었다. 그중 하나는 온다였다. 온다는 다미오를 알아보고 희미하게 깔보는 듯한 표정을 드러냈다.

호흡을 가다듬고 현관으로 다가갔다. 그때 안쪽에서 갑자기 현관문이 열렸다. 미야케 가즈코가 안에서 맨발로 뛰쳐나왔다. 얼굴에 수건을 대고 있다. 수건 한쪽이 붉게 물들어 있었다.

뛰쳐나온 가즈코는 바닥에 걸려 비틀거렸다. 다미오는 재빨리 앞으로 나가 가즈코의 몸을 부축했다.

"엄마!"

어린 요시카즈가 가즈코에게 달려갔다.

가즈코는 서 있지를 못했다. 그대로 다미오에게 몸을 내맡겼다. 다미오는 가즈코의 몸을 부축하면서 천천히 그녀를 바닥에 앉혔다. 코피가 나고 있다. 뺨의 피부색이 변했다. 내출혈 같았다. 하지만 상처는 눈에 보이는 것이 전부가 아닐 것이다. 방에서 뛰쳐나와 이렇게 주저앉고 말았으니 복부나 등에도 상당한 타박상을 입었을 것이 분명하다.

현관 앞에 있던 이웃 주민들 사이에서 한 아주머니가 가즈코에게 달려왔다.

"부탁드립니다."

다미오는 그 아주머니에게 가즈코의 간호를 부탁하고 다시 현관으로 다가갔다.

다미오는 이미 열려 있는 문으로 몸을 반만 넣고 큰 소리로 말했다.

"경찰이다. 나와라, 미야케."

앞쪽의 개수대가 있는 방은 난장판이었고 밥상은 다리가 부러져 기울어 있었다. 그릇들이 그 옆에 굴러다니고 있다. 미야케의 모습은 보이지 않는다. 장지문 뒤쪽, 안쪽 방에 있는 듯하다. 안쪽 방에는 이불이 그대로 깔려 있는 것 같았다.

장지문 뒤에서 목소리가 났다.

"시끄러워! 왜 그러는 거야!"

"상해 현행범이다. 체포하겠다. 나와라."

"상해라고? 멍청한 소리 마. 부부 문제야."

"부부라도 상해는 상해다."

"꽃놀이 나온 손님들이나 상대하시지."

"나오지 않으면 이쪽에서 들어가겠다."

"시끄러워. 꺼져!"

다미오는 현관 마루에 한쪽 발을 올리고 오른손으로 경찰봉을 잡았다.

"들어간다."

온다가 뒤에서 날카롭게 말했다.

"조심해! 식칼이 있어!"

다미오는 경찰봉을 빼어 들고 신중하게 집 안으로 들어갔다.

장지문 뒤에서 미야케가 소리 없이 얼굴을 드러냈다. 낡아빠진 운동복 상하의를 입고 있었다. 그 운동복은 실내복이 아니라 잠옷인지도 모른다. 발은 맨발이었다.

"알았어."

미야케는 불만스럽게 말했다.

미야케의 오른쪽 손등이 붉게 물들어 있었다. 식칼이나 다른 흉기가 될 만한 물건은 없다.

미야케는 장지문 앞에서 말했다.

"연행할 텐가?"

"상해 현행범이니까."

"대단한 상처는 아니야."

"의사가 판단한다."

"손이 좀 미끄러졌을 뿐이야."

"조사할 때 그렇게 말해."

"여기서 수갑을 채울 건가?"

"당연하지."

미야케는 괴로운 듯 얼굴을 찌푸렸다.

"아이가 있어."

이런 사내도 아이 앞에서는 좋은 모습을 보이고 싶은 건가.

그 마음은 모르는 바가 아니었다. 지금 그 소년은 이 아파트 바로 앞에서 이웃 주민들 사이에 섞여 이 상황을 지켜보고 있을 것이다.

다미오는 말했다.

"주재소까지 와라. 수갑은 그 후에 채우도록 하지."

"알았어."

미야케가 고분고분하게 따르는 모습을 보이기에 다미오는 현관에서 밖으로 나왔다.

현관 앞을 둘러싸고 있던 주민들이 스윽 한 걸음 물러섰다.

미야케 가즈코는 골목 안쪽에 주저앉아 있었다. 여전히 얼굴을 누르고 있다. 중년 여성도 요시카즈도, 가즈코를 양옆에서 감싸듯 몸을 웅크리고 있었다.

미야케가 맨발에 신발을 신고 밖으로 나왔다. 주민들은 또 한 걸음 물러섰다.

다미오는 미야케의 오른팔을 붙들고 말했다.

"걸어."

"알고 있다니까."

온다가 뒤에서 말을 걸었다.

"구급차를 불렀네."

다미오는 고개를 돌리고 말했다.

"수고를 끼쳤습니다."

그 순간이었다. 미야케가 다미오의 팔을 뿌리치고 달아났다. 주민들 중 누군가가 앗, 하고 소리를 질렀다.

여기서 놓치면.

다미오는 경찰봉을 빼어 들고 미야케를 추격했다. 미야케는 순식간에 골목을 빠져나갔다. 골목 앞은 엄청난 꽃놀이 인파가 오가는 이모사카였다. 저 인파에 뒤섞인다면.

길 앞쪽에서 미야케가 통행인에게 부딪쳤다. 여성이 비명을 지르며 쓰러졌다. 미야케도 비틀거리는 바람에 발이 한순간 멈추었다. 다미오는 맹렬하게 달려가 미야케에게 돌진했다. 통행인들이 깜짝 놀라 비명을 지르며 길 양옆으로 흩어졌다. 다미오는 미야케를 따라잡아 목덜미를 붙잡고 다리를 걸었다. 미야케는 앞쪽으로 푹 쓰러졌다.

다미오는 미야케가 일어서기 전에 옆구리를 경찰봉으로 내질렀다. 미야케는 윽, 하고 신음하고는 몸을 움츠렸다. 틈을 주지 않고 몸을 짓눌러 미야케의 양손을 뒤로 돌리고 수갑을 채웠다.

미야케는 저항하지 않았다. 경찰봉에 찔린 격심한 통증을 참고 있었다. 다미오는 일어서서 주위를 둘러보았다. 통행인들이 멀찍이 둘러서 있다. 미야케의 아들, 요시카즈도 그 속에 섞여 있었다. 바닥에 뒹굴고 있는 미야케와 다미오를 번갈아 바라보고 있다. 어떻게 반응해야할지 망설이고 있는 것처럼 보이기도 했다. 난폭한 아버지라고는 해도, 실제로 경찰관에게 깔려 있는 장면을 목격하면 마음이 편하지는 않을 것이다. 아버지에 대한 연민이 가슴에 북받쳐도 이상하지 않다.

길바닥에서 미야케가 작게 신음하면서 몸을 비틀었다.

다미오는 말했다.

"일어서. 싫은 일을 시키는군."

다미오는 요시카즈의 시선을 의식하면서 허리춤에서 포승을 풀었다.

덴노지 주재소 방향에서 두 명의 제복 경관이 달려왔다. 체포 사건이 발생했음을 알아차린 모양이다.

다미오는 다시 한 번 요시카즈 쪽으로 눈을 돌렸다. 요시카즈는 등을 홱 돌리더니 사람들을 헤치고 사라졌다.

다미오는 달려온 지원 경관들에게 쓰러져 있는 미야케를 가리키며 말했다.

"이 녀석은 미야케 유키오. 부인에 대한 상해와 공무집행방해 현행범으로 체포한다."

그리 뿌듯한 목소리는 나오지 않았다.

미야케를 이 죄목으로 체포할 수 있다면 나도 훨씬 전에 체포되었어야 마땅하다.

꽃놀이 시즌의 근무 교대가 끝나고 주재소 근무도 일단락된 후, 다미오는 시타야 경찰서를 찾아갔다. 경비과장인 가토리 모이치에게 사적인 용건을 의논할 생각이었다.

가토리는 기꺼이 형사실의 손님용 의자를 권해주었다.

다미오는 쇼와 28년에 발생한 젊은 철도원 살해 사건에 관해 물었다.

"아버지는 그 일을 상당히 마음에 두고 계셨던 모양입니다. 어쩌면 아버지가 돌아가신 일하고 그 사건 사이에 뭔가 연관이 있을지도 모른다는 생각이 자꾸만 듭니다. 아버지께 뭔가 듣지 못하셨습니까?"

"사건에 대해서 이야기한 적은 있지. 분명히 그 무렵 너희들이 살던 하쓰네초 셋집 뒤에서 시체가 나왔지, 아마?"

"그렇게 들었습니다."

"하지만 그게 왜 너희 아버지가 돌아가신 일하고 연관이 있다고 생각하느냐?"

그렇다는 소리는……. 다미오는 판단했다. 아버지는 친구 중 하나인 이 가토리에게는 본인이 품고 있던 의혹에 대해 말하지 않았던 것이다. 구보타가 다미오에게 가르쳐준 사실은 아버지와 구보타 사이에서만 오갔던 대화인지도 모른다.

다미오는 구보타의 이름을 숨기고 말했다.

"아버지의 유품을 정리했더니 그 사건에 관한 내용이 이것저것 적혀 있었습니다. 수사원도 아닌데 몹시 마음에 두고 계셨다는 걸 알 수 있습니다."

"그러니까, 어째서 연관이 있다는 게냐?"

"현장이 상당히 가깝습니다. 철도원의 시체 발견 현장과 아버지의 시체 발견 현장 사이는 직선으로 300미터도 채 떨어져 있지 않잖습니까. 게다가 철도원 살해 사건은 미결 처리되었습니다. 살인범은 체포되지 않고 살아남았어요."

"그 범인이 아버지의 의문사와 연관이 있다는 말이냐?"

"단정할 수는 없지만 하나는 미결 사건이고, 또 하나는 사건일 가능성이 있습니다. 몹시 마음에 걸립니다."

"네 아버지가 신경 쓰던 사건은 또 하나 있었다. 시노바즈노이케에서 남창이 시체로 발견된 사건이었지. 그것도 미결 사건이었어. 네가 추측하기에는 그 사건하고도 관계가 있느냐?"

다미오는 솔직하게 대답하지 않았다.

"거기까지는 생각하지 않았습니다."

"어찌 되었든 둘 다 경찰 조직이 수사한 사건이다. 네 아버지의 죽음과 연관 지어 생각하는 건 무리가 아닐까. 심정은 이해한다만."

"당시의 수사 자료를 찾아볼 수 있을까요?"

"도중에 수사본부가 해체되었고 시효도 이미 지났으니 과연 관할서 서류 창고에 남아 있을지 모르겠구나. 벌써 처분했어도 이상할 것 없지. 철도원 사건은 야나카 경찰서 관할이었을 테니 이 시타야 경찰서 자료 창고를 찾아보면 나올지도 모르겠구나."

수사 자료의 잔존 여부에 대해서는 다미오 역시 별로 기대하지 않았다. 가토리의 말대로 그 두 사건으로부터 삼십 년이 넘는 시간이 흘렀다. 시효도 지났으니 경찰이 그 수사 자료를 보존해둘 이유도 사라진 것이다. 있다고 한다면 수사 개요를 정리한 보고서 정도일까. 다만 그것은 본청 쪽에 보관되어 있을지도 모른다.

"허가해주시면 제가 찾아보겠습니다만."

"어떨지 부서장님과 의논해보마. 급하지는 않지?"

"예."

다미오는 또 다른 용건을 꺼냈다.

"철도원 살해 사건을 기록한 아버지의 메모에서 야나카 경찰서 형사과의 단노라는 수사원의 이름이 나왔습니다. 벌써 퇴직했어도 이상할 것 없지만, 당시 야나카 경찰서에 근무했던 경관들의 소식을 시타야 경찰서에서 알 수 없을까요?"

"조사해보마. 어떤 이들은 정년 후에 완전히 소식이 끊기지만 말이야. 단노라, 어떤 한자를 쓴다고?"

다미오는 철도원 살해 사건의 수사원 가운데 한 사람이었던 단노의 이름을 메모 용지에 적어 가토리에게 건넸다.

시타야 경찰서는 미야케 유키오를 체포하여 취조를 마친 후 신병을 도쿄지방검찰청에 송치했다. 기소는 확실하리라. 비록 가정 폭력이라 해도 요즘의 검찰과 사법은 엄격하게 대처하고 있다고 한다. 세간에서도 남편이나 아버지에 의한 폭력을 '교육'이라 부르며 눈감아주던 풍조는 사라지고 있다. 예전과 비교하면 크나큰 변화였다.

검찰 송치 소식을 들은 그날, 다미오는 순찰 도중에 가사하라의 집을 방문했다. 가사하라의 세입자인 미야케 모자의 상황을 알고 싶었던 것이다.

집주인인 가사하라는 현관에서 말했다.

"가즈코 씨는 입원까지는 하지 않았어. 벌써 일을 나갔을 게야."

"일자리를 얻었습니까?"

가사하라는 근처에 있는 큰 병원의 이름을 댔다.

"거기서 청소 일을 시작한 모양이네. 들어왔다 가게. 차라도 좀 내오지."

"근무 중이어서요."

"남편이란 작자가 금세 석방되어서 나올까 걱정이야. 더 못살게 굴지 않을까."

"미야케도 그렇게 어리석지는 않겠지요. 정신 차리고 성실하게 일을 할 겁니다."

"형은 어느 정도 되나?"

"초범이라면 그리 중하지는 않을 겁니다. 피해자가 가족이라는 점도 고려하겠지요. 집행유예가 붙을지도 모르겠습니다."

"정말 정신을 차려주면 좋겠네만."

"아들도 건강하지요?"

"그래. 아동상담소에서도 왔어. 시설에 들어갈지 타진도 해보고 갔나 보이. 가즈코 씨는 어떻게든 노력해서 자기 힘으로 키우겠다고 대답했다더군."

"무리하지 않는 편이 낫지 않을까요."

"남편이 없으면 되레 편해질걸. 벌이를 파친코하고 경마에 빼앗기지 않으니까."

다미오는 동의하는 뜻을 담은 미소로 답하고 가사하라의 집에서 물러났다.

다음 비번일, 다미오는 공중목욕탕에서 또다시 이와네와 만났다.

목욕탕에서 나와 길을 걸어가면서 이와네에게 물었다.

"이와네 씨도 엣 짱의 히라오카 씨도, 같은 아파트에 사셨죠?"

이와네는 고개를 끄덕였다.

"그래. 이 주변에 사는 사람들은 터줏대감들이 많아. 건물을 뜯어 고쳐도 계속 같은 아파트에 사는 사람도 있지. 온다 씨처럼."

"저도 어렸을 적에 살았던 주재소로 돌아왔습니다."

"그런 마을이야. 자네가 돌아온 것도 마을 사람들은 다들 기뻐하고 있지."

다미오는 그때까지와 변함없는 말투로 물었다.

"히라오카 씨는 남창인가요?"

이와네는 슬그머니 웃었다.

"알면서 뭘."

"확신은 없습니다."

"남창이라는 사실만으로는 죄가 아니지 않나."

"물론이죠."

"그런데 왜?"

"그 철도원 살해 사건 말입니다. 같은 아파트에 살고 있었다니까 문득 마음에 걸려서요. 그분은 젊었을 때부터 남창이었나요?"

"그래. 시스터 보이였어. 시스터 보이가 뭔지 아나?"

들은 적이 있는 것 같다. 하지만 정확히 어떤 의미일까.

"그 시절에 그런 타입의 남창은 시스터 보이라고 불렀다네. 몸집이 여자 같고 연약해서 여자 역할을 하게 되지."

그런 쪽의 지식은 부족했다. 다미오는 물었다.

"다른 타입은요?"

"어떻게 부르냐고? 뭐라고 하더라, 남자인 채로 남자를 찾아다니는 타입은. 옛날엔 지금보다 훨씬 많았지."

"그렇습니까?"

그건 뜻밖이다. 게이가 증가한 것은 최근의 일인 줄 알았는데.

이와네는 말했다.

"전쟁 시절에는 당연한 일이었잖나. 전쟁터에서 돌아온 사람들 중에도 많았다고 들었어. 군대 내무반에서는 억눌려 있다가 외지에서 포로수용소에 들어가거나 하면 갑자기 자각해버리는 남색자가 많았다지. 전쟁 중의 남색에 대한 이야기, 못 들어봤나?"

"네."

"우에노 주변은 지금도 그렇잖은가. 게이들이 모여서 상대를 찾는 지역이지."

확실히 종전 직후부터 우에노는 게이들이 많이 모여드는 지역이라고 들었다. 그렇기 때문에 미도리 같은 남창들이 무리를 지어 살 수도 있었을 것이다.

다미오는 물었다.

"히라오카 씨는 남창이었다는 사실을 숨기고 있나요? 그런 질문을 해도 실례가 되지 않을까요?"

이와네는 이번에는 소리 내어 웃었다.

"경찰이 업무상 질문을 하는데 실례고 할 게 뭐있나."

"업무상 질문이 아닙니다. 그래서 신경이 쓰여요."

"다른 손님들이 없을 때 묻는 편이 나을 게야."

"그러겠습니다."

이튿날, 오후 순찰을 마치고 주재소로 돌아오니 가토리의 전언이 남아 있었다. 전화를 부탁한다는 내용이었다.

다미오가 시타야 경찰서에 전화를 하자 가토리가 말했다.

"단노라는 경찰, 지금은 이치가야의 교통안전협회에 있더구나. 쇼와 28년 전후에 야나카 경찰서에서 근무했다면 틀림없겠지."

다미오는 말했다.

"아마 그 사람이 맞을 겁니다."

가구라자카의 선술집에 나타난 사람은 머리가 벗어진 사내였다. 어두운 색조의 양복에 하얀 셔츠. 넥타이도 양복과 같은 계열의 색이라 마치 미행 임무를 수행하는 공안 수사원 같은 분위기마저 있었다. 근시가 심한지 높은 도수의 안경을 쓰고 있었다.

다미오는 테이블 맞은편 자리를 권하고 명함을 내밀었다.

상대는 의자에 앉은 후 다미오의 명함을 읽어보고는 말했다.

"우에노 경찰서의 안조 씨 아들이라고 했지?"

다미오는 대답했다.

"예. 아버지는 그 후에 야나카 경찰서로 발령 받아 덴노지 주재소로 이동했습니다. 짧은 기간이었습니다만."

"기억이 나. 하쓰네초에 살던 안조 씨의 일도, 오층탑이 불탔을 때의 일도. 아버님이 순직으로 인정받지 못한 건 아무리 생각해봐도 이상하지."

"그렇지요."

다미오는 그쪽 화제로는 깊이 파고들지 않고 말했다.

"단노 씨는 쇼와 28년 소년 철도원 살해 사건 때 야나카 경찰서 형사과 수사원으로 수사본부에 참가하셨다고 들었습니다만."

"그래, 맞아. 야나카 경찰서에서 내가 처음 경험한 수사본부였지."

"전화로도 말씀드렸습니다만, 아버지는 그 사건을 몹시 마음에 두고 계셨습니다. 어떤 사건이었는지, 지장이 없으시다면 가르쳐주실 수 없으실까요?"

"얼마나 알고 있나?"

"거의 모릅니다. 사실은 수사 기록 같은 것도 아직 읽어보지 못했습니다. 있는지 없는지도 몰라서요."

"하기야 오래된 사건이니까."

"결국 미결 사건으로 처리되었지요."

"그래. 마지막까지 형사 사건인지 공안 사건인지도 밝혀지지 않았어."

"그렇습니까?"

"그래. 철도원이 살해당했다니까 바로 떠오른 게 좌익의 심판 살인이었지. 피해자는 다른 조합원들하고 같은 아파트에 살았어. 틀림없이 조합 아니면 빨갱이 활동이 얽힌 사건이라고 판단했었지."

"결국 공안 사건이라는 말씀이군요."

"본청에서 나온 관리관*은 그렇게 장담했었지. 형사부의 엘리트였는데, 이걸로 국철 노동조합의 불법 조직을 하나 없앨 수 있다며 기세가 등등했어. 그 관리관, 공안부보다 선수를 칠 셈이었지. 피해자가 다녔던 직장이나 조합 지부를 집중적으로 탐문했어. 하지만 도중에 일이 묘하게 됐어."

"무슨 말씀이신지?"

"술을 시켜도 되나?"

테이블 옆에 여점원이 서 있었다. 다미오는 주문을 권했다.

단노는 술과 안주 두 접시를 주문하고서 대답했다.

"피해자 주변에 경관의 그림자가 어른거리는 거야. 수사원들이 어찌된 영문인지 고민하는 사이에 본청 상부에서 뭔가 조정이 있었어. 이건 조합이 얽힌 사건이 아니라고 하면서 수사원들의 손발을 묶었지."

"설마 본청이 그 살인과 어떻게 얽혀 있다는 말씀은 아니시죠?"

"아니, 그냥, 수사가 공안부가 하던 일하고 부딪친 모양이야. 살인 때문에 탐문을 계속하면 공안부의 내사가 허사가 되어버린다, 스파이의 정체가 드러난다는 거겠지. 그런 이유로 어느 시점을 경계로 본부 태세는 대폭 축소되었어. 탐문하는 방향도 제한되고 말았지. 그렇게 되면 해결도 못 하지. 정신을 차리고 보니 이미 수사본부는 해산되고 말았어."

"결국 본청이 해결하지 못해도 좋다고 판단한 겁니까?"

"결과적으로 그렇게 된 거지."

다미오는 고개를 가로저었다.

"미해결인 것은 그런 이유 때문이었습니까."

"그대로 현장이 제한되지만 않았어도……."

---

* 일본 중앙관청 및 지역 경찰본부의 관리직으로, 경시청 관리관의 경우 수사본부 총괄이 주된 임무이다. 계급은 경시

"해결될 낌새가 있었습니까?"

"피해자하고 접촉했던 경관한테도 참고인 조사는 했거든. 그쪽 방향으로도 범인을 추적할 수 있었을 텐데."

다미오는 깜짝 놀라 물었다.

"실제로 경관을 심문했습니까?"

"그래. 내가 한 건 아니지만, 했다고 들었어."

"한 명이요?"

"글쎄. 여럿일지도 모르지. 상부에서 조정이 있었던 건 그 사정 청취 이후였어."

"이름까지는 모르시겠지요."

"모르지. 하지만 수사 기록에는 남아 있지 않을까."

수사본부는 경관을 상대로 참고인 조사를 실시했다······.

그렇다는 말은 역시 아버지뿐만 아니라 경찰 조직도 어느 정도 범인을 파악했다는 말이 되지 않을까. 본청의 사건 은폐 의도 여부는 별개로 치더라도.

다미오는 단노의 얼굴을 바라보며 가슴속으로 결심했다.

공안부장인 가사이에게 이 사건에 대한 기록을 찾아서 보여줄 수 없냐고 부탁해보자.

또 한 가지. 역시 시타야 경찰서에 있을지 모를 수사 기록을 찾아볼까.

단노가 술이 왜 이렇게 늦게 나오느냐는 표정으로 말했다.

"지금 생각해보면 그걸 조합 관련 사건이라고 판단한 게 우스워. 아무리 세상이 그랬다고는 해도."

다미오는 고개를 끄덕였다. 다미오도 아주 사소한 정보를 통해 사건의 또 다른 성격이 보이는 것 같았다. 이는 아마도 다미오가 시대로부터 자유로워진 탓이리라. 세상에는 거리를 두면 보이게 되는 것이 있듯이, 시간을 두면 보이는 것도 있다. 이 사건은 그 좋은 예일지도 모른다.

다미오는 여점원을 불러 우롱차를 추가 주문했다. 자기가 조금 흥분했다는 것을 느꼈다.

이윽고 단노는 소주를 두 홉이나 마신 탓인지 제법 말수가 많아졌다.

오래된 기억을 끄집어내려면 술은 너무 먹이지 않는 편이 낫다. 하지만 긴장을 풀어주고 상대의 흉중에 있는 보호막을 해제하려면 다소의 술은 필요했다. 이대로 술을 먹일지, 아니면 자제시켜야 할지, 판단이 망설여지는 순간이었다.

망설이는 사이에 단노는 석 잔째를 주문했다.

어쩔 수 없다. 다미오는 쓴웃음을 지으며 일단 그때까지 단노가 대답한 내용을 확인했다.

"그 사건에서 수사본부는 피해자 주변에 경찰관이 출몰했다는 사실을 밝혀냈습니다. 그 경찰관에 대한 참고인 조사도 실시했다. 이 내용이 맞습니까?"

단노는 턱에 손을 짚고 잠시 생각하다가 대답했다.

"잠깐 기다려. 좀 오래된 일이어야지. 삼십 년도 더 되다 보면 정말 참고인 조사가 맞았는지…… 단순히 탐문 중에 경관을 만났던 건지도 몰라. 다만, 적어도 그 경관들은 피의자는 아니었네."

"직접 경관들을 탐문한 수사원을 기억하고 계십니까? 누구였는지요. 지금 어쩌고 계시는지."

단노는 대뜸 고개를 저었다.

"기억 못 하지. 당시 야나카 경찰서 형사과 놈들 중에 있었어. 동료 이름은 몇몇 기억하고 있지만 누가 직접 경관과 접촉했는지, 거기까지는 기억이 안 나."

이 문제에 대해서는 역시 제대로 기록을 찾아볼 수밖에 없는 모양이다. 다미오는 질문을 바꿨다.

"한 가지 더. 단노 씨는 우에노 공원의 남창 살해 사건을 기억하고 계십니까?"

단노는 고개를 갸웃거렸다.

"몇 년도 사건이지?"

"쇼와 23년 11월입니다. 제 아버지가 공원 앞 파출소에서 근무할 무렵에 있던 사건 같습니다. 시노바즈노이케 연못가에서 시체가 나왔습니다."

"관할 밖이로군. 피해자의 이름을 아는가?"

"다카노 후미오. 미도리라고 불리던 남창이었다고 합니다."

"미도리라. 기억이 안 나는군. 그 무렵엔 하루에도 몇 건씩 부랑자들이 객사했지. 야나카 경찰서 관내에서도 시체가 자주 나왔었어. 개중에는 어쩌면 살해당한 이도 있었겠지만, 다른 객사 사건들하고 섞여버렸겠지."

"그 무렵 우에노 공원에 있었던 하라다 선생님이라는 분의 이름은 기억에 없으십니까?"

"하라다 선생님?"

"예. 공원에서 생활하는 분이셨던 모양입니다. 아버지에게 이런저런 정보를 주시던 분 같습니다만."

"그 시절에 파출소에서 근무하면 근처에 그런 사람을 꼭 만들어두곤 했지. 자네 아버지 경우에는 하라다 선생님이라는 사람이었나?"

"아마 노숙자 사이에서는 인망도 있는 분이었겠지요."

"잠깐."

단노가 말했다. 뭔가 기억이 나는 표정이었다.

"쇼와 23년 연말이었던가, 우에노 공원 부랑자가 한꺼번에 아사쿠사 공원으로 이주한 적이 있었어. 그때 부랑자들을 설득해서 통솔한 사내가 선생님이라고 불렸던 것 같군. 야나카 경찰서에서도 잠깐 화제가 되었지. 구청이 훌륭한 교섭 상대를 찾아냈다고."

"리더였다는 말씀이군요."

"흔히 말하는 왕초는 아니었을 거야. 통솔자 역할만 하는 인물이었는지도 모르지. 하지만 인망은 있었겠지. 분명히 전쟁 전에 학교 교사였다던가 하는 사내였어."

다미오는 이해가 갔다.

"그래서 선생님이라고 불렸군요. 분명 그분이 하라다 선생님일 겁니다. 당시 연세가 어느 정도였을까요?"

"사람들을 통솔했던 인물이니 서른은 넘었겠지."

삼십 대 후반부터 사십 대 사이의 연령이었을까.

다미오는 또 물었다.

"그 하라다 선생님, 쇼와 28년쯤에는 아키하바라에 있었던 것 같던데요."

단노는 고개를 끄덕였다. 종종 듣는 이야기라는 뜻으로 보였다.

"그러고 보니 아사쿠사에서는 이주한 부랑자들이 지역 시정아치들과 대립하는 사건이 있었어. 기존 거주민 중에서는 이주를 달가워하지 않는 사람도 많았을 테고. 결국 이주한 부랑자들도 다시 아사쿠사에서 나갔던 게 아닐까. 세상도 안정됐고, 다소 제대로 된 일자리도 찾을 수 있게 되었을 테니."

"당시 아키하바라라고 하면 아직 판잣집이 빼곡했었지요."

"그만큼 일거리가 있었어. 국철 화물기지에 도매시장도 있었으니. 그래서 폐품 수집업자들이나 날품팔이들도 잔뜩 있었지. 그 선생님도 폐품 수집 리어카라도 끌지 않았을까."

"그분을 찾는 데에 뭔가 단서가 될 만한 것이 있을까요?"

"난 모르겠네. 하지만 전쟁 전에는 선생님이었다고 했지? 전쟁 피해를 입고 우에노 공원에서 혼자 살았다면 교외에서 교사를 하지 않았을까? 거기서부터 추적해보면 어떤가?"

과연. 종전 시점에서 소식이 끊겨버릴지 모르지만, 공식 기록부터 추적하는 것은 가장 확실한 방법인지도 모른다.

단노는 잔을 들었다. 벌써 비었다. 아쉬운 표정으로 고개를 저었다.

"한 잔 더 어떠십니까?"

단노는 고개를 젓고 잔을 테이블 위에 다시 내려놓았다.

"됐네. 이 정도가 딱 좋아. 그만두지."

다미오도 질문을 마치기로 했다. 일단 철도원 살해 사건에 대해 다소나마 당시의 수사 상황을 알아냈다. 피해자 주변에 경관, 게다가 아무래도 공안 형사 같은 인물의 모습이 있었다는 사실도 알았다. 상당한 수확이라 할 수 있지 않을까.

다미오는 단노에게 인사를 하고 선술집 의자에서 일어섰다.

다미오는 벽에 걸린 온도계를 흘깃 쳐다보고 전화 상대에게 인사를 했다.

"수고를 끼쳐드렸습니다. 감사합니다. 혹시 뭔가 이 사건에 관한 기록이라도 나오면 다시 한 번 덴노지 주재소로 전화 부탁드립니다. 덴노지 주재소의 안조입니다."

수화기를 내려놓고 온도계의 눈금을 다시 확인했다. 29도다. 한창 장마철인데 이 기온은 너무 높다. 습도도 높다. 불쾌지수가 상당히 높다. 이런 날 밤에는 싸움이나 성범죄를 주의하는 편이 나을지도 모른다.

다미오는 물수건으로 이마와 목덜미의 땀을 닦고서 지금 다이토 구의 교육위원회에 전화한 용건의 요지를 수첩에 기입했다.

'전쟁 전 기록, 전쟁 피해로 소실.

하라다라는 성만으로는 조사 불가능.'

어떤 의미에서는 예상과 다름없는 대답이었다. 전쟁 전에 다이토 구내에서 공립학교에 근무했던 하라다라는 이름의 교사가 있었는지를 문의한 결과이다. 다미오는 지금 덴노지 주재소의 안조 순사부장이라고 신분을 밝히고, 상대가 공무 관련 문의라고 착각해주기를 기대하며 기록의 유무를 물어보았다. 하지만 전쟁 전의 기록이라고 말을 꺼내자마자 상대는 귀찮다는 말투로 변했다. 이 분쯤 기다린 결과의 회답이 방금 그 내용이었다.

'전쟁 전의 학교와 관계된 기록은 전부 전쟁 피해로 소실되었다. 또한 하라다라는 성씨밖에 모르는 데다가 다이토 구의 공립학교 교사였는지도 분명치 않은 인물에 대해서는 조사가 불가능하다'라고.

예상 가능한 대답이었으니 다미오는 별로 낙담도 하지 않았다. 그렇다고 뭔가 차선책이 있는 것도 아니었다. 이번에는 아사쿠사 경찰서의 기록을 통해 우에노 공원에서 이주한 노숙자들이 지역 시정아치들과 대립했던 사건을 조사해보는 것이 좋을지도 모르겠다. 하라다 선생님이라는 인물이 노숙자들의 통솔자였다면 대립했을 때 경찰이 사정 청취를 했을 가능성이 있다. 그때 하라다 선생님의 신원에 대해서도 다소나마 정보를 기입했을 것이다.

시원한 음료수라도 마시려고 일어나려는데 남자가 들어왔다. 덴노지 반 상회의 간사 중 한 사람이다. 세를 놓고 있는 구니미라는 이름의 노인이다.

구니미는 다짜고짜 말을 꺼냈다.

"주재 양반, 자네, 근처 아이들에게 뭔가 놀이를 가르쳐줄 수 없겠나?"

"예? 놀이요?"

다미오는 어리둥절해서 되물었다.

"아니, 유익한 시간 활용법 말이네. 이 근처 아이들을 위해서 말이야. 예전 같이 장인이나 장사꾼들 집에서 애들이 빈둥거리고 있으면 일을 도우라고 했겠지만, 요새는 그럴 수도 없어. 빈둥거리는 것보다는 나은 일이 있을 것 아닌가. 그걸 가르쳐주면 어떨까? 모처럼 여기서 주재 근무를 하니까."

"그건 주재 경관 임무치고는 너무 막중한데요."

"막중해? 아이들이 비행에 빠지기 전에 건전하게 키우는 거야. 주재 경관이 할 일 아닌가. 요즘 동네 여기저기서 따분하게 몰려다니는 애들을 자주 본다네. 좀 걱정이 되어서 말이야."

"야나카에는 경시청 소년 센터가 있습니다. 그쪽에 의논하시는 편이 나을지도 모르겠습니다."

과거의 야나카 경찰서는 사카모토 경찰서와 합병되어 시타야 경찰서로 통합되었다. 그 결과 비어버린 야나카 경찰서 건물은 지금 경시청 다이토 소년 센터로 사용되고 있다. 조토 지구의 청소년 비행 방지 활동이나 보호, 육성, 상담 등을 담당하고 있다. 다만 관할 범위가 넓다 보니 특별히 이 지역의 소년 문제에 대해 적극적인 것은 아니다.

구니미가 말했다.

"젊을 땐 몸을 쓰는 게 최고야. 실컷 땀을 빼서 머리를 가볍게 하는 거지. 그러면 어리석은 생각도 하지 않아. 탈선할 일도 없지. 이 근처 아이들이 빈둥거리게 내버려두고 싶진 않네."

"야나카 중학교에서 뭔가 서클 활동을 하면 좋을 텐데요."

"지도할 수 있는 교사도 적을 게야. 주재 양반, 자네, 뭔가 운동을 하지 않는가?"

다미오는 우에노 고등학교 시절 유도부 소속이었다. 경찰학교에서는 유도를 기본으로 한 체포술도 배웠다. 홋카이도 대학에서는 반대로 격투기를 멀리했다. 우익 학생으로 보일까봐 경계했던 것이다. 소프트볼 동호회에 들었지만 그것은 다미오가 보통 학생임을 강조하기 위한 위장이었다. 구기 종목을 특별히 잘했던 것도 아니다. 다만 대학 졸업 후 공안부 파견 시기에 이따금 제6기동대에서 유도 재훈련을 받았다. 유도에 관해서만큼은 소양이 있다고 할 정도는 될지도 모른다.

"유도라면 약간……."

"유도! 그거 좋군."

"뭐가 말입니까?"

"야나카 집회소에서 일주일에 한 번, 다다미를 깔고 무예 교실을 개최하고 있네. 그런데 유도를 가르치던 사람이 다른 곳으로 전근을 가버렸어. 지금 그 수업은 장소만 있고 지도자가 없는 상황일세. 자네가 와주면 고맙겠구면."

"자원봉사로 참가하라는 말씀이군요."

"이런 식으로 부탁해서야 자원봉사의 의미에서 벗어나겠지만 말이지."

5학년이 된 아들 가즈야의 얼굴이 떠올랐다. 요새 부쩍 다미오와 마주치는 기회가 줄어든 장남. 자신을 피하고 있다. 사내아이라면 누구나 거치는 반항기라고 볼 수도 있다. 하지만 자칫하면 반항기가 앞으로도 계속 이어질 것만 같았다. 다미오는 가즈야가 태어났을 때 공터에서 캐치볼 하는 모습을 꿈꾸었다. 그런데 그 꿈은 아직 이루어지지 않았다. 캐치볼을 시작하기 전에 아들은 어머니를 구타하는 아버지를 혐오하게 되었으니까.

가즈야의 애정과 존경을 되찾고 싶다. 그냥 거칠기만 한 제복 경관이 아닌, 다른 모습을 보여주고 싶다. 자원봉사로 유도 강사라……

다미오는 물었다.

"일주일에 한 번이요?"

"그래, 월요일. 비번이지?"

"그렇게 근무 배정을 바꿀 수는 있습니다."

"학교 수업이 파하는 시간부터 이맘때까지, 자네가 해주면 고맙겠네. 이 부근에 사는 아이들도 규율과 예의를 아는 버젓한 아이들이 될 게야."

"그 정도로 효과가 있을까요? 그날만 쓸데없는 짓을 하지 않을 뿐인데요."

"해주겠나? 중학교 PTA*하고 반상회에서 아이들을 모으겠네. 사례도 약간은 낼 수 있어."

"사례는 별 필요 없습니다. 공무원이니까요."

"지금까지 강사한테는 한 달에 5000엔을 지불했어. 윗사람이 허락만 한다면, 이런 일인데 인정해주지 않을까?"

---

* 학부모·교사 연합회

5000엔. 받을 수만 있다면 나름대로 도움이 되겠다.

"알겠지?" 구니미가 다짐을 했다.

다미오는 말했다.

"주재 경관이 하는 게 아니라 안조 다미오가 하는 일입니다."

"그 두 가지는 따로 떼어낼 수 있는 게 아니라네."

"조금 생각할 여유를 주십시오. 상사하고 의논도 해봐야 하니까요."

"잘 부탁함세."

구니미는 다미오에게 손을 흔들며 돌아갔다.

그 방은 면적이 30평쯤 되었다. 책상을 끌어와 집회나 취미 모임에도 사용할 수 있고, 다다미를 깔고 무예 훈련도 할 수 있다. 방 한쪽 구석에는 노래방 기기도 비치되어 있었다.

지금 이 방에는 마을 안의 주요 멤버들이 모여서 흡족한 표정으로 그 공간을 둘러보고 있었다. 구니미를 포함하여 가사하라, 나가타, 이와네도 있다.

구니미가 다미오에게 말했다.

"어때, 충분하지? 당장에라도 시작할 수 있다네."

다미오는 방을 둘러보면서 확인했다.

"학생 수는요?"

"요전까지 스무 명 있었어. 초등학생이 여덟 명, 중학생이 열두 명."

"수준은요?"

"대단하지는 않을 거야. 시작한 지 이 년밖에 안 됐네."

"그래도 체격이 다르니 두 반으로 나누는 편이 좋겠네요."

"이전 강사는 같이 했는데, 나눌 필요가 있을까?"

"글쎄요. 재미나 호신술 대신 배우는 거라면 스무 명이 같이 해도 상관 없겠지만, 너무 많으면 되레 지루해질 겁니다."

"자네에게 맡기겠네. 어쨌든 3시부터 6시까지 세 시간은 자네 마음이야."

장소를 빌리려면 사용료를 지불해야만 한다. 그렇지만 지역의 청소년 육성회가 그 사용료를 부담해준단다. 학생들에게서 약간의 수업료도 걷는데, 그 수고 역시 육성회가 대신 해준다고 한다. 즉 다미오는 잡무는 일절 할 필요가 없다. 단지 여기 와서 학생들에게 유도의 기본을 가르치기만 하면 된다. 다다미 준비와 수업이 끝난 후의 정리는 학생들 몫이라고 한다.

나가타가 말했다.

"이 부근에 널찍한 운동장이라도 있으면 야구를 가르치는 것도 좋을 텐데. 하지만 유감스럽게도 변변한 공터도 없는 마을이다 보니, 뭐."

다미오는 나가타에게 말했다.

"없는 걸 바란들 무엇 하겠습니까. 아이들은 다들 계속 다니겠지요?"

"전부는 아닐지도 모르겠네만."

"미야케 요시카즈도 참가했었나요?"

나가타가 고개를 갸웃거렸다.

"미야케 요시카즈?"

가사하라가 물었다.

"미야케 씨네 아들 말인가?"

"맞습니다."

"그 애는 참가하지 않았어. 유도복을 사라고 하기엔 괜히 그 어머니에게 미안하구먼."

이와네가 말했다.

"입던 옷이라도 괜찮다면 얻을 수 있네. 아이들 유도복은 금세 작아져. 분명 남는 집이 있을 거야."

"수업료도 어떻게 해줄 수 있다면 좋겠군요."

"특별우대생 제도를 만들까?"

"가능합니까?"

"애 하나 수업료 정도야 우리 모임에서 어떻게 해볼 수 있지."

다미오는 또 한 가지 생각을 말했다.

"중학생 수준이 생각보다 높으면 강사 지원을 부탁하려고 합니다. 괜찮으십니까?"

"괜찮아. 예산 범위 내에서 할 수 있다면." 이와네는 말했다.

그건 결국 다미오가 받는 수업료에서 떼어주라는 소리다. 다미오도 그럴 심산으로 말했다.

이와네가 물었다.

"누구 부탁할 사람이라도 있나?"

"경찰서에는 유단자가 몇이나 됩니다. 부탁하면 가끔 지원 정도는 해줄 겁니다."

다미오는 다음에 경찰서에 가면 이 이야기도 가토리 과장에게 타진해봐야겠다고 마음먹었다. 아니, 나도 경찰서 도장에 몇 번 다니면서 유도의 감을 되찾아야 할지도 모른다.

그날 저녁 식사 때, 다미오는 가족에게 자원봉사로 유도를 가르치게 되었다고 말했다.

딸 나오코도, 아내 준코도 흥미를 보였다. 하지만 아들 가즈야만은 거의 관심을 보이지 않았다. 원래 그리 운동을 좋아하는 아이도 아니지만.

다미오는 가즈야에게 말했다.

"가즈야, 니도 다니련? 호신술로 배워놓아도 손해 볼 건 없다."

가즈야는 얼굴을 슬쩍 들고 다미오를 바라보더니 고개를 저었다.

"아니. 배우기 싫어."

"유도가 싫으니?"

"그런 건 아닌데."

"열중할 수 있는 스포츠를 뭔가 하나 가지면 좋단다."

가즈야는 또다시 시선을 돌리고 말했다.

"운동은 별로야."

"너무 심심하지 않아? 요새는 수업이 끝나고 어디서 무얼 하니?"

준코가 말했다.

"돌아오면 바로 이 층에서 공부를 해요."

"공부도 좋지만 건강 해칠라. 유도라면……."

다미오의 말을 끊듯이 가즈야가 말했다.

"학원에 다니고 싶어. 다니면 안 될까?"

"학원이라니, 보습학원을 말하는 거냐?"

예상치 못한 소리라 다미오는 준코에게 고개를 돌렸다. 당신하고는 벌써 의논한 이야기야?

준코가 고개를 끄덕였다.

"친구들도 하나둘 다니는 모양이에요. 요전에 딱 한 시간 견학했는데 재미있었대요."

다미오는 다시 한 번 가즈야에게 고개를 돌렸다.

"학교 수업을 못 따라가는 건 아니지?"

성적표만 보면 가즈야는 그다지 나쁜 성적은 아니었다. 그런데 어째서 학원에?

가즈야는 밥을 입안에 쑤셔 넣으며 말했다.

"학교보다 진도도 빨라."

"보습학원에서 뭘 배우지?"

"수학하고 국어."

"일주일에 몇 시간인데?"

"두 번, 두 시간씩."

"혹시 사립 중학교에 가고 싶다는 말이냐?"

준코가 말했다.

"설마요. 당신하고 똑같이 공립이에요."

"얼마나 들어?"

"한 달에 5000엔."

마침 유도 강사를 하고 받는 사례금이 그 액수다. 내줄 수는 있다.

"그렇게 공부를 하고 싶으면 보내주겠다만. 그래도 스포츠도……."

가즈야는 다미오의 눈을 보지 않고 말했다.

"중학교 들어가면 할게."

그럴 마음도 없으면서. 다미오는 그렇게 생각했다. 빨리 이야기를 끝내고 싶어서 헛된 약속을 하는구나.

그래도 다미오는 말했다.

"그럼 좋다. 다녀라. 언제부터지?"

"결정되면 다음 주 월요일부터라도 괜찮아. 월요일하고 목요일."

"가거라."

"고마워."

가즈야는 빈 밥그릇을 내려놓고 잘 먹었습니다, 하고 말하고는 일어섰다.

다미오는 안쪽 계단을 올라가는 가즈야의 뒷모습을 바라보면서 가즈야와 이만큼이나 이야기를 나눈 게 얼마 만인지 생각했다. 기억나지 않았다. 적어도 다카시마다이라의 직원 주택에 살았을 당시 다미오와 가즈야는 이정도로 길게 대화한 적이 없다. 말을 걸어도 가즈야는 대부분의 경우 짧게 대답만 할 뿐이었다. 대화는 성립되지 않았다.

가즈야하고……. 다미오는 생각했다. 화해하게 될 징조일까? 아니면 지금, 우리는 아버지와 아들로서 화해를 한 걸까? 유도를 가르쳐주겠다는 제안은 거절당했지만 말이다.

그날 집회소에 모인 아이들은 열여섯 명이었다.

그중에 미야케 요시카즈도 있었다. 사이즈가 약간 큰, 물려받은 유도복을 입고 있었다. 요시카즈는 자기가 어째서 이 유도 훈련장에 있는지 사정을 제대로 이해하지 못하는 표정이었다. 집주인 가사하라를 비롯해 이웃 어른들이 적극적으로 권했겠지만, 아마 지금도 요시카즈 본인에게 자발적인 동기는 없을 것이다.

지금은 없더라도. 다미오는 생각했다. 그러다가 훈련이 재미있어지고 강해지면 동기는 저절로 생긴다. 서두를 필요는 없다.

"안녕?"

다미오는 유도복을 입은 모습으로 아이들에게 인사를 했다.

"아저씨가 누군지 알고 있니?"

미야케 요시카즈와 아이들이 입을 모아 말했다.

"주재 경찰 아저씨요!"

다미오는 고개를 끄덕였다.

다미오가 유도 강사 자원봉사를 시작한지 사 주째, 학교도 이제 곧 방학을 앞두고 있는 날이었다. 다미오가 시간에 맞추어 집회소에 갔더니 미야케 요시카즈가 오지 않았다. 훈련이 시작되고 십 분이 지나도 오지 않았다.

다미오는 훈련 도중에 요시카즈와 같은 학년의 초등학생에게 물었다.

"요시카즈는 오늘 무슨 일이 있니? 학교도 안 나왔어?"

그 아이는 대답했다.

"아까 부르러 갔더니 아버지가 돌아왔다고 하던데요."

"아버지?"

다미오는 동요했다. 미야케는 3월의 그 상해 사건으로 기소되어 구치소에 들어가 있었다. 아직 체포한 지 넉 달밖에 지나지 않았다. 상해 사건인데 이렇게 빨리 풀려나도 되는 건가? 혹시 미야케가 고분고분 죄상을 인정하고 바로 결심, 결판에서 집행유예를 받았나? 공판 상황은 듣지 못했지만 아내인 가즈코도 피해자라기보다 미야케의 아내로서 가벼운 형을 바랐는지도 모른다.

다미오는 미야케 유키오의 얼굴을 떠올렸다. 그 사람은 자기가 아내 덕분에 실형 판결과 수감을 면했다고 생각할 남자일까? 아니면 아내 탓으로 체포당했다고 되레 원한을 품을 타입의 남자일까.

아무리 생각해보아도 후자라는 생각밖에 들지 않았다.

다미오는 유도 훈련이 끝나고 주재소로 돌아온 뒤 제복으로 갈아입었다. 미야케의 집을 방문할 생각이었다. 미야케 유키오를 만나려면 비번이든 한밤중이든 반드시 제복을 입는 편이 낫다.

오후 6시가 지나 아파트 문을 두드렸지만 아무도 없는 것 같았다. 다미오는 미야케의 왼쪽 옆집에 사는 온다의 집 문을 두드렸다. 이쪽도, 없다.

오른쪽 옆집에도 아무도 없었다. 낮에 일을 하는 주민이라면 이 시간에는 아직 돌아오지 않았으리라.

다미오는 근처에 사는 집주인 가사하라의 집을 찾았다.

사정을 이야기하자 가사하라는 깜짝 놀란 얼굴로 말했다.

"벌써 나온 겐가? 또 한바탕 날뛰겠구먼."

다미오는 물었다.

"오늘은 부인과 아드님을 보셨습니까?"

"아니. 외출하던데."

"시끄러운 소리는 못 들으셨지요?"

"아직은 그래. 가즈코 씨, 그놈이 오늘 돌아오는 줄 알고 있었을까?"

"공판을 방청했을지도 모릅니다. 집행유예를 언도받는 모습을 보았던 게 아닐까요."

"나 같으면 헤어지라고 권하겠네."

"부부 문제는 단순하지 않으니까요."

"또 소동이 터지면 바로 신고함세. 이번에 손찌검을 하면 확실히 실형이겠지?"

"그건 미야케 유키오도 잘 알고 있을 테지만요."

다미오는 불안을 억누르며 일단 주재소로 돌아왔다.

주재소로 돌아오자 준코가 물었다.

"미야케 씨네, 무슨 일이 있었어요?"

제복을 벗으며 다미오는 대답했다.

"아니. 집에는 아무도 없더군. 가족끼리 외출을 했나봐."

"일단은 축하할 일이네요. 아버지가 풀려났으니까요."

"셋이서 축하라도 하고 있는 걸까? 그렇다면 다행인데."

사복으로 갈아입은 다미오는 시타야 경찰서에서 온 대리 근무 경관에게 인사를 하고, 황급히 저녁식사를 해치우고 하쓰네 길의 공중목욕탕으로 갔다.

다미오는 공중목욕탕에서 나와 하쓰네 골목으로 향했다. 술집 '엣 짱'에 갈 생각이었다.

기대했던 대로 가게에는 아직 다른 손님이 없었다. 다미오는 우롱차를 주문하고, 다시 쌀과자를 부탁했다.

세상 돌아가는 이야기를 하면서 우롱차를 마시고 두 번째 잔을 부탁했을 때, 다미오는 히라오카에게 말했다.

"엣 짱, 만약 내 질문이 실례된다면 대답하지 않아도 되는데."

카운터 안에서 꼬치안주를 만들고 있던 히라오카는 경계하는 빛이 감도는 표정으로 다미오를 쳐다보았다.

"뭔데요?"

"당신은 젊었을 때 게이였나?"

히라오카는 한순간 얼굴에 긴장감을 보였다. 뺨의 근육이 대번에 굳었다. 하지만 그 긴장감은 금세 표면에서 사라졌다.

히라오카는 눈을 은근히 치뜨고 다미오를 쳐다보면서 말했다.

"그게 뭐, 죄라도 되나요?"

"아니, 그런 소리를 하는 게 아니라. 가사하라 씨네 아파트에 살았던 철도원에 대해 묻고 싶어서 그래. 쇼와 28년에 시체로 발견된 다가와 가쓰조라는 소년에 대해서. 당신하고 같은 아파트에 살았을 텐데?"

"듣고 싶다던 옛날얘기가 그거였어요?"

"그래. 기억하나?"

"기억하죠. 친하지는 않았지만 알아요."

"그 소년은 당신하고 같은 부류였나?"

히라오카는 고개를 젖히고 한 뜸 들인 후에 대답했다.

"그래요. 젊고, 미소년이었죠. 특정한 타입의 남자들이 덤비고 싶어 하는 남자아이였던 건 분명해요."

"특정한 타입의 남자라니?"

"상대가 여자가 아니어도 된다는 남자. 남자가 좋다는 남자."

"성도착증이라는 말인가?"

"그게 도착증이에요?"

"말이 지나쳤나?"

"대개의 남자한테는 많든 적든 그런 성향이 있지 않나요? 한번 해보고 맛들인 남자도 많을 텐데."

"상상이 안 되는군."

"경찰학교에서 공부 안 했어요?"

하지 않은 것은 아니다. 성범죄의 종류나 성범죄자의 특징에 대해 배우기는 한다. 하지만 그것도 범죄예방이라는 관점에서다. 성도착자의 세세한 취향까지 가르쳐주지는 않았다.

"수박겉핥기지."

"경관 중에도 있잖아요."

"글쎄."

"자위대에도 있어요. 경찰엔들 없겠어요?"

다미오는 억지로 화제를 바꾸었다.

"다가와 가쓰조하고 같이 살던 남자들은 그 패거리들이었나? 그런 사내아이를 좋아했던 걸까?"

"글쎄요. 모르겠어요. 기억이 잘 안 나요."

"다가와 가쓰조를 기억하고 있다면 대답할 수 있을 텐데. 그 남자들은 다가와 가쓰조를 상대로 비역질을 했나?"

히라오카의 눈이 살짝 치켜 올라갔다.

"저속한 소릴 하려면 돌아가요."

"뭐라고 말하면 되지?"

"사이가 돈독했다든가."

"돈독했나?"

"아뇨."

뜻밖의 대답이었다. 다미오는 정반대의 대답을 예상하고 있었던 것이다.

"함께 살던 남자들은 그런 냄새가 안 났어?"

히라오카는 그 남자들에게는 동성애자의 냄새가 나지 않았다고 딱 잘라 말했다.

"그 철도원들, 아둔할 정도로 여자에 목을 매는 사내들이었어요. 그런 이유 때문에 그 셋이 함께 살았던 것 아닐까요."

"성적인 관계는 없었다?"

"아마도요. 그 당시에는 좁은 방에서 남자들이 공동생활을 해도 이상할 것 하나 없었고요."

"하지만 다가와 가쓰조만은 남자들이 좋아할만한 타입이었지?"

"하지만 그 아일 좋아했던 사람은 함께 살던 철도원들이 아니었죠."

"그렇다면."

다미오는 상상을 정리하면서 물었다.

"다가와 가쓰조는 외부에 뭔가 은밀한 성생활을 가지고 있었다는 말인가?"

"성생활? 이번에는 지나치게 고상한 표현이로군요."

"어떻게 말하면 되지?"

"외부에 남자 애인이 있었는지 물은 거죠?"

"그래."

"있지 않았겠어요? 은밀한 사람이."

"그건 그러니까……."

다미오는 한 번 우물쭈물하다가 물었다.

"혹시 몸을 팔았다는 소린가?"

"돈을 받았는지는 모르겠네요. 상대가 하나였는지, 더 많았는지도 난 모르겠어요. 하지만 있었을 거예요."

"근거는?"

히라오카는 동성애자의 직감이라고 말했다.

다미오는 같은 투로 물었다.

"그 다가와 가쓰조를 살해한 사람은 그 애인들 중 하나일까?"

히라오카는 고개를 가로저었다.

"나야 모르죠."

"다가와 가쓰조 주변에 형사의 그림자가 있었다는 증언이 있어. 알고 있나?"

"몰라요. 그 시절에는 우에노 공원부터 우구이스다니, 이 야나카 공동묘지 부근까지는 전쟁터에서 돌아와 전역한 냄새를 풀풀 풍기는 사내들이 잔뜩 있었어요. 그런 인간들이 형사처럼 보였던 것 아니었을까요?"

"쇼와 28년까지도?"

"우에노 공원에서 백의를 입은 상이군인이 사라진 게 언제죠?"

그런가. 다미오는 수긍하고 질문을 바꾸었다.

"당신은 어느 쪽일 가능성이 높다고 생각해? 치정 사건? 아니면 조합 관련?"

히라오카는 슬그머니 뺨을 누그러뜨렸다.

"남자들 사이의 사건."

근거는, 하고 물을 것까지도 없다.

유리잔에 입을 대고 다음 질문을 찾노라니 가게 미닫이문이 열렸다.

다미오가 모르는 남자 두 명이었다.

질문은 이쯤에서 마무리해야겠다.

다미오는 히라오카에게 계산서를 달라고 하고 자리에서 일어났다.

다미오는 하쓰네 길로 나와 고텐자카 길에서 이모사카 방향으로 걸었다. 주재소로 돌아가기에는 멀리 돌아가는 길이다. 미야케 가족이 사는 아파트의 상황을 다시 한 번 확인해두고 싶었다.

아파트 앞에 가보았지만 역시 미야케의 집에는 불이 꺼져 있었다. 왼쪽 옆집인 온다의 집도, 오른쪽 옆집인 중년 여성의 집도 마찬가지다.

다미오는 시계를 보았다. 오후 7시 30분. 아직 뭘 걱정할 만한 시간은 아닌가?

다미오는 골목에서 몸을 돌려 주재소를 향해 발걸음을 떼었다.

다음날 아침. 이제 겨우 6시인데 시타야 경찰서의 수사차량이 주재소 앞에 멈추었다.

주재소에 들어온 사람은 안면이 있는 형사과의 수사원이었다. 다미오와 거의 동년배일 터였다. 구마가이 다쓰오라는 순사부장으로, 조직폭력배를 담당하는 형사처럼 꼬불꼬불한 파마머리였다.

다미오는 이제 막 일어났다. 제복도 입지 않았다. 셔츠에 팔을 찔러 넣으면서 응대하러 나가자 구마가이는 인사도 건너뛰고 질문을 했다.

"덴노지초 1초메에 있는 가사하라 제1아파트란 게 어디지?"

"무슨 일이 있었습니까?"

다미오는 물었다. 미야케와 온다가 사는 아파트다.

"우구이스다니에서 변사체다. 소지품으로 그 아파트에 산다는 걸 알았어."

다미오는 섬뜩한 기분으로 물었다.

"여자입니까?"

구마가이는 이상하다는 표정을 지었다.

"아니, 남자야. 어째서 여자라고 생각했지?"

"아니요, 별 뜻은 없습니다. 신원은 아시지요?"

"미야케 유키오라는 남자인 모양이야. 운전면허증이 옆에 떨어져 있었어."

"미야케가?"

"아는 사람인가?"

"어제 막 구치소에서 나온 사내입니다."

"그놈 집으로 안내해줘. 가족은 있겠지?"

"부인과 아이가."

다미오는 제복을 입고 안방에 있던 준코에게 다녀오겠다고 일렀다. 준코는 대화를 전부 들은 모양이다. 창백한 얼굴로 고개를 끄덕였다.

수사차량 운전석에는 젊은 수사원이 타고 있었다. 이쪽은 구마가이의 부하인 시노자와라는 순사다.

뒷좌석에 몸을 집어넣고 길을 안내하면서 구마가이에게 물었다.

"변사체라고 하셨는데……."

조수석에서 구마가이가 말했다.

"그래. 우구이스다니에 있는 호텔 거리 깊숙한 곳에 쓰러져 있었어. 쓰레

기둥 사이에. 조금 전에 부검을 맡겼네."

"살인입니까?"

"외견상 내출혈 흔적이 있었지. 하지만 큰 외상은 없어. 지갑이 나오지
않는 걸 보면 퍽 하고 내리치고 갖다버린 건지도 모르지."

우구이스다니의 호텔 거리라고 하면 과거에는 제법 위험한 지역이었다.
거리의 창부들이 진을 치고 있고, 그 장사를 둘러싼 트러블도 빈번하게 일
어났다. 보살펴주는 척하면서 만취한 사람에게서 지갑을 훔쳐가는 사건도
예전에는 많았다. 경찰들끼리의 은어로 '부축빼기'라는 수법의 범죄다. 물
론 지금은 술집이 늘어선 밝은 거리는 그리 위험하지 않다. 서민적인 성격
의 술집거리이다 보니 거친 취객은 꼭 있지만.

구마가이가 물었다.

"미야케는 어떤 놈이지?"

"상해 사건으로 제가 수갑을 채웠습니다. 부인을 구타했습니다."

"집사람을 때린 정도로 상해?"

그 반응이 다미오의 가슴에 자그마한 통증을 주었다.

다미오는 말했다.

"반복되었습니다. 현행범으로 체포해서 기소되었지만 집행유예가 떨어
진 모양입니다."

"당연히 그렇겠지."

"어제 나왔다고 들었습니다."

"술도 마시고 싶고, 집사람도 품고 싶은 날이었겠군. 어째서 우구이스다
니에 있었지? 집사람하고 같이 호텔에 갔던 건가?"

그 사정은 모르겠다. 하지만 어제는 오후부터 아이도 없었다. 그럴 가능
성은 낮지 않을까.

다미오는 길을 안내해서 차량을 가사하라 제1아파트 앞까지 유도했다.

아파트 앞을 청소하고 있던 주민 가운데 한 사람이 차에서 내린 다미오

일행을 보고 눈을 휘둥그레 떴다. 3월에 미야케를 체포했을 때 미야케 가즈코를 보살펴주었던 아주머니였다. 미야케의 오른쪽 옆집에 산다.

다미오는 그 여성에게 고개를 숙이고 구마가이에게 말했다.

"그 문입니다."

구마가이는 문 앞에 서서 문을 두드렸다.

"안녕하십니까? 미야케 가즈코 씨, 일어나셨습니까?"

안에서는 아무런 반응도 없었다.

구마가이는 다시 한 번 노크를 했다.

"미야케 씨, 시타야 경찰서에서 왔습니다. 남편 분 일로 잠시……."

아주머니가 말했다.

"지금 아무도 없을 거예요. 어제부터 불이 꺼져 있던데."

다미오는 되물었다.

"아무도? 부인도, 요시카즈도 말입니까?"

"인기척이 없어요."

여름방학 전의 평일이다. 그런데 어제부터 아이도 보이지 않는다?

다미오는 구마가이와 얼굴을 마주보았다.

무슨 사건이라도 터진 것일까?

집주인인 가사하라가 마스터키로 문을 열었다.

가사하라가 안을 들여다보고 주절거렸다.

"어라, 이건 뭔 일이 있었구먼."

다미오는 현관에서 가사하라의 어깨너머로 집안을 들여다보았다. 3월의 그때와 마찬가지로 밥상이 뒤집혀 있고 그릇들이 비닐 깔판 위에 널브러져 있다. 거기에 맥주 두 병과 국산 위스키도 한 병. 병의 내용물이 쏟아졌는지 술냄새가 강하게 풍겼다.

이 난장판을 보니 폭행 사건이 충분히 짐작되고도 남았다.

구마가이가 현관 입구에 시선을 멈추며 말했다.

"엇, 이건."

다미오는 구마가이가 가리키는 곳을 보았다. 적갈색 얼룩이 몇 개나 있다. 직경 1센티미터부터 3센티미터쯤 되는 크기의 얼룩이다. 그것이 대여섯 개. 핏자국이다.

구마가이가 말했다.

"경상이겠지만 누가 다쳤는지는 뻔하군."

다미오는 생각했다.

이 정도 양이면 상처라기보다 코피가 아닐까. 그렇다면 미야케 유키오는 어제도 가즈코를 폭행했나.

집주인인 가사하라가 신발을 벗고 방에 들어가 주방부터 화장실, 안쪽 다다미방까지 들여다보고 돌아왔다.

"없어, 둘 다. 사내 녀석도."

구마가이가 말했다.

"신원 확인을 부탁하려고 했는데, 혹시 여기서도 무슨 일이 있었나?"

다미오는 말했다.

"금세 손찌검을 하는 타입의 사내였습니다. 어제 또 일을 저질러서 부인이 아이를 데리고 도망쳤을지도 모릅니다."

구마가이는 다미오의 말을 듣고 있지 않았다. 뒤쪽의 시노자와를 돌아보며 말했다.

"여기를 보존해. 현장일지도 모른다."

다미오는 잘못 들었나 싶어 확인했다.

"현장이요?"

구마가이는 말했다.

"미야케 유키오 살해 현장."

깜짝 놀란 다미오의 눈에 골목에 서 있는 온다의 모습이 들어왔다. 온다도 지금 그 말을 들은 모양이다. 온다는 악취라도 맡은 것처럼 얼굴을 찌푸렸다.

구마가이가 담뱃갑을 꺼내더니 가사하라에게 물었다.

"부인의 행방을 찾아야만 해. 친정은 어디지?"

가사하라는 지바 어디였다고 대답했다.

구마가이, 시노자와와 교대로 경비과 경관들이 가사하라의 아파트 앞에 도착했다. 연락이 닿지 않는 미야케 가즈코가 돌아왔을 경우를 상정하고 있는 것이다. 돌아오면 가즈코는 시타야 경찰서에 불려가 참고인 조사를 받게 될 것이다.

오후 3시가 지나 또다시 구마가이가 주재소를 찾았다.

뭐 시원한 거 한 잔 주겠나, 하고 구마가이는 말했다. 그는 준코가 내온 보리차를 마시고는 다미오에게 말했다.

"피해자는 어제 저녁 무렵부터 혼자서 술집을 전전했어. 10시 넘어서 어느 술집에서 다른 손님하고 다투었다는 것까지 알아냈어."

그 말이 맞다면 미야케의 집은 살인 사건 현장이 아니라는 사실이 확인되었다는 말이다. 미야케도, 미야케 가즈코도, 요시카즈도 아파트에서 사라진 것은 오후였지만, 미야케는 밤 10시까지도 살아서 술을 마셨으니까.

미야케는 아마도 구치소에서의 금욕 생활을 메우려고 허겁지겁 들이켰으리라. 또 한 가지. 성적으로도 그는 격심한 허기를 품고 있었을 것이다.

다미오는 물었다.

"다투었다는 건 싸움이 있었다는 말입니까?"

"그런 분위기로 가게를 나갔다고 하더군."

"그럼 이제 용의자는 좁혀졌군요."

"아니, 가게 단골이 아니었어."

"일반 시민?"

"토목 일을 하는 것처럼 생긴 남자라더군."

"그 녀석을 지명수배하면 끝나는 것 아닙니까?"

구마가이는 고개를 저었다.

"부검 결과도 나왔네. 머리와 가슴에 내출혈이 있었어. 얻어맞은 모양이야. 하지만 치명상은 아니야."

"치명상은 무엇입니까?"

"뒤통수의 자상. 송곳으로 찌른 듯한 구멍이 있었다더군."

"송곳을 머리에?"

"뒤통수. 정확히는 목 뒤에서."

구마가이는 몸을 비틀어 왼손으로 구멍이 있었다는 위치를 가리켰다. 머리와 목의 경계 부근이다. 다미오는 자신의 그 부분에 손가락을 대보았다. 급소다.

구마가이가 물었다.

"토목 일을 하는 남자가 싸움이 터졌을 때 그런 흉기로 죽이겠어? 사용하려면 둔기겠지. 식칼일지도 몰라. 절대로 송곳은 아니야."

"송곳이 확실한 건 아니지 않습니까?"

"그래."

다미오는 자기가 홋카이도 대학에 있었던 당시의 연쇄 살인을 떠올렸다. 전국 각지에서 택시 운전사와 경비원 네 명을 연달아 권총으로 살해한 사건이다. 그중 한 건은 하코다테의 택시 운전사가 피해자였다. 그 사건에 대해서도 당초에는 피해자가 송곳에 후두부를 찔려 죽었다고 보도되었다. 부검을 새로 했는지, 아니면 부검이 끝나기 전에 그 발표를 했는지, 나중에서야 피해자의 체내에서 권총 탄환이 발견되었다고 정정했다. 최종적으로는 탄환 감정으로 이 역시 연쇄 사살 사건 중 하나라고 단정했다. 분명 권총 탄환은 22구경이 아니었던가? 상처 입구가 작아서 해부의도 처음에는 탄환일 가능성을 생각하지 않았으리라.

다미오는 물었다.

"권총일 가능성은 없습니까?"

"없어. 작은 탄환을 사용한 게 아닌가 하는 생각은 누구나 해."

"보통 송곳이 아니라 얼음송곳일 수도 있습니다."

"얼음송곳이라고 해도 그렇지, 싸우고 나서 뻗어 있는 남자 뒤통수에 결정타를 가해 죽이는 건 별로 남자답지 않지."

"겉보기야 어쨌든 그런 타입의 남자였을지도 모릅니다. 몽타주는 나왔습니까?"

"만들고 있을 거야. 단지 흉기가 나오질 않았으니, 쓰러지는 결에 뭔가 뾰족한 물체가 박혔을 가능성도 전혀 없지는 않아. 뭐, 우구이스다니에서 한잔 걸쳤으니 다른 목격자들도 많겠지. 면식범이 아니더라도 그리 어려운 사건은 아닐 거야. 단지……."

"단지?"

"피해자는 절차상으로는 아직 신원불명 취급이야. 부인하고 빨리 연락을 취하고 싶네. 근무처에는 오늘 아침 몸이 안 좋아서 쉰다는 연락이 있었다더군."

"아이는 오늘 학교에 갔을까요."

"학교에도 결석계가 들어왔어. 부인을 발견하면 자네가 사정을 알려주게."

사건은 아직 뉴스로 방송되지 않았을 것이다. 오늘 석간부터라면 우구이스다니에서 변사체, 라는 기사가 나올 수도 있지만 가즈코는 그것이 자기 남편의 일이라고는 생각하지 않을지도 모른다.

구마가이가 나가자 준코가 유리컵을 치우러 왔다.

"미야케 씨네 아주머니, 아직 안 돌아왔어요?"

대화를 듣고 있었던 모양이다. 다미오는 그래, 하고 대답했다.

"보호시설로 도망친 건 아닐까요? 벌써 조사했어요?"

보호시설이라.

확실히 어제, 미야케 유키오가 집에 돌아오자마자 미야케 가즈코를 폭행했다면 가즈코는 친정이 아니라 일단 가까운 보호시설로 도망쳤을지도 모른다. 이 남자는 전혀 개심하지 않았구나, 하고 한탄하며 이번에야말로 이혼을 각오하고 보호시설에 몸을 숨겼을지도 모른다.

과거에 우에노 경찰서나 아사쿠사 경찰서는 수많은 매춘부들을 폭력단으로부터 보호했다. 전후 한때, 돈이 궁해서 몸을 팔았거나 강제로 팔려온 여자들이 많았고, 그녀들은 폭력단의 감시 하에서 강제로 손님을 받았다. 연금 상태의 그녀들에게 인권은 있으나 마나였고, 때때로 폭행도 당했다. 견디다 못해 감시의 눈을 피해 도망친 매춘부들도 있었다. 경시청은 경찰서로 뛰어든 매춘부들을 특별 시설에 수용해서 보호했다. 폭력단이 도로 끌고 가는 경우나 또 다른 납치로부터 보호하기 위해, 그러한 시설이 있는 장소는 방범과 수사원들도 정확하게는 몰랐다. 남성 수사원은 그 시설에 수용된 여성들과 접촉하려 해도 불가능했다. 반드시 여성 경관을 거쳐야만 했다.

지금 그 시설들은 매춘부뿐만 아니라 남편의 폭력에 시달리는 부인들의 피난처이기도 하다. 지원하는 조직도 늘어나서 민간 시설도 생겼다. 다이토 구 내에도 분명 하나가 있었다. 미야케 가즈코의 경우, 그러한 시설로 도망쳤을 가능성이 높다. 아이가 있지만 들어갈 수 있었을 것이다. 구마가이는 미야케 유키오의 가정 폭력 현장을 보지 못했으니 그 가능성에는 생각이 미치지 않았을지도 모른다.

거기까지 생각하고서 다미오는 준코의 얼굴을 바라보았다. 대번에 그런 생각을 해낸 당신도 설마…….

준코는 다미오의 시선을 피하듯 안방으로 들어갔다.

다미오는 자전거를 타고 기사히라의 아파트로 향했다. 골목 앞에 경찰차가 그대로 멈추어 있었다.

다미오는 조수석의 경관에게 말했다.

"벌써 조사했을지도 모르겠지만, 이곳에 사는 미야케 가즈코가 어쩌면 보호시설에 있을 수도 있다. 형사과의 구마가이 씨에게 전해주지 않겠나?"

경관은 고개를 끄덕이고 경찰차에 탑재된 관할계 무전기에 손을 뻗었다.

그 순간이었다. 시야에 사람 모습이 들어와 다미오는 고개를 들었다.

왼쪽 눈에 안대를 한 여성이다. 미야케 가즈코였다. 혼자다.

"아주머님."

다미오는 말을 걸었다.

미야케 가즈코는 불안한 눈으로 아파트 쪽을 쳐다보며 물었다.

"우리 남편한테 무슨 일이라도 있었어요?"

"예, 조금. 아주머님을 찾고 있었습니다. 무슨 일이 있었습니까?"

"전, 그게……."

가즈코의 표정은 당장이라도 울음을 터뜨릴 것 같았다.

"또 남편을 화나게 하고 말았어요. 모처럼 석방된 날이었는데."

"어제부터 어디에 계셨습니까?"

"그냥 좀. 저, 남편이 모르는 곳에요."

"요시카즈도 함께 있습니까?"

"네. 거기에 두고 왔어요. 우리 남편, 아직도 화를 내던가요?"

다미오는 이 자리에 구마가이가 없다는 사실을 원망하면서 말했다.

"어젯밤, 근처에 남편 분으로 추정되는 남성이 쓰러져 있었습니다. 사망했습니다만, 남편 분인지 아닌지 확인해주실 수 있겠습니까?"

다미오가 말을 다 마치기도 전에 가즈코의 얼굴에 경악의 빛이 스쳤다.

"우리 남편이 죽었다고요? 방에서요?"

"아니요. 우구이스다니입니다."

"우구이스다니에서, 우리 남편이!"

"남편 분이 정말 맞는지는 아직 모릅니다. 일단 운전면허증은 발견한 것 같습니다만."

"주재 나리, 그 사람을 보았나요?"

"아니요. 저도 보지 못했습니다. 연락 받은 연령과 외모는 남편 분과 흡사합니다."

미야케 가즈코는 넋이 나간 듯이 말했다.

"어쩌지. 우리 남편이면."

"아직 남편 분이 맞는지 분명치 않습니다. 남편 분을 마지막으로 본 것은 언제입니까?"

"오후 3시 넘어서요. 석방되어 돌아와서, 간소하게 석방 축하를 했어요." 가즈코는 말을 흐렸다. 그때 폭행을 당했으리라. "그 후에 저는 아들과 함께 외출을 해서, 그때부터 보지 못했어요."

"그때는 건강했습니까?"

"예. 말짱했어요."

가즈코는 미야케의 폭력이 시작되자 주저 없이 아들을 데리고 뛰쳐나왔을 것이다. 아마 그때를 예상하고 보호시설의 위치도 조사해두지 않았을까. 이번만은 반성하고 개심하지 않을까 하는 기대에 석방을 기다리면서……. 동시에 그것이 부질없는 바람이라는 것도 잘 알고 있었으리라.

미야케 가즈코는 물었다.

"어디로 가면 되지요?"

"제가 모시겠습니다. 오차노미즈, 도쿄의과 치과대학이라고 합니다."

경찰차 조수석에서 경관이 내려서 뒷좌석 문을 열었다. 다미오가 권하자 미야케 가즈코는 여전히 불안한 표정으로 차에 올라탔다.

다미오는 경찰차가 골목길을 올라가서 사라질 때까지, 그 자리에서 지켜보았다.

저녁 무렵, 구마가이에게서 연락이 왔다.

어젯밤 발견한 시체에 대해서는 미야케 가즈코가 남편 미야케 유키오가 맞다고 신원을 확인했다.

한편 시타야 경찰서의 형사과는 이 사건이 술자리에서 터진 싸움이 원인인 상해치사 사건인지, 아니면 살인 사건인지 판단을 내리지 못하고 있다고 했다. 수사본부도 아직 설치되지 않았다. 일단 형사과 수사원들이 우구이스다니 주변에서 목격 정보를 얻기 위해 탐문 조사를 하고 있다.

구마가이는 그 사항들을 전해주면서 마지막에 이렇게 말했다.

"슬슬 우구이스다니 주변의 술집들이 문을 열기 시작할 거야. 목격자도 왕창 나오겠지. 그리 질질 끌게 되지는 않을 거야."

그렇다면 좋겠지만.

그날 밤, 목욕탕에서 나와 하쓰네 골목으로 향했다. 오후 10시가 지난 시간이었다.

'엣 짱'의 가게 미닫이를 열자 세 명의 단골손님이 와 있었다. 이와네와 온다, 나가타였다.

카운터 안에서 히라오카가 말했다.

"주재 나리, 어서 오세요. 미야케가 죽었다는 소문을 들었어요."

묘하게 살갑게 군다.

다미오는 카운터 의자에 걸터앉으면서 말했다.

"그렇게 기쁜 듯이 말할 문제가 아니야."

"하지만 더 이상 가즈코 씨의 퍼런 멍을 보지 않아도 되잖아요."

히라오카는 웃음을 참지 못하겠다는 표정이다.

"그래도 남편이고, 요시카즈에게는 아버지야."

다미오는 우롱차를 주문했다.

이와네가 물었다.

"우구이스다니라고 들었네만, 호텔 안에서 발견된 건가?"

다미오는 대답했다.

"아니요. 으슥한 골목에서요. 플라스틱 통 같은 것 뒤에서."

"구치소에서 막 나왔지? 여자를 사러 갔던 것 아닐까? 그래서 거기 불량배하고 다투었다거나."

"아닌 것 같습니다. 술집에서 싸웠던 모양이에요."

"칼에 찔리기라도 했어?"

"아닙니다. 그게 아니라……."

"뭔데 그러나?"

"잘 모르겠습니다. 수사원이 아니라서요."

온다가 말했다.

"술집에서 싸움이 난 것까지 알면 범인이 잡히는 것도 금방이겠군."

"그럴 겁니다."

"누군가 범인을 봤겠지?"

"글쎄요, 전 그런 정보는 듣지 못했습니다."

"아는 사람이 그런 것 아닐까?"

"싸움 상대는 모르는 사람이었던 모양입니다."

히라오카가 온다에게 물었다.

"잡혔으면 좋겠어요?"

온다는 백발 머리를 어루만지며 말했다.

"그냥 신경 쓰여서 그러네. 어떤 놈일까, 하고."

"흥, 나라면 신경 안 쓰겠어요."

나가타가 웃으면서 말했다.

"다들 이웃이 살해당했다는데 전혀 동정하질 않는군요."

이와네가 말했다.

"이 주변이 조용해질 게 분명하니까."

히라오카가 다미오에게 물었다.

"그런 남자라도 죽여버리면 역시 죄가 되나요?"

"법치국가니까."

"만약에 범인이 이 근처에 사는 사람이라면 감형 운동이나 할까?"

이와네가 말했다.

"엣 짱, 혹시 그 아주머니가 죽였을까봐서 그래?"

다미오는 미소를 지었다. 그런 일은 있을 수 없다.

아니. 곧바로 그 생각을 다시 따져보았다.

확실히 미야케 유키오는 우구이스다니의 술집에서 혼자 술을 마셨다고 했다. 그 자리에서 미야케 가즈코를 목격한 이는 없다.

하지만 미야케 가즈코가 약간 떨어진 위치에서 미야케 유키오를 미행했을 가능성은 없을까? 그가 술에 곯아떨어지기를 기대하면서. 술에 곯아떨어지면 여자라도 미야케 유키오를 죽일 수 있을 듯하다. 미야케 가즈코가 미야케 유키오에게 완전히 정이 떨어져 그에게서 벗어나려면 죽일 수밖에 없다고 결심했을 경우, 대담한 행동에 나섰을 가능성도 상상해볼 수 있다.

다만 이 사건의 경우, 미야케는 만취하기 전에 싸우다 뻗어버렸다고 생각해볼 수도 있다. 즉 사건은 두 개였다. 먼저 싸움에 의한 상해 사건. 이어서 쓰러진 미야케에게 결정타를 가한 살인 사건. 사건이 두 개라면 구타에 의한 상처와 치명상 사이의 불합리성에 대해서도 해석이 가능하다.

아니다. 다미오는 그 상상을 부정했다. 구마가이도 미야케 가즈코의 알리바이를 확인했을 것이다. 미야케 가즈코가 만약 아이와 함께 보호시설에 들어가 있었다면 그 확인은 간단하다. 미야케 유키오에게 치명상을 입힌 사람은 미야케 가즈코가 아니다.

"왜 그래요?"

히라오카가 다미오의 얼굴을 들여다보았다.

다미오는 정신을 차리고 말했다.

"아니, 그냥요."

온다도 무언가 마음에 걸리는 표정으로 다미오를 바라보았다.

내가 지금 그렇게 심각해 보일 정도로 생각에 빠졌던가? 상상력이 멋대로 움직였을 뿐인데.

나가타가 말했다.

"그쯤 해둡시다. 살인이니 살인범이니 하는 이야기는."

우롱차가 나왔다. 다미오는 일단 그 잔을 눈앞에 들어 올렸다가 입으로 가져갔다.

미야케 가즈코를 위해서는 미야케 유키오가 이 땅에서 사라진 것이 그리 나쁜 이야기는 아니다. 가즈코가 그것을 무조건 환영할지 어떨지는 모르겠으나, 주재 경관 입장에서 말하면 가정폭력과 상해 사건의 씨앗이 하나 없어진 셈이기도 하다. 모자가정이 하나 탄생했다는 비극을 상쇄해줄 만한 일이었다.

사 분의 일이 넘게 마신 후 잔을 카운터에 내려놓자 이와네가 즐거운 듯 말했다.

"우롱차로 건배한 거지? 분명해."

다미오는 고개를 젓고 말했다.

"설마요. 저는 주재 경관입니다."

손님들은 웃었다.

시타야 경찰서의 구마가이 다쓰오 순사부장의 예상은 빗나갔다.

여름이 지나도록 미야케 유키오를 살해한 범인은 나타나지 않았던 것이다.

시타야 경찰서가 예상외로 애를 먹겠다고 판단한 것은 사건 발생으로부터 닷새째 되는 날이었다. 살인 사건으로 수사본부를 설치했고 시타야 경찰서 형사과 강력범 담당도 당연히 수사본부에 포함되었다.

수사본부는 당초 우구이스다니 역에서 가까운 가게들을 철저히 조사했고, 우구이스다니 주변의 호텔거리에서도 집중 탐문을 벌였다. 그렇지만 술집에서 미야케와 함께 나간 남자를 밝혀낼 수는 없었다. 싸움 현장을 목격했다는 정보도 나오지 않았다. 유류품이 거의 없어 증거물에서 범인을 찾아내기도 어려웠다.

9월 말, 구마가이가 새로 제작한 몽타주 포스터를 주재소에 가지고 왔다. 구마가이는 그 포스터 한 장을 주재소 유리문 안쪽에 테이프로 붙이면서 말했다.

"단순한 사건일 줄 알았어. 목격자도 널려 있을 줄 알았지. 그런데 미야케가 마지막으로 있었던 술집을 제외하면 목격 정보가 하나도 없어. 예상 밖이야."

다미오는 말했다.

"수사는 진전이 없습니까?"

"방침을 재고하게 되지 않을까. 본청 사람들도 은근히 열기가 식었어."

"관리관은 어떻게 생각하고 있을까요?"

"별 재미도 없는 사건이라고 생각하지 않겠어? 피해자는 아내를 구타하는 남자였고, 특별히 도쿄의 치안을 위협하는 악질적인 범죄 같지도 않아. 취객들 사이에 난 싸움이겠지."

"송곳으로 끝장을 낸 사건인데요?"

"우리는 아직 의욕이 넘친다고. 그 후로 부인하고 아이는 어떤가?"

"같은 아파트에서 살고 있습니다."

아들 요시카즈는 다시 유도 수련에 나오기 시작했다. 얼마 전부터 새 유도복을 입었다. 집주인 가사하라의 말에 의하면 죽은 미야케 유키오는 아이가 태어났을 때 약식 보험에 가입했던 모양이다. 그 보험금이 나와서 미야케 모자는 경제적으로는 곤궁하지 않게 생활한다고 했다.

포스터를 다 붙인 구마가이가 뒤를 돌아보며 말했다.

"어때?"

다미오는 그 포스터를 쳐다보았다. 사건 발생 직후에 제작한 포스터와 내용은 별 차이가 없다. 그다지 경찰답지 않은 온건한 문구가 인쇄되어 있었다.

'목격 정보를 찾습니다.

쇼와 62년 7월 13일 밤 10시경 JR 우구이스다니 역 부근에서 미야케 유키오 씨(36세)가 외상을 입고 사망하였습니다. 술을 마시다 같은 가게에 있던 손님과 다툼이 있었던 모양입니다. 이 다툼을 목격하신 분은 가까운 경찰서로 연락해주십시오.'

다미오는 확인했다.

"아직 그 싸움 상대가 범인이라고 단정하지는 않았다는 말씀이군요."

구마가이는 말했다.

"싸움은 분명 있었을 거야. 폭행도. 하지만 정말 송곳을 내리찍었는지는 모르지. 그래서 몽타주와 함께 수배를 내리진 못했어."

그때 반상회 간사인 구니미가 들어왔다.

"잠깐 괜찮겠나?"

구마가이는 그럼 그만 가겠다는 듯이 고개를 끄덕이고 주재소에서 나갔다.

구니미는 책상 앞의 파이프 의자에 걸터앉으며 말했다.

"안조 씨, 초등학교 운동회에 내빈으로 참석해줄 수 있겠나?"

다미오는 고개를 갸웃거렸다.

"내빈으로요?"

그건 구청장이나 구의회 의원에게 타진해야 할 이야기 아닌가?

구니미가 대답했다.

"그래. 운동회 시작 전에 잠깐 학생들하고 얘기 좀 해줬으면 하네. 교통안전하고 방범 지식 같은 것들 말이야. 마을 주재 경관으로 참석해주면 우리도 고맙겠네. 제법 방범 효과가 있을 것 같은데, 어떤가?"

확실히 아이들 앞에서 이름을 밝히고 다미오의 얼굴을 익히게 하는 것은 나쁜 생각은 아닌 듯했다. 자기가 제복을 입고 나가면 초등학생들은 그 자리에서 다미오를 '아는 사람'으로 인식한다. 익명의 제복 경관이 아니라 마을의 경관인 안조 다미오로 기억한다. 그 후에는 초등학생들이 가슴속으로 주재 경관 안조 아저씨의 눈을 의식한다. 어려울 때 구원을 요청하거나 범죄 신고를 할 때 심리적인 저항감이 사라진다. 자기가 아는 어른이 자기를 지켜보고 있다는 안도감도 생길 것이다. 말썽꾸러기들이라도 장난을 치려다가 주재 경관 안조 아저씨의 눈을 떠올릴 것이다.

"상관없습니다." 다미오는 대답했다.

한순간 가즈야를 생각했다. 가즈야는 운동회에 아버지가 내빈으로 참석하는 것을 불편해할까, 다소나마 자랑스럽게 여길까?

구니미가 말했다.

"잘 됐구먼. 유도 자원봉사 교육을 하고서부터 아이들한테 인기 있는 것, 알고 있나?"

"아니요. 그렇습니까?"

"저 주재 경관 아저씨, 엄청 강해, 하고 우리 이웃 꼬마 놈이 말하는 걸 들었다네."

"하나도 강하지 않은데……."

아무래도 일찌감치 시타야 경찰서의 유단자에게 지원을 요청하는 편이 나을 것 같다. 평판이 떨어지기 전에. 아이들이 실망하기 전에.

야나카 초등학교 운동회에 내빈으로 출석한 후 나흘째 되던 날이다.

순찰을 마치고 주재소로 돌아오는 길에 네 명의 초등학생들과 스쳐 지나가게 되었다. 그중에 가즈야가 있었다. 일단 학교에서 돌아왔다가 이제 학원에 가는 참인가 보다. 네 명 다 학원 친구는 아닌 모양이지만.

초등학생들이 인사를 했다.

"안녕?"

다미오는 대답을 하면서 가즈야에게 말을 걸었다.

"몇 시에 돌아오니?"

가즈야는 지나가면서 말했다.

"5시."

다미오는 걸음을 멈추고 뒤로 돌아 가즈야와 친구들을 바라보았다.

지금 가즈야가 대답을 해준 건가? 환청이 아니었나? 집에서라면 또 몰라도, 지금 이 자리에서 대답이 돌아올 거라곤 전혀 기대도 못 했는데.

주재소로 돌아왔을 때 전화가 울렸다.

전화에 달려들어 수화기를 들자 상대가 말했다.

"단노일세. 저번에는 잘 얻어먹었어."

"단노……." 바로 떠오르지 않았다. "단노 씨라고요?"

"왜 있잖나, 가구라자카에서 만났던."

간신히 그 이름을 기억해냈다. 과거에 야나카 경찰서에서 다가와 가쓰조 살해 사건 수사를 담당했던 경찰관이다.

다미오는 허둥거리며 말했다.

"그때는 여러 모로 감사했습니다. 뭔가 기억나신 일이라도?"

"그래. 같은 형사실에 있던 남자하고 연락이 닿았어. 그 사건에서 다른 형사하고 맞닥뜨렸던 남자라네."

좋은 소식이다. 다미오는 수화기를 고쳐 쥐었다.

"그분, 지금은 어쩌고 계십니까?"

"은퇴했네. 연금 생활이지. 만날 수 있어. 그럴 맘이 있나?"

다미오는 대답했다.

"물론입니다. 어떻게 하면 됩니까?"

"언제든 상관없나?"

"일요일이나 월요일 밤이 가장 좋습니다만."

"다시 전화하지. 장소는 그쪽에 가까운 편이 낫겠지?"

"그러네요. 현장 근처에서 말씀을 여쭐 수 있다면 그편이 좋습니다."

"말해두겠네."

전화를 끊고서 다미오는 벽의 일력을 보았다.

쇼와 62년 10월 15일이었다. 다가와 가쓰조 살해 사건으로부터 벌써 삼십사 년이 흘렀다. 이제 와서 그 사건의 주변 사정을 안다고 해서 아버지의 죽음의 진상을 알 수 있다는 보장은 없다.

하지만 만나서 이야기를 듣는 일 외에 달리 진상에 다가설 수단이 없는 것도 사실이다.

내달쯤 이야기를 들을 수 있으려나.

다미오는 일력으로 다가가 다음 달 달력을 확인했다.

구마가이가 부하 시노자와를 동반하고 다시 주재소에 모습을 드러낸 것은 그다음 달이었다.

구마가이는 주재소에 들어오자마자 스포츠신문을 책상 위에 내던졌다. 일 면 기사는 요미우리 자이언츠의 투수 에가와 스구루의 은퇴 뉴스다.

구마가이는 뜬금없이 말했다.

"우리는 자기가 살았던 시대를 뭘로 기억할까? 총리대신 이름? 경시총감 이름? 좋아하는 야구팀 에이스 이름?"

다미오는 잠시 생각한 뒤 대답했다.

"저라면 가족의 얼굴일 겁니다. 아버지가 몇 살 때 무슨 일이 있었다, 아이가 몇 살 때 무슨 일이 있었다, 이렇게요."

"보통은 그렇겠지. 십 년 후, 난 올해를 무슨 일이 있었던 해라고 기억할까. 기대되는군."

다미오는 물어보았다.

"오늘은 무슨 일이십니까?"

구마가이는 귀찮다는 듯이 말했다.

"재탐문. 그 미야케 유키오 살해 사건이지, 뭐. 미야케의 친인척이나 교우 관계까지 수사망을 넓힐 거야."

"수사본부의 방침입니까?"

"그래. 요전까지는 부인 주변을 조사했어. 약식 보험금도 받았으니 남자가 있는 게 아닐까 해서."

"결과는요?"

"지금 단계에서는 아무것도 안 나왔네. 오늘부터는 또 이웃들을 하나하나 탐문해야지."

"예를 들면 그 아파트 주민 말입니까?"

"미야케하고 접점이 있어 보이는 이웃 전부."

"동기는 원한입니까?"

"아직 몰라. 자네, 그 후에 근처에서 무슨 소문 못 들었나? 미야케 죽음의 진상은 뭐다, 이런 거 말이야."

그 죽음을 환영하는 소리는 들었지만 그건 보고할 필요도 없겠지.

"아니요. 별 이야기 못 들었습니다."

구마가이는 자그맣게 한숨을 쉬더니 양복 가슴 주머니에서 수첩을 꺼냈다.

"자네, 집주인 가사하라하고 미야케가 서로 상당히 사이가 나빴다는 소문은 들어본 적 있나?"

"글쎄요. 그 가정 폭력에 대해서는 걱정하는 듯했습니다만."

"직접 다툼이 있지는 않았지?"

"못 들어봤습니다. 가사하라 씨는 문제가 될 것 같으면 주재 경관에게 매달리는 사람입니다."

"옆집에 사는 온다라는 노인은 어떨까? 가끔 미야케를 타이르기도 했다던데."

"장인 기질이 있는 노인입니다. 그런 일이 있었을지도 모르겠군요."

"이제 일은 하지 않지?"

"아뇨, 가끔 연말이나 초봄 같이 바쁜 시기에는 예전에 있던 다다미 가게에서 일손을 돕는 것 같습니다."

"사건 당일 낮에는 아사쿠사에 놀러 나갔던 모양이야. 소동에 관해서는 아무것도 모르는 것 같더군. 밤에는 근처의 '옛 짱'이라는 술집에 있었다나. 8시쯤 갔다가 가게에서 나오는 자네하고 마주쳤다고 했어. 11시가 넘도록 있었다던데, 틀림없나?"

다미오는 구마가이를 바라보았다. 구마가이도 미소를 띠고 다미오를 바라보고 있다. 특별히 타의가 있는 질문 같지는 않았다. 아마 단순히 이웃 주민의 진술에 대한 진위 여부를 확인하는 것뿐이리라.

어땠더라? 그날은 비번이었다. 오후에 집회소에서 유도 지도. 그러고 나서 일단 주재소로 돌아와 공중목욕탕에 갔다. 목욕탕에서 나와 분명 하쓰네 골목에 있는 '옛 짱'에 갔다. 아직 이른 시각이었다. 새 손님이 들어왔을 때 가게를 나섰다. 그때 손님들 가운데 온다도 섞여 있었던가?

그 이튿날은 확실히 '옛 짱'에서 온다의 모습을 보았다. 한동안 미야케의 죽음이 화제였다. 온다는 혹시 그날 밤 일과 착각한 건가? 벌써 넉 달 전의 일이니 온다의 나이라면 슬슬 기억이 애매해져도 이상하지 않다.

다미오는 아주 조금 망설인 뒤에 대답했다.

"그날 밤엔 그랬습니다. 술집에서 엇갈렸어요."

책상 위에서 전화가 울렸다.

구마가이는 수첩을 가슴 주머니에 넣고 그럼 또 보자며 주재소에서 나갔다.

수화기를 들어보니 마을 부녀회 간사의 전화였다. 부녀자 대상 교통안전교실에 대한 용건이다. 부녀회에서 자전거 관련 법규와 예절에 대해 강연을 해줄 수 없느냐고 했다. 바로 일전에는 산사키자카의 차도를 자전거로 역주행한 이웃 주부가 차에 치여 중상을 입었다. 안전교실 요청은 일단 시타야 경찰서의 교통과에 부탁했지만, 이 전화는 그래도 다미오도 와주십사 하는 요청이었다. 다미오는 조율해보겠습니다, 하고 대답했다. 당일, 교통과 여경을 재미있게 소개하는 정도의 재주는 부려야 할지도 모른다.

다미오는 전화를 끊고서 구마가이가 놓고 간 스포츠신문을 가까이 끌어당겼다.

그해를……. 다미오는 생각했다. 나는 어떤 한 해로 기억하고 있을까. 프로야구에서는 가네다 마사이치 투수의 활약이 돋보였고, 스모대회에서는 도치니시키와 와카노하나가 인기였던 시대였다. 그해는 아버지가 주재 경관이 된 해였고, 가족들이 덴노지 주재소로 이사를 한 해이기도 했다. 다미오는 초등학교 3학년이었고, 동생 마사키는 1학년이었다. 그리고 주재소 옆 덴노지 오층탑이 불타올랐고, 그날 밤 아버지가 열차 사고 시체로 발견된 해다.

훗날에야 다미오는 생각했다. 그날, 나의 행복한 소년기는 끝났다.

가슴 속에서 무언가가 결정적으로 사라진 해. 그것이 그 해다. 쇼와 32년. 나는 그해를 아버지에게 버림받은 해로 기억하고 있다.

월요일 밤, 공중목욕탕에서 나온 늦은 시간에 또다시 하쓰네 골목의 '엣짱'에 들어갔다.

얼굴만 아는 손님 둘이 전부였다. 다미오는 그 손님들과 떨어진 의자에 걸터앉았다.

히라오카가 말했다.

"또 미 모씨 일로 탐문을 시작했대요. 알고 있어요?"

다미오는 우롱차를 주문하고 대답했다.

"그런 것 같더군. 이대로 해결하지 못하면 난처할 테니까."

"저녁에 형사가 우리 가게에도 탐문하러 왔어요."

아마도 구마가이 일행을 말하는 것이리라.

"호오. 뭘 묻고 가던가?"

히라오카는 두 손님을 흘깃 쳐다보고서 대답했다.

"온다 씨 얘기. 미 모씨가 방면되어서 나왔던 날에 가게에 왔었느냐고."

"나도 왔던 날이지."

"그래요. 넉 달도 더 된 일이라, 나도 기억은 좀 애매하지만 확실히 왔던 것 같아서 왔었다고 대답했죠. 안조 씨하고 엇갈린 거 맞죠?"

구마가이도 같은 질문을 했지만 그 점은 불확실했다. 엇갈려서 들어간 손님이 있었던 것은 기억하지만 그중 하나가 온다였을까. 절대로 아니라고 장담할 만큼 기억이 선명한 것도 아니다. 여러 사람이 비슷한 말을 하니까 그랬을지도 모른다.

"그랬던가?"

"그랬어요."

히라오카는 다미오 앞에 우롱차를 담은 잔을 놓으며 물었다. "경찰이 온다 씨를 의심하는 건가요?"

"설마. 그 사람은 동기도 없잖아."

"옆집이 소란스러워서 잠을 못 잤다거나."

농담이라는 것을 눈치채기까지 약간 시간이 걸렸다.

다미오는 슬쩍 쓴웃음을 지었다.

히라오카는 말했다.

"뭐, 미 모씨는 이 부근에서는 미움을 샀으니까요. 온다 씨를 의심한다면 우리를 다 의심한다 해도 이상하지 않죠."

"비슷비슷하게 동기가 있다는 말인가?"

"그래요. 가즈코 씨 팬도 적지 않다고요."

"삼십 대의 미인 유부녀니까. 남의 아내를 넘보는 사람도 있었나?"

"그 표현은 별로 아름답지 못하군요. 좀 더 정신적인 사랑이에요. 인간으로서의 공감이죠."

카운터 왼쪽에서 손님이 히라오카에게 말을 걸었다. 다미오는 잔을 들고 우롱차를 단숨에 삼 분의 일쯤 목구멍에 털어 넣었다.

구마가이가⋯⋯. 다미오는 생각했다. 피해자 주변을 의심한다면 대상은 아직 온다 말고도 많을 것이다. 온다는 일흔이 넘은 다다미 장인이고, 평소에는 방에서 온종일 도서관에서 빌려온 추리소설을 읽는 남자다. 미야케와 심각하게 충돌하는 일도 없었을 테고, 원한을 품었을 리도 없다. 반드시 죽여야 할 동기는 없다고 해도 좋을 정도고, 무엇보다 체력이 다르다. 마흔 살이나 어린 조리사를 살해할 수 있을 만한 남자는 아니었다. 오히려 구마가이는 미야케의 동료 조리사들이나 미야케가 가게를 운영했을 당시의 손님들을 조사하는 편이 낫지 않을까.

문득 생각을 고쳤다.

동기가 없다? 정말로 없나?

옆집에 살면서 온다가 미야케 가즈코에게 동정과 연민을 품었음은 분명하다. 그렇다면 실제로 살해가 가능했을까? 일흔 먹은 다다미 장인이 그럴 수 있을까? 일흔의 다다미 장인이.

카운터 끝에서 히라오카와 손님들이 담소를 나누기 시작했다. 다미오는 가슴속에 불현듯 솟구친 의혹을 봉인했다. 그만 돌아가자. 히라오카의 증언으로 구마가이가 온다에게 품었던 혐의는 사라졌을까?

다음 주 비번 월요일, 대낮에 한 노인이 주재소를 방문했다.

노인은 고마쓰라고 이름을 밝혔다. 단노가 말했던 전직 경찰관이다. 다가와 가쓰조 살해 사건에서 단노와 마찬가지로 수사본부에 참가해 탐문을 담당했던 전직 형사.

다미오는 사복 차림으로 고마쓰를 맞이했다. 고마쓰는 아직 그리 노쇠해 보이지는 않았다. 나이는 기껏해야 예순 중반이리라. 거무스름한 등산복에 스포츠 브랜드의 로고가 들어간 모자를 쓰고 있다. 아직도 형사 분위기가 남아 있다.

고마쓰는 말했다.

"단노한테서 이야기는 들었네. 다가와 가쓰조 사건 수사 때문이라고?"

다미오는 고마쓰에게 차를 권하며 말했다.

"그렇습니다. 저희 아버지도 마음에 두고 계셨고, 저도 이 주재소 관내에 미결 사건이 있다는 게 아무래도 불안해서요."

"경관을 대상으로 참고인 조사를 했지."

고마쓰는 단숨에 화제를 거기까지 비약시켰다.

"피해자 주변에서 어른거리던 남자였네. 찾아내고 보니 형사였지."

그때 비번일에 교대해주는 경관이 돌아왔다. 다미오는 그 경관에게 잠시 주변 산책 좀 하고 오겠다는 말을 하고 고마쓰와 함께 주재소를 나왔다.

덴노지 산문까지 걸어와서 다미오는 물었다.

"그 형사가 어디의 누구였는지 기억하십니까?"

"그럼. 아라카와 경찰서의 하야세라는 형사였네."

다미오는 심장이 콱 오그라드는 것을 느꼈다. 당시 아라카와 경찰서의 하야세. 그렇다는 얘기는 결국 다미오의 삼촌뻘인 경찰관 중 한 명, 하야세 유조가 맞을 것이다.

"아라카와 경찰서의 하야세 유조로군요."

다미오는 확인해보았다. 고마쓰는 산문 안쪽의 청동 대불상을 바라보며 대답했다.

"뭐야, 거기까지 알고 있었나? 그치는 관할서에 있으면서 그 시기에 본청 공안 밑에서 일했지. 듣자 하니 피해자는 국철 노동조합에 심어놓은 스파이였다더군. 직무 때문에 접촉하고 있었지만 자세한 사정은 설명할 수없다고 했네."

하야세는 분명 대학 중퇴였다. 중퇴라고는 해도 아버지와 같은 경시청 쇼와 23년 반 중에서는 틀림없이 소수파였을 고학력 경관이라 할 수 있다.

순찰 근무보다는 공안 업무를 시키는 편이 낫다고 경시청 공안부가 판단했다 해도 이상할 게 없다. 실제로 다미오가 공산주의자 동맹 적군파에 잠입했던 쇼와 44년 당시, 하야세는 공안부 소속으로 미행반의 일원이었다. 쇼와 28년 시점에서도 관할서에 재적하면서 당시 일손이 부족했던 공안부 업무에 종사했을 가능성은 충분하다.

고마쓰는 말을 이었다.

"그치는 피해자하고 친해서 시체 발견 전후에도 피해자하고 접촉했을 가능성이 있었어."

"그럼 혐의는……."

"알리바이가 있다고 처리되었지. 다만 하야세는 지금 그 알리바이를 뒷받침할 증거를 찾는 건 자제해달라고 했네. 피해자가 스파이였다는 사실을 들키게 된다는 이유로 말이야. 관할서에 연락을 해달라고 해서 그 말대로 했지."

"그건 참고인 조사 자리에서 있었던 일입니까?"

"야나카 경찰서에서였네. 그랬더니 한 시간 후에 공안부 주임이 수사본부로 달려왔어. 하야세는 암행 임무를 하고 있으니 더 이상의 청취는 그만두라고 하더군."

"고마쓰 씨는 그걸로 이해하셨습니까?"

"이해고 뭐고, 관리관이 그런 지시를 내렸다네. 하야세 개인의 문제가 아니야. 피해자 주변을 뒤지면 공안부가 추진하고 있는 수사를 망쳐버린다는 것 같았어. 관리관은 조합 내부의 다툼이라고 보고 그쪽 활동가를 몇이나 잡아들일 심산이었는데, 결국 우리는 그쪽 방향으로 수사해서는 안 된다는 지시를 받았지."

그 이야기는 단노에게서도 들었다. 다시 말해 이 경우 경시청 공안부는 다가와 가쓰조 살해범 체포보다도 국철 노동조합의 동향 조사, 감시가 우선 사안이라고 판단한 것이다. 아마 과장급에서 결정했을 것이다. 다만 공안부는 다가와 가쓰조 살해범이 누구인지는 짐작도 못했고, 감시 대상 중에 혐의를 둘 만한 상대도 없었다. 만약 있었다면 공안부는 오히려 살인 혐의로 그 대상을 서슴없이 연행하여 가택수색을 실시하지 않았을까.

고마쓰가 입을 열었다.

"뭐, 어쨌든 그 하야세에게 참고인 조사를 했던 것을 경계로 수사방침이 홀딱 뒤집혀버렸다네. 톡 까놓고 말하면, 지나가던 행인이 저지른 우발적 강도 살인으로 처리할 수 없다면 애써 해결하지 않아도 된다는 분위기가 되고 말았어."

"그 후에 하야세 씨하고는 만나신 적이 있습니까?"

"아니, 그때뿐이었어."

"그럼 그때의 숨은 사정은 나중에라도 들으셨나요?"

"그런 일은 전혀 없었네. 이윽고 수사본부도 축소되었고, 시효가 되어서 해산. 아무것도 모르니 애당초 정말로 미결 사건으로 끝난 건지도 잘 모르겠어."

그때 가사하라가 덴노지 옆의 언덕길을 걸어왔다. 손에 등나무 바구니를 들고 있다. 야나카 긴자까지 장을 보러 가는 모양이다. 가사하라는 종종 부인 대신 장을 보곤 한다.

다미오가 인사를 하자 가사하라가 다가와서 말했다.

"온다 씨 얘기 들었는가?"

무슨 걱정거리라도 있는 듯한 얼굴이었다.

"무슨 일입니까?"

"오늘 시타야 경찰서에 불려갔네. 참고인 조사라나봐."

구마가이는 아직 온다에 대한 의혹을 풀지 못했던가.

다미오는 시계를 보았다. 오후 1시 40분이다.

"언제쯤 가셨나요?"

"점심 때 전에."

"경찰차가 와서 임의동행을 요구한 건 아니지요?"

"경찰에서 부른다며 닛포리 역으로 갔다네."

고마쓰가 끼어들어서 말했다.

"그럼 난 이만."

다미오는 허둥지둥하며 차라도 한 잔 하시라고 권했다. 고마쓰는 고개를 가로저었다.

"그리운 장소라서 말이야. 느긋하게 산책이나 하려네."

고마쓰가 떠나자 가사하라도 고텐자카 쪽으로 걸어갔다.

그날도 다미오는 동네 아이들에게 유도를 가르친 후 일단 주재소로 돌아와 식사를 하고서 공중목욕탕에 갔다.

욕장에서 몸을 씻을 때도 탕에 들어가 있을 때도 줄곧 한 가지 생각만을 하고 있었다. 오늘 고마쓰에게 들은 이야기를 줄기차게 되새겼던 것이다.

다미오의 삼촌이나 다름없는 하야세가 다가와 가쓰조 살인 사건의 수사 과정에서 다가와 가쓰조와 접촉했던 형사로 등장한 사실. 그것은 뜻밖이었다. 하지만 그 정도 우연은 세상에 있을 수도 있다. 하야세의 이름이 나왔다고 해서 그 사실이 바로 아버지의 죽음과 연결되는 것도 아니다. 오늘 알게 된 사실은 그저 아버지가 관심을 가졌던 사건에 아버지의 친구 역시 한 명의 경찰관으로서 얽혀 있다는 것뿐이다.

하지만……. 다미오는 다시 한 번 두 사건의 전체적인 그림을 살폈다.

쇼와 23년의 젊은 남창 살해 사건은 어쩌면 성적인 의미가 희박한 사건이었을 수도 있다. 피해자가 남창이어서 아무래도 손님과의 트러블 때문에 발생한 살인 사건이라고 생각하게 되지만, 아버지는 오히려 피해자가 경찰의 스파이였던 것 같다는 정보에 착안했다.

반대로 젊은 철도원 살해 사건은 언뜻 보기에는 역시 공안 관련 사건으로 보인다. 여기에 하야세의 이름이 나왔다는 말은 사건의 성질을 너너욱 공안 관련 사건으로 보이게 한다. 그렇지만 히라오카는 다른 견해가 있음을 시사했다. 다시 말해, 피해자를 조합 활동가라기보다 오히려 동성애자로 파악해야하지 않을까.

즉, 두 사건은 외견이 대조적이었다. 남창 살해 사건에서는 경찰의 그림자가 훤히 보이고, 조합 활동가 살해 사건에서는 성적인 의미를 감지할 수 있다.

더 나아가 이 대조적인 사건은 맞거울에 비친 하나의 사건처럼 보이기도 한다.

아버지는 두 사건이 동일범의 소행이라고 의심했다. 경관의 신분으로 우연히 얽히고 말았던 이 미결 사건의 배경을 계속 조사했다. 그 의혹의 근거는 무엇이었을까. 아버지는 얼마나 진상에 다가갔던 걸까. 적어도 아버지가 남긴 수첩으로는 그것을 파악할 수 없다.

아버지는 젊은 철도원 살해 사건에 하야세가 얽혀 있었다는 사실을 알았을까? 하야세가 공안의 지시로 그 철도원과 접촉하고 있었다면, 그 사실은 경찰훈련소 동기인 아버지에게도 털어놓지 않았다고 보는 편이 자연스럽다. 만일 아버지가 하야세에게 철도원 살해 사건에 대한 관심을 이야기했다 쳐도, 하야세는 자기가 피해자와 관계가 있다는 낌새는 전혀 내비치지 않았을 것이다.

물론 아버지가 스스로 조사해서 하야세의 존재에 도달했다고 생각해볼 수도 있다. 그때 아버지라면 분명 솔직하게 그 사실을 하야세에게 알리고, 하야세가 뭔가 정보를 가지고 있지 않은지 물었을 것이다. 아버지는 분명 하야세와는 거리낌 없이 그럴 수 있는 관계였다. 다만 수첩에는 그런 사실을 짐작케 하는 기록이 없었으니, 아버지는 아마 살해당한 철도원과 하야세가 접촉했었다는 사실은 몰랐을 것이다.

대조적인 두 사건. 맞거울 같은 구도.

확실히 관련성에 대해 상상력을 발휘해보고 싶다는 생각이 든다.

평소보다 목욕을 오래 했다. 다미오는 탈의실에서 충분히 땀을 식힌 후 입구로 나갔다.

구두를 신자 마침 덴노지의 이와네가 들어왔다.

이와네는 다미오의 얼굴을 보더니 목소리를 낮추고 물었다.

"온다 씨가 또 참고인 조사를 받고 있다면서?"

다미오도 남들 눈을 의식하면서 대답했다.

"그런 것 같더군요. 자세한 사정은 모르겠습니다만."

"아직 돌아오지 않았다나 봐. 이거, 체포당했다는 뜻일까?"

"설마요."

노인을 상대로 하는 참고인 조사다. 어지간한 의혹이 아닌 이상 구마가이도 이런 시간까지 참고인 조사를 끌지는 않는다.

아니. 다미오는 생각을 고쳤다. 아니면 구마가이는 뭔가 의심할 만한 근거가 있어서 오늘 온다를 참고인 조사에 호출한 것일까? 그것은 그때 내가 떠올렸던 의혹과 같은 생각일까. 그렇다면…….

다미오는 이와네를 안심시키기 위해서 말했다.

"지금쯤 돌아오셨을 겁니다. 적어도 밤새도록 참고인 조사를 하지는 않을 테니까요."

이와네는 여전히 걱정스러운 표정이었다.

"그럼 한밤중까지 돌아오지 않으면 체포당했다고 생각해도 되겠는가?"

"염려 마십시오."

주재소로 돌아오자 시타야 경찰서에서 지원으로 파견 나온 젊은 경관이 외투 차림으로 보초를 서고 있었다. 사노라고 하는, 졸업 배치 이 년차 경관이다. 다미오가 비번인 이 주재소를 사노가 내일 아침까지 맡아주는 것이다.

사노가 구김살 없는 밝은 태도로 말했다.

"어서 오십시오. 특별히 아무 일도 없습니다. 관할 지역은 평온합니다."

다미오는 말했다.

"지루한 마을이지? 그게 자랑거리지만."

"지루하지 않습니다."

"내일까지 잘 부탁하겠네."

"예. 아, 그러고 보니 방금 전 단노라는 분께서 전화를 하셨습니다. 용건은 메모해두었습니다."

단노? 뭔가 기억이 났나?

다미오는 주재소로 들어가 책상 위를 보았다.

메모가 남아 있었다.

'우에노 공원의 하라다 선생님. 아마도 이 인물. 본명 하라다 게이스케. 전쟁 중에는 시타야에서 초등학교 교사. 전후 한때 우에노 공원에 거주. 쇼와 49년(1974) 산야 지역에서 일용직 알선업자와 대립하다가 조직폭력배에게 살해당함. 당시 66세.'

전에 물었던 우에노 공원 노숙자들의 리더를 말하는 것이다. 단노는 그 이후로도 다미오의 관심거리에 마음을 써준 것이다. 이 살인 사건에 대해서는 희미하게나마 뉴스를 읽은 기억이 있다. 그러나 방금 전까지도 그 사건의 피해자와 아버지의 수첩에 나왔던 '하라다 선생님'을 연결 지을 수는 없었다. 동일인물이 분명하다면 이 사람은 종전 후 줄곧 한결같은 삶을 살았다는 셈이 된다.

어찌 되었든 이 하라다 선생님이라는 단서를 통해 우에노 공원 남창 살해 사건의 진상에 다가갈 수는 없다는 말이다. 포기할 수밖에 없다.

다미오는 메모를 찢었다.

그날 밤, 11시가 넘었을 때였다. 구급차 사이렌 소리가 들렸다. 거실에 있던 다미오는 신문에서 고개를 들었다. 사이렌 소리는 야나카 묘지 관리

사무소 쪽에서 다가오고 있다. 덴노지초를 향하고 있는 듯했다.

다미오는 사복 점퍼를 걸치고 거실에서 주재소로 나갔다. 사노도 앞길에 나가서 다가오는 구급차를 바라보고 있었다.

사노의 옆에 서자 구급차는 주재소가 있는 교차점에서 좌회전했다. 덴노지초의 아파트에서 누가 구급차를 부른 모양이다.

다미오는 귀를 기울였다. 경찰차 사이렌은 들리지 않는다. 사건은 아닌 듯하다.

그래도 구급차가 덴노지초로 향한 이상, 비번이라고는 하지만 주재 경찰관도 사정을 파악해두는 편이 나을 것이다.

다미오는 사노에게 말했다.

"내가 상황을 보고 오지. 자네는 여기 있어."

예, 하고 사노는 대답했다.

구급차를 쫓아가니 가사하라의 아파트 앞이었다. 구급차는 이미 정차해서 사이렌을 끄고 있었다. 두 명의 구급대원이 구급차 뒤에서 이송용 침대를 내리는 참이었다.

미야케 가즈코와 그 아들인 요시카즈가 아파트 앞에 서 있었다. 가사하라도 있었다. 미야케 가즈코의 옆집에 사는 중년 여성도.

미야케 가즈코가 구급대원에게 온다가 사는 집의 문을 가리켰다.

온다에게 무슨 일이라도?

구급대원이 문을 열고 안으로 들어갔다.

다미오는 가사하라에게 다가가서 물었다.

"무슨 일입니까?"

가사하라는 말했다.

"아까 온다 씨가 참고인 조사를 받고 돌아왔어. 집에 들어가서는 갑자기 심장 발작이 왔나 봐."

다미오는 깜짝 놀라 되물었다.

"돌아오자마자요?"

"호되게 심문을 받은 게 아닐까? 저 영감, 원래 심장이 좋지 않은 편이거든."

"발견한 사람은 미야케 씨의 부인입니까?"

"그래. 방 안에서 쓰러지는 소리가 들리더래. 우리 집에 달려왔기에 내가 마스터키로 문을 열었지. 온다 씨가 안에서 헐떡이고 있더라고."

미야케 가즈코가 다미오와 가사하라의 대화를 들었는지, 뒤를 돌아보더니 그 말씀대로라는 듯이 고개를 끄덕였다. 불안해 보이는 눈빛이었다.

가사하라가 말을 이었다.

"내가 119에 걸었어."

구급대원들이 들것에 온다를 싣고 나타났다. 다미오는 한 발짝 앞으로 나갔다. 구급대원들이 문 바로 앞에 놓아둔 이송용 침대에 온다를 실었다.

다미오는 온다 옆에 서서 그 얼굴을 들여다보았다. 온다의 얼굴은 창백했다. 이마에는 비지땀이 흐르고 있었다. 고통스러운 호흡이었다. 목소리도 나오지 않는 모양이다.

온다는 다미오의 시선을 피하려 하지 않았다. 고통스러워하면서도 똑바로 마주보았다. 뭔가를 호소하거나 매달리는 눈빛처럼 보였다. 입술이 자그맣게 움직였다.

구급대원들은 들것을 구급차에 밀어 넣었다.

다미오는 가사하라에게 말했다.

"보험증이 필요하겠군요. 찾아보겠습니다."

"내가 할까?"

"어디 있는지 아십니까?"

"아니."

"빈집털이들이 잘 쓰는 수법은 배워두었습니다. 보험증이 어디 있을지는 짐작이 갑니다."

다미오는 온다의 집에 들어가 재빨리 내부를 확인했다.

노인이 사는 단출한 집이다. 주방을 겸한 다다미 넉 장 반짜리 거실에 찬장이 하나. 앉은뱅이 탁자가 하나. 팔걸이가 딸린 좌식 의자가 하나. 안쪽 다다미 여섯 장짜리 방에는 조립식 3단 선반이 하나. 기둥 사이에 벽장이 하나.

선반 맨 밑에 손때 묻은 가죽 가방이 있었다. 그리 큰 물건은 아니다. 부인용 손가방이라고 해도 될 만한 크기다. 어깨에 메기 위한 벨트가 달려 있다. 다미오는 허리를 숙이고 그 가방을 열었다.

속에는 불룩한 헝겊 주머니가 몇 개나 들어 있었다. 하나하나 확인해보았다. 어느 주머니나 내용물은 다다미 제작을 위한 도구들이었다. 다다미 장인인 온다가 자비로 마련한 작업 도구이리라. 이 지역에는 과거에 다다미 가게가 많았기 때문에 다미오에게도 다소 낯익은 도구였다.

주머니 하나에는 무명천으로 만든 손 보호대와 팔꿈치 보호대가 들어 있었다. 또 하나의 주머니에 들어 있는 물건은 갈고랑이와 침이다. 손잡이가 달린 얼음송곳처럼 생긴 지렛대용 갈고리와 매듭용 갈고리, 그리고 역시 손잡이가 달린 지렛대용 송곳. 다음 주머니를 열어보니 내용물은 다다미의 테두리 폭과 두께를 재기 위한 도구였다.

그리고 가방 밑바닥에는 뒤집어서 둥글게 뭉쳐놓은 가죽이 있었다. 꺼내어 펼쳐보니 수십 개의 송곳이 들어 있었다. 손잡이가 달린 길이 15센티미터 가량의 다다미 테두리 정리용 송곳과 크고 작은 다다미 재봉 바늘이 열 개 정도다.

다다미 장인은 칼도 몇 종류 사용할 텐데, 날이 선 물건은 없었다. 가지고 다니면 위험하니 다다미 가게에 두었을 것이다. 쇠망치나 자 같은 물건도 이 가죽 가방 안에는 없다. 요컨대 본인 전용 물건 중에서 휴대할 수 있는 도구만 가죽 가방 안에 들어 있다는 말일까.

다미오는 가방을 닫고 그것을 어깨에 걸쳤다.

주방 쪽에서 가사하라가 말했다.

"보험증 찾았네!"

다미오는 일어서며 말했다.

"그러십니까? 일용품을 가져다 드려야겠어요."

"오늘밤은 일단 상황만 보지 않을까? 주사 한 대 맞고 바로 기운을 차릴지도 모르지."

"그렇다면 좋을 텐데 말입니다."

다미오는 주방으로 걸어가 선반에 눈길을 던졌다. 칫솔과 치약, 안전면도기 같은 것들이 플라스틱 상자 안에 가지런히 담겨 있었다. 다미오는 그 세면도구들을 모조리 가죽 가방 속에 쑤셔 넣고, 옆에 걸려 있던 수건도 한 장 접어서 가방 속에 넣었다.

가사하라가 이상하다는 듯이 가방을 바라보았다.

다미오는 말했다.

"소용없을지도 모르지만, 일단은 오래 입원할 경우를 상정해야죠."

가사하라가 물었다.

"자네도 병원에 갈 텐가?"

"이웃 분의 일이니까요. 바로 퇴원할 수 있다면 제가 모시고 돌아오겠습니다."

"주재 경관이라 그렇다는 건가?"

"동네 이웃이니까 그런 겁니다. 가사하라 씨도 가시겠어요?"

"우리 세입자니까."

밖으로 나오니 구급대원이 구급차 뒷문을 닫고 있었다.

다미오는 대원들을 붙잡고 물었다.

"병원은 어디입니까?"

일본의대병원이라고 대원 하나가 대답했다. 산사키자카를 내려가 시노바즈 길을 남쪽으로 조금 가면 나온다. 이 지역의 종합병원이다.

다미오는 온다의 집주인이 병원까지 따라갈 거라고 말했다.

구급차가 다시금 사이렌을 울리며 발진했다.

미야케 가즈코와 아들 요시카즈가 구급차가 떠나가는 모습을 배웅했다.

다미오는 미야케 가즈코에게 말없이 고개를 숙이고 그 자리에서 떠났다.

주재소로 돌아오니 사노가 바깥에 서 있었다. 무슨 일이 있었는지 다미오에게 묻고 싶은 눈치였다.

다미오는 가르쳐주었다.

"이웃 노인이 심장 발작으로 쓰러졌어. 사건은 아니야. 별일 없어."

"그렇습니까." 그 목소리에는 희미하게 낙담한 듯한 기색이 있었다. "바빠지는 게 아닌가 했습니다."

사노는 다미오가 어깨에 걸친 가방을 눈여겨보았다.

다미오는 말했다.

"나도 병원에 따라갈 거야. 일용품을 가져다주려고."

사노는 미소를 지었다.

"주재 경관은 그렇게까지 하나요?"

"아는 사이인 데다 비번이라 그런 거지."

다미오는 일단 주재소 안에 들어가 안쪽 거실에 있는 준코에게 말했다.

"온다 씨가 심장 발작으로 일본의대병원에 실려 갔어. 잠깐 상태 좀 보고 올게."

준코가 깜짝 놀란 모습으로 물었다.

"위험하시대요?"

"모르겠어. 다만 나이가 나이라서. 가사하라 씨도 간다니까 나도 가볼게."

다미오는 가방을 반대편 어깨로 고쳐 메고, 사노에게 잘 부탁한다고 고개를 숙인 뒤 산사키자카를 향해 걸음을 뗐다. 11월의 밤공기가 바야흐로 차가워지고 있었다.

이틀 뒤 오후, 구마가이가 언제나 대동하는 시노자와와 함께 또다시 덴노지 주재소에 나타났다.

구마가이는 주재소에 들어오더니 스포츠신문을 책상 위에 툭 던지며 말했다.

"온다라는 영감, 입원했다며?"

다미오는 신중하게 대답했다.

"예. 이틀 전 밤에 심장 발작으로 실려 갔습니다. 지금은 안정을 되찾았다고 합니다."

"자네는 뭐라도 좀 했나?"

"구급차가 여기를 지나갔으니까요. 일단 따라갔습니다."

"그날, 참고인 조사를 했어."

"그런 것 같더군요."

"참고인 조사는 9시 전까지 이어졌어. 그 심장 발작하고 인과관계가 있을까?"

"글쎄요. 심장이 약한 사람이라면 장시간의 참고인 조사는 힘들겠지요."

"목격 정보가 나왔단 말이다. 그날, 대질도 했어. 미야케가 살해당한 밤에 그 영감하고 꼭 닮은 남자가 우구이스다니 부근에 있었어."

"온다 씨가 피의자가 된 건가요?"

"아니, 거기까지는 아니야. 그날 밤에는 하쓰네 골목의 술집에 있었다고 자네도 증언했어. 경관이 하는 증언을 의심할 수도 없잖은가."

다미오는 구마가이의 그 말에 빈정거리는 뉘앙스라도 있는지 생각해보았다. 그렇게 들리지는 않았고, 표정도 자연스럽다. 다른 뜻이 있는 말은 아닌 듯했다.

다미오는 알리바이를 둘러싼 화제를 슬쩍 넘기며 말했다.

"온다 씨에게는 미야케를 죽일 동기가 없잖아요."

"그렇지, 뭐. 이웃이고, 피해자하고는 사이가 별로 좋지 않았던 것 같지만 살해 동기로는 약하지."

"이제 퇴원을 기다리는 겁니까?"

"아니. 관리관이 자살이나 급사하는 사람을 내지 말라고 단단히 못을 박았어. 이제는 그 영감을 임의로 부를 수 없어. 어지간한 증거라도 나오지 않으면 말이야."

"예를 들면?"

구마가이는 벽거울로 다가가 손으로 머리카락을 매만졌다. 심한 곱슬머리라 흐트러질 수도 없는 머리였지만, 구마가이 본인은 뭔가 원하는 스타일이 있는지도 모르겠다.

구마가이는 거울을 보면서 말했다.

"예를 들면 흉기. 다다미 장인은 송곳을 쓰잖나. 피 묻은 송곳이라도 나오면 병원까지 찾아가겠는데 말이야."

다미오가 잠자코 있자 구마가이는 거울 앞에서 뒤로 돌았다.

"뭔가 다른 건으로 가택수사를 할 수 없을까. 자네, 온다에 대해 뭐 들은 이야기 없나? 뭘 몰래 집어갔다거나, 분재나 속옷, 자전거, 자동차 부품 절도, 뭐라도 좋아. 접수한 피해 신고 중에서 온다에게 갖다 붙일 만한 것, 없나?"

다미오는 고개를 가로저었다.

"평판 좋은 성실한 노인입니다."

"좀 오래 되었어도 상관없어. 시효만 안 지났으면."

"전 작년부터 여기서 근무했는데요."

구마가이는 과장되게 한숨을 쉬고는 말했다.

"참고인 조사를 하는 동안의 분위기로 봐서 나는 이놈이 범인이다, 하고 확신했는데 말이야. 긴장하는 모습이 보통이 아니었어."

"그렇게 확신을 가지고 참고인 조사를 하시니, 당하는 입장에서는 심장 발작도 일으킬 만하겠어요."

구마가이가 말했다.

"감싸고돌지 말라고. 확실하게 9시 전에는 돌려보냈단 말이야."

책상에서 전화가 울렸다. 수화기를 들어보니 상대는 관할서 계장이었다. 오늘 아침 보고한 내용에 대한 확인이었다.

다미오는 대답을 하면서 구마가이에게 고개를 숙였다.

구마가이는 동행한 시노자와를 부르더니 떨떠름한 얼굴로 주재소에서 나갔다.

11

주택 쪽 현관에서 들어온 사람은 남동생 마사키였다.

다미오는 미소를 지으며 거실로 들라고 말했다. 동생은 현관 앞에서 격식대로 새해 인사를 입에 올렸다. 준코가 뛰어나와서 공손하게 바닥에 세 손가락을 짚고 인사를 했다. 가즈야와 나오코도 작은아버지인 마사키에게 인사를 했다.

쇼와 63년(1988) 새해 아침이다. 주재소에는 시타야 경찰서에서 지원이 와 있었고, 다미오는 비번이었다.

동생 마사키하고는 꼬박 일 년만이다. 아버지의 기일에도 오봉*에도 마사키는 모습을 보이지 않았다. 원래부터가 그런 풍습을 우습게 보는 성격이었다. 다미오처럼 장남이기라도 하면 제사는 피할 수 없는 의무이지만, 차남이다 보면 피할 수도 있다. 마사키는 세 명의 '삼촌'들하고도 별다른 교류 없이 성장했다.

마사키는 도립 공업 고등학교를 졸업한 후에 스미다 구 내에 있는 전기

---

* 음력 7월 15일 전후로, 일본에서 선조의 영혼을 기리는 일련의 행사. 최근에는 양력 8월 15일 전후로 치르는 경향을 보임

설비 회사에 취직했다. 조합 활동에도 적극적이었던 것 같다. 서른 즈음에 결혼했지만 아이는 없다. 지금은 고토 구 가메이도에 살고 있다.

형 다미오는 아버지를 닮았다는 소리를 자주 듣지만 동생 마사키는 어머니를 닮았다. 다미오보다 체격이 작고 생김새도 다소 부드럽다.

다미오는 마사키에게 물었다.

"어쩐 일이냐? 네가 정월부터 얼굴을 내밀다니."

마사키는 멋쩍은 얼굴로 말했다.

"글쎄, 이 주재소는 왠지 모르게 오고 싶거든."

덴노지 주재소가 그들의 집이었던 기간은 얼마 되지 않는다. 다만 아버지가 돌아가신 후에도 어머니와 셋이서 야나카에 살았으니, 지역으로 말하자면 이곳은 지방 사람들이 말하는 '고향'에 해당하는 곳이었다. 동생에게도 심리적으로 오기 편한 장소인지 모른다.

다미오는 제수씨는 어쩌고 있느냐고 물었다.

아내는 장인의 건강이 좋지 않아 처갓집에 돌아가 있다고 마사키가 대답했다. 정월 초하루부터 형네 집을 찾아올 마음도 그래서 들었다고.

다미오는 동생을 거실로 들이고 불단에 향을 올리게 했다. 분향을 마치자 동생은 다미오의 아이들을 불러서 세뱃돈을 주었다. 아이들은 고분고분 받아들고 인사를 했다.

일본주를 권하자 동생이 물었다.

"신년 기원은 벌써 다녀왔어?"

"그럼."

다미오는 대답했다. 이 부근의 주민들은 대부분 닛포리에 있는 스와 신사의 가호를 받는다. 당연히 다미오 집안도 아침 8시에 가족 넷이서 스와 신사에 참배를 했다.

동생이 말했다.

"나도 다녀와야겠다."

다미오는 문득 뭔가가 생각난 듯 일어섰다.

"같이 가자. 이번에는 대길大吉을 뽑아야지."

준코가 아주 조금, 이상하다는 듯이 다미오와 마사키를 쳐다보았다.

스와 신사를 향해 걸어가는데 마사키가 코트 자락을 세우며 말했다.

"아까 어머니네 아파트에 들렀어."

다미오는 말했다.

"어젠 우리 집에 오셨었어. 함께 새해를 맞이했지."

"형을 걱정하고 계시더라."

다미오는 동생을 바라보았다.

"걱정? 뭘?"

"형이 조사하고 있는 거."

"아버지에 대한 것 말이냐?"

"아버지가 돌아가신 이유를 조사하고 있지?"

"마음에는 두고 있지."

"어째서?"

다미오는 정월의 싸늘한 푸른 하늘을 쳐다보면서 대답했다.

"난 아버지가 사고로 돌아가셨다고도, 자살하셨다고도 생각할 수 없어.
더군다나 주재 경관인데 현장을 포기했다니."

"삼십 년도 더 지난 일이야."

"올해로 삼십일 년. 그래서 뭐?"

"범죄도 시효가 있어."

"법률상으로는 말이지. 아이에게 아버지의 죽음은 시효가 없어."

"기제사도 서른세 번이면 끝이잖아."

"아직 삼십 년이고, 쉰 번 하는 집도 있어."

"조사를 해서 뭔가 새로운 걸 알았다 해도 무슨 소용이 있어? 그걸로 아
버지 한이 풀려? 현장을 포기했다는 오명을 씻을 수 있대?"

다미오는 단어를 골라가며 말했다.

"내 마음이 풀려."

"그게 다야?"

"그래. 넌 그게 좋은 일이라고 생각 안 하냐?"

"아버지가 돌아가셨을 때 난 여섯 살이었어. 형은 여덟 살. 너무 어려서 아버지에 대한 기억 자체가 적어. 난 아버지를 잃었다는 상실감이 형만큼 크진 않아."

"그렇다면 이건 내 문제니까 괜찮겠네."

"어머니가 걱정하셔. 아버지도 뭔가 조사하고 계셨다면서? 자기 일도 아닌데 틈만 나면 형사 흉내를 내셨다면서? 어머니는 그런 쓸데없는 짓을 한 탓에 아버지가 그날 돌아가신 게 아니냐는 말씀을 하셨어. 지금 형은 그때의 아버지 같다고."

"편집증 환자라고?"

"그런 단어는 쓰지 않으셨어."

다미오와 마사키는 야나카 묘지를 빠져나갔다. 여기에서 고텐자카 길을 건너 스와 신사로 향하는 길로 접어든다. 고텐자카 길을 건너면 그 앞은 더 이상 다이토 구가 아니라 아라카와 구다.

길거리에는 신년 기원을 위해 스와 신사로 향하는 손님들이 줄서 있었다. 기모노 차림이 두드러진다. 그리고 가족들. 다미오는 일찌감치 마치고 오길 잘했다고 생각했다. 지금부터 가면 신전 도착까지 삼십 분은 줄을 서야 할 것이다.

동생이 말했다.

"형이 한때 정신적으로 불안정했다는 건 알고 있어. 어머니는 그게 걱정되어서 못 견디시는 거야. 형은 터프해 보이지만 실은 심약해. 장남으로서 책임감이 강한 건 존경스럽지만, 형은 어디선가 무리하고 있어."

"난 자연스러운데."

"아버지가 돌아가신 이유를 삼십 년이나 생각하면서 계속 조사하는 건 자연스럽지 않아."

"조사를 시작한 건 최근에 들어서야."

"더더욱 부자연스러워. 형은 직업인으로서는 주재 경관의 임무를 처리하는 것만으로도 빠듯할 거야. 사생활에서는 남편이자 두 아이의 아버지이자 어머니의 아들이야. 그것도 모자라 아버지의 아들이라는 짐까지 짊어지겠다는 거야?"

"짊어지고 뭐고, 난 아버지의 아들이야."

"아버지가 살아 계셨을 때 이미 충분히 아들이었어. 그걸로 족하잖아."

"박정하게 들리는구나."

"형이 걱정이야. 아버지는 내게는 이미 추억이지만 형은 달라. 형이 말 그대로 편집증 환자가 되는 건 싫어. 정신의 균형을 잃는 게 싫단 말이야."

"그렇게 될 것 같니?"

"아까도 말했어. 형은 심약해. 어머니는 알고 계셔. 나도 알아. 인생에 불안정한 요소를 끌어들일 필요는 없어."

"이건 내 신경안정제일지도 몰라."

"아니야. 그렇다고 해도 심각한 부작용이 있어. 훌륭한 주재 경관, 훌륭한 가장, 훌륭한 시민인 것만으로도 형은 어엿하게 아버지의 아들이야. 거기에 훌륭한 사립탐정 역할까지 짊어지지 않아도 말이야."

"그렇게 생각하지는 않아."

"형."

동생이 또다시 걸음을 멈추고 다미오를 똑바로 쳐다보았다. 진지한 얼굴이었다.

다미오도 동생을 마주보았다.

동생은 말했다.

"어머니를 위해서라도 그 조사는 적당히 해두지 않겠어? 나도 형의 마

458

음 상태가 걱정돼. 부탁이야."

여느 때와 다르게 절박한 태도였다. 다미오는 태풍이 닥쳐와 출발을 금지당한 등산가 같은 기분이 들었다.

다미오는 말했다.

"알았어. 어머니나 네게 걱정 끼치지 않을게."

동생의 시선이 다미오의 눈 위에서 좌우로 움직였다. 다미오의 말을 어디까지 믿어야 좋을지, 그것을 가늠하는 듯한 눈짓이었다.

결국 동생은 말했다.

"한시름 났네."

아직 어느 정도는 의심하고 있다는 뜻으로도 들리는 말투였다.

스와 신사에서 마사키와 헤어진 후 주재소로 돌아오는 길에, 다미오는 가사하라를 만났다. 가사하라도 신년 기원을 가는 참인 듯했다. 코트 옷깃 사이로 넥타이가 보였다.

걸음을 멈추고 인사를 하자 가사하라가 말했다.

"온다 씨 얘기 들었나?"

다미오는 고개를 가로저었다.

"아니요. 올해 안에 퇴원하기는 어렵다고 하셨지요?"

가사하라는 말했다.

"그 양반, 구에서 운영하는 양로원에 예전부터 신청을 넣었는데, 이번 입원 때문에 순서가 앞당겨졌어. 이와네 씨가 덴노지 사찰을 설득했고, 구청에서도 승인했지. 회복하면 입소할 수 있어."

구에서 운영하는 양로원은 야나카 초등학교와 인접해 있다. 이른바 한 동네에 있는 것이나 마찬가지다. 온다도 지금까지 만나던 이웃들과 계속 교류할 수 있다.

가사하라는 말을 이었다.

"내가 이제 문병을 다녀왔는데, 온다 씨, 줄기차게 자네한테 인사를 하고 싶어 하더구먼. 기운을 차리면 직접 가겠지만 나보고도 전해달라고 하더라고. 왜 그런 건가?"

"글쎄요. 저도 몇 번 문병을 가서 그런가 보지요."

"그럼 자기가 직접 말할 수 있었을 텐데. 어찌되었든 온다 씨 일은 일단 안심이네. 온다 씨가 기운 차리면 또 하쓰네 골목에서 한잔하세나."

가사하라는 기분 좋게 손을 저으며 스와 신사 쪽으로 걸어갔다.

12

안조 다미오는 그날 받은 지명수배서를 확인했다.

아카시바 다카시라는 조직폭력배다. 산야, 아사쿠사에서 활동하는 사기꾼 계열의 폭력단 간부로 출생지도 다이토 구다. 이틀 전, 같은 계열의 폭력단 간부를 권총으로 쏘아 죽였다. 저녁나절에 기바 영화관 근처에서 터진 사건으로 목격자가 많았다. 대담한 총격 살인 사건이었다.

아사쿠사 경찰서는 즉각 아카시바가 자수하도록 아카시바가 소속되어 있는 폭력단을 위협해보았지만 불가능하다는 답이 돌아왔다. 아카시바는 이미 그 폭력단의 통제를 벗어나 모습을 감추었다고 했다. 애당초 그 살인 사건 자체가 폭력단과는 관계없는, 전에 있었던 쌍방의 개인적 원한이 원인이라는 추측을 전해왔다는 것이다.

시타야 경찰서에서도 그 사건은 한동안 화제가 되었다. 아카시바 다카시는 올해 쉰셋. 아버지는 전사. 어머니는 아카시바가 열두 살 때 자살했다. 열다섯 살 때 강도짓에 가담해 소년원 입소, 출소 직후에 상해 사건을 일으켜 소년형무소에 송치되었다. 소년형무소에서 나온 후에는 그대로 아사쿠사의 폭력단에 들어갔다고 한다. 쇼와 49년에 산야에서 일용직 노동자들을 지원하는 봉사단체의 리더를 살해하고 징역 12년형을 받았다.

성격이 거칠어서 형무소에서도 종종 징벌을 받았던 모양이다. 만기 전에 가석방을 받지 못한 것도 그 탓이리라. 살인죄로 체포당했을 때 마약 반응도 나왔다는데, 이 건에 대해서는 입건되지 않았다. 그렇지만 출소 후에도 또다시 마약을 상습 복용했을 것은 틀림없다.

때문에 경시청과 아사쿠사 경찰서는 이틀 전 사건 발생 직후부터 아사쿠사 일대에서 비상 경계 근무에 돌입하였다. 사람을 권총으로 죽인 남자가 그 권총을 소지한 채로 사라진 것이다. 더군다나 마약 상습 복용 의혹도 있다. 또 다른 사건이 터질 우려가 있었다.

사진이 든 전단지도 함께 받았다. 아마 비슷한 전단지가 다이토 구의 모든 호텔, 여관, 러브호텔 등에 배포되었을 것이다. 인근 지리를 잘 아는 흉악범이니 다이토 구 내에서는 분명 경계가 필요하다.

다미오는 수배서의 한 문장을 곱씹었다.

쇼와 49년에 산야에서 일용직 노동자들을 지원하는 봉사단체의 리더를 살해하였다…….

하라다 선생님을 살해한 범인이 이 아카시바 다카시였다는 소리다.

다미오는 이날은 평소보다도 신중하게, 주의력을 최대한 곤두세워 순찰을 해야겠다고 다짐했다.

집 쪽에서 "다녀오겠습니다" 하는 소리가 들렸다. 장남 가즈야의 목소리다. 가즈야는 지금 모토아사쿠사에 있는 도립 하쿠오 고등학교에 다니고 있다. 2학년이다. 성적은 좋다. 입시학원에도 다니고 있고, 아마 수도권 내 국립대학에 진학할 수 있을 것이다.

"기다려라."

다미오는 일어서서 집으로 통하는 미닫이를 열었다.

현관에서 가즈야가 이상하다는 듯이 돌아보았다.

다미오는 아들에게 말했다.

"어제 말한 사건 말인데, 아직 조직폭력배가 잡히지 않았어. 아사쿠사 근처에 있을 가능성이 있으니 오늘은 절대로 어디서 딴짓하지 말거라."

"안 해."

가즈야는 입을 비죽였다.

"평소에도 안 해."

"오늘은 특히 더 주변에 주의하면서 다녀라. 가까이서 총성이 들리면 그 자리에 엎드리는 거다."

"너무 호들갑 떠는 거 아니야?"

"널 걱정해서 하는 말이야."

"알았어."

가즈야는 현관을 나갔다.

준코가 주방에서 다미오를 바라보았다. 농담이 아니군요, 하고 그 눈이 묻고 있다.

다미오는 말했다.

"나오코에게도 일러둬. 약물중독자가 사람을 죽였는데 안 잡혔어. 조심하라고 해."

"네."

잠시 후 주재소 앞쪽의 유리문이 열리더니 젊은 제복 경관이 들어왔다.

"안녕하십니까."

가네코라는 이름의, 올해 서른이 되는 경관이었다.

8시 반에 교대다. 오늘은 비번인 월요일이었다. 제도상으로는 이 교대 시간까지는 주재 경관인 다미오가 근무하는 시간이다. 다미오는 이 형식적인 교대를 위해 기상한 뒤 바로 제복을 갖춰 입고 있었다. 교대가 끝나는 시점부터 제복은 벗어도 된다.

다미오는 그 경관에게 경례로 답한 뒤 지명수배 전단을 벽에 붙였다.

헤이세이 5년(1993) 9월이었다. 다미오가 이 덴노지 주재소에서 근무한 지도 꼬박 구 년이 흘렀다.

점심시간이 되어서 다미오는 야나카 긴자 상점가로 나갔다. 오늘은 준코가 여동생과 함께 긴자로 놀러 나갔다. 때로는 남편 대신 전화 대응도 해야 하는 주재 경관의 아내로서도 이날은 남편과 마찬가지로 비번이다. 준코가 지어주는 점심밥이 없으니 외식을 해야 한다.

단골 국수집에 들어가 자리에 앉자 금세 아는 사람이 들어왔다. 몇 년 전까지 덴노지의 묘지기였던 이와네였다. 이제 일에서는 완전히 손을 떼고 은퇴했다.

이와네는 다미오의 얼굴을 보더니 맞은편 의자에 앉아 다미오가 손에 들고 있는 신문을 흘깃 보고 말했다.

"아카시바 다카시가 결국은 이렇게 되었군."

다미오는 깜짝 놀라 물었다.

"아는 사람입니까?"

"알고말고. 동네 출신 악동이야. 어렸을 땐 하쓰네 길에 살았지. 기억 못 하는가?"

"모르겠습니다."

"자네도 어렸을 적에 살았던 곳 부근이야. 하쓰네 길에 있는 셋집에 살았었는데 어머니가 목을 매고 죽었지. 먼 친척이 맡았다고 들었는데."

셋집에 살았을 때라고 하면 꽤 어렸을 때다. 기억을 뒤져보아도 아카시바 다카시라는 이름의 아이는 떠오르지 않았다.

이와네가 말했다.

"불쌍한 아이였어. 그런 처지라면 야쿠자가 되는 방법 외에는 살 길이 없었을 것 같다는 생각도 드네."

"아무리 비참한 처지라도 훌륭하게 자라는 아이는 있습니다. 요시카즈가 좋은 예죠."

요시카즈는 지금 도립 구라마에 공업 고등학교에 다니고 있다. 다미오의 동생이 졸업한 고등학교다.

이와네는 다미오의 말에 동의하지 않고 말했다.

"음식을 훔쳐 먹을 수밖에 없는 환경이라면 누구든 도둑이 될 수밖에 없지 않겠나. 그녀석도 이제 슬슬 사는 게 지겨워진 것 아닐까?"

"어째서 그렇게 생각하십니까?"

"이번으로 두 명째지? 사람을 죽인 건."

"예. 전에도 한 명."

"이번에 받는 형은 어느 정도일까?"

"글쎄요, 살인 재범이라면 무기징역일까요."

"지금부터 무기징역을 살 정도면 스스로 끝내지 않을까? 나라면 그러겠네."

"경찰은 그러도록 내버려두지 않을 겁니다."

가게에 손님이 또 한 사람 들어왔다. 이대째 사진관을 하는 나가타였다. 큼직한 가방을 손에 들고 있다.

나가타는 다미오를 보고 가볍게 고개를 숙였다.

"여기 있을 줄 알았어. 보여주고 싶은 게 있는데요."

나가타는 이와네의 옆자리에 앉아 가방 속에서 종이봉투를 꺼냈다. 내용물은 4절 크기로 프린트한 흑백 사진이었다. 스무 장쯤 되어 보였다.

나가타는 테이블 위에 프린트 석 장을 펼쳤다. 건물이 불타고 있는 사진이 한 장 있다. 금세 알아보았다. 이것은 덴노지 오층탑이 불타는 모습을 찍은 사진이다.

나가타가 말했다.

"우리 아버지가 그때 곧장 달려가서 아끼던 라이카로 찍었습니다. 몇 장은 관청에 기증했을 텐데, 아직 남아 있더군요. 보세요."

나가타는 구경꾼이 잔뜩 찍힌 사진을 가리켰다. 이와네도 들여다보았다.

"안조 씨네 가족이지, 이거? 이 사내아이가 자네 아닌가?"

다미오는 그 사진을 뚫어져라 쳐다보았다. 진입금지선이 상당히 확장된 후에 촬영한 사진인 듯했다. 삼사십 명의 구경꾼들이 하늘을 올려다보고 있다. 사진 중간쯤에 있는 구경꾼들의 얼굴이 선명한 것을 보니 플래시를 사용해서 촬영한 모양이다. 저지선 너머에 불안한 표정을 띤 모자의 모습. 어머니와 자신과 동생 마사키다. 아버지의 모습은 여기에는 없다.

하지만 아는 얼굴이 구경꾼들 뒤쪽에 있다.

다미오는 지금까지 그날 그 시간에, 그 사람이 그 자리에 있었다는 말은 들은 적이 없었다.

어째서? 어째서 감췄던 거지? 비밀로 했던 거지? 모르는 척했던 거지?

추측은 한 점으로 귀결된다.

"안조 씨" 하고 부르는 소리가 났다.

눈을 드니 이와네가 불안한 표정으로 바라보고 있었다.

"뭐 불길한 거라도 찍혀 있는가? 이거, 자네 가족 아닌가?"

다미오는 간신히 의식을 이 자리로 되돌리고 말했다.

"맞습니다. 말씀대로입니다. 이 사진, 빌릴 수 없을까요?"

"드리겠습니다. 그럴 요량으로 가지고 온 걸요."

다미오는 다시 한 번 그 사진을 가까이 끌어당겼다.

확실하다. 틀림없다.

다미오는 나가타가 가지고 온 모든 사진을 유심히 살펴본 후 봉투에 넣었다. 나가타와 이와네가 기묘한 눈으로 다미오를 쳐다보았다. 마치 다미오가 갑자기 모르는 사람이 되어버린 것처럼 바라보고 있다. 더 이상 말조차 걸지 않는다.

다미오는 점퍼 가슴 주머니에서 작은 개인용 수첩을 꺼냈다. 그 사람과 오늘 안에 만나고 싶다. 오늘, 유도를 가르치고 나서 어떻게 해서든 만나러 가야만 한다.

다미오는 봉투를 들고 일어섰다.

그날 밤, 다미오는 지하철 지요다 선을 타고 센다기 역에서 내려, 산사키자카를 올라 덴노지 주재소로 향했다. 야나카 묘지로 들어가 벚나무 길을 걷는데 뒤에서 경찰차 사이렌 소리가 다가왔다. 이윽고 또 한 대의 사이렌 소리가 더해졌다.

근처에서 무슨 사건이라도 터졌나 하고 생각하다가 아카시바 다카시를 기억해냈다. 다미오의 걸음이 빨라졌다.

주재소 앞에 대리 근무를 하는 가네코 경관이 서 있었다. 이어폰을 귀에 대고 있다. 긴장한 얼굴이었다.

다미오가 다가가자 가네코도 달려왔다.

"지명수배범인 아카시바 다카시가 나타났습니다. 인질을 붙잡고 있습니다."

역시.

다미오는 물었다.

"어디지?"

"이모사카입니다. 아파트 안에. 지금 지원 인력이 이쪽으로 향하고 있습니다."

"어떻게 된 건가?"

"닛포리 역에서 순찰 중이던 경관들이 발견했습니다. 아카시바 다카시는 발포 후 도주, 모미지자카 언덕을 올라가 이쪽으로 도망친 모양입니다. 그 경관들이 지금 현장에 있습니다."

"인질은 누군가?"

"여자아이라고 들었습니다."

"이웃 주민들은?"

"소란을 감지한 사람들은 피신했습니다. 나머지는 집 안에 있을 겁니다."

다미오는 주택 쪽 현관으로 돌아가 문을 열었다.

"어서 오세요." 뒤를 돌아본 준코의 얼굴이 얼어붙었다. "여보……."

"아이들은?"

"이 층에요."

"절대로 밖에 나오지 말라고 해."

"무슨 일이라도 있었어요?"

"지명수배범이야."

"그게 아니라, 그 얼굴은……."

"왜 그래?"

"무슨 일이 있었죠?"

다미오는 준코의 물음에는 대답하지 않고 이 층으로 올라가서 부부 침실로 들어가 사복을 벗어던졌다.

사이렌 소리가 제법 가까운 곳까지 다가왔다. 서두르지 않으면.

다미오는 재빨리 제복으로 갈아입고 로커에서 벨트를 꺼내 몸에 둘렀다. 오른손으로 권총집을 확인하고 왼손으로 경찰봉을 더듬었다. 마지막으로 경찰모를 쓰고, 다미오는 계단을 내려갔다.

준코가 계단 밑에서 깜짝 놀란 얼굴로 말했다.

"오늘은 비번이잖아요."

다미오는 대답했다.

"비상이야."

구두를 신고 주재소로 나왔다. 가네코 역시 놀란 모습이다.

"안조 씨는 안에 계십시오. 제 근무입니다."

"주재 경관은 나다."

그때 경찰차가 한 대 도착했다.

가네코가 주재소에서 뛰쳐나갔다. 다미오도 밖으로 나가 이모사카를 향해 은행나무 길을 따라갔다.

가네코가 뒤에서 외쳤다.

"지시를! 안조 씨, 지시를 기다려야죠!"

다미오는 이동하면서 말했다.

"인질을 잡고 있단 말이다!"

경찰차는 주재소 앞에서 급출발하더니 다미오의 앞으로 파고들었다. 다미오는 일단 걸음을 멈추었다.

운전석의 경관이 고함치듯 말했다.

"성급히 굴지 마십시오. 지금 지원이 옵니다."

시타야 경찰서의 지역과 경관이다. 당연히 얼굴은 알고 있다.

다미오는 고개를 젓고는 경찰차를 피해 다시 이모사카의 아파트 거리로 향했다.

조수석의 경관이 경찰차에서 내려 뒤에서 말했다.

"안조 씨, 고집이 지나칩니다."

다미오는 말했다.

"내 담당 구역이다."

"지원을……."

"기다릴 수 있을 것 같나? 상대는 마약 중독자이고, 권총을 가지고 있단 말이다."

대여섯 명의 남녀가 길에서 달려왔다. 다들 덴노지초 주민이었다. 주민들은 다미오의 얼굴을 보고 안도의 빛을 떠올렸다.

왼편의 골목에도 열 명이 넘는 사람들의 모습이 보였다. 하나는 가사하라였다.

가사하라가 다미오에게 말했다.

"오노데라 씨네 아파트일세."

가사하라는 말을 이었다.

"일 층. 하루카가 인질이야."

초등학교 3학년 여자아이다.

다미오는 가사하라에게 말했다.

"주재소까지 피하십시오. 유탄이 날아올지도 모릅니다."

"암, 그럴 생각이야."

길 앞에 경관이 두 명 보였다. 주택 외벽에 찰싹 달라붙어 건너편을 살피고 있다. 그중 젊은 경관은 권총을 빼들고 있었다.

그 주택은 골목 모퉁이에 있었는데, 골목을 사이에 두고 정면에 오노데라의 아파트가 있다.

다미오는 생각했다. 아카시바 다카시 놈, 닛포리 역에서 여기까지 도망쳤으면 차라리 야나카 묘지에 뛰어드는 편이 좋았을 것을. 그편이 훨씬 도망치기 쉬웠을 것이다.

다미오가 다가가자 둘 중 나이 많은 경관이 말했다.

"안에서 여자아이를 방패로 삼고 있습니다. 건물 왼편에 입구가 있습니다. 일 층 앞에서 두 번째 문입니다."

다미오는 건물 정면으로 나아갔다. 골목과 건물 사이에 자동차가 두 대정도 주차할 만한 공간이 있다. 다미오의 위치에서 그 입구까지는 7-8미터 거리일까. 건물 앞면은 가로등 불빛을 받고 있다.

입구 안에서 여자아이의 울음소리가 들렸다. 으앙으앙, 격렬하게 울부짖고 있었다. 여기에 남자가 고함치는 소리가 뒤섞였다.

"울지 마! 시끄럽다!"

그렇게 들렸다. 분명 제정신을 잃은 남자의 목소리였다.

아카시바 다카시 스스로 이미 본인의 감정을 제어하지 못하는 것 같다.

"물러서 있어. 위험하니까."

또 다른 경찰차가 다미오 바로 뒤로 미끄러져 들어와 급정차했다. 다미오는 뒤를 돌아보았다. 눈부신 헤드라이트가 다미오를 비추었다. 또 시타야 경찰서의 경찰차였다. 뒷좌석에서 경찰관 두 명이 뛰쳐나왔다. 한 명은 지역과 과장대리였다. 사와구치 쇼조 경부다.

사와구치가 안조를 향해 소리쳤다.

"괜한 짓 마라, 안조. 지원이 더 올 거야."

다미오는 고개를 끄덕이며 말했다.

"여기는 제 담당 구역입니다."

사와구치의 얼굴에 두려운 기색이 스쳤다.

"안조, 왜 그러나, 자네?"

"뭐가 말입니까?"

"그 얼굴, 정상이 아니야."

"옛날 얼굴로 돌아갔나 봅니다."

"기다려!"

다미오는 아카시바 다카시가 숨어든 아파트를 향해 외쳤다.

"아카시바 다카시, 경찰이다. 인질을 풀어줘라. 나하고 맞바꾸자!"

잠시 기다려보았지만 여자아이의 울음소리만 들릴 뿐이다. 아카시바 다카시의 반응은 없었다.

다미오는 다시 한 번 외쳤다.

"내가 대신 인질이 되겠다! 여자아이를 풀어줘라!"

안에서 찢어지는 목소리가 돌아왔다.

"시끄러워! 조무래기는 꺼져!"

"여자아이를 놔줘! 내가 대신하겠다!"

"다가오지 마. 쏜다!"

다미오는 두 손을 펼치고 네 걸음 더 앞으로 나아갔다.

"내가 대신하겠다. 여자아이를 놔줘."

"꺼져. 쏴버린다!"

"쏴. 그 전에 아이를 놔줘."

"오지 마!"

잠시 동안 똑같은 대화가 오갔다. 그 사이에 다미오는 다시 네 걸음 전진해서 아파트 부지에 들어섰다. 입구까지는 이제 약 3미터가 남았다.

문이 약간 열리더니 안에서 거뭇한 그림자가 움직였다.

아카시바 다카시가 문틈으로 말했다.

"권총을 내놔. 이쪽으로 던져."

"이 총에는 끈이 달려 있어. 던질 수 없어."

"벨트째 던져. 천천히 하는 거다."

"이걸 던지면 여자아이는 놓아줘."

다미오는 천천히 벨트를 풀어 공을 굴리듯 조심스럽게 문 앞에 던졌다.

문 안쪽에서 아카시바 다카시가 나타났다. 어슴푸레한 빛 속에서도 그의 눈이 이상하게 빛나고 있음을 알 수 있었다. 하얀 이가 보인다. 웃고 있는 것도 같지만, 마약 때문에 흥분했을 뿐인지도 모른다. 순찰 근무 경관이 아니더라도 이 사내의 얼굴을 보면 수상하게 여기겠다. 무언가 위험한 냄새를 감지할 수 있을 것이다. 거무스름한 바지에 광택 있는 하얀 셔츠 차림이었다.

아카시바 다카시는 작은 여자아이의 손목을 등 뒤로 꺾어 목덜미에 권총을 들이대고 있었다. 아이는 계속 울어대고 있다. 주위 상황이 전혀 눈에 들어오지 않는 모양이었다. 아카시바 다카시도 이 아이한테 애를 먹고 있음은 명백했다. 권총으로 협박해도 울음을 그치지 않는 아이는 인질로 써먹기 힘들다. 그렇다고 놓아줘버리면 아카시바에게는 최후의 수단이 사라지는 것이다.

아카시바 다카시는 아이의 손목을 비튼 채로 바닥의 벨트 앞까지 오더니 천천히 몸을 굽혀 권총을 든 손으로 그 벨트를 주웠다.

"아이를 놔줘." 다미오는 침착한 목소리로 말했다.

"몸을 돌려. 두 손을 머리 위에 올리고, 천천히."

다미오는 아카시바의 말대로 두 손을 자기 머리 위에 얹고 몸의 방향을 틀었다.

두 경관이 주택 그늘에서 얼굴을 살짝 내밀고 있다. 그 건너편, 주재소가 있는 방향에서는 또 새로운 경찰차 한 대가 도착한 모양이었다.

아카시바 다카시가 등 뒤에서 말했다.

"움직이지 마. 절대로 움직이지 마."

"빨리 아이를 놓아줘."

뒤에서 아카시바 다카시가 한 걸음 다가왔다는 것을 알 수 있었다. 체온이 느껴졌다. 아이는 여전히 울음을 터뜨리고 있다.

아카시바 다카시가 아이에게 고함을 질렀다.

"울지 마! 저쪽으로 가!"

아카시바 다카시가 아이를 걷어찼거나, 떠민 듯했다. 갑자기 다미오의 오른쪽 옆에 아이가 쓰러졌다. 아이는 쓰러지는 순간에 비명을 질렀다.

다미오는 몸을 비틀었다. 비틀면서 아카시바 다카시의 자세를 확인했다. 권총을 들고 있는 손을 틀어 올려 쳐내고 권총을 빼앗을 심산이었다. 하지만 쏟아낼 곳 없는 분노가 다미오에게서 냉정함을 앗아갔다. 아카시바 다카시와의 거리가 짐작했던 것보다 약간 멀었던 것이다. 상대의 오른손을 틀어 올려야 할 손이, 이대로는 닿지 않는다. 다미오는 팔을 다 뻗기 전에 다시 한 걸음 앞으로 나아갔다.

정면에 약물 중독자의 뜨거운 눈동자가 있었다. 그 강렬한 눈빛은 그 안에 강력한 전구라도 장치해놓은 것만 같았다. 다음 순간, 그 눈빛 사이에서 또 하나의 빛이 작렬했다. 빛은 다미오의 의식 가득히 퍼져나가 모든 것을 눈부시게 뒤덮었다.

무한대로 늘어난 시간 속에서 다미오는 깨달았다. 나는 죽는다. 바야흐로 지금 죽는다.

이것은 벌이다. 다미오는 생각했다. 내 생의 결말에 적합한 벌. 이미 용서를 구할 수도 없고 갚을 수도 없는 내 죄에는 이런 벌이 아니면 타산이 맞지 않으리라. 나는 이 벌을 거부하지 않겠다. 저항하지 않겠다. 내가 해야 할 일은 단지 이 벌을 말없이 받아들이는 것뿐이다.

멀리서 호루라기 소리가 들린다. 아니, 그것은 내 대뇌 어디선가 울린 소리인지도 모른다. 범죄와 범죄자의 소재를 고하는 소리. 여기에 죄가 있다. 여기에 죄인이 있다. 그것을 알리는 절박한 호루라기의 음색이다.

다음 순간, 의식이 깜깜해졌다.

3부
—
가즈야

1

짙은 감색의 갑종 제복을 입은 남자 여섯 명이 관을 둘러쌌다.

안조 가즈야도 가족으로서 그 관의 발치에 섰다.

이제 출관이다. 장송도 여기서부터는 가족들만 한다. 장례식장을 메웠던 이웃 조문객이나 아버지의 동료였던 경시청 시타야 경찰서 경찰관들은 여기서 안조 다미오와 영원히 이별하게 된다.

검은 양복을 입은 장례식장 직원이 그러면, 하고 말없이 고갯짓을 했다.

가즈야는 여섯 명의 경찰관들과 함께 관을 들어올렸다. 관은 생각보다 가벼웠다.

가즈야의 뒤를 어머니와 작은아버지, 이모, 할머니, 그리고 여동생이 따랐다. 어머니는 가슴에 아버지의 영정을 끌어안고 있었다. 경시청 경찰관 제복과 경찰모를 차려입은 아버지의 사진이다. 이 년 전, 아버지가 서장 표창을 받았을 때 찍었던 사진이다.

할머니는 고별식이 시작되기 전부터 줄곧 눈물을 쏟고 계신다. 어머니가 계속 할머니의 어깨를 감싸 안고 부축하고 있었다. 어머니의 눈도 붉었지만 간신히 눈물을 참고 있다.

이나리초의 장례식장 출구에 제복을 입은 경찰관들이 대열을 짓고 있었다.

관은 그 대열 사이를 지나 장례식장 밖으로 나간다. 이미 밖에는 장의사의 영구차가 대기하고 있을 터이다.

경찰관들의 대열로 다가가자 제일 앞에 서 있던 시타야 경찰서장이 큰 소리로 명했다.

"안조 다미오 경부에게 경례!"

순직했을 때 아버지의 계급은 순사부장이었지만, 사흘 전 사망한 날짜로 2계급 특진했다.

그 자리에 있던 모든 경찰관이 관을 향해 일제히 경례했다.

아버지가 그날 비번임에도 불구하고 제복을 입고 살인범을 체포하러 갔던 사실은 불문에 부쳐졌다. 그렇다기보다는 오히려 다들 주재 경관으로서의 책임감의 발로라고 해석했다. 아버지의 목숨을 건 행위 덕분에 초등학생 여자아이는 무사히 구출되었고, 마약에 중독된 살인범도 체포됐다. 경시청도 그런 작은 규칙 위반을 문제 삼을 수는 없었으리라.

그날 밤, 머리에 총탄이 박힌 아버지는 곧장 이다바시의 경찰병원에서 수술을 받았지만 이튿날 아침 끝내 숨을 거두었다. 그날 하루, 주재소 앞은 분향과 조문을 위해 모여든 이웃 주민들로 넘쳐났다. 도지사까지 조문하러 찾아왔다.

경례하는 경관들의 대열 끝에는 본청에서 근무하는 사람들도 몇 명 있었다. 평소에는 사복을 입고 있을 그들도 오늘은 제복 차림이었다.

관은 제복 경찰관들 사이를 빠져나가 영구차로 향하는 격식을 따랐다.

영구차에 관을 싣자 장의사 직원이 문을 닫았다. 이제부터 가족들은 마치아에 있는 화장터로 향하게 된다.

친척들이 소형 버스로 걸음을 떼자 가즈야도 잘 아는 남자가 다가왔다. 시타야 경찰서에서 과거에 아버지의 직속상관이었다고 하는 인물이다. 할아버지와 경찰학교 동기이기도 하고, 경부로 정년퇴직한 후 우에노 상점가 진흥조합의 고문이 되었다고 한다. 퇴직 경관이라 오늘은 검은 양복을 입고 있었다. 가토리 모이치라는 이름이다. 아버지는 생전에 이 인물을 은인이라고도, 삼촌 같은 사람이라고도 했다.

가토리 모이치가 가즈야의 앞에 서서 침통한 표정으로 말했다.

"이대가 다 순직이라니……. 가즈야, 나는 말도 나오지 않는구나."

가토리는 눈도 코도 빨갰다. 울고 있었는지도 모르겠다.

가즈야는 애써 괜찮은 척하며 말했다.

"할아버지는 순직이 아니었다고 들었습니다. 아버지는 그것을 무척 마음에 두고 계셨습니다만."

가토리는 고개를 젓더니 단호하게 말했다.

"아니, 순직이야. 단지 경시청 내규상 순직이 되지 않았을 뿐이다. 하지만 네 아버지는 오히려 그것 때문에 힘을 냈단다. 자기가 훌륭한 경관이 되어서 아버지의 오명을 씻어드리겠다고 말이야."

"할아버지는 순직에 합당한 죽음을 맞이하셨습니까?"

할아버지가 돌아가신 쇼와 32년(1957) 당시의 일을 가토리도 조금은 알고 있을 것이다.

가토리는 대답했다.

"사건인지, 사고인지, 아니면 또 다른 일이었는지. 주변 사람들은 그 죽음을 잘 이해할 수 없었다."

할아버지의 죽음은 자살일 가능성도 있었다고 했다. 아버지가 몇 번 말씀하셨다. 돌아가셨을 때의 자세한 정황은 듣지 못했지만, 어쨌든 경시청은 할아버지의 죽음을 순직으로 인정하지 않았다. 사고로 취급했던 모양이다.

가즈야는 말했다.

"아버지는 순직하셨으니 아마 할아버지를 뛰어넘었겠군요."

"뛰어넘다니, 할아버지께 실례로구나. 네 할아버지도 훌륭하셨다. 내가 보증하마."

거기에 또 한 사람의 남자가 다가왔다. 이 인물도 아는 얼굴이었다. 가토리와 마찬가지로 할아버지와 경찰학교에서 동기였다고 했다. 공안 물을 오래 먹은 경찰관이다. 정년퇴직 후에는 어디 증권회사 고문이 되었다던가? 하야세 유조라는 남자. 얼굴 생김새는 지금도 공안 수사원 시절이 떠오를 만큼 험상궂었다. 하야세의 아들도 경시청 경찰관이라고 들었다.

하야세는 웅얼거리듯이 애도를 표하고 말을 이었다.

"난 아직도 네 아버지의 순직을 믿을 수가 없구나."

가토리가 말했다.

"그날, 나를 만나고 싶다는 전화를 받았어. 뭔가 하고 싶은 이야기가 있는 듯한 말투였지."

하야세가 가토리를 보았다.

"전화를 받았다고? 그날?"

가토리가 하야세에게 말했다.

"그래. 진흥회 사무소로 전화가 왔더군. 술 한잔 할 수 없냐고 하더군. 술은 분명 끊었을 텐데, 의외였지."

"몇 시쯤이었지?"

"7시 지나서였나? 조금 더 늦었던가."

"만약 그때 만났더라면……."

"그래. 다미오는 현장에 가지 않았을지도 모르지." 가토리는 이상하다는 듯이 말했다. "그러고 보니 그 전화에서 다미오는 자네하고 만났다던가, 만날 거라던가 하는 소리를 했는데. 그날 만나지 않았나?"

"아니. 나도 최근에는 만나지 못했어." 하야세는 가즈야 쪽으로 눈길을 돌리고 약간 빠른 목소리로 덧붙였다. "나도 얼마 전에 전화를 받았어. 뭔가 의논거리라도 있는 분위기였지. 가즈야의 진로에 대한 이야기였을지도 모르겠네."

가토리가 말했다.

"정말 그런 얘기였을까? 전화에서는 다른 사람처럼 목소리가 어두웠어. 마치 감정을 잃어버린 것처럼. 가즈야의 진로 상담이라고는 생각할 수 없었는데."

하야세가 또다시 가토리 쪽으로 고개를 돌렸다.

"무슨 의논인지 아무 말도 없었어? 전혀 아무 말도?"

"그래, 별다른 말 없었어. 단지 함께 술 한잔 할 수 없냐고 했지. 난 선약이 있어서 다음에 하자고 대답했는데……."

"누구, 달리 의논을 했다던가 하는 말은 없었나?"

"못 들었네."

"요새 뭐 고민이라도 있었나?"

가즈야는 그렇게 생각할 수 없었다. 그날 아침까지 아버지는 여느 때와 똑같았다. 고민이나 근심도 없어 보였고, 심기가 나쁘지도 않았다. 그날 밤에 삼촌이나 다름없는 가토리에게 만날 수 없느냐고 전화를 했다면 의논 거리, 고민거리는 그날 생긴 것이다. 그전부터 있던 문제는 아니다.

하지만 하야세에게는 그전부터 전화를 했었다고 한다. 아버지는 아들의 진로에 대해 이 두 사람과 무슨 의논을 할 생각이었을까. 당사자인 가즈야와 다미오가 아직 제대로 이야기를 나누지 않았는데.

친척들은 소형 버스를 타라는 지시가 있었다. 가즈야가 버스로 향하려 하자 가토리가 말했다. 아직 다 고하지 못한 상념이 있는 듯한 얼굴이었다.

"네 아버지는 훌륭했다. 그만큼 공부를 잘했는데도 고등학교를 졸업하고 곧바로 경찰학교에 들어갔으니까 말이다. 그 후에 국립대학에 들어갔을 정도로 우수했어. 출세도 뜻대로 되었을 게다. 그런데 이런 식으로 순직하다니."

하야세가 가토리의 옆모습을 보며 고개를 저었다. 가토리를 제지하려는 것처럼 보였다.

"국립대학에 들어갔다고요?"

뜻을 이해할 수 없었다.

"아버지는 고졸로 경시청에 들어간 줄 알았는데요."

"네 아버지는 경찰학교를 나온 다음에 다시 홋카이도 대학에 들어갔단다. 경찰관 근무는 그 이후야."

처음 듣는 이야기였다. 아버지가 홋카이도 대학에 진학했었다? 경찰관 근무는 그 이후부터? 오늘 고별식에서도 그런 말은 한 마디도 나오지 않았는데.

하지만 가토리 모이치는 아버지의 삼촌이나 다름없다. 그 후로도 줄곧 아버지를 보살펴주었던 사람이다. 거짓말을 하는 것은 아닐 텐데.

가즈야는 가토리에게 다시 물었다.

"아버지가 홋카이도 대학에 진학했습니까? 경찰학교를 졸업한 후에요?"

이모가 가즈야를 불렀다.

"가즈야, 빨리 버스에 타렴."

가즈야는 이모 쪽으로 고개를 돌리고 말했다.

"예, 금방 갈게요."

그리고 가토리에게 물었다.

"아버지는 그런 말씀을 하신 적이 없었습니다."

"그게 실은……." 가토리는 좌우를 흘긋 살펴보았다. "미안하구나. 비밀이었단다. 세상을 떠났으니 할 수 있는 이야기다만."

이모가 또다시 불렀다.

"가즈야!"

가즈야가 별 수 없이 소형 버스 쪽으로 걸음을 옮기자 가토리가 가즈야의 뒤에 대고 말했다.

"네 아버지는 할아버지 죽음의 진상을 밝히려 했다. 줄곧 조사를 하고 있었어."

가즈야는 소형 버스 승강구 앞에서 몸을 돌려 가토리에게 외쳤다.

"정리가 되면 들려주세요. 찾아뵈어도 괜찮겠습니까?"

"언제든지 오너라." 가토리가 대답했다.

가즈야가 소형 버스에 올라타자, 버스는 바로 출발했다.

가즈야는 통로를 걸어갔다. 버스에는 열다섯 명쯤 되는 친척이 타고 있었다. 가즈야는 재빨리 작은아버지의 얼굴을 찾았다. 작은아버지 안조 마사키는 제일 뒷자리에 홀로 앉아 있었다.

가즈야는 여동생이 권하는 자리를 무시하고 안쪽으로 걸어가 작은아버지 옆에 앉았다. 작은아버지는 한순간 뜻밖이라는 표정을 지었다. 인상은 할머니를 닮았다. 아버지보다 약간 부드러운 얼굴이다.

안조 집안에서는 이대에 걸쳐 경찰관이 나왔는데, 이 작은아버지는 별종이었다. 구라마에 공업 고등학교를 졸업하고 스미다 구에 있는 전기 설비 회사에 들어가 조합 활동가가 되었던 것이다. 일부 친척들은 저놈은 공산당원이야, 하고 쑥덕거리며 멀리했다고 한다. 가즈야 자신도 정월과 할아버지의 제사 몇 번을 제외하고는 작은아버지와 얼굴을 마주한 적이 없었다.

지금 작은아버지는 어느 노동단체의 직원이라고 한다. 친척들은 무턱대고 좌익이라고들 한다. 하지만 가즈야는 작은아버지가 싫지 않았다. 좌익을 싫어하는 친척들의 태도에 때때로 반발을 느끼는 경우가 많았고, 그들이 포경捕鯨 반대 운동까지 공산당이 하는 짓이라고 단정하는 것도 이해가 가지 않았다. 이 집안에는 작은아버지 같은 인물이 하나쯤 있는 편이 낫다는 생각마저 들었다.

버스가 쇼와 길을 달리기 시작했을 때, 가즈야는 자그마한 목소리로 작은아버지에게 물었다.

"아버지가 홋카이도 대학에 다녔다는 얘기, 진짜예요?"

작은아버지는 잠시 말없이 가즈야를 바라보았다. 가즈야가 한 말에 놀란 것도 같고, 대답을 망설이고 있는 것도 같았다.

가즈야가 대답을 기다리고 있으려니 작은아버지가 말했다.

"화장터에서 찬찬히 들려주마."

가즈야는 고개를 끄덕였다.

유해가 완전히 뼈만 남기까지는 한 시간 정도 걸린다고 했다. 친척들은 화장터의 대기실에 모여 간단한 도시락을 먹기로 했다. 작은아버지가 그 방에서 조용히 사라지기에 가즈야도 뒤를 따랐다.

작은아버지는 화장터 정원으로 나와서는 담배를 꺼내 물었다. 가즈야는 그 옆에 서서 작은아버지와 같은 방향으로 눈길을 돌리며 말했다.

"오늘 많은 이야기를 들었어요. 아버지가 경찰학교에 들어간 후에 홋카이도 대학에도 갔다는 얘기나, 아버지는 할아버지가 그렇게 돌아가신 걸 받아들이지 못하고 그 진상을 계속 조사하셨다는 얘기나."

작은아버지는 후우, 하고 담배 연기를 뱉어냈다.

가즈야는 물었다.

"아버지가 홋카이도 대학에 갔다는 이야기는 사실인가요?"

작은아버지는 담배를 입술에서 떼고 짤막하게 대답했다.

"사실이다."

"경찰학교에 들어간 다음에요?"

"졸업한 다음에."

가즈야는 더더욱 이해할 수 없었다.

"경찰학교를 졸업했다는 말은 경관이 되었다는 소리 아닌가요?"

"그래. 형님은 일단 경시청 경관이 되었지. 그 후에 홋카이도 대학에 합격했어. 문학부 학생이 되어서 삿포로로 갔어."

"경시청을 관두고요?"

"아니, 신분은 아마 경시청 경찰관 그대로였을 거다."

"그게 무슨 소리죠?"

"형님은 굉장히 똑똑했다." 작은아버지는 하늘을 쳐다보며 그렇게 말했다. "아버지가 그 연세에 돌아가시지 않았다면 우에노 고등학교를 졸업하고 바로 어디 국립대학에 진학했겠지. 하지만 우리 집은 모자가정이라 가난했단다. 그래서 형님은 아버지처럼 경시청에 지원했지. 하지만 경시청은 이렇게 우수한 남자를 일반 경관으로 두기는 아깝다고 생각했던가 봐."

"그래서 국내 유학을 보냈다고요?"

"그래. 가정교사를 붙여서 일대일로 입시 공부를 시키고, 홋카이도 대학 입시를 치르게 했지. 형님은 여봐란 듯이 합격했고."

"그런 이야기, 한 번도 들은 적 없어요. 삿포로에 있었다는 것도 몰랐어요. 전 아버지가 스무 살에 경찰학교에 들어간 줄만 알았어요. 그때까지는 이것저것 아르바이트를 했다고 들었는데."

작은아버지는 가즈야를 향해 고개를 돌렸다. 그 표정은 조금 긴장한 듯이 보였다.

작은아버지는 가즈야를 똑바로 바라보며 말했다.

"그렇지 않을까 짐작은 했지만, 어느 날 가르쳐주더구나. 형님은 경시청 공안부 스파이가 되었던 거다."

가즈야는 눈을 껌뻑이며 말했다.

"스파이?"

"학생운동의 동향을 캐기 위해서였다더구나. 홋카이도 대학은 1960년 안보의 해에 전학련 위원장을 배출한 대학이야. 공안은 홋카이도 대학에 어떻게든 경력이 깨끗한 스파이를 하나 파견하고 싶어 했다. 온갖 조사를 당해도 스파이라는 의심을 사지 않을 남자를 말이지. 형님은 머리가 좋아서 발탁된 거야. 삿포로에서 돌아와 평범한 경관이 된 것은 스물넷인가 다섯이 되어서였어. 아니, 그 후로도 한동안은 스파이 같은 임무를 맡았을지도 모르겠구나."

그것으로 알 수 있는 사실이 하나 있었다. 오늘 시타야 경찰서장이 읽은 조문弔文 속에서 아버지가 고등학교 졸업 후에 바로 경찰관이 되었다고 소

경관의 피 **485**

개했다. 그때 가즈야는 서장이 아버지의 경찰관 인생을 약간 포장했다고 생각했던 것이다.

그렇다고 해도 그것은 가즈야가 모르는 아버지의 궤적이었다. 아버지는 공안 스파이로 홋카이도 대학에 진학한 인생이 자랑스럽지 않았던 모양이다. 설마 신변 안전을 우려해서 숨겼을 리도 없고.

가즈야는 또 한 가지 질문을 했다.

"아버지에게는 삼촌이나 다름없는 분이 말씀하셨어요. 아버지는 줄곧 할아버지 죽음의 진상을 조사하고 있었다고요. 정말입니까? 할아버지는 그렇게 부자연스럽게 돌아가셨나요?"

"순직이라고 인정해주지는 않았다."

"알고 있습니다. 사고로 취급했다면서요. 그 이야기는 아버지도 몇 번 하셨어요."

"얼마나 자세히 알고 있지?"

"전혀요. 덴노지 오층탑이 불타던 밤에 추락사고로 돌아가셨다던가……."

"그래. 이모사카 육교 밑에서 전철에 치여 돌아가셨다. 화재 때문에 한창 난리법석일 때 말이다."

"사고가 아닌 건가요?"

"아버지는 그날 밤 오층탑 화재 현장에서 홀연히 사라졌어. 우리가 보는 앞에서 말이야. 그랬는데 전철 첫차가 출발했을 때 시체로 발견되었지. 우리는 그게 어찌된 사고인지 짐작도 가지 않는다."

"사고가 아니었다면요?"

"나하고 형님은 사건이 아닐까 의심했었다. 아버지는 추락한 게 아니라 누가 육교에서 떠민 게 아닐까 하고 말이야. 하지만……."

가즈야는 작은아버지에게 다음 이야기를 재촉했다.

"하지만?"

"야나카 경찰서하고 경시청은 자살이라고 판단했어. 주재소 바로 옆에서 화재가 터졌으니까 책임감 강한 아버지가 면목이 없어서 자살한 거라고 하더구나."

"그런 행동을 하실 분이었나요?"

"책임감 때문에 자살할 남자는 아니었다. 죽어서 용서를 비는 타입이 아니었어."

"그럼 야나카 경찰서와 경시청은 어째서 그렇게 말했죠?"

"화재 중에 아버지가 담당 구역을 이탈한 건 확실해. 무슨 일이 있었건 높으신 분들은 그걸 용서할 수 없었겠지. 주재소 옆에서 소중한 문화재가 불탔으니 누군가 책임을 져야만 했고."

"하지만 작은아버지도 아버지도, 자살이나 사고라고 믿지는 않으셨군요."

"직감이다. 그때는 사건이라는 증거도 나오지 않았어."

"그때는?"

"형님은 언젠가 자기 손으로 아버지의 명예를 회복하겠다고 맹세했어. 그래서 경시청에 들어갔단다. 언젠가 차근차근 조사하면 뭔가 증거가 나올지도 모른다는 망상을 했지."

"망상이었나요?"

"망상은 아니어도 오해인 건 틀림없다. 착각이라고 할까? 경찰조직 안에서 개인이 뭘 조사할 수 있겠느냐?"

가즈야가 잠자코 있자 작은아버지는 말을 이었다.

"아버지가 돌아가신 이유는 아직도 수수께끼다. 사고, 사건, 자살. 하나같이 약간씩은 말이 되는 것 같지. 하지만 그 후로 사십 년 가까이 흘렀다. 이제 와서 진상을 알아서 자살이 아니라고 한들 무슨 소용일까? 순직 경관이라고 아버지의 장례를 새로 치르는 것도 아닌데. 하지만 형님은 나하고는 생각이 달랐어. 이대 경찰관 입장에서는 아버지의 명예를 위해 진상을 해명하고 싶었던 거지. 비록 몇 십 년이 흘렀다 해도."

가즈야는 말했다.

"작년에 아버지하고 진로 때문에 막연히 이야기를 나눈 적이 있습니다. 그때 할아버지 역시 이해되지 않는 사건의 진상을 줄곧 궁금해하셨다고 들었습니다."

작은아버지는 말했다.

"그래, 관할 구역에서 발생한 살인 사건이야."

"해결되었어요?"

"아니. 범인은 붙잡히지 않았다. 아버지는 확실히 그 일을 마음에 두고 계셨지."

"그 사건은 할아버지의 죽음과 뭔가 관련이 있나요?"

"나는 모르겠구나. 하지만 형님은 관련이 있다고 믿었다. 아버지 죽음의 진상을 알면 그 살인 사건의 진상도 저절로 알게 될 거라고 말이야. 아니, 그 반대였어. 아버지가 마음에 두고 계셨던 사건의 진상을 알면 아버지 죽음의 진상도 알게 될 거라고 믿었다."

"하지만 둘 다 진상은 모르는 채로 끝났어요."

"그래. 형님은 아버지의 명예를 회복하려고 막무가내였다. 기운을 너무 소진했어. 스파이 임무 때문에 신경도 만신창이였지. 스트레스에도 약한 체질이었는데. 기억하지?"

가즈야는 아버지가 술주정꾼이었던 때를 떠올렸다. 아직 덴노지 주재소로 이동하기 전이었다. 그 무렵, 아버지는 술을 마시면 험하게 취해서 어머니에게 폭력을 휘둘렀다. 그때 가즈야는 분명히 아버지를 증오했다. 싫었다. 아버지와 화해한 것은 주재소에서 근무한 지도 몇 년이나 지난 후였다.

"그보다 말이다."

작은아버지는 화제를 바꾸었다.

"진학할 거지? 형님을 닮아 성적이 좋다고 들었다."

"아버지도 돌아가셨는데 대학에 어떻게 가겠어요."

"형님은 순직이야. 공무재해로 처리된다. 순직 경관의 자제에게는 장학금 대출도 있어. 혹여 돈이 없어 진학을 포기할 셈이라면 작은아버지가 뒷바라지 하마. 대학에는 가거라."

가즈야는 작은아버지를 바라보았다. 진지한 얼굴이다. 농담이나 술기운으로 하는 말이 아니었다. 하지만 작은아버지는 결코 유복하지 않을 텐데.

작은아버지는 어렴풋이 미소를 지으며 말했다.

"나는 아이가 없어. 네 아버지 자리를 대신할 수 있다면 나도 기쁘겠구나."

"하지만."

작은아버지는 가즈야에게 손을 내저으며 말했다.

"한 가지, 조건이 있다. 진학을 하기로 했으면……."

"뭔데요?"

"경관은 되지 말거라. 그걸 약속할 수 있겠느냐?"

가즈야는 곤혹스러워 하며 고개를 저었다.

"지금 이 순간까지 생각해 본 적도 없었는데요."

"약속은 못 하겠니?"

"못 하겠습니다."

작은아버지는 쓴웃음을 흘렸다.

"됐다. 아이의 인생을 얽어맬 수는 없지. 어쨌든 진학할 생각이라면 걱정은 마라."

"예."

그로부터 오 년 후, 대학 4학년 가을에 안조 가즈야는 경시청 경찰관 I류類 채용시험에 응시해 합격했다. 대졸 경찰관으로 채용된 것이다. 할아버지, 아버지에 이은 경찰관 부자의 계보에 손자도 이름을 올렸다. 삼대 경시청 경찰관이었다.

2

항상 맨 앞줄에 있을 것.

안조 가즈야가 경시청 경찰학교에 입학했을 때 마음속으로 결심한 다짐 가운데 하나가 그것이었다. 자리를 지정한다면 어쩔 수 없지만, 그렇지 않을 경우에는 반드시 맨 앞줄. 그곳을 자신의 지정석으로 삼고 강의를 들을 것. 실습할 것. 거수나 지원을 요청할 때도 반드시 첫 번째가 될 것.

그날 4교시는 응급처치법을 배울 예정이었다. 지도교관 외에 도쿄 소방청의 응급구조사가 특별히 강의할 계획이라고 한다. 안조 가즈야는 이 실습도 맨 앞줄에서 들을 생각이었다. 벌써 실습실의 칠판 바로 앞자리에 앉아 있었다. 이미 그 자리는 같은 교실의 모든 이가 인정하는 가즈야의 지정석이었다.

경찰학교에 입학한 지 다섯 달이 지났다. 가즈야처럼 대졸 자격을 지닌 I류 채용* 경시청 경찰관은 이곳 나카노의 경찰학교에서 육 개월 동안 초임 교육을 받는다. 고졸 경찰관의 경우 이 초임 학과 교양이 십 개월이다. I류 채용의 경우 기초 교양 교육 기간만큼 단축된 것이리라. 학급은 남녀 혼성이지만 실기 과목은 별도다.

학교 건물에 벨이 울렸다. 4교시가 시작될 시간이다. 잠시 후 활짝 열린 문으로 세 명의 남녀가 들어왔다. 지도교관인 중년의 경부보와 도쿄 소방청의 제복을 입은 남녀 두 명이다. 여성 쪽은 아직 젊었다. 이십 대 초반이거나, 혹은 이 교실에 있는 대부분의 경찰관들과 같은 연배이거나.

가즈야를 포함한 교실의 신임 경찰관들은 순간 허를 찔린 기분이 되었다. 남학생 서른 명 전원의 시선이 한순간 그 여성 구조사에게 쏠렸다. 여

---

* 경시청 경찰관 채용시험으로 I류(대학졸업자), II류(단기대학 졸업자), III류(고등학교 졸업자)로 나뉜다. 국가공무원 I, II, III종 시험과는 별개. 531쪽의 각주를 참조

성 구조사는 특별히 그 시선을 의식하는 기색도 없었다. 이미 비슷한 일을 몇 번 경험했는지도 모른다.

소방청 제복 위로도 그녀가 잘 단련된 근육질의 육체를 지니고 있음을 알 수 있었다. 의지가 강해 보이는 길게 째진 눈과 꽉 다문 입술. 안 그래도 짧은 머리카락을 핀으로 고정시켰다. 전체적으로 굉장히 활발해 보이는 여성이라는 인상이었다. 가즈야는 아주 조금, 다른 동급생보다 더 오래도록 그녀의 얼굴을 바라보았는지도 모른다.

지도교관이 칠판 앞에서 말했다.

"오늘은 소방청에서 특별히 구조사가 와주셨다. 실천적인 응급처치에 대해 강의해주실 것이다."

교관이 남성 구조사를 요시즈미 구조사라고 소개했다. 서른 중반으로 보이는 그 구조사가 자기 이름을 밝히고 고개를 숙였다. 지역과 경찰관과 흡사한 분위기가 있는 남자였다.

지도교관은 젊은 여성을 오늘 보조를 해줄 나가미 구조사라고 소개했다. 나가미 구조사는 "나가미입니다"라고 짧게 이름을 밝히고 고개를 숙였다.

도쿄 소방청은 몇 년 전부터 여성 구조사를 채용했다. 그렇다면 그녀는 아직 신참이거나, 고작해야 이삼 년 경력의 말단이라는 소리다.

지도교관이 말했다.

"경찰관은 사건이나 사고 현장에 가장 먼저 도착하는 사람일 가능성이 높다. 가장 먼저 도착하지 않더라도 그 자리에서 침착하게 사태에 대처할 수 있는 유일한 인물일 경우가 많다. 오늘은 그런 상황을 상정하여 인명과 관계된 사건이나 사고 현장에서 경찰관이 어떤 행동을 해야 하는지, 그것을 실습한다."

교관이 요시즈미 쪽을 쳐다보고 고개를 끄덕였다.

요시즈미는 나가미라는 여성 구조사에게 눈짓을 하고 교실 밖으로 나갔다. 복도에 뭔가 교재라도 가져다두었나 보다.

지도교관이 말했다.

"경찰관도 사람이다. 솔직히 사건이나 사고 현장에 가면 누구나 다소는 동요한다. 특히 젊은 남성 경찰관은……."

지도교관은 잠시 말을 끊었다.

가즈야는 교관의 얼굴을 바라보았다. 젊은 남성 경찰관은, 뭐지?

지도교관은 말을 이었다.

"반드시 당황하는 경우가 있다. 무엇이라고 생각하나?"

가즈야는 작게 손을 들고 말했다.

"시체입니까?"

지도교관은 고개를 끄덕였다.

"조금 더 자세히 말하자면, 피와 이성의 나체다."

남학생들이 조심스럽게 웃었다.

지도교관은 학생들을 둘러보며 말했다.

"제군은 대량 출혈에 익숙하지 않다. 또한 이성의 나체를 질리도록 봤다는 사람도 별로 없을 것이다. 현장에 피가 있건 나체가 있건, 그 이유만으로 젊은 경찰관은 당황한다. 현장을 똑바로 보지 못하게 된다."

지도교관은 복도를 향해 말했다.

"들어오십시오."

가즈야는 문으로 눈을 돌렸다.

출입구에서 요시즈미와 나가미가 반투명 비닐 시트로 감싼 큼직한 물체를 가지고 들어왔다.

두 사람은 비닐 시트를 바닥에 내려놓고 펼쳤다. 감싸여 있던 물체는 남성 마네킹 인형이었다. 응급처치 교재인가 보다. 생김새는 제법 진짜처럼 만들어놓았다. 반라 상태였다.

두 명의 구조사는 그 마네킹 인형을 칠판 앞 책상 위에 눕혔다.

지도교관이 말했다.

"지원자 두 명."

가즈야는 한 치의 망설임도 없이 일어섰다. 옆자리에서도 한 명이 일어선 듯했다.

지도교관이 두 사람을 바라보며 말했다.

"두 사람은 복도에서 이 셔츠로 갈아입고 오도록."

교관이 툭 건넨 것은 낡은 티셔츠였다. 세탁은 했지만 새하얗지는 않다. 화단을 가꿀 때 입은 듯한 색을 띠고 있었다.

두 사람은 복도로 나와 경찰관 제복 상의를 벗고 내의를 그 티셔츠로 갈아입었다.

함께 지원한 동급생이 말했다.

"뭘 하려는 거지? 둘이서 피 터지게 싸우라는 건가?"

그의 이름은 히구치였다. 미야기 현 출신으로 도쿄의 사립대학 경제학부를 졸업하고 경시청 경찰관 채용 시험을 치른 사내다. 지능범, 경제사범을 담당하는 수사원이 꿈이라고 한다.

가즈야는 대답했다.

"설마. 아마 부상자 역할이겠지."

"인공호흡 당하는 거야? 너, 잇몸병은 없겠지?"

"안 할 테니 걱정 마."

갈아입은 제복을 들고 교실로 돌아왔다.

지도교관이 히구치에게 말했다.

"히구치, 자네는 그 비닐 시트 위에 바로 눕도록."

히구치는 애원하는 듯한 눈빛으로 가즈야를 바라보고는 지시대로 비닐 시트 위에 누웠다.

요시즈미라는 구조사가 히구치의 뒤에 서서 말했다.

"아시다시피 인체 중량의 8퍼센트는 혈액입니다. 체중이 60킬로그램인 사람의 경우, 대략 4.6리터 정도의 혈액이 체내에 흐르고 있습니다. 이 혈액의 약 삼 분의 일을 잃으면 이른바 출혈 과다로 죽음에 이릅니다. 체중 60킬로그램인 사람의 경우 1.6리터의 피를 흘리면 그렇게 됩니다. 실제로는 1리터 정도의 출혈로도 쇼크 상태에 빠집니다만, 그 정도로는 치명적이지 않습니다. 바꾸어 말하면, 삼 분의 일에 해당하는 피를 흘리지 않는 한 인간은 그리 쉽게 죽지 않습니다."

나가미가 어느 틈에 주스 캔을 손에 들고 있었다.

요시즈미는 나가미에게서 그 주스 캔을 받아들고 말했다.

"잘 보십시오. 이것은 토마토주스입니다. 180밀리리터 짜리입니다."

요시즈미는 캔을 따서 히구치의 옆에 몸을 숙이더니 그의 티셔츠 위에 주스를 마구잡이로 뿌리기 시작했다. 순식간에 하얀 티셔츠가 붉게 물들었다. 티셔츠가 새빨개지자 드러나 있는 팔에도 뿌리고, 나머지를 비닐 시트 위에 마구 뿌렸다. 히구치는 그러는 사이에 계속 울상을 짓고 있었다.

기껏해야 180밀리리터인데도 붉은 면적은 상당히 넓어 보였다. 더 많은 양의 주스를 뿌린 것처럼 느껴질 정도였다. 가즈야뿐만 아니라, 아마 동급생 전원이 같은 생각을 했을 것이다.

요시즈미는 일어나서 말했다.

"보시는 대로 고작 180밀리리터의 토마토 주스라도 상당히 붉게 물듭니다. 하지만 안심하십시오. 현장이 이런 상태라 해도 출혈은 치사량의 구 분의 일입니다. 침착하게 상처를 확인하고 응급처치에 임해주십시오."

지도교관이 대나무 자를 히구치에게 건네며 말했다.

"자, 히구치, 이것은 식칼이다. 자네 배에 꽂혀 있는 거야. 왼손으로 붙잡고 있도록."

히구치가 빨갛게 물든 티셔츠 위에 수직으로 자를 세웠다.

지도교관이 말했다.

"이 출혈은 동체에 칼을 맞은 탓이다. 이 현장에 도착한 경관은 어떤 행동을 취해야 하는가?"

가즈야는 바로 손을 들고 말했다.

"칼을 빼고 상처를 지혈해야 합니다."

지도교관은 딱 걸렸다는 듯이 미소를 짓더니 요시즈미의 얼굴을 보았다.

요시즈미는 가즈야 쪽을 쳐다보며 말했다.

"그렇지만 칼은 때때로 그 자체가 지혈을 합니다. 오히려 뽑았을 때 상처가 벌어져 출혈이 심해질 우려가 있습니다. 또한 훈련을 받은 사람이 아니면 칼을 빼낼 때 도리어 내장에 상처를 입히거나 상처부위를 벌려놓을 가능성도 있습니다. 도쿄 도내에서 구급차가 바로 달려올 수 있는 상황일 경우에는 이대로 두십시오."

누워있던 히구치가 말했다.

"아파서 비명을 질러도 이대로 둡니까?"

교실 안에 또다시 조심스러운 웃음이 지나갔다.

요시즈미는 진지한 얼굴로 말했다.

"그 정도로 기운이 있으면 상처는 깊지 않을 겁니다. 이만큼 피를 흘리지도 않겠지요."

지도교관이 이어받았다.

"요컨대 이러한 현장에 도착했을 때 출혈이나 비명에 동요하지 않아도 된다는 소리다."

요시즈미가 말했다.

"이 상처와 출혈은 복부에 외상이 있을 경우입니다. 다음으로 머리 또는 목에 상처가 있을 경우를 설명하겠습니다."

지도교관이 말했다.

"됐다, 히구치. 일어서도 좋다. 다음, 안조. 자네가 여기에."

나도 토마토주스를 뒤집어쓰겠구나. 상상만으로도 그다지 좋은 기분은 아니었다. 몸이 부르르 떨렸다.

그날, 응급처치법 실습이 끝나고 히구치가 가즈야에게 말을 걸었다.

"안조, 넌 그 피가 아무렇지 않아?"

가즈야는 대답했다.

"솔직히 말하면 180밀리리터의 피에도 기분이 나빴어."

"난 토마토주스라는 걸 알아도 오싹오싹하더라. 무슨 일이 있어도 강력범이나 교통과에는 가고 싶지 않아."

"오로지 지능범만 상대하겠다?"

"적성과 능력으로 판단하면 그 길뿐이야."

"그리 많은 사람이 필요한 부서는 아니잖아."

"그만큼 경쟁도 적지. 넌 역시 지역과?"

최근 경시청은 지금까지의 경비과라는 호칭을 지역과로 바꾸었다.

"응. 그쪽이 좋아." 가즈야는 대답했다.

"너, 스스로 성격 좋은 사람이라고 생각하고 있는 거 아니야?"

예상치 못한 질문이어서 가즈야는 눈을 껌뻑이며 말했다.

"왜?"

"지역과 경찰관의 적성 중에 가장 중요한 요소는 원만한 성격이잖아. 사람들과 사이좋게 지낼 수 있느냐 없느냐가 중요해. 네게 그런 적성이 있는 것 같지는 않은데."

그럴까? 그러고 보니 아버지도 본래는 결코 주재 경관에 적합한 성격인 것 같지 않았다. 다만 주재 경관이 된 후에 사람이 변했다. 원만하고 온화해져서 타인과 좋은 관계를 맺을 수 있게 되었다. 아버지의 경우 배속이 성격을 바꾸었다. 가즈야도 그렇게 될 것이다. 만약 지금의 나에게 지역과 경찰관으로서의 적성이 결여되어 있다고 해도 말이다.

히구치는 말했다.

"너도 수사원이 적성에 맞을걸. 끈질기고 집중력이 있어. 꼼꼼하고. 경시청은 아마 네가 좋은 수사원이 될 거라 기대하고 채용했을 거야."

그럴까. 조금 끈질기고 꼼꼼한 성격의 지역과 경찰관이 있어도 나쁠 것은 없지 않나.

히구치가 말했다.

"그러고 보니 경시청에 프로파일러 같은 전문직은 있을까?"

확실히 최근에는 범죄를 다룬 텔레비전 드라마나 영화에 프로파일러라는 전문직이 종종 등장한다. 현장의 유류품이나 범죄 경향을 분석하여 범인상을 찾아내는 직종이라고 한다. 재작년 일본 전역을 전율하게 했던 효고 현 고베 시의 아동 연쇄 살해 사건 때에는 미국의 그러한 전문가가 텔레비전 뉴스 프로그램에 등장해서 프로파일링이라는 기술을 선보였다.

아니, 그 사건에서는 모든 일본인이 즉흥 프로파일러가 되어서 진범의 특징을 이러쿵저러쿵 떠들어댔다.

가즈야는 그 고베 사건의 전말을 떠올리며 말했다.

"그거하고 비슷한 일을 하는 곳은 있지 않을까? 과학수사연구소에 있을지도 몰라."

"효고 현경에 없었던 건 분명하겠군."

"중년 남자를 지목했던 것 말이야?"

"수사본부도 줄곧 그 가능성을 뒤쫓았잖아?"

그 사건에서는 열네 살짜리 소년이 범인으로 체포되었다. 사건 발생으로부터 삼 개월 후의 일이었다. 체포된 그 인물은 대다수의 일본인들이 상상하지 못했던 범인상이었다.

히구치는 말했다.

"앞으로는 분명히 프로파일러가 되고 싶어서 경시청에 지원했다는 놈들도 나올걸." 히구치는 갑자기 화제를 바꾸었다. "오늘 그 여자, 좀 괜찮지 않았나?"

나가미라는 구조사를 말하는 건가? 가즈야는 동요를 숨기며 되물었다.

"그 구조사 말이야?"

"그래. 야무지고 유능해 보이더라. 그런 여자하고 알고 지내고 싶다."

가즈야는 애써 아무렇지도 않은 투로 말했다.

"소방청하고 술자리를 같이 할 기회가 있겠지."

히구치는 가즈야의 말을 듣는지 안 듣는지, 혼잣말처럼 말했다.

"난 제복을 입고 있는 모습만 봐도 아찔해. 내가 경시청 시험을 본 이유는 그런 심층 심리 때문일까?"

가즈야는 대답하지 않고 히구치에게서 시선을 돌렸다. 확실히 그 아가씨는 신경이 쓰였다. 설마 남자들밖에 없는 경찰학교 생활 때문에 눈이 흐려졌을 리는 없다. 그녀는 아마도 상당히 높은 수준의 여성일 것이다.

하지만 히구치가 말한 다음에 그 사실을 인정하기는 약간 짜증스러웠다.

초임 학과 교양을 마친 가즈야의 졸업 배치 근무지로 결정된 곳은 경시청 메구로 경찰서였다. 가즈야는 지역과 경찰관으로서 나카메구로 역 앞 파출소에서 근무하게 되었다. 대졸 경찰관에게 규정된 칠 개월간의 현장 연수가 시작된 것이다.

이 칠 개월 동안 신임 순사들의 적성을 평가한다. 상사에 의한 엄격한 고과 평가가 있다. 어떤 의미에서 이것은 경찰관으로서의 적성이 전혀 없는 사람들을 걸러내기 위한 시험 기간이기도 하다. 졸업 배치 근무가 끝나면 경찰관 업무를 단념하는 이도 적잖이 나온다.

칠 개월간의 졸업 배치가 끝나면 신임 경찰관들은 다시 한 번 경찰학교에 입학하여 이 개월 동안 초임 보충 학과 연수를 받게 된다. 그런 다음에 본인의 희망과 적성을 고려하여 배속을 결정한다. 희망 직종을 맡을 수 있을지 없을지는 칠 개월간의 졸업 배치 고과가 근거가 된다.

가즈야는 메구로 경찰서와 가까운 독신자 기숙사에 들어가 메구로 경찰서에 다니게 되었다. 나카노의 경찰학교 시절을 제외하면 가즈야는 시내인 야마노테 지역에는 처음 살아본다. 거리나 주민들의 모습 자체가 교외

지역에서 자란 가즈야에게는 신기하게 느껴졌다.

파출소장은 정년을 코앞에 둔 순사부장이었다. 시라카와라는 이름의 푸근한 인상을 가진 남자였다.

첫날, 메구로 경찰서에서 인사했을 때 시라카와는 얼굴에 감탄의 빛을 드러내며 말했다.

"안조라, 그 시타야 경찰서 안조 경부의 아들인가?"

가즈야는 대답했다.

"예. 돌아가셨을 때 아버지는 순사부장이었습니다만."

"경부라고 해도 괜찮아. 그랬군, 안조 씨에게 이런 훌륭한 아들이 있었어."

시라카와는 그 자리에 있던 다른 지역과 경찰관에게도 가즈야를 소개해 주었다.

"기억하지? 시타야 경찰서 안조 다미오 경부의 아들이라네. 마약에 취한 살인범에게서 여자아이를 구하고 총을 맞은 안조 경부. 그 안조 씨의 아들이 아버지의 직업을 이어받은 게야."

그 소개 문구는 이번이 처음은 아니었다. 경시청 조직 안에서는 주위 사람들이 이대, 삼대 경찰관에게 일종의 경의를 표하는 듯하다. 그것은 아버지가 아이들을 그릇되게 가르치지 않았다는 증명이기도 하고, 아이가 아버지의 직업을 자랑스러워한다는 증거이기도 하다. 하물며 순직 경찰관의 자식이 아버지와 똑같은 직업을 가졌다면, 그것은 다른 경찰관들로서도 다소나마 자신의 인생을 뿌듯하게 느낄 수 있는 일이다.

가즈야는 소개를 들으면서 생각했다. 아버지의 경우는 어땠을까. 동료나 선배 경찰관들에게 역시 이런 대우를 받았을까. 아니면 죽음의 이유가 다르니 오히려 싸늘한 시선을 받았을까.

파출소장을 따라 메구로 경찰서 입구를 나섰을 때, 가즈야는 일 층 복도에 있던 경찰관들의 수많은 시선을 의식했다. "그 안조 씨의……"라는 소리까지도 언뜻 선명하게 들렸다.

낯간지러움을 느끼면서 가즈야는 속으로 말했다. 이런 입장, 상당히 부담스러워요, 아버지.

파출소 경찰관의 실제 근무 내용에 대해서는 어렸을 적에 전부 보고들었다고 생각하고 있었다. 하지만 실제로 경찰관이 되어 근무해보니 자기가 보았던 것은 극히 일부에 지나지 않는다는 것을 깨달았다. 파출소에서 근무하는 경찰관의 업무는 여러 분야에 걸쳐 있었으며, 서류 작성 업무 또한 많았다.

매일매일 나카메구로 역 앞 파출소에는 무수한 상담과 사소한 사건, 사고가 날아들었다. 길안내부터 시작해서 분실물 신고, 습득물 신고, 자전거 도난 같은 일들이 많았다. 이에 따른 서류 작성 업무는 우습게 볼 수 없을 정도였다. 더욱이 나카메구로 역 구내에서 벌어지는 승객들의 싸움, 취객 보호, 치한 피해 신고가 있었고, 주변 유흥가에서는 술값 계산을 둘러싼 다툼, 노래방 소음에 대한 불평, 개의 배설물 처리에 대한 불평도 적지 않았다. 야마테 길이 파출소 앞을 지나는 탓에 자잘한 교통사고 처리도 빈번하게 해야 했고, 상품 도난 신고도 비슷한 빈도로 있었다. 지역 특색 탓인지 옆집 정원수의 낙엽을 둘러싼 불평이나 다툼도 많았고, 주차 위반에 관한 전화도 잦았다. 거기에 청소년 교화까지.

파출소에 날아드는 이러한 사건, 사고나 불평에 대해 가즈야는 그때마다 서류를 작성했다. 경찰학교에서도 다양한 종류의 접수 서류나 보고서 작성법을 배우기는 했지만, 몸에 밸 정도는 아니었다. 하지만 파출소에서 근무한 지 열흘 만에 가즈야는 지역과 경찰관이 체험하는 거의 모든 종류의 작은 사건, 사고, 불평에 대한 서류 서식을 외워버렸다. 같이 근무하는 순사를 도와 빈집털이를 현장에서 체포했을 때는 현행범 체포 수속서 갑甲, 양식 제17호 작성법을 배웠으며, 나카메구로 역 구내에서 사람을 폭행한 취객을 붙잡은 시민에게서 신병을 인도 받았을 때는 현행범 체포 수속서 을乙, 양식 제18호 서식을 배웠다. 전부 파출소에서 근무한 지 이 주일 사이의 체험이었다.

이 주째에 시라카와가 파출소 근무에 대해 물었다.

"안조, 자네 불심검문은 전혀 보고가 없군. 검문을 하지 않는 건가?"

불심검문은 경찰학교에서도 서툴렀다. 피로 범벅이 된 옷이라도 입고 있는 어지간히 수상한 사람이라면 또 몰라도, 상대가 어딘지 모르게 미심쩍은 정도로는 좀체 말을 걸지 못하겠다고 생각했다. 요 이 주 동안, 가즈야는 오로지 선배들이 검문하는 모습을 곁에서 보고 있거나 선배들의 지시에 따라 성명 조회나 지명수배 조회를 맡았을 뿐이다. 파출소에서 근무할 때나 도보 순찰 도중에 혹시 통행인 가운데 누군가에게 의혹을 느꼈다치자. 그럴 경우에는 불러 세워서 질문을 마칠 때까지 시종일관 선배 경찰관들이 자신을 관찰하게 된다. 몹시 부담스러웠다. 그래서 지금까지 주체적으로 직접 불심검문을 한 적이 없었다.

가즈야는 시라카와에게 대답했다.

"아직 수상한 인물을 구분해낼 수 없어서 그랬습니다."

"이제 슬슬 역 앞 파출소에도 익숙해졌지?"

"예."

"그럼 이미 안테나도 완성되었을 게야. 위화감이다, 위화감. 이 땅에 어울리지 않는, 그런 분위기가 있는 사람에게는 자연스럽게 안테나가 움직일 것 아닌가."

"아직 자신이 없습니다."

"예의 차량털이가 아직 계속되고 있어. 안테나 감도를 최대로 높여서 한번 해보게."

"예."

그날 밤 같이 근무하는 사람은 나리타라는 선배 경찰관이었다. 나리타는 나이가 서른 정도로, 우스갯소리를 좋아하며 때때로 콧노래를 흥얼거리는 남자였다.

오후 9시가 넘은 시간이었다. 함께 도보 순찰을 하는 도중에 가즈야와 나리타는 덴소 신사 옆 길거리에서 수상한 인물을 발견했다. 길 위에 주차해놓은 자동차 내부를 기웃거리는 사내가 있었던 것이다. 모퉁이를 꺾어 그 길로 들어서자마자 그 현장을 목격했다.

사내는 가즈야와 나리타의 발소리를 알아차리고 훌쩍 몸을 일으켰다. 사내의 모습은 가로등 불빛 때문에 명료하게 알아볼 수 있었다. 전방 20미터쯤 되는 위치였다.

나리타가 작은 목소리로 말했다.

"할까?"

"예."

"버틸 성싶으면 자네가 위협해. 내가 속일 테니."

그것이 2인 1조일 경우 불심검문의 정석이었다. 하지만 가즈야는 아직 그 호흡을 모른다. 그렇지만 위협하는 역이라면 속이는 역보다는 쉬울 것이다.

사내는 가즈야와 나리타를 보더니 뒤로 고개를 돌렸다. 그 앞으로 50미터 정도는 곧은길이었다. 시야는 좋았다. 좌우로는 집합 주택이 줄지어 있으니 숨을 장소도 없다.

사내는 가즈야 쪽을 향해 걸음을 옮겼다. 도주는 포기하고 뻔뻔한 얼굴로 지나치려는 자세 같았다.

나이는 마흔 전후일까. 하얀 티셔츠에 작업복, 청바지 차림이다. 머리카락이 터부룩하게 자랐다. 어깨에 가방인지 배낭인지를 걸치고 있었다.

나리타가 싹싹한 태도로 그 사내에게 말을 걸었다.

"왜 그러십니까, 아버님. 뭔가 잃어버린 물건이라도?"

그렇게 말하면서 사내가 가는 길을 막아서는 형태로 멈춰 섰다. 가즈야도 그 옆에서 걸음을 멈추었다.

사내는 가즈야와 나리타, 두 경찰관의 얼굴을 번갈아 보더니 말했다.

"아니, 그냥."

얼굴에서는 긴장이 느껴졌다. 하지만 밤에 경찰관이 말을 걸면 누구든 이 정도는 긴장할지 모른다는 생각도 들었다.

"그러세요?" 나리타의 목소리는 어디까지나 자연스럽다. "뭘 찾고 계신 것 같아서요."

"그냥 길을 걷고 있었을 뿐일세."

"어디로 가십니까?"

"나카메구로 역."

"어라, 이쪽은 우회하는 길 아닌가?"

"아니, 이 길이 다니기가 익숙해서 그런다오."

"아, 이 근처에 사시나 보군요."

"그렇다오."

"어느 쪽입니까?"

"저쪽." 사내는 길 뒤편을 가리켰다.

나리타는 길 앞을 내다보며 말했다.

"동네 이름하고 번지로 말하면 이 부근은 어디더라? 가미메구로 4초메였던가요?"

"아아, 그래. 가미메구로 4초메가 맞아."

"아, 틀렸네요, 아버님. 이 부근은 2초메인데요?"

"아니, 그러니까 이 근처에……."

"왜 그러세요, 아버님? 뭔가 겁을 내고 계신 것 아닙니까?"

"아니야."

"다행이군요." 나리타는 상대에게 미소를 보였다. "괜히 겁주는 건 싫어서요. 아버님, 잠깐 말씀 좀 여쭙고 싶은데 함께 파출소까지 가주실 수 없겠습니까?"

사내는 확연하게 낭패한 기색을 보였다.

"볼일이 있는데."

"잠깐이면 됩니다. 어차피 역으로 가시죠? 가는 길이잖아요?"

사내는 다시 한 번 가즈야를 쳐다보고서 내키지 않는 걸음을 뗐다. 걸어가면서 배낭을 오른쪽에서 왼쪽 어깨로 고쳐 메었다. 묵직한 물건이 들어 있는 듯했다. 가즈야는 사내가 도주하지 못하도록 주의하면서 사내의 오른쪽 뒤에서 걸었다.

나리타는 사내의 왼쪽 옆에서 걸어가면서 여전히 가벼운 투로 이야기를 했다.

"으음, 주소 좀 다시 한 번 말해볼래요? 가미메구로 어디라고 했더라?"

"아니, 가미메구로가 아니라오."

"어라, 잘못 들었나? 아버님, 아까는 가미메구로라면서요?"

"아니, 그런 뜻이 아니었어."

"틀렸어요? 그렇구나. 주소를 새로 물어봐도 될까요? 아버님이 사는 곳 말이에요."

메구로 긴자 상점가로 들어갔다. 길거리는 밝고 통행인도 많았다. 오가는 통행인들이 호기심 어린 눈으로 가즈야 일행을 쳐다본다.

가즈야는 왼쪽 앞에서 걸어가는 사내의 겉모습을 다시 한 번 찬찬히 살펴보았다. 티셔츠는 약간 때가 탔고, 청바지는 단이 찢어졌다. 배낭만 묘하게 새 것이다.

아무래도 나리타와 가즈야는 뭔가 범죄에 관련된 사람을 검문한 것이 확실하다. 파출소장에게 한 건 보고할 수 있겠다.

그나저나……. 가즈야는 생각했다. 나리타의 말투는 불심검문의 한 가지 변형 패턴에 지나지 않을 것이다. 하지만 가즈야는 흉내도 못 내볼 대화였다. 이 정도로 매끄럽게, 자연스럽게 질문할 수 있는 능력이 지역과 경찰관의 자격이라면, 나는 앞으로도 결코 훌륭한 지역과 경찰관은 못 될 것 같다. 아니면 역시 훈련과 경험에 의한 것일까?

아버지는 어땠을까. 가즈야는 아버지가 불심검문을 하는 장면을 본 적이 없었다. 하지만 지금 나리타와 같은 태도로 질문했을 리는 없다. 아버지라면 약간 더 고지식한 말투로, 달리 표현하자면 약간은 위압적으로 질문하지 않았을까. 과연 어느 쪽이 더 효과적인지는 모르겠지만.

삼십 분 후, B호 조회* 결과 가즈야와 나리타가 검문한 사내가 차량털이로 가나가와 현경에서 지명수배 중인 남자라는 사실이 밝혀졌다.

파출소에 한 부인이 뛰어든 것은 11월로 접어든 첫 번째 월요일의 일이었다.

부인은 예순 정도 되어 보였고, 겁을 먹은 기색이었다.

"죄송하지만, 야쿠자 같은 사람들이 와서 우리 땅에 눌러 앉아 있어요. 어떻게 좀 해주세요."

사정을 들어보니 집합 주택을 짓고 있는 토지에 건설회사가 조직폭력배 같은 사내들을 보냈다고 한다. 그 주택 시공을 의뢰한 사람은 부인의 남편이고, 토지도 남편의 소유. 작년부터 그 건설회사에 오 층짜리 집합 주택 건설을 의뢰했는데, 건설회사는 공사도 끝내지 않고 그 주택의 소유권을 주장했다고 한다. 몇 번 의논을 했지만 상대는 재판소에 가처분을 신청, 가등기 직권 명령을 받고 건설 소유권 등기를 마쳐버렸다고 한다. 그리고 오늘 조직폭력배처럼 보이는 사내들을 공사 현장에 보내왔다는 것이다.

장소는 가미메구로 4초메, 쟈쿠즈레이세와키 길에서 한 골목 들어간 곳이라고 한다. 가즈야는 나리타와 함께 자전거를 타고 그곳으로 향했다.

그곳은 널빤지를 두른 공사현장이었다. 널담 안쪽에 파란 시트를 둘러

---

* 지명수배범 조회. 참고로 A호 조회는 전과 조회, C호 조회는 도난차량 조회

놓았다. 파란 시트 안쪽에는 조립한 철골이 있는 듯하다. 가즈야와 나리타는 그 널담에 걸린 건축 확인 신청 내용을 재빨리 읽었다.

공사용 차량 출입구 앞에 남자 둘이 서 있었다. 초로의 노인이 가즈야 일행의 모습을 보고 한숨 돌린 얼굴로 달려왔다.

노인은 아사미 스스무라고 이름을 밝혔다. 명함에는 의류 판매 회사의 이름과 대표이사 직함이 인쇄되어 있었다.

아사미는 빠른 말투로 사정을 전했다.

원래 이 땅은 아사미 가문이 가지고 있던 토지로, 작년까지는 목조 아파트가 두 채 있었다. 그 아파트도 낡았고 해서 아사미는 이 땅에 오 층짜리 집합 주택을 세우기로 결정하고, 아는 사람의 소개로 와타나베 공업이라는 건설회사와 계약을 맺었다.

하지만 철골이 완성되자 와타나베 공업은 공사를 중단하고 말았다. 돈이 부족하다는 말에 아사미는 총공사비에 필적할만한 자금을 쏟아부었지만 와타나베 공업은 이러쿵저러쿵 온갖 이유를 대며 공사를 재개하지 않았다. 아사미는 애가 닳아 약속어음 지불을 정지하고 계약도 해지했다.

하지만 와타나베 공업은 민사소송법상의 가처분을 신청하여 소유권 가등기 신고를 끝내버렸다. 법적으로는 도급자가 건축한 가옥을 의뢰주에게 넘기기 전까지는 도급자에게 소유권이 있다는 것이 와타나베 공업 측의 주장이었다. 재판소는 그 주장을 인정해준 것이다.

거기까지의 사정을 듣고 가즈야는 이해했다. 악질업자가 이 건물 소유권을 주장하면서 땅도 통째로 앗아가려는 수작이다. 말하자면 공사를 인질 삼아 언제까지고 버티면서, 헐값에 토지와 건물을 통째로 자기 소유로 만드는 수법일 것이다. 하지만 가처분이 나온 이상 위법성을 묻기란 어렵지 않을까.

나리타가 난처한 얼굴로 아사미에게 물었다.

"아사미 씨는 오늘 무슨 일이라도 당하셨습니까?"

아사미는 성난 얼굴로 말했다.

"공사 상황을 보러 왔네. 새 업자하고 다시 계약을 할 생각이었어. 그랬더니 들어가지도 못하게 하지 않겠나! 내 땅인데……. 하지만 보다시피 저런 놈들이라 무서워서 나도 억지를 부릴 수가 있어야지. 그래서 경찰에 신고했네. 파출소하고 110번에."

나리타는 조직폭력배처럼 보이는 사내들 가운데 연장자에게 다가갔다. 가즈야도 뒤를 따랐다.

나리타는 깍두기 머리를 한 그 사내에게 말했다.

"어째서 땅주인을 들여보내지 않지? 정당한 권리잖나?"

상대는 실실 비웃으며 말했다.

"땅이야 그럴지 모르지. 하지만 공사 중인 이 건물은 우리 소유야. 의뢰주가 좀 엉터리여야지. 그래서 우리가 가처분 신청을 한 거지. 재판소도 인정한 일이야."

"안에 들여보내줘. 땅주인이잖아."

"터에는 들어와도 상관없어. 하지만 건물에는 한 걸음도 못 들어가. 저 양반이 무슨 짓을 할지 모르니까."

그때 자동차가 급정차하는 소리가 났다.

뒤를 돌아보니 메구로 경찰서의 경찰차였다. 사복을 입은 남자 두 명이 곧바로 차에서 내렸다. 가즈야도 이름을 알고 있는 형사과 수사원이다. 연상의 순사부장이 시바타 사부로, 그 부하가 이나가키 도시오 순사였다.

시바타가 깍두기 머리의 사내에게 다가가 물었다.

"무슨 수작을 부리고 있는 거야?"

시바타는 눈두덩이가 두둑하고 풍채가 평범하기 그지없는 남자였다. 인상이 험한 것도 아니고 수완가 같은 분위기도 풍기지 않는다. 복장은 슈퍼마켓 의류 매장에서 사 입은 것처럼 보인다. 젊은 여성이라면 반드시 우스갯거리로 삼을 아저씨였다.

깍두기 머리의 사내는 시바타가 다가오는 모습을 보고는 노골적으로 비웃음을 보였다. 시바타가 사정을 묻자 사내는 방금 전과 똑같이 비웃는 표정으로 주장을 펼쳤다. 다만 나리타가 물었을 때와는 달리, 이번에는 양복 가슴 주머니에서 뭔가 서류를 꺼냈다. 가처분 결정 통지서인지도 모른다.

서류에 눈길을 떨어뜨린 시바타의 얼굴에도 당혹감이 떠올랐다.

깍두기 머리의 사내는 틈을 주지 않고 말했다.

"보시다시피 이건 민사 문제야. 경찰이 나설 일은 없을 텐데?"

그때, 시바타가 수신기 이어폰을 귀에 갖다 댔다. 시바타의 얼굴이 흐려졌다.

시바타는 수신기를 주머니에 도로 집어넣고 아사미 곁으로 다가갔다.

"아사미 씨, 아무래도 이건 경찰이 개입할 수 있는 문제가 아닌 것 같습니다. 변호사에게 상담하는 편이 나을지도 모릅니다."

"그럴 수가!" 아사미의 표정이 분노로 변했다. "이대로 가다간 건물은 물론이고 땅까지 놈들한테 빼앗기고 말 걸세!"

"재판소가 가처분 판결을 내렸으니 민사 문제가 되었습니다. 이제는 변호사를 통해 교섭하는 편이 나을 겁니다."

"이건 사기야. 와타나베 공업은 처음부터 땅을 빼앗을 속셈으로 계약을 체결한 거라고!"

"사법 판단에 맡기는 길밖에 없는 것 같습니다."

"경찰은 쓸모가 없다는 소리로군."

"이 경우에는요." 시바타는 고개를 숙였다.

나리타가 시바타에게 작은 목소리로 물었다.

"어떻게 된 영문입니까?"

시바타는 울화통이 터진다는 표정으로 말했다.

"아까 경찰서에 와타나베 공업의 변호사가 찾아왔다더군. 서장이 응대했어. 여기 계신 아사미 씨하고 와타나베 공업 문제는 가처분도 났으니 법적으로는 결론이 난 문제라고 말하고 간 모양이야. 뭐, 불만이 있을지도 모르지만 민사 문제니 개입하지 말아달라고 했다는군."

"그래서, 저희는?"

"서장 지시야. 우리는 물러난다. 자네들도 지켜보는 일밖에 더 있겠나?"

가즈야는 아사미와 깍두기 머리의 사내를 번갈아 쳐다보았다. 아사미는 입을 떡 벌리고 있다. 경찰의 대응이 믿기지 않는 듯했다. 깍두기 머리는 희미한 웃음을 띠고 이쪽을 바라보고 있었다. 어쩌면 그는 지금까지 이런 장면을 몇 번이나 경험했는지도 모른다.

가즈야는 나리타와 얼굴을 마주보았다. 물러날 수밖에 없는 걸까.

경찰서로 돌아와서 와타나베 공업의 변호사에 대한 이야기를 들었다.

변호사의 이름은 오사와 야스키. 호걸 같은 인상을 가진 육십 대 남성이었다고 한다. 이날 아침, 마침 가즈야가 아사미 스스무 씨의 부인에게서 신고 내용을 듣고 있을 즈음 경찰서에 찾아와 서장에게 면회를 요청했다. 오사와 변호사는 서장에게 와타나베 공업과 아사미 스스무 사이의 계약 분쟁에 대해 아사미 측에 잘못이 있어 결과적으로 가처분 신청을 하게 되었다고 했다. 공사 중인 현장을 휘젓지 못하도록 사람을 붙여놓았지만 어디까지나 민사 문제이니 신고나 불평을 접수해도 개입하지 말아달라고 서장에게 요청했다는 이야기였다. 서장은 이를 받아들여 지역과와 형사과 과장에게 민사 불개입을 지시했다.

시바타와 이나가키는 이미 110번 신고를 받고 현장으로 급히 출발한 후였다. 형사과장은 곧바로 시바타에게 연락을 취해 민사 문제이니 물러나라고 지시했던 것이다.

라커룸에서 제복을 사복으로 갈아입는데 시바타가 들어왔다. 양손을 바지 주머니에 찔러 넣고 있다.

시바타는 가즈야를 보자마자 쓴웃음을 짓는 표정을 보이며 말했다.

"석연치 않은 사건이었지?"

가즈야는 등을 곧추세우고 대답했다.

"법률상으로는 와타나베 공업 측의 주장이 맞다고 생각합니다만."

"법률을 잘 아나?"

"이와 비슷한 사건을 학교에서 배운 기억이 있습니다."

"나카노에서?"

"아, 아닙니다. 대학에서입니다. 법학부였습니다."

"뭐가 어떻게 된 일이지?"

가즈야는 조문을 떠올리면서 말했다.

"이러한 건축 계약의 경우, 주문자가 재료를 공급하지 않는 가옥은 청부 대금을 지불한 경우라도 인도 받기 전에는 주문자의 소유가 되지 않습니다. 이 사건은 와타나베 공업이 재료를 샀을 테니 건물을 인도할 때까지의 소유권은 분명 와타나베 공업에 있습니다."

"그렇다고 해도 애초에 공사 계약 시점부터 오늘에 이르기까지의 경위도 이해할 수 없어. 오사와라는 변호사도, 와타나베 공업도, 뭔가 있어."

"상습적으로 저렇게 토지를 차지한다는 말씀이십니까?"

"사기일지도 몰라. 거품경제 시절이라면 더 흔했을 사건이겠지."

"사건이 맞군요."

"당연하지. 이대로 두면 아사미는 헐값에 그 땅을 내놓게 될 거야. 이런 게 사건이 아니면 일본에 경제사범 따위는 없다는 소리겠지."

"하지만 개입하지 말라는 지시를 받았습니다."

"사건 의혹이 없다면 그러라는 소리지."

바꾸어 말하면, 사건 의혹만 있다면 시바타는 제대로 수사할 작정이라는 말일까. 서장 지시에는 형식적으로만 따르면서.

그것을 물어보기 전에 시바타는 입술을 ㅅ자로 비죽이며 화장실 쪽으로 나갔다.

그 사고의 신고가 들어온 것은 크리스마스를 앞둔 휴일이었다. 북부 토목 출장소* 앞에서 화물 트럭이 반대쪽 차선을 달리던 승용차와 충돌, 쌍방의 차가 튕겨 나가 도로 좌우의 건물을 들이받았다는 신고였다. 부상자가 여럿 되는 것 같다고 한다. 가즈야는 경찰서로부터 현장 출동 지시를 받고 나리타와 함께 현장으로 서둘렀다.

현장은 간선도로가 아니어서 속도도 내기 어려운 길이었다. 그런 대형 사고가 발생할 장소는 아닐 텐데, 연말이라 양쪽 다 서두르다 그랬는지도 모른다.

자전거로 도착했을 때, 삼사십 명의 통행인이 주위에서 현장을 지켜보고 있었다.

화물 트럭은 출장소 입구 옆쪽 벽에 충돌해 앞면이 박살났다. 앞 유리도 산산조각이 났다. 트럭 옆에서 넋을 놓고 서 있는 삼십 대 남자가 아마도 운전자인 모양이다.

승용차는 반대편 집합 주택의 화단 앞에서 옆으로 뒤집혀 있었다. 두 명, 지면에 쓰러진 사람이 있다.

나리타가 가즈야에게 말했다.

"난 트럭을 볼 테니 자네는 승용차를 봐."

"예."

쓰러져 있는 사람은 중년 여성과 소년이었다. 여성은 얼굴을 다친 듯했다. 두 손으로 얼굴을 감싸고 있다. 소년은 중학생 정도 될까. 사지를 쭉 뻗고 있었다. 외상은 보이지 않는다.

승용차 앞쪽으로 돌아갔다. 이쪽 앞 유리도 완전히 박살났다. 엔진은 꺼져 있었다. 휘발성 냄새도 미미했다. 화재 염려는 하지 않아도 될 것 같다.

운전석에 남자의 모습이 보였다. 핸들에 기대듯이 몸을 앞으로 숙이고

---

* 도로 등 사회간접자본의 관리를 담당하는 현장 기관

있다. 얼굴과 머리가 피투성이였다. 숨은 쉬고 있는 듯했다.

구출하려면 차를 일으키는 편이 나을까? 아니면 전방 창문 쪽으로? 차를 일으킬 경우 부상자에게 충격을 주게 된다. 출혈이 심해질 수도 있다.

경찰차 사이렌 소리와 구급차 경보음이 함께 들렸다. 운전자 구출은 구조사들에게 맡기는 편이 낫겠지.

가즈야는 중년 여성 옆에서 몸을 숙였다. 부딪힌 충격에 밖으로 튕겨 나온 것이리라.

"괜찮으십니까? 들리십니까?"

말을 걸자 여성은 몸을 움직이지 않고 말했다.

"아파요. 살려주세요."

"걱정 마세요. 지금 구급차가 오고 있습니다."

가즈야는 곧바로 그 옆에 벌러덩 쓰러져 있는 소년 옆에 무릎을 꿇었다.

"괜찮니? 내 말 들리니?"

소년은 반응이 없었다. 눈은 뜨고 있다.

가즈야는 소년의 팔을 붙잡고 맥을 짚었다. 느껴지지 않는다. 위치를 약간 바꾸어 다시 한 번 짚었다. 역시 느껴지지 않는다. 내가 잘못 짚은 건가?

하지만 체온은 있다.

가즈야는 경찰학교에서 배운 응급처치를 떠올리며 소년의 가슴에 두 손을 짚고 체중을 실어 심장 마사지를 시작했다. 두 번, 세 번…… 다섯 번째에야 간신히 반응이 있었다. 소년은 움찔하더니 기침을 했다. 입에서 약간의 토사물이 나왔다.

가즈야는 소년을 일으켜 세웠다. 소년에게 아픈 기색은 없었다. 골절이나 심한 타박상은 없는 듯하다. 가즈야는 소년의 등을 가볍게 두드렸다. 소년은 다시 한 번 콜록거렸다. 토사물이 소년의 바지에 쏟아졌다.

경찰차와 구급차가 거의 동시에 도착했다.

나리타가 지원 나온 교통과 경찰관들에게 말했다.

"승용차 안에 한 명 더 있어."

구급차 경보음이 아직 다가오고 있다. 나머지 두 대는 오고 있는 중인가 보다.

가즈야는 소년의 얼굴을 들여다보았다. 눈에 빛이 돌아와 있다. 소년은 이상하다는 듯 가즈야를 바라보았다.

"괜찮은 거지?" 가즈야는 물었다.

소년은 꾸벅 고개를 숙였다.

서둘러 도착한 교통과 경찰관들과 구급대원이 승용차를 바로 세웠다. 쿵, 하는 둔중한 소리가 나더니 승용차는 다시 땅위에 네 바퀴로 섰다. 유리조각들이 주위에 후두둑 떨어졌다.

두 번째 구급차가 현장에 도착했다.

차에서 내린 두 명의 구급대원은 먼저 중년 여성에게 달려갔다.

한 명이 여성의 눈을 살펴보더니 눈앞에서 손가락을 하나 세웠다.

"이건?" 대원이 물었다.

"하나요." 여성은 대답했다.

"통증은 있습니까?"

"네. 얼굴하고 등하고, 아니, 여기저기요."

구급대원은 마이크 같은 물체를 꺼내어 말했다.

"가미메구로 3초메, 토목 출장소 앞, 교통사고. 여성. 의식 명료."

이어서 세 번째 구급차가 도착했다.

가즈야와 소년을 향해 두 명의 구급대원이 달려왔다. 한 사람은 여성이었다. 낯설지 않은 얼굴이었다. 경찰학교에 왔던 구조사다. 나가미라는 여성이었던가.

눈이 마주쳤을 때, 나가미도 깜짝 놀란 표정을 지었다. 기억하고 있었는지도 모른다.

가즈야는 나가미와 또 한 명의 구급대원에게 말했다.

"맥이 멈춘 것처럼 보였습니다. 심장을 마사지했더니 이럭저럭."

남성 구급대원이 말했다.

"그런 처치까지 하셨습니까?"

"예. 구토를 약간 했습니다."

"예. 뒤는 저희가 맡겠습니다."

세 명의 부상자는 각기 이송용 침대에 실렸다. 소년을 실은 침대가 구급차 안으로 들어갈 때, 또 나가미와 눈이 마주쳤다.

나가미가 말했다.

"저 아이, 위험할 뻔했어요. 경찰관님 덕분입니다. 응급처치가 신속해서 다행이었어요."

가즈야는 쑥스러운 기분으로 말했다.

"그때 받았던 훈련이 효과가 있었습니다."

"지금은 메구로 서에 계신가요?"

"예." 대답하면서 나가미의 제복 가슴에 달린 아이디카드를 재빨리 보았다. 이름은 나가미 유카라고 적혀 있었다. "당신은요?"

"지금 아자부 서에 있습니다." 그녀의 경우 '서'라는 것은 소방서를 말함이다.

스스로 예상치 못한 말이 입에서 튀어나왔다.

"전화해도 될까요?"

나가미가 눈을 휘둥그레 떴다. 얼굴에 언뜻 반가운 기색이 스친 것처럼 보였지만, 확신할 수는 없었다.

하지만 나가미는 대답했다.

"안조 씨 맞죠?"

"예."

"전화, 기다리고 있을게요."

나가미는 구급차에 올라탔다. 남성 대원이 뒷문을 닫았다.

가즈야는 구급차 앞쪽으로 돌아가 통행인들을 정리하고 진로를 터주었다. 나가미가 탄 구급차는 금세 토목 출장소 앞을 떠났다.

전화, 기다리고 있을게요.

유카의 말이 아직 귓가에 남아 있다.

대학 시절에도 밤낮으로 아르바이트만 했다. 미팅 경험도 없다. 동아리에도 들지 않았다. 벽창호 고학생으로 일관했던 사 년간의 세월이었다. 이런 말에는 내성이 없다.

으쓱해하지 마라. 가즈야는 자신을 타일렀다. 이것은 그저 노크에 반응이 있다는 것뿐이지 않은가.

사흘 후 저녁, 가즈야는 근무를 마치고 돌아가는 길에 이 층 형사실을 들여다보았다. 때때로 이렇게 경찰서의 다른 부서 모습을 보는 것이 좋았다.

그리 큰 사건은 없는 연말이었다. 형사실에 수사원의 모습은 거의 없었다. 일고여덟 명이 각자의 책상에서 서류 작업을 하고 있는 것 같았다.

시선을 두리번거리자 안쪽의 지능범 담당부서 책상 너머로 시바타와 이나가키의 모습이 보였다. 회의 테이블이 있는 쪽이다. 시바타와 이나가키는 와이셔츠 소매를 걷어붙인 모습이었는데, 시바타는 머그컵을 들고 있었다. 두 사람 건너편에 화이트보드가 있다. 두 사람은 그 보드를 앞에 두고 뭔가 진지한 표정이었다. 데이터를 분석하고 있는 모습으로 보였다.

크리스마스 이튿날 저녁에 간신히 두 사람의 비번 시간이 맞았다.

가즈야는 시부야 역전 파출소 앞에서 나가미 유카를 맞이했다. 나가미 유카는 낙타색 반코트에 바지 차림이었다. 세 번째에야 비로소 사복 차림을 보는구나, 하고 가즈야는 생각했다. 사복 차림도 가즈야의 눈에는 몹시 매력적으로 비쳤다. 전혀 현장에서 뛰는 노동자처럼 보이지 않는다. 훨씬 세련된 직업에 종사한다고 자기소개를 해도 믿을 정도의 패션이었다.

나가미 유카는 가즈야의 눈앞에 서더니 가즈야를 머리부터 발끝까지 훑어보았다. 가즈야는 오늘 학창 시절에 입던 감색 재킷에 피코트 차림이었다.

나가미 유카가 말했다.

"순간 못 알아봤어요. 사복을 입으니 인상이 꽤 다르네요."

"그런가요?"

가즈야는 내심 동요했다.

경찰학교 시절, 지도교관들도 이런 말을 하곤 했다. 착각하지 마라. 경찰관과 사귀는 여자는 제복에 반한 거다. 자네들 개인에게 매력이 있어서 그런 것이 아니다. 제복을 입은 남자라면 누구든 대신할 수 있으니까 말이다.

나가미 유카 역시 제복에 끌려서 오늘의 청을 받아준 걸까?

낙담한 기색이 얼굴에 드러났는지도 모르겠다.

"아뇨." 나가미 유카는 가즈야의 반응에 깜짝 놀란 기색이었다. "사복을 입으니 경찰관 같은 분위기가 싹 사라졌다는 뜻이에요."

가즈야는 말했다.

"사복을 입고 있어도 경찰관 같으면 끝장이겠네요."

나가미 유카는 치아가 가지런한 입을 활짝 벌리고 웃었다.

졸업 배치 근무가 석 달째 됐을 때 새해가 밝았다. 헤이세이 12년(2000)이다.

가즈야는 섣달그믐날 근무를 마친 새해 아침, 집으로 돌아갔다.

아버지가 돌아가신 후 가족은 닛포리의 집합 주택으로 이사하여 지금은 어머니와 여동생이 둘이서 살고 있다. 그 닛포리의 집으로 돌아갔더니 작은아버지 마사키가 새해 인사를 왔다. 불단 앞에서 약주를 조금 마신 모양이었다. 어머니와 여동생 나오코가 상대하고 있었다.

작은아버지는 아버지가 돌아가셨을 때 약속했던 대로 가즈야의 대학 진학을 뒷바라지해주었다. 경찰관은 되지 마라. 그것이 작은아버지가 내건 조건이었다. 하지만 가즈야는 그런 약속을 하지 않고 진학하여 대학 4학년 가을에 경시청 경찰관 채용시험을 치르겠다고 말했다. 작은아버지는 처음부터 그런 각오를 하고 있었던 듯했다. "알았다" 하고 짧게 말하고, 이렇게 덧붙였다. 그런 다음에는 네가 어머니와 여동생을 돌보는 거다.

가즈야가 새해 인사를 하자 작은아버지는 뭔가 말하고 싶은 듯한 표정을 지었다.

가즈야는 자세를 가다듬고 작은아버지의 말씀을 기다렸다.

작은아버지는 말했다.

"결국에는 경찰관이 되고 말았구나."

"죄송합니다." 가즈야는 고개를 숙였다. "작은아버지가 경찰을 싫어하는 것을 잘 알면서도 이 길을 선택해서 죄송합니다."

"괜찮다. 난 경시청이 아버지의 죽음에 냉담했던 걸 원망하고 있단다. 하지만 형님은 달랐어. 자기도 경찰관이 되어서 아버지의 오명을 씻는 일에 인생을 걸었지. 그 아들이라면 역시 경찰관이 되어야지."

"하지만 작은아버지는 분명, 백 퍼센트 기뻐해주시지는 않겠죠."

작은아버지는 인정했다.

"그래. 생각 좀 해봐라. 나는 줄곧 노동운동에 몸담아왔다. 이런 남자가 친척 중에 있는 거야. 넌 출세하기 힘들 거다."

"출세는 별로 바라지 않습니다."

"그럼 너도 주재 경관을 희망하는 거냐? 이제는 도쿄 도내에 주재소도 줄어들었잖니."

"아직 어느 쪽으로 할지는 생각하지 않았어요."

"내가 목숨을 걸고 하는 부탁은 들어주겠느냐?"

"뭔데 그러세요?"

"공안만은 되지 말거라."

시야 한구석에서 어머니가 언뜻 고개를 드는 것을 느꼈다. 어머니는 공안이라는 단어에 민감하다. 작은아버지가 예전에 들려준 이야기에 의하면 아버지는 공안 스파이가 되어 과격파에 잠입하는 임무를 수행한 탓에 신경이 상했다고 했다. 젊은 시절의 아버지가 부린 술주정이나 어머니에 대한 폭력은 그 탓이라고 했다.

가즈야는 농담처럼 말했다.

"친척 중에 좌익이 있으니 설사 지망한다 해도 절대로 발령 날 리 없을 거예요."

작은아버지는 웃었다.

"그 말이 맞다."

어머니가 작은아버지를 불렀다. 이제부터 모자 셋이서 스와 신사에 신년 기원을 갔다가 할머니 아파트에 들를 건데 같이 가겠느냐고.

작은아버지는 고개를 저었다. 지금 막 할머니 댁에 들렀다 오는 길이라고 했다.

작은아버지는 말했다.

"슬슬 제가 어머니를 모실까 싶어요. 오늘 그 이야기를 했더니 말도 못 꺼내게 하시더군요."

어머니가 말했다.

"어머님은 아직 정정하시니까요."

"고마운 일이죠."

작은아버지가 그만 돌아간다고 해서 가즈야는 현관까지 배웅을 나갔다.

작은아버지는 다시 한 번 말했다.

"공안만은 절대 되지 말거라. 너까지 형처럼 죽게 할 수는 없다."

가즈야는 말했다.

"아버지는 주재 경관이었기 때문에 돌아가신 거예요. 주재 경관의 임무를 다하고 돌아가시지 않았습니까."

작은아버지는 침울한 얼굴로 고개를 저었다.

"아니다. 공안이었을 때 겪은 신경장애를 극복하지 못해서 그런 거란다.

요새는 뭐라고 하더라? PTSD였나?"

"외상 후 스트레스 장애 말씀이군요."

"그날, 형님의 그 병이 도진 거야. 그 스트레스 장애의 증상을 알고 있느냐?"

"예, 약간은요."

"쇼크를 받으면 감각이 마비된다. 공포심이 사라지는 것도 하나의 증상이지. 형수님 말씀으로는, 그날 형님은 예전에 신경증을 앓았을 때와 똑같은 얼굴이었다고 하시더라. 뭔가 심한 충격을 받아서 그 증세가 다시 도진 거야. 그러니 그런 짓을 하지."

그날 아버지의 표정은 가즈야도 기억한다. 아버지는 어머니에게 주재소에서 나가지 말라고 이르고 제복을 입었다. 그때의 표정을 보고 확실히 가즈야도 공포를 느꼈더랬다. 예전의 아버지로 돌아갔다는 생각까지 했던 것 같다. 하지만 다음 순간에는 그 생각을 부정했다. 아버지는 더 이상 과거의 아버지가 아니라고 생각을 고쳤다. 아버지는 비상사태라서 긴장한 것이다. 그렇게 이해하려 했다. 하지만 그로부터 십 분도 채 지나지 않아, 아버지는 총에 맞아 사망했다.

그 충격 속에서 가즈야는 기억을 왜곡했는지도 모른다. 여자아이를 구하기 위해 몸을 던져 마약에 중독된 살인범에게 맞선 아버지. 당시의 아버지가 술주정꾼에 가정폭력을 일삼던 과거의 그 아버지였을 리가 없다. 책임감 강하고 타의 모범이 될 만한 훌륭한 주재 경찰관이었을 터였다.

뭔가 심한 충격? 그날 아버지에게 무슨 일이 있었을까. 적어도 그날 아침까지 아버지는 멀쩡했다. 신경장애가 재발한 것처럼 보이지는 않았다. 그날 무슨 일이 있었나?

아버지의 장례식 때 있었던 일을 떠올렸다. 아버지의 삼촌이나 다름없었다는 전직 경찰관 두 명이 돌아가신 날의 아버지를 화제에 올렸었다. 만났다느니, 만나고 싶다는 말을 들었다느니.

무슨 일이 있었나? 그들은 그날 아버지에게 무슨 일이 있었는지 알고 있는 건가?

가즈야는 작은아버지의 얼굴을 바라보며, 등줄기에 싸늘한 물방울이 흐르는 듯한 감각을 맛보았다.

그날 있었던 일은 주재 경관의 단순한 순직 사건이 아니었나?

가즈야는 물어보았다.

"그건 아버지가 공안이었다는 사실과 관계가 있군요? 작은아버지는 그렇게 생각하고 계신 거죠?"

"형님이 망가진 건 공안 임무 탓이다. 형님은 자세한 이야기는 해주지 않았어. 하지만 잠입 수사원이었다. 얼마나 신경이 닳았을지 상상은 돼."

"하지만 그렇다고 해도 어째서 그날 재발했을까요? 아버지는 아침까지는 평소와 같았습니다. 그날 무슨 일이 있었던 걸까요? 신경이 쓰이네요."

작은아버지가 단호한 어조로 말했다.

"그만 해라. 조사하겠다는 생각은 절대 말거라. 형님하고 같은 짓은 하지 말거라."

"하지만 아버지 문제입니다."

"그냥 묻어둬. 형님은 공안 시절에 있었던 일에 대해서는 네 할머니나 내게도 자세한 말을 하지 않았다. 형님이 신경증에 걸렸을 정도로 지독한 시절에 있었던 일이야. 조사해봤자 기분 좋은 사실이 나올 것 같지는 않구나."

"작은아버지는 그게 뭔지 알고 계시는군요?"

작은아버지의 대답이 한 박자 늦었다. 눈에 동요한 기색이 스친 것처럼 보였다.

"모른다."

거짓말. 가즈야는 직감했다. 작은아버지는 뭔가를 알고 있다. 아버지의 비밀. PTSD가 재발할 정도로 아버지에게 충격을 준 비밀을.

아버지는 그것을 작은아버지에게 직접 이야기하지는 않았을지도 모른다. 하지만 노동운동에 몸담아온 작은아버지다. 아버지의 공안 임무 내용에 대해 정반대되는 루트로 정보를 들었을지도 모른다.

어쩌면……. 가즈야는 생각했다. 작은아버지 또한 조합 활동가, 노동운동가라는 얼굴 뒤에 다른 모습을 감추고 있는 건 아닐까? 예를 들면 작은아버지 본인이 공안의 감시 대상이었을 가능성은 없을까?

그런 의문을 작은아버지에게 따져보려고 입을 떼려는 순간이었다.

작은아버지는 조용히 몸을 돌리며 말했다.

"그럼 또 보자꾸나."

작은아버지는 문을 열더니 복도에 구두소리를 울리며 엘리베이터 쪽으로 걸어갔다.

2월, 쌀쌀한 바람이 부는 아침, 가즈야를 비롯한 지역과 경찰관 한 팀은 형사과 지원 출동을 하게 되었다. 형사과가 내사하던 사건에서 피의자들을 일제 검거하게 된 것이다.

형사과가 향한 장소는 가미메구로 4초메, 아사미 스스무의 소유지였다. 지금 그 공사 현장에는 공사가 중단된 채 다섯 명 가량의 폭력단원이 상주하고 있다. 공사 현장 안에 가설 주택을 설치하고 온종일 그곳에서 생활했다. 한 달쯤 전에 아사미 스스무는 와타나베 공업과는 다른 건설업자를 이 현장에 투입했다. 그때는 불법점거를 하고 있는 폭력단원이 작업원들을 위협해서 쫓아냈다.

형사과 수사원과 지역과 경찰관들은 여섯 대의 자동차에 나누어 타고 현장으로 향했다. 자동차 중 한 대는 호송차다. 이날 형사과의 거의 전원이 동원되었다.

현장에 도착하자 지역과 경찰관들은 공사 현장의 정면과 뒷면을 막았다. 가즈야는 정면 경계 업무를 맡았다.

형사과장이 수사원들 중심에 섰다. 그 바로 오른편이 코트를 입은 시바타였다.

금세 몇 명의 폭력단원이 차량 출입구로 나왔다. 깍두기 머리의 사내도 있었다. 사내는 동원된 경찰관 숫자에 놀란 듯했다. 이런 사태는 전혀 예측하지 못한 것처럼 보이기도 했다.

형사과장이 정면으로 나아가 하얀 서류를 들어 보이며 말했다.

"형사소송법 제218조에 의거하여 아사미 스스무 소유의 가미메구로 4초메 5번지에 대하여 수색을 실시한다. 방해하지 마라."

깍두기 머리 남자가 말했다.

"멍청한 놈들아, 이쪽은 법률을 따르고 있는 것뿐이다. 헛소리 마라!"

그러자 과장 옆에 서 있던 시바타가 깍두기 머리 사내 앞으로 걸어가 말했다.

"난바 도쿠지 맞지?"

"그래. 어디서 들었나?"

"공무집행방해로 당신을 체포한다. 이리 와."

"뭐라고?"

"작년 11월부터 와타나베 공업하고 짜고 이곳에 눌어 붙어서 땅을 빼앗으려고 했잖아."

시바타는 이나가키와 또 한 명의 수사원에게 눈짓을 했다. 두 수사원이 대뜸 난바의 양옆으로 돌아가 팔을 붙들었다. 난바는 어리둥절한 모습으로 버둥거렸다.

"멍청아, 놔!"

시바타가 한 장의 서류를 난바에게 들이대며 말했다.

"체포장이다. 읽을 수 있어? 읽어줄까?"

난바는 수사원들의 팔을 뿌리치려 했다. 수사원들은 난바를 더욱 세게 구속했다. 난바가 저항을 멈추자 시바타가 수갑을 채웠다.

형사과 수사원 하나가 손목시계를 보면서 말했다.

"2월 20일 오전 8시 45분, 난바 도쿠지 체포."

나머지 형사과 수사원들이 차량 출입구 틈새를 통해 공사 현장 안으로 우르르 몰려 들어갔다.

그날, 경찰서로 돌아와서 이번 체포에 이른 경위를 선배 경찰관들에게 들었다.

그 이야기에 의하면 시바타 팀은 와타나베 공업에 의한 가처분에는 사건 의혹이 있다고 판단하고 끈기 있게 내사를 진행했다고 한다.

당사자인 와타나베 공업은 경찰이 지정한 주요 폭력단의 수하 기업으로, 경찰 용어로 '불량 토건'에 해당하는 건설회사였다. 거품 경제 시절에 도쿄 도내 도처에서 비슷한 사건을 일으키고는 토지와 건물을 강탈해왔다.

오사와 야스키는 검찰 출신으로, 흔히 그렇듯 검사를 퇴직하고 변호사가 된 인물인데, 변호사가 되고 나서는 지하세계와 결탁을 다지며 몇몇 폭력단의 법률 고문 자격으로 아슬아슬하게 비합법에서 벗어나는 사업들을 지도해왔다.

시바타 팀은 오사와 변호사와 와타나베 공업의 과거를 조사하면서 표면상으로는 합법적으로 토지 건물을 빼앗긴 피해자들과 접촉하여 몇몇 토지인수 사건의 전모를 파악했다. 또한 아사미 스스무 사건에서는 사기, 공갈, 위력업무방해, 그리고 공정증서원본부실기재 및 그 서류를 사용한 죄가 성립함을 밝혀낸 것이다. 사 개월간에 걸친 비밀 수사 결과, 충분한 증거를 근거로 와타나베 공업 사장과 난바 도쿠지 패거리의 체포 영장을 청구하였고, 영장이 나오자 이날 체포극을 벌인 것이었다.

그 이야기를 듣고서 가즈야는 시바타가 보여준 수사원으로서의 능력에 경탄했다. 이렇게 법률의 틈새를 노린 복잡한 범죄를 훌륭하게 형사 사건으로 입건한 것이다. 웬만한 상상력이나 끈기가 아니면 불가능한 일이고, 보통 머리로는 더더구나 불가능하다. 겉모습 때문에 손해 보는 사람이라는 생각도 했다. 그렇지만 시바타는 콜롬보 타입의 형사라고 할 수도 있겠다. 경시청 수사원이 반드시 이시하라 유지로 프로덕션*의 배우들을 닮을 필요는 없다.

사흘 후, 오사와 야스키 변호사가 체포되었다. 이때 가즈야는 오사와 변호사가 시바타와 이나가키, 두 수사원에게 붙들려 메구로 경찰서로 들어오는 모습을 목격했다.

시바타와 눈이 마주쳤다. 시바타는 언제나 그렇듯, 여전히 어딘가 졸린 눈이었다. 지루해 보이기도 했다.

가즈야가 경의를 담아 차렷 자세를 취하자 시바타는 아주 잠깐 입모양을 누그러뜨렸다.

수사2과. 문득 그런 단어가 떠올랐다. 지금까지 장래 배속처로 생각해본 적은 없었지만, 시바타처럼 일할 수 있다면 하나의 선택지가 되겠다. 자신의 적성을 고려해도 잘 맞을 것 같았다.

졸업 배치도 칠 개월째에 접어들었다. 이제 한 달이면 다시 경찰학교에 입학하게 된다.

그날, 근무를 마치고 경찰서로 돌아왔을 때 가즈야는 파출소장인 시라카와의 호출을 받았다. 지역과 사무실에는 아직 경찰관이 많이 남아 있는 시간이다.

시라카와는 응접세트 테이블 위에 두 장의 종이를 내밀었다.

"여기에 자네 글씨로 기입해주게. 이쪽 메모대로 쓰면 되네."

위에 놓인 한 장은 시판 중인 영수증 용지였다. 금액도 날짜도 공란. 서명 부분에 아무것도 적혀 있지 않다. 요컨대 백지 영수증이었다.

---

* 일본의 배우이자 가수였던 이시하라 유지로가 설립한 예능 사무소. 열혈 형사 드라마 〈서부경찰〉 등이 대표작임

또 한 장의 메모에는 이름과 도쿄 도내의 지명, 번지가 수기로 적혀 있다. 그 이름은 당연히 가즈야가 모르는 것이었다.

이게 가짜 영수증?

가즈야는 재빨리 생각을 정리했다. 몇 년 전, 경시청 아카사카 경찰서에서 비자금 마련 실태가 드러났었다. 반환을 요구하는 소송이 나왔고, 아카사카 경찰서가 결심結審을 앞두고 청구를 인정했다. 즉, 경찰이 스스로 공금횡령 사실을 시인한 것이다. 그때 신문 등에서는 이는 비단 아카사카 경찰서만의 사례가 아닐 것이라는 논설이 나왔다. 가짜 영수증을 이용한 비자금 마련, 달리 말하면 공금횡령은 경시청 전체에서 조직적으로 자행되고 있을 것이라고.

경시청 경찰관을 목표로 하는 가즈야에게 그 뉴스는 남의 일이 아니었다. 나한테도 가짜 영수증을 만들라고 하면 어쩌지? 그 상황을 머릿속으로 시험해본 적도 있다. 본인은 공금을 유용할 뜻이 털끝만큼도 없지만, 경찰 조직이 그런 행위를 할 경우 조직의 일원으로서 어떻게 대처할까. 청렴한 경찰관이고 싶다는 자신의 희망과 공금횡령을 저지르는 조직의 일원이라는 사실은 과연 양립할 수 있을까. 그것을 가늠할 논리적 근거는 있을까.

그때는 결국 이렇게 생각했다.

조직의 부패는 언젠가 수정된다. 부정이 영원히 계속될 리가 없다. 또한 시민 생활의 안전을 지키는 경찰 기구의 필요성 역시 상당히 오래도록 없어질 일은 없을 것이다. 또 자신이 경시청에 들어가도 간부 경찰관 위치에서 거액의 공금을 사적으로 유용할 수 있는 입장이 될 리도 없다. 상상할 수 있는 범위는 기껏해야 현장 경찰관들의 사소한 위로연에서 윤활유 삼아 해주는 접대를 받는 정도다. 그것까지도 부정이라고 배제하면서 경찰관이 되고 싶다는 희망을 버릴 필요가 있을까. 거기에 약간의 부정이 있다고 경찰 기구의 존재 이유까지 부정해도 되는 걸까.

아버지는 어땠을까, 하고 자문해보았다. 일단 주재 경관으로서의 아버지라면 틀림없이 1엔의 공금조차 사적으로 사용한 적이 없을 것이다. 주재 경관에게는 수사비도 나오지 않는다. 부정에 관여할 수 있는 여지가 없다. 다만 관할서에서 가짜 영수증에 사인은 했을지도 모른다. 상의하달 구조를 가진 조직의 일원이 자신의 직무를 계속하고 싶다면 '상사 지시 거부'라는 선택지는 없을 테니까. 게다가 아버지는 주재 경관으로서, 아니 공안 경찰관이었을 때도 범죄의 상대성을 이해했을 터였다. 죄와 벌 사이에 존재하는 회색지대를 잘 알고 있었을 것이다.

　문득 정신을 차리고 보니 시라카와가 이쪽을 뚫어져라 쳐다보고 있었다.

　번뜩 정신이 들었다. 이것은 시험이다. 졸업 배치 경찰관을 대상으로 지금 테스트를 하는 것이다. 과연 팀에 들어올 자격이 있는지를.

　가즈야는 애써 미소를 지으며 대답했다.

　"예."

　졸업 배치 근무의 마지막 밤이 되었다. 근무를 끝마친 후 메구로 역 근처의 선술집에서 가즈야의 송별회가 열렸다. 지역과 중에서 그날 밤 근무가 없는 사람들이 모였다. 지역과장과 부서장도 참석했다.

　연회도 약간 무르익었을 즈음, 시라카와가 가즈야에게 귀띔해주었다. 지역과장과 부서장 옆에 가서 한 잔 올리고 오라는 것이었다. 그것이 사회인의 관례인가 하고 가즈야는 허둥지둥 맥주병을 들고 우선 지역과장 옆에 서서 맥주를 따랐다. 이어서 부서장에게.

　부서장이 말했다.

　"안조 군은 그 덴노지 주재소 안조 경부의 아들이지?"

　그 정보는 당연히 졸업 배치와 동시에 부서장에게 전달되었을 것이다. 가즈야는 그렇다고 대답했다.

　부서장은 골프 때문에 그은 얼굴에 웃음을 띠며 말했다.

　"할아버지도 덴노지 주재소에서 근무하셨다지, 아마?"

"예. 짧은 기간이었다고 들었습니다만."

"덴노지 오층탑 소실 사건은 선배들에게 몇 번 들었네. 하필 주재소 옆에서 방화, 자살이라니. 자네 할아버님도 운이 나빴어. 그날 순직하신 거지?"

지역과장이 벌써 벌겋게 달아오른 얼굴로 말했다.

"그건 순직이 아니었습니다. 불이 나서 당황했는지 안조 순사부장은 담당 구역을 내팽개치고 자살. 경시청은 순직으로 처리하지 않았습니다."

"그런가?"

"그렇습니다."

가즈야는 그 자리에 모인 십여 명의 동료 경찰관들 눈을 의식했다. 할아버지가 담당 구역을 내팽개치고 자살했다, 순직으로 처리되지 않은 죽음이었다…….

과연. 만약 아버지가 이런 말을 몇 번이나 되풀이해서 들었다면, 독자적으로 할아버지 죽음의 진상을 밝혀내서 오명을 씻으려고 했던 것도 당연한 일이다.

부서장은 전혀 사심 없는 태도로 말했다.

"어쨌든 손자인 자네까지 경찰관이 되었으니 할아버님의 오명도 다 갚은 게야. 자, 열심히 활약해주게나."

지역과장도 말했다.

"다른 경찰관들의 귀감이 되도록 말이야."

가즈야는 고개를 숙이고 그 자리에서 물러났다.

머릿속에는 부서장의 말 한마디가 메아리치고 있었다.

오명.

그건 역시 오명일까? 술자리에서 저렇게 깔보듯 이야기해도 어쩔 수 없는 일일까?

받아들일 수 없다. 그런 상념이 가즈야의 가슴 밑바닥에 싹을 틔웠다.

초임 보충 학과 연수를 받기 위해 가즈야는 다시 나카노의 경찰학교 문턱을 넘었다.

지정된 교실에 가 보니 함께 임관했던 동기 가운데 약 십 퍼센트의 모습이 없었다. 졸업 배치를 마쳤지만 학교에는 돌아오지 않았다는 말이다. 아마도 그들은 경찰관으로서 적성이 부족하다는 판단 결과를 듣고 떠났거나, 자발적으로 적성에 맞지 않는다며 사표를 제출했을 것이다.

히구치가 말을 걸어왔다.

"메구로 경찰서는 어땠어?"

가즈야는 대답했다.

"공부가 되었어."

"지금도 역시 지역과를 희망해?"

"모르겠어."

"오."

히구치는 기쁜 표정이었다.

"그렇다는 말은 수사원이라는 선택지도 나왔다는 소리네."

"아직도 불심검문이 서툴러."

"무리할 것 없어. 메구로 경찰서에는 시바타라는 형사가 있었지?"

"그래."

"와타나베 공업의 와타나베 사장하고 검사 출신 오사와 변호사를 체포한 거, 속이 후련하지 않냐? 나도 그런 사건을 맡고 싶어."

"폭력단도 상대해야 해."

"그래도 피바다인 현장에 나가는 것보다 나아."

초임 보충 학과 연수는 이 개월이다. 신임 순사들은 첫 육 개월 연수보다 훨씬 전문적인 실무 지식을 주입받고, 다음 배속처로 배정된다. 어떤 의미로는 그때부터 비로소 본격적인 경시청 경찰관 근무가 시작되는 것이다. 민간 기업으로 치면 수습기간이 끝나고 정식으로 채용된다는 말이기도 하다.

초임 보충 학과 연수 종료를 사흘 앞둔 날, 가즈야는 경찰학교 교장실과 붙어 있는 회의실로 향했다.

이 분 전, 오늘의 4교시 강의가 끝난 뒤에 교관에게서 메모를 받았다. 메모에는 교장 명의로 강의 후에 회의실로 오라는 지시가 적혀 있었다.

가즈야는 자기만 호출하는 이유를 짐작할 수가 없었다. 배속처에 대한 발표는 내일이다.

회의실 앞에 서자 가즈야는 심호흡을 한 번 하고서 문을 두드렸다. 곧바로 들어오라는 목소리가 돌아왔다.

문을 열자 회의용 대형 테이블 안쪽에 세 명의 남자가 마주보고 앉아 있었다. 오른편에 있는 사람은 경찰학교 교장이다. 제복을 입고 있다.

그 맞은편에 양복을 입은 두 명의 남자가 있었다. 둘 다 연령은 마흔 전후일까. 한 명은 테 없는 안경을 쓰고 있다. 또 한 명은 머리가 짧고 볕에 그은 얼굴이다. 분위기로 보아 이 두 사람도 틀림없이 경시청의 중견 간부일 것이다. 두 사람 다 값을 매기는 듯한 눈으로 가즈야를 바라보았다.

가즈야는 그 자리에서 교장에게 경례를 하고 말했다.

"안조 가즈야 순사, 부름을 받고 왔습니다."

교장이 말했다.

"이쪽으로 오게. 이분은 본청 경무부의 오이카와 인사2과장이시다."

안경을 쓴 남자가 작게 고개를 숙였다.

교장은 이어서 말했다.

"같은 경무부의 하타케야마 1과장."

머리가 짧은 남자가 목례를 했다.

두 사람 다 경무부 간부? 경무부는 인사와 감찰 부서다. 경시청 내부의 경찰이라고 표현할 수도 있다. 경찰관의 복무규정 위반이나 범죄에 눈을 밝히고 있는 곳이다.

그렇다면 내 소행에 뭔가 문제라도 있다는 말인가? 나가미 유카라는 도쿄 소방청의 구조사하고 교제를 시작해서 그런가? 설마. 아무리 그래도 전쟁 직후 시절과는 다르다. 경찰관이 어떤 이성과 사귀든 그것을 문제 삼을 일은 없을 터였다. 적어도 지금, 경시청이 표방하는 원칙상으로는.

아니, 게다가 인사1과장은 경부 이상의 경찰관 인사를 담당한다. 인사2과장은 경부보 이하. 1과와 2과의 과장이 함께 왔다는 말은 나의 인사문제에 대한 용건은 아니지 않을까?

가즈야는 애써 불안을 억눌렀다.

교장이 일어서서 두 사람에게 말했다.

"그럼 저는 이만."

교장은 오른쪽 문을 통해 옆 사무실로 사라졌다.

오이카와 2과장이라고 소개받은 남자가 나직한 목소리로 말했다.

"꽤나 긴장하고 있는 것 같군."

"예." 가즈야는 그것이 질문인지 아닌지도 모르면서 말했다. "무슨 이유로 경무부 호출을 받았는지 영문을 몰라서 그렇습니다."

오이카와의 입술 한쪽 끝이 올라갔다. 미소를 지은 건지도 모른다.

"걱정 말게. 자리에 앉지."

가즈야는 방 안으로 들어가 두 사람의 맞은편, 방금 전까지 교장이 있었던 자리 옆에 있는 의자에 앉았다.

두 사람 앞에는 서류철이 놓여 있었다. 인사 관련 자료인 모양이다. 가즈야에 대한 자료일지도 모른다.

오이카와는 일단 서류에 시선을 떨어뜨리고 말했다.

"시타야 경찰서의 안조 경부가 아버님이시지?"

가즈야는 대답했다.

"예. 칠 년 전, 아버지가 순직했을 때, 정확히는 순사부장이었습니다만."

"안조 경부의 아버님 역시 경찰관이셨지."

"역시 덴노지 주재소의 주재 경관으로 계급은 순사였습니다."

"경시청에서도 삼대가 경찰관이란 건 드문 일이네. 아버님의 훈육이 훌륭했겠지."

이것은 질문이 아닐 것이다. 가즈야는 잠자코 있었다.

오이카와는 서류를 한 장 들추며 말했다.

"도립대학을 졸업했는데 어째서 경찰청에 응시하지 않았는지 물어봐도 되겠나? 자네 성적이라면 Ⅱ종 시험은 거뜬히 합격했을 텐데."

그 질문으로 이해할 수 있었다. 이 사람은 아마도 경찰청의 커리어*일 것이다. 파견으로 경시청 경무부 인사2과장 자리를 맡은 것이리라.

가즈야는 대답했다.

"경시청에서 일하고 싶었습니다. 도쿄의 경찰관이 되고 싶었기 때문입니다."

"수도의 경찰이 아니면 싫다는 말인가?"

"싫은 것은 아닙니다만, 할아버지도 아버지도 경시청 경찰관이었습니다. 저는 다른 현경에서 경찰관이 된다는 상상은 해본 적이 없습니다."

"졸업 배치 고과 성적도 좋군. 두어 개 문제가 없는 건 아니네만, 그게 뭔지 알고 있나?"

"불심검문 성적이 좋지 않았습니다. 몇 번이나 지도를 받았습니다만."

"성격이로군. 고독한 체질인가? 주위 사람들과 조화를 이루어 일을 하는 것이 서툴군."

"아닙니다, 전 결코 그렇게 생각하지 않습니다." 가즈야는 발끈해서 말했다. "고등학교 때는 농구부 소속이었습니다. 전 팀 플레이어입니다."

"됐네. 경찰관에는 다양한 타입이 있지. 그래도 돼. 나무라는 게 아니네.

---

* 일본의 경찰조직은 국가공무원인 경찰청 경찰관과 지방공무원인 지역경찰관으로 나뉘며 그 중 도쿄 경찰조직을 경시청이라 한다. 경찰청은 국가공무원 Ⅰ, Ⅱ, Ⅲ종에 합격해야 들어갈 수 있는데 이중 경찰관료가 되는 소수의 엘리트인 Ⅰ종 합격자를 커리어라 부름

며칠 전 인사 면접에서 수사원을 희망했더군."

"예."

면접 전날, 어렵사리 결정한 일이었다. 지역과 경찰관이 아니라 형사과 경찰관이 되겠다고. 그것을 면접관에게도 전했다. 제1지망은 지능범, 경제 사범 담당. 본청으로 말하면 형사부 수사2과다.

"자네는 훌륭한 수사원이 되겠지. 자네 희망은 이루어질 거야. 대단히 이례적이지만 관할서 배치를 극히 단기간에 끝내고 본청에 배속될 걸세."

"예?"

뜻밖이었다. 보통은 경시청 I류로 채용되면 초임 보충 학과 연수를 마쳐도 일단 관할서에 배속되어 몇 년을 보내야 한다고 들었다. 그런데 극히 단기간에 본청으로?

그럼 바로 수사과에 배속되는 걸까. 신입 수사원은 일단 절도범을 대상으로 하는 수사3과에서 범죄의 기술적인 면과 수사 기술의 실무 훈련을 받는 것이 통례였다.

오이카와가 말했다.

"자네는 일찌감치 수사4과의 예비군이 될 걸세. 발령 시기를 조정하고 있네만 한두 달 안에 그리 될 거야."

이쯤 되자 가즈야는 깜짝 놀랐다. 수사4과는 폭력단을 상대하는 수사를 담당한다. 경시청 안에서도 가장 험상궂게 생긴 남자들이 모이는 부서였다. 물론 가즈야는 수사4과를 희망하지 않는다. 그곳은 그곳 나름대로 또 다른 자질이 필요한 부서인 것이다.

가즈야는 조심스럽게 말했다.

"솔직히 말씀드려 제가 폭력단을 상대할 수 있을지 자신이 없습니다. 담력도 그렇고, 여차하는 순간의 완력도……."

그때까지 거의 입을 열지 않고 있던 하타케야마 1과장이 말했다.

"사실 자네가 상대할 사람은 폭력단원이 아니라네."

가즈야는 하타케야마 쪽으로 고개를 돌렸다.

"그렇다는 말씀은?"

"자네는 수사4과 수사원 한 명의 소행을 조사해야 하네. 그 형사의 부하로서."

잠시 그 의미를 이해할 수 없었다. 나는 경시청 형사부 수사4과에 배속된다. 거기서 맡을 임무는 한 형사의 소행을 조사하는 일. 게다가 그 지시를 전한 사람은 경무부의 인사과장 두 사람이다. 어떻게 된 영문일까?

"그것은 다시 말하자면……."

"사실상 경무부원으로 근무하라는 소리일세."

관리부문이라는 얘기다. 내 희망은 수사원이었는데.

하타케야마가 말했다.

"알아듣기 쉽게 말하면 문제 경찰관을 대상으로 스파이 활동을 하라는 거야. 싫다면 잊어주게. 이 이야기는 끝내도록 하지. 그 경우 자네는 기동대에 배속되겠지."

"아닙니다!" 가즈야는 허둥거리며 말했다. "이런 문제는 개인의 의사와 상관없다는 것을 잘 알고 있습니다."

오이카와가 미소를 지었다.

"좋은 대답이다. 내일, 내시가 나올 것이다. 자네는 본청 수사4과에 배속된다."

하타케야마가 말했다.

"다만 자네의 진짜 임무에 대해서는 수사과장도 모르네. 자네는 표면상으로는 4과의 신입 수사원이야. 모든 면에서 4과의 수사원으로서 평범하게 행동해주게. 자네의 직속상관은 오이카와 2과장이지만 비밀 임무에 대해서는 내가 지시를 내리겠네. 우리 둘 말고 자네의 비밀 임무를 아는 사람은 없네. 여기까지 이해하겠나?"

가즈야는 물어보았다.

"상충되는 두 가지 명령을 받았을 경우, 어느 쪽을 따라야 합니까?"

"그런 일은 없겠지만, 4과의 명령계통을 따르게. 단, 모든 일은 내게 보고하도록."

"수사 대상은 어떤 경찰관인지 지금 여쭈어보아도 되겠습니까?"

"이름은 아직 말하지 않는 편이 낫겠지. 자연스럽게 접촉할 수 있도록 말이야. 하지만 폭력단을 담당하는 민완 형사네. 도내 지하세계에 혼자 힘으로 상당한 정보망을 구축했어. 육 년 전, 국내에서 마약을 제조하고 있다는 정보를 얻어낸 것도 그 사람이지. 무슨 뜻인지 알겠는가?"

가즈야는 신중하게 대답했다.

"그 종교단체 사건 말씀이십니까?"

"그렇다. 후에 공안이 혀를 내두른 정보였어. 당시 4과는 그 중대성을 알아차리지 못했지만."

하타케야마가 말했다.

"그 수사원은 이미 4과에서는 절대 영역이야. 아무도 그를 내사할 수가 없어. 사생활이 문란하고 씀씀이가 커졌다는 정보가 있네. 지하세계와 진득하게 얽혀 있다는 소문도 있어. 하지만 공식적으로는 아무도 그것을 조사할 수 없네. 아무도 하려 하지 않아."

오이카와가 말했다.

"좀 더 말하자면, 그 사람은 한 마리 늑대처럼 보이지만, 그 행동에는 더 높은 상부의 허가가 있을 거라는 의혹까지 있어. 그러니 이런 형태로 내사를 하는 거라네. 알겠나?"

가즈야는 잠시 대답을 망설였다. 초임 보충 학과 연수를 마친 후 첫 임무가 선배 경찰관의 소행 조사. 그것은 자신의 직업 생활의 제2단계 치고는 그리 환영할 만한 임무가 아니었다. 무엇보다 이 임무가 끝났을 때, 나는 그걸 누구와 함께 기뻐해야 하나. 나는 몹시 더러운 역을 맡게 될 텐데, 그걸 고분고분 받아들일 수 있을까?

아버지를 생각했다. 경찰학교에 다닐 때 공안 스파이로 대학에 진학하라는 명령을 받았던 아버지. 아버지는 그때, 대체 얼마나 갈등했을까.

불현듯 또다시 아버지의 주정과 가정 폭력이 떠올랐다. 아버지의 정신에 문제가 있었던 것은 혹시 가혹한 공안 임무 탓이라기보다, 이러한 예기치 못한 경찰관 인생을 강요받았던 탓이 아니었을까? 공안 요원이 되라는 말을 들은 시점부터 아버지는 병에 걸렸던 것이 아닐까. 그렇다면, 언젠가 나도…….

하타케야마와 오이카와가 가즈야를 바라보고 있다. 가즈야가 과연 이 임무를 견뎌낼 수 있을지, 그것을 가늠하는 눈빛 같기도 했다.

어찌되었든 경찰 기구 안에서 인사를 거부할 수는 없다. 게다가 아버지만큼 스트레스를 받는 임무도 아닐 것이다. 아버지는 까딱 잘못하면 살해당할 위험을 감내하면서 과격파 운동에 몇 년이나 몸을 담아왔던 것이다.

가즈야는 두 사람을 번갈아 바라보며 물었다.

"한 가지만 말씀해주십시오. 이 임무에 저를 선택한 이유는 무엇입니까?"

두 사람은 얼굴을 마주보았다. 뜻밖의 질문이었을까?

오이카와가 다시 가즈야를 바라보며 대답했다.

"피다. 자네에게는 훌륭한 경관의 피가 흐르고 있다. 이런 변칙적인 임무도 견딜 수 있을 만큼."

이해한 것은 아니었지만, 가즈야는 그 대답을 받아들였다.

3

그 남자에게는 상상했던 것보다 훨씬 더 성실한 분위기가 남아 있었다.

하지만 가즈야의 상상보다는 그렇다는 정도다. 아무런 정보 없이 마주했을 경우, 가즈야 역시 이 남자는 일반 시민이 아니라고 느꼈을 것이다.

조심성 없이 다가가서는 안 된다는 생각이 들 정도로 위험한 분위기를 자아내고 있었고, 동시에 황폐한 정신이 느껴졌다. 폭력단원 같다는 말이 아니라, 오히려 주식이나 도박으로 살아가는 남자에게서 느껴질 법한 분위기가 있었다.

그 남자는 옅은 눈썹 밑의 외까풀 눈으로 가즈야를 흘깃 보더니 수사 4과장인 우치야마에게 말했다.

"그러지 말고 나한테 붙여달라니까요. 언젠간 나도 현장을 넘겨야 하지 않겠어요?"

우치야마는 가즈야를 슬쩍 곁눈질하더니 난처하다는 듯이 말했다.

"신입을 갑자기 자네 부하로 달라고? 모처럼 온 기대되는 샛별이 찌들어버릴 거야."

그 남자는 반쯤 농담 같은 투로 말했다.

"그럼 내가 찌들어 있다는 말입니까?"

형사실의 그 책상 주위에 있던 사내들이 웃었다.

우치야마도 유쾌하게 말했다.

"자각은 있구먼?"

"무슨 말이든 하십쇼. 괜찮죠?"

우치야마는 머리를 긁적이면서 대답했다.

"형사과에서 돌아가며 연수를 받아야 해. 일 년 만에 이동하게 될지도 모른다고."

"정성 들여 교육시키지요."

"지금까지는 부하를 싫어했으면서 웬 심경의 변화야?"

"교육할 보람이 있는 신입이라면 언제든 오케이였어요. 경력이 어설픈 놈들을 사양했을 뿐이죠."

"뭐, 상관없겠지." 우치야마는 다시 가즈야에게 몸을 돌리고 말했다. "안조, 자네를 우선 이 녀석 밑에 붙이겠네. 가가야 계장. 4과의 독립 우연대라네."

주위의 사내들이 또다시 웃었다.

우치야마가 가가야라고 소개한 남자는 가즈야에게 고갯짓을 하더니 말했다.

"가가야라고 한다. 일러두겠는데, 일은 힘들어."

가즈야는 그 자리에서 차렷을 하고 말했다.

"예! 지도편달, 잘 부탁드립니다."

"긴장 풀어. 그 안조 경부의 아들인가?"

"예. 텐노지 주재소 경찰관 안조의 장남입니다."

"나도 시타야 경찰서 빈소에 갔었어. 그때 있던 고등학생이 자네였나?"

"예. 고등학교 2학년이었습니다."

"아카시바 다카시가 닛포리에 숨어 있다는 정보를 내가 입수해서 시타야 경찰서에 전달했었지. 유감이야."

"아버지는 주재 경관으로서 남들보다 배는 책임감이 강한 분이었으니까요."

"알고 있어. 그나저나 난 이제부터 정례 회의인데."

옆에서 우치야마가 말했다.

"가가야는 임무 성격상 형사실에는 별로 안 나와. 회의 때만 확실하게 고개를 내밀지."

가가야는 말했다.

"회의가 끝나면 당장 '가가야 스쿨 초임 연수'를 시작하자고. 기다리고 있어."

서무계 여직원이 수화기를 손으로 가리고 우치야마에게 말을 걸었다.

"과장님, 시작한답니다."

우치야마가 가가야에게 말했다.

"가지. 한 방 터뜨릴 소식은 있나?"

가가야는 고개를 가로저으며 말했다.

"그렇게 닦달하지 마십쇼. 매주 있을 리가 없잖습니까."

가가야와 우치야마는 형사실 4과에서 엘리베이터 홀 쪽으로 떠났다.

가즈야는 시계를 보았다.

오전 11시 7분이었다.

헤이세이 12년 9월 4일, 경시청 본청 빌딩 육 층이었다. 바야흐로 가즈야는 특별 발탁 신입 수사원으로 경시청 형사부 수사4과에 배속되어 근무 첫날을 맞이하였다.

어제까지 두 달 동안은 졸업 배치 근무지였던 메구로 경찰서에서 형사과 도난 담당 부서에 소속되어 있었다. 그것이 특별 발탁의 부자연스러움을 없애기 위한 조치였는지, 아니면 경무부에서 최적의 타이밍을 노렸던 건지, 가즈야는 알 수 없었다. 어쨌든 정식으로 드디어 이동이라는 내시를 받은 것이 바로 사흘 전의 일이었다.

오늘 아침, 우치야마 과장이 폭력단 관련 범죄를 담당하는 수사4과의 선배 수사원들에게 가즈야를 소개했고, 바로 지금 가가야 계장의 직속 부하로 결정됐다.

이것은 하타케야마와 오이카와의 각본에 맞는 걸까? 가즈야는 의심스러웠다. 내가 행실 조사 대상인 악덕 형사의 부하 자리에 제대로 들어간 걸까. 방금 전 우치야마와 가가야의 대화를 듣고 있자니 마치 가가야가 원해서 그의 부하가 되게 된 것 같았는데. 혹은 우치야마도 하타케야마의 계획을 알고 있어서 지금 교묘하게 '마치 가가야가 원한 것처럼' 나를 가가야의 부하로 만든 걸까? 가가야가 경계하지 않도록. 가가야의 어두운 사생활까지 파고들 수 있도록.

아니, 애당초 내가 정탐할 대상이 가가야 히토시 경부가 맞기는 한가? 하타케야마와 오이카와는 수사 대상의 이름을 말해주지 않았다. 내가 4과에 배속된 건 좋지만, 혹시 엉뚱한 선배 수사원의 부하가 되어버린 건 아닐까?

수사원들의 정례 정보 교환 회의가 이어지는 사이에 서무계 직원이 가즈야에게 본청 근무자의 복무규정과 청사 관리 규정, 각종 신청 수속 등 이른바 관리 사항들을 세세하게 가르쳐주었다. 본청 빌딩의 사용 규칙에 관한 사항 외에는 기본적으로 지역과 경찰관 복무 규칙과 크게 다르지 않다. 바로 적용할 수 있을 듯하다.

　이윽고 회의가 끝나고, 계장급 경찰관들이 형사실로 돌아왔다.

　가가야가 가즈야에게 다가와서 말했다.

　"가자. 따라와."

　가즈야는 재빨리 일어섰다. 다른 수사원과 직원들이 가즈야와 가가야를 쳐다보는 것을 느꼈다.

　앞장서서 통로를 걸어가는 가가야의 뒷모습을 바라보며, 가즈야는 가가야의 양복이 상당히 고급품이라는 사실을 깨달았다. 상표까지는 모르겠으나 저 여유로운 실루엣, 원단의 짜임새와 재봉까지, 하나같이 가즈야의 양복과는 비교도 되지 않게 훌륭하다. 저 밝은 파란색이 수사원에게는 지나치게 화려하다는 인상이 들지만.

　엘리베이터로 일 층까지 내려가는 동안 가가야는 말이 없었다. 가즈야에게 눈길도 주지 않았다. 가즈야는 가가야의 옆모습을 몇 번이나 훔쳐보았다. 심기가 불편한지, 무슨 생각이라도 하는지, 아니면 가즈야에게 화를 내고 있는지, 판단하기 어려운 표정이었다. 내면을 짐작할 수가 없었다.

　경시청 본청 빌딩을 나서자 가가야는 사쿠라다 길을 남쪽으로 걸어갔다. 가즈야는 두 걸음 뒤에서 가가야를 따랐다. 가가야는 어디로 가려는지 아무 말도 없다. 지나가던 남자가 순간 '어라' 하는 표정으로 가즈야를 쳐다보았다. 경시청 수사원 가운데 한 명일지도 모른다. 가가야가 그 남자에게 특별히 인사하는 기색은 없었다.

　통산성 앞에서 왼쪽으로 꺾어 우치사이와이초로 들어섰다. 프레스센터 빌딩 뒤편의 윈즈 신바시*가 즐비한 빌딩까지 오자 가가야는 그 빌딩 현관으로 들어갔다. 경비원이 작게 고개를 숙였다. 가가야가 고갯짓을 했다. 가즈야는 여전히 가가야의 의도를 파악하지 못한 채 뒤를 쫓아갔다. 가가야는 그대로 멈추지 않고 안으로 들어갔다. 엘리베이터 홀을 빠져나가자 복도가 있었고, 오른편에 계단이 있었다. 가가야는 그 계단을 내려갔다.

가가야가 계단을 다 내려와 철제문을 열자, 그곳은 빌딩 주차장이었다. 사람은 아무도 없는 것 같다.

가가야가 처음으로 입을 열었다.

"운전할 줄 알지?"

가즈야는 대답했다.

"예."

운전면허는 대학 4학년 때 땄다. 메구로 경찰서에서 근무했을 때 경찰차를 몇 번 운전한 적도 있다. 초보이기는 해도 장롱 면허보다는 낫다. 할 수 있다고 대답해도 되겠지.

"운전해."

가가야는 걸어가면서 열쇠를 꺼냈다. 통로 앞쪽에 있던 은색 세단의 비상등이 켜졌다.

그 자동차 앞까지 걸어간 가즈야는 깜짝 놀랐다. 그 세단은 핸들이 오른쪽에 달린 독일제 차였다. 뮌헨에 본사가 있는 메이커 제품이다. 아마 거의 최신 모델이리라. 경부 월급으로 이 세단을 타려면 인생의 다른 많은 부분을 절제해야만 할 것이다.

얼굴에 놀란 티가 드러났는지도 모른다. 가가야가 말했다.

"긁어도 물어내라는 소린 안 해."

어느새 본청 건물에 있었을 때보다 말투가 거칠어졌다.

가가야가 직접 문을 열고 조수석에 올라탔다. 가즈야도 운전석에 올라

---

* 일본중앙경마회의 마권 장외발매소Wins의 신바시 지점

타 기어가 수동인지 자동인지를 확인한 후 열쇠를 시동 스위치에 꽂았다.

가즈야는 사이드 브레이크를 풀기 전에 말했다.

"두세 가지 여쭤어도 괜찮겠습니까?"

가가야가 쏘아보듯이 가즈야를 쳐다보았다. 말을 잘못했나? 가즈야는 했던 말을 취소하고 싶은 기분이 들었다.

가가야가 말했다.

"뭐야? 얘기가 길어?"

"아닙니다. 경부님을 뭐라고 불러야 합니까?"

우치야마는 방금 전 가가야를 4과 계장들 가운데 한 명이라고 했다. 하지만 계장의 본래 업무를 하고 있는 것이 아니다. 우치야마는 독립 우연대라고 했는데, 그 표현대로 4과에서 부하 없이 독자적인 임무를 맡는 수사원이라고 했다. 직함으로 부를 수도 없다. 그렇다고 계급으로 부르는 것도 이상하다.

가가야는 시선을 앞 유리창 너머로 돌리며 말했다.

"그렇군. 내 희망사항은 '보스'인데 말이지."

"보스, 말이십니까?"

"설마."

"성함을 부를까요?"

"안 돼."

또 잠시 침묵이 있었다.

가즈야는 가가야의 얼굴을 살폈다.

가가야가 말했다.

"사장은 어때? 날 사장이라고 부르는 건 거북한가?"

그때, 가가야의 표정은 기묘하리만치 살가운 표정이었다. 멋쩍어하는 것도 같았다.

가즈야도 덩달아 미소를 지었다.

"사장, 말씀이십니까. 사장님이라 부르면 될까요?"

"그래. 넌 안조라고 부르면 되겠지?"

"예."

가가야의 표정이 원래대로 돌아왔다.

"출발해. 다른 질문은 가면서 듣겠다."

"예."

가즈야는 자동차를 신중하게 발진시키고 통로를 시속 20킬로미터 이하로 나아가 출구 비탈을 올랐다. 반사경으로 출구 오른쪽을 확인하고 세단을 도로에 올려놓았다.

가즈야는 주행차로로 끼어들지 못해 쩔쩔맸다. 경찰차라면 잠자코 있어도 다른 차량이 양보해서 진로를 터준다. 하지만 이 세단으로는…….

가가야가 답답하다는 듯이 말했다.

"방향 지시등을 켜고 들이밀어. 무조건 쑤셔 넣으면 상대가 피해."

가즈야는 뒤차의 경적소리를 들으며 간신히 흐름에 끼어들었다.

"다른 질문은?" 가가야가 물었다.

가즈야는 물었다.

"사장님은 어떤 임무를 맡고 계십니까?"

"과장한테 못 들었나?"

"그리 자세히는…….."

"4과와 관련된 정보 수집 전반. 범위는 폭력단대책과하고 겹치지. 그렇다기보다, 폭력단대책과하고 경쟁하고 있어."

"그 이야기는 들었습니다. 하지만 구체적으로 어떤 임무인지 잘 모르겠습니다."

가가야는 잠시 뜸을 들이고 나서 말했다.

"네트워크 구성과 그것의 유지, 보수다."

"인맥 형성이라는 말씀이십니까?"

"그래. 폭력단 정보원의 인맥 말이지."

"혼자서 하시는군요."

"그래. 인맥이란 건 사람을 보고 생기는 거야. 관청 직함을 보고 생기는 게 아니거든. 그래서 혼자 하지."

"유지, 보수라는 건 무슨 뜻입니까?"

가가야는 코웃음을 쳤다.

"이제 곧 알게 돼."

"어디로 갑니까?"

"노기자카. 소토보리 길로 들어가라."

"예."

교차점을 두 번 통과했을 때 가가야가 물었다.

"휴대전화 갖고 있겠지?"

가즈야는 정면을 향한 채로 대답했다.

"예. 최근에 마련했습니다."

휴대전화가 세상에 처음 나왔을 때 그것을 맨처음 덥석 산 사람들은 주식 거래사나 부동산 업자, 그리고 야쿠자들이었다. 이어서 연예인이나 새로운 물건을 좋아하는 사람들, 영업사원들. 그 후 휴대전화 본체를 공짜로 주는 판매 전략이 보급된 탓인지 젊은 사람들 사이에 급속히 퍼졌다. 메구로 경찰서 지역과 경찰관들 사이에서도 삼십 퍼센트 가까이는 갖고 있던 것 같다.

가즈야가 휴대전화를 마련한 이유는 유카가 권해서였다. 유카가 꼭 필요하다면서 가즈야도 마련하라고 부탁했던 것이다. 하지만 유카와 통화할 때 말고는 아직 사용한 적이 없었다.

"번호 불러."

"예."

가가야는 자기 핸드전화에 가즈야가 말하는 번호를 입력했다. 곧바로 가슴 주머니에서 가즈야의 휴대전화가 울렸다. 가즈야는 휴대전화를 꺼내어 번호를 확인했다.

"내 이름을 등록해둬." 가가야가 말했다.

"조작이 능숙하시네요."

"정보를 다루는 직업이니까."

가즈야는 가가야가 지시하는 골목으로 들어가 자동차의 속도를 늦추었다. 왼쪽에 갈색 장식 타일을 바른 건물이 보였다. 일 층에 일식 레스토랑 간판이 나와 있다. 가가야는 그 가게 앞에서 멈추라고 지시했다. 가즈야는 가가야의 명령대로 주차장으로 다가가 세단을 세웠다.

가가야가 핸들로 손을 뻗어 경적을 가볍게 울렸다.

가즈야는 빌딩을 관찰했다. 오 층짜리 건물 같다. 창문 형태로 보아 이 층 이상은 주거지이거나 소형 사무실용 공간이 아닐까 싶다. 빌딩에서 튀어나온 간판에는 외래어로 된 기업 이름들이 몇 개 늘어서 있었다. 매스컴이나 패션 관련 소형 사무소 등이 제법 입주해 있나 보다.

빌딩 입구에서 젊은 남자가 한 명 나왔다. 검은 바지에 검은 실크 셔츠. 장발이다. 호스트들에게서 흔히 볼 수 있는 외모를 가진 남자였다.

남자는 세단에 탄 가가야를 보더니 살짝 고개를 숙였다.

"따라와."

가가야가 그렇게 말하고 글러브박스에서 투명 파일을 꺼냈다. 도쿄 도 공안위원회가 발행한 주차단속 면제 지정 차량 카드였다. 가가야는 그 카드를 대시보드 위에 얹어놓고 차에서 내렸다.

가즈야는 잠시 망설이다가 엔진을 끄고 열쇠를 뺐다.

세단에서 내리자 가가야가 말했다.

"차 열쇠를 그 남자한테 맡겨."

가즈야는 시키는 대로 했다. 열쇠를 받아 든 남자는 가가야보다 앞장서서 입구로 들어갔다. 가즈야도 뒤를 따랐다.

계단으로 이 층에 올라가 철제문을 열자, 그곳은 카펫을 깔아놓은 사무소였다. 면적은 다다미 열대여섯 장쯤이나 되려나? 남자가 두 명 있었다. 안쪽에 책상이 네 개 붙어 있고, 앞쪽에 응접세트가 있다. 정면의 벽에 붓으로 쓴 '誠'이라는 글자를 액자로 꾸며놓았다. 그 옆에 원목으로 만든 작은 감실.

그중 한 남자가 싹싹하게 가가야에게 다가와서는 말했다.

"사장님? 어쩐 일이십니까, 갑자기."

풍성한 머리카락에 헤어 제품을 잔뜩 바른 남자였다. 하얀 바지에 검은 실크 셔츠를 입었다. 연배는 가가야와 비슷할까. 이 남자는 일반인이 아니라고 분류해도 아마 틀리지 않을 것 같다.

가가야는 응접 의자에 앉아 다리를 꼬았다.

가즈야는 특별히 지시를 받지 않았기 때문에 옆에 서 있었다.

헤어 제품을 바른 남자도 가가야의 맞은편에 앉았다.

가가야는 가즈야를 턱짓하며 말했다.

"내 똘마니다. 안조. 얼굴을 기억해둬."

남자는 고개를 숙였다.

"기억해주십시오. 에토라고 합니다."

가즈야도 당황해서 작게 고개를 숙였다.

"안조입니다."

"자, 앉으시지요."

"됐어, 내버려둬."

에토라는 남자가 가가야에게 물었다.

"드디어 부하를 둘 마음이 드셨습니까?"

가가야는 고개를 저으며 말했다.

"억지로 떠맡았어. 써먹을 수 있게 키워야지. 그보다……." 가가야는 말투를 바꾸었다. "오늘 내가 온 이유, 모르겠나?"

"혹시나……."

"그 혹시나야. 오늘 다른 쪽에서 스즈키가 도쿄에 돌아왔다는 정보를 들었어. 너, 언제부터 알고 있었어?"

"아니, 실은 돌아왔을 때 인사를 왔더라고요."

"멍청한 새끼!" 가가야가 호통을 쳤다.

가즈야는 저도 모르게 몸을 움츠리고 사무실 안을 둘러보았다. 하지만 이 사무실에 있는 다른 남자들은 특별히 긴장하지도, 화를 내지도 않았다. 이런 장면에 익숙한 것인지도 모른다.

가가야는 몸을 앞으로 숙이고 에토를 똑바로 쳐다보면서 말했다.

"스즈키에 대해서는 어떤 정보라도 나한테 알리라고 했지?"

"죄송합니다. 연락할 타이밍을 좀 놓쳐서 그만."

"그게 변명이 될 것 같냐? 뭘 숨기고 있지? 스즈키는 다음에 무슨 짓을 할 속셈이야?"

"숨기는 것 없습니다. 스즈키도 정직하게 합법적인 사업을 할 생각이랍니다. 그래서 돌아왔다고 했어요."

"그럼 어째서 입 다물고 있었어? 난 그놈이 돌아왔다는 얘기를 경찰서 회의 자리에서 들었단 말이다. 내 얼굴이 뭐가 됐겠어? 4과에는 내가 필요 없다고 할지도 몰라."

"죄송합니다. 이렇게 사죄드립니다."

에토는 머리를 조아렸다.

"그놈 정보는 내가 파악해야만 했어. 그래서 입이 닳도록 말했잖아? 무슨 일이 있으면 알리라고 말이야."

"처음에는 오래 머물 생각이 아니었던 것 같아서 그만……."

"그런 걸 누가 믿어? 그런 점까지 포함해서 나는 알았어야만 했어."

"정말로 죄송합니다. 반드시 벌충을 하겠습니다."

"믿어달라는 거냐?"

"이렇게 고개를 숙이는 일밖에 못합니다만······."

가가야는 일어섰다.

"다음에 가게에도 찾아가마."

가가야가 문을 향해 걸음을 떼기에 가즈야도 뒤를 따랐다.

지금 이 자리에서 벌어진 일에 대해서는 차 안에서 설명해줄 것이다. 아니면 아무 설명이 없을지도 모르지만, 요컨대 가가야의 업무란 이런 것인가 보다. 인맥 형성과 그 유지, 보수. 가가야와 에토의 관계가 과연 인맥이라고 부를 만한 것인지에 대해서는 의문도 들지만.

다시 세단을 출발시키자 가가야가 말했다.

"너, 그 양복 어디서 샀어?"

"양복 말씀이십니까?"

가즈야는 어리둥절하면서도 전국에 체인점을 가지고 있는 양복 전문점의 이름을 댔다.

가가야는 측은하다는 목소리로 말했다.

"좀 더 좋은 데서 사. 4과는 절도범이나 무전취식하는 놈들을 상대하는 게 아니야. 인간의 가치가 겉보기로 결정된다고 믿는 놈들을 상대한다고."

가즈야는 쭈뼛쭈뼛 반론했다.

"저희는 지방공무원이니 상대의 기준에 맞추지 않아도······."

가가야가 말했다.

"안 돼. 놈들은 가난한 공무원한테는 경의를 표하지 않는다. 얕잡아 볼 뿐이야. 놈들하고 대등하게 맞서면서 정보원으로 삼으려면 이쪽도 걸맞은 외견이어야만 해."

"경찰관은 그런 놈들하고는 다른 가치관으로 살아가지 않습니까?"

"아버지가 그렇게 말씀하셨나?"

가즈야는 대답했다.

"그런 말씀을 하신 건 아니지만, 아버지는 그렇게 사셨습니다."

"야나카에서 산다면 그래도 상관없지. 하지만 우리는 소박한 야나카 주민들을 상대하는 게 아니야. 돈을 얼마나 쓸 수 있는지, 얼마나 비싼 걸 걸치고 있는지, 그게 전부인 놈들이 우리 상대다. 그 양복으로 나가서 놈들한테 뭐라도 물어봐. 엉뚱한 대답만 해댈걸? 지하철을 타고 놈들 사무소에 가 봤자 거들떠보지도 않는다, 이 말이야."

"하지만 그게 경찰 아닙니까?"

"몇 번씩 말하게 하지 마라." 가가야의 목소리가 약간 거칠어졌다. "우리의 정의감도 공복 의식도, 놈들은 이해 못 해. 놈들이 이해하는 건 표면적인 품새뿐이야. 품새가 번지르르한 사나이는, 다시 말해 강하다는 얘기다. 우리는 놈들도 알아볼 정도로 강해야만 해."

가즈야가 잠자코 있자 가가야가 물었다.

"이해 못 하겠나?"

"아닙니다. 하지만 생각도 해보지 못했던 견해여서……."

"4과는 위험한 직장이야. 내 선배들도 몇이나 좌절했지."

"네?"

"매일같이 상대의 사치스러운 생활을 보면 말이지, 쥐꼬리 월급을 받는 자신이 비참해지거든. 그런 틈을 보이면 놈들을 스파이로 쓰고 있다가도 어느 틈에 자기가 놈들의 스파이가 되어버리지. 푼돈에 말이야."

가즈야는 신중하게 단어를 골라가며 말했다.

"분명 그런 사람은 직업을 잘못 선택한 거겠지요. 처음부터 경찰관이 되어서는 안 될 사람인 겁니다."

"신념이 있는 경찰관이 그리 많은 건 아니지."

가이엔히가시 길로 나가기 직전에 걸린 적신호에서 가즈야는 물었다.

"다음은 어디로 가십니까?"

가가야가 대답했다

"시로가네. 이쿠라카타마치에서 우회전해서 사쿠라다 길로 들어가."

예, 하고 대답하고서 가즈야는 궁금했던 질문을 했다.

"경찰관 월급으로 야쿠자하고 대등하게 꾸미려면 힘들지 않습니까?"

가가야는 코웃음을 쳤다.

"난 특별임무를 하는 거야. 저쪽에 넘어가지 않도록 상부에서도 배려를 해주지."

수당이 나온다는 소리일까? 그렇다면 어떤 명목으로? 아니면 뒷돈을 받아서 쓰는 걸까.

가가야가 말했다.

"뭐, 양복은 무리하지 않아도 돼."

"조만간 어떻게 해보겠습니다."

"그래도 신발은 내일 당장 새로 사라."

가즈야는 민망했다. 자기 신발이 조금 낡았다는 것은 잘 알고 있었다. 다음 월급을 타면 사러 갈 생각이었다.

가즈야는 곤혹스러워하면서 말했다.

"예. 되도록 빨리."

"어렵나?" 가가야는 자기가 한 말을 취소하듯이 말했다. "하긴 아직 쥐꼬리 월급이지. 됐어, 무리하지 마. 업무에 필요한 장비는 지급하도록 하지."

"제복처럼 말씀입니까?"

"출동복처럼 말이야. 그걸 위한 비용은 내주지."

어디서 내준다는 소린지, 가가야는 말하지 않았다. 상식적으로 상상해도 되겠지. 경시청 상부는 가가야의 번지르르한 차림새를 이해하고, 어떤 명목으로든 공금을 지출하고 있다. 가가야는 그 지출에 가즈야의 출동복 대금을 얹어서 받아내겠다고 말하는 것이다.

신호가 파란불로 바뀌었다. 가즈야는 가가야의 명령대로 세단을 출발시켰다.

시로가네에서 가가야가 들른 곳은 중고 자동차 판매업자의 전시장이었다. 구석의 응접테이블에서 가가야가 또 상대에게 다소 난폭한 태도로 질문을 했다. 상대는 접객에 이력이 나 보이는 사십 대 남자로, 끝까지 미소를 잃지 않고 가가야를 대했다. 사람 이름이 몇 개 나왔지만 가즈야는 그 이름이 어떤 맥락에서 나온 것인지 전혀 이해하지 못했다.

　가가야는 그 중고차 딜러를 뒤로 하고 세단 안에서 말했다.

　"기억해둬. 저 패거리들은 경찰에 대한 호의로 정보를 주는 게 아니야. 내가 좋아서 정보를 내주는 게 아니다."

　가즈야는 물었다.

　"정보도 거래라는 말씀입니까?"

　"아니. 경찰 정보를 저놈들한테 어떻게 흘려?"

　"그럼 놈들은 어째서 정보를 주는 겁니까?"

　"대부분은 장사지. 라이벌을 짓밟기 위해서 써먹을 수 있는 정보라면 우리한테 넘긴다."

　"그 외에는요?"

　"자기 장사를 지키기 위해서. 놈들이 이상하게 정보를 많이 내줄 때는 뭔가 숨기고 싶은 게 있을 때지."

　"구분하기 힘들겠네요."

　"그래. 게다가 놈들이 내놓는 정보의 칠십 퍼센트는 허위 정보야. 라이벌을 짓밟기 위해서라면 놈들은 상당히 질 나쁜 정보도 흘리거든. 멍청하게 진짜로 받아들였다가는 일이 귀찮아져."

　"하지만 바꿔서 말하면 삼십 퍼센트는 진짜 정보라는 말씀이군요."

　"허위 정보가 아닐 뿐, 유용성은 별개의 문제지."

　"다음으로 가실 곳은?"

　가가야는 대답했다.

　"다시 롯폰기."

결국 가가야는 이날, 전부 폭력단 수하 기업 사무소로 추정되는 네 곳에 얼굴을 내밀었다. 가가야는 가즈야에게 자기가 어째서 거기에 가는지, 거기서 어떤 정보를 얻었는지는 전혀 가르쳐주지 않았다. 어느 사무소에서나 가가야는 사람 이름을 대면서 그 사람이 지금 어쩌고 있는지를 상대에게 물었다. 하지만 해당 인물을 철저하게 조사하는 기색도 아니었다. 세상이야기를 하다가 튀어나온 것처럼 들리는 질문이었다. 이동 중에도 방문처에서 있던 일에 대해서는 일절 입에 담지 않았다.

네 번째 사무소에서 나오니 오후 7시였다.

세단에 올라타자 가가야가 물었다.

"배 안 고파?"

"아닙니다."

가즈야는 다소 무리해가며 대답했다.

"갑자기 끌고 다녔으니 그렇겠지. 널 위로해줘야겠지만, 다음에 하자고."

"위로라니요?"

"배속 축하 말이야. 술은 마시나?"

"약간은……."

"오늘 술은 참아. 다음은 아자부주반. 도리이사카시타."

가가야가 지시한 대로 가즈야는 오스트리아 대사관 근처의 길가에 세단을 세웠다.

바로 왼편에 초밥집 간판이 자그맣게 걸려 있었다. 현관 구조로 보아 결코 저렴하지는 않을 가게였다.

가가야는 말했다.

"한 시간 쯤 있다가 돌아오마. 그 후에 널 풀어주지."

"저는 기다리면 됩니까?"

"그래."

가가야는 세단에서 내려 그 입구로 향했다.

가즈야는 카오디오 스위치로 손을 뻗었다. 금세 시디가 재생되었다. 오페라 아리아였다. 가가야가 오페라를 들을 줄은 몰랐다. 가즈야는 스위치를 시디에서 FM 방송으로 바꾸었다. 오륙십 년대 미국 팝송이 흘러나왔다. 이거면 되겠다.

십오 분쯤 지났을 때, 누군가가 운전석 유리를 콩콩 두드렸다. 고개를 돌려보니 제복 경찰관이었다. 가즈야는 창유리를 내렸다.

젊은 경찰관이 물었다.

"이 차는 뭐지? 무슨 이유로 주차했나?"

공안위원회의 허가증은 이미 본 모양이다.

가즈야는 경찰수첩을 꺼내어 경찰관에게 보여주었다.

"공무수행중입니다."

"아." 경찰관은 이해했다는 듯이 말했다. "대사관이 가까워서 여쭤보았습니다."

경찰관은 경례를 하고 떠났다.

그로부터 다시 십오 분쯤 지나 가게 입구에 가가야가 모습을 드러냈다.

이렇게 대기하고 있을 때는……. 가즈야는 잠시 고민했다. 내가 내려서 상사를 위해 문을 열어야 하나? 아무리 상사와 부하 사이라지만 그렇게까지 할 필요는 없으려나? 내가 경시총감 전용차의 운전사는 아니니까.

가즈야는 일단 세단에서 내렸다. 자신의 행동이 과하다면 가가야는 분명히 바로 주의를 줄 것이다.

운전석 밖에 내려섰을 때, 가가야 뒤에서 또 한 명의 그림자가 나오는 것이 보였다. 여성이다. 하얀 양장 패션. 가가야의 동행인가?

가가야가 세단 옆까지 걸어왔다. 여자가 뒤에서 따라온다. 이십 대 중반쯤 되는 젊은 여자였다.

가가야가 말했다.

"넌 내 어린 파트너지, 운전사가 아니야."

역시나 그렇게 말해주었다.

"이쪽은 나카타 씨. 알고 있나?"

가즈야는 그가 나카타라고 소개한 여자의 얼굴을 똑바로 보았다. 본 기억이 있다. 바로 오늘 보았다. 본청 육 층, 수사 4과가 있는 층에서.

여경? 아니면 직원이었나?

나카타는 미소를 지으며 말했다.

"안녕하세요?"

그 목소리를 듣고 기억해냈다. 서무계 직원이다.

"안녕하세요."

가즈야는 내심 당황하면서 대답했다. 어찌된 일일까. 가가야는 사적인 용건으로 나카타와 만난 건가? 식사를 했나? 가게 안에는 누군가 정보원도 있었을까?

가가야가 말했다.

"운전 좀 해줘. 오늘은 이걸로 끝이다."

나카타는 뒷좌석에 올라탔다.

조수석에서 가가야가 말했다.

"메구로. 메구로 역 근처다."

가즈야가 세단을 출발시켜 아자부주반 쪽을 향해 달리자 가가야가 물었다.

"일보는 과장에게 제출해야 하나?"

가즈야는 대답했다.

"아닙니다. 제 일보는 사장님께 제출하라고 했습니다. 직접 감독할 책임이 있는 사람은 사장님이라고 했습니다."

"상관없겠지. 하지만 내용은 대충 써. 시간도, 방문지도 자세히 쓸 필요 없어. 고유명사는 필요 없다."

"매일 제출해야 하지요?"

"나는 꼭 매일 형사실에 나가는 건 아니야. 나갔을 때 한꺼번에 읽도록 하지. 넌 전날에 특별히 지시가 없을 때는 점심때쯤 형사실에 가 있어. 내가 그날 할 일을 지시하겠다."

"예."

메구로 역 서쪽의 곤노스케자카 비탈길을 내려갔다. 제법 북적거리는 번화가다. 삼거리를 통과했을 때 가가야가 왼쪽으로 가라고 지시했다. 일방통행 길이다. 좌회전하니 그 길도 내리막이었다.

"거기."

가가야가 말했다.

왼편에 서 있는 건물은 외벽에 벽돌처럼 생긴 장식 타일을 바른 집합 주택이다. 이곳에는 무엇이 있지?

가가야가 앞쪽을 가리키며 말했다.

"기억해둬. 내 전선기지다. 왼쪽에 주차장 입구가 있어. 왼쪽에 붙여서 세워."

가가야는 글러브박스에서 리모컨을 꺼냈다.

가즈야가 그 주차장 입구 앞에 세단을 세우자 철제 격자 셔터가 위로 걷혔다. 셔터 너머는 완만한 비탈이었다.

가가야가 말했다.

"안에 들어가서 화살표를 따라가. 12번 앞에 주차해라."

시키는 대로 아라비아 숫자로 하얗게 12라고 쓰여 있는 자리 앞에 세단을 세웠다.

가가야와 나카타가 세단에서 내렸다.

가즈야는 후면 주차로 12번 자리에 세단을 넣었다.

그러는 사이에 나카타는 주차장 구석에 있는 엘리베이터 앞으로 걸어갔다. 그렇다면 가가야의 집으로 향한다는 말일 것이다. 가가야는 가족이 없나? 경찰서 여직원을 집에 들이는 데 아무런 문제도 없나?

가즈야는 세단에서 내려 가가야의 다음 지시를 기다렸다.

가가야는 가즈야의 손에서 세단 열쇠를 낚아채며 말했다.

"수고했어. 첫날인데 정신없이 끌고 다녔지? 내일부터도 비슷할 테니 각 오하고 와."

"이것으로 해산입니까?"

"엘리베이터로 올라가라. 현관으로 나가면 돼."

엘리베이터가 내려오자 나카타가 먼저 안으로 들어갔다. 이어서 가가야.

가즈야는 마지막으로 엘리베이터를 타고 가가야의 얼굴도 나카타도 보지 않고 두 사람에게 등을 돌렸다. 가가야가 오 층의 버튼을 눌렀다. 가즈야는 L 버튼.

금세 로비 층에 도착하고 문이 열렸다.

"내일 또 보자."

가가야가 뒤에서 말했다.

가즈야는 몸을 반만 돌리고 가가야에게 말했다.

"실례하겠습니다."

가가야의 옆에서 나카타가 묘하게 유쾌한 표정을 짓고 있다는 것을 알았다. 뭘 놀라, 라고 말하는 듯한 얼굴. 낭패한 가즈야의 모습을 즐기는 표정 같기도 했다.

이틀 후였다.

가즈야는 가가야와 함께 본청을 나와 가가야의 세단이 놓여 있는 주차장까지 걸어갔다. 가가야가 리모컨 버튼을 눌렀다. 지정 위치에서 세단의 비상등이 깜빡였다.

가즈야는 가가야에게서 열쇠를 받아 운전석에 올라탔다.

조수석에 탄 가가야가 글러브박스에서 꾸러미 하나를 꺼냈다. 초콜릿 상자만 한 사이즈다.

가가야가 말했다.

"월급이다. 열어봐."

가즈야는 그 꾸러미의 포장지를 벗겨냈다. 종이 상자가 나왔다. 뚜껑을 열어보니 손목시계였다. 선망하던 브랜드 제품.

며칠 전 약속을 이행해준 것 같지만 가즈야는 정말 받아도 되는지 망설였다. 이것이 공금에서 나온 물건이라면? 뒷돈으로 처리한 물건이라면? 아니, 최악의 경우, 수사대상에게 받은 뇌물이라면?

가가야는 가즈야의 망설임을 꿰뚫어 본 것처럼 말했다.

"깨끗한 물건이야. 순결하지. 구린 물건 아니니 안심하고 써. 내 팀의 표준 지급품이다."

가즈야는 일단 농담으로 넘기려 했다.

"저 말고 팀 멤버가 또 있습니까?"

"1군은 너 하나야. 2군도 있지."

"전부 같은 시계입니까?"

가가야는 웃었다.

"설마! 일단 써. 난 남들이 궁상맞은 부하를 데리고 다닌다고 생각하는 게 싫다."

아마 나는 궁상맞게 보이겠지. 가즈야는 고개를 꾸벅 숙이고 상자에서 시계를 꺼냈다.

가가야가 카오디오 스위치를 켰다. 바로 소프라노의 오페라 아리아가 흘러나왔다. 가가야는 음량을 약간 키웠다.

가즈야가 물었다.

"오페라를 좋아하십니까?"

가가야는 대답했다.

"그래. 특히 이탈리아 오페라. 이런 일을 하다 보면 기분을 한껏 고무시켜야 할 때가 있지. 그럴 때 얼마나 좋다고. 이탈리아 오페라는 테마가 죽여주거든. 삼각관계니, 불륜이니, 배신이니, 복수니 해서 말이야. 내 사기도 높여주지."

급기야 가가야는 흘러나오는 곡에 맞추어 콧노래를 흥얼거렸다.

"무슨 곡입니까?" 가즈야가 물어보았다.

가가야가 대답했다. "〈공주는 잠 못 이루고〉."

가가야 히토시 경부의 유일한 직속 부하가 된 지 꼭 일주일째, 가즈야가 형사실의 자기 책상에서 일보를 쓰고 있을 때 전화가 왔다. 옆자리의 선배 수사원이 전화를 받더니 네 전화다, 하며 수화기를 건네주었다.

"하타케야마다." 상대는 간결하게 말했다. 경무부 인사1과장이다. "지금 나올 수 있나?"

"예."

가즈야는 대답하고서 서무계 책상을 보았다. 나카타는 없다. 급탕실에라도 갔나? 적절한 타이밍에 경무부에서 전화가 온 것이다.

이것이 만일 다른 수사원들이 없을 때 걸려왔다면 이 내선전화는 서무계인 나카타가 받았을지도 모른다. 경무부 과장이 신입인 가즈야에게 전화를 걸었다고 하면 나카타도 주의를 기울일 것이다. 갖은 상상력을 동원해서 가즈야의 비밀 임무까지 짐작할지도 모른다. 나카타는 당연히 그것을 가가야에게 보고하겠지.

신입인 안조 가즈야가 경무부의 스파이라는 사실이 들통나면 그 시점에서 하타케야마와 오이카와가 계획한 이번 작전은 끝장이다. 가가야가 무슨 짓을 하고 있건, 모든 증거를 은멸하려 들 것이다.

가즈야는 십이 층으로 올라가 한 회의실에서 하타케야마와 대면했다.

하타케야마는 말했다.

"일주일이 지났네. 어떤가, 뭔가 보이나?"

가즈야는 그 질문에는 직접 대답하지 않고 말했다.

"먼저 드리고 싶은 말씀이 있습니다. 괜찮으십니까?"

"뭔가?"

"가가야 경부는 육 층에 협력자를 두고 있습니다. 가가야 경부가 없을 때라도 4과에서 일어나는 일은 전부 경부의 귀에 들어갑니다."

"그야 자기가 속한 과에서 일어나는 일이니 가르쳐주는 동료도 있겠지."

"제가 인사1과의 내선 전화를 받는 것도 위험하다고 생각합니다만."

"이름은 말하지 않았네."

"예리한 사람이라면 관계를 눈치챌 겁니다."

"가가야의 스파이는 누군가?"

"서무계 여직원입니다."

하타케야마는 눈을 희번덕거렸다.

"사귀고 있다는 말인가?"

"사적으로도 가까워 보였습니다."

하타케야마는 코로 숨을 내쉬더니 팔짱을 끼고 말했다.

"자네는 휴대전화가 있나?"

"최근에 사용하기 시작했습니다."

"이제부터 내선은 사용하지 않겠네."

가즈야는 메모 용지에 휴대전화 번호를 적어 하타케야마에게 건넸다.

"그래, 요 일주일 동안 가가야에게 붙어보니 어떤가?"

가즈야는 가가야의 사생활이 확실히 화려해 보인다고 보고했다. 독일제 세단, 경시청 근처에 확보해둔 주차장, 아지트라는 집합 주택, 양복과 시계.

가즈야는 가가야가 필요 장비라면서 고급 시계를 주었다는 사실도 보고했다.

"통이 큰 녀석이로군."

"경부는 상부에서 경비가 나온다는 식으로 말했습니다."

하타케야마는 말했다.

"녀석이 말하는 상부라는 건 4과장을 말하는 건가?"

"아닙니다. 경부는 과장과는 미묘하게 거리를 두고 있는 듯했습니다."

하타케야마는 복잡한 표정을 지었다.

"흠, 더 높은 쪽인가."

"가가야 경부에게 직접 물어보면 안 되는 겁니까?"

"물론 한 번 물어봤지. 자기를 의심하는 거냐고 되레 반격하더군. 뭐가 나올지 알고 있느냐면서 말이야. 그렇게 되면 경무부도 입장이 약해져."

하타케야마는 고개를 한 번 가로젓더니 다시 물었다.

"폭력단과의 유착도 없는 거지?"

"예. 그런 면에서 경부는 상대와 확실하게 선을 긋고 있습니다. 유착이라 할 만한 기미는 전혀 보이지 않았습니다."

"뭐, 배후가 있다고 해도 그리 간단히 꼬리를 드러내지는 않겠지. 서두를 것 없네. 일단 자네를 충분히 신용하게 만들도록."

"예."

"자네가 특별히 할 말이 없다면 일주일 후에 보세. 뭔가 증거를 잡았을 때는 언제라도 좋네."

첫 번째 보고는 십오 분 만에 끝났다.

가즈야의 휴대전화에 가가야의 전화가 걸려온 것은 10월의 마지막 일요일 아침이었다.

가즈야는 히비야 극장가 도로에 멈춰 서서 유카를 불렀다.

"잠깐만. 상사 전화야."

유카는 걸음을 멈추고 뒤를 돌아보았다.

가즈야는 통화 버튼을 누르고 전화를 받았다.

"나다." 가가야가 갈라진 목소리로 말했다. 몸이 안 좋아 보이는 목소리였다. "지금 어디에 있나?"

가즈야는 상대가 무슨 용건을 말할지 걱정하면서 대답했다.

"도내에 있습니다. 히비야입니다."

"히비야라. 마침 잘 됐군. 갑작스럽지만 긴급 출동이다."

"예? 오늘은 비번입니다만."

"알고 있어. 하지만 긴급이라고 하잖아. 차를 운전해라."

"어디로 갑니까?"

"후추다. 도쿄 경마장."

정말로 업무일까? 정말로 긴급 사태가 발생한 것일까?

가즈야는 큰마음을 먹고 말했다.

"사장님, 실은 제가 오늘은 애인하고 같이 있습니다. 약속을 해서 벌써 만나고 있습니다."

"이렇게 아침부터? 건강도 하군."

"벌써 10십니다."

"새벽이야."

"만약 이 일이 날짜를 미룰 수 있는 일이라면 그렇게 해주시면 감사하겠습니다만."

가가야가 전화 너머에서 기침을 했다.

"안조, 나도 그렇게 막무가내는 아니야. 이유도 없이 데이트를 방해하지는 않아. 하지만 긴급 사태라고 했잖아. 우리가 할 일이야. 나와라. 이건 부탁이 아니다. 상사 명령이다."

가즈야는 하늘을 쳐다보며 소리는 나지 않도록 크게 숨을 내뱉었다. 오늘은 유카하고 영화를 보고 식사를 할 예정이었다. 유카에게는 고백하지 않았지만, 그 후에 함께 호텔로 갈 생각이었다. 가즈야와 유카는 이미 두 번 성관계를 맺었다. 오늘도 거절하지는 않을 것이다.

"듣고 있나?" 가가야가 말하고 있다.

가즈야는 불만을 감추지 않고 말했다.

"알겠습니다. 어떻게 하면 됩니까?"

"메구로의 아지트로 가라. 관리인실에 열쇠를 맡겨놓았어. 전화를 해놓을 테니 주차장에서 대기해. 11시면 되겠지?"

"11시에 대기하고 있겠습니다."

전화를 끊으려는데 가가야가 말했다.

"잠깐 기다려. 뭐하면 후추에서 데이트해라. 애인은 경마 싫어하나?"

"글쎄요."

가즈야는 유카 쪽으로 눈을 돌렸다. 유카는 고개를 갸웃거렸다. 지금의 대화에서 오늘 데이트는 망쳤다는 걸 알았을 테지만.

"오늘은 영화를 볼 생각이었습니다."

"기껏해야 세 시간이면 돼. 오후 2시에는 풀어주지. 그 후에 자동차도 써. 기다리고 있으마. 그 상대 아가씨도 데려와."

대답도 하기 전에 전화가 끊겼다.

"왜 그래?"

유카가 물었다. 하얀 재킷과 그 밑에 검은 캐미솔 셔츠, 플레어스커트. 제복을 입은 모습과는 달리, 역시 여성스러움을 강조한 옷차림이다. 머리카락 밑으로 엿보이는 귀에는 피어스. 아니, 귀걸이인지도 모른다. 어느 것이든 도쿄 소방청에서 근무 중에는 금지하겠지.

가즈야는 몇 번이나 사죄의 말을 곁들이며 사정을 설명했다.

유카는 전부 듣고 나서 말했다.

"그 사람이 모처럼 같이 오라고 말했잖아. 후추에 가도 상관없어. 진짜 경마를 볼 수 있는 거지? 그것도 나름대로 재미있을 것 같아."

예상치 못했던 반응에 가즈야는 무심코 되물었다.

"괜찮아? 경마장인데?"

"오늘은 다케유타카가 나오지 않나? 뭐라고 했지? 국화상?"

"천황상." 가즈야는 바로잡았다. 가즈야도 자세히 알지는 못하지만.

"너만 괜찮다면 2시까지는 일하는 걸로 할게."

"그 사이에 나는 말을 구경하고."

택시를 타고 집합 주택 앞에서 내려 관리인을 불렀다. 바로 문이 열리더니 로비로 나온 관리인이 세단의 열쇠를 건네주었다. 가즈야는 지하 주차장으로 가서 유카를 그 세단 앞까지 안내했다.

유카는 감탄의 소리를 질렀다.

"굉장하다! 당신 상사, 뭐하는 사람이야? 이런 차를 탈 수 있는 사람이야?"

"특별직이야. 경찰관 틀에서 벗어났어."

"그런 사람한테는 분명 비번이 어쩌고저쩌고해봤자 안 통할 거야."

오 분 후, 주차장에 나타난 가가야는 아직 약간 숙취가 남아 있는 얼굴이었다. 눈언저리가 빨갛고 눈꺼풀이 부었다. 파란 양복차림이었다.

가즈야는 유카를 가가야에게 소개했다.

"나가미 유카. 도쿄 소방청의 응급구조사입니다."

가가야는 눈을 크게 뜨고 유카를 보았다.

"오, 역시 안조로군. 눈이 높아."

"처음 뵙겠어요."

유카도 인사를 했다. 그녀의 눈에는 호기심이 빛났다. 지방공무원 신분으로 이런 주택에 살면서 고급차를 타는 남자. 그것이 어떤 인물인지 궁금하리라.

가즈야는 말했다.

"사양 않고 유카도 데리고 갈 겁니다."

"좋아. 난 뒷좌석에 타겠어. 후추까지 한잠 자야지."

주오 고속도로의 이나기 입체교차로를 빠져나왔을 때부터 가가야는 뒷자리에서 전화 통화를 시작했다.

누군가를 쫓아 경마장까지 온 듯싶다. 스즈키라는 이름이 몇 번이나 나왔다. "그래. 멍청한 소리 지껄이지 마, 스즈키. 내가 뭣 때문에 사방에 연락을 남겼겠어? 볼일이 있으니 그런 거 아니야. 아니, 이쪽에 있다니까. 그런데도 요리조리 피해 다녀? 알아들었어? 난 지금 후추에 와 있다. 스즈키, 네놈이 경마장에 있다는 사실은 다 알아. 도망치지 마라. 칠만 명 앞에서 네놈의 악행을 까발려줄까? 잘 들어. 일부러 몸소 찾아온 거다."

경마장으로 가는 표지판을 보면서 가즈야는 물었다.

"정문으로 가면 됩니까? 혼잡한 것 같습니다만."

가가야는 일단 휴대전화를 귀에서 떼고 말했다.

"아마 동문이 관계자 출입구일 거다. 그쪽으로 돌아가."

"들여보내줄까요?"

"우리는 공무수행중이야. 그걸로 밀어붙여."

경마장 전체를 내려다볼 수 있도록 유리를 바른 방이었다.

테이블이 유리창에 직각으로 잔뜩 놓여 있었고, 그 테이블들을 한 줄마다 다른 그룹이 차지하고 있었다. 창문 반대편에는 수많은 모니터가 줄줄이 벽에 걸려 있다.

가즈야는 도쿄 경마장에 오는 것도 처음이고, 이 마주馬主 특별실에 들어오는 것도 물론 처음이었다. 지금 방 안에 있는 남녀는 칠팔십 명쯤 될까. 방 안에는 강렬한 엽궐련 향기가 가득했다.

지금 가즈야와 가가야의 주위에는 일곱 명의 남녀가 있다. 남자들은 하나같이 약간씩 일반적인 미의식에서 벗어난 원단과 컬러의 양복을 입고 있었다. 여자는 둘 있었는데, 둘 다 실루엣을 강조한 양복 차림이었다. 클럽 호스티스들인지도 모른다. 그 남녀 앞에는 전채요리를 담은 은접시 두 개와 맥주병, 와인병, 유리잔 같은 것들이 놓여 있었다.

방금 전 여직원이 이 방으로 안내해주면서도 의무적으로 넥타이를 착용해야 한다며 가가야와 가즈야에게 주의를 주었다. 가가야는 양복에 넥타이 차림이었지만 가즈야는 재킷뿐이었다.

가가야가 경찰수첩을 보여주자 가즈야의 드레스코드 위반은 눈감아주었다. 하지만 그렇더라도 가즈야가 이 방에 가장 어울리지 않는 남자임은 분명했다.

방 안에는 유명한 엔카 가수가 있었다. 그 주위에 모여 있는 사람들도 연예인인 듯하다. 다른 테이블에는 신흥 증권회사 사장과 최근 텔레비전에서 자주 소개되는 청년 경영인 그룹이 있었다. 가장 안쪽 테이블을 둘러싸고 있던 사내들 중에는 최근에 무슨 대신*을 역임했던 보수계 정치가가 있었다.

가가야가 상대하고 있는 사람은 하얀 더블 슈트를 입은 중년 사내였다. 약간 긴 머리를 전부 뒤로 넘겼고, 사나이다운 생김새에 쉰쯤 되어 보인다. 아마 노래방 열창이 특기일 것이다. 가즈야는 특별한 근거도 없이 그렇게 생각했다.

"작작 좀 하시죠, 가가야 씨."

상대가 그렇게 말했다. 몹시 짜증스러운 기색의 목소리였다.

"보다시피 여기는 일반인 출입금지 구역입니다. 지극히 개인적인 장소지요. 거기에 영장도 없이 쳐들어오다니."

가가야는 그 남자의 맞은편 의자에 살짝 걸터앉아 다리를 꼬았다.

"누가 쳐들어왔다고 그래? 자네가 초대하지 않았어? 아닌가, 스즈키?"

스즈키라 불린 남자는 좌우의 사내들을 흘깃 보더니 말했다.

"이런 곳에서 문제를 일으키지는 말아주시겠어요?"

"나 역시 문제 일으킬 맘은 없어. 옛 우정을 돈독히 해보자는 것뿐이지. 모처럼 자네가 돌아왔으니 말이야. 이번에는 새로운 사업을 시작한다고?"

* 우리나라의 장관에 해당하는 일본의 관직명

"그렇습니다."

"명함 한 장 주시지."

"아직 안 만들었습니다."

"어디로 연락하면 돼? 집은 어디야?"

스즈키가 작은 목소리로 말했다.

"메모해." 가가야가 가즈야에게 지시했다.

가즈야는 당장 수첩을 꺼내 남자가 말하는 현 주소를 메모했다.

가즈야와 가가야 옆에 있던 남자들 가운데 가장 나이 많아 보이는 남자가 가가야 옆에 서서 말했다.

"형사님, 뭔지 모르겠지만 우리끼리 즐기고 있는 시간이야. 함께 놀 거면 몰라도, 그게 아니라면 다음에 찾아오시지."

가가야는 나이가 지긋한 그 남자의 얼굴을 보지도 않고 말했다.

"잠깐이면 돼. 여기 스즈키 신야하고 조금만 더 세상 이야기 좀 하고 가려고."

"그럼 한잔 하시지? 어쨌든 그 사나운 태도는 옆에서 보기에도 기분이 좋지는 않군."

가가야는 그 남자의 말을 무시하고 다시 스즈키에게 말했다.

"스즈키, 자네의 새 친구를 나한테도 좀 소개해주지? 자네 친구라면 내 친구가 될지도 모르잖아."

"농담 마십쇼. 심술부리는 겁니까?"

"소개하기 어려운 사람이 여기에 있나? 그럼 한 명씩 얼굴을 찍어서 다른 데 가서 조사해봐야겠네."

"위협하지 마십쇼."

"이름만 가르쳐주어도 돼. 친구는 나중에 하면 되지."

스즈키가 가가야를 노려보았다. 가가야도 표정을 바꾸지 않고 쏘아보았다.

그 테이블에 있던 남자와 여자들이 다들 숨을 죽이고 가가야와 스즈키를 바라보고 있다.

결국 스즈키가 시선을 피했다.

"그쪽 분은 절 아껴주시는 사이토 고스케 씨. 사이토 흥산의 사장님입니다. 아시겠지만."

가가야는 스즈키가 사이토라고 소개한 최연장자 쪽으로 고개를 돌리고 말했다.

"호오. 난 말은 잘 모르겠는걸."

그 말은 경마업계를 잘 모른다고 말했다기보다 상대를 말이라고 부른 것처럼 들렸다. 사이토라는 남자의 얼굴이 굳었다.

스즈키는 그런 식으로 그 자리의 남자들을 하나하나 소개했다. 가가야는 그 이름과 얼굴을 똑똑히 기억하려는 듯이 한 사람 한 사람의 얼굴을 바라보았다.

소개가 끝나자 때마침 안쪽 테이블에서 환성이 들렸다. 몇몇 남녀가 유리창 쪽으로 다가갔다.

가가야는 가즈야에게 눈짓을 하고 일어섰다. 가즈야도 가가야를 따랐다.

가가야는 스즈키에게 말했다.

"대낮부터 하얀 양복에 와인이라니, 신세 많이 좋아졌군. 분명 짭짤한 장사겠지?"

"설마요!" 스즈키는 고개를 저었다. "얌전하게 하고 있잖습니까."

"언제 한번 자리 좀 마련해주면 좋겠군. 괜찮나?"

"이 방이라면 언제든지 초대하겠습니다."

"그때는 잘 부탁해."

가즈야는 마주 특별실을 나와서 가가야에게 물었다.

"지금 그건 대체 뭡니까?"

대답해주지 않을 줄 알았는데, 가가야는 말해주었다.

"눈으로 본 대로야. 스즈키의 새로운 인맥을 확인하러 온 거지."

"어떤 사내입니까?"

"사채를 굴리던 놈이지. 내사도 들어갔었는데, 일 년쯤 전에 채권을 전부 팔고 도쿄에서 사라졌어. 후쿠오카에 갔다고 들었지. 하지만 보아하니 도쿄로 돌아와서 새로운 돈줄을 잡은 모양이야."

"오늘은 견제하러 오신 겁니까?"

가가야는 쓴웃음을 지었다.

"아니. 놈한테 신용보증을 해준 거지. 지명수배범도 아니고, 4과에서 한 수 접어주는 사나이라고 말이야. 스폰서들은 진심으로 스즈키에게 출자를 할 마음이 들겠지. 그렇게 되면 스즈키는 언젠가 또다시 사채로 큰일을 벌일 거야. 뭔가 저질렀을 때 한방에 낚을 수 있지. 적어도 관계자들을 죄다 가택수사 할 수는 있을 거야."

"장기적인 계획이로군요."

"그렇지 않아. 일 년 안에 결판이 나지. 놈이 어디까지 빠져들지 기대되는군."

관객석 밑의 긴 통로를 걸어가면서 가가야가 문득 물었다.

"그 아가씨, 혼자서 괜찮을까? 내 용건은 일단 끝났는데."

"일단?"

"이런 날에 이런 곳이니 내 스파이들도 한둘쯤 와 있지. 자연스럽게 만나기에는 좋은 날이야. 너희는 이제 그만 돌아가도 돼. 차도 써."

가즈야는 휴대전화를 꺼내어 유카를 불렀다.

어디로 드라이브나 가자고 했더니, 유카는 모처럼 경마장에 왔으니 천황상까지 보고 싶다고 했다.

가가야가 대화를 듣고 나서 말했다.

"좋아, 난 그때까지 내 할 일을 할 테니 넌 아가씨를 상대하고 있어. 천황상이 끝나면 함께 도심으로 돌아가서 밥이나 먹자. 비번일을 망쳐서 미안하니 맛있는 걸 사주지. 운전 걱정은 안 해도 되니까 너도 마셔."

단둘이 있을 시간이 사라진다고 생각했지만 그 말을 입 밖에 내지는 않았다.

다시 유카에게 전화를 걸었다. 가가야의 제안을 전하자 유카는 기쁜 듯이 말했다.

"아, 멋지다. 찬성. 있지, 가가야 씨한테 물어봐줄래?"

"뭘?"

"신문을 보면서 나도 예상을 해봤거든. 1위 티엠 오페라 오. 2위 메이쇼도토. 이거 어떠냐고 물어봐줘."

가즈야는 가가야에게 유카가 한 질문을 그대로 전했다.

내놔, 하고 가가야는 가즈야의 휴대전화를 빼앗았다. 가가야는 유쾌하게 말했다.

"아가씨, 그거 인기 1, 2위를 그대로 찍은 거잖아. 나라면 다케 유타카가 모는 스테이골드, 마토바가 모는 메이쇼도토야."

그러세요? 하고 유카가 말하는 소리가 들렸다.

가가야는 확신에 넘쳐 말했다.

"나라면 지금 걸로 올인이다."

1위 기수 와다 류지에게 아이돌스타인 탤런트가 트로피를 전달했다. 도쿄 경마장을 메운 관중이 우레와 같은 환성을 지르며 박수를 보냈다.

유카가 가즈야를 돌아보며 말했다.

"나, 얼마 번 거야?"

암산할 필요도 없었다. 가즈야는 대답했다.

"2600엔."

"와!"

가즈야 옆에서 가가야가 재미없다는 듯이 우승마 투표권을 내던졌다.

"얼마나 사셨습니까?" 가즈야는 물었다.

"만 엔." 가가야는 대답했다. "올인이었어."

"오늘은 한 턱 내지 않으셔도 괜찮습니다."

"시끄러!" 가가야는 말했다. "오기로라도 먹여주마."

유카가 가가야를 쳐다보며 말했다.

"잘 먹겠습니다아."

운동부 소속 여학생 같은 말투였다.

그날, 가즈야는 오후 10시에 유카와 헤어졌다.

도심으로 돌아와 자동차를 가가야의 아지트에 두고 나서, 가가야가 미나미아오야마의 이탈리아 음식점에 데려가주었다. 그 후, 역시 셋이서 근처 술집으로 자리를 이동했다. 식사 후에 가가야는 먼저 가겠다는 의사를 내비쳤지만, 그때까지 세 사람은 제법 들떠 있었다. 유카가 가가야를 붙잡았고, 가가야도 결국 그 말을 따랐다.

가가야는 물론 유카 앞에서는 업무 이야기를 하지 않았다. 가가야는 오로지 오늘 있었던 천황상 경마 이야기뿐이었고, 경마나 마작과 같은 도박이 화제였다. 젊었을 때 자기가 얼마나 푹 빠져 있었나 하는 이야기였다.

10시에 가게를 나와, 가가야가 커다란 등짝을 곱사등이처럼 구부리고 떠나갔다.

가즈야는 한 군데 더 들르자고 유카를 유혹했다. 호텔에 가자는 의미다.

유카는 고개를 가로저었다. 그만 돌아가야 해. 순식간에 흥분에서 깨어나 제정신으로 돌아온 표정이었다. 아쉬웠지만 어쩔 수 없었다. 두 사람은 지하철 오모테산도 역으로 걸어가 각각 다른 지하철 플랫폼으로 향했다. 가즈야는 어머니가 사는 닛포리의 집합 주택으로 돌아가기 위해 지요다 선으로, 산겐자야에 사는 유카는 한조몬 선 플랫폼으로.

이튿날은 4과의 연락회의가 있는 날로, 가가야도 여느 월요일과 마찬가지로 일찌감치 본청에 나왔다. 이날 가가야는 회의가 끝난 후 직접 4과의 동료와 부하들을 불러 간단한 회의를 소집했다. 가즈야도 가가야의 뒤를 따랐다.

어제 보았던 스즈키 신야라는 남자를 둘러싼 정보 교환이 핵심 주제였다. 스즈키와, 그가 굴리던 사채에 대한 정보가 가가야와 다른 수사원들 사이를 오갔다.

"놈의 새로운 인맥 가운데 사이토 흥산의 사이토 고스케, 그리고 잡지사 사장이라고 하는 무라카미 도모아키라는 사내가 있었다. 안조, 무라카미에 대한 조회는 끝났겠지?"

가즈야는 오전 중에 조회해 두었던 결과를 보고했다.

"같은 이름으로 오 년 전 아이치 현경이 사기죄로 체포했던 남자가 있습니다. 파친코 필승 기술에 대한 잡지를 만들어 독자들에게서 450만 엔을 뜯어냈습니다. 집행유예입니다."

4과의 수사원 하나가 말했다.

"그 무라카미다."

가가야가 물었다.

"어떤 놈이야?"

"수호지 그룹이라는 놈들입니다. 파친코나 슬롯머신에 관한 수호지라는 잡지를 발행하고 있죠. 나고야가 본거지이고, 지금은 투자 컨설팅도 하고 있을 겁니다."

"무지하게 수상쩍군."

"그 녀석이 그 무라카미하고 동일인물이고 사이토 고스케, 스즈키 신야가 얽혀 있다면······."

"또 사기 아니면 뭔가 증권거래법 위반이겠군. 주식 거래사, 사채업자, 사기꾼이 모여 최강의 팀을 짰네. 분명히 벌써 시작했을 거야." 가가야는 그 수사원에게 말했다. "너, 담당해보겠어?"

"시켜만 주십시오. 사이토 고스케를 잡을 수 있다고 생각하니 갑자기 의욕이 생기는데요."

"경제사범일 가능성이 크니 2과하고도 의논하자고. 오늘 3시부터 어떤가?"

"상관없습니다."

"좋다. 다음은……."

가가야 옆에서 듣고 있던 가즈야는 가가야에게 독립 임무를 허용하는 이유를 충분히 이해할 수 있었다. 가가야는 확실히 혼자서 팀 하나가 할 일을 해내는 수사원이었다.

가즈야는 생각했다. 이러면 가가야에게 전담반 하나를 유지할 정도의 예산은 허락해주어야 할 것이다. 메구로의 아지트도, 독일제 세단도 충분히 본전을 뽑았을 것이다. 필요 경비 범위 내라고 할 수 있다. 물론 가가야는 자기가 그만한 경비를 쓸 수 있는 존재라는 사실 역시 충분히 즐기고 있겠지만.

경시청 십이 층 회의실에서 가즈야는 하타케야마에게 말했다.

"이번 주도 특별히 보고할 만한 사항은 없습니다. 가가야 경부는 정력적으로 도내의 정보원과 접촉하고 있습니다. 지금은 특히 수호지 그룹의 도쿄 진출에 대해 관심을 가지고 있는 듯합니다."

하타케야마는 재미없다는 얼굴로 말했다.

"그건 들었네. 사이토 고스케와 무라카미 도모아키가 같이 있는 현장을 확인했다면서?"

"예."

"그 정보만으로도 2과는 깜짝 놀라 정신을 못 차렸다더군."

가즈야가 잠자코 있자 하타케야마가 이상하다는 듯이 말했다.

"자네, 혹시 가가야의 팬이 된 것은 아닌가?"

"아, 아닙니다." 정곡을 찔린 가즈야는 당황했다. "좋은 부하로 신용을 얻기 위해 노력은 하고 있습니다."

"그놈이 뛰어난 형사라는 사실은 누구나 인정해. 무서운 것은 놈의 폭주와 탈선이다. 그 녀석이 형사 피고인이 된다고 생각해보게. 공판에서 어떤 증언이 튀어나올지. 경무 문제로, 다시 말해 복무규정 위반으로 잡아둘 수 있다면 최소한의 피해로 끝난다."

가즈야는 말했다.

"현 시점에서는 유착이나 과도한 향응을 받은 적도 없습니다."

"자네를 완전히 믿지 않는 걸까."

그렇지 않다. 증명할 증거는 없지만 가가야는 이런 가즈야를 제법 신용하는 기색이었다. 다소 마음 든든한 부하라고 생각해주는 것 같다. 이런 자신을 어엿한 수사원으로 키우려는 의사를 느낄 때도 있다. 가즈야는 점점 신용을 얻고 있다고 생각했다. 적어도 경시청 내부의 스파이라는 의심은 사지 않았다.

하타야마가 말했다.

"자네를 붙임으로써 가가야가 자중해서 결과적으로 아무런 의혹도 사지 않는 수사원으로 돌아가는 것이 이상적인 결말인데 말이야."

가즈야의 존재로 인해 스토리가 그쪽으로 굴러간다면 최고일지 모른다.

다음 주 월요일, 가마타 쪽을 향해 사쿠라다 길을 가고 있을 때 가즈야는 자연스럽게 가가야의 사생활을 화제로 삼았다.

"일요일에는 무엇을 하십니까? 골프입니까?"

가가야가 물었다.

"왜, 내 사생활이 신경 쓰이나?"

"아닙니다." 가즈야는 오늘 아침에도 대화를 나누었던 서무계 나카타의 얼굴을 떠올리며 말했다. 나카타는 아마 가가야와 함께 살지는 않을 것이다. "그저 업무일 때와 사생활일 때, 사장님이라면 차이가 클 것 같아서요."

"업무를 할 때는 내가 너무 멋지다는 거야?" 가가야는 자기가 말해놓고 웃었다. "그렇게 차이가 있을 것 같나?"

"어디선가 숨을 돌려야 하지 않겠습니까."

가가야는 조수석에서 허리 위치를 바로잡더니 말했다.

"낚시야. 바다낚시. 비번일 때에는 대개 조가시마 섬에 가곤 하지. 단골 낚시 가게가 있어서 배를 띄워주거든."

"바다를 좋아하십니까?"

"그래. 그것도 태평양이 좋아. 난 니가타 출신이거든. 어렸을 때는 거기 바다가 별로였는데."

"혼자서 가십니까?"

"보통은. 동료를 부를 때도 있지. 스파이하고 함께 간 적도 있어. 넌 낚시 할 줄 알아?"

"아니요, 전혀."

"퇴직하면 낚싯배 뱃사공도 좋지. 미사키에 잘 아는 낚싯배 가게 주인이 있는데 은퇴할 때 단골손님한테 권리를 팔 생각이 있다고 했거든. 영업권하고 배, 항구 계류권. 그때가 되면 꼭 시켜달라고 입후보해놨지."

"그거 좋은 계획이네요."

"내 행복한 은퇴 계획이야. 하지만 정년이 될 즈음이면 그 배도 정년일 걸. 새로운 배가 필요하겠지."

"낚싯배는 얼마나 합니까?"

"천양지차야. 제대로 된 좋은 물건을 사려면 아파트 한 채에 맞먹는 값이지."

"선박 조종 면허도 필요하겠네요."

"이건 비밀인데 말이야." 가가야는 가즈야를 바라보며 장난스럽게 웃었다. "경부보 시험을 치기 전에 난 2급 소형 선박 조종사 자격을 땄어."

가가야의 휴대전화가 울렸다.

가가야는 전화를 받더니 평소의 얼굴로 돌아와서 말했다.

"행선지 변경이다. 아사쿠사."

같은 주, 가가야를 따라 신주쿠를 한 바퀴 돌고 난 밤이었다.

가가야가 세단에 올라타며 가즈야에게 지시했다.

"이케부쿠로로 가자. 오늘은 늦게까지 같이 다녀야겠다."

세단은 오쿠보 길에 세워놓았다. 메이지 길을 타야 하나.

"예. 이케부쿠로 어디 부근입니까?"

"도요시마 구청."

"무슨 일이 있습니까?"

"마작."

가즈야가 조수석의 가가야를 슬쩍 바라보자 가가야는 씨익 웃으며 말했다.

"업무다."

세단을 세운 곳은 메이지 길에 접해 있는 복합 빌딩 앞이었다. 가즈야도 자동차를 그대로 세워놓고 가가야를 따라 그 빌딩으로 들어갔다. 삼 층에 마작 가게가 있었다. 상당히 고급스러운 가게 같았다. 안쪽에 개인실도 있는 듯하다. 연기 없는 고깃집에 필적하는 고성능 환기 시스템을 사용하고 있는지 담배 연기가 그리 신경 쓰이지 않았다.

안쪽에서 젊은 남자가 다가왔다. 왜소한 체격에 짧은 머리카락을 젤로 다듬었다. 나이는 이십 대 후반 정도일까.

"사장님, 갑자기 불러서 죄송합니다. 꼭 소개해드리고 싶은 사람이 있어서요."

호시노라는 사내였다. 이케부쿠로에서 사설 탐정사무소를 경영하고 있다고 한다.

거기에 또 한 명의 남자가 다가왔다. 이쪽은 사십 대일까. 통통한 체격에 장인 기질이 엿보이는 헤어스타일. 라면집 주인 같은 분위기다.

젊은 사내가 가가야에게 그 남자를 소개했다. 마작 가게 주인이라고 한다. 며칠 전 이 가게를 집기까지 통째로 빌려 직접 경영을 시작했다고 한다. 그 중년 남자는 얼마 전까지는 작은 호텔 주방에서 일했다며 자기소개를 했다.

가가야가 경시청 형사라고 신분을 밝혀서 가즈야는 깜짝 놀랐다. 하지만 뭔가 이유가 있는 행동일 것이다. 잠자코 가가야가 가즈야를 부하라고 소개하는 소리를 들었다.

안쪽의 개인실에는 중년 남자가 두 명 더 있었다. 호시노의 친구들이라고 했다. 한 명은 이케부쿠로에 빌딩을 몇 채 가지고 있는 부동산 업자이고, 또 한 명은 사이타마에 사는 산업폐기물 처리업자라고 했다.

가즈야는 개인실 구석에서 혼자서만 알코올을 마시지 않으며 네 사람이 마작 하는 모습을 바라보았다. 이케부쿠로의 요식업이나 유흥업 관련 이야기가 주된 화제였다. 가가야가 넌지시 질문을 던지면 호시노나 다른 사내들이 기억나는 이야기로 반응을 했다.

그날 밤, 마작이 끝난 것은 12시가 지난 시각이었다. 점수를 계산하고, 가가야가 호시노에게 7만 엔이 넘는 현금을 지불했다.

가게에서 나올 때 점장이 가가야를 불렀다.

"꼭 또 오십시오. 공무원도 환영합니다."

자동차로 돌아와서 가즈야는 마음에 걸렸던 질문을 했다.

"저기서 쓴 돈은 자비입니까?"

가가야는 코웃음을 치며 대답했다.

"2-3만 엔으로 끝낼 생각이었는데 말이야."

"심하네요."

"어떻게든 하지, 뭐. 필요한 투자였어."

"어찌 된 영문입니까?"

"호시노가 본인이 약간 거물로 보이길 원한 거지. 자기는 경시청 형사하고도 친한 사이고, 언제든 불러낼 수 있고, 돈도 내게 할 수 있는 사이라고 말이야. 난 그 시나리오에 맞춰준 거고."

"뭔가 도움이 됩니까?"

"저 녀석 정보는 꽤 확실하거든. 보다시피 촐싹거리는 놈이니 누구한테도 미움을 사지 않아. 어디에 있든 수상하게 여기지 않지. 그래서 경찰에도 연줄이 있다고 생각하게 해줬지. 저런 놈이라면 거꾸로 써먹으려는 녀석들도 있어."

그래도 그렇지, 7만 엔은 분명 아까울 것이다.

이튿날, 유카에게 전화를 걸어 주말의 예정을 물었지만 근무일이라고 했다. 그 후의 예정도 물었지만 가즈야와 타이밍이 맞는 날이 한동안 없다는 사실을 알았다.

가즈야는 한숨을 쉬며 말했다.

"너한테 맞춰서 유급휴가를 받을 수밖에 없나봐."

유카가 말했다.

"무리하지 마. 지금은 빨리 어엿한 형사가 될 수 있도록 노력해야 하는 시기일지도 몰라. 응원할게."

"외로워서 그래."

"야한 짓을 못 해서 그런 건 아니고?"

"그런 거 아니야. 알잖아."

"어른이라면 참으셔야죠. 서로 하는 일이 이런걸. 받아들일 수밖에 없잖아."

전화를 끊고서 가즈야는 생각했다. 아무래도 이 관계에서 내가 이미 지고 들어가는 것 같다. 상대가 없으면 못 견딘다고 생각하는 것은 나뿐이다.

다음 주, 가마타를 벗어났을 때 가가야의 휴대전화가 울렸다.

가즈야는 운전을 하면서 귀를 쫑긋 세웠다.

가가야는 "급해?" "2천?" "보증금?"이라는 말을 짧게 입에 담았다. 뭔가 매물이나 계약 이야기인 듯했다.

가가야가 말했다.

"관할 지역을 벗어난다. 조가시마로 가자."

"미우라 반도요?"

"그래. 미사키까지."

"긴급사태입니까?"

"아니. 신경 쓰이는 일이 생겼어. 지금 갔다 와도 그리 늦지는 않을 거야." 가가야는 그렇게 대답했다.

조가시마에 도착한 것은 한 시간 삼십 분 후였다. 그곳에서 삼십 분 정도 있다가 5시 반에 조가시마에서 출발했다.

돌아오는 길에 물어보았다.

"그 배, 사실 겁니까?"

가가야는 조가시마의 정박지까지 중고 크루저를 보러 갔던 것이다. 주인이 급하게 내놓게 되어 가가야에게도 연락이 들어왔다고 한다. 관심 있으면 보지 않겠냐고.

가가야는 고민에 겨운 신음소리를 내더니 말했다.

"사봤자 별 수 없어. 지금 낚싯배를 운영할 수 있는 것도 아니고, 모아놓은 돈도 없고. 게다가 사이즈도 좀 커."

"그 말씀은 무척 갖고 싶다는 소리로 들립니다만."

가가야는 시인했다.

"갖고야 싶지. 크지만 사연이 있는 배야. 싯가보다 제법 싸게 나왔어."

"사연이라고 하시면?"

"범죄. 얼마 전에 상해 사건이 있었던 배거든."

"그런 배가 낚싯배에 어울릴까요?"

"이름을 바꿔서 등록해버리면 아무도 몰라."

"이름은 뭐라고 하실 건데요?"

"그런 건 생각 안 해봤어."

가가야는 안타까운 한숨을 내쉬더니 손바닥으로 얼굴을 훔쳤다.

다음 주 월요일, 여느 때처럼 가가야와 함께 우치사이와이초의 빌딩 주차장에 들어가려는 참이었다. 가가야가 화장실에 다녀오겠다며 세단 열쇠를 가즈야에게 넘겼다. 가즈야는 혼자서 가가야의 세단으로 향했다.

운전석에 타려는데 조수석 등받이가 너무 꺾여 있었다. 어제 나카타가 탔나? 좌석의 전체적인 위치도 앞으로 쏠려 있었다.

가가야는 자기가 타보고 위치와 등받이 각도를 조절할 것이다. 하지만 좌석 위치가 너무 앞으로 쏠린 것 같기도 하다. 가가야가 다리를 집어넣기 힘들지 않을까.

가즈야는 조수석 쪽으로 돌아가 문을 열었다. 좌석 위치를 바로잡으려다가 바닥 매트 위에 작은 장식품 같은 물건이 떨어져 있는 것을 발견했다. 마침 운전석 쪽에서는 보이지 않는 장소였다.

나카타가 떨어뜨렸나?

가즈야는 그것을 주워 들었다가 등에 서늘한 기운이 흐르는 감촉을 맛보았다. 이 귀걸이, 본 적이 있다. 심플한 디자인의 모조 다이아몬드 귀걸이. 보기만 했던 것이 아니다. 가즈야는 이 귀걸이를 만지며 입김을 불어넣은 적도 있었다.

나가미 유카가 이 세단을 탔다? 등받이를 이렇게나 젖히고.

엘리베이터 쪽에서 구두소리가 들렸다. 가즈야는 그 귀걸이를 양복 주머니에 넣고 좌석 등받이의 각도를 약간 세웠다.

"오늘은 시부야." 가가야가 말했다. "왜 그래? 누가 긁기라도 했어?"

가즈야는 운전석 쪽으로 돌아가면서 대답했다.

"아닙니다. 혹시나 하는 마음에 점검해봤을 뿐입니다."

그날, 순찰 도중에 유카에게 전화를 했다.

유카는 업무 중이라고 했다. 그리 오래 통화할 수는 없다고.

가즈야는 재빨리 말했다.

"대답만이라도 간단히 해줄래? 이번 주 일요일에 만날 수 있어?"

"아니, 무리야."

"오케이, 다음에."

은색 세단이 속도를 떨어뜨리기 시작했다.

가즈야는 이 이상 접근하지 않도록 자기가 빌린 소형차의 가속페달을 풀었다.

일요일, 오전 10시 20분이었다. 가즈야는 어제도 가가야와 함께 밤늦게까지 도내의 번화가를 돌아다녔다. 가즈야가 그 은색 세단을 운전했다. 곤노스케자카의 집합 주택에 도착하니 마침 심야 0시였다.

집으로 돌아가기 전에 가즈야는 가가야에게 물었다.

내일도 미사키에 가십니까?

가가야는 대답했다.

그러겠지. 날씨도 좋다니까.

실제로 일요일은 맑은 가을 날씨였다. 이런 날에 바닷바람을 쐬면 상쾌할 것이다.

세단이 완전히 정지했다. 246번 국도, 즉 다마가와 길의 산겐자야 근처였다. 서점 앞을 지난 신호등 바로 앞이었다. 가즈야는 렌터카를 서점 앞에 세웠다.

지금 가즈야는 선글라스를 끼고 챙이 넓은 야구 모자를 쓰고 있다. 얼굴 윤곽이 조금이라도 일그러져 보이도록 천박하게 껌을 쩍쩍 씹어대고 있었다.

오늘은 아침 8시 반부터 이 렌터카를 빌려서 곤노스케자카의 비탈길에서 가가야가 나오기를 기다렸다. 그리고 이십 분 전, 세단이 주차장에서 모습을 드러냈다. 승차한 사람은 가가야 한 명. 여기까지는 예상한 범위였다.

가가야의 세단은 교닌자카로 나갔다. 가즈야는 약 50미터의 차간 거리를 유지하면서 세단을 추적했다.

세단은 곧장 아마테 길을 우회전해 오하시에서 246번 국도로 들어섰다. 그때부터 가즈야의 심장이 두근거리기 시작했다. 호흡 곤란마저 느꼈다.

그리고 지금, 세단은 산겐자야에서 정지했다. 나가미 유카의 집이 있는 장소다. 정작 가즈야는 유카가 부모와 함께 살고 있다는 그 집에 가본 적이 없었다.

가가야가 휴대전화를 사용하는 모습이 보였다.

그때, 길을 건너는 인파 속에서 낯익은 얼굴을 발견했다. 휴대전화를 귀에 대고 종종걸음으로 오른편에서 246번 국도를 건너온다. 나가미 유카였다. 웃고 있다. 하얀 치아가 보인다. 하얀 가죽점퍼에 카키색 스커트 차림이었다. 큼직한 가방을 어깨에 메고 있었다.

유카의 얼굴이 한층 더 환해졌다. 유카는 손을 흔들었다.

세단 안에서 가가야가 휴대전화를 귀에서 뗐다.

길을 건넌 나가미 유카는 세단 조수석 문을 열고 재빨리 올라탔다.

문이 닫히고, 세단의 우측 방향 지시등에 불이 들어왔다. 앞쪽의 신호는 아직 빨간불이다.

세단 안에서 유카가 가가야 쪽으로 몸을 기대는 모습이 보였다. 가가야도 유카 쪽으로 고개를 돌리고 있다.

이것도 예상은 했던 일이다. 예상했지만, 제발 적중하지 않기를 바랐던 사태이기도 했다.

앞쪽의 신호가 파란불로 바뀌었다. 세단은 발진 후 횡단보도를 가로질러 단숨에 속력을 내더니 눈 깜짝할 사이에 246번 국도에서 멀어져갔다.

가즈야는 망설인 끝에 추적을 포기했다. 지금 목격한 사실로 충분했다. 자기 주변에서 대체 무슨 일이 벌어지고 있는지, 지금 본 장면으로 판단하지 못한다면 형사 노릇을 하고 있을 자격이 없다.

가즈야는 이해했다. 이미 각오 또한 굳혔다.

4

이튿날 월요일, 수사4과가 있는 층에서 가즈야는 가가야가 오기를 기다렸다.

가가야의 표정이 무슨 말을 할지, 그것이 기대되었다. 시선을 맞추지 않고 가즈야의 인사에 응할지, 아니면 언제나 그렇듯 거의 표정 없이 가즈야를 바라볼지. 설마 가가야가 먼저 유카를 화제로 삼을 것 같지는 않지만.

10시가 되기 오 분 전에 가가야가 모습을 나타냈다. 4과장인 우치야마와 함께였다. 두 사람 다 심각한 얼굴이었다.

가가야는 가즈야의 책상 앞까지 오더니 가즈야에게 말했다.

"후추에 갔을 때 스즈키 패거리가 있던 테이블에서 몰래 자리를 피한 남자 기억 나? 자기소개도 안 하고 가 버린 놈. 너, 주차장에서 나왔을 때 그 남자라면서 하얀 벤츠를 가리켰잖아."

도쿄 경마장에 갔을 때의 일이다. 분명히 그 마주 특별실에 들어갔을 때 그런 일이 있었다. 자리를 피한 남자의 얼굴을 기억하고 있어서 경마장에서 나갈 때, 다시 그 얼굴을 보고 가가야에게 전할 수 있었다.

가즈야는 가가야의 눈을 바라보았다. 역시 내면을 읽기 어려운 눈이었다. 지금 이 순간은 화제의 내용 외에는 아무런 관심도 없다는 것처럼 보이기도 한다. 적어도 가즈야와 시선을 주고받는 일에 아무런 거리낌도 느끼지 않는다.

가즈야는 대답했다.

"예, 기억합니다. 흰색 벤츠 E클래스였습니다."

"번호는 어때?"

기억해내려는 수고를 들일 필요도 없었다. 곧바로 네 개의 숫자가 입에서 나왔다.

"조회해." 가가야가 지시했다.

우치야마가 가볍게 쓴웃음을 지으며 말했다.

"찰나였을 텐데 용케 기억하는군."

가가야는 우치야마를 쳐다보며 말했다.

"아끼는 놈입니다. 좋은 부하를 얻었어요."

가즈야는 그제야 그 옆얼굴에서 표정다운 표정을 보았다. 가가야는 희미하게나마 자랑스러워하는 것 같았다.

어제 본 장면은……. 가즈야는 한순간 그렇게 생각했다. 혹시 착각이었을까?

그날 연락회의는 길어졌다. 가가야가 수사4과가 있는 층으로 돌아온 시각은 오후 1시가 다 되어서였다. 가가야는 묘하게 신경질적이었다.

가가야는 자기 책상에 앉자마자 말했다.

"이거 원, 잘난 척 요구하는 건 많아가지고."

가즈야는 뭔가 지시가 이어질까 싶어 가가야를 바라보았다.

가가야는 가즈야 쪽으로 고개를 돌리고 말했다.

"아직 식사 못 했으면 먹어둬. 난 호출이다."

"예."

가즈야는 지시받았던 벤츠의 조회 결과를 서류철에 끼워 가가야에게 건 넸다.

"말씀하셨던 건입니다."

가가야는 서류철을 받아들더니 훑어보지도 않고 거칠게 책상에 던지고 는 일어섰다.

오후 4시. 가가야의 지시로 가즈야는 세단을 꺼내러 예의 주차장으로 갔 다. 문의 잠금장치를 해제하자마자 조수석 문을 열고 좌석의 위치를 확인 했다. 역시 약간 앞으로 쏠려 있다. 하지만 바닥 매트 위를 꼼꼼히 살펴보 아도 특별히 마음에 걸리는 물건은 떨어져 있지 않았다. 운전석에 앉아 주 행거리 미터기의 숫자를 보았다. 가즈야는 가솔린을 넣을 때마다 미터기 를 0으로 맞춰놓는다. 지난번에 넣은 날짜는 토요일 저녁이다. 미터기의 숫자는 180킬로미터를 가리키고 있다. 도내에서 달린 거리가 15킬로미터 전후라 치면 일요일의 주행 거리가 대략 165킬로미터. 조가시마를 왕복했 다면, 아니 미우라 반도를 한 바퀴 돌고 도심으로 돌아왔다면 딱 이에 가까 운 숫자가 되지 않을까?

세단을 빼서 합동청사 앞에서 기다리고 있자니 사이드미러에 가가야의 모습이 보였다. 휴대전화로 이야기하면서 경시청 본청 빌딩에서 나왔다.

가가야는 세단 옆까지 오더니 휴대전화를 귀에 댄 채로 조수석에 올라 탔다. 가가야는 은근히 불만스러운 목소리로 말하고 있다.

"알고 있습니다. 오늘은 사방에서 그런 소릴 들었어요. 하지만 기억해주 셨으면 좋겠는데, 작년에는 상당히 무리했단 말입니다."

가가야가 턱짓으로 출발을 지시했다.

행선지는 듣지 못했지만 어쨌든 일단 다메이케 방면으로 향해야 할 것 이다.

가즈야는 차를 출발시키면서 귀를 쫑긋 세웠다.

가가야는 말을 이었다.

"올해 분량은 끝냈다고 해도 좋을 정도로 많이 적발했어요. 제 스파이들한테도 무리한 부탁을 했단 말입니다."

가즈야는 곁눈질로 슬며시 가가야를 살펴보았다.

가가야는 앞쪽을 보며 계속 전화 통화를 하고 있다. 상대는 상사 아니면 상급직이라는 예상이 가능했다. 적당한 반론이 허용될 정도의 계급차, 혹은 친분.

"그야 가나가와 현경 얘기가 나오면 저도 한 번 더 힘내볼까 하는 생각이 들죠. 확실히 더블스코어로 승리하는 게 이상적이지요. 알고 있습니다. 다만, 아무리 그래도 지금 이 타이밍으로는 어려운 건 어려운 겁니다."

뭔가 경시청이 주도하는 캠페인 이야기라도 하고 있는 모양이었다. 지금 실시하고 있는 캠페인이라면 뭐가 있을까? 권총 적발? 마약 단속? 설마 교통 안전 운동은 아니겠지.

가가야가 말을 이었다.

"아니, 물론 족치면 가능하죠. 단지 저도 2과나 폭력대책반하고 의견을 조율하면서 중기적인 안목으로 일하고 있습니다. 제가 다른 사람들을 제치고 그런 짓을 하면 피해는 다른 곳으로 간다고요. 더 큰 건수를 놓쳐버릴지도 모릅니다."

가가야가 그제야 가즈야에게 고개를 돌렸다. 가가야는 입모양만으로 말했다. 롯폰기. 가즈야는 고개를 끄덕였다.

"물론 우선순위는 알고 있습니다. 하지만 저도 이제 반년만 있으면 엄청난 거물을 낚을 수 있다는 계산으로 해왔어요. 요 반년 사이에 그걸 위한 포석을 깔았습니다. 모처럼 해놓은 걸……."

가가야가 얼굴을 찌푸렸다. 상대의 반응이 상당히 호되었는지도 모른다.

"알겠습니다. 예, 말씀하시는 대로입니다." 가가야의 말투가 바뀌었다. "오늘 밤 말씀이시지요. 9시. 예, 다른 분들께 말씀드릴 수 있습니다. 그때

제 쪽에서도 구체적인 요구 사항을 말씀드려도 괜찮겠습니까?"

가가야는 연신 고개를 끄덕였다.

"예, 잘 알겠습니다. 예, 그러시다면."

가가야가 전화를 끊었다.

가즈야는 망설였다. 뭔가 문제라도 생겼냐는 질문은 자연스러울까? 지나친 간섭이라고 받아들이려나.

질문을 망설이고 있는 사이 가가야가 말했다.

"엉덩이를 걷어찬다고 성과가 나오면 누가 고생을 해. 정말 이놈들은."

간신히 질문할 타이밍이 생겼다. 가즈야는 물었다.

"무슨 일이라도 있었습니까?"

"아니. 항상 있는 일이지. 하지만 이런 타이밍에는 좀……."

가가야가 한숨을 푹 쉬었다.

"9시에 어디로 가면 됩니까?"

"긴자다. 닛코 호텔 앞. 그 전에 이케부쿠로로 가."

"롯폰기가 아니고요?"

"사정이 변했어."

노래방에 나타난 사람은 호시노였다. 며칠 전 가가야에게 마작으로 7만 엔을 뜯어낸 사내다. 사설 탐정사무소를 경영하는 남자라고 들었다. 커다란 검정 숄더백을 손에 들고 있다.

호시노는 묘하게 남의 눈을 신경 쓰는 기색이었다. 뒤를 살피면서 방으로 들어왔다.

가가야가 L자 모양으로 놓인 소파의 빈자리를 턱짓으로 가리켰다.

호시노는 숄더백을 발치에 놓고 말했다.

"며칠 전에 번 돈으로 첫 할부금을 내고 디지털카메라를 샀어요. 이 장사는 요새 설비투자를 우습게 볼 수가 없거든요."

가가야가 짓궂게 말했다.

"고작 불륜 밀회 장면이나 찍으면서 설비투자라고?"

"그렇습니다. 디지털카메라는 제법 어두운 곳에서도 찍힌다고요. 이제 필름으로는 못 돌아가요."

"그런 이야기는 다음에 듣자고. 너, 전화에서는 꽤 뒤로 빼던데."

"설마요. 뺄 이유가 없잖습니까."

"그래? 안심했다." 가가야는 의도적인 투로 말했다. "그럼 내 부탁, 들어줄 거지?"

"너무하십니다."

가가야가 실눈을 뜨며 목소리 톤을 낮추었다.

"해줄 거야, 말 거야?"

"아뇨, 그게……."

"어느 쪽이야?"

"어떻게든 해보겠습니다. 토카레프*면 되는 거죠?"

그 말에 몸이 반응할 뻔했다. 가즈야는 애써 표정을 감췄다.

"상관없어. 이번 주 내로." 가가야가 말했다.

"그게 제일 어려운 점입니다."

"어렵다는 건 잘 알아. 나도 지금 너 말고는 부탁할 데가 없어. 그러니 이렇게 온 거 아니냐."

호시노가 살짝 뺨을 누그러뜨렸다.

"사장님 부탁이라면야."

"너한테도 나쁘지는 않을 거다."

"이렇게 서두르시면 그건 좀 듣니다."

"알고 있어."

---

* 구소련의 총기 제작자 토카레프가 제작한 총기류의 통칭. 권총 및 반자동 소총 등이 있음

"무주물無主物이라도 상관없지요?"

"그럴 수밖에 없겠지."

"어떻게 해보겠습니다. 그것 준비는요?"

"내일 중으로 준비하마."

"하나에 한 장."

"떠보지 마."

"그럴 생각 없습니다. 그냥 그 정도는 한다고요. 아니, 더 나갈지도 모릅니다."

가가야가 불쾌하다는 듯이 말했다.

"최대한 깎아."

"알고 있습니다. 하지만 한 자루로 족한 건 아니지요?"

"수를 맞출 수 있나?"

"상대도 한 번에 많이 처리할 수 있다면 그편이 낫습죠. 그만큼 위험 부담도 줄어드니까요. 다섯쯤 타진해볼까요?"

"세 자루면 돼."

"어떻게든 제 연줄을 총동원해보겠습니다." 호시노가 일어섰다. "내일, 잘 부탁드립니다."

호시노가 나간 후 가가야는 한동안 말이 없었다. 팔짱을 끼고 뭔가 생각에 잠긴 듯했다. 가즈야는 다음 지시를 기다리면서 방금 전 가가야와 호시노의 대화를 곱씹었다.

가즈야의 시선을 알아차렸는지, 가가야가 말했다.

"정보에 값을 지불한다는 얘기야."

가즈야는 말했다.

"토카레프라고 말했지요?"

"토카레프 정보야." 가가야는 일어섰다. "다음은 긴자다."

닛코 호텔 앞에 세단을 세우려는데 가가야가 짧게 말했다.

"엇차, 상대도 마침 도착했군."

가즈야는 세단을 완전히 세우고 사이드브레이크를 당긴 뒤 가가야의 시선이 향한 쪽을 보았다.

인도 위에 양복을 입은 남자 세 명이 있었다. 지금 막 차에서 내린 듯하다.

세 사람 가운데 두 명은 가가야와 비슷한 연배일까. 또 한 명, 다소 비만 기미가 있는 남자만 약간 연상으로 보였다. 관료 같기도 하고 은행 간부 같기도 한 남자들이었다.

가가야가 말했다.

"안조, 오늘은 여기서 됐다. 차를 우치사이와이 쪽에 넣어두고 나머진 마음대로 해."

"예. 내일은 어떻게 할까요?" 가즈야는 물었다.

"낮부터 움직인다."

가가야가 조수석 문을 열고 긴자의 차도에 내려섰다.

가즈야는 등을 약간 굽히고 남자들을 주시했다. 밤 9시라지만 이 부근은 무수한 옥외조명 덕분에 5미터쯤 떨어져 있어도 사람 얼굴을 똑똑히 판별할 수 있다.

가가야가 고개를 몇 번이나 조아리며 세 남자에게 다가갔다. 남자들은 거만한 표정으로 가가야를 바라보았다.

가즈야는 세 남자의 얼굴을 하나하나 기억하려 애썼다. 오늘 가가야의 전화 통화로 미루어 짐작컨대 이 남자들이 가가야의 단독 수사를 승인하고 통상적인 지출과는 별개로 수사비를 할당해주는 남자들이 틀림없다. 달리 말하면 정규 조직과는 별개의 명령 체계로 가가야를 지휘하고 감독하는 남자들.

가가야는 그 세 명의 남자와 합류하더니 닛코 호텔 옆 샛길로 걸어갔다.

이튿날, 가가야의 전화가 걸려온 시각은 오후 2시가 지나서였다.

가가야는 말했다. 집까지 데리러 와. 지금 막 일어났다.

곧바로 세단을 몰고 곤노스케자카에 있는 가가야의 아지트로 향했다.

현관에 내려온 가가야는 눈이 시뻘갰다. 과음 아니면 아직 잠이 모자란 얼굴이다. 어젯밤은 그다지 기분 좋은 술이 아니었는지도 모른다. 적어도 가가야가 긴자의 밤 문화를 즐긴 것처럼 보이지는 않았다.

가가야는 말했다.

"일단 출발해."

가즈야는 세단을 우선 야마테 길로 돌렸다.

가가야가 휴대전화를 꺼내어 통화를 시작했다.

"나다. 검토해봤나?"

가가야는 불쾌한 투로 그렇게 말했다. 이 말투로 볼 때 상대는 누구일까. 호시노인가? 아니면 다른 스파이인가?

가가야가 말을 이었다.

"좋다. 말귀를 잘 알아듣는군. 지금 거기로 가겠다. 준비는 되어 있겠지?"

준비는 되어 있겠지. 토카레프를 말하는 건가? 아니면 가가야가 말한 것처럼 토카레프에 대한 정보인가? 호시노는 '무주물'이라고 했다. 그건 다시 말해 소지자를 밝히지 못하고 적발한 권총을 말한다. 은닉 장소에 대한 정보만 새어 나올 경우 그 권총은 대개 '무주물'로 끝난다.

가가야가 상대에게 말했다.

"알고 있다니까. 날 믿어라."

가가야가 휴대전화를 끊고서 가즈야에게 지시했다.

"노기자카. 처음에 갔던 사무소, 기억나?"

"에토 씨 사무실 말입니까?"

"'씨'는 붙일 필요 없어. 그래, 에토 사무소."

가즈야는 가속페달을 힘껏 밟았다.

눈에 익은 사무소 앞에 정차하자 예전의 그 젊은 남자가 다가왔다. 차림새가 호스트 같은 남자다.

가가야가 차에서 내리자 젊은 남자는 가가야에게 말했다.

"사장님만 올라오십시오."

가가야는 거부하지 않았다.

"기다리고 있어."

가즈야에게 그 말을 남기고 젊은 남자와 함께 빌딩에 들어갔다.

돌아온 것은 오 분 후였다. 의외로 빨랐다. 젊은 남자도 가가야의 뒤를 따라왔다.

가가야가 조수석 문을 열고 가즈야에게 말했다.

"야스다가 함께 간다."

가즈야는 뒷좌석을 보았다. 젊은 남자가 문을 연 참이었다. 이름이 야스다인 모양이다.

"어느 쪽입니까?" 가즈야는 가가야에게 물었다.

가가야 대신 야스다가 대답했다.

"아카사카. 미스지 길."

"미스지 길 어디?"

야스다가 귀찮다는 듯이 대답했다.

"내 가게."

가즈야는 상상했다. 호스트 클럽이라도 갖고 있는 건가?

가게는 뜻밖에도 전당포였다. 작은 고물상 간판을 가게 옆에 걸어놓았지만, 커다란 전기 간판 쪽에는 고물상이라는 말도 전당포라는 말도 없었다. 외래어로 된 가게 이름을 마치 부티크 같은 서체로 적어놓았다.

그 간판 앞에 세단을 세우자 가가야가 말했다.

"금방 돌아올 거야."

가가야는 야스다와 함께 그 가게로 들어갔다.

기다리는 사이에 가즈야는 간판에 적힌 글자들을 읽었다.

'명품·손목시계·귀금속·상품권 기타.

신용카드·구매한도 현금전환, 신상품·지정상품 75−90퍼센트 환금.

심야 2시까지 영업'

두 번째 문장이 마음에 걸렸다. 뒤로는 사채라도 굴리는 전당포일지 모른다. 위험한 자금의 돈세탁에도 써먹을 수 있을 것 같다. 거꾸로 말하면, 여기에는 현금이 있다는 소리다.

얼마 지나지 않아 가가야가 세단으로 돌아왔다. 두랄루민 케이스를 한 손에 들고 있다.

야스다는 가게 앞에 서서 이쪽을 바라보고 있었다.

가가야는 말했다.

"됐어. 이케부쿠로. 호시노의 사무소로 가자."

"야스다 씨는요?" 가즈야는 물었다.

"볼일은 이제 끝났어. 저놈은 가게를 봐야한다는군."

호시노의 탐정사무소는 지저분한 복합 빌딩 삼 층에 있었다. 이케부쿠로 2초메, 슈퍼마켓이 즐비한 골목이다.

가가야는 이곳에서도 말했다.

"기다리고 있어."

가가야는 혼자서 두랄루민 케이스를 들고 빌딩 입구로 들어갔다.

가즈야는 앞유리 너머로 그 빌딩을 올려다보았다. 아무래도 엘리베이터는 없는 듯했다. 이렇게 낡았으니 재건축 시기를 기다리고 있는 빌딩인지도 모른다. 반대로 월세도 싸겠지.

삼 층 창유리에 '이케부쿠로 탐정사'라고 파낸 글자가 보였다. 저게 호시노의 사무소인 모양이다. 현재 시각은 오후 4시 전이지만 하늘은 제법 어둑어둑해서 이 이케부쿠로 2초메 부근은 어느 건물 창에나 불이 들어와 있었다. 그 창문도 예외는 아니었다.

오 분을 기다려도 가가야는 나오지 않았다. 가즈야는 지루해서 카스테레오의 스위치를 켰다.

가가야가 자주 듣는 오페라 아리아 모음이 들어 있었다. 가즈야는 볼륨을 조정해서 가가야가 좋아하는 음량보다 소리를 줄였다.

얼마나 기다렸을까. 가즈야는 퍼뜩 정신이 들었다. 지금 이 순간까지 되풀이해서 머리를 오갔던 것은 그저께 보았던 산젠자야의 정경이었다. 멈춰 선 가가야의 세단을 향해 유카가 달려가는 모습. 그녀는 미소를 짓고 있었다. 평소 업무 시에는 절대 보여주지 않을 요염한 미소. 가즈야가 독점했다고 믿었던 것. 그 미소가 뇌리에서 확대되어 재현될 때마다 가즈야는 숨이 막혔다.

곡이 바뀌어 있었다. 이 시디의 몇 번째 곡인지, 가가야도 이따금 흥얼거리는 곡이다. 〈공주는 잠 못 이루고〉. 가가야가 곡명을 가르쳐주었다.

가즈야는 문득 궁금해서 글러브박스에 손을 뻗어 이 시디의 케이스를 찾았다. 금세 발견했다.

책자를 꺼내어 가사를 읽었다.

아무도 잠들지 못하리. 그 곡은 그렇게 시작되는 노래였다. 아무도 잠들지 못하리. 당신도 마찬가지라오, 공주여. 당신의 싸늘한 침실 안에서, 사랑과 희망에 떠는 별을 보시오.

가사의 끝은 이러했다.

별이여, 사라져라! 날이 밝으면 나는 승리하리. 나는 승리하리! 나는 승리하리라!

곡이 끝났을 때 가가야가 돌아왔다. 두랄루민 케이스는 그대로 들고 있다. 가즈야는 카스테레오의 스위치를 껐다.

가가야는 말했다.

"아사쿠사."

예, 하고 대답한 후 가즈야는 물어보았다.

"정보는 어땠습니까?"

가가야는 으음, 하고 신음 같은 소리를 냈다. 깔끔하게 끝나지 않은 걸까, 아니면 가즈야에게는 대답하고 싶지 않은 걸까.

가가야는 휴대전화를 꺼냈다. 액정 화면을 열고는 당장이라도 누구에게 전화할 기세였다.

"그런가."

가가야는 뭔가 생각났다는 듯 중얼거리더니 휴대전화를 접어 도로 가슴 주머니에 넣었다.

"가와고에 가도로 가. 편의점이 있으면 세워."

가와고에로 진입한 길목에 편의점이 있었다. 가즈야가 세단을 세우자 가가야는 두랄루민 케이스를 조수석 발치에 그대로 두고 내려서 가게 안으로 들어갔다.

돌아오기까지는 십 분 정도 걸렸다. 편의점에서 쇼핑을 하기에는 너무 긴 시간이었다. 가즈야는 전화라도 걸었던 걸까 하고 짐작했다. 가즈야 앞에서 휴대전화를 사용할 수 없는 용건이었을지도 모른다.

돌아왔을 때, 가가야는 하얀 비닐 봉투를 손에 들고 있었다.

가가야는 조수석에 올라타더니 가즈야에게 캔 커피를 건넸다.

"아, 감사합니다."

가즈야는 그렇게 말하며 받았다.

평소의 가가야답지 않은 행동이다. 아니, 오히려 의도적으로 느껴졌다.

히가시이케부쿠로에서 수도 고속도로를 탄 직후였다. 가가야의 휴대전화가 울렸다.

가가야는 화면을 보더니 슬쩍 혀를 찼다.

"어, 그래." 가가야는 휴대전화를 귀에 대고 억양 없는 목소리로 대답했다. "어. 어. 그래."

고유명사를 언급하지 않도록 의식하는 대화 같았다.

"어. 알고 있어. ……그래. 그걸 알고 싶었던 거야. ……장사, 최고로 잘되지? ……나중에 내가 걸지. 알았지?"

가즈야가 잠자코 있자 가가야는 휴대전화를 접으며 말했다.

"참 이상하지."

"예?"

가즈야는 곁눈질로 가가야를 보았다.

가가야는 말을 이었다.

"사건이 터질 때는 계속 터져. 갑자기 바빠지지. 그러다가 아무 일도 없을 때는 내가 월급 도둑인가 싶을 정도로 한가해진단 말이야."

"지금은 바쁠 때로군요."

"온갖 일이 한꺼번에 터졌어."

"제게 뭐든지 분부하십시오."

"그럴 요량으로 널 받은 거야."

"당장은 무엇을 할까요?"

"생각 좀 하게 해줘."

"잠자코 있는 게 낫겠군요."

"그래."

아사쿠사의 가미나리몬 길에서 가가야는 또다시 혼자 내렸다. 십오 분 정도 걸릴 거라 했다. 두랄루민 케이스는 이번에도 세단에 그대로 남겨놓았다. 가즈야는 케이스를 건드리지 않았다. 그래 봤자 잠가놓았을 게 틀림없다.

가즈야는 다시 카스테레오 켜고 가가야가 아끼는 시디를 들었다.

가가야가 돌아온 것은 삼십 분 후였다.

"메구로."

가가야가 지시했다.

"오늘은 이걸로 끝낸다. 차는 그쪽에 넣어둬."

우치사이와이초의 주차장이라는 말이다. 오늘 밤, 가가야는 또 어디론가 나가서 사적으로 술을 마실 것이다.

곤노스케자카의 집합 주택 앞에서 세단을 세웠다. 가가야는 두랄루민 케이스를 들고 현관으로 들어갔다.

가가야의 모습이 사라지자 가즈야는 곧바로 유카에게 전화를 걸었다.

유카가 약간 경계하는 목소리로 전화를 받았다.

가즈야는 거리낌 없는 말투로 이야기했다.

"오늘 밤은 드물게 지금 끝났어. 차가 있어서, 만약 아직 안 돌아갔으면 데리러 갈까 하고."

유카가 말했다.

"아, 미안. 벌써 집에 다 왔어. 다시 나갈 순 없는데."

"잠깐이라도 만날 수 없을까? 너무 보고 싶어."

"그래. 하지만 오늘 밤은 안 돼."

"내일은 어때? 모레라도 상관없는데."

"근무표가 바뀌어서 지금 굉장히 바쁘거든. 당분간 시간을 못 낼 것 같아."

"당분간?"

"그래. 우리 둘 다 불쌍한 직업이네."

"토요일은? 낮이라도 괜찮아."

"토요일은 가족하고 약속이 있어."

예정을 떠올려보지도 않고 내뱉은 대답처럼 들렸다.

"그래? 일요일은?"

"있지, 안조." 유카는 목소리를 바꾸었다. "이해해줘. 어른이잖아."

"알았어. 하지만 얼굴이라도 보고 싶어. 금요일에 한 삼십 분쯤 차 한 잔 하는 것도 안 될까? 그 이상은 붙들지 않을게."

"금요일?" 유카의 목소리에 희미하게 낭패한 기색이 느껴졌다. "금요일은 빨리 돌아가야 하는데."

"차 한 잔만. 네가 편한 장소로 갈게."

"그래. 딱 삼십 분이라면. 하지만 안조도 바쁘잖아."

"어떻게든 보스한테 부탁해볼게."

"몇 시가 좋아?"

억지로 부탁한 후에야 약속하기가 쉽지 않다는 사실을 깨달았다. 그날의 퇴근 시간은 언제나 가가야에게 달린 것이다.

"9시 어때?"

"9시부터 딱 삼십 분만이야."

"어디가 좋아?"

"그렇게 늦게까지 못 있으니까, 시부야는 어때?"

"좋아."

유카는 이노카시라 선 시부야 역 건물 안에 있는 패스트푸드 가게 이름을 댔다. 연인만의 다정한 시간은 필요없는 모양이었다.

"만약 일이 꼬이면 전화할게."

"나도 그렇게 될지 몰라. 그건 이해해줘."

"알고 있어."

"진짜로 9시 반까지만이야."

"응, 좋아. 그럼."

"그럼."

별 맥락도 없이, 가즈야는 '구슬리다'라는 단어를 떠올렸다.

라이트를 켠 채로 세단을 그 가게 앞에 세우자 아까 이 세단에서 내렸던 남자가 다가왔다. 주차금지라며 한 소리 하려는 표정이다.

가즈야는 세단에서 내려 자동차 보닛 너머로 남자에게 말했다.

"야스다, 잠깐 좀 타."

야스다는 걸음을 멈추고 놀란 얼굴로 가즈야를 바라보았다.

"뭡니까? 어디로 가려고요?"

"아무 데도 안 가. 차 안에서 얘기 좀 하자는 것뿐이야."

"당신하고? 사장님은 어쩌고?"

"사장님이 시킨 용건이야. 타."

턱짓으로 조수석에 타라고 재촉했다. 야스다는 좌우를 둘러보고 뒤로 돌아 가게 안을 살펴본 후 조수석에 올라탔다.

가즈야는 운전석에서 발을 뻗으며 야스다에게 물었다.

"사장님이 궁금해하시더라고. 어째서 마음이 바뀌었지?"

야스다는 이상하다는 듯이 가즈야를 쳐다보았다.

"마음이 바뀌다니, 무슨 말입니까?"

"처음에는 검토해보겠다고 하지 않았어?"

"그러니까 형님이 검토하셨겠죠."

"사장님은 한 번 거절당했다고 생각했어. 그런데 오늘 너희 형님 마음이 바뀐 거 아니야?"

"검토해보겠다는 건 그런 뜻이 아니잖아요. 금액이 금액이다 보니 그런 거죠."

역시 돈 얘기였다.

가즈야는 시치미를 떼고 물었다.

"얼마면 그 자리에서 승낙했다는 거야?"

"글쎄요. 형님한테 물어보셔야죠. 하지만 난데없이 2000만은 억지잖아요."

"누가 그냥 달래?" 대충 찍었다. "그래도 억지야?"

"아무렴요. 비즈니스라고 하셔도 그렇죠. 경시청 형사하고 열흘에 1할 이자로 계약했다가, 만약에 돈을 안 갚으면 억울하게 물러날 수밖에 없잖습니까."

"사장님을 우습게보지 마라."

"잘 알고 있습니다. 그러니 형님도 각오를 하신 거죠."

"사장님은 너희 형님이 거드름을 피웠다고 생각하고 계셔."

"오해입니다. 사장님을 신용하기에 그런 것 아닙니까."

"너희한테도 손해는 없지?"

"위험 부담은 있지만요. 하지만 사장님이라면 확실히 그런 돈을 굴릴 줄 아니까요."

"뭘 할지 알고 있어?"

"상상은 가죠."

"말해봐."

야스다는 또다시 의아한 표정을 지었다.

"사장님 용건 때문에 왔다면서요?"

"그렇다니까. 에토가 변모한 속사정을 궁금해하셨어."

"속사정 따윈 없습니다. 결국에는 사장님을 믿은 것뿐이죠."

"그런데도 열흘에 1할 이자야?"

"정식 사업입니다. 이제 됐습니까?"

"내려."

야스다가 세단에서 내려 문을 가볍게 닫았다.

가즈야는 야스다가 그 전당포 안으로 들어가는 모습을 지켜보면서 생각했다.

역시 그 두랄루민 케이스의 내용물은 돈이었던 것이다. 그것도 2000만 엔이라는 거금. 그 자금으로 가가야는 오늘 이케부쿠로의 호시노에게서 토카레프 정보를 샀다. 아니, 토카레프 자체일지도 모른다. 호시노는 한 자루에 한 장이라고 했었다.

한 장이라는 게 설마 1000만 엔일 리는 없다. 100만 엔일 것이다. 하지만 현재 시가는 중국제가 기껏해야 20만 정도다. 지금 도내에서는 세력 다툼 사건도 없으니 어쩌면 더 쌀지도 모른다. 단지 가가야는 성급하게 필요로 하고 있다. 휴대전화 대화로 짐작컨대 상부에서 긴급 지시가 있었던 것이다. 서둘러 성과를 내라고.

급하게 조달하게 되면 값은 분명 오를지도 모른다. 상대편도 이쪽의 약점을 찌를 것이 틀림없기 때문이다.

가가야는 상부를 붙들고 담판을 지었으나 상부는 더 이상의 수사비용 지출을 거부하였다. 경비 요구를 인정하지 않았다.

가가야는 돈도 없이 긴급히 성과를 내라는 지시를 받은 것이다. 그래서 가가야는 자력으로 돈을 변통하러 뛰어다녔다는 말인가.

호시노가 한 말을 보면 세 자루 정도밖에 조달할 수 없다고 하지 않았던가? 넉넉하게 한 자루에 100만을 내준다 해도 필요한 돈은 300만. 아마 이 숫자에는 호시노의 주선료도 포함되었을 것이다. 그 이상은 들지 않는다.

그렇게 되면 가가야는 2000만 엔을 빌려서 남은 돈을 어떻게 쓸 작정일까.

아니다. 가즈야는 고개를 저었다. 문제는 그 점이 아니다. 가가야는 소유자가 없는 권총을 입수하기 위해 폭력단 수하 기업으로부터 거액을 조달했다. 그것도 열흘에 1할이라는 금리로. 가가야는 그 돈을 어떻게 갚을 요량이지? 성과에 대해 수사보장비가 나온다 해도 금액은 뻔하다. 도저히 지방공무원이 쉽사리 갚을 수 있는 금액은 아니지 않은가.

뒤에서 경적이 울렸다. 룸미러로 확인하자 하얀 메르세데스가 보였다. 이쪽 세단보다 우세하다는 소리다. 그러니 경적도 울려댄다. 움직일 수밖에 없다.

가즈야는 기어를 주행에 맞추고 세단을 출발시켰다.

그 이튿날인 수요일은 가가야의 행동도 평소와 다름없었고, 순찰을 했다. 시부야, 신주쿠에 스파이가 있는 장소를 차례로 돌았다. 가즈야에게 그날의 순찰 코스는 세 번째 가는 길이었다.

신주쿠에서 가가야는 구청 길에 가까운 클럽에 들어가 술을 마셨다. 그곳 오너가 가가야의 스파이인 모양이다. 가가야가 오너와 이야기를 나누는 사이에 가즈야는 웨이팅 바 쪽에서 우롱차를 마셨다.

사십오 분 후, 그 클럽에서 나올 때 가가야는 드물게도 취한 것처럼 보였다. 짧은 시간 사이에 꽤나 마신 모양이다.

"오늘은 그만 끝낸다. 메구로로 가."

약간 혀가 꼬여 있다.

메이지 길을 타고 곤노스케자카로 향하는 도중에 가즈야는 몇 번이나 조수석의 가가야를 훔쳐보았다. 말이 없어서 가가야가 잠들었는지 깨어 있는지 확인한 것이다. 잠들지는 않았다. 눈은 오히려 평소보다 크게 뜨고 있는 것 같기도 했다. 똑바로 앞 유리 너머를 바라보고 있다. 차 안에 흐르는 음악은 그 오페라 시디. 곤노스케자카에 도착할 때까지 〈공주는 잠 못 이루고〉를 두 번 들었다.

이튿날 아침이다. 그 방에 들어온 경무부 인사1과장 하타케야마가 가즈야에게 상황을 물었다.

가즈야는 데스크톱 컴퓨터에서 고개를 들었다.

지금 가즈야는 경무부 자료실에 들어와 이 방에 놓여 있는 단말기에서 경시청 간부의 인사 데이터베이스에 접속한 참이었다. 경부 이상 간부의 얼굴 사진을 일일이 확인하고 있었다. 사흘 전, 긴자에서 본 남자들이 누구인지 밝혀내기 위해서였다.

가즈야는 하타케야마에게 말했다.

"두 명까지는 알았습니다. 백 퍼센트 확신할 수는 없지만."

"누구지?"

가즈야는 단말기 옆에 두었던 메모를 보면서 키보드를 조작해 먼저 한 사람의 데이터를 불러냈다.

왼편에 얼굴 사진이 나오고 오른편에 본인 성명, 생년월일, 학력, 채용 연도, 승진 이력, 근무 이력이 표시된다. 인사과가 관리하는 경시청 직원의 기본 데이터였다.

하타케야마가 모니터를 들여다보면서 말했다.

"나카노 간지 경시장. 높으신 분이군. 생활안전부장이다."

가즈야는 말했다.

"직속상관은 아니로군요."

"하지만 수사4과의 수훈도 자기 공이라고 말할 수 있는 위치이기는 하지. 정보 교환은 하고 있으니까. 하지만 가가야하고의 접점은 뭐지? 어째서 가가야를 귀여워하실까."

가즈야는 메모와 모니터를 번갈아 보면서 말했다.

"가가야 경부가 아타고 경찰서에서 형사과 계장이었을 때 나카노 경시장은 서장이었습니다. 이곳에서 가가야 경부는……." 가즈야는 단어를 수정했다. "당시에는 경부보였습니다만, 가가야 경부보는 중국인 밀입국 조직을 적발했습니다. 부장 표창. 직후에 나카노 서장은 본청으로 이동했습니다."

"그때부터 가가야는 쓸 만한 수사원이었다는 말이군. 또 한 사람은?"

"이쪽인 것 같습니다. 이미 본청에는 없습니다. 현재 경찰청으로 돌아갔습니다."

모니터에는 또 한 사람, 어두운 양복이 어울리는 관료의 얼굴이 표시되었다.

하타케야마가 말했다.

"구보 다쓰아키. 금년 3월까지 공안2과장이었어. 분명 지금……."

"경찰청 장관관방 총괄심의관입니다. 이 데이터의 비고에 의하면요. 가가야 계장이 국내 마약 공장 정보를 파악했을 때 공안2과장이었습니다."

"그때 명성을 얻었지."

하타케야마는 지하철에 무차별 독극물 공격을 시도한 종교단체의 이름을 거론하며 말을 이었다.

"가가야의 정보를 정당하게 평가했다면 그 대사건은 일어나지 않았을 거야. 구보 2과장은 다른 공안 간부와 크게 다투었지만, 결국 대단한 영전을 하게 되었지."

"그래서 가가야 계장을 우대하는 거로군요."

"또 한 사람은?"

"모르겠습니다. 기억에 꼭 들어맞는 사진은 발견하지 못했습니다."

"경찰청 간부라는 말일까? 나이는 어느 정도였나?"

"다른 두 사람보다 약간 연배가 있어 보였습니다. 사십 대 후반 아니면 쉰 정도."

"후보는 전혀 없나?"

가즈야는 메모를 보며 세 사람의 이름을 읊었다. 이 사진은 비슷하다고 느낀 간부들이다.

"하야타 야스노리." 하타케야마는 이름 하나를 되뇌었다. "현재 총감 비서실장이다. 분명 나카노 생활안전부장과 같은 고등학교 출신이었어. 간사이의 명문 학교."

가즈야는 단말기를 조작해서 하야타의 이름을 다시 불러내려 했다.

문득, 히라가나 50음 순서로 정렬된 간부 리스트 가운데 신경 쓰이는 이름이 눈에 걸렸다.

하야세 유사쿠早瀬勇作.

이 글자는 본 기억이 있다. 아버지의 삼촌뻘이었던 경시청 경찰관도 분명 하야세라고 하지 않았던가? 하야세 유조早瀨勇三, 라는 이름으로 기억한다. 분명 아버지가 하야세 유조의 아들도 경시청에 들어갔다는 이야기를 해주었다.

이름 네 글자 가운데 세 글자가 같다. 요즘 세상에 자기 이름에서 한 글자를 떼어 아들에게 붙이는 아버지는 별로 없지만, 이 인물이 하야세 유조의 아들일 가능성은 상당히 높지 않을까.

데이터를 재빨리 살펴보았다. 현재 48세. 계급은 경부. 총무부 기획과 계장이다.

"왜 그러나?" 하타케야마가 재촉했다. 가즈야는 그다음 페이지를 불러냈다.

하야타 야스노리. 사진과 데이터가 늘어서 있지만, 역시 가즈야는 이 사람이 그날 밤에 본 간부 중 하나라는 확신은 들지 않았다.

그렇게 말하자 하타케야마는 말했다.

"하야타 비서실장이라면 최근 사진을 봤어. 총감하고 함께 자주 찍혀 있더군. 어딘가 있을 거야."

하타케야마는 옆방의 문을 열고 들어갔다. 그 안에는 경무 관련 서류나 공적 문서가 몇십 년 치나 로커에 담겨 있을 것이다.

잠시 후 하타케야마는 손에 책자 다발을 들고 돌아왔다. 책자는 경시청 사보 가운데 하나인 〈지역활동〉이었다.

하타케야마는 그중 한 권에서 바로 사진을 찾아냈다. 컬러 페이지에 찍힌 경시총감과 부하들. 긴자의 보행자천국 길에서 찍힌 사진 같았다.

"이게 하야타 실장이다. 어떤가?"

약간 비만 기미가 보이는 초로의 남자가 찍혀 있었다. 그 스냅 사진을 보고 마침내 확신할 수 있었다.

"이 사람입니다. 틀림없습니다."

하타케야마는 팔짱을 끼고 복잡한 얼굴로 말했다.

"가가야의 배후에 이런 경찰청 커리어가 있을 줄이야. 예상 못 한 건 아니었지만."

가즈야는 말했다.

"제가 목격한 것은 딱 한 번입니다. 그렇게 밀접한 관계는 아닐지도 모릅니다."

"설마. 세 사람 다 커리어 중의 커리어다. 논커리어인 경부 따위가 함께 술을 마실 수 있는 멤버들이 아니야. 보통이 아닌 관계가 이미 형성되어 있는 거다."

"내사는 중지입니까?"

하타케야마는 고개를 가로저었다.

"아니. 다만 이제 복무규정위반 정도로 가가야를 취조하기란 불가능하다. 한다면 이 사람들도 참견할 수 없을 만한 이유로 끌어내야 해. 징계면직에 해당할 정도의 이유가 아니면 어렵겠군."

"그것을 찾지 못할 경우에는?"

하타케야마는 어깨를 으쓱했다.

"두 손 드는 거지. 가가야의 화려한 사생활에 대해서도 불문에 부칠 수밖에 없어. 높으신 분의 비밀 계좌에서 나온 돈이라면 거기는 성역이야. 어쩔 도리가 없어."

그때 휴대전화가 울렸다. 가가야다.

"어디 있어? 업무다." 가가야가 물었다.

"아." 가즈야는 당황해서 시계를 보았다. 아직 오전 10시 30분이다. 보통 때라면 가가야가 출근할 시간이 아니었다. "매점입니다. 살 게 있어서요. 사장님은요?"

"4과다. 당장 돌아와. 나간다."

4과가 있는 층에 돌아와서 가가야와 함께 본청 빌딩을 나왔다.

"지바." 가가야는 그렇게 지시했다. "점심은 그쪽에서 먹지."

가즈야는 물었다.

"점찍어두신 레스토랑이라도?"

"그래. 소문으로 들은 데가 있어."

"식사 외에는요?"

"누굴 좀 만난다."

그야 분명 틀림없다.

이날, 가가야는 검은 숄더백을 어깨에 걸치고 있었다. 그의 양복에는 어울리지 않는 나일론 소재의 싸구려 가방이었다. 책이 몇 권 들어 있는 것처럼 불룩했다.

한 시간 뒤, 마침 정오를 지났을 때 가즈야는 지바 시 교외의 게이요 도로변에 있는 파친코 가게 주차장에 세단을 넣었다. 지바 히가시 분기점에 가까운, 어딘지 모르게 살풍경한 장소였다.

엔진 시동을 끄자 가가야가 휴대전화를 꺼내면서 말했다.

"먼저 가서 좀 하고 있어."

가즈야는 어리둥절해서 물었다.

"파친코를 하고 있으라는 말씀이십니까?"

"해본 적 있지?"

"아니요, 전혀."

"그래? 그럼 첫 경험을 해보라고. 휴대전화는 켜놔."

"예."

가즈야는 축구장 크기 정도 되는 주차장을 가로질러 거대한 파친코 가게로 향했다. 입구의 유리문 안쪽으로 들어가서 가즈야는 뒤를 돌아보았다. 가가야의 세단은 몇 줄이나 되는 자동차 대열에 가려 있다. 그 자리에서는 보이지 않았다.

그래도 가즈야는 그 자리에 서서 세단을 주차한 쪽으로 눈을 돌리고 있었다. 약 일 분 후, 주차장의 다른 위치에 서 있던 검은 국산 대형 세단이 움직였다. 가가야의 세단 쪽으로 서서히 접근해간다. 가즈야는 눈에 힘을 주었다.

검은 세단은 가가야의 세단 건너편에 멈춰선 것 같았다. 남자가 두 명 내린 것을 알았다.

남자들은 곧바로 시야에서 사라졌다. 자동차 그늘에 숨었다기보다 가가야의 세단에 올라탔는지도 모른다. 가즈야는 그대로 지켜보았다.

약 삼사 분 후, 다시 남자 둘이 나타났다. 남자들은 가가야의 세단에서 떨어지더니 검은 세단에 올라탔다. 세단은 바로 출발해서 주차장 안을 상당한 속도로 달려 그대로 외부 도로로 나갔다.

가즈야는 유리문에서 떨어져 밖이 보이지 않는 위치까지 걸어가 비어 있는 기계 앞에 앉았다.

파친코를 시작한 지 오 분이 지났다. 가가야가 어쩌고 있는지 신경 쓰이기 시작했다. 그대로 아직 누군가를 기다리고 있는 걸까? 아니면 어디론가 이동했을까.

일 분만 더 기다려보기로 했다. 만약 일 분이 더 지나도 전화도 없고 모습도 나타내지 않을 경우, 이쪽에서 전화를 해보자.

그렇게 생각했을 때 전화가 왔다.

"어디야?"

가즈야는 자기가 있는 장소를 말했다. 금세 가가야가 찾아왔다.

"어때?"

가즈야는 대답했다.

"꽝입니다. 출발입니까?"

"그래. 밥을 먹자. 맛있는 생선을 내는 가게가 있다더라."

세단으로 돌아와 조수석과 뒷좌석을 훔쳐보았지만 오늘 아침 가가야가 들고 있던 숄더백은 보이지 않았다. 늘어난 짐도 없다. 적어도, 사람이 타는 공간에는 없다.

이나게 해안의 일식집에서 점심을 먹었다. 자동차를 열 대쯤 세울 수 있는 주차장이 있는 가게다. 밤에는 아마 요정으로 운영할 것이다.

생선회 정식을 먹고 나서도 가가야는 방금 전에 누구를 만났고, 무엇을 했는지 말하지 않았다. 가즈야는 부하로서 전혀 물어보지 않는 것도 오히려 자신의 강한 관심을 나타내는 것 같았다. 그런 부자연스러운 침묵은 가가야에게 오히려 의심을 살 것이다.

가즈야는 물어보았다.

"오늘은 이제 용건을 다 마치셨습니까?"

가가야는 이쑤시개로 잇새를 쑤시면서 말했다.

"그래. 스파이를 만났어."

"사장님은 요샌 그런 자리에 저를 데려가지 않으시는군요."

가가야는 가즈야를 바라보았다.

"민감한 상황도 있어. 나 말고 다른 경찰관하고는 절대로 만나기 싫다는 상대도 있지. 억지를 부리면 스파이가 도망쳐."

수긍한 것은 아니었지만 가즈야는 고개를 끄덕였다.

가가야는 덧붙였다.

"처음에 가르쳐줬잖아. 네트워크는 사람을 보고 생기는 거야. 지위나 조직을 보고 생기는 게 아니다. 언젠가 넘길 수 있는 상대는 넘겨주지. 지금은 잠자코 보좌나 해."

"예."

점심식사를 마치고 가게에서 나올 때, 가가야가 화장실에 간다면서 가게 안으로 돌아갔다.

가즈야는 성큼성큼 주차장을 걸어가 가가야의 세단 뒤로 돌아갔다. 입구에서 보면 세단 뒤쪽은 다른 차에 가려 있다.

가즈야는 트렁크 뒤에 몸을 숙이고 해치를 30센티미터 가량 열어 내부를 들여다보았다. 내부는 잘 정리되어 있었고, 오른편에 하얀 플라스틱 통이 있었는데 수건이 몇 장 처박혀 있었다. 며칠 전 가가야가 세차를 명령했을 때 사용한 물건이다. 왼편 안쪽에 마지막으로 트렁크를 열었을 때는 없었던 물건이 있었다. 검은 나일론 가방이다. 사진가가 종종 사용하는 타입과 비슷하다. 바닥이 넓고 전체 형태는 각이 졌다. 속에는 건축용 벽돌 하나가 통째로 들어갈 것 같다. 그밖에는 아무것도 없다. 가즈야는 가만히 트렁크를 닫고 잠길 때까지 힘껏 눌렀다.

일어서서 운전석 문을 열었을 때 가가야가 가게에서 모습을 드러냈다. 지금 가즈야가 트렁크를 뒤지는 모습은 보지 못했을 것이다.

가가야는 세단으로 걸어와서 말했다.

"소문만한 생선도 아니었군. 멀리서 왔는데."

가즈야는 말했다.

"맛있었습니다. 양도 많았고요."

"양만 많았지."

가즈야는 운전석에 올라탔다.

도심으로 돌아오는 도중에 가가야의 휴대전화가 울렸다.

가가야는 혀를 차더니 전화를 귀에 댔다.

"나중에. 내가 걸겠다."

상대는 끊지 않았다. 긴급한 용건인 듯했다.

가가야는 말했다.

"알았다니까. 나중에 해. ……아니, 그러니까, 가와베, 말했잖아. ……당연하지. 보증하마. 내가 말이야. 내가 내 책임으로 보증한다니까. ……다 알아. 그러니까 배달 서비스까지 해준다잖아. ……라이벌도 사라졌잖나. 잘

나간다는 소문은 들었어. ……알았어? 내가 다시 걸지."

가가야는 다시 한 번 혀를 차더니 휴대전화를 접었다.

"무슨 일이 있습니까?"

가즈야는 물었다. 지금 대화는 평소와 다르게 절박한 낌새가 있는 것처럼 들렸기 때문이다.

"아니." 가가야는 대답했다. "스파이는 이래저래 걱정이 많거든. 오늘은 아지트까지 실어다 줘. 거기서 해산이다."

"예."

곤노스케자카에 있는 가가야의 아지트에 도착한 것은 오후 7시가 약간 지난 시각이었다. 세단에서 내려 가가야에게 열쇠를 건네고 함께 엘리베이터로 향했다.

문이 열렸을 때 가가야가 말했다.

"난 여기서. 내일 또 보지."

가즈야는 혼자서 엘리베이터를 탔다. 뒤로 몸을 돌린 가즈야의 눈앞에서 문이 닫혔다.

그 가방을 혼자서 트렁크에서 꺼내어 방으로 옮길 심산이다.

가즈야는 현관에서 나와 휴대전화를 꺼내 경무부 하타케야마의 번호를 눌렀다.

"무슨 일인가?"

하타케야마가 물었다. 새어 나오는 소리로 판단컨대 어디 술집에라도 있는 모양이다.

가즈야는 말했다.

"오늘 밤, 긴급히 보고하고 싶은 사항이. 본청에서 뵐 수 없겠습니까?"

일단 방에서 나간 하타케야마는 한 남자를 데리고 돌아왔다.

남자는 상당히 연배가 있었다. 숱이 없는 머리카락은 새하얗고, 눈썹도 하얗다. 예순에서 몇 살 더 먹었을 것이다. 수티앵 칼라* 코트를 입었다.

하타케야마가 소개했다.

"스기모토 씨다. 이 년 전까지 약물대책과에 있었다. 지금은 이미 은퇴하셨다."

하타케야마가 스기모토라고 소개한 노인은 코트 주머니에 손을 찔러 넣은 채로 말했다.

"무엇을 보았는지 다시 한 번 말해주게."

가즈야는 지바 시 교외의 파친코 가게에서 목격한 장면, 가와베라는 이름의 인물과 가가야가 연락을 취했다는 사실을 전했다. 가가야의 말투나 행동에서 뭔가 평범하지 않은 사태가 벌어지는 것을 느꼈다고.

하타케야마에게는 이미 지난주부터 이번 주에 걸쳐 일어난 일에 대해 대강 보고를 했다. 하타케야마도 가즈야의 견해에는 동의했다. 다만 가가야가 대체 무슨 짓을 시작했는지까지는 하타케야마도 제대로 분석하지 못했다. 그래서 지금 4과나 폭력단대책과와 직접적인 관련이 없는 스기모토를 긴급 호출한 것이다. 그 풍부한 지식을 바탕으로 사태 분석을 요청하기 위해서다.

가즈야의 이야기를 다 듣고 나서 스기모토가 말했다.

"아무래도 그놈, 수사비용을 직접 벌기 시작한 모양이야."

하타케야마가 말했다.

"역시."

"그래. 가가야하고 지바의 파친코라는 얘기를 들으니 나는 아무래도 쌍상회가 연상되는군. 놈이 국산 마약 사건의 꼬리를 밟았을 때 가장 기뻐한 것은 쌍상회의 이나키 조직이었을 거야. 그 국산 마약은 태반이 후나바시하고 지바에서 팔렸을 테니까. 아니, 그 정보 자체가 쌍상회에서 나왔다는

---

* 첫째 단추를 풀면 오픈칼라가 되고 잠그면 스탠드칼라가 되는 이중칼라

소문도 있었어."

하타케야마가 물었다.

"결국 이나키 조직도 가가야에게 빚을 졌다는 말입니까?"

"이나키는 가가야한테는 고개를 못 들걸. 그리고 오늘 그 가방, 관계가
궁금하군."

"돈?" 하타케야마가 물었다.

"혹은 마약이거나."

"가와베라는 이름에서 짐작가시는 바는?"

"우쓰노미야에 사는 가와베일까. 전에는 출장안마소 점장을 하던 놈이
야. 내가 퇴직할 때는 마약 중간 판매상으로 이따금 이름이 거론되었지. 약
물대책과가 내사를 했던 적도 있어."

듣고 있던 가즈야가 끼어들었다.

"라이벌이 사라져서 잘나간다는 식으로 말했습니다."

"그럼 역시 그 가와베겠군. 이 년 전까지 우쓰노미야의 마약은 고아라시
조직이 독점하다시피 했어. 그런데 올봄, 고아라시 다메오가 상해 용의로
체포되었지. 마약 불법 소지도 겹쳐서 철창행이야. 남은 시장을 인계한 놈
이 가와베라고 들었네. 아마 항상 매진 상태일 게야."

"가가야 경부는 가와베라는 상대에게 뭘 배달하겠다는 말도 했습니다."

"가와베는 도치기 현경이 감시하고 있어. 도쿄로 나와서 판매상하고 접
촉하지는 못할 거야."

하타케야마가 말했다.

"그래서 가가야가 운반해준다고요?"

"지나치게 끼워 맞춘 해석일까?"

누군가 방 문을 두드렸다. 들어온 사람은 젊은 수사원이었다. 수사원은
스기모토의 얼굴을 보고 깜짝 놀란 듯했다. 고개를 숙이고서 봉투를 책상
위에 올려놓았다.

스기모토가 봉투에서 사진 다발을 꺼냈다. 몰래 촬영한 남자의 얼굴이었다. 거무스름한 양복을 입은 남자나 고급 명품 운동복을 한 벌로 차려입은 남자들이다.

하타케야마가 말했다.

"이나키 조직 간부의 사진이다. 자네가 봤던 남자가 있나?"

가즈야는 사진을 한 장씩 살펴보았다. 당시 남자들이 있는 위치까지 40미터가 넘는 거리가 있었다. 과연 사진과 대조해서 판별할 수 있을지 자신이 없었다. 그러나 다섯 번째 사진에서 시선이 멈추었다. 꼬불꼬불 파마를 한 눈이 큰 남자. 몸의 윤곽이 기억에 있다. 이 남자는 분명 가가야의 세단 옆에 서 있던 남자하고 동일인물이다. 틀림없다.

"그놈인가?" 스기모토가 확인했다.

가즈야가 고개를 끄덕이자 스기모토는 말했다.

"이나키 조직의 야나세. 내가 아는 한, 태국에 스무 번 이상 여행을 갔어. 헤로인도 취급하는 놈이다."

하타케야마가 말했다.

"윤곽이 보이는군. 스기모토 씨, 이런 시간에 와주셔서 감사했습니다."

스기모토는 뺨을 누그러뜨렸다.

"뭘. 한가하니까 언제든 부르게."

하타케야마는 스기모토와 함께 방을 나갔다가 이 분쯤 지나 돌아왔다.

하타케야마가 말했다.

"예상치 못한 방향으로 발전했군. 단순한 사적 공금유용으로는 끝나지 않을 거야. 내부 처리는 불가능할지도 몰라."

가즈야는 이어질 하타케야마의 말을 기다렸다. 하타케야마가 방침을 내리면 가즈야는 그에 따라 필요한 일을 하면 된다.

하타케야마는 스스로 이해시키려는 듯 몇 번이나 고개를 끄덕이며 말했다.

"경무에서 끌어내서 약물대책과에 넘길까." 가즈야는 물었다.

"높은 분들은 어떻게 됩니까?"

하타케야마는 말했다.

"마약이 나오면 그 사람들도 참견하지 않겠지. 할 수가 없어. 가가야를 내치겠지."

"공판을 하게 되면 가가야 계장은 공금유용에 대해서도 증언하게 되지 않습니까? 애당초 그 돈이 어디에서 나왔냐고 할 텐데요."

"그건 괜찮아. 검찰하고 조율하지. 확대되지 않도록 공작할 수 있어."

그런 일이 가능한가?

가즈야는 한 가지 더 확인했다.

"커다란 움직임이 있다면 하루 이틀 사이에 터질 것 같습니다. 그때 경무부가 바로 움직일 수 있습니까?"

"신병 구속을 할 수 있냐는 뜻인가?"

"예."

"정보에 따라 달라. 영장이 나올 만한 정보라면 당장 움직인다."

"제 입장에서 증거를 갖추기란 어렵습니다. 하지만 임의동행이 가능한 정도의 정보라면 입수할 수 있을 겁니다."

"그거라도 좋다. 기대하고 있겠네. 다른 현경이 주목하기 전에 우리가 붙들고 싶어. 나도 놈에게 이제 그만 끝을 고할 시기라고 생각해. 비록 경찰청 장관관방이 배후에 있다 하더라도."

가즈야는 고개를 끄덕였다.

이튿날 아침, 막 눈을 떴을 때 휴대전화가 울렸다. 가가야다. 시각 표시를 보니 오전 6시 2분이었다.

가가야가 말했다.

"오늘은 정시에 나와. 밀고가 있었다."

가즈야는 물었다.

"예의 정보입니까?"

"그래. 영장이 나오면 바로 4과 녀석들하고 압수하러 간다."

"예."

가즈야 일행이 JR 오쓰카 역에 도착한 시각은 오전 9시 40분이었다. 역 북쪽 출구와 남쪽 출구는 이미 스가모 경찰서의 지역과 경찰관들이 포위하고 있었다. 승객들은 호기심을 보이며 경찰관들의 앞을 지나갔다. 코인로커 앞에는 두 명의 경관이 우뚝 서 있다.

코인로커에서 짐을 꺼내려는 이용객이 한 명 있었던 모양이다. 다른 두 명의 경찰관이 이 사내가 들고 있던 가방의 내용물을 검사했다.

가가야가 그 자리에 있던 한 경찰관에게 경찰수첩을 보이며 말했다.

"수고. 4과의 가가야다."

지역과 경찰관이 경례를 했다.

"36번 코인로커다. 관리자는?"

"도착했습니다."

작업복을 입은 중년 남자가 다가왔다. 이 남자가 코인로커 관리회사의 책임자인 듯하다.

가가야는 수색영장을 보여주며 말했다.

"권총 밀매 정보가 있었습니다. 보시다시피 재판소도 허가했습니다. 36번을 열어주십시오."

"당장 열겠습니다."

가가야는 뒤를 돌아보더니 가즈야를 비롯해 가가야를 따라 서둘러 온 여덟 명의 수사원들에게 말했다.

"밀고는 거짓 정보일 가능성도 있다. 부주의하게 열었다가 무엇이 튀어나올지 모르니 좌우로 흩어져라."

지역과 경찰관들은 그 자리에서 바로 통행 규제에 들어갔다. 코인로커 앞에서 인적이 사라졌다.

가가야가 수사원 한 명에게 눈짓을 했다. 유일하게 방탄조끼를 입은 수사원이다. 그는 옆에서 36번 로커로 다가가 집음 마이크 같은 물체를 로커 문에 댔다.

수사원은 안에서 무슨 소리가 나지 않는지 확인하는 듯했다. 헤드폰을 귀에서 떼더니 가가야에게 고개를 끄덕였다.

가가야도 고개를 끄덕였다.

방탄조끼를 입은 수사원은 하얀 장갑을 낀 손으로 코인로커의 열쇠를 열쇠구멍에 끼웠다.

가가야가 주위를 둘러보았다. 스가모 경찰서의 경찰관들이 규제선을 빠져나가려는 통행인을 허둥지둥 제지했다.

수사원이 로커 문을 열었다. 안에 파란 스포츠백이 들어 있다. 한 수사원이 카메라를 들고 다가와 로커 내부를 촬영했다. 또 한 명의 수사원이 다가와서 그 가방을 신중하게 꺼냈다.

가방을 지면에 내려놓자 방탄조끼를 입은 수사원이 그 가방의 지퍼를 열었다. 안에는 에어캡 뭉치가 있었다. 가가야가 가방에 다가가 위에서 들여다보았다.

수사원이 꾸러미를 꺼내 바닥에 펼쳤다.

가즈야도 한 걸음 앞으로 나갔다.

꾸러미에 싸인 물체는 한 자루의 권총이었다. 대형 반자동식 권총이다.

가가야의 안색이 변한 것을 눈치챘다.

수사원이 그 권총을 들고 총구를 확인한 후 말했다.

"권총 발견. 반자동 한 정."

가가야가 아연한 목소리로 말했다.

"한 정?"

수사원은 가방을 한 번 더 뒤졌다.

"한 정입니다."

가가야와 시선이 마주쳤다. 가가야의 눈에는 뚜렷한 동요가 보였다. 한 자루밖에 나오지 않을 줄은 꿈에도 몰랐나 보다. 밀고에 의한 이 권총 압수가 아무래도 가가야가 예상했던 양상과는 달랐던 모양이다.

가즈야는 며칠 전 가가야가 호시노와 나눈 대화를 떠올렸다. 그 대화가 이번 밀고에 관한 사전 논의였다면 권총은 세 자루가 나와야 하지 않았을까? 호시노는 권총 조달에 실패한 걸까? 아니면 가가야가 속은 걸까?

가가야는 가즈야의 시선을 피하며 수사원들에게 말했다.

"좋다. 빨리 처리해."

또 다른 수사원 두 명이 종이상자와 비닐봉지를 들고 바닥에 무릎을 꿇었다. 정보에 근거하여 소유자는 밝히지 못하고 권총을 압수하는 순간이었다.

그날 밤, 가가야는 7시가 지나 보고서 작성을 마치고 4과장인 우치야마에게 제출했다.

가즈야가 지켜보고 있으려니 우치야마가 기대에 어긋났다는 식으로 말했다.

"더 큰 적발 아니었어? 아침의 그 기세를 보면."

가가야는 낙담한 목소리로 말했다.

"스파이를 족쳤을 때는 감이 나쁘지 않았는데 말입니다. 상반기에 너무 힘을 썼는지도 모르겠어요."

"좀 더 분발할 필요가 있겠어."

"그러네요."

"연말 경계 경비 전에도."

"알고 있습니다."

우치야마 앞에서 돌아온 가가야는 가즈야 옆을 지나가면서 말했다.

"가자."

노기를 품은 목소리였다.

가즈야는 의자에서 펄쩍 뛰듯이 일어서서 가가야의 뒤를 따랐다.

주차장으로 걸어가면서 가즈야는 물었다.

"어떻게 된 영문입니까?"

가가야는 대답했다.

"호시노가 속였어. 세 개를 내놓는다고 했으면서."

"그때의 이야기는 역시 권총을 말하는 거였습니까?"

"정보 얘기라고 했잖아."

"실제로 물건이 나올 줄은 몰랐습니다."

"내가 하는 일은 그런 일이야. 뒷세계에서 넘쳐나는 권총을 빨아들이지. 내버려두면 헐값에 팔려서 아마추어가 손에 넣는다. 그럴 바에야 약간 돈을 들이더라도 경시청이 사들여야 해. 찬찬히 가르쳐줄 생각이었는데 말이야."

가즈야가 잠자코 있자 가가야가 말했다.

"물론 진짜 불법소지 정보가 들어올 때도 있지."

"그런 적발이 진짜 아닙니까?"

"그래. 그 말이 맞아. 하지만 그런 건 일 년에 한두 건이야. 상부에서 지시하는 목표는 도저히 달성할 수 없어."

경시청도 경찰청도 소유자 불명의, 이른바 무주물 권총의 압수를 특별히 문제시하지 않는다는 소리다. 가가야의 이 수법은 법적으로도 승인되고 있다. 그것은 또한 그 수법에 정보나 돈, 사법 거래가 얽히는 일도 용인한다는 말이기도 했다.

가즈야는 화제를 바꾸었다.

"오늘, 이제부터는 어쩌십니까?"

가가야는 시계를 보았다.

"횟술이지. 맛난 술을 마시지 않으면 못 해먹겠어. 넌 그만 됐다."

"차는 어떻게 할까요?"

"아지트 쪽에 넣어놔. 거기서 해산이다."

가즈야는 손목시계를 보았다. 오후 7시 40분. 9시 약속에 맞출 수 있다.

가가야가 별안간 휴대전화를 꺼내더니 화면을 보았다.

"이 새끼."

가가야는 휴대전화를 귀에 대더니 갑자기 버럭 소리를 지르기 시작했다.

"멍청한 새끼야! 너, 날 우습게보고도 그대로 끝날 줄 알아?"

상대는 호시노이리라. 가즈야는 대화를 놓치지 않도록 귀에 의식을 집중하면서 걸었다.

아무래도 호시노는 속일 생각은 없었던 모양이다. 짧은 시간에 간신히 조달할 수 있었던 물건이 그 권총뿐이었으리라. 하지만 그는 가가야가 화를 낼 것도 알았다. 그래서 오늘 오전에 코인로커의 정보를 전하고 나서는 종적을 감춘 모양이다. 대화를 듣기로는 지금도 도쿄 도내에는 없는 듯하다. 가가야의 손이 닿지 않는 곳까지 피신한 후에 사죄 전화를 건 모양이다.

가가야가 말했다.

"좋아, 이번뿐이다. 잊지 마라. 너 이 새끼, 내가 이대로 어디로 이동하게 되면 그걸로 끝이라고 생각하는 건 아니겠지? 내가 경시청에 있는 한 네놈하고의 끈질긴 인연은 끝나지 않아. 알고 있지?"

마침 교차점에 접어들었다. 신호를 기다리는 통행인이 제자리에 서 있었다.

가가야가 고함을 질렀다.

"멍청한 새끼야, 돈 문제는 별개야. 난 조건부로 돈을 쓰고 있단 말이다!"

그 자리에 있던 통행인들이 깜짝 놀라 가가야를 쳐다보았다. 몇 사람은 슬며시 가가야를 피했다.

세단으로 곤노스케자카에 다가가고 있을 때, 조수석의 가가야가 또다시 휴대전화를 꺼냈다.

가가야는 말했다.

"끈질기네. 나중에 건다고 몇 번을 말해야 알아?"

그렇다면 어제부터 통화하고 있는 가와베라는 남자가 건 전화일까? 가즈야는 운전을 하면서 귀를 쫑긋 세웠다.

가가야가 말했다.

"시험은 친다니까. 내 혀를 못 믿나? ……쓰쿠바? 다시 한 번. ……알았어. 내일 정오. ……쓸데없는 소리."

가가야가 전화를 끊자 가즈야는 물어보았다.

"트러블입니까?"

가가야는 고개를 저었다.

"아니. 오늘은 일찍 깨웠는데 시답지 않은 성과라 미안하군. 원래는 네 점수도 될 거였는데."

"아닙니다. 별로 상관없습니다."

"난 울화통이 터져. 너도 그렇지 않아?"

"아뇨, 전혀."

"가끔은 도를 넘었다 싶을 정도로 즐겨라. 우리가 하는 일은 때때로 완전히 바보가 되지 않으면 신경이 버티질 못해."

"예, 알고 있습니다."

가즈야는 가슴속으로 질문해보았다. 사장님은 오늘 밤 어떤 식으로 도를 넘을 겁니까?

가즈야는 그 답을 스스로 상상해보고 전율했다. 설마…….

가가야의 아지트에서 메구로 역을 향해 걸어가면서 가즈야는 시계를 보았다.

8시 40분이었다. 약속했던 9시보다 약간 일찍 도착할지도 모른다. 만약 유카가 먼저 와 있다면 9시 반까지 기대했던 것보다 오래 만날 수 있다.

일요일에 목격한 장면을 화제로 삼을 생각은 없었다. 그날 가가야는 단순히 어디 근처까지 유카를 태워다주었던 것일지도 모른다. 혹은 점심식사나 차를 한 잔 하자고 불렀는지도 모른다. 그 이상의 가능성은 가즈야의 망상이라고 물러설 수도 있다. 지금이라면.

지금 솔직한 심정은 한 번 더 유카의, 연인의 미소를 보고 싶었다. 한 번 더 가즈야의 귓가에서 이름을 불러주기를, 가쁜 숨으로 좋아한다는 말을 해주기를 원했다. 아직 우리는 그것이 가능한 관계일 터이다. 끝나지는 않았다. 유카는 아직 떠나지 않았다. 내가 틀렸을까?

이노카시라 선 시부야 역 구내에 있는 그 가게에 유카는 아직 오지 않았다. 가즈야는 커피를 주문하고 커다란 유리벽 쪽 자리에 앉았다.

9시가 조금 지났을 때 유카가 역 광장에 모습을 드러냈다. 가벼워 보이는 흰색 코트 차림. 팔에 걸고 있는 것은 여성에게 인기 있는 프랑스 브랜드 가방이었다. 유카는 마침 걸어오면서 휴대전화를 꺼내고 있었다. 곧이어 그녀의 얼굴에 해맑고 기쁜 표정이 나타났다. 유카는 통화를 하면서 손목시계를 보았다.

가게에 들어온 유카는 바로 가즈야를 찾아냈다. 가즈야가 손을 들자 유카는 가즈야 옆까지 걸어와서 선 채로 말했다.

"미안해. 집에서 전화가 와서 빨리 돌아오래."

가즈야는 깜짝 놀라 물었다.

"9시 반까지는 괜찮잖아?"

"그게, 중요한 일이 있어서 그래. 아빠가……."

유카가 말을 끊기에 가즈야가 물었다.

"아버님이 왜?"

은연중에 힐문하는 투가 되었다.

유카는 입술을 일그러뜨리고 말했다.

"사적인 일이야. 알려고 들지 말았으면 좋겠어."

"무슨 말이 그래. 걱정하는 거야."

"괜찮아. 그런 일이 아니야."

"커피 한 잔이라도……."

"미안해. 정말."

유카의 눈에는 명백한 거절의 빛이 서렸다. 그 이상은 무슨 말을 해도 소용없어 보였다.

"알았어. 내일은?"

"친구하고 약속이 있어."

그 대답을 듣고 나서 기억해냈다. 내일 토요일은 가족하고 약속이 있다고 하지 않았던가?

"알았어. 다음에."

"내가 전화할게."

전화하지 말라는 소리다.

가즈야는 며칠 전 목격한 사실에 대한 자신의 해석이 틀리지 않았음을 깨달았다.

"그래, 알았어."

"그럼 이만. 정말 미안해."

"그래."

유카가 가게에서 나가자 가즈야는 바로 커피 값을 치르고 유카를 쫓았다. 유카가 정말로 집으로 돌아갈 셈이라면 한조몬 선 플랫폼으로 향할 터였다.

인파 속에서 몰래 따라가 보니 유카는 역 앞에 있는 도로로 나가 택시에 올라탔다.

메구로로 향하는 게 아닌가? 만약 곤노스케자카로 가는 거라면 야마노테 선을 이용하는 편이 택시보다 훨씬 편리할 텐데. 역시 나는 망상에 사로잡혀 있었나?

가즈야 역시 택시에 올라타고 운전사에게 말했다.

"지금 출발한 택시를 쫓아가주시겠습니까?"

삼십 대의 운전사는 깔보는 투로 말했다.

"손님, 경찰놀이 하슈?"

"쫓으라잖아! 경찰이다."

스스로 놀랄 만큼 난폭한 목소리가 나왔다.

운전사는 룸미러를 슬쩍 쳐다보더니 잠자코 차를 출발시켰다.

유카가 탄 택시는 롯폰기 길로 들어섰다. 메이지 길에서 우회전하나 싶더니 그대로 직진이다. 역시 곤노스케자카로 향하는 건 아닌 모양이다.

지나친 생각이었나? 가즈야는 급기야 자신의 현실 해석에 자신감을 잃었다.

십 분 후, 택시는 도리이사카시타에서 아자부주반의 상점가 쪽으로 들어섰다. 예전에 와봤던 구역이었다. 가가야의 부하가 된 첫날 밤에도 이 부근에 왔었다.

이윽고 유카의 택시가 멈추었다. 오스트리아 대사관 옆길이다.

"세워."

가즈야는 운전사에게 말했다. 운전사는 지시대로 그 자리에서 택시를 세웠다.

30미터쯤 앞에서 유카가 택시에서 내렸다. 전혀 주위를 의식하지 않는다. 가즈야가 미행했을 줄은 꿈에도 생각 못 하는 모양이다.

유카는 길을 건너더니 길 쪽으로 난 가게의 문을 열었다. 근무 첫날 밤에 가가야가 들어갔던 초밥집이었다. 그날 밤, 가가야가 한 시간쯤 지나서 나왔을 때 뒤이어 모습을 드러낸 사람은 4과 서무를 담당하는 젊은 여성 직원이었다.

유카가 그 가게에 들어간다. 우연일 리가 없다.

"어쩌실 겁니까? 내릴 겁니까?" 운전사가 물었다.

"아니." 가즈야는 제정신으로 돌아와 대답했다. 유카의 모습은 가게 안으로 사라졌다. "출발해줘."

"어디로요?"

"경시청."

운전사는 택시를 출발시키면서 말했다.

"경찰이라는 게 진짜였군요."

가즈야는 대답하지 않았다. 가게 앞을 지나칠 때, 입구를 바라보았다. 경박해 보이는 일본식 미닫이 문. 안에는 노란 등이 켜져 있다.

문득, 가가야가 자주 듣는 오페라 아리아가 귓속에 되살아났다. 그 멜로디와 가사가.

하타케야마는 회의실에 들어오자마자 물었다.

"확실하지?"

가즈야는 대답했다.

"내일 거래가 있는 것은 확실합니다."

"물건은 확실히 마약인가?"

"지바의 이나키가 팔고, 우쓰노미야의 가와베가 구매를 원하는 물건입니다."

"거래 현장을 적발하면 가가야하고 판매상, 둘 다 동시에 잡을 수 있어."

"가가야 계장에게 미행은 통하지 않을 겁니다. 의심을 사면 그 자리에서 거래는 물 건너갈 겁니다."

"가와베 쪽을 감시하는 방법도 있어."

"도치기 현경에게 협력을 요청해서 말입니까?"

하타케야마는 쓴웃음을 흘렸다.

"그렇군. 우리가 걱정하는 건 경시청 직원의 비리다. 약물 매매 경로 적발은 그다음 문제지."

하타케야마는 팔짱을 끼고 천장을 쳐다보더니 가즈야에게 물었다.

"자네가 내일이 확실하다고 했으니, 뭔가 보고한 내용 이상의 정보를 손에 넣은 것 아닌가?"

"아닙니다. 그런 일은 없습니다."

가즈야는 가가야가 낚싯배 용도의 대형 크루저를 탐내고 있다는 사실은 하타케야마에게 전하지 않았다. 함께 조가시마까지 그 배를 보러 갔다는 사실도. 가가야는 그 배를 구입하기 위해서라도 거금이 필요했을 것이다. 그것이 가가야가 이번에 자력으로 수사비용을 마련한 또 하나의 절박한 이유가 되었음은 틀림없는 사실이다.

또 한 가지. 금지 품목을 본 것도 아니고 거래 현장을 목격하지도 않았는데 오늘 밤 보고를 상신한 최대의 이유도 하타케야마에게 털어놓지 않았다. 즉 가가야가 도쿄 소방청의 여성 구조사와 친밀하다는 사실. 오늘밤 가가야는 그 여성과 만났고, 게다가 도를 넘어 머리를 이완시키려는 의사를 가지고 있다는 사실.

역시 하타케야마에게는 보고하지 않은 사항이지만, 가가야는 거래할 그 물건에 대해서 자기 혀로 품질을 확인한다는 발언까지 했다. 그것은 너무나 부주의한 말이었지만, 그만큼 가가야는 오늘밤 들떠 있고, 침착성을 잃었다는 말이다. 가즈야의 대담한 상상이 빗나가지 않았다면 오늘밤 가가야는 그 물건을 시험해볼 것이다. 아마도 그의 아지트에서.

하타케야마가 말했다.

"경무부의 젊은 형사들에게 내일 아침 7시에 집합하도록 오늘 밤 안에 지시해두겠네."

가즈야는 말했다.

"수사차량을 빌릴 수 있을까요?"

"어쩌려고?"

"오늘 밤, 혼자서 미행할 생각입니다. 만약 불온한 낌새가 있다면 추적하겠습니다."

하타케야마는 잠시 가즈야를 바라보았다. 그만한 의욕의 근거를 알고 싶다고 말하는 듯한 얼굴이었다.

"좋다." 하타케야마는 말했다. "아침에 교대하지."

또다시 그 멜로디와 가사가 되살아났다.

별이여, 사라져라! 날이 밝으면 나는 승리하리. 나는 승리하리! 나는 승리하리라!

이튿날 오전 10시 5분.

곤노스케자카의 집합 주택을 감시하던 경무부 직원에게서 연락이 들어왔다.

"대상의 세단이 나오고 있습니다."

주차장 셔터를 열고 가가야의 세단이 출구 비탈을 올라왔다는 소리다.

집합 주택 뒤편에 세워두었던 왜건 차량 안에서 하타케야마가 그 소리를 듣고 지시를 내렸다.

"체포하라. 이쪽도 이동한다."

하타케야마가 운전사에게 고갯짓을 했다. 운전사는 왜건을 골목에서 발진시켰다.

지금 왜건 안에는 가즈야를 포함한 남자 다섯 명이 타고 있다. 가즈야 외에는 전부 경무부 직원이다. 가즈야는 오늘 아침까지 가가야의 아지트를 감시하고 있다가 8시에 경무부 지원 인력과 교대했다. 방금 전까지 이 왜건 안에서 휴식을 취하고 있었다.

이 왜건과는 별개로 언제든지 주차장 출입구를 폐쇄할 수 있도록 또 한

대의 수사차량이 곤노스케자카에서 대기하고 있다.

왜건이 곤노스케자카에서 그 비탈길로 들어섰을 때, 마침 수사차량이 주차장 출입구 앞에서 급정차했다. 도로로 나오려던 가가야의 세단이 그 차량 앞에서 정지했다. 왜건은 수사차량 바로 뒤로 가서 급정차했다.

수사차량에서 직원 두 명이 뛰어내려 세단 양옆에 섰다. 가즈야도 하타케야마 팀과 함께 왜건에서 내려 세단으로 다가갔다. 세단 뒤쪽에서 셔터가 내려왔다.

하타케야마가 운전석 쪽의 문으로 다가가 창을 두드렸다. 가가야는 얼어붙은 표정으로 유리를 내렸다.

가즈야와 눈이 마주쳤다. 가가야는 대번에 무슨 일이 있었는지 이해한 듯했다. 희미하게 눈썹을 치켜세웠다.

조수석의 나가미 유카하고도 눈이 마주쳤다. 유카는 어리둥절한 얼굴로 가즈야를 바라보았다. '거짓말이지?'라고 말하는 것만 같다.

가즈야는 '아니, 현실이야'라는 뜻을 담아 고개를 가로저었다. 믿기 어렵겠지만 경시청 경무부는 당신하고 당신의 남자에게 지금 임의동행을 요구할 것이다. 아마 소변 검사에 대한 동의 여부도 묻게 될 것이다.

하타케야마가 운전석을 들여다보고 경찰수첩을 내보이며 가가야에게 말했다.

"가가야 히토시. 경무부 인사1과장이다. 질문하고 싶은 사항이 있다. 동행해주겠나?"

가가야는 다시 한 번 가즈야를 쳐다보고 나서 하타케야마에게 되물었다.

"용건은?"

"복무규정위반 혐의가 있다. 사정을 알고 싶다."

"복무규정위반?"

"그것만으로 끝나면 다행이라는 생각도 하고 있지."

"임의라고 하셨지요. 영장은 없습니까?"

"어떤 영장을 원하나?"

"거절하면 어떻게 됩니까?"

하타케야마는 비꼬는 투로 말했다.

"힘으로 나가야지. 우리는 기소하지 못해도 별로 상관없어. 공판 유지도 목적이 아니야. 수속의 정당성 여부로 자네하고 싸울 생각도 없네."

가가야는 다시 고개를 정면으로 돌렸다. 뭔가 계산하는 표정 같았다. 동행을 완강히 거부할까. 아니면 따를까. 여기까지 이르러서 도망칠 길이 있을까 없을까. 변명할 부분이 있다면 어디인가. 그런 문제들을 맹렬한 기세로 저울질하고 있는 것이리라.

가가야는 자그맣게 숨을 토해내고서 하타케야마에게 말했다.

"이쪽 여성은 상관없습니다. 돌려보내주시지 않겠습니까?"

하타케야마는 말했다.

"안 돼. 그쪽 아가씨도 소변 검사를 해야겠어."

"그런 사정입니까?"

"동행할 거라면 저쪽 차량으로 이동해주게."

가가야는 유카 쪽으로 고개를 돌렸다. 작은 목소리로 뭐라 말한 듯했지만 가즈야는 그 목소리를 듣지 못했다. 유카가 가가야에게 격렬한 실망과 분노의 표정을 보였다는 것을 알았을 뿐이다.

가가야는 문을 열고 세단 밖으로 내렸다.

조수석 쪽에서 유카도 내렸다. 보랏빛 실크 셔츠에 부드러운 재질의 플레어스커트. 골드 체인벨트. 손에는 그 브랜드 가방과 하얀 코트. 절대로 도쿄 소방청 직원으로는 보이지 않는 화려한 패션.

경무부 직원이 가가야의 양옆에 섰다.

하타케야마가 가가야에게 말했다.

"차를 수색해도 되겠나?"

"그러십시오." 가가야는 그렇게 대답하고 나서 가즈야에게로 고개를 돌렸다. "처음부터 그럴 셈이었나?"

"예." 가즈야는 억양 없는 말투로 대답했다.

가가야가 한 가지 더 물었다.

"어째서 오늘이지? 내일이라도, 다음 주라도 상관없었을 텐데."

가즈야는 말없이 서 있었다.

가가야는 흘깃 뒤를 돌아보고 나서 이해한 표정을 지었다.

"밀고당한 건 내가 아니라 저 아가씨인가?"

가즈야는 가가야를 똑바로 쳐다보며 말했다.

"아닙니다, 사장님. 오로지 사장님이 문제였습니다."

"혹시……." 가가야가 말했다.

"뭡니까?"

"너, 자기 아버지가 모범 경찰관이었다고 믿고 있나?"

"무슨 뜻입니까?"

하타케야마가 끼어드는 모양새로 말했다.

"소지품을 보여주겠나, 가가야."

가즈야는 그 자리에서 물러났다.

건조하고 싸늘한 바람이 부는 12월 아침이었다. 그 자리에 있는 남자들의 코트 자락이 바람에 휘날리고 있었다. 바람이 얼굴을 때려, 모두 미간을 찡그리고 있었다.

가즈야도 뺨에 닿는 차가운 바람을 의식하면서 방금 가가야가 했던 말을 곱씹었다.

아버지가 모범 경찰관이었다고 믿고 있나?

무슨 뜻일까. 가가야는 뭔가 반어적으로 말한 것일까? 너희 아버지 역시 타락한 경찰관이었다고. 결코 청렴한 주재 경관은 아니었다고. 가가야는 뭔가 알고 있는 걸까? 아버지에 관한 일, 아버지가 순직한 사정을?

나는……. 바람을 등지고 가즈야는 생각했다. 경시청에서 풀어야 할 또 하나의 과제가 생겼는지도 모른다.

5

그 선술집은 하쓰네 길에서 닛포리에 가까운 위치에 있었다. 길에서 직각으로 꺾여 들어간 골목 안이다. 안쪽까지 10여 미터 남짓한 골목 전체가 자그마한 규모의 술집 거리를 이루고 있다. 안조 가즈야가 그 가게에 들어가는 것은 처음이었다. 하지만 가게의 이름은 알고 있었다. 아버지가 살아계셨을 때, 그곳이 아버지가 자주 가는 가게라고 어머니가 말씀하셨다. 다만 아버지는 주재 경관이 된 후에는 술을 뚝 끊었으니 그 선술집에서도 술은 입에 대지 않았을 것이다. 아마도 지역 정보를 듣는다는 생각으로 다니지 않았을까.

입구 옆에 초롱이 걸려 있다. '엣 짱'이라는 가게 이름이 적혀 있었다. 이 야나카 교외에 얼마든지 있을 법한 구조의 가게였다. 아마도 손님이 일고 여덟 들어가면 꽉 찰 만한 크기일 것이다. 손님은 단골뿐이고, 다들 가게 주인과는 친숙할 것이다. 바꾸어 말하면 처음 오는 손님은 자리가 불편하리라.

시계를 보았다. 오후 7시가 되기 삼 분 전. 야나카 묘지에 꽃놀이 인파가 몰리는 철도 지난 4월의 둘째 주 주말까지였다. 가즈야는 지금 유급휴가 중이다.

미닫이를 열자 안에 있던 남자들이 조용히 가즈야에게로 시선을 돌렸다. 카운터에 남자 두 명. 한 명은 조금 더 나이가 들어 보인다. 카운터 안에 있는 사람은 마흔 줄의 사내였다.

앞쪽에 앉은 손님이 가즈야를 불렀다.

"안조 씨, 안녕하신가?"

나가타다. 오늘 이곳에서 만날 약속을 했다. 근처에서 사진관을 경영하는 남자. 사진관은 이대째 하고 있다고 한다. 아버지하고도 친했던 남자다.

나가타의 건너편에서 노인이 고개를 숙였다. 은발에 온화해 보이는 얼굴의 노인이었다.

그 노인이 말했다.

"히라오카예요. 아버님께는 신세를 많이 졌어요."

그 말투에 순간 히라오카는 게이인가, 하고 느꼈다. 물론 가즈야는 그렇게 느꼈다는 말은 입 밖에 내지 않고 자기소개를 하며 고개를 숙였다.

나가타가 말했다.

"히라오카 씨는 자네 아버님이 자주 오셨을 당시에는 이 가게 마스터였다네. 지금은 가게를 물려주고 보는 바와 같이 카운터 이쪽 세상에 있지."

히라오카가 미소를 지으며 말했다.

"이렇게 편할 줄 알았으면 더 일찍 은퇴할걸."

카운터 안에서 마스터가 자기소개를 했다. 이와네라는 남자였다. 부친이 덴노지 묘지기였다고 한다. 이와네 본인은 요리사로 오랫동안 일하다가 히라오카에게 이 가게를 물려받았다고 했다.

"그건 그렇고."

나가타는 옆에 놓아두었던 쇼핑백에서 종이 봉투를 꺼냈다.

"자네 아버님이 돌아가신 당일, 내가 드렸던 프린트라네. 덴노지 오층탑이 불타던 날의 사진이지."

나가타는 흑백사진을 꺼냈다. 4절 크기의 사진이 전부 여섯 장 있었다. 나가타의 부친이 화재 현장에서 찍은 사진이라고 한다.

"다미오 씨네 가족이 찍혀 있어. 보게. 구경꾼들 틈에 섞여서 어머님하고, 다미오 씨하고 동생 마사키 씨."

가즈야는 그 프린트를 손에 들고 뚫어져라 응시했다. 며칠 전 나가타하고 전화로 통화한 바에 의하면 그 사진을 봤을 때, 아버지는 안색이 변했다고 했다. 뭔가 예상치 못한 장면이 찍혀 있었던 모양이다. 하지만 그때 아버지는 어째서 놀랐는지, 그 이유를 나가타에게는 털어놓지 않았다고 했다.

어머니에게도 며칠 전 새삼스럽게 돌아가시기 직전의 아버지 모습에 대해 물어보았다. 그날 이모와 긴자에 외출하려는 어머니에게, 아버지는 점심은 근처 국수집에서 때우겠다고 말했다는 이야기였다.

그 후 아버지는 유도를 가르치러 갔다가, 그대로 외출해서 귀가한 후 인질 농성 사건에 맞닥뜨렸다. 마약에 중독된 폭력단원이 권총을 들고 이 마을에 숨어든 것이다. 아버지는 가즈야를 비롯한 가족에게 집에서 나오지 말라고 당부한 뒤 제복을 입고 현장으로 향했다. 총성이 들린 것은 그로부터 고작 십 분, 십오 분 후의 일이었다.

사진에 찍힌 사람들의 얼굴을 하나하나 살펴보던 가즈야는 전율했다. 화재 현장에서 할머니와 아버지 형제 뒤쪽에 있는 사람은!

하야세 유조다.

꽤 젊지만 틀림없다. 하야세 유조가 할아버지가 돌아가신 그날 밤, 이 화재 현장에 있었다.

하지만 그날 밤에 할아버지와 경찰학교 동기인 하야세도 그 장소에 있었다는 말은 들은 적이 없었다. 아버지는 알고 계셨을까? 이것은 단순한 우연일까?

분명 엄청난 구경꾼이 몰려들었을 덴노지 오층탑 화재 현장에서 우연히 찍은 사진 속에 경시청의 사복 경찰관이 찍혀 있다. 그리 기묘한 일이라고 할 수는 없나?

하지만 그날, 할아버지는 그 화재 현장에서 연기처럼 사라졌다가 아침이 되자 이모사카 육교 밑에서 열차에 치인 시체로 발견되었다. 사고라고도 했고, 자살이라고 하는 사람도 있었다고 한다. 아버지는 어떤 견해에도 수긍하지 않았다. 할아버지 죽음의 진상은 조금 더 다른 것이라고 확신했다. 확신의 근거는 할아버지가 자살을 할 만한 남자가 아니었다는 점, 더군다나 화재 현장에서 직무를 내던지고 사라질 경찰관은 아니었다는 점이었다.

하야세가 이날 밤 현장에 있었다면 그는 뭔가 알고 있을까? 이날 밤, 할아버지와 하야세는 대화를 나누지 않았을까? 만약 하야세가 뭔가 알고 있다면, 하야세의 입으로 그 사실을 가족에게, 혹은 경찰에게 전하지 않았던 이유는 무엇일까?

아버지의 장례식 때 있었던 일을 떠올렸다.

그 자리에는 아버지의 삼촌뻘이었던 가토리 모이치와 하야세 유조도 참석했다.

가토리가 말했다. 아버지가 순직하던 그날, 만나고 싶다는 아버지의 전화를 받았다고. 뭔가 하고 싶은 이야기가 있는 듯한 말투였다고도 했다. 가토리는 선약이 있어 아버지의 청을 거절했다고 했던가.

하야세는 말했다. 나도 얼마 전에 전화를 받았어. 뭔가 의논거리라도 있는 분위기였지, 라고.

그때 가토리는 그날 아버지에게 하야세를 만났다느니 만나러 간다느니 하는 이야기를 들었다고 했고, 하야세는 만나지 않았다고 이를 부정했다.

하야세가 가토리에게 묘하게 치근치근 물었다. 아버지가 의논하고 싶은 화제에 대해 무슨 말이라도 했나, 그걸 다른 누구에게 의논했는가 안 했는가, 하고.

그 대화에는 어떤 의미가 있었을까. 하야세는 정말로 그날 아버지하고 만나지 않았을까? 아버지가 이 사진을 낮에 보았다고 한다면, 유도 지도 후에 하야세를 만나러 갔다 해도 이상할 것은 없다.

할아버지가 돌아가신 날에 하야세가 몹시 가까운 곳에 있었다는 사실을 확인했다. 할아버지가 돌아가신 사정을 하야세가 알지 않을까 하는 상상은 당연하다. 사고든 자살이든 말이다. 어째서 그 자리에 있었는지, 그 사실을 숨긴 이유는 무엇인지, 하야세가 그곳에 있었다는 사실과 할아버지의 죽음 사이에 무언가 관계가 있지 않을까를 물어보기 위해서 말이다.

가즈야는 고개를 들었다.

옆에서 나가타가 희미하게 불안한 얼굴로 가즈야를 바라보았다.

나가타는 말했다.

"똑같군, 자네 아버님하고. 지금 표정을 보고 그날의 다미오 씨를 떠올리고 말았네."

가즈야는 물었다.

"아버지는 이 사진을 보고 안색이 바뀌신 거죠? 아버지는 이 사진을 가지고 가셨습니까?"

"그래. 갖고 싶다고 했어. 어차피 줄 생각이었지. 통째로 넘겼다네."

아버지의 유품 속에서 이 사진을 본 적이 없었다. 아버지가 처분했나? 아니면 누구에게 맡겼을까.

마스터인 이와네가 주문을 받았다.

가즈야는 맥주를 시켰다. 조금 더 이 가게에 있어도 괜찮겠지.

나가타가 말했다.

"가지게나. 선물하지."

감사를 표하자 나가타는 말을 이었다.

"자네 할아버님은 아주 오래전에 이 근처에서 일어났던 젊은 철도원 살인 사건을 마음에 두고 계셨던 모양이야. 이미 시효가 지났을 테지만."

"할아버지는 그 사건을 자기 관할 범위의 일이라고 생각하셨던 것 같습니다. 아직 주재 경관이 되기 전에 있었던 사건인데도."

"하지만 야나카에서 살던 경찰관이었어. 자기 셋집 바로 뒤에서 시체가 나왔으니 남 일이 아니지."

"할머니 말씀으로는 할아버지는 또 한 가지, 쇼와 23년에 있었던 우에노 공원의 젊은 노숙자 살인 사건도 마음에 두고 계셨던 듯합니다. 그 사건과 철도원 사건 사이에 뭔가 연관이 있다고 생각하셨던 것 같습니다."

카운터 끝에서 히라오카가 말했다.

"잠깐. 쇼와 23년에 있었던 사건이라고?"

가즈야는 히라오카를 바라보았다.

히라오카는 얼굴에 경악스러운 기색을 띠고 눈을 껌벅였다.

"알고 계십니까?"

"미도리라는 남자아이가 살해당한 사건을 말하는 거야? 시노바즈노이케 연못가에서 시체로 발견되었는데."

"그게 맞을 겁니다. 피해자의 본명은 다카노 후미오라고 한답니다."

"당신 할아버님, 미도리도 신경 쓰고 있었어? 젊은 철도원이 살해당한 사건에 대해서는 질문을 한 번 받은 적이 있었어."

"철도원 사건하고 히라오카 씨 사이에 무슨 상관이라도 있었습니까?"

"살해당한 애하고 같은 아파트에 살았거든. 하지만 할아버님이 미도리도 마음에 두고 있었을 줄은 몰랐어."

"미도리 씨를 알고 계셨군요."

히라오카는 가만히 시선을 피했다. 쓸데없는 소리를 지껄였다고 후회하는 얼굴이다.

그렇다면 반대로 뭔가 중대한 사실을 알고 있나?

가즈야는 물었다.

"뭔가 알고 계시는군요?"

나가타가 히라오카에게 말했다.

"뭔지 모르겠지만, 쇼와 23년에 있었던 일이면 무슨 얘기를 한들 피해 입는 사람은 없지 않겠습니까?"

히라오카가 다시 가즈야에게로 시선을 돌렸다. 가즈야는 말없이 히라오카의 다음 이야기를 기다렸다.

히라오카는 뭔가 큰 짐을 내려놓는 것처럼 말했다.

"전쟁이 끝난 직후에는 나도 우에노 공원에서 살았어. 미도리하고는 아는 사이였지. 미도리가 어떤 생활을 했는지는 알고 있지?"

남창이었다는 이야기는 들었다. 그렇다면 혹시 히라오카도?

나가타가 말했다.

"히라오카 씨도 노숙자였다는 말인가?"

히라오카는 자그맣게 고개를 끄덕였다.

"당시에는 부랑아라고 불렀지. 난 어린애라서 전쟁고아에 우에노의 부랑아였어."

가즈야는 물었다.

"미도리라는 피해자하고 알고 지내셨군요. 살해 전후의 사정을 알고 계십니까?"

"알고 있었어. 그 애는 살해당하기 직전에 경찰 스파이가 아닌가 하는 의심을 사고 있었어."

"누구한테서요?"

"부랑자 동료들한테서."

"그래서 동료들이 죽였다고요?"

"아니. 하지만 혼쭐을 낸 적은 있었지. 그 이상은 없었어."

"스파이라는 소문은 진짜였나요?"

"스파이였는지 아니었는지는 몰라. 하지만 그 애 손님 중에 순사 놈이 있었던 건 확실해." 히라오카는 당황하며 정정했다. "실례. 경찰관이 있었어."

"그 경찰관이 사건과 뭔가 관계가 있었을까요?"

히라오카는 또다시 시선을 피했다. 그 반응을 보니 하고 싶은 말을 알 것 같았다.

"당시에 경찰은 그 경찰관을 조사하지 않았을까요?"

히라오카는 자기 눈앞의 소주잔을 바라보았다.

"조사하지 않았던 것 같아. 미도리의 손님 중에 경찰관이 있었다는 말을 어떻게 경찰에 할 수 있었겠어? 오히려 거꾸로 우릴 괴롭힐 텐데."

"설마요."

히라오카는 고개를 저었다.

"요즘 세상하고는 달라. 워낙 묘한 걸 느껴도 잠자코 있는 편이 영리했지. 경찰에 대해서도, 동료에 대해서도, 쓸데없는 소리는 일절 하지 않는 것이 생존의 지혜였어."

"그래서 다들 입을 다물었다?"

"그래. 경찰 역시 같은 부랑자 패거리가 범인이라고 단정 짓고 수사를 했어. 그런 쪽으로 증거도 나오지 않았는데, 그 사이에 또 살인이니 객사가 터지는 거야. 그 정도로 세상은 험했고, 우에노 공원에 사는 부랑자 하나가 죽은 일쯤은 아무도 진심으로 슬퍼하지 않았어."

"히라오카 씨가 그 경찰관에 대해 증언했다면 피해자의 넋을 달래줄 수 있었을지도 모릅니다."

"거기까지 할 마음의 여유가 없었지. 경찰이 미도리의 동료 가운데 한 사람을 범인으로 몰아세울지도 모른다는 생각도 했어. 공원을 자주 어슬렁거리던 젊은 사복 경찰관이 있었거든. 미도리가 살해당한 후에 또다시 모습을 드러내서, 나는 탐문 조사를 당할 줄 알고 그날 안에 우에노 공원을 떠났어. 두 번 다시 돌아가지 않았지."

가즈야는 물어보았다.

"경찰관의 이름을 알고 계십니까?"

"아니. 몰라. 하지만 전쟁터에서 돌아온 젊은 남자였어. 오구 경찰서의 경찰관이라고 들었는데."

오구 경찰서.

하야세는 초기에 오구 경찰서에서 근무하지 않았던가? 필리핀 전선에서 전역해서 할아버지와 동기로 경찰 훈련소에 들어갔다. 그 하야세가, 할아버지가 조사하던 미도리라는 남창 살해 사건을 수사하고 있었다? 관할 외 아닌가?

히라오카가 말했다.

"그 후로 오 년이나 지났을까, 난 이미 덴노지에 살고 있었는데 또 그 경찰관을 봤어. 다가와라는 젊은 철도원 주위를 어슬렁거렸지."

"같은 경찰관이었습니까?"

"그래. 처음 봤을 때는 간이 철렁했어. 그 남자가 미도리 살해 사건 때문에 아직도 당시의 부랑자 패거리를 찾고 있는 줄 알았을 정도야."

가즈야는 사진을 히라오카 앞으로 밀면서 거기에 찍혀 있는 한 남자를 가리켰다.

"그 경찰관이라는 게 이 남자 아닙니까?"

히라오카는 웃옷 가슴 주머니에서 돋보기안경을 꺼내어 썼다.

"이놈이네. 작지만 알아보겠어."

"틀림없습니까?"

"밥맛없는 타입의 남자라 기억하고 있어."

가즈야는 이 우연의 확률을 생각해보았다. 오 년의 간격을 두고 일어난 두 번의 살인 사건에서 한 인물이 양쪽 피해자 주변에 등장할 확률. 아무리 그 남자가 경찰관이라고 해도 몹시 드문 우연의 일치라고 할 수밖에 없다.

가즈야는 히라오카에게 물었다.

"저희 아버지는 두 사건에 이 남자가 얽혀 있다는 사실을 알고 있었습니까?"

"글쎄, 모르지 않았을까? 당신 아버님은 미도리 사건은 나한테 묻지 않았는걸. 물어본 건 다가와 가쓰조 살해 사건뿐이야. 당신 아버님이 미도리 살해 사건에 관심이 있었는지도 몰랐어."

낡아빠진 사건이라는 인식이었을까. 아니면 자기 관할 외라서 그랬나. 아버지가 오로지 철도원 살해 사건에만 전념하고 있었다 해도 이상할 것은 없다.

가즈야는 컵을 들고 맥주를 약간 목구멍에 흘려보냈다.

이렇게 되면 아버지의 죽음은…… 가즈야는 맥주의 씁쓸한 맛을 확인하면서 생각했다. 하야세가 그날 밤 그 자리에 있었던 이유와 연관이 있다. 하야세를 만나야만 한다. 하야세는 아직 살아 있을까? 정신은 멀쩡할까?

이튿날, 수사4과가 있는 층에 가서 서무계 자리로 향했다. 비품 관리를 담당하는 여직원이 수사원 두 명과 잡담을 나누고 있었다. 가즈야가 그쪽으로 다가가자 수사원들은 얼굴에서 미소를 지웠다. 여직원한테서 떨어지더니 가즈야에게서 시선을 돌렸다.

작년 11월, 경무부 인사1과는 내사로 가가야 히토시 경부의 마약 소지를 밝혀냈다. 그 후 신병을 구속하고 취조가 이어졌고, 최종적으로 가가야는 체포되어 마약 단속법 위반으로 기소되었다. 나가미 유카는 기소유예가 되었지만, 도쿄 소방청은 유카에게 징계면직 처분을 내렸다. 서무계의 나카타는 자발적으로 퇴직했다.

그 이후로 가즈야는 4과에서 완전히 고립되었다. 있을 곳이 사라졌다. 직속 상사가 없어졌으니 과장 소속 수사원이 되었지만, 실제로는 업무가 없었다. 매일 출근해서는 4과의 수사기록을 읽는 게 전부였다. 무단으로 외출해도 과장이 주의를 주는 일도 없었다.

선배 수사원들은 노골적으로 가즈야를 멀리했다. 말을 거는 이도 없고, 식당에서 함께 테이블에 앉는 이도 없었다. 퇴근 후 술 한잔하자는 이야기도 없다. 경무부 스파이가 되어 선배를 밀고한 일에 대한 비난과 혐오의 의사 표시이리라.

가즈야는 인사1과장인 하타케야마에게 그 상황에 대해 호소했지만, 돌아온 대답은 다음 이동까지 기다리라는 말뿐이었다. 가가야가 기소된 직후에 이동하게 되면 애당초 가즈야를 그런 목적으로 4과에 배속했다는 억측을 부른다. 사실이 그러했지만 표면상으로는 우연히 발각되었다는 형태를 고수해야만 했다.

그런 설득 때문에 가즈야는 여전히 4과에 있다. 바늘방석에 앉는다는 것이 이런 상태를 말하는 거구나, 하고 하루하루 강하게 의식하면서 견디고 있었다.

여직원의 책상 옆에 서자 그녀는 미소를 지으며 가즈야를 올려다보았다. 서무계에 벌써 십이 년째 있다고 하니 어쩌면 그녀는 4과의 최고참일지도 모른다. 화장이 서툰 삼십 대 후반의 여성이다.

가즈야는 정중하게 상대에게 말했다.

"요네다 씨, 빌려주셨으면 하는 물건이 있는데요."

"그래, 뭔가요?"

요네다의 말투는 어딘지 모르게 누나 같다.

"IC리코더입니다."

"IC리코더?"

"예."

요네다는 서랍에서 노트를 꺼냈다. 비품 대출 장부다.

"서명해요."

"예."

가즈야가 대출 장부에 기입하는 사이에 요네다는 뒤쪽 로커에서 IC리코더를 꺼내 왔다. 하얀 비닐 케이스에 들어 있다. 담뱃갑 절반 정도 크기의 하얀 기기였다. 본체와 마이크가 분리되어 있는 타입이다. 최신형이 들어왔다고 하더니 이게 그건가 보다.

요네다는 가즈야에게 리코더를 내밀면서 말했다.

"사용법은 설명서를 읽어봐요."

"예."

"녹음을 뭔가 증거로 사용하려고요?"

가즈야는 고개를 저었다.

"아니요. 증거로는 쓸 수 없을 겁니다."

"신중하게 써요."

요네다는 가즈야에게 뭔가 말하고 싶은 표정을 지었다.

가즈야는 고개를 갸웃했다.

요네다는 작은 목소리로 말했다.

"스스로 조심해요. 똑같은 일을 당하지 않도록."

가즈야가 가가야에게 했던 것과 똑같은 일을 당하지 않게 조심하라는 걸까? 동료가 신변을 조사하고 고발하는 일. 밀고당하는 일. 그것을 조심하라고.

가즈야는 고개를 끄덕였다. 알고 있었다. 선배 경찰관의 비리를 내사해서 밀고한 이상, 다른 동료 경찰관의 눈이 극단적으로 엄격해질 수밖에 없다는 사실은 잘 알고 있다. 다른 경찰관이라면 눈감아줄 만한 일이라도 가즈야에게는 고발할 재료가 된다.

가즈야는 입 밖으로 내지 않고 가슴속으로 요네다에게 말했다. 충고 감사합니다. 말씀하지 않으셔도 저는 최대한 주의를 기울일 생각입니다. 경찰관 인생을 완수하기 위해서.

그곳은 남향으로 커다란 유리창이 있는 공간이었다.

이즈의 밝은 햇살이 실내에 충만했다. 창밖은 잔디 정원이고, 정원 가장자리의 숲 너머에는 햇살을 반사하는 바다가 보였다.

핑크색 간호복을 입은 여성이 저분입니다, 하고 손바닥을 펼쳐 가리켰다.

실내에는 지금, 듬성듬성 놓인 등나무 의자와 소파에 열 명 남짓한 노인이 앉아 있다. 요양사가 가리킨 사람은 휠체어에 앉은 채로 창가에 있는 노인 남성이었다. 멍하니 창밖을 바라보고 있다.

요양사는 말했다.

"저 분이 하야세 씨, 하야세 유조 씨입니다."

가즈야는 물었다.

"대화는 할 수 있지요?"

"예. 뇌출혈이라 보시는 대로 다리가 불편하지만 언어장애는 없습니다."

"귀는 어떻습니까?"

"보청기를 사용하십니다."

하야세 유조는 할아버지보다 몇 살 더 젊었다. 그렇다면 지금 일흔네다섯 살이라는 말이 된다.

헤이세이 13년(2001) 4월 중순의 평일이었다. 가즈야는 지금 이토 시 교외에 있는 사설 유료 노인 요양소의 휴게실에 안내를 받아 들어온 참이었다.

요양사가 가즈야보다 앞장서서 걸어갔다. 가즈야는 그 뒤를 따랐다.

요양사는 하야세 앞으로 돌아가더니 바닥에 무릎을 꿇고, 시선 높이를 하야세에게 맞추고 말했다.

"하야세 씨, 손님입니다."

하야세는 요양사에게로 눈길을 돌렸다.

"손님?"

"친구 분 손자세요. 안조 씨. 기억하세요?"

"안조?"

하야세가 가즈야를 올려다보았다. 그 얼굴에 서서히 당혹감이 번졌다.

지금의 하야세는 아버지 장례식 때보다 훨씬 야위었다. 각이 지고 거친 인상이 있는 얼굴이었는데, 뺨의 살까지 움푹 패였다. 하지만 강렬한 눈빛은 장례식 때 보았던 모습 그대로다. 현역이었을 당시에는 누구나 척 보면 형사인 줄 알았을 타입이지 않았을까.

가즈야는 온화하게 말했다.

"하야세 씨, 안조 다미오의 아들입니다. 덴노지 주재소의 안조 순사부장의 아들입니다. 아버지 장례식 때 뵈었습니다."

하야세의 시선이 침착하지 못하게 좌우로 움직였다. 누군가에게 도움을 청하는 것처럼 보이기도 했다.

요양사는 그럼, 하고 인사하고 떠나갔다.

가즈야는 하야세에게 말했다.

"건강해 보이셔서 다행입니다. 오늘은 잠깐 말씀 좀 여쭙고 싶어서 왔는데, 괜찮으신지요?"

하야세는 잠시 가즈야를 응시했다. 이제부터 무슨 일이 벌어질지 다양한 각도로 탐색하고 있는 듯했다. 의례적인 문병이 아니라는 사실은 지금 전달했다. 그렇다면 용건은 무엇인가. 내가 오래도록 두려워했던 일인가? 그런 생각을 하고 있을 것이다.

"뭘 묻고 싶은가?"

하야세는 말했다.

몹시 쉬기는 했지만, 그렇다고 의식이 혼탁한 목소리는 아니었다.

"자네한테는 할 말이 없네."

"할아버지의 이야기, 아버지의 이야기입니다. 특히 할아버지가 돌아가신 밤에 있었던 사정. 하야세 씨는 뭔가 알고 계실 거라 생각합니다만."

가즈야는 들고 온 가방을 살짝 들어 올려 보여주었다. 하야세의 시선이 그 가방으로 움직였다.

가즈야는 단숨에 쏟아냈다.

"할아버지가 돌아가신 날에 있었던 사정. 다가와 가쓰조라는 젊은 철도원이 죽은 사정. 미도리라는 우에노 공원의 남창이 죽은 사정. 하야세 씨는 뭔가 알고 계실 거라는 확신을 갖고 찾아왔습니다."

하야세는 시선을 피해 창밖을 바라보았다. 뺨은 여전히 굳어 있었다.

조개가 될 셈인가? 가즈야는 그렇게 묻고 싶었다. 당신에게는 물론 묵비권이 있습니다. 당신이 지금 이곳에서 하는 이야기는 재판 때 증거로 사용될 가능성이 있습니다. 그것을 감안하고 이야기해주십시오.

아니, 이것은 취조가 아니다. 고발할 의지도 없었다. 경찰관의 입장을 떠나 한 사람의 시민이 다른 한 사람의 시민에게 추억담을 들려달라는 것뿐이다. 이곳에서 하야세가 하는 이야기에 증거 능력은 없다. 그렇지만 취조가 아닌 이상 하야세에게는 묵비권도 없다. 가즈야에게 입을 다물 수는 없을 것이다.

왜냐하면 하야세 씨. 가즈야는 가슴속으로 하야세를 불렀다. 두 번의 살인 사건, 한 번의 의문사. 그 각각의 현장에 당신의 그림자가 어른거리기 때문이다. 당신에게는 그 이유를, 죽은 자 가운데 누군가의 가족에게 밝힐 의무가 있다.

하야세가 여전히 바깥만 바라보고 있기에 가즈야는 다시 한 번 입을 열려 했다.

그전에 하야세가 다시 가즈야 쪽으로 시선을 돌렸다. 뺨의 경직은 사라졌다. 눈에는 뚜렷한 체념의 빛이 있었다.

하야세가 말했다.

"오래된 얘기다. 옛날 얘기야. 어떤 사실이 있었든 이미 아무런 의미도 없다."

가즈야는 동의했다.

"압니다. 법률적으로는 의미가 없겠지요. 그렇다면 말씀하신다 한들 하야세 씨에게는 아무런 불이익도 없습니다. 거부할 이유도 없을 겁니다."

"언젠가 이런 날이 오지 않을까 했지. 자네가 경시청에 들어갔다는 얘기를 들었을 때부터."

"이야기할 날을 기다리고 계셨군요."

"정원으로 나가지 않겠나?" 하야세는 또다시 창밖으로 눈길을 돌렸다. "마침 햇살이 좋군 그래. 밖에서 이야기하고 싶네."

정원이라면 남의 귀를 걱정할 필요도 없다는 말인가. 상관없겠지.

가즈야는 일어서서 휠체어 뒤로 돌아가 손잡이를 잡았다.

바다를 조망하는 잔디 정원에서 하얀 원형 테이블을 사이에 두고 가즈야는 하야세와 마주했다.

가즈야는 가방을 열고 플라스틱 서류철을 꺼내어 한 벌의 자료를 테이블 위에 올려놓았다. 우선 나가타가 준 덴노지 오층탑이 소실되던 밤의 사진. 그 외에 열차에 치여 돌아가신 할아버지의 죽음을 보도한 신문 기사, 철도원 살해 사건 기사, 우에노 공원 남창 살해 사건 기사, 그리고 아버지의 순직을 보도한 수많은 신문 기사, 그 복사본이었다.

거기에 가즈야는 미국 담배 상자와 라이터를 서류철 옆에 두고, 아버지의 유품 속에서 발견한 아버지와 할아버지의 수첩을 함께 놓았다.

다 꺼내놓고 나서 하야세를 바라보자, 그가 말했다.

"무엇을 알고 있나?"

가즈야는 하야세를 바라보며 말했다.

"하야세 씨. 당신은 쇼와 23년에 우에노 공원에서 젊은 남창을 살해했고, 쇼와 28년에는 야나카에서 아직 소년이었던 철도원을 살해했습니다. 그리고 쇼와 32년, 그 사실을 눈치챈 할아버지를 이모사카 육교 위에서 떠밀었습니다."

그것은 절대적인 증거를 기반으로 내린 판단은 아니었다. 대담한 가설이라고 할 수밖에 없었다. 그러나 하야세가 이 가설을 무시할 수 있을 리가 없다.

하야세는 가즈야의 말을 부정하지 않고 말했다.

"근거라도 있나?"

"할아버지가 조사하셨습니다. 할아버지는 몇 사람의 목격자와 관계자 증언을 수집했습니다. 경시청 조직은 진상에 다다르지 못했지만, 주재 경관인 아버지는 두 사건에 공통으로 등장하는 경찰관이 당신이라는 사실을 깨달았습니다. 당신은 야나카의 철도원 살해 사건에 대해서는 피해자와 접촉이 있었던 경찰관으로 참고인 조사도 받았습니다."

"체포되지는 않았네. 혐의조차 받지 않았어."

"공안과 얽혀 있어서 수사방침이 틀어졌기 때문입니다. 국철 노동조합 내부에 있는 스파이의 정체가 탄로 나지 않도록 수사본부의 손발을 묶었습니다."

"그렇지 않다고 말하고 싶은가?"

"그렇지 않습니다." 가즈야는 다음 말을 입에 담는 것에 순간 부담을 느꼈다. "그것은 성범죄였어."

하야세의 얼굴에서 표정이 사라졌다. 또다시 조개가 되어버린 것 같았다.

이 부분에서도 하야세는 부정하지 않았다. 가즈야의 해석을 인정한 것이나 다름없었다.

가즈야는 말했다.

"우에노 공원의 남창 살해 사건 역시 마찬가지다. 성범죄."

하야세는 침묵했다.

가즈야는 하야세를 뚫어져라 바라보며 말을 이었다.

"쇼와 32년, 그날 밤도 당신은 야나카에 있었다. 아마 남창을 사러 갔겠지. 야나카도 아직 전후 상황에서 벗어나지 못하고 있었어. 날품팔이가 적잖이 있었지. 거기에 오층탑 화재가 터졌다. 주재소에서 뛰쳐나온 할아버지는 당신의 모습을 보았어. 아니, 행위 도중을 목격했는지도 모르지. 당신은 도망쳤고, 할아버지는 일단 화재 현장을 지원 경찰관에게 맡기고 당신을 쫓아갔어. 이모사카 육교에서 당신을 따라잡은 할아버지는 두 건의 살인 사건에 대해 말했다. 범인은 당신이라고. 당신은 전율했고, 할아버지를 공격했어. 거기서 몸싸움을 벌이게 되어 할아버지를 육교에서 떠민 거야. 그 후에 다시 한 번 화재 현장으로 돌아갔고, 그 순간이 사진에 찍힌 거야."

하야세는 여전히 말이 없다.

가즈야는 계속했다.

"그 사건이 있은 지 삼십육 년 후, 아버지는 당신이 찍힌 그 사진을 들고 어째서 당신이 이곳에 있었는지 따지러 갔어. 아버지가 돌아가신 날의 일이야. 당신이 솔직하게 대답했는지는 모르겠어. 그날, 야나카에서는 권총을 든 마약 중독자의 농성 사건이 터졌어. 아버지는 인질을 되찾기 위해 그 폭력단원 앞에 나섰다가 총에 맞았다."

하야세가 마침내 입을 열었다.

"그렇게 단정 짓는다고 무슨 소용이 있지? 날 할아버지를 죽인 범인으로 고발하고 싶은 건가? 형무소에 보내고 싶은 건가?"

"아니요. 하지만 진실이 지금 이야기한 그대로인지를 알고 싶습니다. 아버지는 할아버지가 담당 구역을 내던지고 자살한 것이 아니라고 믿었어요. 훌륭한 순직이었다고 확신했습니다. 그러한 아버지의 마음에 당사자인 당신이 직접 그렇다고 증언해주길 바라는 겁니다."

"그래서 그게 무슨 소용이란 말인가?"

"할아버지의 한과 아버지의 응어리가 조금이나마 풀립니다."

"만약 내가 그렇다고 한다면 자네 마음이 풀린다는 소린가?"

"그렇습니다."

"그래서 마음이 풀린다면 말해주마. 그렇다."

가즈야는 하야세가 의외로 선뜻 인정한 사실에 깜짝 놀랐다.

하야세는 가즈야를 가만히 바라보았다. 눈도 깜빡이지 않았다.

가즈야는 되물었다.

"틀림없습니까?"

"마음이 풀린다면 어떤 대답이든 해주마."

"두 건의 살인 사건이 성범죄였다는 사실도 부정하지 않는군요?"

"젊은이." 하야세는 얼굴을 찌푸렸다. "그 시절이 어땠는지, 자네는 알고 있나? 나는 전쟁터에서 돌아왔다. 필리핀 전선이지. 레이테 섬이다. 굶주린 병사들이 인육까지 먹던 지옥에서 돌아왔어. 성욕만 고양되어서 구멍이라면 뭐든 상관없다는 지경까지 인간성이 무너진 전장에서 말이다. 그 지옥에서 돌아온 사내들은 그 후로 몇 년이나 망가진 자신과 마주하지 않으면 안 되었어. 우리는 십 년이고 십오 년이고 지옥의 잔상에 몸부림쳤다. 자네 할아버지는 북인도에 갔었지. 내 입장에서 말하자면 유원지 같은 전쟁터였다. 내가 보았던 것을, 자네들은 이해하지 못해."

그것은 거의 저주와도 같은 소리로 들렸다. 가즈야는 기가 죽었다.

하야세 역시 자기의 강한 말투에 놀랐는지도 모른다. 하야세는 어조를 바꾸어 말했다.

"그런 시절이었다."

"할아버지를 살해한 사실에 대해서 변명하실 말이 있습니까?"

"지금 말한 게 전부네. 자네 할아버지는 이 사정을 이해하지 못했어. 조직이 매듭지은 사건까지 안일한 정의감으로 폭로하려 했어."

"누가 살인을 용인할 수 있겠습니까? 더군다나 할아버지는 경찰관이었습니다."

"살인은 용인할 수 없다?" 하야세는 코웃음을 쳤다. "그럼 묻겠네만, 경찰관에게 용인되는 범위는 어디까지지? 그렇다면 역시 자네 아버지는 죽어 마땅했어. 전쟁에서 망가진 내 오랜 상처를 파헤칠 자격이 있는 인간이 아니었어. 아버지가 모범적인 주재 경관이었다고 믿고 있나?"

아버지에 대해서 또 이런 말이 나왔다. 아버지가 죽어 마땅했다? 도대체 무슨 소리지? 아버지가 죄를 저질렀다는 말인가? 그것도 죽어 마땅할 정도로?

하야세가 가즈야의 동요를 비웃듯이 말했다.

"아버지의 죽음이 순직이라고 생각하나?"

"경찰장을 치렀습니다. 2계급 특진이었습니다."

"자살이다."

어째서?

그 사건 당시 나는 고등학생이었다. 전후 사정도 선명하게 기억하고 있다. 아버지는 순직이다. 권총을 든 마약 중독자 앞에 나아가서 인질인 소녀를 피신시킨 뒤 몸을 던져 범인의 신병을 구속하려다가 총에 맞았던 것이다. 그게 자살?

가즈야는 등줄기에 서늘한 기운이 흐르는 것을 느꼈다. 몸이 부르르 떨렸다.

그날 밤, 아버지는 이 사람, 하야세와 만났던 것이다. 돌아왔을 때 아버지의 얼굴은 과거의 주정꾼이었을 당시로 돌아가 있었다. 여느 때의 아버지 얼굴이 아니었다. 떠올리기 싫을 정도로 집안이 엉망인 시절의 얼굴이었다.

하야세는 아버지를 뭐라고 지탄했던 것일까? 너도 범죄자라고, 죽어서 죄를 갚으라고?

하야세가 가즈야의 흉중을 꿰뚫어본 듯이 말했다.

"듣기가 무섭나? 자네 아버지는 자기가 과거에 저지른 죄를 잊고 있었어. 아니, 자기가 한 짓을 몰랐지. 난 그걸 가르쳐주었다. 남이 전쟁으로 얻은 상처에 대해 주절주절 떠들 입장이냐고. 삼촌이 되어주려 애썼던 나를 이제 와서 비난할 테냐고. 네 아버지는 고개를 숙이고 돌아가서, 그리고 자살한 거다. 마침 거기에 총구가 있었으니까."

"아버지가 무슨 짓을 했다는 겁니까?"

목소리는 힘을 잃었다. 방금 전까지 했던 검사 같은 말투는 나오지 않았다. 지금 나의 말은 오히려 동정을 비는 것처럼 들렸으리라.

하야세는 말했다.

"자네 아버지가 홋카이도 대학에서 빨갱이 집단에 잠입했던 스파이라는 사실은 알고 있나?"

알고 있다. 작은아버지에게 들었다. 하지만 구체적으로 어떤 임무를 했는지까지는 모른다.

하야세는 말을 이었다.

"자네 아버지는 홋카이도 대학 과격파에 잠입했어. 대보살 고개의 적군파 일제 체포는 네 아버지의 수훈이지. 하라하라 시계 그룹*을 일제 체포했을 때도 자네 아버지의 정보가 결정적이었어. 그만큼 과격파에 깊숙이 파고들었던 거야."

"잠입수사의 어디가 죄라는 겁니까?"

"끝까지 들어."

하야세는 속이 터진다는 듯이 말했다.

"팔레스타인에 간 홋카이도 대학생이 한 명 있었다. 그 녀석이 출국한 후에 자네 아버지는 그 학생의 애인과 가까워졌지. 본래 감시 대상인 그 여학생하고 자서 여자를 임신시켰다. 자네 아버지는 여자가 임신한 사실은 모른 채 삿포로를 떠났어."

가즈야는 이미 자신의 동요를 완벽하게 감출 수 없었다.

"아버지는 그 여성을 애인으로 삼았던 것 아닙니까? 임신시켰다는 사실을 정말 몰랐습니까?"

"과격파 학생의 애인이야. 동침하다니 당치도 않다. 만약 자게 되었다 해도 보고는 의무다. 그런데 자네 아버지는 숨겼어. 숨길 수 있는 게 아닌데. 잠입 수사원의 사생활은 전부 감시당하는 줄도 모르고."

"그래서 그 여성은 아이를 낳았습니까?"

"낳았지. 아비 없는 자식을 낳았다."

"아버지는 그 사실을 몰랐습니까?"

"몰랐다. 여자는 고향집이 있는 센다이에서 살다가 쇼와 50년께에 자살했다. 아이하고 함께. 아이를 목 졸라 죽인 뒤에 목을 매달고."

발밑의 땅이 흔들리는 기분이었다. 어지러웠다. 핏기가 가시는 것이 느

---

* 미쓰비시중공업 폭파 사건 등 기업 연쇄 폭파 사건을 일으킨 일본의 극좌익 테러 조직이자 동아시아 반일 무장 전선 그룹. 이 그룹이 1974년 3월에 폭탄 제조 및 게릴라 전법 등을 기록해 발간한 교본의 이름이《하라하라 시계腹腹時計》였음

꺼졌다.

가즈야는 물었다.

"하야세 씨는 어떻게 그런 사실까지 알고 있습니까?"

"나도 공안에서 일했으니까. 게다가 자네 아버지의 동향을 주시하고 있었고, 공안 정보에 접근할 수 있었다."

"하야세 씨는 아버지가 그 여성을 자살하게 만든 일이 살인하고 똑같다고 말씀하시는 겁니까?"

"어느 부분이 죄가 되는지 나도 모른다. 애인에게 버림받고 외로워하는 여자를 받아들여준 일일까? 임무에서 벗어나 감시 대상의 고민을 들어주는 척했던 일일까? 자기가 했던 짓도 잊고서 그 후에 여자가 어떻게 되었는지 신경도 쓰지 않았던 일일까? 여자가 자기 아이까지 데리고 자살한 것도 모를 정도로 박정했던 일일까? 어찌 되었든 자네 아버지하고 얽혔던 사람이 두 명, 거기서 죽었어. 어떤가? 이 두 사람의 죽음에 자네 아버지는 조금도 책임이 없을까?"

"그 이야기를 그날 아버지에게 했군요."

"했다. 나를 살인범이라 단정 짓고 힐난했기 때문이야. 그러는 너는 어떠냐고, 지금 말한 공안 정보를 가르쳐주었다."

"아버지는 뭐라고 대답했습니까."

"잠자코 일어서더니 돌아갔다. 오층탑 사진도 내 앞에 두고 갔어. 몹시 충격을 받은 듯했다. 그로부터 두 시간 후에 그 사건이 있었지. 자네 아버지는 자살한 거야."

온갖 상념이 가즈야의 머릿속을 헤집고 다녔다. 아버지는 정말로 그 여성이 임신한 사실을 몰랐나? 아이하고 자살한 것도? 아버지는 그 후에 그 여성을 완전히 잊어버리고, 두 번 다시 연락을 취하지 않았던 걸까? 분명 이 이야기가 사실이라면, 무겁다. 아버지를 짓누르기에는 충분하다.

어머니나 작은아버지가 말했었다. 아버지는 젊었을 때 과격파 잠입 임무 때문에 정체성을 잃고 중증 PTSD를 앓았다고. PTSD에 대해서는 대학에서 약간 배웠던 기억이 있다. 증상 중 하나로 공포심의 둔화라는 것이 있었다. 아버지가 순직하던 날에 보였던 모습은 용기나 사명감이 아니라 PTSD 증상의 재발로 공포심이 둔화되었던 것일까? 확실히 그렇게 생각하면 그날 아버지의 표정과 그 영웅적인 행동도 설명이 가능하지만…….

그렇다 해도, 무겁다. 아버지는 젊었을 때 아이를 만들었다. 상대는 임무로 접촉했던 여성. 그것도 성관계가 있었으면서 상대 여성을 잊어버렸고, 아이가 생겼다는 사실조차 몰랐다. 내게는 또 한 명의 형제가 있었다…….

하야세는 완전히 가즈야의 동요를 즐기는 듯했다. 하야세는 목구멍을 울리며 유쾌하게 말했다.

"우리 임무란 게 이런 거야. 감시 대상과의 관계에서 선을 넘을 때도 있어. 누군가 죽어주는 편이 수사에 도움이 되는 사태도 발생한다. 내가 한 짓은 죄다. 잘 알고 있다. 하지만 네 할아버지가 그것을 폭로하면 국철 노동조합 내의 스파이들이 위험해진다. 사람이 몇이나 죽었겠지. 나는 내가 살자는 이유만으로 사람을 죽인 게 아니야. 알겠느냐? 모든 죄는 상대적인 것이야. 너도 경찰관이다. 알고 있을 거다."

가즈야는 간신히 고개를 저으며 말했다.

"그래도 실제 살인과 아버지의 박정함 사이에는 메울 수 없는 간극이 있습니다."

"어떻게 다르다는 거냐?"

"당신은 자신의 손으로 할아버지를 죽였어요."

"이제 와서 내 잘잘못을 가릴 근거는 없어. 만약 증거가 있다손 쳐도 이미 몇 십 년 전에 시효가 지났다."

그 말이 맞을지도 모른다. 그렇지만 가즈야는 말했다.

"그래도 아버지가 저지른 행동은 당신이 한 짓보다는 훨씬 가벼운 죄일 뿐입니다."

"내 죄가 얼마나 중하든 이미 시효가 지났다고 했다. 네 아버지가 저지른 짓에는 시효가 없겠지만."

"살인이 아닙니다."

"견해에 따라 다르겠지."

"하지만."

하야세는 가즈야의 말을 가로막듯이 가슴에 건 작은 도구에 손을 뻗었다. 휴대전화 같은 형태였다. 하야세는 그 도구를 입가에 대고 말했다.

"휠체어를 밀어주게."

요양사와 연결되어 있는 마이크인 모양이다. 이야기를 중단하겠다는 뜻일까.

곧바로 방금 전 보았던 여성 요양사가 정원을 가로질러 다가왔다. 요양사는 하야세의 휠체어 뒤로 돌아가더니 세면장으로 데려가겠다고 말하고 하야세를 건물 안으로 데려갔다.

가즈야는 별안간 격심한 피로감에 사로잡혔다. 나는 무엇을 위해 여기에 왔던 걸까. 할아버지 죽음의 진상을 규명함으로써 아버지 죽음의 배후 사정도 알아내려 했다. 다소는 하야세를 상대로 우위에 설 수 있다는 자신감도 있었다. 삼대 경시청 경찰관으로서 쇼와 23년 반 퇴직 경찰관이 범한 죄를 지적하고 고개를 들지 못하게 하겠다고 생각했었다. 알고 있는 사실을 죄다 정직하게 털어놓게 하겠다고. 사죄의 말도 기대했다. 하야세가 울며 용서를 구하는 모습도. 그것이 가능하다는 확신도 있었다.

그런데, 지금, 나는.

바닷바람이 잔디 정원을 훑고 지나갔다. 잔디 표면이 한들한들 넘실거렸고, 주위의 수목들이 흔들렸다. 바람이 가즈야의 눈을 자극했다. 가즈야는 집게손가락으로 눈시울을 훔쳤다.

잠시 후 하야세가 돌아왔다. 요양사가 휠체어에서 멀어지자 하야세는 승리한 것처럼 거만하게 말했다.

"마음이 풀렸느냐? 두 번 다시 내 앞에 나타나지 마라."

가즈야는 가슴에 애써 기력을 불어넣고 등을 곧추세웠다.

"마지막으로 한 가지만 더 묻고 싶습니다."

"뭔가?"

"아버지가 잠입 수사원이었던 당시의 사정은 알았습니다. 아버지는 주재 경관으로서 뭔가 복무규정을 위반했습니까? 뭔가 실책을 저질렀습니까?"

"어째서 묻느냐?"

가즈야는 경무부원에게 신병을 구속당했을 때의 가가야의 표정을 떠올리며 말했다.

"당신은 제 아버지가 결코 모범적인 주재 경관이 아니었다고 말했습니다. 주재 경관으로서 아버지가 무슨 짓을 저질렀다는 겁니까?"

"어째서 내가 그런 걸 알고 있다고 생각하지?"

"아드님이 경시청의 높은 직위에 있습니다. 뭔가 들으신 게 아닌가 했습니다. 하야세 씨 역시 제 아버지에 대해 줄곧 신경을 쓰셨다는 것도 알게 되었고요."

"이제 와서 무슨 상관이지? 순직해서 2계급 특진했다. 주재 경관으로서 훌륭하지 않았느냐."

"표면상으로는 그렇다는 말씀이겠지요? 당신은 아버지의 죽음을 자살이라고 단언하지 않았습니까."

하야세는 약간 진지한 표정이 되었다. 방금 전 보였던 거만한 표정은 사라졌다. 하야세는 작게 한숨을 내쉬더니 뭔가 떨쳐낸 듯한 얼굴로 말했다.

"우구이스다니에서 조리사가 살해당한 사건이 있었다."

미야케 유키오 살해 사건을 말하는 걸까. 그 사건의 피해자는 주재소 뒤편에 살았다. 아내와 아들이 있었다. 아이 얼굴도 어렴풋이 기억난다. 사건 자체는 미결로 남았다. 수사본부는 꽤 일찌감치 해산됐다.

하야세는 말했다.

"처음에는 외지인의 범행이라고 보았지만 나중에서야 용의자가 같은 아파트에 사는 온다라는 다다미 장인이었다는 사실이 밝혀졌다. 피해자의 가정 폭력이 심해서 부인과 아이에게 동정심을 품었던 거지. 그게 동기였다는 것이 수사본부의 견해였다."

다다미 장인이었던 온다라는 이름의 노인은 알고 있다. 분명 그 사건으로 참고인 조사를 받고 심장 발작으로 쓰러져 그대로 입원했다가 몇 개월 후에 숨을 거두었다고 어머니에게서 들었다. 마을 반상회에서 모금을 해서 덴노지에서 장례식을 치렀다.

하야세는 말을 이었다.

"온다가 쓰러지지 않았다면 이튿날에는 임의로 온다의 작업 도구 제출을 요구할 예정이었어. 수사본부는 흉기가 다다미 송곳이라는 확신도 갖고 있었다. 그런데 쓰러져서는, 회복을 기다리는 사이에 사망했어. 수사본부에서는 피의자가 사망했어도 입건하려는 방침이었다. 온다가 죽고, 친척들이 온다의 생활용품을 쓰레기로 처분했을 때 바로 작업 도구를 찾았다. 그런데 이상하게도 작업 도구가 나오질 않는 거야. 쓰러지기 얼마 전까지도 일을 했다는 장인인데, 죽었을 때는 도구가 없었던 거지."

가즈야는 아버지가 그 이야기 어디에서 연결되는지 이해하지 못하고 계속 들었다.

"증거를 은멸했다는 겁니까?"

"그렇다. 누군가가 빼내서 숨긴 거야. 교대 근무를 했던 시타야 경찰서의 경비과 경찰관이 그 비슷한 도구가 든 가방을 보았다. 온다가 쓰러졌을 때, 자네 아버지가 온다의 방에서 빼낸 거야. 하지만 자네 아버지는 수사본부가 취조했을 때 작업 도구 반출에 대해 부정했어. 주재소에도 없었다. 온다의 관계자들에게 맡긴 것도 아니야. 흉기가 나오지 않는 이상 수사본부는 결국 입건을 포기할 수밖에 없었다."

"아버지가 모범적인 주재 경관이 아니었다는 말은 그걸 두고 하신 말씀입니까?"

하야세는 가즈야의 질문에는 대답하지 않고 말을 이었다.

"자네 아버지가 순직한 후에 시타야 경찰서는 일단 근무 중의 일보나 접수한 신고서를 세밀히 조사했다. 그랬더니 작업 도구가 뜻밖의 장소에 있다는 사실을 알게 되었지. 절대로 발견될 수 없는 장소. 발견되면 발견되는 대로 온다의 무죄가 증명되는 장소에."

"어디입니까?"

"시타야 경찰서다. 습득물로 배달되어 습득물 창고 안에 잠들어 있었다. 그것도 덴노지 주재소가 그 습득물을 접수한 날이 미야케 유키오가 살해되기 전날로 되어 있었어. 이 의미를 알겠느냐?"

가즈야는 고개를 가로저었다.

하야세는 말했다.

"자네 아버지는 발송인과 날짜를 속여서 그 가방을 접수한 척했어. 온다가 입원한 사이에 관할서에 빠뜨린 보고가 있다고 하고는 그 가방을 습득물 창고에 던져 넣은 거야. 주재소에서 근무하면 신고서를 사후 처리하는 일도 드물지 않지. 그리고 신고서가 본래의 서류철에 들어가버리면 그건 이미 공적 기록이 된다. 사건이 있던 날에 온다가 작업 도구를 가지고 있지 않았다는 사실이 경찰 기록으로 확인되었다는 말이 돼. 결론적으로 자네 아버지는 고의로 살인범을 빼돌린 거야."

하야세가 말을 끊고 가즈야를 바라보았다. 가즈야는 희미하게 안도했다. 나는 피해자가 어떤 사내였는지 들은 적이 있다. 모두 그 사내의 아내와 아들의 신변을 걱정했다. 그 사내가 가정폭력으로 체포되었을 때, 마을 주민들이 기뻐했던 사실도 알고 있었다. 예상 외로 실형 선고를 받지 않고 구치소에서 나왔을 때, 주민들은 다들 분명 또다시 끔찍한 일이 벌어질 거라고 우려했다. 미야케 유키오가 살해당한 사실에 대해서도 주민들은 그다지 슬퍼하지 않았다. 만약 살인범이 지역 주민임이 밝혀져 체포되었다면 오히려 그쪽을 슬퍼했으리라.

하야세는 초조한 기색으로 말했다.

"어떠냐? 살인 사건의 수사를 방해했어. 모범적인 주재 경관이 해도 좋을 짓이냐? 자네 아버지라는 사람은 그런 경찰관이었어. 그걸 알면서 옛이야기를 끄집어내겠다는 거냐? 물적증거도 제대로 없이, 단순히 추측만 내세워서?"

가즈야는 하늘을 한 번 바라보고 심호흡을 했다. 약간 기분이 진정되었다. 아니, 하야세가 이야기를 꺼냈을 때는 각오를 했지만, 미야케 유키오 살해 사건의 진상은 나를 무너뜨리지 못했다. 적어도 나는 버티고 설 장소를 잃었다고는 생각하지 않는다. 지금 하야세가 한 말을 아버지에 대한 비난이라고 느끼지도 않았다. 아버지는 주재 경관이었다. 그렇다. 살인 사건의 증거를 은멸했다. 범인 체포를 방해했다. 하지만 아버지가 직업을 걸고 덴노지 주재소가 관할하는 그 지역의 평화와 주민들의 안전을 지켰다고 할 수는 없을까? 범인은 성실하고 인정 많은 노인이었다. 그 죄를 저지르고 몇 개월 후에 숨을 거두었다. 자기가 죽을 때를 알고서 저지른 행동이었다고 상상해볼 수도 있다. 가령 법에 따라 해결하였다 해도, 법은 그 다다미 장인을 변변히 처벌할 수도 없었다.

하야세가 말했다.

"자네 아버지는 그런 주재 경관이었어. 나도 그걸 특별히 탓할 생각은 없다. 모든 죄는 상대적인 것이야. 이 경우는 잊어주는 것도 나쁘지 않은 해결이었지. 이제까지 수많은 사건을 그런 식으로 천칭에 올려 처리했듯이 말이다."

가즈야는 테이블 위의 자료를 그러모으며 말했다.

"귀중한 이야기를 들려주셔서 감사합니다. 느닷없이 찾아와서 죄송했습니다."

"괜찮다. 나도 얼마 남지 않았어. 괜한 자리에 끌어내려 하지 마라. 이제 그럴 생각도 사라졌겠지만."

"그렇습니다. 마지막으로 한 가지만 여쭤보아도 괜찮겠습니까?"

"뭐지?"

"미야케 유키오 살인 사건의 그 처리, 그런 결단을 내린 책임자는 누구입니까? 아버지가 저지른 행동을 문제 삼지 않겠다고 결정한 책임자는? 관리관입니까?"

"시타야 경찰서장이다. 구마가이라는 형사가 수사본부 해산 후에도 사건을 담당했는데, 이 남자가 눈치를 채고 서장에게 보고했어. 서장은 습득물 신고에 오류는 없었다며 이를 문제 삼지 않기로 결정했지."

아버지가 돌아가셨을 당시의 시타야 경찰서장이라면 현재 본청 지역부장인 구가 미쓰유키다.

"지역부장님이신 구가 경시감이로군요." 가즈야는 확인했다.

"그렇다. 도량 넓은 커리어라 운이 좋았어."

가즈야는 일어서서 테이블 위에 남아 있던 담뱃갑에 손을 뻗었다. 하야세가 가즈야의 손으로 시선을 옮겼다. 가즈야는 상자 안에서 IC리코더를 꺼내어 전원 스위치를 껐다.

하야세의 얼굴이 한순간 굳었다. 하지만 흥분했다고 할 정도는 아니었다. 그저 가즈야가 그것을 굳이 보여준, 그 도발적인 행동이 거슬렸을 뿐인지도 모른다.

가즈야는 리코더를 가방에 넣고 하야세에게 말없이 고개를 숙였다.

6

안조 가즈야는 지하철 지요다 선 가스미가세키 역 구내의 뉴스 가판대에서 또 한 부의 신문을 구입했다. 두 종류의 전국지와 사건이 발생한 지역의 지방지는 벌써 읽었다. 지금 구입한 신문은 또 다른 전국지였다.

가즈야는 가스미가세키 역 구내에서 사쿠라다 길로 나와 경시청 본청 빌딩으로 걸어가면서 신문을 읽었다.

신문 기사 일 면은, 어제 오후 현경 관할 하에서 일어났으며 지금 이 순간도 미결 사건으로 이어지고 있는 경관 총격·농성 사건이다.

가장 먼저 발포 현장에 도착해 총격을 당한 현경 지역과 순사부장은 다섯 시간 동안 방치된 후에야 간신히 구출되었다. 구출 당시 구조반 뒤에서 지원 및 엄호를 하던 현경 특수급습부대 SAT의 순사부장이 총을 맞고 숨졌다. 그 발포 상황에서도 현경은 여전히 응전이나 반격을 하지 않았다. 범인은 아직도 전처를 인질로 잡고 자택에 틀어박혀 있다. 현경과의 대치가 이어지고 있다고 한다.

가즈야는 어젯밤 텔레비전에 찰싹 달라붙어 뉴스를 보았다. 저녁나절부터 줄곧 텔레비전 방송국의 헬리콥터가 처음 총격을 당한 지역과 순사부장의 모습을 찍고 있었다. 많은 사람의 눈이 부상당한 순사부장을 바라보고 있는데, 현경은 다섯 시간 동안 이를 방치했던 것이다. 구출 준비에 시간이 걸렸다는 것이 현경 간부의 설명이었다. 하지만 실제로 순사부장이 권총을 맞고 쓰러져 옴짝달싹하지 못했다. 한시도 지체할 수 없다고 판단하는 것이 경찰관의 상식이다. 구출 준비에 시간을 들이는 이유를 가즈야는 이해할 수 없었다.

현장에서는 아마도 지역과 동료 경찰관 모두가 앞장서서 구출을 지망했으리라. 간부가 구출 요원을 모집한다면 지역과 경찰관 전원이 한 걸음 앞으로 나섰을 것이다.

그런데 현경 간부는……

가즈야는 분한 마음으로 신문의 사회면을 펼쳐 읽기 편하도록 작게 접었다. 헤이세이 19년(2007) 5월 18일 아침이었다.

총무성* 빌딩 앞을 지나칠 때, 남자 두 명이 소리 없이 가즈야를 양옆에서 포위했다.

오른쪽에 초로의 사내, 왼쪽에 서른 남짓한 건장한 사내. 두 사람 다 양복 차림이다. 그들의 얼굴을 보고 형사임을 알았다. 초로의 형사는 안면이 있다.

팔을 붙드나 싶었지만 두 사람은 단지 가즈야에게 찰싹 붙어 포위했을 뿐이다. 가즈야의 걸음에 맞추어 걷고 있다.

초로의 형사가 말했다.

"안조 주임, 인사2과입니다. 오늘은 저희하고 함께 가주시겠습니까?"

가즈야는 그 사내의 얼굴을 바라보며 말했다.

"성명, 계급을 말해주겠나."

"경무부 인사2과, 다나베 순지 경부보입니다."

"함께 가야하는 이유는?"

"예상하셨겠지만, 아야세 신용조합 배임 사건 관련입니다."

그것은 작년에 가즈야가 담당했던 경제 사건이다. 도내 신용조합이 폭력단 수하 기업에게 190억 엔이라는 거금을 불법 융자해주었다. 가즈야 팀이 내사를 진행해 이사장을 비롯한 관계자를 체포하여 입건한 후, 그 신용조합은 해산되었다.

증인 채택을 둘러싸고 공판은 치열한 대립을 거듭했다. 한때 변호인단이 상당히 유리하게 공판을 이끌었다. 전원 무죄가 될지도 모르는 아슬아슬한 1심이었다. 간신히 관계자 전원이 유죄 판결을 받았지만, 피고인들이 항소하여 이제 막 제2심이 시작된 참이었다.

다나베는 말했다.

"그 수사와 취조 건으로 몇 가지 질문하고 싶은 사항이 있습니다."

---

* 2001년에 총무청, 우정성, 자치성을 합병하여 창설한 일본의 행정기관으로 각종 경제·사회 활동에 관한 제도 및 국민 생활에 관한 행정 기능을 담당

"임의인가? 지금 맡은 사건이 고비야."

"길게 끌지 않겠습니다."

"그걸 누가 알겠어."

"거부하시겠습니까?"

각오를 다질 수밖에 없나 보다. 가즈야는 말했다.

"장소는?"

"본청 안에서."

"일단 직장에 가도 될까?"

"지금 바로 가시지요."

책상과 사물함은 이미 조사했다는 뜻이다.

가즈야는 고개를 끄덕였다.

끌려간 곳은 경무부가 있는 층의 회의실이었다.

널찍한 테이블에 앉아서 기다리노라니 두 명의 남자가 들어왔다. 한 명은 방금 전 가즈야에게 동행을 요구한 다나베, 또 한 명은 가즈야가 모르는 남자였다.

다나베는 가즈야가 볼 때 왼편에 있는 의자에 앉았다.

또 한 명의 남자는 서른 후반으로 보였다. 윤기 없는 머리카락에, 얼굴은 햇볕에 그을었다. 시커먼 양복보다 면바지에 폴로셔츠가 더 어울릴 것 같았다. 공부벌레 타입의 커리어가 아니라 적당히 즐기며 대학생활을 보낸 후에 경찰청에 채용된 타입이리라.

그는 가즈야의 정면에 앉아 테이블 위에서 두 손을 맞잡았다.

"인사2과장 가쓰라기다. 안조 맞지?"

"그렇습니다."

인사2과장은 경부보 이하 직원의 인사·감찰을 담당한다.

가쓰라기는 말했다.

"삼대째라고 들었다. 아버님은 덴노지 주재소 근무 중에 순직하셨지. 그 사건은 뚜렷하게 기억하고 있네."

잠자코 있자 가쓰라기는 계속 말을 이었다.

"지금 새삼스럽게 자네의 인사 자료를 확인했네. 승진 이력이 화려하더 군. 스물넷에 순사부장, 스물일곱에 경부보. 지금도 그 젊은 나이에 본청 수사2과의 주임이야. 동기 중에서 두 번째라면서?"

확실히 가즈야는 2등이다. 경찰학교 동기 가운데 졸업생 총대표를 맡았 던 남자가 가즈야보다 일 년 전에 경부보 시험을 통과했다. 하지만 그래봤 자 커리어의 승진에는 비할 바가 못 된다. 여기 있는 가쓰라기 역시 경부보 로 시작해서 지금은 경시정일 것이다. 논커리어인 가즈야의 승진 이력 따 위는 비교도 되지 않는다.

가쓰라기는 말을 이었다.

"가가야 경부가 저지른 비리 내사에서도 자네 힘이 컸다고 들었네. 그런 자네를 반대의 입장에 세우는 일은 내 본의가 아니네만……."

가즈야가 여전히 말이 없자 가쓰라기는 이상하다는 듯이 물었다.

"왜 그러나? 마음이 딴 데 가 있는 것 같군."

가즈야는 말했다.

"중요한 사건을 하나 맡고 있습니다."

"2과장에게는 연락했네. 한동안 빼달라고 했어."

"그렇게 오래 걸립니까?"

"자네 하기 나름이지."

"구차하게 잡아끌 생각은 없습니다. 저는 다음 주에도 대규모 사기 사건 피의자를 체포할 겁니다. 오늘 안에라도 끝내지 않으시겠습니까?"

가쓰라기는 불쾌한 표정을 지었다. 지금 이 자리에서 대화의 주도권을 쥐고 있는 사람은 나다, 라는 의식이 있는지도 모른다.

가즈야는 이어서 말했다.

"요점을 정리해서 말씀해주시겠습니까? 지금 이 자리에서 오해를 풀고 싶습니다."

가쓰라기는 테이블 끝에 앉아 있는 다나베를 쳐다보고 고개를 끄덕였다.

다나베가 테이블 위에 서류철을 펼치며 말했다.

"아야세 신용조합 배임 사건이다. 공판에서 변호인단이 증인으로 요청한 여성에 대해, 그 여성과 당신의 부적절한 관계를 지탄하는 고발이 들어왔다."

나도 밀고를 당했나. 가즈야가 입을 열려 하자 다나베가 가로막았다.

"전부 말할 때까지 기다려. 또 한 가지, 이 여성은 이전에 신주쿠에 있는 폭력단 간부의 정부였다. 당신은 그 여성을 이번 사건의 정보수집에 이용했다. 피고에게 접근해 증거를 훔쳐내는 일까지 시켰다. 또한 당신은 그 여성에게 대가를 지불했는데, 그 돈의 출처가 불분명하다. 종합적으로 볼 때 지난 아야세 신용조합 배임 사건에 대해서는 자네의 수사 수법 자체가 대단히 반사회적이며, 경찰 수사의 본질에서 일탈했다. 자금 운용에 대하여 감찰이 필요하다고 생각할 만한 의혹이 있다."

가쓰라기가 뒷말을 받았다.

"아야세 신용조합 사건에서 자네는 공판 유지조차 어려울 정도로 경시청의 위신을 더럽혔어. 경무부로서는 이상의 사항에 대하여 자네에게 설명을 요구하며, 설명하지 못하는 부분, 또는 분명한 위법행위가 나왔을 경우에는 적절한 조치를 취할 수밖에 없네. 뭔가 할 말이 있나?"

가즈야는 의자 위에서 자세를 가다듬고 말했다.

"그 여성이 그런 일을 한다는 사실은 알고 있었습니다. 매춘업소에서 일하고 있습니다. 그 여성에게 금전적 대가는 일절 지불하지 않았습니다."

"피고의 가방을 훔친 점은 어떤가?"

"그 여성이 피고에게서 그 가방을 빌려온 것입니다. 속에 있던 증거품을 이용했습니다. 하지만 피고는 피해 신고를 하지 않았습니다. 이 일은 사건이 아닙니다."

"그 여성과의 부적절한 관계라는 부분은?"

"성관계는 없습니다. 그 여성은 제 스파이입니다."

"육체관계도 없고 돈도 건네지 않았는데 그랬다는 말인가?"

"그렇습니다. 과장님은 이해하기 어려우실지도 모르겠습니다만."

"자네의 씀씀이나 은행구좌를 조사할 걸세."

"이미 하셨으리라 생각합니다만."

다나베가 옆에서 쓴웃음을 지었다.

가쓰라기가 말했다.

"꽤나 고가의 시계를 차고 다닌다는 소문을 들었네."

가즈야는 놀랐다. 이 시계를 말하는 건가?

가즈야는 왼팔을 들어 손목시계를 가쓰라기에게 보였다.

"지급품입니다. 예전 상사 밑에서 일하기 위해서는 필요한 물품이었습니다."

가쓰라기가 가즈야의 말을 무시하고 말했다.

"여성과의 관계도 사실은 이미 조사했네."

다나베가 사진 프린트를 테이블 위로 밀었다.

"나흘 전, 열흘 전. 둘 다 신주쿠다."

가즈야는 사진을 흘깃 보고 말했다.

"바에 들어가는 순간입니다. 여기서 제가 무슨 짓을 했다는 겁니까?"

"여성 스파이와 지나치게 친밀하지 않은가? 위험한 일을 하는 여성인데."

"지나치게 어리석은 의혹입니다. 백 보 양보해서, 만약 저를 문제 삼아야만 한다면 여성이 빌려온 증거를 근거로 영장을 받았다는 점 때문이겠지요. 하지만 이번 건은 전임 2과장님의 양해를 얻은 수사였습니다. 결정적인 증거가 거기에 있었고, 게다가 반사회적인 사건이 벌어지는 현장에서 가져왔을 뿐입니다. 그 배임 사건을 입건하기 위해 손해될 일은 아니었습니다."

가쓰라기는 말했다.

"2과장은 양해도 하지 않았고, 지시도 내리지 않았다고 했다. 자네의 일방적인 판단이었다고."

"그것은 표면상의 방침입니다."

"증명할 수 있나?"

"제 수첩의 메모 정도뿐입니다만, 독단으로 할 수 있는 일이 아닙니다. 다만, 과장님에게 진언한 사람은 접니다."

"일본의 법은 그러한 수사를 인정하지 않네."

"수하 기업에 흘러들어간 190억 엔을 만천하에 드러낼 필요가 있었습니다. 그 신용조합의 책임자들을 확실하게 형무소에 보낼 필요도 있었습니다. 190억 엔이나 되는 자금이 지정 폭력단의 수하 기업으로 흘러들어간 겁니다. 피의자의 매춘 현장에서 증거가 하나 사라진 게 뭐가 대수라는 겁니까."

가쓰라기가 웃었다.

"그게 자네의 철학인가?"

"공교롭게도 제겐 아무런 철학도 없습니다. 저는 경찰관의 원칙을 말하는 겁니다."

"경부보 임용과에서 가르쳐주던가? 그렇게 해도 된다고?"

"경찰관은 현장에서 배웁니다. 현장에서 학습합니다. 보다 큰 범죄와 미죄, 피해자가 발생한 범죄와 피해자가 없는 위법행위. 무엇을 어떻게 천칭에 재고, 경찰관은 어떻게 대처해야 하는가. 현장의 경찰관은 매일 그러한 장면에 직면하며, 순간적으로 판단하고 있습니다."

"현장의 경찰관이 판단해도 될 일이 아니네. 판단은 간부가 한다. 경찰관은 지시를 따르면 되는 거야."

가즈야는 웃었다. 분명하게, 비웃듯이.

"과장님. 어제오늘 그 현경 간부의 판단을 생각해보십시오. 현경 경찰관 한 사람은 중상을 입은 채로 다섯 시간 동안 방치되었고, 또 한 사람은 죽었습니다. 그런데 여전히 간부는 이 사건을 질질 끌려고 합니다. 이것은 판단이 아닙니다. 판단을 포기했다고, 사고가 정지됐다고밖에 할 수 없습니다. 그런데도 현장의 경찰관은 아무 행동도 하지 말라는 지시를 따르라는 겁니까?"

가쓰라기는 고개를 저었다.

"지휘 체계, 명령 체계를 무시하면 경찰 조직은 존립할 수 없다."

"과거에 저는 상사로 모시던 인물을 밀고하라는 명령을 받았습니다. 복무규정을 위반한 증거를 찾아내서 밀고하라고 말입니다."

"보다 높은 상부의 지시다. 아무 문제도 없어."

"가가야 경부가 저지른 잘못은 보다 큰 범죄나 조직의 태만 앞에서는 경미한 죄였습니다."

"경미한 죄? 마약 1킬로그램을 팔아넘기려 했네."

"저는 가가야 경부가 그렇게까지 내몰린 사정도 잘 알고 있습니다."

"무슨 뜻인가?"

"적발 실적을 올리라는 강요가 가가야 경부를 짓누르고 있었습니다. 수사비용도 제대로 내주지 않으면서 말입니다. 경부는 직접 비용을 마련해야만 했습니다."

"실적을 돈으로 사라는 지시는 아니었겠지."

"무주물이라도 좋다는 말은 돈으로 산 물건이라도 된다는 소리입니다. 경시청 경찰관이라면 누구나 그 사실을 알고 있습니다."

"무슨 말을 하는지 모르겠군. 어찌 되었든 신용조합 배임 사건 수사의 위법성과 자네 신변에 대해 조사하겠네. 공금횡령이 밝혀지면 더는 그따위 소리도 지껄이지 못할 거야."

"다음 주에도 지금 맡고 있는 사기 사건의 피의자를 체포해야만 합니다.

지금 저는 감찰을 받고 있을 여유가 없습니다."

"자네를 대신할 사람은 있네."

"제 사건입니다."

"경시청 수사2과의 사건이야. 자네의 사건이 아닐세."

가즈야는 한숨을 쉬었다. 언젠가 그것을 사용하게 되리라는 예상은 했지만, 지금이 그 장면인가 보다. 여기서 꺼내야 한다.

가즈야는 침을 삼켜 목을 축이고서 말했다.

"한 가지 긴급한 청이 있습니다. 이 자리에 총감비서실의 하야세 실장님을 불러주실 수 있으신지요."

하야세 유사쿠가 그 후에 이동하여 그 직위에 있다는 사실은 파악하고 있었다.

"비서실장? 어쩔 셈이지?"

"제가 내부 감찰을 받아야 할 경찰관인지 아닌지 여쭙고 싶습니다."

"그걸 판단할 사람은 날세. 비서실장이 아니야. 나는 경시정이란 말이다."

경시인 비서실장보다 계급이 위라고 말하고 있는 모양이다. 가즈야는 말했다.

"보다 높은 상부의 판단을 여쭈어도 상관없겠지요. 여쭤보는 것이 아마 과장님께도 도움이 될 겁니다."

"총감님의 판단이라고 말하고 싶은가?"

"적어도 과장님보다 높은 레벨의 분이십니다."

다나베가 단호한 어조로 말했다.

"네가 뭐라도 된다는 거냐, 안조."

가즈야는 다나베를 바라보았다.

"저는 경시청의 일개 경찰관입니다. 현장의 수사원입니다. 하야세 비서실장님께 이번 건을 보고해주십시오. 비서실장님은 제가 경무부에서 감찰을 받고 있다는 사실을 알면 반드시 이 방에 와주실 것입니다."

가쓰라기가 다나베를 바라보며 고개를 끄덕였다. 다나베는 일어서서 미심쩍은 표정을 띤 채로 방에서 나갔다.

가쓰라기가 의자 위에서 몸을 옆으로 돌리고 다리를 꼬았다. 어떠한 결과가 나올지, 심술궂은 호기심으로 지켜봐주겠다고 말하고 있는 듯했다.

삼 분도 지나지 않아 다나베가 돌아왔다. 당황하고 있었다.

다나베는 눈을 껌벅이면서 가쓰라기에게 말했다.

"비서실장님이 지금 오십니다."

가쓰라기는 입을 떡 벌렸다.

하야세 유사쿠는, 당연한 말이지만 하야세 유조의 그림자가 남아 있는 중년의 남자였다. 얼굴은 각이 지고 우락부락한 인상이 있는 생김새에, 눈은 가늘고 내면이 그다지 밖으로 드러나지 않는다. 심기가 좋지 않은 듯 입을 굳게 다물고 있다.

가즈야는 순간적으로 생각했다. 이 얼굴은, 부친이 그러했던 것처럼 공안이나 경비 업무에 잘 맞지 않을까. 자세한 이동 경력은 모르겠지만 젊었을 때에는 공안이나 경비에 배속되었을지도 모른다. 그 시기에 형성된 생김새와 표정이 아닐까?

하야세가 가쓰라기와 다나베에게 방에서 나가 달라고 부탁했다. 두 사람은 순순히 나갔다.

하야세는 가즈야를 마주하더니 심기가 편치 않은 표정으로 말했다.

"자네 이야기는 아버지께 들었네. 언젠가 어디선가 만나게 되리라 생각했지."

가즈야는 말했다.

"첫 대면이 이런 장면이라 죄송스럽습니다."

"아버지를 만나서 오래된 추억담을 녹음해갔다고 하더군."

"예. 추억담뿐만 아니라 경찰관의 윤리에 대해서도 이야기했습니다. 무엇이 죄고, 어떤 일이라면 묵인되는지. 그 지침을 당시 시타야 경찰서장이었던 구가 경시감이 명쾌하게 말씀해주셨다고 하더군요."

하야세의 작은 눈이 크게 벌어졌다.

"구가? 부총감님께서?"

커리어인 구가 미쓰유키는 작년에 경시청 부총감이 되었다. 구가는 현재 경시청의 넘버2로서 경시총감 다음가는 위치에 있다. 경시총감은 공안·경비과 출신으로 해당 부문을, 구가 부총감은 형사와 지역, 생활안전부문을 장악하고 있다는 평이다. 다시 말해 그 영향력은 경시총감과 맞먹는다. 명목상으로는 현 경시총감의 부하라 할지라도.

가즈야는 말했다.

"예. 부총감님이 맞습니다. 시타야 경찰서장 재직 당시 부총감님은 경찰관이 해야 할 일, 해서는 안 될 일에 대하여 한 가지 기준을 제시하셨습니다. 제게도 같은 기준을 적용해주셨으면 합니다. 제 수사가 과연 지탄받아야 할 일인지, 부총감님의 기준에 비추어 판단해주십사 간청드립니다."

"지침은 뻔하다. 자네 정도의 경찰관을 위해 부총감님을 끌어낼 필요는 없어."

"부총감님이 제시하신 지침은 그날 녹음한 내용과 인화한 프린트 안에 있습니다. 저는 제 수사방법 때문에 처분을 받는다면 그 프린트를 공표할 것입니다. 내용물은 이미 오래된 일이니 스캔들이 되지는 않겠지만, 적어도 경시청이 판단하는 정의에 대하여 생각해볼 근거는 될 것입니다. 일단 공표되면 내용물은 인터넷상에 반영구적으로 남아 경찰 비판의 재료가 될 겁니다. 아니, 다른 직위의 누군가에게도 이 문서는 유용하겠지요."

하야세는 팔짱을 끼고 잠시 생각에 잠기더니 말했다.

"공표하면 자네 아버님의 범죄까지 알려지게 된다. 모처럼 순직해서 2계급 특진했는데, 그런 부친의 기억에 먹칠을 하고 싶은 건가?"

"그 경우 명예가 훼손되는 사람은 제 아버지 한 사람만이 아닙니다. 경시청의 모든 경찰관의 명예가 훼손되지 않겠습니까? 순직이나 2계급 특진의 권위가 땅에 떨어지지 않겠습니까?"

"진짜로 할 셈인가?"

"제 직업을 앗아간다면 할 겁니다. 또한 저는 실장님의 고매한 배려를 기대할 수 있다고 확신합니다. 그 이유에 대해서도 아버님께 들으셨을 줄로 압니다."

하야세는 의자에서 느릿하게 일어서면서 말했다.

"자네는 부총감님의 눈 밖에 날 거야."

"실장님은 입장상 부총감님의 심중을 헤아릴 수 있을 겁니다. 이 쓸모없는 감찰에 대해서 직접 보고하고 판단을 여쭙지 않더라도."

하야세는 또다시 가즈야를 바라보았다. 여전히 흉중을 알 수 없는 눈이다. 가즈야의 눈에 시선을 고정하고 있지만, 마음은 본인의 내부를 향하고 있는지도 모른다. 필사적으로 무언가를 계산하고 있다는 추측도 가능했다.

마침내 하야세는 콧구멍을 벌룩이며 말했다.

"부총감님의 판단은 뻔하다. 내가 그 뜻을 가쓰라기 2과장에게 전달할 수도 있겠지."

"전달해주십시오."

"날 이런 식으로 이용하는 건 이번이 마지막이다."

"아니요. 이것으로 끝날 것 같지는 않으니, 앞으로도 계속 도와주시면 감사하겠습니다."

"부친을 능가하는군. 낯짝 두꺼운 경관이 되었어."

"영광입니다."

하야세는 말했다.

"십오 분 후에 부총감님의 의향을 전하겠다. 자네는 그때까지 과장들에게 쓸데없는 소리는 삼가도록."

"예."

하야세가 나가자 엇갈려서 가쓰라기와 다나베가 돌아왔다.

가쓰라기는 가즈야의 얼굴을 보고는 묘하게 의아한 표정을 지었다.

나는 어쩌면, 몹시 흡족한 표정이었는지도 모른다.

가즈야는 얼굴에서 표정을 지웠다. 어차피 십오 분 후에는 똑같은 표정이 되겠지만.

안조 가즈야는 본인이 이끄는 수사2과 부하들의 선두에 서서 수송차에서 내렸다. 여섯 명의 부하들이 뒤를 따랐다.

빌딩 앞 도로에 경찰차 네 대가 정차했다. 그 차량에서도 수사원들이 뛰어나왔다.

가즈야는 시계를 보았다. 오전 8시 15분이었다.

이번 수사의 현장 지휘는 과장 대리가 맡을 예정이다.

과장 대리는 가즈야와 수사원들의 약간 뒤쪽에 멈춘 하얀 세단에서 막 내려선 참이었다.

가즈야는 정면에 우뚝 솟은 빌딩을 바라보았다. 도심을 대규모로 재개발하여 건설한 거대 복합 빌딩 가운데 하나다. 집합 주택으로 사용하는 고층 빌딩이었다. 소문에 의하면 이 주상복합건물의 제일 작은 방도 다카시마다이라의 가족용 경찰관사 한 채의 두 배는 되는 면적. 월세가 최저 120만 엔이라던가. 아니, 150만이라는 숫자도 들었다. 어찌 되었든 경시청 경찰관과는 인연이 없는 초고가 임대 주택이다. 지금, 유리를 아낌없이 사용한 그 건물은 도쿄의 5월 아침 햇살을 받아 눈부시도록 찬란해 보였다.

팀의 최연소 수사원이 가즈야 옆에 섰다. 뺨이 약간 발그스레하다. 흥분한 모양이다.

그 부하가 말했다.

"그나저나 아슬아슬한 수사였네요. 여기까지 올 수 있어서 다행입니다.

위법 수사라고 제재가 들어오지나 않을까 걱정했습니다."

가즈야가 말했다.

"실제로 그렇게 될 뻔했어."

"역시 그렇습니까? 저희는 회색지대에서 수사를 했으니까요. 입건하기 위해 위험한 곳까지 발을 들여놓고 말았습니다. 주임님도 그늘에서는 회색이라고들 했어요."

가즈야는 고개를 저었다.

"아니, 경관이 하는 일에 회색지대란 없다. 약간의 정의, 약간의 악행, 그런 일은 없어."

"그런가요? 솔직히 저는 제가 명도 백 퍼센트의 결백한 흰색이라고는 말 못 하겠습니다. 명도 영 퍼센트의 검은색도 아니지만요."

"우리 경관은 경계에 있다. 흑과 백, 어느 쪽도 아닌 경계 위에 서 있어."

"어느 쪽도 아니라니, 그게 가능합니까?"

"가능해. 우리가 하는 일을 시민이 지지하는 한, 우리는 그 경계 위에 서 있을 수 있어. 어리석은 짓을 하면 세상은 우리를 검은색 쪽으로 떠밀겠지."

"모든 것은 세상의 지지에 따른다는 말씀입니까?"

"그게 경관이다."

부하가 가즈야의 가슴으로 시선을 옮겼다.

가즈야는 가슴에 호루라기를 걸고 있었다. 할아버지의 유품 속에 있던 물건으로, 양철에 일부 녹이 슬었다. 종전 직후에 사용했던 오래된 형태의 경찰 호루라기였다. 합성수지로 만든 현재의 하얀 호루라기와는 형태도 약간 다르다.

가즈야는 요즘, 담당 사건의 피의자를 체포하러 갈 때면 반드시 이 호루라기를 가슴에 매달았다. 일 년 전에 2과 주임이 되었을 때부터 부적 대용으로 삼았다.

부하가 말했다.

"그 호루라기, 마치 지역과 순사 같으십니다."

"양복을 입고 있어도 마음가짐이 달라져."

"순사 기분이 듭니까?"

"그래. 마을의 순사 아저씨가 된 기분이야. 그 기분을 잊고 싶지 않아."

"본청 형사이시면서."

부하는 잘 모르겠다는 듯이 고개를 설레설레 저었다.

가즈야는 그 이상의 설명을 포기했다. 이 호루라기에 내가 어떤 마음을 담아 몸에 지니고 있는지, 이것이 무엇의 상징인지, 남들은 쉽사리 이해할 수 없다.

후방에서 과장 대리가 불렀다.

"준비는 완료됐나?"

부하 하나가 대답했다.

"주차장 출입구, 비상계단 출입구, 배치 완료했습니다."

오늘은 2과의 다른 팀과 관할서에도 지원을 요청해 삼십 명 태세로 피의자를 체포하러 간다. 피의자가 있는 방에는 대량의 증거 서류와 몇 대나 되는 컴퓨터, 그리고 많은 기록 미디어 매체들이 있을 거라는 예측이 가능했다. 증거품 분류와 반출에 그만한 인원은 필요했다.

오늘 체포 예정인 피의자는 전혀 실체가 없는 가공의 사업에 60억 엔의 자금을 출자하게 만든 남자였다. 해외 도주 준비로 추정되는 행동을 보여 체포를 이틀 앞당겼다. 체포 영장 낭독은 과장 대리가 한다. 가즈야는 수갑을 채우게 될 것이다.

육 개월에 걸친 내사 끝에 마침내 여기까지 이르렀다. 가즈야는 성취감을 느꼈다. 이번 수사에서도 지나치다고 비난받을 수 있는 과격한 수단을 취했지만, 그럴 수밖에 없는 급박한 사정도 있었다. 게다가 아야세 신용조합 사건 수사도 며칠 전 불문에 부쳐졌다. 경무부에 사정 청취를 받을 일은 없을 것이다.

과장 대리가 가즈야를 불렀다.

"안조, 돌입이다."

가즈야는 고개를 끄덕이고 동원된 경찰관들의 모습을 재빨리 훑어보았다. 가즈야를 바라보지 않는 사람, 사담을 나누는 사람들이 있었다.

가즈야는 호루라기를 입에 대고 날카롭게 불었다.

그 자리에 있던 모든 경찰관의 의식이 가즈야에게 집중되었다. 정보를 듣고 모여든 보도진도 호흡을 멈춘 듯했다.

가즈야는 부하들에게 눈짓하고 곧바로 빌딩 현관으로 향했다. 부하들이 일제히 움직였다. 뒤를 돌아보지는 않았지만, 과장 대리도 조금 뒤에서 따라오고 있을 것이다.

현관 앞에 진을 친 보도진이 곧장 가즈야와 그가 이끄는 수사원들에게로 카메라를 돌렸다.

통로를 걸어갈 때, 가즈야는 멀리서 들려오는 호루라기 소리를 들었다. 하지만 곧이어 그것이 현실의 소리가 아님을 깨달았다. 그것은 가즈야의 심층의식에서, 물려받은 일족의 기억에서 들려오는 호루라기 소리였다.

호루라기 소리가 다시 한 번 들렸다. 가즈야를 부르는 호루라기 소리이자, 또한 가즈야를 고무하는 소리였다. 아마도 할아버지와 아버지가 재직 중에 몇 번이고 긍지를 품고 불었을 법한 호루라기의 음색이었다.

가즈야는 그 호루라기 소리를 들으며 통로를 나아가 현관으로 들어갔다.

부록

이번에 부족한 작품의 한국어판 서문을 쓸 수 있게 되어 몹시 영광스럽고 기쁘게 생각합니다. 한국어로 번역해주신 역자께 진심으로 감사드립니다.

그렇지만 처음으로 한국에 소개되는 제 작품이《경관의 피》라는 사실에 다소 놀랐습니다. 본 작품은 삼대에 걸쳐 경시청 경찰관이 된 일족의 육십 년에 이르는 가족사이며, 그 직무를 통해 범죄나 사회악과 싸우는 공무원들의 명예와 긍지에 대한 이야기입니다. 일본 독자에게는 그러한 소재도 주제도 친숙합니다만, 한국어로 번역될 만한 보편성이 있는지에 대해 저 자신은 그다지 자신이 없었습니다. 그런데 드디어 간행 단계에 이르렀다니, 저는 지금 감격을 억누를 수가 없습니다.

이 작품은 전부 허구입니다. 본 작품 속에서 그 역사와 운명을 그린 일본의 경찰관 일족도 가공의 존재입니다.

그러나 주인공 가족을 포함하여 대부분의 등장인물은 실존해도 이상하지 않을 만큼 현실감 있는 배경을 갖고 있습니다. 등장인물들 중 어느 하나도 제2차세계대전 후의 도쿄의 현실에서 유리되어 있지 않습니다. 그런 의미에서 이 작품은 전후 일본, 바로 그 시대를 살았던 사람들이 등장하는 몹시 현실적인 이야기라 할 수 있습니다.

또한 저는 제2차세계대전 후 육십 년에 이르는 이 가족의 여정과 운명을 그릴 때, 실제로 일어났던 사건과 같은 역사적인 사실과 가족을 깊이 엮어놓았습니다. 불가피하게 허구로 그린 사건 역시 모델이 되는 사건은 그 시대에 실제로 있었습니다. 등장인물은 가공이지만 그들이 살았던 시대의 묘사와 기술은 현실을 거의 충실하게 반영하고 있는 것입니다.

거꾸로 말하면 주인공이라 할지라도 당시 일본의 사회상에서 자유롭지는 않습니다. 주인공들의 꿈이나 희망만이 아니라, 기쁨도 고뇌도 편견도 시대의 규정 속에 있습니다. 시대의 제약은 제약대로 살리면서 주인공들과 그 가족을 현실 속에서 생활하게 하고, 성장시켰습니다.

물론 경찰관 일족을 주인공으로 설정하였으니 법 제도, 특히 경찰관의 직무집행을 둘러싼 법률이나 경찰조직의 본질 등에 대해서도 현실을 기반으로 삼았습니다. 허구인 이상 일부 과장된 부분은 있지만 여기에 그린 경시청의 모습은 결코 다른 세상의, 이상화되거나 혹은 희화화된 일본 경찰의 모습이 아니라는 점도 미리 말씀드리고 싶습니다.

또한 이 이야기의 무대가 되는 장소도 실존합니다. 주인공 가족이 거주하고 생활하는 곳은 주로 도쿄 우에노와 야나카, 덴노지초 주변입니다. 제가 벌써 이십 년 가까이 살아온 지역이자, 제게 제2의 고향이라고 할 수 있는 지역입니다.

이곳은 도쿄 안에서도 기적적으로 전쟁 피해를 면한 오래된 서민 지대, 사찰 지대이자, 지금도 전쟁 직후 시절의 인상이 남아 있습니다. 저는 이 땅의 경치나 풍속, 그리고 그곳에 사는 사람들의 생활상에 대해서도 현실에 기초를 두고 그렸습니다. 전후 육십 년 세월 동안 도쿄 서민 지대의 생활 양상도 어떤 부분에서는 상당히 변했습니다만, 이 이야기는 그런 도쿄의 서민 지대에서 변한 것과 변하지 않은 것에 대한 소설이라고 할 수 있을 것입니다. 조금 더 말씀드리자면 저는 간단히 파악할 수 없을 정도로 거대한 도쿄라는 도시를, 서민 지대를 지키는 경찰관의 눈을 통해 풀어내려는 시도를 했던 것입니다.

만약 이 책을 읽고 도쿄 우에노에서 야나카, 덴노지초에 걸친 구역에 흥미를 느끼셨다면 부디 언젠가 도쿄를 여행할 때 산책해보시기를 권합니다. 결코 세련되지 않고 하물며 최첨단은 더욱 아니지만, 도쿄의 다른 지역에서는 좀처럼 볼 수 없는, 허물없고 솔직한 '서민들의 도쿄'를 접할 수 있습니다. 주인공 가족이 살았다고 설정한 주재소나 낡은 아파트 거리, 수많은 사찰, 셋집들이 밀집한 골목, 한잔 걸칠 수 있는 술집이 처마를 맞대고 있는 시장……. 저는 그 광경과 지리를 철저하게 정확히 묘사했습니다. 산책하는 사이, 독자 여러분의 머릿속에는 틀림없이 이 소설의 스토리가 되살아날 것입니다.

2008년 12월 도쿄 야나카의 작업실에서

사사키 조

이 작품은 2008년 '이 미스터리가 대단하다!' 1위에 빛나는 작품입니다. 일본 미스터리를 좋아하는 독자라면 많이 들어보셨겠지만 그게 대체 무슨 순위일까 궁금한 분들도 많으실 겁니다. '이 미스터리가 대단하다!'는 1988년에 다카라지마샤라는 출판사에서 시작한 미스터리 소설 랭킹 및 작품 소개를 다룬 가이드북으로, 전년도에 발행된 미스터리를 일본 국내 부문과 해외 부문으로 나누어 투표에 의해 순위를 결정합니다. 2002년부터는 신인 작가의 작품을 모집하는 '이 미스터리가 대단하다! 대상'도 창설되었습니다. 복잡하지요? 간단히 말하면 이미 발표된 작품의 인기 순위와, 미발표 작품을 대상으로 하는 신인 공모전이 있는 것입니다. 그리고 《경관의 피》는 2007년에 발표된 미스터리 작품 중에서 인기 1위에 오른 작품입니다.

이 작품은 2009년 2월, 오십 주년을 맞는 아사히 방송국의 개국 기념 스페셜 드라마로 방송되었습니다. 세이지 역을 에구치 요스케(〈하얀 거탑〉 등에 출연), 다미오 역을 요시오카 히데타카(〈박사가 사랑한 수식〉 등에 출연), 가즈야 역을 이토 히데아키(〈음양사〉 등에 출연)가 맡았고, 시이나 깃페이(〈안티크〉〈영원의 아이〉 등에 출연)가 그 위험한 가해자이자 시대의 희생자 역을 맡았습니다.

사사키 조는《경관의 피》로 국내에 처음 소개되는 작가지만 일본에서는 과거와 현재의 사회적 문제를 탄탄한 구성과 필치로 흥미롭게 엮어낸 작품으로 많은 사랑을 받고 있습니다. 사실 선생님은 연세가 제 아버지뻘 되십니다. 작중 인물로 예를 들면 선생님은 다미오와, 저는 가즈야와 비슷한 또래가 되는 셈입니다. '이 미스터리가 대단하다!' 1위이기는 하지만 이 작품을 다 읽으신 후에 '이게 어디가 미스터리지?'라고 생각하는 독자 분들도 계실지 모르겠습니다. 하지만 이 경찰관 삼대가 걷는 인생 여정이 바로 미스터리 그 자체 아닐까요? 시대의 흐름에 가려 사실은 너무나 간단한데도 해결되지 않는 사건, 그로 인해 발생하는 또 다른 죽음, 그리고 그 죽음으로 인한 한 가정의 몰락……. 이 작품은 경찰소설, 시대소설로도 물론 뛰어난 수작이지만, 저에게는 굳이 말하자면 '가족소설'이라는 인상이 더욱 강했습니다. 저는 작품 속에 나오는 '아이들은 아버지의 모든 것을 보며 자란다'라는 문장이 가장 기억에 남습니다. 한국에는 주재 경관이라는 직업이 없고, 제 아버지는 일반 회사원이기 때문에 아버지와 공유한 시간은 제 인생의 삼 분의 일도 채 되지 않습니다. (그리고 그 시간은 바로 저와 아버지의 수면시간이기도 합니다.) 그런데도 저희 아버지는 이런 저에게, 이제는 다 큰 어른이 된 저에게, 생선 반찬이 나오면 뼈를 발라서 하얀 쌀밥 위에 툭 얹어주시곤 합니다. 다른 가족들에게는 해주지 않는, 남들보다 배는 무뚝뚝한 아버지가 제게만 주시는 선물입니다.

　아버지의 모든 것은커녕, 내가 과연 그 일부라도 제대로 이해하고 있을까? 또한 나는 내가 살아가는 이 시대를 과연 제대로 이해하고, 올바르게 대처하고 있는 것일까?

　대답할 자신은 없습니다. 하지만 저는 아버지가 보여주는 한 가지 애정 표현을 통해 '이 사람은 내 부모님이구나'라는 생각을 하곤 합니다. 내리사랑은 있어도 치사랑은 없다지만, 적어도 그런 부모님에게 부끄럽지 않은 자식이 되기 위해 오늘보다는 조금 더 발전한 모습으로 내일을 맞이할 수 있기를 소망합니다. 제게 '가족'을 되돌아보게 해준 이 작품과 사사키 조 선생님께 다시 한 번 깊은 감사를 전하고 싶습니다.

2009년 1월
김선영

순사 : 최하위 계급. 지방공무원. 일반 경찰관(커리어는 경부보부터 시작)은 순사부터 시작한다. 한국의 순경에 해당.

순사장 : 순사 중, 특히 근무성적이 우수하고 실무경험이 풍부한 자에게 주어지는 호칭. 실질적으로 경찰계급에 속하지는 않는다. 한국의 경장에 해당.

순사부장 : 순사의 상위 계급. 지방공무원. 한국의 경사에 해당.

경부보 : 순사부장의 상위 계급. 지방공무원이며, 국가공무원 I종 시험에 합격한 커리어가 처음으로 다는 계급. 한국의 경위에 해당.

경부 : 경부보의 상위 계급. 지방공무원. 한국의 경감에 해당.

경시 : 경부의 상위 계급. 지방공무원. 한국의 총경에 해당. 일반 경찰서의 서장이나 부서장급.

경시정 : 경시의 상위 계급. 국가공무원 지방 경무관. 한국의 경무관에 해당. 경시청 주요 부서 과장, 현県 경찰서 부장급.

경시장 : 경시정의 상위 계급. 국가공무원. 논커리어가 올라갈 수 있는 최고 계급. 경시청 각 부서 부장급.

경시감 : 경시장의 상위 계급. 국가공무원. 경시청 부총감이 여기 속한다.

경시총감 : 일본 경찰관 중 단 한 명에게 주어지는 최고위 계급. 경찰청 수장. 한국의 치안총감에 해당.

경시청 본부에는 경시총감, 부총감의 감독 아래 아홉 개의 부서와 범죄억지대책본부가 설치되어 있다. 전체 부서는 다음과 같다.

총무부 : 일반 기업의 총무부와 같다. 경찰 업무를 지원하는 부서이다.

경무부 : 경찰관의 인사, 복리후생, 교육 등을 담당. 또한 경찰 내부에서 발생하는 범죄 조사, 감찰, 그리고 경찰이 피고인 사건의 처리를 맡고 있어 그 권한은 상당히 강력하다.

생활안전부 : 소년범죄, 불법취업, 총도법 위반, 도박, 유흥업 등을 담당하는 부서.

지역부 : 시민생활과 가장 밀접한 관계가 있는 순찰 또는 파출소나 주재소 등을 운용하고 관리하는 부서이다.

교통부 : 지역 범죄, 범죄 예방, 검거, 경계 활동, 교통법 위반 대상자의 단속 등을 행하는 부서. 주요 대상범죄는 교통법 위반사건이지만 그 업무범위는 상당히 포괄적이다. 교통사고 처리 등의 '사고'뿐만 아니라, 뺑소니 사건이나 자동차 절도 등의 '사건'도 다룬다.

경비부 : 공공의 안전과 질서 유지를 목적으로 하는 부서. 테러나 특수조직범죄, 요인 경호 등을 담당. SAT도 경비부 소속이다.

공안부 : 스파이나 사상범, 또는 사상이나 종교와 관련된 조직범죄와 같은 상당히 특수한 범죄를 다루는 부서. 경찰이라기보다 정보기관에 가까운 활동을 한다.

형사부 : 형사 사건을 수사하는 부서로 주요 담당은 아래와 같다. 3부의 주인공인 가즈야가 처음 배속된 수사4과는 현재 조직범죄대책부로 통합된 상태이다.

> **수사1과 :** 살인, 강도, 폭력, 상해, 유괴, 인질극, 강간, 방화 등의 흉악범죄를 담당한다.
>
> **수사2과 :** 지능범, 뇌물수수, 선거법 위반, 지폐위조, 사기, 횡령, 배임, 기업 공갈, 탈세, 부정거래 등의 금전범죄, 경제범죄, 기업범죄를 담당한다.
>
> **수사3과 :** 절도, 빈집털이, 날치기 등을 담당한다.

조직범죄대책부 : 2003년 4월에 형사부 수사4과, 폭력단대책과, 생활안전부의 총기대책과, 약물대책과가 통합되어 신설된 부서. 주로 폭력단과 총기, 마약 등을 담당한다.

---

* 일본 도쿄 도가 관할하는 수도 경찰조직을 뜻함. 한국의 서울지방경찰청에 해당. 소설의 주인공인 세이지, 다미오, 가즈야는 경찰청이 아닌 경시청 소속임

옮긴이 **김선영**

한국외국어대학교 일본어과를 졸업했다. KBS를 비롯한 다양한 매체에서 전문 번역가로 활동했다. 옮긴 책으로 사사키 조의 《경관의 피》《경관의 조건》을 비롯해, 미나토 가나에의 《고백》《야행관람차》《왕복서간》《경우》《꽃 사슬》, 나가오카 히로키의 《교장》, 오카지마 후타리의 《클라인의 항아리》, 아리스가와 아리스의 《주홍색 연구》, 그밖에 《완전연애》《살아 있는 시체의 죽음》《엠브리오 기담》 등이 있다.

경관의 피 블랙&화이트 060

개정 합본 1판 1쇄 발행 2015년 3월 3일 **1판 5쇄 발행** 2022년 1월 26일
지은이 사사키 조 **옮긴이** 김선영
펴낸이 고세규
편집 장선정 박은경 **디자인** 조은아 정지현
마케팅 이헌영 **홍보** 이혜진

발행처 김영사
주소 경기도 파주시 문발로 197(문발동) 우편번호10881
등록 1979년 5월 17일(제406-2003-036호)
주문 및 문의 전화 031)955-3100 **팩스** 031)955-3111
편집부 전화 02)3668-3295 **팩스** 02)745-4827 **전자우편** literature@gimmyoung.com
비채 카페 cafe.naver.com/vichebooks **인스타그램** @drviche **카카오톡** @비채책
트위터 @vichebook **페이스북** www.facebook.com/vichebook
ISBN 979-11-85014-78-4 03830 책값은 뒤표지에 있습니다.

비채는 김영사의 문학 브랜드입니다.
이 도서의 국립중앙도서관 출판예정도서목록(CIP)은 서지정보유통지원시스템 홈페이지(http://seoji.nl.go.kr)와 국가자료공동목록시스템(http://www.nl.go.kr/kolisnet)에서 이용하실 수 있습니다. (CIP제어번호: CIP2016005217)